中国古代
荆楚文学家族研究

ZHONGGUO GUDAI JINGCHU
WENXUE JIAZU YANJIU

吴桂美 ◎ 著

人民出版社

目　　录

上　编

中　编

下　编

绪　　论

一、学术史的回顾及问题的提出

因宗法制政治制度的关系,家族研究一直是中国史学界的一个重要命题,最早主要集中于制度史研究。二十世纪后半叶,研究重心由家族制度延伸到家族文化。如冯尔康等《中国宗族社会》①、常建华《宗族志》②、徐扬杰《中国家族制度史》③等论述家族时都谈及了家族文化。另外,因为中国古代社会结构是一种典型的宗族或家族结构,一般来说,在社会政治生活中基本的活动单位不是个人,也不是个体家庭,而是家族或宗族。钱穆就认为:"'家族'是中国文化一个最主要的柱石……中国文化,全部都从家族观念上筑起,先有家族观念乃有人道观念,先有人道观念乃有其他的一切。"④中国又是一个注重文化传承的国度,家族对文化的传承也就形成了我国文学史上较为独特的一种文化现象——文学家族和家族文学。二十世纪八十年代以后,随着地域文化研究的兴起,从文学角度来审视家族而形成的家族文学和文学家族研究就逐渐成为我国古典文学研究一个新的学术方向。学者罗时进就指出:"一个旨在将文学与家族以及地域文化、社会史等贯通起来,力求借鉴不同知识体系的思想资源,通过多域鉴摄以深化文学研究的新方向——'家族文学研究'正在形成。"⑤

---

① 冯尔康等:《中国宗族社会》,浙江人民出版社 1994 年版。
② 常建华:《宗族志》,上海人民出版社 1998 年版。
③ 徐扬杰:《中国家族制度史》,武汉大学出版社 2012 年版。
④ 钱穆:《中国文化史导论》(修订本),商务印书馆 1994 年版,第 51 页。
⑤ 罗时进:《家族文学研究的逻辑起点与问题视阈》,《中国社会科学》2012 年第 1 期。

历代文学家族和家族文学研究主要集中在三个方面：一是文学家族的个案考察；二是不同历史时期和不同地域家族文学和文学家族的总体把握；三是家族文学和文学家族研究的理论探讨。其中个案研究最为丰富，构成了家族文学和文学家族研究的基础。个案、断代研究的深入又促进了文学家族和家族文学研究的理论探讨和总结。

文学家族和家族文学在魏晋南北朝因门阀士族制度最为兴盛，也构成了魏晋南北朝文学的一个重要特点。因此这个时期的文学家族最早得到学界关注，既有文学家族的个案研究，也有家族文学的整体思考。早在二十世纪初期，陈寅恪、钱穆和刘师培等学者就对魏晋南北朝的文化世家、家族文学现象进行了宏观把握。陈寅恪在其《隋唐制度渊源略论稿》中指出："盖自汉代学校制度废弛，博士传授之风气止息以后，学术中心移于家族，而家族复限于地域，故魏晋南北朝之学术、宗教皆与家族、地域两点不可分离。"①钱穆也认为："魏晋南北朝时代的一切学术文化必以当时门第背景作中心而始有其解答。当时的学术文化，可谓莫不寄存于门第中，由于门第之护持而传习不断，亦因门第之培育，而得有生长有发展。"②刘师培在《中国中古文学史讲义》中对南朝文学进行总体分析时认为："试合当时各史传观之：自江左以来，有文学之士，大抵出于世族，而世族之中，父子兄弟各以能文擅名。"③并列举了一系列文学家族，说明南朝文学家族的兴盛。八十年代以来家族文学研究更是取得了丰硕成果，其中以曹道衡的兰陵萧氏与南朝文学研究④，刘跃进的门阀士族与永明文学研究⑤，程章灿的世族与六朝文学研究⑥，

① 陈寅恪：《隋唐制度渊源略论稿》，上海古籍出版社1982年版，第17页。
② 钱穆：《略论魏晋南北朝学术与当时门弟之关系》，见氏著《中国学术思想史论丛（二）》，台湾东大图书公司1977年版。
③ 刘师培：《中国中古文学史讲义》，人民文学出版社1957年版，第89页。
④ 曹道衡：《兰陵萧氏与南朝文学》，中华书局2004年版。
⑤ 刘跃进：《门阀士族与永明文学》，生活·读书·新知三联书店1994年版；《中古文学研究：门阀士族与文学总集》，世界图书出版公司2014年版。
⑥ 程章灿：《世族与六朝文学》，黑龙江教育出版社1998年版。

田余庆的东晋门阀政治和门阀士族研究①，丁福林的谢氏研究②，胡大雷的中古文学集团研究③，吴怀东的曹氏研究④，王华山的清河崔氏研究⑤，周征松的河东裴氏研究⑥，胡志佳的司马氏家族研究⑦，田晓菲的萧梁研究⑧等为代表。这些研究多着眼于魏晋南北朝重要或知名家族的创作，以及这些创作与当时政治制度、文学风向的关系。如曹道衡先生的《兰陵萧氏与南朝文学》一书细致剖析了兰陵萧氏在政治和文坛上的兴衰、对当时文学发展的重要影响，为南北朝文学研究提供了新角度和新方法，在学界影响颇大。刘跃进的《门阀士族与永明文学》则探讨了吴兴沈氏从武力强宗到文化士族的转变，以及沈约等世家大族与永明文学的关系。当然魏晋南北朝家族文学研究最多的是文学家族的个案探讨，三曹、兰陵萧氏、陈郡谢氏、琅琊王氏、河东裴氏、吴郡陆氏、琅琊颜氏、清河崔氏等都是学界研究着力较多的几个家族。时至今日，魏晋南北朝时期的文学家族和家族文学仍然是学界关注的一个热点。

随着研究的深入，在现代学界的文学家族和家族文学研究中，六朝之外的文学家族及其创作可谓成为新的热点和重点。这些研究成果又可以分为三大类：一类是对各个朝代的文学家族进行宏观叙述。如潘光旦的《明清两代嘉兴的望族》较早将地域、家族综观融合，可谓开这类研究一代风气之先。⑨ 后来又如梁尔涛的唐代文学家族研究⑩，张剑、吕肖奂、周扬波的宋代文学家族研究⑪，杨忠谦的金代文学家族研究⑫等，都是具有代表性的研

---

①　田余庆：《东晋门阀政治》，北京大学出版社 2005 年版。
②　丁福林：《东晋南朝的谢氏文学集团》，黑龙江教育出版社 1998 年版。
③　胡大雷：《中古文学集团》，广西师范大学出版社 1996 年版。
④　吴怀东：《曹氏家族与汉晋社会变迁》，安徽大学出版社 2013 年版。
⑤　王华山：《清河崔氏与北朝儒学》，山东文艺出版社 2004 年版。
⑥　周征松：《魏晋隋唐间的河东裴氏》，山西教育出版社 2000 年版。
⑦　胡志佳：《门阀士族时代下的司马氏家族》，文史哲出版社 2005 年版。
⑧　田晓菲：《烽火与流星——萧梁王朝的文学与文化》，中华书局 2010 年版。
⑨　潘光旦：《明清两代嘉兴的望族》，上海书店出版社 1991 年版。
⑩　梁尔涛：《唐代家族与文学研究》，中国社会科学出版社 2014 年版。
⑪　张剑、吕肖奂、周扬波：《宋代家族与文学研究》，中国社会科学出版社 2009 年版。
⑫　杨忠谦：《金代家族与金代文学关系研究》，中国社会科学出版社 2019 年版。

究新成果。梁尔涛的《唐代家族与文学研究》通过对唐代家族文学相关文献资料的梳理,讨论了唐代家族姓氏、郡望、家法、婚姻与文学之间的关系,总结了唐代家族文学和文学家族的基本特征,以及发展和演进的规律。张剑、吕肖奂、周扬波的《宋代家族与文学研究》则运用家族史与文学史、个案与总论、文艺学与文化学相结合的多重视角,对宋代家族与文学的核心问题,比如宋代文学家族的基本特征,两宋文学家族与家族文学的不同风貌、地域分布,科举与党争对家族和文学的影响等,做了较为全面的探讨。杨忠谦的《金代家族与金代文学关系研究》将金代文学家族的命运和成就放在金代社会生活变迁、民族文化融合与文化形态转型的过程中加以考察,阐明了由北方游牧文化与儒家农耕文化彼此交流与互动所引发的家族文学地位的转变,汉人家族文学观念和文学风格的转变,以及不同民族的文学世家为金代文学整体格局的形成和文化建设所作出的贡献。还有笔者的汉代家族文学研究,试图从家族文学的源起期东汉入手,去探求家族文学的早期特征、历史脉络以及发展规律,并在东汉豪族社会的背景下,从家族文学这个角度折射出东汉文学的生存样态,视角新颖,具有一定的开创性。①

第二类是对不同历史时期不同地域的文学家族进行探讨。如胡晓明的江南家族文学研究,罗时进的清代江南文学家族研究,梅新林为首的江南文化世家研究②,王志民主导的山东文化世家研究③,刘向斌的汉代关中文学

① 吴桂美:《豪族社会的文学折光——东汉家族文学生态透视》,黑龙江人民出版社 2009 年版。
② 以梅新林为首的"江南文化研究中心",正陆续推出"江南文化世家研究丛书"50 种。已出版《明清湖州董氏文学世家研究》《六朝吴兴沈氏文化世家研究》《清代杨沂孙家族研究》《宋代范浚及其宗族考论》《明清以来苏州文化世族与社会变迁》《宋代开封—金华吕氏文化世家研究》《明清常州恽氏文学世家研究》《两晋南朝琅邪王氏与陈郡谢氏比较研究》《长洲文化氏文化世家研究》《明清嘉兴科举家族姻亲谱系整理与研究》《江南望族家训研究》等。
③ 山东师范大学齐鲁文化研究中心王志民教授和其团队,选取了山东省历代在政治、经济、社会领域,或文学、艺术、教育、科仕等方面具有代表性的文化家族进行研究,出版了一套《山东文化世家研究书系》,共计 26 册:《唐代临淄段氏家族文化研究》《兰陵萧氏家族文化研究》《颜氏家族文化研究》《魏晋南北朝琅邪王氏家族文化研究》《清代聊城杨氏藏书世家研究》《汉晋高平王氏家族文化研究》《两晋泰山羊氏家族文化研究》《南朝东海徐氏家族文化研究》《清代诸城刘氏家族文化研究》《章丘李氏家族文化研究》《齐州房氏家族文化研究》《清代聊城傅氏家族文化研究》《临朐冯氏家族文化研究》《宋代巨野晁氏家族

家族研究①,池泽滋子的吴越钱氏文人群体研究③,李浩的唐代关中士族与文学研究③,黎清④的宋代江西文学家族研究,顾世宝的元代江南文学家族研究⑤,张建伟的元代北方文学家族研究⑥,顾文若的山西地区金代文学家族研究⑦,江庆柏的明清苏南望族文化研究⑧,邢蕊杰的清代阳羡联姻家族文学活动研究⑨,孙海洋的湖南近代文学家族研究⑩,王德明的清代粤西文学家族研究⑪,张丽的北齐隋唐河东家族文学研究⑫,郑珊珊的明清福建家族文学研究⑬等。其中江南地域的文学家族研究成果尤其丰硕:梅新林主导的江南文化世家研究已出版十余本专著;胡晓明及其团队在江南文学文献整理基础之上展开的系列江南家族文学研究,近几年在学术界影响颇大,其《江南文化诗学》⑭《明清时期的江南望族》⑮《江南家族文学丛编》⑯都是代表性成果;罗时进将清代江南诗文置于家族学、地域学、文学三个立体化交叉层面进行考察,方法卓异。⑰　此外,曹月堂主编的系列丛书《中国文化

文化研究》《清代德州田氏家族文化研究》《清代济宁孙氏家族文化研究》《清代海丰吴氏家族文化研究》《明清新城王氏家族文化研究》《清代栖霞牟氏家族文化研究》《苏禄王后裔家族文化研究》《明清博山赵氏家族文化研究》《孔府文化研究》《明清莱阳宋氏家族文化研究》《明清安丘曹氏家族文化研究》《明清诸城王氏家族文化研究》《嘉祥曾氏家族文化研究》。

① 刘向斌:《汉代关中文学家族研究》,中国社会科学出版社 2019 年版。
② [日]池泽滋子:《吴越钱氏文人群体研究》,上海人民出版社 2006 年版。
③ 李浩:《唐代关中士族与文学》,中国社会科学出版社 2003 年版。
④ 黎清:《宋代江西文学家族研究》,中山大学出版社 2013 年版。
⑤ 顾世宝:《元代江南文学家族研究》,博士学位论文,中国社会科学院研究生院,2011 年。
⑥ 张建伟:《元代北方文学家族研究》,商务印书馆 2019 年版。
⑦ 顾文若:《山西地区金代文学家族研究》,三晋出版社 2020 年版。
⑧ 江庆柏:《明清苏南望族文化研究》,南京师范大学出版社 1999 年版。
⑨ 邢蕊杰:《清代阳羡联姻家族文学活动研究》,中国社会科学出版社 2015 年版。
⑩ 孙海洋:《湖南近代文学家族研究》,湖南大学出版社 2011 年版。
⑪ 王德明:《清代粤西文学家族研究》,广西师范大学出版社 2013 年版。
⑫ 张丽:《北齐隋唐河东家族文化与文学研究》,中国社会科学出版社 2016 年版。
⑬ 郑珊珊:《明清福建家族文学研究——以侯官许氏为中心》,社会科学文献出版社 2016 年版。
⑭ 胡晓明:《江南文化诗学》,上海书店出版社 2018 年版。
⑮ 吴仁安:《明清时期的江南望族》,上海书店出版社 2019 年版。
⑯ 胡晓明:《江南家族文学丛编》,安徽教育出版社 2012 年版。
⑰ 罗时进:《在地域和家族视野中展开清代江南文学研究》,《苏州教育学院学报》2010 年第 3 期。

世家》按文化地理区域类型：中州、齐鲁、三晋、燕赵辽海、荆楚、吴越、江右、江淮、岭南、巴蜀、关陇等 11 个地区分卷，分别记述了各个文化地域自古以来对文化发展作出重要贡献，或在家学传承上有典型表现的家族，偏重于文化传承、家族渊源的研究和梳理。① 此书收录的文化世家虽有值得商榷之处，但可谓是对自古以来文化世家做的一次全方位的搜索和发掘。这为今后进一步的理论性研究和深入研究奠定了良好的文献基础。本书研究就深受此书启发和影响。

第三类是对六朝之外文学家族的个案研究，成果尤其丰富。代表性著作有阮娟的《三山叶氏家族及其文学研究——以叶观国、叶申芗为核心》②，王向东的《明清昭阳李氏家族文化文学研究》③，张剑的《宋代家族与文学——以澶州晁氏为中心》④，李俊标的《曾氏文学家族研究》⑤，高田的《锡山秦氏家族文学文献整理与研究》⑥，吕贤平的《明清时期全椒吴敬梓家族及其文学风貌——以科举与文学为研究中心》⑦，李朝军的《家族文学史的建构——宋代晁氏家族文学研究》⑧，侯玉杰的《滨州杜氏家族研究》⑨，李最欣主编的《吴越钱氏家族文化研究》⑩，姚金笛的《清代曲阜孔氏家族诗文研究》⑪，刘焕阳的《晁补之与宋代晁氏家族》⑫《宋代晁氏家族及其文献研究》⑬，汤江浩的《北宋临川王氏家族及文学考论——以王安石为中心》⑭，

① 曹月堂主编：《中国文化世家》（11 卷），湖北教育出版社 2003—2008 年版。
② 阮娟：《三山叶氏家族及其文学研究——以叶观国、叶申芗为核心》，上海古籍出版社 2011 年版。
③ 王向东：《明清昭阳李氏家族文化文学研究》，上海三联书店 2014 年版。
④ 张剑：《宋代家族与文学——以澶州晁氏为中心》，北京出版社 2006 年版。
⑤ 李俊标：《曾氏文学家族研究》，江西高校出版社 2019 年版。
⑥ 高田：《锡山秦氏家族文学文献整理与研究》，现代出版社 2018 年版。
⑦ 吕贤平：《明清时期全椒吴敬梓家族及其文学风貌——以科举与文学为研究中心》，中国社会科学出版社 2019 年版。
⑧ 李朝军：《家族文学史的建构——宋代晁氏家族文学研究》，人民出版社 2013 年版。
⑨ 侯玉杰等：《滨州杜氏家族研究》，齐鲁书社 2003 年版。
⑩ 李最欣主编：《吴越钱氏家族文化研究》，齐鲁书社 2010 年版。
⑪ 姚金笛：《清代曲阜孔氏家族诗文研究》，山东人民出版社 2015 年版。
⑫ 刘焕阳：《晁补之与宋代晁氏家族》，山东文艺出版社 2004 年版。
⑬ 刘焕阳：《宋代晁氏家族及其文献研究》，齐鲁书社 2004 年版。
⑭ 汤江浩：《北宋临川王氏家族及文学考论——以王安石为中心》，人民文学出版社 2005 年版。

左宏涛、张恒的《两宋浙东高氏家族研究》①，王伟的《唐代京兆韦氏家族与文学研究》②等，研究论文更是不计其数。整体来看，因存世文献相对丰富，宋之后，尤其明清时期的文学家族和文化家族成为现代学界特别关注的一个群体。当然也有不少学者关注魏晋之前的文学家族，以扶风班氏、博陵崔氏、长安刘氏为代表。个案研究成果的繁盛，不仅使著名的文学家族得到了更为全面深入的研究，而且随着学术研究的发展，更多以往鲜为人知的文学家族得到学界的关注和挖掘，而大大拓展了文学史的研究范畴。

　　除此之外，对某个朝代或某个地域少数民族文学家族的关注，可以说是近些年来家族文学研究领域的新拓展。如多洛肯关于清代满族、壮族、蒙古族文学家族的系列研究③，李小凤的古代回族文学家族研究④，王德明的清代壮族文学家族研究⑤，张沛之的元代色目人家族及其文化研究⑥，李锋的容美土司家族文学研究⑦等。多洛肯在其研究基础之上，主编、收集、整理了一套清代少数民族文学家族诗集丛书，现已出版《蒋攸铦文学家族诗集》《和瑛文学家族诗集》《鄂尔泰文学家族诗集》《丁澎文学家族诗集》《法式善文学家族诗集》《萨玉衡文学家族诗集》。学界近来还出版了一套由母进炎主编的"中国少数民族杰出文学家族研究之余氏家族系列丛书"，这套丛书包括《中国少数民族杰出文学家族研究——以余氏家族为对象》《中国少数民族文学家族研究之余氏家族系列〈大山诗草〉〈圆灵阁遗稿〉校注》《余达父散文〈抱梅楼诗集〉校注》《邃雅堂诗集校注》。⑧ 除此之外，他还主编

---

① 　左宏涛等：《两宋浙东高氏家族研究》，海洋出版社 2010 年版。
② 　王伟：《唐代京兆韦氏家族与文学研究》，北京大学出版社 2015 年版。
③ 　多洛肯：《清代少数民族文学家族研究》，社会科学文献出版社 2021 年版。
④ 　李小凤：《回族文学家族述略》，《北方民族大学学报》2009 年第 4 期；《古代回族文学家族的兴起及创作特征初探》，《民族文学研究》2010 年第 1 期；《回族文学家族的文化特征及内涵——以陈埭丁氏家族为例》，《伊斯兰文化》2011 年第 1 期。
⑤ 　王德明：《论清代广西临桂况氏家族的文学创作》，《东方丛刊》2008 年第 4 期。
⑥ 　张沛之：《元代色目人家族及其文化倾向研究》，天津古籍出版社 2009 年版。
⑦ 　李锋：《容美土司家族文学交往史考论》，中国社会科学出版社 2018 年版。
⑧ 　此套丛书是国家社会科学基金西部项目"中国少数民族杰出文学家族研究"的成果，由余氏家族多部诗文集校注和整体研究共同构成。

了《百年家学　数世风骚——大屯余氏彝族诗人家族研究》①一书。

对家族中女性创作的关注也是学界新近较为新颖的话题，家族中的女性作家及其创作也被纳入家族文学的研究范围。断续红的《清及民国长三角地区文化家族中之女性文学研究》一书，着眼于地域文化和家族文化的互动及影响，从文化家族中的女性，著名文人及家族女性，名父之女、才士之妻三个视角对清及近代长三角地区的女性文人及其文学进行了分析②。此外研究论文也较多，如娄欣星的《从明清江南家族女性看女性文学创作的价值》③《明清时期女性文学的传播——以太湖流域家族女性为例》④，梅新林、娄欣星的《论清代常熟屈氏家族女性的文学活动与传播》⑤，欧阳异的《明末清初山阴祁氏家族才女群文学及交往研究》⑥，李贵连的《试论明清女性文学创作主体的家族化及其根本原因》⑦，陈水云的《文学女性从闺内到闺外——以山阴祁氏家族女性文学群体为例》⑧，郝丽霞的《明清吴江沈氏家族的女性文学意识》⑨，陈书录的《"德、才、色"主体意识复苏与女性群体文学的兴盛——明代吴江叶氏家族女性文学研究》⑩等。这些学者将女性作家作为文学家族中的独特群体进行研究，分析她们的创作、文学活动、

① 母进炎主编：《百年家学　数世风骚——大屯余氏彝族诗人家族研究》，贵州人民出版社2012年版。

② 断续红：《清及民国长三角地区文化家族中之女性文学研究》，上海社会科学院出版社2015年版。

③ 娄欣星：《从明清江南家族女性看女性文学创作的价值》，《常州大学学报》2016年第3期。

④ 娄欣星：《明清时期女性文学的传播——以太湖流域家族女性为例》，《浙江师范大学学报》2015年第4期。

⑤ 梅新林、娄欣星：《论清代常熟屈氏家族女性的文学活动与传播》，《苏州大学学报》2016第2期。

⑥ 欧阳异：《明末清初山阴祁氏家族才女群文学及交往研究》，硕士学位论文，中南民族大学民族学与社会学学院，2016年。

⑦ 李贵连：《试论明清女性文学创作主体的家族化及其根本原因》，《内蒙古大学学报》2011年第4期。

⑧ 陈水云：《文学女性从闺内到闺外——以山阴祁氏家族女性文学群体为例》，《湖南文理学院学报》2008年第4期。

⑨ 郝丽霞：《明清吴江沈氏家族的女性文学意识》，《西北师大学报》2005年第6期。

⑩ 陈书录：《"德、才、色"主体意识复苏与女性群体文学的兴盛——明代吴江叶氏家族女性文学研究》，《南京师大学报》2001年第5期。

文学思想以及文学的价值和意义等。中国女性创作至明清时期进入高峰，女性作家群体在这一时期也大量涌现，并且呈现出家族化的特点，因此这类研究也就多集中于明清时期的家族女性创作。

文学家族和家族文学丰富的基础性研究成果带来了学界对文学家族和家族文学研究理论依据、路径方法、内容视角等问题的积极探讨。如罗时进在其家族文学研究基础上，提出了文学家族学建构的思考。他认为："今天，文学研究正在从传统学科走向新兴学科，从单一学科走向交叉学科，从学科方向细化走向学科综贯融合。在这个趋势下，文学家族学研究正在逐步形成学术气候。"①他又在《家族文学研究的逻辑起点与问题视阈》一文中，提出了家族文学研究应关注历史建构、依存关系、类型特点、生产方式、现场情境、成果样本六个基本问题，试图建构起家族文学研究的学科体系，从研究范畴、对象、方法等方面为家族文学研究提供理论指导，对当今学界家族文学研究极具启发意义。②《华南师范大学学报》2011 年第 3 期设立专栏专门讨论家族文学研究论题。杨义在《主持人语》中发表了他对当今家族文学的看法。他认为无论"重绘文学地图"，还是"文化生命还原"，都必须考虑家族问题。而近些年来，家族史、家族文化及家族文学研究取得了诸多成绩，但也不免泥沙俱下，良莠相杂。他指出："家族问题的研究需要更多具有理论概括能力和深入研究的学者的积极参与。"③张剑在该专栏的论文《家族文学研究的分层与守界原则》中认为："家族文学研究成为学术热点的同时，也出现了结论大而无当、千族同面，分类层次混乱、概念模糊等不足。"要解决这一问题，就必须"在研究中恪守分层和守界原则"。④ 李朝军在其《作者与主题：家族文学研究范式》中指出，"20 世纪八九十年代以来，随着中国学术的蓬勃发展，这两类研究（作者家族文学研究和主题家族文学的研究）逐渐从个案走向整体，从分散走向集中，开始出现自觉的研究

---

① 罗时进：《关于文学家族学建构的思考》，《江海学刊》2009 年第 3 期。
② 罗时进：《家族文学研究的逻辑起点与问题视阈》，《中国社会科学》2012 年第 1 期。
③ 杨义：《方兴未艾的家族和家族文学研究》，《华南师范大学学报》2011 年第 3 期。
④ 张剑：《家族文学研究的分层与守界原则》，《华南师范大学学报》2011 年第 3 期。

理念,以把握和规范相关学术研究"。他尝试对各种概念进行界定和辨析,并在此基础上,"对相关研究成果做文献综述,进行学术整理,进而为相关研究制定学术规范,探讨相关研究方法和学术路径。"①他还在《家族文学史建构与文学世家研究》一文阐释了家族文学研究存在的意义和理论依据,认为当今文学世家与家族文学研究虽然繁荣,但在众多研究成果中,"还缺少通览中国文学世家全局和演进全程的著述,纯粹的个案研究不可避免地存在着'各照隅隙,鲜观衢路'的弱点",提出了"建构和编写"一部或多部家族文学史的设想。他以宋代晁氏家族文学史为例,探讨了为单个文学世家建构文学史的意义、主旨和编著中可能面临的具体问题。这为文学世家及其相关研究提供了新视角、新要求和新门径。② 而梅新林的《江南文化世家的发展历程与研究趋势》③,张剑的《宋代以降家族文学研究的理论、方法及文献问题》④等文,则对某一时期、地域的家族文学研究进行了总结和方法探讨。

总体来看,自二十世纪八十年代以来,家族文学与文学家族研究以个案研究为基础,逐渐拓展到朝代和地域研究,尤其地域文学家族研究成为当今各地文化建设的一个重要选题。陈寅恪先生曾说"家族复限于地域"⑤,即指家族乃是特定地域的一个存在,文学家族和所有的家族一样,具有两个突出特点:血缘性和地域性。因此任何家族文学的研究都离不开空间地理的考察,而从地域视角进行家族文学研究也就成为这一课题必需也最为显著集中的内容。如上面提及的罗时进清代江南文学家族研究,池泽滋子吴越钱氏文人群体研究,李浩唐代关中士族与文学研究等。这些研究大多选取某个时代文化艺术成就较为突出的地域,尝试从文化史的角度、用文化地理学的方法,去探讨在特定人文背景、地理环境下文

---

① 李朝军:《作者与主题:家族文学研究范式》,《中国社会科学报》2015 年 12 月 7 日第 5 版。
② 李朝军:《家族文学史建构与文学世家研究》,《学术研究》2018 年第 10 期。
③ 梅新林:《江南文化世家的发展历程与研究趋势》,《华南师范大学学报》2011 年第 3 期。
④ 张剑:《宋代以降家族文学研究的理论、方法及文献问题》,《文学评论》2010 年第 4 期。
⑤ 陈寅恪:《隋唐制度渊源略论稿　唐代政治史述论稿》,生活·读书·新知三联书店 2015 年版,第 20 页。

学创作的生发机制。

中国文化的多元性决定了中国文化可以根据不同层次、不同地域划分为不同类型的地域文化，并各具特色，这就决定了地域文化与文学家族研究结合的广阔空间。事实上不同地域文化背景下的文学家族创作及其家学传承确实风格各异。荆楚文化是中华民族文化中具有鲜明地域特色的区域文化之一。自古以来，在荆楚文化的滋养下，荆楚地域产生了许多知名或在历史上具有一定影响的文学家族。而对于这一选题，无论是文学家族和家族文学研究，还是荆楚文化研究，学者关注都不是太多。只有曹月堂主编的丛书《中国文化世家》荆楚卷梳理了当今湖北、湖南两地在历史上具有两代及两代以上相传或同代相翼相成的 74 个文化世家；张晶晶在其博士论文《明代湖广作家作品研究》中专列一节，对明代湖广地域的家族作家进行了简要的列表梳理。除此之外，就是为数不多的一些知名家族或成员的单一个案分析，如对东汉江夏黄香黄氏家族、南朝江陵庾信庾氏家族、明代公安三袁袁氏家族等的研究。

荆楚文化研究一直是学界进行中国文化研究的一个重要领域，虽然成果丰硕，但是现代学者对荆楚文化研究主要集中于荆楚文化内涵的阐发、楚史研究、荆楚地域重要人物和作品的阐释、考古发现、现代荆楚文化的传承与开发应用等，很少将其与文学家族联系起来。即使曹先生主编的《中国文化世家》荆楚卷记载家族繁多，但所述过于平实简单，并且因出自众人之手，缺乏家族文化特点和成就与地域文化关系的深入探讨，而缺失了分卷论述的最大意义。这就决定了古代荆楚文学家族研究这一选题具有一定的创新性和广阔的研究空间。

因此本书以古代荆楚地域的文学家族作为研究对象，试图从地理学的视角对某一地域文化中的文学家族展开研究，这既是对地域文化研究的丰富，对家族文学研究的拓展，也是对中国文学研究新角度的延伸和新问题的聚焦。正如罗时进认为的家族文学研究是对"既有的文学研究方法做一些探索、一些实验……同时注意转移研究的角度——将目光从主流文学聚集到未必主流的文学，从台阁和幕府聚焦到地方和家族，从文学观念、文学成就为主要内容的研究聚焦到文学活动、文学现场上来"①。此外，家族文学的发展具有自己的独特内涵和向度，将其作为一个要素置于内涵丰富的荆楚文化大背景下进行考察，可以突出中国文化传承与发展方式在家庭、家族性特征之外，如何不可避免地受到地域文化的影响，而造就了家族文学的独特性。这种通过社会、历史、地域以及文化对家族及其创作影响的研究，是从家族的角度来审视和把握荆楚文化的特质，是文化学研究的新视角。

二、研究目的与研究内容

本书试图在荆楚历代文学家族及其构成成员的整体梳理基础上，从社会、地域等角度分析文学家族产生的原因和文学创作的特点，以更好地把握荆楚文学家族及其特点，以及荆楚文化的历史变迁和独特内涵。一方面以个案分析和整体研究相结合，梳理出荆楚历史上文学家族的总体概貌和基本表现，探讨文学家族得以产生的契机、文学家族的特点、家学传承的典型性、家族的当下和历史影响等问题；另一方面从地域、文化地理学等角度，结合历史背景和政治制度的变化，试图从家族文学的变迁中寻觅出荆楚文化的某些发展特征及内涵，以及中国古代文学家族传承的特点和对当今社会的启示。

罗时进认为文学家族学主要包括六个方面的基本内涵，即家族文学的血缘性研究；家族文学的地缘性研究；家族文学的社会性关联研究；家族文学的文化性关联研究；家族文学与文人生活姿态及经济关联研究；家族文学创作现场和成就研究。② 本书将以"文学地理学""文史互证""宏观与微观结合""文献学""数理统计""文化人类学"等方法为主要手段，将纵向的梳理和横向的分析交错起来，采用多维视角——文化视角、历史视角、地域视角综合审视研究对象。即将文学置于家族、地域、历史、社会等多重视角，结合个案研究和宏观把握，以时间和地望为主要线索，争取完备梳理出古代荆

---

① 罗时进：《江南文学家族学研究·栏目特邀主持人语》，《苏州教育学院学报》2010 年第9 期。

② 罗时进：《关于文学家族学建构的思考》，《江海学刊》2009 年第3 期。

楚地域产生的文学家族,考察这些家族的人物事迹、文学成就、家学传承等内容,在此基础上,揭示地域文化影响下文学家族得以产生的机遇及独特性形成的缘由。主要研究内容如下。

1.荆楚文学家族的历时性梳理。结合个案分析,通过社会、历史、地域及文化风俗等环境因素对家族成员文学创作的影响,以及家族门风、家学、宗脉与文学关系的分析,尽可能全面地收集荆楚历史上产生的文学家族。通过梳理,荆楚历史上有记载可考的文学家族大致有 277 个,家族较多,成果颇丰。

这些家族有着一定的共通性,也有着许多独特性。有的世代居住在荆州,属于本土家族,有的由祖上迁来而定居于荆州,属于移民家族,来源有所不同。家族成员有多有少,有的一代数人在文学上表现出众,有的延续几代,甚至七代,代际构成、规模影响等都各具特色。

2.荆楚文学家族的基本特点和文学表现。通过对荆楚家族的历时考察和横向比较,整体把握古代荆楚文学家族的基本特点,以一种动态发展的眼光更为全面地把握荆楚文化的某些特质。通过家族的地理分布、代际构成、性别构成、仕宦构成、兴起方式、迁入流动、处世追求、文学表现等,总结和概括古代荆楚文学家族及其家族文学的基本特征,以此把握荆楚家族文学的传承嬗变,并试图揭示荆楚文化和荆楚文学的某些独特性。

3.荆楚文化与文学家族的交互作用。文学家族无论其形成,还是作品创作,都具有鲜明的地域性。它不可能是一个偶然、孤立的存在,而与当地的地理环境、风俗文化有着密切关系。那么文学家族是如何形成的? 当地的地理环境、风俗文化对它的生成、家族的创作有何作用和影响? 这一系列文学家族之间是否有着历史的联系、传承? 文学家族的生成及创作是否存在着共通性? 这些都是本书着重思考和探讨的问题。我们在对荆楚文学家族进行历时考察和横向比较时,将避免只是孤立地对某个家族就事论事,而更加注重背后文化内涵及交互关系的深入阐发。通过文学家族纵向地梳理和比较,以一种动态发展的眼光更为全面地把握荆楚文化的时代特质。如文学家族在朝代上分布极不平均,明清时期文学家族数量剧增,背后原因耐人寻味。地域分布的不同,也可以由此去蠡测荆楚地域文化中心的变化。此外还将荆楚文学家族与其他地域文化中的文学家族进行比较,以更好地把握荆楚家族文学的特质。

本书研究重点在于借助历代史书、作品总集、地方方志、谱牒碑铭、笔记文集、专题汇编等各种资料,尽可能完备地梳理出荆楚大地上不同历史时期产生的文学家族及其基本概貌,并对他们的文学创作、家学传承等特征进行分析。如何通过社会、历史、地域以及文化对家族的影响,阐释清楚荆楚文化与这些家族产生、创作等的交互关系,以突出荆楚文化背景下文学家族的基本特点,是本书研究的难点所在。

三、相关概念的辨析与界定

1. 荆楚地域的界定

荆楚地域范围有广义和狭义之分。古代荆楚全盛时期地理范围甚广,广义的荆楚几乎包括了整个长江中下游地区和大部分的淮河流域,即现在的湖北、湖南全部,重庆、河南、安徽、江苏、江西、浙江、贵州、广东部分地区。后来荆楚主要指两湖地区,当代则主要指湖北省,更狭隘范围的荆楚则仅指荆州以及它所辖的 12 个县市。因湖北是荆楚文化的发祥地和集中地,也因篇幅和能力所限,本书选取了意义较为中观的荆楚范畴,将对当今湖北地域范围内历史上的文学家族进行研究。

2. 家族文学和文学家族的界定

家族文学范畴的界定是家族文学研究的基础,这里首要涉及对"文学"一词的理解。我国古代文学研究大体可以"五四"为界划分为两个大的阶段。"五四"之前,我国古代文学研究有着自己独特的理路与方法。文学研究属于一种大文学、泛文学或杂文学研究,也可称为经学研究,研究对象涵括了经史子集。二十世纪初,由于西方思潮的涌入,新文化运动的展开,这种传统文学研究的理论和观点,受到了严重的冲击和重构。人们逐渐接受西方"纯文学"的观念,并以之为标准去衡量和指导中国古代文学研究,这给中国传统文学带来新变的同时,也使人们的研究视野和研究范围相较于传统习见大为缩小。如许多以前被人们称为文学的作品或文体,若用当今纯文学观念看来却很难归类。而从另一角度看,这些作品或文体也蕴含着一定的审美意味和独特的存在价值,许多文学家族的创作就是如此。因此本书采用了大文学、泛文学的概念来审视这些家族的创作,这也是这些文学家族之所以可以称之为文学家族的立论基础和依据。

此外,还要清楚什么是"家族"。家族是家的延伸和扩展。人们对家族有着许多不同的理解。费孝通认为:"所谓族是由许多家所组成,是一个社群的社群。"①因为同属族的概念,许多学者将家族和宗族概念通用。如陈其南在《家族与社会》中认为:"'宗族'之称不过是证明以父系祭祀关系,即所谓'宗'所界定出来的群体。"②王玉波认为:"宗族不仅是比家庭更大的血缘集团,而且,在宗族内部还存在亲属贵贱的等级关系和相应的行为准则,即宗法。"③家族与宗族一定意义上确实可以重合,但二者应该属于不同概念,因此又有不少学者将宗族和家族进行了区分。如程德祺认为:"宗族是介于氏族和家族之间的亲族集团。"④其界定指出宗族比家族大。杜正胜则据礼书对二者进行了区分,他认为:"凡同居或共财的称为'家庭',五服之内的成员称为'家族',五服以外的共祖族人称为'宗族'。同居共财的范围最大到大功。"⑤上述诸贤对家族的各种卓见,为我们了解家族内涵提供了许多有益思考。但是由于本书不是专门的历史制度研究,因此笔者所言家族并不想做通义上的界定,不想刻意模糊或区分家族与宗族概念的异同,也不想作史学意义上专业严谨的术语解释。《汉语大词典》认为家族是"以血缘关系为基础而结成的社会单位,包括了同一血统的几辈人"⑥,此条解

---

① 费孝通:《乡土中国》,生活·读书·新知三联书店1986年版,第39页。
② 陈其南:《家族与社会》,联经出版事业股份有限公司1990年版,第217页。
③ 王玉波:《中国家庭的起源与演变》,河北科学技术出版社1992年版,第52页。
④ 程德祺:《原始社会习俗与宗教信仰》,转引自阎爱民:《汉晋家族研究》,上海人民出版社2005年版,第7页。
⑤ 杜正胜:《中国文化新论》,生活·读书·新知三联书店1992年版,第16页。
⑥ 罗竹风主编:《汉语大词典》,汉语大词典出版社1997年版,第2067页。

释通俗简明,暂且作为本书研究家族的一个笼统定义。因而本书所言文学家族较为宽泛,只要属于同一血统、同一支系、同一地望的成员,我们就将其纳入一个家族集团,母舅子侄也被纳入本书文学家族讨论范围。

一个家族一代数人或者两代、三代以上都有文学创作或以文学著称于世的成员,这个家族我们就可以称之为文学家族。文学家族有两个基本特点:一是家族内部有着一种美好文化统绪的传承,文学之士累世而出;二是家族成员都有一定的文学创作,无论多少,家族内部都存在着文学创作的事实。在这里需要说明的是,文学创作的事实是指各种史料记载了该成员有作品创作,无论是否流传至今,都被计为家族的文学之士。唯一不纳入研究范围的是,即使史料载其有文学才能和文名,但是未有作品创作记载的,则忽略不计。

文学家族的创作即是我们所指的家族文学,它是中国文学史上较为特殊和有趣的一种文学现象,是在家族视野下对文学另一向度的观照。李朝军认为当前中国文学研究中活跃着两类"家族文学"研究,一类得名于其创作主体,一类则以家庭、家族为表现主题。① 本书所指家族文学明显是指作者家族文学,一代或若干世都有文学创作的家族就可称为文学家族,而这样呈家族性创作特点的文学,可称为家族文学。因文学概念外延的扩大化,家族文学的内涵就异常丰富了。根据家族的创作情况,诗词文赋纯文学作品外,现代文学观念下非纯文学作品在内的各种文章也纳入本书界定的家族文学范畴,这应该更符合中国古代文学的特点及其真实面貌。

3. 古代荆楚文学家族的界定

有了上述荆楚地域及文学家族和家族文学的界定,本书研究对象古代荆楚文学家族的界定就非常清晰了。古代湖北地域范围内,一代数人有文章创作,或几代有文章留存的家族,都被称为古代荆楚文学家族,而成为本书的研究对象。

在此必须强调一下,古代荆楚文学家族的界定非常注重三个要素:第

---

① 李朝军:《作者与主题:家族文学研究范式》,《中国社会科学报》2015 年 12 月 7 日第 5 版。

一,这些家族成员的籍贯必须在湖北境内,更明确地说应该是出生地在湖北。无论他是本土家族,还是移民家族,研究对象包含的家族成员占籍必须为湖北,并不以古人作传必称的祖籍为选择标准。

有学者在题为《入山采铜者的收获——〈湖北近三百年学术文化〉》的书评中曾对地域文化研究提出过一些思考。作者楚人认为:"在区域文化研究中,离不了对该地区人文的研究。但有的人籍贯属该地区,而在其他地区乃至其他国度里接受教育,又在其他地区进行学术研究或文艺创作,用该书的话说就是'楚才他育'、'楚才他用'。这些人除了血缘上是楚人外,其学术活动与荆楚文化的联系微乎其微(如曹禺),是否宜于纳进本区域文化研究的范围?而另一些客籍或流寓人士,长期在本地区工作,思想、著述均产于本地区,几乎与本地区文化融为一体(如章学诚),他们的学术文化成就是否可以排除在本区域文化研究的视野以外?这是值得区域文化研究者思考的一个问题。"①楚人提出的问题确实值得地域文化研究者思考,但是以占籍来对人物进行区域划分,是一个非常直观而且可行的方法,也是现在地域文化研究中普遍采用的一个标准。因此占籍是本书选择研究对象的一个根本因素。

第二,"五四"之前,中国文学一直是泛文学、大文学的观念。我们在研究古代家族文学时,理应回归历史,以传统治传统,对中国的古代文学作历史当下性的理解,即以古代的文学观念作为评价尺度,这样我们才能还古代文学一个真实的本来面目。因此本书的家族文学范围较广,而文学家族,在某种程度上也可称为文化家族。但是如果这个家族虽然在医学、科技、艺术等方面表现卓著,而家族成员基本没有文学作品创作的史料记载,或者文学作品创作非常少,那么这些家族将不纳入本书讨论范围。比如明朝蕲水以李言闻、李时珍为代表的李氏家族,虽然李时珍闻名中外,享有盛誉,著有《本草纲目》《濒湖脉学》,以及科学性和可读性都极高的科技散文《艾叶

---

① 楚人:《入山采铜者的收获——〈湖北近三百年学术文化〉》,《华中师大学报》1995年第3期。

传》，但因其创作都为医学相关作品，因而不纳入本书研究范围。再如清代罗田余三胜、余紫云、余叔岩祖孙三世皆为京剧大师，他们的成就主要在京剧表演艺术上，也不纳入本书研究范围。虽然本书对文学的界定相当宽泛，但文学性仍是本书研究对象的一个根本特点。

第三，"古代"是个宽泛的时间概念，本书所指"古代"即一般意义上的理解，指 1840 年鸦片战争之前的中国。如果一个家族的主要成员或者大多数成员生活在 1840 年之前，或者他们的主要事迹和创作在 1840 年之前，这个家族则纳入本书研究范围，否则去之。如蕲春黄氏世家，黄侃、黄焯在经学、文字学、音韵学、文学等方面成就卓著，但已算近代人物，因而也不纳入本书研究范畴。

按照上述标准，本书共梳理出古代荆楚文学家族共计 277 个。但由于笔者学力有限，以及相关资料的遗佚、缺失、散乱，研究对象时间跨度漫长和地域范围较广，还有把持标准在某些个案上存在的争议性和模糊性，本书对古代荆楚文学家族的梳理难免有疏漏、错误和不足。但是本书所作的努力和尝试，对荆楚文学和荆楚文化的研究无疑具有一定的积极意义。

上编

自东汉始,文学家族的兴盛成为中国古代文学的一个基本特点,①是中华文化区别于其他民族文化的一个重要特征。历朝历代文学家族的大量出现及其"家学"和文化的世代承续,是中华文化生生不息的一个重要原因。

中国地域广博,各个地域自然生态、物产风俗皆不同,就决定了中国文化可以根据不同层次、不同地域划分为不同类型的地域文化,并各具特色,这也决定了不同地域文化下文学家族的不同特性。事实上不同地域文化背景下的文学家族创作及其家学传承确实风格各异。荆楚文化是中华文化中具有鲜明地域特色的区域文化之一,自古以来,在荆楚文化的滋养下,荆楚地域产生了不少知名或在历史上产生一定影响的文学家族。

通过历代史书、地方方志、作品总集、谱牒碑铭、笔记文集、专题汇编等各种资料,我们首先对古代荆楚文学家族作了一个尽可能全面的搜索和梳理,否则后面的研究将成为空中楼阁。在此我们只是对这些文学家族的概况作些简要梳理,包括主要成员、人物关系、简要生平经历及其史载文学创作大致情况等。以地域、人物先后顺序进行罗列介绍,希望能清晰地将文学家族基本概况呈现出来。如果人物生卒年可考,我们将明确标示。如果生卒年不详,将省略此项,并不注明。文学家族的朝代归属以史籍记载为据,如果家族跨越了两个朝代,则以家族核心文学人物的生活朝代或者大多数成员的生活朝代为界定依据。此外,方志若有多个朝代编纂,我们尽可能对全部方志里的相关人物资料进行梳理,但当我们在对作品进行整理标注出处时,以时间靠后朝代编纂的方志为主,因为后朝编纂方志的资料大多更加完备。

---

① 可参见拙著《豪族社会的文学折光——东汉家族文学生态透视》,黑龙江人民出版社2009年版。

第一章　汉唐宋元荆楚文学家族

第一节　东汉荆楚文学家族

1. 江夏黄氏家族

主要指黄香、黄琼和黄琬祖孙三人,以道德、政事和文学著称。《后汉书》有传。

黄香(68?—122)[①],字文强,以至孝著称,家贫好学,博学经典,通文章,京师号曰"天下无双,江夏黄童"。历经章帝、和帝、殇帝和安帝四朝,为政"精勤",性纯爱民,多举荐贤才,颇受帝王宠信。《后汉书》载其《让东郡太守疏》,又曰:"所著赋、笺、奏、书、令,凡五篇。"《隋书·经籍志》载曰:"梁有魏郡太守《黄香集》二卷,亡。"清严可均辑《全后汉文》收其六篇作品:《九宫赋》《让东郡太守疏》《留为尚书令上疏》《乐承王苌罪议》《天子冠颂》和《屏风铭》。《古文苑》辑有《九宫赋》和《责髯奴辞》两篇。

黄琼(86—164)[②],黄香之子,字世英。早年不愿为官,后遍历三公。贤于政务,清俭不挠,敢于得罪外戚,为汉末名臣。《后汉书》载其六篇奏疏之文:《因灾异上疏荐黄错、任棠》《因大旱复上疏》《上疏请行籍田礼》《疾笃上疏》《上言举吏宜覆试》《封梁冀议》。

黄琬(141—192),黄琼之孙,字子琰,早年即聪慧善辩。个性耿直,因

---

① （南朝宋）范晔《后汉书》卷八十上《文苑列传》有黄香传记。据史书记载,黄氏是江夏安　陆人,即现在湖北云梦人。所有文学家族的地望按当时建置归属,特作说明。

② 《后汉书》卷六十一《左周黄列传》有黄琼和黄琬传记。

党锢之祸遭禁锢二十余年。解锢后出仕,能安定一州。后因谋划诛杀董卓,被李傕、郭汜所杀。《后汉书》载录其文《奏论樊稜、许相》,严可均辑《全后汉文》增录《驳迁都长安议》一文。

据可查史料梳理,江夏安陆黄氏家族应是史载古代荆楚最早出现的文学家族。

2. 南郡宜城王氏家族

主要指王逸和王延寿父子,以辞赋著称。《后汉书·文苑列传》有二人传记,但记载都非常简略。

王逸,字叔师,主要生活在安帝和顺帝时期。安帝元初年间,曾"举上计吏,为校书郎",得以进入京师为官,并至东观校书。据《后汉书·蔡伦列传》载:"(元初)四年,帝以经传之文多不正定,乃选通儒谒者刘珍及博士良史诣东观,各雠校家法,令伦监典其事。"[①]王逸得以参与其中,可能也正是在东观这段时间,撰成《楚辞章句》一书。顺帝时,为侍中。除《楚辞章句》外,《后汉书》载曰:"其赋、诔、书、论及杂文,凡二十一篇。又作《汉诗》百二十三篇。"[②]

王延寿(140?—165?),王逸之子,字文考,才华出众。少时游鲁,目睹鲁恭王刘余建造鲁灵光殿,惊叹之余,写下了名传千古的《鲁灵光殿赋》。蔡邕亦造此赋,未成,见王延寿所作,遂罢笔。遗憾的是,二十余岁时不幸渡水溺亡。《后汉书》本传载其《鲁灵光殿赋》和《梦赋》。《隋书·经籍志》载曰附注有"《王延寿集》三卷"。《全后汉文》有其文四篇,除《鲁灵光殿赋》《梦赋》外,还有《王孙赋》和《桐柏淮源庙碑》。

第二节　晋朝荆楚文学家族

1. 江夏李氏家族

主要指李景、李重、李充、李颙、李式、卫铄等人,以诗赋文章、目录学和书

---

① 《后汉书》卷七十八《宦者列传》。
② 《后汉书》卷八十上《文苑列传·王逸列传》。对于王逸作的《汉诗》百二十三篇,一些学者认为:这是指王逸所校的《东观汉记》,应为《汉书》或《汉记》之误。

法著称。以军事起家于三国,至魏晋成为颇有名望的世家大族。《三国志》《晋书》有传。李氏家族最早可追溯至李通。李通(168—209)①,字文达。以任侠闻于江、汝之间,汉末起兵于朗陵,后投奔曹操,成为曹操麾下重要将领。官渡之战中拒绝袁绍和刘表的招揽,定淮、汝之地。建安十四年(209),在救曹仁路上得病而死。曹丕称帝后,下诏称其忠义。李通有子二人:李基和李绪,都颇受宠幸。李基为奉义中郎将,李绪屯樊城有功,为平虏中郎将。

李景,李绪之子,李通之孙,有时又称李秉②,有俊才,任秦州刺史、都亭定侯。严可均辑《全晋文》收其《家诫》一篇。李景有三子李重、李嶷、李矩和李尚。

李重(253—300)③,字茂曾。少时好学,有文章辞采,曾为始平王司马玮文学,上疏陈述九品中正制的利弊,“词惬事当”,切中要害。一生历任数职,为官清简无欲,正身率下。后赵王伦用为右司马,忧思成疾而卒。《隋书·经籍志》载“《李重集》二卷”,但今已亡佚。《晋书》本传载其文《请除九品疏》《请优礼朱冲疏》《奏驳恬和所表二事》《奏霍原应举寒素》《奏驳介登贬秩居官事》《杂奏议》《荐曹嘉启》《吏部尚书箴序》八篇,后也为严可均辑《全晋文》收录。可以看出从李重开始,李氏家族由军功家族向文学士族的转变。

李重子李式(275—328)④,字景则,有美好的名声,官至侍中,以平隐著称,擅长楷书和隶书。另一子李廞⑤,字宗子,也善草书和隶书,与李式齐名。

---

① (西晋)陈寿《三国志·魏书》卷十八有李通传。裴松之的注有李重,其弟李尚、李矩,其子李式的简短记载。

② 《三国志·魏书》卷十八《李通传》裴松之注引王隐《晋书》曰:“绪子秉,字玄胄。……秉子重,字茂曾。”《晋书》卷四十六《李重传》却载曰:“李重字茂曾……父景,秦州刺史,都亭定侯。”可见,史书对于李重父亲名字记载有多种说法。

③ 《晋书》卷四十六有李重传记。除有李重详细传记外,别有李景、李式的简短记载。

④ (唐)张怀瓘《书断》曰:“李式,字景则,江夏钟武人,官至侍中。卫夫人之犹子也。甚推其叔母,善书。”

⑤ 《世说新语·栖逸》载:“李廞是茂曾第五子,清贞有远操,而少羸病,不肯婚宦。居在临海,住兄侍中墓下。”徐震堮《世说新语校笺》引《文字志》曰:“廞字宗子,江夏钟武人。祖康,秦州刺史。父重,平阳太守。世有名望。廞好学,善草隶,与兄式齐名。躄疾不能行坐,常仰卧,弹琴、读诵不辍。河间王辟太尉掾,以疾不赴。后避难,随兄南渡,司徒王导复辟之。廞曰:‘茂弘乃复以一爵加人。’永和中卒。”

　　李充(310? —362?)①,字弘度,李矩之子,李重之侄,李式从弟。李矩曾为江州刺史,擅长隶书。② 李充是李氏家族中颇具盛名之人,东晋著名的目录学家、书法家和文学家。少时因手刃盗父墓旁柏树盗贼而知名。始为丞相掾属,任大著作郎期间,以时典籍混乱,便删除烦重,以四部分类法对典籍进行整理,编成《晋元帝四部书目》。善写楷书,书法深受钟繇、索靖影响,并精于文学。《晋书》载其《学箴》,并曰:"充注《尚书》及《周易旨》六篇,《释庄论》上下二篇,诗赋表颂等杂文二百四十首,行于世。"此外还著有《翰林论》一书。《隋书·经籍志》曰:"李充注《论语》十卷""晋《李充集》二十二卷"。《旧唐书·经籍志》曰"《李充集》十四卷"。可惜的是这些作品大都失传。《全晋文》和《先秦汉魏晋南北朝诗》收集辑录了部分作品。除《学箴》外,《全晋文》辑录了《翰林论》一些佚文,以及《风赋》《春游赋》《怀愁赋》《玄宗赋》《穆天子赋》《九贤颂》《起居诫》《登安仁峰铭》《良弓铭》《壶筹铭》《博铭》《舟楫铭》《吊稽中散》,但大多为残篇。《先秦汉魏晋南北朝诗》录其《嘲友人》《七月七日》《送许从》三首五言诗。

　　李颙,李充之子,史载其亦有文义,多有述作,郡举孝廉。《隋书·经籍志》著其有《周易卦象数旨》六卷,《集解尚书》十一卷,《尚书新释》二卷,《李颙集》十卷。《全晋文》有其《雪赋》《雷赋》《悲四时赋》《感兴赋》《凌仙赋》《龟赋》《镜论》《阮彦伦诔》的全文或残篇,另有两篇残文,未有篇名。《先秦汉魏晋南北朝诗》录其《经涡路作诗》《涉湖诗》《夏日诗》《羡夏篇》《感冬篇》《离思篇》《诗》七首。

　　李氏家族成员值得一提的还有卫铄(272—349),李充之母,李矩之妻,

①　《晋书》卷九十二《文苑传》有李充传记,并附有李颙传记。李充生卒年史书未有明确记载,学者众说纷纭,这里采用的是曹道衡在《中古文学史论文集》中《晋代作家六考》一文对李充生卒年考证的观点。

②　《晋书》有李矩传记,但经笔者考察,此李矩,并不是李充之父,应该是李重弟李矩同名人。不少资料把二人混淆,应该有所辨析。《三国志·李通传》裴注曰:"重二弟……矩字茂约,永嘉中出典郡;矩至江州刺史"。《晋书·文苑传》载:"李充字弘度,江真人。父矩,江州刺史。"《晋书·李矩传》载曰:"李矩字世回,平阳人也。"两个李矩生活时间相近,但是字、籍贯、官职都不同,应为两个同名之人。

即历史上著名的书法家"卫夫人"。她出身于书法世家河东卫氏,师承钟繇,妙传其法,是王羲之的书法老师。李充、李颙的书法应该都深受卫夫人影响。著有《笔阵图》,但已失传。

2. 襄阳习氏家族

主要指习凿齿、习辟强父子,以史学、诗文著称。习氏世为襄阳豪族,《晋书》有传。

习凿齿[①],字彦威。少有志气,博学洽闻,以文章著称。初随桓温,为从事主簿,转治中别驾。后因忤旨和腿疾被废于家,著写《汉晋春秋》,再受苻坚赏识。朝廷本征召撰写国史,适逢其病死,未成。著作颇多,有《汉晋春秋》《襄阳耆旧记》《逸人高士传》《魏武帝本纪》等,除今存《襄阳耆旧记》[②]辑佚本外,大都亡佚。《隋书·经籍志》载其有《习凿齿集》五卷,也已失传。《晋书》本传载有《与桓秘书》《晋承汉统论》两文。《全晋文》除此两文外,另载录其《临终上疏》《与谢安书》《又与谢安书称释道安》《与谢侍中书》《与燕王书》《与桓秘书》《与释道安传》《诸葛武侯宅铭》,以及《汉晋春秋》部分佚文。清人丁宿章的《湖北诗征传略》录存其诗《咏灯》。

其子习辟强,除习凿齿传记后有"才学有父风,元兴元年位至骠骑从事中郎"的简略记载外,事迹和文章著述已不可考。

第三节　南北朝荆楚文学家族

1. 江陵宗氏家族

主要指宗炳、宗悫、宗测、宗夬、宗懔,士族出身。祖籍南阳,因先祖宗承永嘉之乱中有功,封柴桑县侯,除宜都郡守,子孙便居江陵。由东晋末年进入南北朝,将其划入南北朝时期的文学家族。南北朝史书及《荆州府志》有传。

---

① 《晋书》卷八十二有习凿齿传记,后附有习辟强简略小传。
② (南朝梁)宗懔、(晋)习凿齿:《荆楚岁时记译注　襄阳耆旧记校注》,湖北人民出版社1999年版。

宗炳(375—443)①,字少文。朝廷屡次征召为官,俱不就,擅长书法、绘画和弹琴。一生好游山水,曾漫游天下,老病才回归江陵,将其游历所见景物,绘于居室之壁。新旧唐书《艺文志》载其有集十六卷,大多散佚。现存有《画山水序》,严可均辑《全宋文》录存其文《明佛论》,逯钦立《先秦汉魏晋南北朝诗》录存其诗《登半石山诗》《登白鸟山诗》。宗炳母师氏,聪辨有学,教授诸子,给予宗炳良好的家庭教育。②

宗悫(?—465),字元干,宗炳之侄。南朝宋时曾任振武将军、广州刺史等职。后拥立武陵王刘骏为帝,升任左卫将军,历镇广州、豫州等地。官至安西将军、雍州刺史。严可均辑《全宋文》录存其文《上表述病》。

宗测③,字敬微,一字茂深,宗炳孙。先为州秀才主簿,齐豫章王萧嶷辟为参军。后为太子舍人,再征司徒主簿不就。工书善画,曾画阮籍遇孙登图、永业寺佛影台,皆为妙作。严可均辑《全齐文》录存其《答府召》《又答府召》《答鱼复侯子响》文三篇。

宗夬(456—504)④,宗炳孙,字明扬,历宋、齐、梁三朝。初为宋临川王刘义庆常侍,再为南康王荆州别驾,南齐萧和帝御史中丞、东海太守,入梁后,历任太子右卫率、五兵尚书等职。史载其有集九卷,已散佚,逯钦立《先秦汉魏晋南北朝诗》录存其诗《荆州乐(三首)》《遥夜吟》《别萧咨议诗》。

宗懔(502—565)⑤,字元懔。少时聪敏好学,乡里号为"小儿学士"。历任湘东王萧绎记室,汝、建成、广晋等地令。萧绎为荆州刺史时,为别驾。萧绎继位,累官至吏部尚书。江陵没后,入北周。史载其有《荆楚岁时记》一卷,另有集二十卷。现存《荆楚岁时记》及《和岁首寒望诗》《早春诗》《春望诗》《麟趾殿咏新井诗》等诗。

---

① 《宋书》卷九十三有宗炳传记。
② 《湖北通志》卷一百五十五《人物志·列女传》有宗炳母的简要记载。
③ 《南齐书》卷五十四《高逸传》有宗测传记。
④ 《梁书》卷十九有宗夬传记。
⑤ 《梁书》卷四十一有宗懔传记。

2. 江陵庾氏家族

主要指庾易、庾黔娄、庾於陵、庾肩吾、庾信等人,以诗文和经学著称。庾氏祖籍本为南阳新野,八世祖庾滔在西晋灭亡后南迁至江陵。《梁书》《周书》《南史》《北史》有传。魏晋南北朝时期,世家大族都非常注重家族子弟的文化教育以及家族文化传统的延续,庾氏家族就是在这样背景下产生的一个"七世举秀才""五代有文集"的典型文学世家。

庾易①,字幼简,性恬隐,不交外物。刺史豫章王辟为骠骑参军,不就。后临川王萧映推重,上表举荐,依然不就,以文义自乐。(光绪)《荆州府志》载其有《庾易集》十卷。

庾黔娄②,庾易之子,字子贞,以孝闻名,史传"尝粪忧心"典故。少时好学,多讲诵《孝经》。萧统为太子时,甚见知重,与殷钧、到洽、明山宾等一起为萧统讲五经义理。《全梁文》录存其文《答释法云书难范缜神灭论》。

庾於陵③,字子介,庾黔娄之弟,七岁就能言玄理。齐随王萧子隆为荆州刺史时,召为主簿,与谢朓、宗夬抄撰群书。后为荆州大中正。《梁书·文苑传》载其有"文集十卷",惜未传。

庾肩吾(487—551),字子慎,庾於陵之弟,八岁就能赋诗。因文章才学,从萧纲为晋安王至太子称帝时,便随其左右。工于诗歌,与王融、谢朓、沈约、徐摛、徐陵、其子庾信为当时宫体诗的主要创作者。侯景之乱中辗转流离,因一首诗歌免于被杀,后卒于江陵。《梁书》本传载曰"文集行于世",但散佚严重。明代张溥《汉魏六朝百三家集》辑有《庾度支集》一卷,收其诗八十五首,启二十五篇,论十篇,表、序、铭各二篇,章一篇,现传于世。《全上古三代秦汉三国六朝文》和《先秦汉魏晋南北朝诗》收录其作品也较完整。

---

① 《南史》卷五十有庾易传,并附有庾黔娄、庾於陵、庾肩吾传记。《南齐书》卷五十四也有庾易传。
② 《梁书》卷四十七《孝行》有庾黔娄传。
③ 另《梁书》卷四十九《文学上》有庾於陵、庾肩吾传记。

庾信(513—581)①，庾肩吾之子，字子山，历史上最为知名。少时便聪敏绝伦，博览群书，尤其擅长《春秋左氏传》。与其父一起同为萧纲东宫学士，恩礼莫能与之比。文并绮艳，与徐摛、徐陵父子之文世号"徐庾体"，深受世人推崇和模拟。侯景之乱，奉命出使西魏，后滞留并客死北方。《北史·文苑列传》载其有"文集二十卷"。现存世《庾子山集注》②，有诗三百二十四首，赋十五篇，连珠四十四首，其他政论等应用文一百一十篇。

3. 襄阳柳氏家族

主要指柳世隆、柳恽、柳恽、柳惔、柳忱、柳庄、柳晋等人。柳氏先祖本是河东解人，永嘉之乱时，其东眷一支自柳卓南迁③，始侨居襄阳。经柳恬、柳凭、柳元景几代人的努力，成为南朝有名世家大族。其中柳元景因屡立军功，是柳氏崛起的关键性人物。柳氏以诗文著称，《南齐书》《梁书》《南史》有传。

柳世隆(442—491)④，字彦绪，历仕宋、齐两朝。少有风器，"好读书，折节弹琴，涉猎文史，音吐温润"。颇受其伯父柳元景器重，荐举为官。后起兵响应宋明帝，又与萧赜交好。南齐建立后，历任重要官职，极受宠幸。曾自评"马槊第一，清谈第二，弹琴第三"。性清正廉明，喜好坟典盛事。《南齐书》载柳世隆晓数术，著《龟纪秘要》二卷行于世，但现已亡佚。严可均辑《全齐文》收其文《奏省流寓民户帖》，另有残篇《与刘怀慰书》。柳世隆多有子嗣，又以柳惔、柳恽、柳憕、柳忱等人较为知名。《南史》载："忱兄弟十五人，多少亡，唯第二兄惔、第三兄恽、第四兄憕及忱三两年间四人迭为侍中，复居方伯，当世罕见。"

---

① 《周书》卷四十一、《北史》卷八十三《文苑列传》有庾信传记。
② （南朝）庾信：《庾子山集注》，（清）倪璠批注，许逸民校点，中华书局1980年版。
③ 《新唐书》卷七十三载："秦并天下，柳氏迁于河东。秦末，柳下惠裔孙安，始居解县。……眷，太守，号'西眷'。二子：恭、璩。恭，后魏河东郡守，南徙汝、颍，遂仕江表。……平阳太守纯生卓，晋永嘉中自本郡迁于襄阳，官至汝南太守。四子：辅、恬、杰、奋，号'东眷'。"柳氏有东眷、西眷两支，迁居襄阳的是东眷一支。
④ 《南齐书》卷二十四有柳世隆传记，《南史》卷三十八有《柳元景传》，并有柳世隆、柳惔、柳恽、柳憕、柳忱等人传记。

柳恽(462—507)[①]，字文通，历仕齐、梁两朝，"好学，工制文，尤晓音律"，与兄柳悦并称"柳氏二龙"。知晓时事，曾避祸巴东王萧子响之乱。及萧衍起兵，积极响应，历任高官，后病逝。因文才出众，梁武帝常令与宴赋诗。《南史》载其"著《仁政传》及诸诗赋，粗有辞义"。《隋书·经籍志》载"《柳恽集》六卷"，未传。

柳恽(465—517)[②]，柳恽大弟，字文畅，少有志行，勤奋好学，工于书法。自幼师从著名琴师嵇元荣、羊盖学习琴艺，后与沈约等共定新律，又善诗文和弈棋。仕齐、梁间，为政清静，注重文教，颇受百姓爱戴。梁武帝每与宴，必诏其赋诗。《南史》载"恽著《卜杖龟经》，性好医术，尽其精妙"。《隋书·经籍志》载"《柳恽集》十二卷"。撰有《清调论》，编写《棋品》三卷，遗憾的是基本都已散佚。《全梁文》收其与庾黔娄同题文《答释法云书难范缜神灭论》。《先秦汉魏晋南北朝诗》辑录其诗《江南曲》《长门怨》《度关山》《起夜来》《独不见》《芳林篇》《赠吴均诗(三首)》《杂诗》《七夕穿针诗》《咏蔷薇诗》《奉和竟陵王经刘瓛墓下诗》《捣衣诗》《咏席诗》《从武帝登景阳楼诗》《赠吴均诗(二首)》十八首。

柳憕(？—513)，柳恽二弟，字文渊。喜好玄言，通晓《老子》《周易》，也有美誉。历任侍中、镇西长史。《隋书·经籍志》载"《柳憕集》六卷"，惜其未传。《全梁文》收其文《赋体》，以及与庾黔娄、其兄柳恽同题文《答释法云书难范缜神灭论》一篇。

柳忱(471—511)[③]，柳恽三弟，字文若。为人至孝，说服萧颖胄归附萧衍。萧衍继位后颇受敬重，死后追赠中书令，谥曰"穆"。《隋书·经籍志》载"《柳忱集》十三卷"，未传于世。

柳庄，柳恽之孙，字思敬，博览坟籍。济阳蔡大宝有名重于江右，为岳阳王萧詧咨议，见柳庄，叹其为"襄阳水镜"复在，并以女妻之。先辟为西梁参军，入隋官至给事黄门侍郎。明习旧章，雅达政事，为时所重。《湖北诗征

① 《梁书》卷十二有柳恽传记。
② 《梁书》卷二十一有柳恽传记。
③ 《梁书》卷十二有柳忱传记。

传略》录存其诗《赠刘生》。

柳䛒（537—605）①，柳恢之孙，字顾言。少聪敏，好读书，所览将万卷。初仕梁，再入西梁、隋，官至东阁学士。俊辩嗜酒，言杂俳谐，为太子所亲。隋炀帝即位，立封汉南县公，帝与嫔后对酒，则召入与其同榻席。因恨不能夜召，遂刻木偶人，施机关，能坐起拜伏像柳䛒，受宠幸如此。六十九卒，谥曰"康"。著有《法华玄宗》二十卷，《晋王北伐记》十五卷，《归藩赋序》，集十卷等，惜皆佚。《湖北诗征传略》录存其诗《奉和晚日杨子江应制》《奉和晚日杨子江应教》《阳春歌》，另有《天台国清寺智者禅师碑文》《咏死牛诗》传于世。

第四节　隋朝荆楚文学家族

江陵庾氏家族

主要指庾诜、庾曼倩、庾季才等人，以占星、卜算、著作闻名。与庾肩吾先祖一样，祖籍也为河南新野，八世祖庾滔随晋元帝司马睿南渡，遂迁至南郡江陵。《南史》《北史》《隋书》有传。由梁经周入隋，因主要人物在隋活动，遂归为隋朝文学家族。

庾诜（455—532）②，字彦宝。从小聪警笃学，通识经史百家。多才多艺，无论纬候占学、读书射箭、棋艺音乐，都可称当时一绝。性格夷简，朝迁多次征诏，都称疾不就，著述颇丰。《梁书》载其"所撰《帝历》二十卷，《易林》二十卷，续伍端休《江陵记》一卷，《晋朝杂事》五卷，《总抄》八十卷，行于世"。今皆不传。

庾曼倩，庾诜之子，字世华，很早就有美好声誉。梁元帝深为推崇，赞其："赏德标奇，未逾此子！"颇多著述及文章，《梁书》载其"所著《丧服仪》《文字体例》《老庄义疏》，注《算经》及《七曜历术》，并所制文章：凡九十五

---

① 《隋书》卷五十八有柳䛒传记。
② 见《梁书》卷五十一《处士传·庾诜传》、《南史》卷七十六《庾诜传》，有庾诜、庾曼倩传记。

卷"。惜未传。

庾季才(515—603)①,庾曼倩之子,从小聪颖善悟,八岁可读《尚书》,十二岁通晓《周易》。梁元帝专门为其建造天文观测台西台,任太史令。北周时劝谏文帝释梁俘。入隋后,多次以星象之学劝谏文帝。《北史》载曰:"撰《灵台秘苑》一百二十卷,《垂象志》一百四十二卷,《地形志》八十七卷,并行于世。"惜皆未传。严可均辑《全隋文》载录其文《上言定授禅日月》《奏请迁都》。

庾质(？—614),庾季才之子,字行修。八岁即能诵梁元帝《玄览》《言志》等十赋。隋朝为官,忠义敢言,得罪隋炀帝,死于狱中。庾质子庾俭,传其家族之学,并兼有学识。二人作品未见记载。

第五节　唐朝荆楚文学家族

1. 江陵岑氏家族

主要指岑文本、岑羲、岑参等人,一门三相,因仕宦及诗文闻名。岑氏祖籍本为邓州棘阳,自岑善方为官始迁入江陵。《旧唐书》《新唐书》《唐才子传》有传。

岑文本(595—645)②,字景仁。从小性格沉敏,擅长文辞,多所贯综。十四岁时曾为父申冤,召对明辩。初为萧铣中书侍郎,入唐后任秘书郎,兼直中书省。给唐太宗上《籍田颂》《三元颂》二文,文致华赡。再经李靖推荐,任中书舍人。后从太宗伐辽东,暴病而亡。文章敏速过于颜师古,《新唐书·艺文志》载其有文集六十卷,但已散佚。《全唐诗》存其诗四首,《全唐文》存其文二十篇。

岑羲(？—713),字伯华,岑文本之孙。进士出身,历任太常博士、中书舍人等官职。唐睿宗景云元年(710),拜为宰相。因支持和保护唐睿宗,进

---

① 见《北史》卷八十九《艺术上·庾季才传》、《隋书》卷七十八《庾季才传》。
② 《旧唐书》卷七十、《新唐书》卷一百一十五,有岑文本传记。

拜侍中,封爵南阳郡公。唐玄宗继位后,因依附太平公主图谋作乱被杀。诗工丽,多应制之作。《全唐诗》录存其诗六首,《全唐文》录存其文一篇。

岑参(715?—770),岑文本重孙,唐代著名边塞诗人。父亲早逝,家道中落,但聪颖早慧,九岁就开始写作文章。唐玄宗天宝三载(744)进士及第,后授右内率府兵曹参军,后两次从军边塞。曾任嘉州刺史,故世称"岑嘉州",卒于成都。《新唐书·艺文志》载其有"《岑参集》十卷",但已散佚。宋人陈振孙《直斋书录解题》载其集有八卷,《全唐诗》有其诗五卷。今有《岑参集校注》①。

2. 襄阳张氏家族

主要指张柬之、张敬之兄弟。《旧唐书》《新唐书》有传。

张柬之(625—706)②,字孟将。进士出身,先授清源县丞,后通过贤良方正考试,为监察御史、中书舍人。得罪武则天后,贬为外官。因得到狄仁杰、姚崇推荐,回京为官,一度官至宰相。705年发动"神龙政变",拥立李显复位。终遭到韦后和武三思的排挤,被贬广东,忧愤而死。《全唐诗》录存其诗《大堤曲》《与国贤良夜歌二首》《出塞》《东飞伯劳歌》,另有文《请罢姚州屯戍表》《对贤良方正策》。

张敬之(649—673),字叔謇,张柬之弟。十四岁时,中书舍人王德本闻其才名,命其赋诗,立马完成,于是荐其参加科举,但因年纪太小未中。后以门荫获高第,授将作郎。经常与其兄研读经史,以述作为业。遗憾的是早逝,卒时年仅二十五岁。今人陈尚君《全唐诗续拾》录存其诗《赋城上乌勒归飞二字(题拟)》一首。

3. 襄阳柳氏家族

主要指柳识、柳浑兄弟。《旧唐书》《新唐书》《湖北诗征传略》有传。

柳识③,字方明,官至左拾遗。笃意文学,因文章闻名于开元、天宝年

---

① (唐)岑参:《岑参集校注》,陈铁民、侯忠义注,上海古籍出版社2004年版。
② 《旧唐书》卷九十一、《新唐书》卷一百二十有张柬之传记。
③ 《湖北诗征传略》卷三十七《宜城》有柳识、柳浑传记。

间,与萧颖士、元德秀、刘迅齐名。诗旨极趣,当时人服其简拔。与其弟柳浑互为师友,并以诗称于时。《全唐文》存其文八篇。

柳浑(714—789),柳识之弟,原名柳载,字夷旷,一字惟深。早孤,力学不辍。天宝元年(742)进士,历任监察御史、袁州刺史、左散骑常侍、兵部侍郎等职,后为同中书门下平章事。谥号曰"贞"。为人警辩好谈谑,与人交意向豁如。性格俭仆多质直,少威仪,不营产利,善诗文,有集十卷,今已散佚。《全唐文》存录其《请禁田季羔货宅奏》,《全唐诗》录存其《牡丹》。

4. 襄阳段氏家族

主要指段文昌、段成式父子。段氏祖籍山西汾阳,但世代客居古荆州,且古荆州有其先祖故第,所以将其归入荆楚文学家族。《旧唐书》《新唐书》有传。

段文昌(773—835)①,字墨卿,一字景初,家于荆州,长于渚宫。为人疏爽任义节,不为龌龊小行,节度使裴胄礼之。裴胄采古今礼要为书,多次请其辨析疑惑。历任灵池县尉、监察御史、祠部郎中等职,唐穆宗时拜相,担任中书侍郎、同平章事。后历任刑部尚书、兵部尚书、荆南节度使等职,在西川节度使任上去世。《旧唐书》《新唐书》的《艺文志》载其有集三十卷,《诏诰》二十卷,基本散佚。《全唐诗》及其补编收其诗四首,《全唐文》及补编收其文四篇。

段成式(803—863),字柯古。历任校书省校书郎、尚书郎、刺史、太常少卿等职。工诗,有文名,著有《酉阳杂俎》三十卷、续十卷。《宋史·艺文志》载其还有《锦里新闻》三卷,《汉上题襟集》十卷,《段安节琵琶录》一卷,另有《乐府杂录》一卷,都已散佚。《全唐诗》收其诗五十六首十一句,《全唐文》及补编收其文十七篇。与李商隐、温庭筠号称"三才"。

5. 安陆许氏家族

主要指许圉师、许浑。《旧唐书》《新唐书》《唐才子传》有传。

----

① 《旧唐书》卷一百六十七、《新唐书》卷八十九有段文昌、段成式传记。

许圉师（？—679）①，字号皆不详，唐太宗贞观年间进士。显庆中官侍郎、同中书门下三品。有器干，擅文艺，后累迁左相，曾撰《太宗实录》。卒后陪葬恭陵，谥号为"简"。《全唐诗》录其《咏牛应制》。

许浑（791？—858？）②，字用晦，一字仲晦，许圉师六世孙，唐代著名诗人。唐文宗大和六年（832）进士，曾任当涂令、太平令、监察御史、润州司马、睦郢二州刺史等。晚年在润州，自编诗集《丁卯集》，后又称为《许用晦文集》。《全唐诗》收录其诗十一卷。

6. 江夏李氏家族

主要指李善、李邕、李廓、李礓、李沇祖孙，以文学和书法著称。③《旧唐书》《新唐书》《湖北诗征传略》有传。

李善（630—689）④，父亲为李元哲，有雅行，学贯古今。先为秘书郎、泾城县令，经贺兰敏引荐为崇贤馆学士，为李贤侍读，但后也因贺兰敏案牵连，流放姚州。李贤立为皇太子后得还，充实完善《文选注》六十卷，另著有《汉书辨惑》三十卷。

李邕（678—747）⑤，李善之子，字泰和，唐代著名书法家。博学多才，少时即有才名。历任校书郎、户部郎中、括州刺史、北海太守等职。与杜甫相善，后得罪李林甫，被其构陷，含冤而死。李邕善行书，尤其擅长碑颂，被称为"翰林六绝"，有《端州石室记》碑文等传于世。文章天下闻名，卢藏用曾经说李邕的文章如同干将、莫邪难与争锋。有诗集《六公咏》，已散佚。《新唐书·艺文志》载曰"《李邕集》七十卷"，散佚。明人辑有《李北海集》，《全

---

① 《旧唐书》卷五十九、《新唐书》卷九十有许圉师传记。
② 见《唐才子传》。
③ 李善、李邕父子籍贯，一直有争议，有江夏说、江都说两种观点。根据史料研究，唐人江夏李氏与晋代李充李氏家族应同属一支，本书采信江夏说。可参见罗国威：《李善生平事迹考辨》，《文献》1999年第3期；石树芳：《江夏李氏考察——以李善家族为检讨中心》，《河南师范大学学报》2013年第1期。
④ 《旧唐书·文苑传》卷一百九十、《新唐书·文苑传》卷二百零二有李善、李邕传记。
⑤ （清）丁宿章：《湖北诗征传略》，光绪七年孝感丁氏泾北草堂刻本。卷一《江夏》有李邕、李沇传记。

唐文》收其文五十一篇,《全唐诗》录其诗四首。

李元哲子李昉一支下传三世,至李廓及其后人李磎、李沇,皆为唐代著名政治家,且文学才能出众。

李廓(?—820)①,李邕侄孙,字建侯,进士出身。初为李怀光幕属,当李怀光于河中反唐时,李廓将李怀光军队的虚实及作战方案透露给朝廷,后被李怀光察觉,责问他,李廓从容不迫,词气激昂,三军为之感动。河中叛乱平定后,先后任吏部员外郎、御史中丞、京兆尹、门下侍郎、户部尚书等职,政绩显著。清人陆心源编辑的《唐文拾遗续拾》录其文一篇。

李磎(?—895),李廓之孙,字景望,唐宣宗朝进士。先为户部郎中,分司洛阳。当时黄巢起义攻陷洛阳,李磎怀抱尚书大印,避之河阳。洛阳留守刘允章受黄巢义军胁迫,派人前来索印,李磎坚决不给。后历任中书舍人、翰林学士、礼部尚书、同中书门下平章事。李磎一生好学,博学多通,文章秀绝,家有书万卷,世号"李书楼"。作品不详。

李沇(?—895),李廓之孙,李磎之子,字东济,颇有俊才,文学渊奥。所作《明易先生书》《答明易先生书》,为时人赞赏。唐昭宗时与其父同为王行瑜所杀。《全唐诗》录存其诗《醮词》《巫山高》《方响歌》《梦仙谣》《闲宵望月》《秋霖歌》六首。《湖北诗征传略》录存其《秋霖歌》。

7. 竟陵皮氏家族

主要指皮日休、皮光业、皮璨、皮子良等人,绵延四代,以诗文著称。这个家族由晚唐经五代入宋,因重要人物皮日休主要生活于晚唐时期,遂归为唐朝文学家族。《唐才子传》有简略生平记载。

皮日休(838?—883?)②,字袭美,晚唐时人。早年曾隐居襄阳鹿门山读书,咸通八年(867)应试及第,担任著作佐郎、太常博士一类的低级官职。曾两次游历天下,对晚唐社会危机有着深刻认识。黄巢起义时加入起义军,起义失败后不知所终。《新唐书·艺文志》著录其有《皮氏鹿门家钞》《皮日

---

① 《旧唐书》卷一百五十七、《新唐书》卷一百四十六有李廓、李磎传记。
② 皮日休生平传记见于辛文房《唐才子传》、孙光宪《北梦琐言》、计有功《唐诗纪事》等资料。

休集》《皮子》,另有《春秋决疑》十篇,《胥台集》七卷。《全唐诗》有其诗九卷,《全唐文》有其文四卷一百五十六篇。现存《皮子文薮》十卷,另《松陵集》十卷,见《四库全书总目提要》。宋晁公武谓其尤善箴铭。①

皮光业(877—943),皮日休之子,字文通。自幼聪慧,很早便展现出文学天赋,才情卓著,诗文俱长。先为割据称雄吴越的钱镠辟为幕府,吴越建国后,拜为丞相。(光绪)《襄阳府志·艺文志》载其有《妖怪录》五卷,《皮氏见闻录》十三卷,《启颜录》六卷,《三余外志》三卷,但都已散佚。《全唐文》录其文《吴越国武肃王庙碑铭》和《屠环墓志铭》,《全唐诗》存其断句一联,《全唐诗续拾》补二句。

皮璨,皮光业之子。由吴越入宋,官至鸿胪少卿。据《宋史·艺文志》和《文献通考》记载,有《鹿门家钞籍咏》五十卷,因其祖皮日休有《鹿门家钞》,便沿用此名。

皮子良(962—1014),皮璨之子,字汉公。少时便善写文章,以文闻名江东,官至大理寺丞,后将三世祖先文集上献朝廷。作品不详。

皮仲容,皮子良之子,以进士及第,也乃当世名士。

皮氏以诗文传世,延续五代,北宋尹洙评曰:“皮氏擅名,厥初襄阳。后家于南,再世以昌。”②

第六节　宋朝荆楚文学家族

1. 荆门孙氏家族

主要指孙何、孙僅、孙侑三兄弟,以科举和诗文著称。孙氏祖籍本为蔡州汝阳,因孙庸出任知荆门军,家族便定居于此。③《宋史》有传。

---

① 四库全书研究所整理:《钦定四库全书总目》,中华书局1997年版,第2025页。
② (宋)尹洙:《大理寺丞皮子良墓志铭》,见其《河南集》,《四库全书》集部三别集类。
③ 对于孙氏的籍贯、地望问题,学界颇有争议,很多典籍将其归为汝州人士。明万历《汝州志》便将孙僅归入汝州乡贤,但《宋史》认为其祖籍在汝阳。本书因孙氏自孙庸后居荆州,便将其纳入荆楚文学家族。

孙何(961—1004)①,孙庸长子,字汉公。孙庸,字鼎臣,由五代后周入宋。因才能出众,无论仕于后周还是宋朝,都能得到赏识。十岁便懂得音韵,十五岁就能写文章,可谓少年成名。淳化三年(992),三十一岁进士及第,并高中状元,仕途顺利。一生好学,乐名教,勤接士,留下大量著作。其《两晋名臣赞》《春秋意》《尊儒教议》名闻于时。《宋史》本传曰其"好学,著《驳史通》十余篇,有集四十卷"。《宋史·艺文志》载有"《孙何集》四十卷"。除此之外,还著有制令集《西垣集》四十卷及《宋诗》二十篇等,但大都亡佚。现有文《论官制》《文箴》《碑解》《赋论》四篇,诗《吴江旅次》《题石桥》二首传于世,收录于《全宋文》和《全宋诗》。

孙僅(969—1017),孙何之弟,字邻幾。在深厚的家庭文化浸染下,年少时便享有文名,咸平元年(998)就高中状元。为人谦恭有礼,温良敦厚,出色完成出使契丹使命,颇受朝廷器重。《宋史》本传载其有文集五十卷,《宋史·艺文志》曰其有诗《甘棠集》一卷,均已散佚。《宋诗纪事》录存其诗《勘书堂》《赠种徵君放》。

孙侑,孙僅之弟,字有可,和其二兄一样,早有文名。咸平三年(1000)进士及第,为北宋良臣名儒之一。史载其颇多创作,明天启年间仍有孙侑文集流传,遗憾的是,明末战乱中散佚。

孙氏三兄弟都有才学,人称"荆门三凤"。北宋文坛领袖王禹偁曾感慨天地间的钟灵秀气,全部聚集到了荆门孙家。

2. 黄冈潘氏家族

主要指潘鲠、潘大临、潘大观父子,以诗文、经学著称。潘氏祖籍为荥阳,因其祖父潘衢为官黄州,遂定居黄冈。《湖北通志》《湖北诗征传略》有传。

潘鲠(1036—1098)②,字昌言,神宗元丰二年(1079)进士及第。少时

---

① 《宋史》卷三百六十有孙何及孙僅的传记。
② 《湖北通志》卷一百五十一《人物·文学传》有潘鲠传记,后有其子潘大临、潘大观小传。《湖北诗征传略》卷十五《黄冈》有潘大临、潘大观传记。

随闽地硕儒周希孟学习,常常聚徒讲学,徒众达百余人。为官守正清廉,颇受百姓爱戴。一生淡泊名利,勤于学术,所以官职一直不高。"苏门四学士"之一的张耒以与他同游为幸。著有《春秋断义》十二卷,《讲义》十五卷,《易要义》三卷,皆亡佚。潘鲠的两个弟弟潘丙和潘原也有文名,苏轼被贬黄州期间,与他们交往甚密,苏轼信札中有所记录,遗憾的是二人生平史料散失未见。

潘大临(1057?—1106)①,潘鲠长子,字邠老,又字君孚。自小警敏不羁,酷爱诗书,以能诗闻名。遗憾的是,应试不第,一生清贫不显。但与苏轼、张耒以及黄庭坚、徐俯、吕本中等人交往密切,在潘氏家族中文学成就最高。著有《柯山集》二卷,已亡佚。从《两宋名贤小集》及《诗话总龟》《苕溪渔隐丛话》等书中辑有《潘邠老小集》,收其诗十四首,另《宋文鉴》存诗十首,另有一些散句。

潘大观,字仲达,潘鲠次子,生平事迹湮没无闻,只知其诗名与其兄潘大临平齐。北宋吕本中将其列入《江西诗社宗派图》,可见其诗文成就及特点。

3. 蕲州林氏家族

主要指林敏中、林敏功、林敏修三兄弟,以诗文著称,都属江西诗派诗人。《蕲州志》《湖北诗征传略》有传。

林敏中②,字子敬,曾注苏诗,集于《东坡集注》。十六岁领乡荐未中,叹曰富贵并非其愿,遂杜门不出三十年。有诗文百卷,为《蒙山集》,但为兵火所毁,后无存。弟林敏功、林敏修俱以诗文相高。

林敏功,字子仁,又字松坡,精研《春秋》。参加科举考试落第,从此归隐家乡,杜门不出凡二十年,一心习经和诗文创作。宋哲宗时征招不应,宋徽宗时被赐为"高隐处士"。有《松坡集》。与其弟林敏修比邻而居,以文字相友善,世称"二林"。二林与苏轼、潘大临皆有交往,并为东坡诗作过注。

---

① (光绪)《黄冈县志》卷十九《文苑传》有潘大临、潘大观传记。
② 《湖北诗征传略》卷十八《蕲州》有林敏中、林敏功、林敏修传记。

王十朋《集注分类东坡先生诗》收录有二人注,其中林敏功注有六百一十五则,为北宋注家中留存最多的。刘克庄辑其佚诗为《高隐集》七卷,陈振孙《直斋书录解题》有记录。遗憾的是,只有八首整诗及三句残诗留存至今。

林敏修,字子来,林敏功之弟,一生未仕。长于诗文,著有《无思集》四卷,明廖用贤《尚友录》卷十三、陈振孙《直斋书录解题》有录,可惜已散佚。《宋史·艺文志》载有《林敏功集》十卷,但现只存诗十首和残诗一句,其中九首见于《全宋诗》,一首《金陵冯仲宣诗语极妙而未之识也,因张牧之以诗寄子仁仆亦用韵》见于《永乐大典》卷八九九。

4. 襄阳魏氏家族

主要指魏泰和魏玩姐弟,以诗文著称。《樊城府志》有传。

魏泰①,字道辅,出身世族。博览群书,但不思仕进,与王安石、黄庭坚等人交好。性诙谐,尤好谈朝野趣闻,善辩。徽宗年间,章惇爱其才欲荐举为官,推辞未就。好倚仗官至丞相的姐夫之势,横行乡里,声望不佳。著书颇多,有借张师正名作的《志怪集》《括异志》《倦游录》;借梅尧臣名作的《碧云》;还有《临汉隐居集》二十卷,《临汉隐居诗话》一卷,《读录》一卷,《订误集》二卷,《书可记》一卷,《襄阳趣吟》二卷,《襄阳形胜赋》等,还有《东轩笔录》十五卷,记载了王安石变法等北宋时期的朝政军国大事,史料颇为后人采用。

魏玩,魏泰姐,字玉汝。曾封鲁国夫人,史常称"魏夫人",丈夫曾布乃曾巩之弟,是王安石变法的重要参与人。著有《魏夫人集》,可惜散佚。她的词在宋代颇负盛名,朱熹评曰:"本朝妇人能文,只有李易安与魏夫人。"②胡宗汲也曰:"今代妇人能诗者,前有曾夫人魏,后有易安李。"二人都将其与李清照相提并论。明杨慎在《词品》中对魏夫人给予了更高的评价,曰:"李易安、魏夫人,使有衣冠之列,当与秦七、黄九争雄,不徒擅名于闺阁也。"不仅将其词作成就与李清照并列,认为还可与秦观、黄庭坚一争高下。

---

① （光绪）《襄阳府志》卷十七《艺文志》有魏泰传记。
② （宋）黎靖德编:《朱子语类》卷一百四十《论文下·诗》。

但现仅存诗《虞美人草行》一首,另存词十四首见于今人周咏先编纂的《唐宋金元词钩沉》及《全宋词》。

5. 襄阳米氏家族

主要指米芾、米友仁、米尹知父子,以书画和文学著称。《宋史》有传。

米芾(1051—1108)①,字元章,初名黻,号襄阳漫士。五世祖米信是宋初开国勋臣,米芾之前家族多出武臣,父亲米佐就曾任武卫将军。因宋朝偃武修文,米佐便有意培养米芾的文学素养,米氏逐渐转化为文化世家。米芾为官三十七年,但无意宦途。米芾性格颠狂,有人戏称“米颠”,但正是这种张扬率真的个性,让他在艺术上敢于创新,无论书法、绘画、诗文都能自成一格。书法成就最大,与苏轼、蔡襄、黄庭坚并称“宋四家”;绘画开创“米氏云山”一派;诗文也往往流露一种独特个性。米芾现存书法墨迹一百一十六件之多,另外还有《书史》一卷,《画史》一卷,《海岳名言》一卷,《宝章待访录》一卷,《砚史》一卷,《山林集》等著作。《山林集》乃其诗文集,相传一百卷,散佚后,南宋岳珂搜辑佚文成《宝晋英光集》,仅得八卷。后人还将其论书之语辑成《海岳名言》一卷,将其书跋和画跋辑成《海岳题跋》一卷。

米友仁(1074—1153),又名尹仁,字元晖,米芾长子,也称小米。幼年便跟随米芾学画,二十岁即以书画知名,四十八岁选为书学博士。南渡后任兵部侍郎,受高宗命,参与书法鉴定。存世书法作品有《吴郡重修大成殿记》《动止持福帖》《录示文字帖》等,还有一些绘画作品,如《远岫晴云图》等。岳珂《宝真斋法书赞》收有米友仁《阳春词》一卷,后朱祖谋收其词入《强村丛书》,称为《阳春集》,《全宋词》亦收录。

米尹知,米芾次子,也称为米友知。史载亦善书,米芾《海岳名言》曰:“幼儿友知代吾名书碑及手大字更无辨。门下许侍郎尤爱其小楷,云:‘每小简可使令嗣书。’谓友知也。”但早逝,书迹不传。

---

① 《宋史》卷二六一有米芾传记,附米友仁传记。米芾卒年有争议,有的学者认为米芾卒于公元1107年,这里取1108年说。

6. 应山连氏家族

主要指连庠、连庶兄弟。《应山县志》《宋史》《湖北诗征传略》有传。与宋祁、宋庠并称"应山四贤"①。

连庠（1006—1067），字元礼，宋仁宗庆历二年（1042）进士。为宜城令，敏于政事，官至郎中。为人静肃，人号"连底冻"，有集五卷，已散佚。（乾隆）《襄阳府志·艺文志》录存其诗《重建羊侯祠和王原叔句》，《湖北诗征传略》录存其诗《襄州守王侯复羊叔子祠》。

连庶②，连庠之兄，字居锡，一字君锡，兄弟二人齐名，宋仁宗庆历年间进士。守道好修，为寿春令，一县大治。后退居二十年，欧阳修推荐为昆山知县，辞不行，累迁员外郎。连庶为人清修孤洁，人称"连底清"。作品不详。

7. 谷城王氏家族

主要指王之望、王学可祖孙。《宋史》《湖北诗征传略》有传。

王之望（1104—1171）③，字瞻叔，南宋绍兴八年（1138）进士，历任太府少卿、户部侍郎，后擢至参知政事，因事罢免。乾道元年（1165）起为福建安抚使，加资政殿大学士，移知温州卒。时秦桧执国之权柄，能守其志，历官所任皆有政绩。工诗属文，为南宋词学大家。其诗文皆疏畅明达，犹有北宋遗矩。著有《汉滨集》，焦竑《国史经籍志》作六十卷，另有《奏议》《经解》等，但皆散佚不存，《永乐大典》存其部分。后《四库全书》据《永乐大典》辑为十六卷，有诗词二百一十七首。《湖北诗征传略》录存其《浯溪中兴颂碑》《逢钟王房公湖》。

王学可，王之望之孙，字亚夫，淳祐年间为临安府通判，有诗名。《湖北诗征传略》录存其诗《洞霄宫》《石桥》《题苏端明书乳泉赋后》。

---

① 关于宋祁、宋庠籍贯，学界一直有不同观点。二人应为河南开封府雍丘人，即今河南开封杞县人。

② 《宋史》卷四五八有连庶传。《湖北诗征传略》卷二十三有连庠和连庶传记。

③ 《宋史》卷三百七十二有王之望传记，《湖北诗征传略》卷三十七《谷城》有王之望、王学可传记。

第七节　元朝荆楚文学家族

1. 安陆赵氏家族

主要指赵复、赵月卿父子。宋末元初时人,归入元代文学家族。《元史》《湖北诗征传略》有传。

赵复①,字仁甫。1235 年元太宗令太子出师伐惠安,赵复被俘。时杨惟中在军中求儒道释医卜,赵复以才应之,因此获释,并随之至京,讲授程朱之学,人称"江汉先生"。著有《希贤录》《传道图》《师友图》《伊洛发挥》等书。《湖北诗征传略》录存其诗《覃里春日》《锦瑟祠》《蓟门杂兴》《再渡白沟》《蓟门闻笛》,另有《自遗》《寄皇甫庭》诗。

赵月卿,赵复之子,生平记载极其简略。《湖北诗征传略》曰其能克绍家学。曾为宪司,但不久便辞官归去,屡征不起。作品不详。

2. 嘉鱼程氏家族

主要指程从龙、程元龙兄弟。二人由元入明,主要生活于元朝,因此归入元朝文学家族。《嘉鱼县志》《湖北诗征传略》有传。

程从龙②,字登云,号汉章,家贫嗜学,寒暑无间。举荐为官不应,元末隐居教授乡里,多所成就,入明仍不仕。舍旁植有数十株花,啸歌其下,学者称其"梅轩先生"。撰有《程梅轩集》,收于《四库全书》。(同治)《嘉鱼县志》录存其诗《百匹山为某翁寿》《双洲》《白匹山》三首。

程元龙,程从龙之弟,诗律整严而俊逸,似出自晚唐人之手。《湖北诗征传略》录存其《赤壁》一诗。

---

① 《元史》卷一百八十九有赵复传记,《湖北诗征传略》卷二十一安陆有赵复、赵月卿传记。
② (同治)《嘉鱼县志》卷十二记载有程从龙、程元龙作品,《湖北诗征传略》卷三《嘉鱼》有程从龙、程元龙传记。

第二章　明朝荆楚文学家族

第一节　明朝武昌府文学家族

1. 武昌孟氏家族

主要指孟廷柯、孟仿、孟绍庆、孟绍勋、孟绍甲、孟登、孟进等人，以诗文著称。《武昌府志》《武昌县志》《湖北通志》《湖北诗征传略》有传。

孟廷柯[①]，字培之，正德六年（1511）进士。历任大理寺副、四川佥事、云南按察使等职。正德十四年（1519），谏止武宗南狩，廷杖几死。嘉靖初擢迁，任职云南期间，深受百姓爱戴。（乾隆）《武昌县志·艺文志》收其诗《蟠龙石》《书堂夜雨》《寒濮敦王》《吴王古庙》，另有《西山积翠》。

孟仿，孟廷柯之子，字思哲。为人至孝，中举后为官江西兴安令。为政清明，乡里造渠以其名命之为"孟公塘"。后擢为贵州镇宁州牧，未就归乡。爱好赋诗，著有《署中集》，遗憾的是现仅存《澄清楼记》一文，见（乾隆）《武昌县志·艺文志》，也见于清人丁宿章的《湖北诗征传略》。

孟绍庆，孟仿长子，号毂馀。万历八年（1580）进士，拜户部郎。后迁云南副使，又有功为按察使。致仕归家后，以典籍自娱，手不释卷。（乾隆）《武昌县志·艺文志》收其《重修武昌县学记》一文。

孟绍勋[②]，孟绍庆之弟，号中沙。性格简易介直，不喜世俗，嗜古穷吟。

---

① （乾隆）《武昌县志》卷八《选举志》、卷九《人物志·仕迹传》有孟廷柯、孟仿、孟绍庆传记。《湖北诗征传略》卷三有孟廷柯、孟仿、孟绍甲、孟登、孟进传记。

② （乾隆）《武昌县志》卷九《人物志·仕迹传》有孟绍勋、孟绍甲、孟登传记。

万历十三年(1585)中副榜,出任江西袁州府教授,后乞归乡。(乾隆)《武昌县志·艺文志》收其《重修社稷山川坛记》一文。

孟绍甲,孟廷柯孙,字武夫。少时聪颖过人,十二岁时,孟廷柯谏止武宗南狩被廷杖差点死去一事让其看透仕途难险,决心不仕,隐居著书。为人诚善,万历年间曾卖其田产救济水旱灾民。于抔湖、退谷间建房,种柳树千株、时花数种,自称"花翁"。著有《长夜灯》,编有《忠孝传》,可惜未传。(乾隆)《武昌县志·艺文志》收其诗《小雷山寺》。

孟登①,孟绍庆次子,字诞先。为人倜傥有奇气,慷慨亢直。中举后授山东兰陵学谕,最后官至王府长史。善古文诗词,与谭元春相善。一生著述颇丰,有《壮心草》《诗经匡说》《史纲韵语》《明史采韵语》《扶劣草》《壮心草》《老断园集》《积烟楼近稿》《冷光亭制义》等,但都未留存下来。(乾隆)《武昌县志·艺文志》录存其诗《游菩萨泉》《试剑石》《松风阁》《邑侯邹五从建半壁亭夏日闲眺》《咏寒溪寺绿萼梅(三首)》。② 清人廖元度的《楚风补》还录存其《拟读曲歌十二章》《访邹满字不值》《大兵南征官司掠船过洞庭》《寿谭友夏初度五十》《感赋》《维杨访胡山公值其被谤》《碧云寺》《秋夜听促织》《拟岳阳楼寄嘲黄鹤》诗九首。

孟进,孟绍甲之子,字功可,号淡庄。贡生,官训导,幼承家学,善属文,尤其工诗。《湖北诗征传略》录存其诗《陪黄缷庵学督游寒溪西山》一首,学苏而得其神似。

2.江夏贺氏家族

主要指贺时泰、贺逢圣父子,以诗文著称。《江夏县志》《湖北通志》有传。

---

① 《湖北通志》卷一三五有孟登传记。
② 《楚风补》收有《拟读曲歌》《访邹满字不值》《大兵南征官司掠船过洞庭》《寿谭友夏初度五十》《闻元亮一生招同友人泛湖,因游争寺向时读书外,见柱聊犹未漫灭,老僧麈先能记余名、言往事,感赋》《维杨访胡山公值其被谤》《碧云寺》《试剑石》《秋夜听促织》《拟岳阳楼寄嘲黄鹤》。《武昌县志》收有《松风阁》《邑侯邹五从建半壁亭夏日闻眺》《咏寒溪寺缘萼梅》。

贺时泰(1546—1629)①,字叔交,一字阳亨。二十七岁时两耳失聪,自称聋人。少家贫,却能安贫乐道。其学同周敦颐之流,讲究格物致知,为世推重。(同治)《江夏县志·艺文志》载其有《人模样》《思聪录》《三世事小录》《女箴二十四则》等,今仅存《思聪录》一卷。清范鄗鼎《广理学备考》第五函将其作品收录为《贺阳亨集》。

贺逢圣(1587—1643)②,贺时泰之子,字克由,一字对扬。少贫力学,风度端凝,颇有声名。万历四十四年(1616)进士,曾任翰林编修、礼部尚书、太子少保等职。天启年间因触怒阉宦魏忠贤被免归家,魏党除后,重被起用。崇祯九年(1636)任文渊阁大学士,入阁辅政,十五年(1642)致仕。崇祯十六年(1643)张献忠攻陷武昌,投水而死,谥号"文忠"。有《贺文忠公遗集》传世。清黄虞稷《千顷堂书目》载其有《代囊子类》十卷和《文类》五卷,但未留存下来。清高士熙辑《湖北诗录》录其诗一首。

3. 江夏呼氏家族

主要指呼文如和呼举两姐妹,以诗文著称,古代荆楚少有的为历史记载的女性诗人。《湖北诗征传略》有传。

呼文如③,小字祖,与其姐呼举皆为江夏营妓。呼文如擅长鼓琴书画,亦长于诗词。麻城人丘谦之去官后,与其遍游名山,弹琴赋诗。丘谦之将二人唱和诗编成《遥集编》,遗憾的是未见传世。清钱谦益《列朝诗集》、清廖元度《楚风补》等诗集收录有呼文如二十一首诗词。

呼举,字文淑,又号素蟾。性舒朗敏慧,容止冲淡,虽为营妓,但后为王追美所纳。清王端淑《名媛诗纬·初编诗余集》有其生平记载。《全明词》存其《如梦令(夏日睡起)》《木兰花令(夜坐)》《转应曲(蝴蝶)》词三首。

4. 嘉鱼李氏家族

主要指李承芳、李承箕、李承勋、李占解等人,以诗文著称。《明史》

---

① (同治)《江夏县志》卷六《人物志》、《湖北通志》卷一五一有贺时泰传记。

② (同治)《江夏县志》卷六《人物志》、《明史》卷二六四有贺逢圣传记。

③ 《湖北诗征传略》卷一《江夏》有呼文如传记。

《嘉鱼县志》《湖北通志》有传。李氏家族世代为官，李承芳五世祖李远曾在元朝为官，祖父李善曾在四川为珙县教谕。李善长子李田这支较为显赫，即李承勋父，卒后赠都察院都御史，赠李承芳、李承箕父李卓为大理评事。

李承芳（1450—1502）①，字茂卿。博涉经史，酷嗜吟咏。明孝宗弘治三年（1490）进士，曾官至大理寺副。为人"清介绝俗，不屑世事"，不好为官，后退隐重修义学书院，以讲学赋诗为乐。《四库全书》收其《东峤先生集》十五卷。（同治）《嘉鱼县志》录存其诗《忆弟大厓》《龙潭吟为县尉吴公》《新塘书屋》《莲邱卓笔》《蜀山隐叟》《透脱云烟》，文《杏坛行李序》。《湖北诗征传略》录存其诗《忆弟大厓》七绝一首。

李承箕（1452—1505），李承芳同母弟，字世卿，人称"大厓先生"。为人寡言笑，中举后不愿参加会试。曾徒步至新会拜岭南陈白沙为师，学成归乡后，与李承芳共隐黄公山讲学明道。二人皆以理学名于世，并称为"嘉鱼二李"。著有诗文集《大厓李先生文集》二十卷，另著有《顺德县志》《新会县志》。（同治）《嘉鱼县志》录存其文《石室记（重游）》，七言律诗《赤壁》②。

李承勋（1473—1531）③，李承芳堂弟，字立卿。弘治六年（1493）进士，授任太湖知县，后迁南昌知府。正德八年（1513），破江浙姚源贼有功。后官至太子太保兼兵部尚书、左都御史。一生深受明孝宗信任，为人廉，为官四十年，家无余财。死后追赠少保，谥号"康惠"。史载其著有《李公奏议》《名剑记》《续名马记》等，其中《李公奏议》已散佚。诗文散见于县志和地方文献，现留存不多。（同治）《嘉鱼县志》录存其诗《大崖山寺》《又大崖山寺》《净保寺牡丹》《忆黄公钓台》《赠叶相》五首，以及文《重守令疏》《辞吏部尚书疏》《乞恩休致疏》三篇。

---

① 《明史》卷二百八十三《儒林列传·陈献章传》后附有李承箕、李承芳传记。（同治）《嘉鱼县志》卷五《人物志》有李承芳、李承箕、李承勋传记。《湖北通志》卷一百五十一《人物志·文学传》有李承芳、李承箕传记。
② 《湖北诗征传略》李承箕条下载录《忆黄公钓台》一诗，（同治）《嘉鱼县志》卷十二却将此诗归为李承勋之作，两书记载相牾。笔者认可《嘉鱼县志》记载。
③ 《明史》卷一百九十九列传第八十七有李承勋传记。

李占解(1600—1672)①,李承箕后世孙,字雨苍。崇祯朝举人,中举后明朝灭亡,便不再入仕。生平记载简略,存世作品较少。(同治)《嘉鱼县志》录存其《高明楼记》《真赤壁赋》《白云山》诗文三篇,《湖北诗征传略》录存其《寄王船山》《白云山中二偶》及无题诗一首。

5. 嘉鱼熊氏家族

主要指熊开元和熊维翰父子,以诗文著称。《明史》《嘉鱼县志》有传。

熊开元(1599—1676)②,字玄年,天启五年(1625)进士。由明入清,一生仕途坎坷。初授崇明知县,崇祯四年(1631),因得罪中官调外而辞官。后又起为山西按察史照磨。崇祯十五年(1642),因弹劾首辅周廷儒被罚廷杖,罢官遣戍,后为福王和唐王所用。1646年,清军攻至汀州,遂至苏州灵岩为僧,更名正志。著有《华山纪胜集》《鱼山集》,现存《鱼山剩稿》八卷,《熊鱼山文集》二卷,《檗庵别录》八卷。相传散曲《击筑余音》也为熊开元所作。另有一些诗收录于清朱彝尊《明诗综》、廖元度《楚风补》等诗集。(同治)《嘉鱼县志》录存其诗《登黄鹤楼》《答同志》,其文《申饬台规百年不振之弊》《李太清忠谏稿序》《建言罪状》《金太史文集序》。

熊维翰③,熊开元之子,字大宗。生平记载简略,只知其因父亲荫官至中书舍人。《楚风补》收其《落花》诗二首。

6. 嘉鱼任氏家族

主要指任宏震、任乔年父子。《嘉鱼县志》《湖北诗征传略》有传。

任宏震④,字淡之,号雪柯,崇祯进士,官郎中。八岁有咏梅句"残雪休竞艳,看君和鼎时",其父惊异之,遂令其就学。有《青凤轩集》。(同治)《嘉鱼县志》录存其诗《赤壁》,文《鼎修圣庙碑记》。

---

① 《嘉鱼县志》没有李占解传记,《艺文志》中有其作品著录。《湖北诗征传略》卷三《嘉鱼》有李占解简要记载。
② 《明史》卷二百五十八、(同治)《嘉鱼县志》卷五《人物志》有熊开元传记。
③ (同治)《嘉鱼县志·选举志》有熊维翰简要记载。
④ (同治)《嘉鱼县志》有任宏震、任乔年作品著录。《湖北诗征传略》卷三《嘉鱼》有任宏震、任乔年传记。

任乔年,任宏震之子。与其父同举于乡,后也中进士。诗遒健超过其父。(同治)《嘉鱼县志》录存其诗《雨过崖麓》《访祭风台旧址》《大崖山寺》,《访祭风台旧址》也见于《湖北诗征传略》。

7. 蒲圻魏氏家族

主要包括魏裳、魏朴如、魏说祖孙三人。《明史》《武昌县志》《蒲圻县志》《湖北通志》有传。

魏裳(1519—1574)①,字顺甫,嘉靖二十九年(1550)进士。先后历任刑部主事、济南知府等职。后为山西按察副使,以事罢官归乡,再未复出。性格沉静质直,博学善诗文。作诗同于"七子"复古派,王世贞将其与余曰德、汪道昆、张佳胤、张九一并称为"后五子"。清黄虞稷《千顷堂书目》载其有诗文集《云山堂集》六卷,另有《楚史》七十六卷、《蒲圻县志》四卷。现仅存《云山堂集》,收于《四库全书存目丛书》集部。

魏朴如②,魏裳长子,字文可。嘉靖举人,官同知。任安庆同知时,寇乱汝南,亲自上阵擒二首领。有《怡云亭集》。(同治)《蒲圻县志》录存其诗《青龙寺》《十里招提结伴游》,《湖北诗征诗略》录存其诗《木兰寺》一首,其诗清丽不逊乃父。

魏说③,魏裳孙,字肖生,万历二十六年(1598)进士。仕途坦顺,历任南直都水司主事、工部郎中、应天府尹等职。做官理政之余便与士人讲业论文。天启年间,不愿依附魏忠贤,辞官归家,诗文书画自娱。著有《青山阁集》八卷,已散佚。(康熙)《武昌县志·艺文志》收其文《林可任父母祈雨有应序》《问刑管见叙》二篇。(同治)《蒲圻县志》录存其《莲花洞记》《港口双桥记》《得觞石室过》,清丁宿章《湖北诗征传略》收其诗《白龙寺》一首。

8. 蒲圻龚氏家族

主要指龚逢祥、龚逢烈兄弟。《蒲圻县志》《湖北诗征传略》有传。

---

① 《明史》卷二百九十七、《湖北通志》卷一百五十一《人物志·文学传》有魏裳列传。(同治)《蒲圻县志》卷七《人物志·文苑传》有魏裳、卓行传有魏朴如、魏说传记。

② 《湖北通志》卷一百五十一《人物志·文学传》、《湖北诗征传略》卷四《薄圻》有魏朴如简短传记。

③ (康熙)《武昌县志》卷七有魏说传记。

龚逢祥①,字安治,一字孝绪。少颖异,曾借观《黄帝素问》,三日还,内容无不洞悉。明熹宗天启年间举人,官平凉府司理。沉湎读书,工古文、书法,纵情诗酒,当时碑铭序志皆出其手。有《法喜草》《往山堂集》。(同治)《蒲圻县志》录存其《颜忠烈白石庙诗》。

龚逢烈,龚逢祥之弟,字无竞,亦有隽才,以教授终。著有《西麦集》。(同治)《蒲圻县志》录存其《吊李甲》《劳光泰蒲圻县殉难诗》。

9. 大冶向氏家族

主要指向日红、向日丹两兄弟。《武昌府志》《大冶县志》有传。

向日红②,字葵卿。因荐举为清河县令,理政上颇得声誉。张居正为相,擢拔为云南道御史,未出任。后转为陕西巩昌道佥事,归乡。著有《白云草》,未留存。现仅存奏疏一篇,诗《白雉山》一首,收录于(同治)《大冶县治·艺文志》。

向日丹,向日红之弟,字怀赤。万历时任四川营山令,声望卓著。改调广元县令,擒反叛土司杨应龙,升迁为云南阿迷州知州,以养母辞归。著有《灌园集》,未留存。(康熙)《武昌府志·艺文志》录存其诗《登西塞山》《登沼山寺尹茂才携韵》《同诸友饮青龙阁》《酌小口洲值雨》四首,(同治)《大冶县志》另录存其诗文《三山纪略》《舟回青陇堤小饮》,《舟回青龙堤小饮》亦见于《楚风补》。

10. 大冶胡氏家族

主要指胡应辰、胡允同、胡绳祖、胡念祖、胡率祖、胡梦发等人,为大冶著名的人文世家。《武昌府志》《大冶县志》《湖北诗征传略》《湖北通志》有传。

胡应辰③,字汝拱,万历十一年(1583)进士。历任户部主事、宪副兵备

---

① 《湖北诗征传略》卷四《蒲圻》有龚逢祥、龚逢烈传记。
② (康熙)《武昌府志》卷八、(同治)《大冶县志》卷十《人物志·德业传》有向日红、向日丹传记。
③ (康熙)《武昌府志》卷八、(同治)《大冶县志》卷十《人物志·德业传》有胡应辰、胡允同传记。

川东等职。四川土司杨应龙反叛,平叛有功,后归居乡里。(同治)《大冶县志·艺文志》录存其文《修榴星门记》一篇,另存诗《除夕》及七律一首。

胡允同,字敬嗣,胡应辰长子。少有逸才,擅长诗文,异于同辈,时贤咸重其才。著有《延清园拜石亭诗草》,可惜现只有两诗《避居普济寺》《午日同刘学师暨邑中诸子泛舟》留存,见于(同治)《大冶县志·艺文志》。

胡绳祖①,胡允同之子,字畏思,号剩岩,崇祯时举人。官任潜山知县,勉事孝友,守正不阿。教子授徒,家常绝粮不问。他对科举潜心研究,著有《历科程墨守》《历科小题鸿宝》《历科二三场史汇》等书,另有《〈史记〉评略》《读史论略》《归农杂撰》《晚箴录》等。(同治)《大冶县志》录存其诗文《文起阁记》《募修学宫序》《小瀛洲古意》《秋日招友游文起阁》。

胡念祖,胡允同之子,字鹤心,号仁夫,顺治朝举人。少时便博览群书,古文、诗、词擅绝一时,尤能效百家体。著有《慈卫阁稿》《诗瓢》《及晨草集》等。《楚诗纪》录存其诗《以贻志邑者》《春兴》《小瀛洲效长吉》,(同治)《大冶县志》另录存其诗文《箛音小序》和胡绳祖同题诗《秋日招友游文起阁》。

胡率祖,胡允同另一子,为诸生,苦心工诗,为人孝友。(同治)《大冶县志》录存其《壬子春大仪某郡丞来赈》《王正苦雨,至晦夕稍住,火树待霁者欢然一出,感而赋此》《九日游青龙山》《道边铁炉》。

胡茂祖,应为胡绳祖同辈,(同治)《大冶县志》无传记,但卷十六《艺文志》录存其诗《西塞怀古》一首。

胡梦发②,胡绳祖之子,字卜之(或号卜之),康熙朝举人。生而颖异,四岁受读,即如学成之童。少以《黄鹤楼赋》《衡山颂》被称为奇才,性甘恬淡,乡里举荐时年已七十余矣,门人多所成就。著有《易经纂解》《书经校注》《礼记校注》《春秋存要》《性理纂》《蒙求训》《兰菊轩集》等。《楚诗纪》录存其《舟过西塞山》《人堇藏寺》《又简题八首》,(同治)《大冶县志》录存其

---

① (同治)《大冶县志》卷十《人物志·学行传》有胡绳祖、胡念祖传记。
② (同治)《大冶县志》卷十《人物志·文苑传》、《湖北通志》卷一百五十二《人物志·文学传》、《湖北诗征传略》卷五《大冶》有胡梦发传记。

《游余相国园林》《五月十八日龙舟记》《闻邑绅嗜董修金桥记》《四宝铭》《黄鹤楼赋》《衡山赋》,《湖北诗征传略》录存其诗《玉笛》《水中雁字》。

11.崇阳王氏家族

主要指王守贞、王旬、王畴父子。《武昌府志》《崇阳县志》《湖北诗征传略》有传,记载都颇为简略。

王守贞①,字乾亨。成化三年(1467)中举,后为官知四川广安,多善政。八年后,辞官归家。性孝直刚友,诗尚活脱。(康熙)《武昌府志·艺文志》收其诗《东流寺》,《湖北诗征传略》录存其"石桥茅屋依山静,古刹禅房傍水幽"佳句。

王旬,王守贞长子,字易之。孝宗朝举人,为广东大庾令,清介自持,百姓爱之。因为才能出众调至江西万载县,后致仕归乡。诗工小品,现存诗《普惠院》一首,见于(康熙)《武昌县志·艺文志》和《湖北诗征传略》。

王畴②,王守贞次子,字叙之,正德三年(1508)进士。历任南京大理寺评事、江西佥事、四川副使等职。性方正,居家手不释卷。工诗、古文、词,主张文不必模拟,诗不必蹈袭,著有《石洲文集》。(同治)《崇阳县志》录其《饮酒诗》二首,文《废钟亭说》一篇。(康熙)《武昌府志·艺文志》录其诗《龙泉寺》一首。《湖北诗征传略》录存其仿古诗《田家苦乐诗》作的《饮酒苦乐歌》。

12.崇阳汪氏(汪必东)家族

主要指汪必东、汪如璧父子。《武昌府志》《崇阳县志》《湖北诗征传略》《湖北通志》有传。与下文崇阳汪文盛的汪氏应属不同家族。

汪必东(1474—?)③,字希会,号南隽,正德六年(1511)进士。拜户部郎中,后转为礼部祠祭郎中,当时礼祀表疏多出其手,云南参政位上致仕。

---

① (康熙)《武昌府志》卷八、(同治)《崇阳县志》卷七《选举志·举人传》有王守贞、王旬传记。《湖北诗征传略》卷四《崇阳》有王守贞、王旬、王畴传记。
② (同治)《崇阳县志》卷七《选举志·进士传》有王畴传记。
③ (康熙)《武昌府志》卷八、(同治)《崇阳县志》卷七《人物志》有汪必东、汪如璧传记,《湖北通志》卷一百五十一《人物志》有汪必东传记。

擅长草书和诗文,曾作《望海赋》,朝廷传诵,所作书法,海内有获其片纸只字者,相传珍玩。著有《易问大旨》,另有《南隽集》,集内有《诗类》二十卷,《文类》二十卷,留存至今。(同治)《崇阳县志》录存其《过洞庭登岳阳楼》佳句,《湖北诗征传略》另录存其诗《过刘家庙》。

汪如璧,汪必东子,字子白。嘉靖朝举人,为四川璧山令,后致仕归乡。善著述,下笔数千言。著有《入蜀集》《出蜀集》《梦南集》,都未留存。《楚风补》收录其诗《季冬苏伊山招予登岳阳楼即席有述》一首。

13. 崇阳汪氏(汪文盛)家族

主要指汪文盛、汪宗元、汪宗凯、汪宗伊、汪桂、汪柱、汪际烺等人,以诗文著称。祖籍本在江西婺源,元末迁至崇阳。《明史》《崇阳县志》《湖北诗征传略》有传。汪氏的显贵始自汪文盛,在明一代,人丁兴旺,仕宦显赫,为当地望族。家族延续时间颇长,至其六世孙汪际秋入清隐居不出,家族遂逐渐没落下去。有名者汪藻,明经出身;汪文明,曾任四川渠县令;汪宗召,嘉靖十六年(1537)举人。最为知名的是汪文盛、汪宗凯、汪宗伊、汪桂、汪柱。

汪文盛(1482—1541)[①],汪藻之子,汪文明之弟,字希周。幼时与其兄弟一起在白泉书院读书,颖灵非凡。正德六年(1511)考中进士,历任饶州推官、兵事主事、福州知府、云南巡抚等职。为人正直,敢于打击不法权贵。荡涤邪污,造福百姓,政绩得到百姓及嘉靖皇帝的赞赏和肯定。有文集《汪白泉先生选稿》《白泉家稿》流传至今,另《四库全书》有《节爱汪府君诗集》二卷。

汪宗元,汪文明长子,字子允。嘉靖八年(1529)进士,官至通政司。幼颖敏好学,祖父让其接待客人,则捧书出,眼睛看书,嘴巴酬客,客人离去,书亦读完。为官正直,有政绩。曾因不依附严嵩而被罢官,后乞病归乡。有《春谷集》《经济考》《皇明文选》等。

---

① 《明史》卷一百九十八有汪文盛、汪宗伊传记。(同治)《崇阳县志》卷七《选举志·进士传》有汪文盛、汪宗元、汪宗凯、汪宗伊、汪桂传记,《贡士传》有汪际烺、汪柱传记。

汪宗凯(1508—1579),字子才,汪文明次子。嘉靖十四年(1535)进士,授中书舍人,后官至尚宝司卿。因不依附严世蕃,改任户部郎中、户部山东司郎中等职。嘉靖二十九年(1550),弹劾朱希忠,冒犯权臣严嵩,遭贬谪辞官归乡,在棠溪筑室读书著作而终。著有《棠溪集》,相传其《端居赋》《七叙》在士林广为传诵,遗憾的是未留存。《楚风补》收录其《人日同傅山人宿灌溪寺》《季秋同王二子修四弟子翰游龙泉寺》《小岩》诗三首。

汪宗伊(1509—1587),字子衡,本为汪文明三子,过继给无子的汪文盛,嘉靖十七年(1538)进士。经历三朝,一生官职较多,最后官至南京吏部尚书。为人刚正不阿,疾恶如仇。为官关注民生,体恤民情,廉洁奉公。著作及编纂的史志较多,留存下来的有《风纪汇编》《臆说注疏》《尚书奏议》《少泉诗选》《应天府志》《大理寺志》《南京吏部志》《表忠录》等。

汪桂,字伯桢,汪宗召曾孙,天启五年(1625)进士。历任兵部主事、光禄寺署正、户部主事等职。后升任福建建宁知府,累疏乞休。解职不久,逝于京师。性恬淡不乐仕进,雅好山水。工诗善画,生平不喜尘俗,自号"卧雪居士""梅村"。著有《卧雪居士稿》《梅村稿》,都未留存。现存文《北邙山赋》[①]《熊中丞稿序》[②]《冯文简公祠堂记》[③]《重修关圣祠记》[④]四篇,《楚风补》录存其诗《宿玉泉寺》《华严庵落梅》,《湖北诗征传略》录存其诗《题贺季真乞湖图》。

汪柱,字东一,汪宗召曾孙。以岁贡任嘉鱼教谕。清兵入武昌,响应何滕蛟抗清,事败被捕不屈而死。临刑前有绝句诗曰:"鸟鸢蝼蚁同伤尽,为语儿孙莫泪悲。"[⑤]作品仅存《纱帽山》诗一首,收录于《楚风补》。

汪际烺[⑥],汪柱之子,字汝霖,贡生。多才不仕,耽于典籍,工诗,诗有鲍谢之长。《湖北诗征传略》录存其诗《崇阳洪》佳句若干。

---

① 见于(同治)《崇阳县志》卷七。
② 见于(康熙)《武昌府志·艺文志》卷十一。
③ 见于(同治)《咸宁县志·艺文志》卷十二。
④ 见于(光绪)(咸宁县志·艺文志)卷七。
⑤ 见于(同治)《崇阳县志》卷七。
⑥ 《湖北诗征传略》卷四《蒲圻》有汪际烺传记。

汪垂,字开冀,汪际烺之子,工诗,有《绀雪藏稿》。

14. 通山朱氏家族

主要指朱原经、朱原璁、朱伯骥、朱廷立、朱之楫、朱万仰等人。《通山县志》《湖北诗征传略》《湖北通志》有传。

朱原经,号肃躬,曾任姚州吏目。《楚风补》收录其诗《送友人黄玉和游中州》一首。

朱原璁①,方志记载简略,只知其因子朱伯骥任广东广州府推官赠承德郎。《楚风补》收录其《送友人徐若孺徂九宫之行》诗一首。

朱伯骥②,朱原璁之子,号溪南,少为学使薛之纲所器重。中举后参加会试未中,便筑室溪南,专心典籍。后为广州推官,但不久便弃官归。为人散淡,授业之余逍遥山谷,歌咏自得。仅存《赋得闻道神仙不可接》诗一首,收录于《楚风补》。

朱廷立(1492—1566)③,朱伯骥之子,字子礼,号两崖。嘉靖二年(1523)进士。历任诸暨知县、河南道御史、四川巡按、大理左少卿、礼部右侍郎等职。后因官场争斗,被弹劾致仕。归乡后闭门著述,论学不辍。诗力厚于其父,《千顷堂书目》著录其有《诸暨县志》《盐政志》《两淮简明盐》,现只存《盐政志》十卷,见《续修四库全书》史部。另存《两崖集》,有明刻本,本有八卷,现存三卷。另有《重镌两崖集》,收于《四库全书存目丛书》集部。(同治)《通山县志》录存其诗文《郭城寺次韵》《灵泉寺晚坐》《洞渊观诗》《登会仙贺倩二崖》《石年潭》《游大泉洞呈吴云升》,《湖北诗征传略》录存其诗《东邻女》《饥民繇》《云屏邀饮多宝寺送翟鲁湖还江夏》《言别》《村老》《纵横》。

朱之楫④,字斯济,一字巨川,朱廷立第四子。先任南京建平县知县,多

---

① (同治)《通山县志》卷五《人物志·封典》有简略记载。
② (同治)《通山县志》卷五《人物志·乡贤传》、《湖北通志》卷一百五十一《人物志·文学传》有朱伯骥传记。《湖北诗征传略》卷五有朱伯骥、朱之楫传记,并有朱万仰简略记载。
③ (同治)《通山县志》卷五《人物志·乡贤传》、卷六《艺文志》有朱廷立传记。
④ (同治)《通山县志》卷四《选举志·选贡》、卷五《人物志·乡贤传》有朱之楫传记。

行善政,百姓绘图颂之。又为温州府海防同知,抵御倭寇有功升迁,后告归返乡。为人孝友谦敬,好善乐施,民歌其德。曾主修《建平县志》,工诗、古文、词。《楚风补》收录其诗《出都门偶吟》。

朱万仰①,朱子楫之子,字野愚,贡生,亦有诗名。(同治)《通山县志》录存其诗《书灵泉寺壁》,《楚诗纪》存录其《山居(八首)》《灯窗书感》《癸亥七夕》,《湖北诗征传略》存录其《山居》一首。

15. 东湖刘氏家族

主要指刘一儒、刘戡之父子。《东湖县志》《湖北诗征传略》《湖北通志》有传。

刘一儒②,字孟真,一字小鲁,嘉靖三十七年(1558)中举,紧接着高中进士。初为户曹,为杨溥所重,官至刑部侍郎。为人高洁,其子娶张居正之女,张居正死后,其亲党皆受牵连,唯刘一儒拜南司空。谥"庄介",有《瑞芝堂集》。(同治)《续修东湖县志·艺文志》录存其诗文《赵中丞邀寻三游洞葛仙峰因怀曾中丞王银台》《吴约卿侍御寻三游洞分赋四首》《重修庙学记》,《湖北诗征传略》录存其诗《秋日寻三游洞》。

刘戡之③,刘一儒之子,字元定,号石华,因其父荫庇官知州。少敏达,刻意举子业。为官秦中时修《华山志》。出为知德州,建游龙馆以课士,一时名流皆赴之。既谢归,与海内名士相酬唱,袁宏道为其诗作序而传。(同治)《续修东湖县志·艺文志》录存其诗《和陆放翁〈题峡州甘泉寺〉》《春秋葛更生蒲抱一孙得之三先生同罗季玉诸文学过三游洞步白太付本韵七言排律一章》《九日登明月台》,《湖北诗征传略》同存前两诗。

16. 东湖陈氏家族

主要指陈禹谟、陈正言、陈嵩极祖孙。《东湖县志》《湖北诗征传略》有传。

---

① (同治)《通山县志》卷四《选举志》、《湖北诗征传略》卷五《通山》有朱万仰简略记载。
② (乾隆)《东湖县志》卷十七《人物志》、(同治)《续修东湖县志》卷十七《人物志》、《湖北诗征传略》卷三十八《东湖》有刘一儒、刘戡之传记。
③ 《湖北通志》卷一百五十一《人物志·文学传》有刘戡之传记。

陈禹谟(1548—1618)①,字嘉猷,号九山,隆庆举人。事继母极孝,兄弟无间,言行谊素,以经学显。历郑州、忠州、涿州知县,治河赈荒,屡著勋绩。晚年诗酒自娱,有陶谢风。(同治)《续修东湖县志·艺文志》录存其诗《西陵峡》《东山寺》《赤溪》《黄牛峡听棹歌声》《尔雅台对月》《石门洞》《三游洞》《五陇山》《秋日游三游洞》《汉景帝庙》《秋过姜孝子祠》,前四首也为《湖北诗征传略》录存。

陈正言②,陈禹谟之子,字鹿野。官川东副使,歼巨寇,决疑狱,抚流移,减商税,多善政,得蜀地百姓信赖。后归乡,好义,为乡里尊重,贼过其门相戒勿犯。七十四岁卒,远近送葬者千余人。(同治)《续修东湖县志·艺文志》录存其《执笏山》诗一首,也为《湖北诗征传略》录存。

陈嵩极,陈正言季子,字芥舟。少英敏,卓尔不群,隐居深山,日以园圃和读书自娱。名流过访,乐与订侨札之交,八十四岁以明经终。著有《栗园闲草》。(同治)《续修东湖县志·艺文志》录存其诗《宿黄陵庙》《游龙兴寺》。

第二节　明朝汉阳府文学家族

17.汉阳李氏家族

主要指李宗鲁、李若愚父子。本为江南人,后徙至汉阳九真山。《汉阳县志》有传。

李宗鲁(1551—?)③,字学仲,万历二年(1574)进士。李氏自宗鲁始以文显。为官正直,敢于直言上疏,忤朝廷,外放浙江为官。百姓爱之,为之建

---

① (乾隆)《东湖县志》卷十七《人物志》、(同治)《续修东湖县志》卷十七《人物志》有陈禹谟、陈嵩极传记。《湖北诗征传略》卷三十八《东湖》有陈禹谟、陈正言、陈嵩极传记。另一说陈禹谟为江苏常熟人。

② (乾隆)《东湖县志》卷十七《人物志》、(同治)《续修东湖县志》卷十七《人物志》的陈万言传记附有陈正言传记,陈万言为陈禹谟另一子。

③ (乾隆)《汉阳府志》卷三十三、(同治)《汉阳县志》卷十八有李宗鲁、李若愚传记。

祠。后改任广西苍梧兵备副使,辞官归里。创义田,设庠学,赈贫弱。现仅存《重修汉阳府学记》一文,收录于(乾隆)《汉阳府志·艺文志》。

李若愚,李宗鲁之子,字知白。万历四十七年(1619)进士。先授温州推官,因得罪阉党,遭贬谪。后迁国子监博士、刑部主事。崇祯时曾主考广西乡试,出南瑞参政,政绩颇著。后称病归乡讲学,不再出仕。一生著述颇丰,有《证学编》《诗经演》《太极图义》《大樗集》《东瓯爰书》等,但均散佚。(同治)《汉阳县志·艺文志》录其《上刘太守书》文一篇,(同治)《汉川县志·艺文志》录其《请补楚中三忠贞谥典疏》《东苏松巡抚按王孺初》《明崇祀乡贤王先生传》文三篇。

18. 汉阳萧氏家族

主要指萧良有、萧良誉、萧丁泰父子等人。祖籍江西庐陵,萧良有曾祖始迁至汉阳。《汉阳府志》《汉阳县志》有传。

萧良有(1550—1602)①,字以占。其父萧逮,曾任泰安州同知。萧良有万历八年(1580)中进士,首授翰林院编修。后历任右春坊右中允、洗马、国子监祭酒等职。在朝廷颇受重视,曾两任会试主考官,国家大事,无不咨询。后以侵六部权被弹劾,遂以病归。博览群书,才思敏捷,尤其擅长应制之文,典雅深厚。著有《春秋纂传》,已散佚。现有《玉堂遗稿》残本存世②,编撰的《龙文鞭影》流传至今。另《楚风补》《湖北诗录》《汉阳县志》等收有其他一些诗文。

萧良誉(1556—1602),萧良有之弟,字以孚。与其兄同年进士及第,并以文章著称。历任户部主事、知宁国府、河东提学副使、河南参政等职。曾大会名儒于永西书院,作诗纪其盛事,影响颇大。著有《过庭代对录》《宣城纪游》。(同治)《汉阳县志·艺文志》录其诗《兴国寺对三和上人》。

---

① (乾隆)《汉阳府志》卷三十三《乡贤传》、(同治)《汉阳县志》卷十八《乡贤传》有萧良有、萧良誉传记。
② 《四库全书存目丛书》集部收录有《玉堂遗稿》残本。

萧丁泰①,萧良有之子,字吉甫。万历二十九年(1601)进士。首为行人,后历兵部主事典陕西、郎中、陕西左使等职。天启年间,魏忠贤专权,称病归乡。崇祯时再度出仕,六任四省藩伯,丰财节用,颇见政绩,后以辛劳卒于官。《楚风补》录存其诗《江城夜泊》一首,同见于《明诗纪事》和(同治)《汉阳县志·艺文志》。萧丁泰弟萧引萃、子萧骧彦也知名于世,但未有作品流传。

19. 汉阳朱氏家族

主要指朱国俊、朱学孔、朱士曾父子。《汉阳县志》《湖北诗征传略》有传。

朱国俊②,字甸方,崇祯时补为诸生,两举不第,遂弃科举。性嗜诗好游,父殉难蜀中,益志于游览滇黔,所至则成集。晚年在茆真山,精研佛乘,诠释元奥,足迹不至城市。尤其擅长七律,著有《昨非堂稿》。《湖北诗征传略》录存其诗《惠陵》一首,(同治)《汉阳县志》录存其诗《大军山怀古》《桃花山夫人洞》。

朱学孔,朱国俊之子。以《雁阵诗》得名,《湖北诗征传略》录存此诗。

朱士曾,朱国俊另一子,字唯庵,有《星带堂集》,中多超脱出尘之诗。《湖北诗征传略》录其诗《李白》,此诗仅用四十字足概李白一生,尤为杰出。

20. 汉川尹氏家族

主要指尹应元、尹宾商父子。《汉阳府志》《汉川县志》《湖北通志》有传。

尹应元③,字乾泰,一字春寰,万历二年(1574)进士。先后历任清丰知县、刑部主事、山东参政兵备宁夏,又以功升为巡抚,后辞官归。为官廉洁有能,深得人心。著有《尹乾泰集》《抚浙奏疏》,均未留存。(同治)《汉阳县

---

① (乾隆)《汉阳府志》卷三十四《仕迹传》、(同治)《汉阳县志》卷十八《宦绩传》有萧丁泰传记。

② 《续辑汉阳县志》卷二十一《文苑传》有朱国俊传记,并有朱士曾简略记载。《湖北诗征传略》卷六《汉阳》有朱国俊、朱学孔、朱士曾传记。

③ (乾隆)《汉阳府志》卷三十四、(同治)《汉川县志》卷十六有尹应元传记。

志·艺文志》录其诗《晴川阁》,(同治)《汉川县志·艺文志》收其《汉阳府志序》《舒郡守去思碑》文两篇。

尹宾商①,尹应元之子,字亦庚,又作夷耕、亦耕。少有隽才,喜爱谈兵,江汉间颇有声名。曾为山西屯留县令,又调祁县,因得罪上官,被罢免归家,遂闭门著书。著有《小书簏集》《焦螟子》《阃外春秋》《艾袯阿稿》等,均未留存。(同治)《汉阳县志·艺文志》存录其《登朝宗楼》组诗四首,(同治)《汉川县志·艺文志》收其《驳城京师议》文一篇。

第三节　明朝黄州府文学家族

21. 黄冈吴氏家族

主要指吴琳、吴琛兄弟。他们由元入明,但主要生活在明代,所以归入明代文学家族。《明史》《黄州府志》有传。其父吴应澍(1284—1349),元末隐士。性情朴实,崇尚诗礼,乐善好施,扶弱恤孤。帮助龙仁夫创建问津书院,并在书院中讲学。朝廷诏其出来为官,谢绝不就,号称"西山隐士"。

吴琳(?—1374)②,吴应澍长子,字朝阳,又字孟阳,性资纯,笃力于问学。擅长《毛诗》《小戴礼记》。朱元璋攻克武昌,因博学能文,召为国子监博士。后历任浙江按察司金事、兵部尚书、吏部尚书等职,终以老致仕。在朝时多次奉帝命赋诗,甚得赏识。《楚风补》录存其诗《烟波亭》,《湖北诗征传略》存录其诗《开化道中》。

吴琛,吴应澍另一子,问津书院生员。明洪武二十九年(1396)被举荐入仕,任衢州同知。《四库全书总目》王传条载其曾为王伟《桐山文集》作序刊刻,但此书已散佚。

---

① （乾隆）《汉阳府志》卷三十四、(同治)《汉川县志》卷十七、《湖北通志》卷一百五十一《人物志·文学传》有尹宾商传记。
② 《明史》卷一三八有吴琳传记。

22. 黄冈王氏家族

主要指王廷陈、王廷瞻、王同轨、王同道、王一鸣、王一鬶、王封淑、王封
溁、王封权等人,以诗文著称。王氏祖籍本在江西乐平①,元代移居黄州,世
代为官,直至清道光年间仍有成员官居四品,家族可谓繁盛。《明史》《黄冈
县志》《黄州府志》《湖北通志》《湖北诗征传略》有传。王氏家族在明代的
兴起可追溯至王思旻,他入仕为官,改变了家族原本以务农为生的命运。王
思旻之孙王济,字体民,弘治进士。好经术,能文章,为一时名臣,官至参政。
王氏家族最为知名的是王廷陈和王廷瞻两兄弟。

王廷陈(1493—1551)②,王济之子,字稚钦。天赋异禀,髫龄时即能缀
文,正德十二年(1517),二十四岁便考中进士,诗名在当时文坛享有盛誉。
为人恃才自傲,行事放荡,多次得罪明武宗及同僚,曾被捕入狱。后不再仕
进,放纵啸歌于草野之间。嘉靖年间,诏修《承天大志》,书成,却不符合上
意,仍归乡。有诗文集《梦泽集》流传至今。《明史·艺文志》载曰:"《梦泽
集》三十八卷。"《四库全书》所收《梦泽集》有二十三卷,其中原文十七卷,
增录六卷。

王廷瞻(1521—1592)③,王济另一子,字稚表,嘉靖三十八年(1559)进
士。先后历任淮安府推官、御史、大理寺右少卿、南京户部右侍郎等职,死后
赠太子太保。勇于针砭时弊,刚正果敢,文武兼治,政绩显著。与狂狷不羁
的王廷陈相比,两兄弟行为虽然不同,不流时俗的精神却是一致的。王廷瞻
无著作传世,(乾隆)《黄冈县志》存其《宝应越河成请河名疏》一文,《湖北
诗征传略》录存其诗《为园》一首。

---

① 对于王氏祖籍学界有不同观点,如张晶晶硕士论文《明代湖广作家作品研究》认为王廷陈
祖籍在江西豫章。
② 《明史》卷二百八十六《文苑传》有王廷陈传记,《湖北通志》卷一百五十一《人物志·文
学传》有王廷陈、王同轨、王一鸣传记,(光绪)《黄冈县志》卷十《文苑传》有王廷陈、王
追美、王同轨、王追骐、王封溁传记。(光绪)《黄州府志》卷十九《人物志·文苑传》有
王同轨、王封溁传记。
③ 《明史》卷一百零九有王廷瞻传记。

王同轨（1535—1620）①，字行甫，王廷陈从侄，父名王廷槐。官至迁南太仆寺簿。工于诗赋，自成风格。当时与王世贞、李攀龙等复古派人物相友，也与公安派袁氏兄弟等交善。著有《苍阁稿》《合江亭草》《游燕草》《兰香集》等，遗憾的是未见传世。王同轨喜欢收集遗闻异事，因此有两部小说《新刻耳谈》十五卷、《耳谈类增》五十四卷流传至今。②

王同道（1531—1579），字纯甫，王同轨兄，嘉靖四十一年（1562）进士。历任苏州府推官、广东道御史等职，为官清正廉洁，处事干练。因个人耿介被人诽谤，贬为内江县知县。后迁为户部主事，未到任。著有《侍御诗草》，王同轨为其作序。（乾隆）《黄冈县志》评其曰："蕴藉风流，古文词赋，咸有逸气。"

王同泰，字仲宇，生平事迹不详，《王氏家谱》载其著有《南北吟草》四卷③，已散佚。

王追美④，王廷儒之孙，字辉之。幼孤，由王廷儒教之，嘉靖时举人。七岁便被目为神童，诗文一挥而就。收罗图籍，恣力于诗、古文。会试不中便纵情山水，以诗酒自娱，不再仕进。著有《岣嵝山人集》。

王追骥，王廷瞻孙，字千里，曾任天桂训导。生平记载非常简略。《湖北诗征传略》录存其诗《题美人秋夜听笛》。

王追淳，王同轨之子，字劲之。县志未有记载，但《王氏家谱》载其有《渔唱笭箵》《明诗初选》，已佚。

王追骐（1631—1685），字锦之，顺治十六年（1659）进士。官至山东武德道金事，为官亢直，其诗寄托遥深。《王氏家谱》载其有《居俟楼集》《知津堂制艺》《吴越休吟》《广陵秋兴》，但多散佚。

王一鸣（1567—1598）⑤，字伯固，一字子声，王廷陈从曾孙，王追美之

---

① （光绪）《黄州府志》卷十九、（乾隆）《黄冈县志》卷八有王同轨传记。
② 有人将其作为王追美的作品，当误。《四库全书存目丛书》子部248册、《续修四库全书》子部1268册著录有这两本书。
③ 见《湖广黄州府赤脯龙王氏家谱》。
④ 《湖北诗征传略》卷十五《黄冈》有王追美、王追骥传记。
⑤ （乾隆）《黄冈县志》卷九、（光绪）《黄冈县志》卷十有王一鸣传记。

子,万历十四年(1586)进士,官至河北临漳知县。才情性格都酷似王廷陈,善于政事,但负才自放,罢官后更不拘放纵,早逝而亡。现存《朱陵洞稿》三十三卷,《中州武录》一卷,《伯固公诗拾遗》一卷,《拾残》一卷。《湖北诗征传略》录存其诗《皖中作》《白莲峰再别阮太乙张若愚》《十载》《固镇驿感旧》。

王一翥(1592—1668)①,字子云,王廷瞻曾孙,父亲王追皋。因父荫泽可为官,但不就。曾游于京师,拒绝阉党笼络。明亡后隐居庐山智林村,后归黄冈,家贫却能安之乐道,读书不辍。著有《智林村稿》《青莲花楼集》《留云编制艺》,但已散佚。《楚风补》、(乾隆)《黄冈县志》、《湖北诗录》、(光绪)《黄州府志》收录有部分诗作。

王氏入清后有王封淑、王封溁、王封权三兄弟。

王封淑②,字克伦,为诸生。《湖北诗征传略》录存其诗《季秋坐桂恐修园林》。

王封溁(1640—1703),字五书,顺治十五年(1658)进士。少年求学于问津书院,文章闻名乡里。先选为庶吉士,回乡主持问津书院春祭,参与问津书院院志修纂,并为书院院志撰写序言,后为礼部左侍郎。康熙年间赐"尊德堂"彰其功绩。著有《蒙春园集》,但已散佚。

王封权,字均石,亦以诗名,作品不详。

23. 黄冈吕氏家族

主要指吕禧、吕应瑞、吕元音祖孙。《黄冈县志》《湖北诗征传略》有传。

吕禧③,字本善,号丹棱,嘉靖举人,官知县。少时尝作《烈女旨酒赋》等,奇字盈幅,时人莫识,王廷陈见而奇之。性简单沉静,吏事清饬,闲时吟咏不辍,其诗有陶渊明风。遗憾的是作品未传。

吕应瑞,吕禧之子,为诸生,史载其博学工诗,遗憾的是诗也未传。

---

① (光绪)《黄州府志》卷二十五、(乾隆)《黄冈县志》卷十一有王一翥传记。
② 《湖北诗征传略》卷十六《黄冈》有王封淑、王封权简略记载。
③ (光绪)《黄冈县志》卷十《文苑传》有吕禧、吕元音传记,《湖北诗征传略》卷十五《黄冈》有吕禧、吕应瑞、吕元音传记。

吕元音,字节之,吕禧之孙,天启举人。少负文名,长大学益赡博,诗法魏晋,曾参与《黄冈县志》编纂。有《后轩集》《无怀诗集》。《湖北诗征传略》录存其诗《春日赤壁晚眺》。

24.黄冈樊氏家族

主要指樊玉衡、樊玉冲、樊维甫、樊维城、樊维师等兄弟、父子。《黄冈县志》《黄州府志》有传。

樊玉衡(1549—1624)①,字以齐,万历十一年(1583)进士。历任广信府推官、江西道御史、全椒知县等,因立储之谏曾两度被贬,终以太常少卿职退归家乡。著有《中说》,未传于今。(光绪)《黄州府志·艺文志》录存其文《请建储三疏》《乞致仕疏》。

樊玉冲,樊玉衡之弟,字玄之,又字元之。万历二十三年(1595)进士,勤勉好学,甘于淡泊。历任商城知县、吏部文选司等职,曾主持问津书院秋祭,为学士崇敬。著有《智品》十三卷,今存。

樊维甫②,樊玉衡之子,字山图,有《易数》未成,樊维城编续而成。溺苦嗜学,父忤旨谪戍雷阳二十年,当时维甫为蜀令,愿意辞官赎父罪,不准,忧愤而卒。著有《紫崖老人集》。《湖北诗征传略》录存其《感赋》。

樊维城(?—1643)③,樊维甫之弟,字紫盖,万历四十七年(1619)进士。历任海盐知县、礼部主事、户部主事、福建副使等职。明末张献忠攻黄州,与曹士谟等协众守城,被捕不屈,殉难而死。生前力学著书,有《皇极敷言》《毛诗大成》《周礼杂录》等,未留存。任海盐知县时,与该县胡震亨、姚士麟等人一起编成《盐邑志林》,这是我国第一部地方丛书。(乾隆)《黄冈县志·艺文志》录存其文《诒铨部诸老疏》《登音馆柱楣隙景自序》两篇。

樊维师④,字尚父。少有逸才,才思敏捷,下笔成文。由拔贡为淮安府

① (乾隆)《黄冈县志》卷九有樊玉衡、樊玉冲传记。
② 《湖北诗征传略》卷十五《黄冈》有樊维甫传记。
③ (光绪)《黄州府志》卷二十二、(乾隆)《黄冈县志》卷十、《湖北通志》卷一百三十九有樊维城传记。
④ (光绪)《黄州府志》卷二十五有樊维师传记。

推官,多与名士游。后结庐寒溪,著作终老。著有《雪庵唫草》,散佚。现存《樊桐集》,见于《中国古籍总目·集部》。另《湖北诗征传略》录存其诗《长春寺》,(光绪)《黄州府志·艺文志》录其诗《感怀》《乙酉除夜巴江山寺对姚相国作(二首)》。

25. 黄冈官氏家族

主要指官应震、官抚辰、官抚极、官抚邦、官纯祖孙。《黄州府志》《黄冈县志》《湖北诗征传略》有传。

官应震(1568—1635)①,字东鲜,一字旸谷,万历二十六年(1598)进士。历任宛令、户科给事中等职。敢于直谏,政事无不陈说,前后上疏二百余次。光宗时,为太常寺少卿,后辞官归家,不再出仕。著有《宛潍政纪》十卷,未传,现存《官太常疏稿》。《湖北诗征传略》录存其诗《过齐昌登浮玉矶》。

官抚辰(1594—1671)②,官应震之子,字凝之。少时秉异博学,通天文兵法,曾任淮安桃源知县、徐州知州。明亡后出家为僧,号"知剑道人""剑叟",云游天下,老归黄州。现存《云鸿洞续稿》四卷,收录于《四库禁毁从刊补编》。《湖北诗征传略》录存其诗《贵山》,诗之幽致高洁处亦如其人。

官抚极,官应震另一子,字建之,号用庵。少有文名,由拔贡任贵阳通判,平定苗民叛乱有功,擢太仆卿,后致仕归家。诗虽不多,出则惊人。《湖北诗征传略》录其诗《怀李筠城广文》。

官抚邦③,官应震另一子,字绥之。顺治贡生,任大冶训导。学问赅博,诗文卓然,并善书法。教育人才唯恐不尽,披荆立学,尤为勤勉。迁梓潼令,未赴。山居二十五年,安贫乐道。有《涤放居集》《天声阁集》。诗质朴茂,间多有幽隽之句,《楚诗纪》录存其《雨后宿广法寺》《重游西塞山》,《湖北诗征传略》载录其诗《重登西塞山入手数偶》及若干佳句。

---

① (光绪)《黄州府志》卷二十、(乾隆)《黄冈县志》卷九有官应震、官抚极传记,《湖北诗征传略》卷十五《黄冈》有官应震、官抚辰、官抚极、官抚邦传记。
② (光绪)《黄州府志》卷二十五、(乾隆)《黄冈县志》卷十一有官抚辰传记。
③ (光绪)《黄州府志》卷二十五有官抚邦传记。

官纯①,官抚邦之子。才能秉异,但早逝,作品不详。《湖北诗征传略》录存其诗句"竹影遮窗寒透月,松阴匝地夏如秋"。

26. 黄冈邓氏家族

主要指邓云程、邓之愈父子。《黄州府志》《湖北诗征传略》有传。

邓云程②,字扶风。性洒脱不羁,明末流寇攻黄州,持铁鞭于城下独挡寇三昼夜。后京城陷落,北望号泣,狂走卒于河南商城。(乾隆)《黄冈县志·艺文志》收录其诗《九日登聚宝山》一首,(光绪)《黄州府志·艺文志》收录其诗《秋恨》一首,丁宿章《湖北诗征传略》收录其诗《桃花坞》一首。

邓之愈,邓云程之子,字识韩。好学敏行,感于父节,曾走千里乞杜濬为其父作传,孝行感动世人。《湖北诗征传略》存录其诗《遵阳初度》《返棹渔台遇风泊白螺矶》二首。

27. 黄冈万氏家族

主要指万尔昌、万尔升兄弟。《黄冈县志》《黄州府志》《湖北诗征传略》有传。

万尔昌(1610—1693)③,字师二。尚节义,能文好贤。中举出仕,曾为吴梅村祭酒。明末,武昌乱,劝谏不听遂归,不再出仕,与其兄万里春、弟万尔升闭门撰述。著有《颐庄诗文集》《颐庄随钞》,未传。(乾隆)《黄冈县志·艺文志》录存其诗八首,(光绪)《黄州府志·艺文志》录存其诗一首,《湖北诗征传略》录存其《归自黄州夜泊赵矶》及若干佳句。

万尔升,字退修。少为诸生,有声名,后放弃举子业,归隐武湖之畔,名其斋曰"秋水岑"。交游之友外,罕见其面,刻意为诗以寓其情。尝著《史求》,人争传诵,另有《秋水岑诗集》《滋言集》《偶然作寓言十九》。《湖北诗

---

① (光绪)《黄州府志》儒林卷、《湖北通志》卷一百五十二《人物志·文学传》、《湖北诗征传略》卷十五《黄冈》有官纯简短记载。

② (光绪)《黄州府志》卷二十二有邓云程传记。《湖北诗征传略》卷十五《黄冈》有邓云程传记,附邓之愈简要记载。

③ (光绪)《黄州府志》卷二十五、(乾隆)《黄冈县志》卷十一、《湖北诗征传略》卷十五有万尔昌、万尔升传记。

征传略》录存其寓言诗五首。

28. 黄冈杜氏家族

主要指杜濬、杜岕兄弟。《清史稿》《黄冈县志》有传。

杜濬(1611—1687)①，原名杜诏先，字于皇。少为诸生有名，参加乡试，因言语犯忌落榜。明亡后改为名濬，家贫，辗转多地谋生。遍交南北名士，著作甚多，但多散佚。曾为李渔的小说和戏曲作序评，以诗文名于当时，有《些山集》。现存《变雅堂文集》，内附《推枕吟》一卷和《杜陵七歌》一卷，收录于《四库禁毁书丛刊》集部。《楚风补》《明遗民诗》《湖北诗录》等后世诗集收有其部分诗作。

杜岕②，杜濬之弟，原名绍凯，字苍略，与其兄一样有诗文之才，明末共避乱金陵。杜濬名于天下，每出诗远近争诵，杜岕所著即使子弟也不出示，因此作品流传不多。《湖北诗征传略》录存其文《晚江游草自序》，诗《寒食同枕江作》《秦淮竹枝词》。

杜世农③，杜濬之子，字湘民，才情妙天下，性孝友，有勇力。著有《断雁吟》。

杜世捷，杜世农之弟，字武功，少时便颖悟工诗，十余岁即有"雨兰多向夜，秋气晚归灯"之句。性至孝，弱冠丧母，哀毁过甚。有《柏梁诗》。《湖北诗征传略》录存其诗《宴黄天涛杜来阁分韵》《友人园病鹤》。

29. 麻城李氏家族

主要指李正芳、李文祥、李长庚、李中黄、李中素等人。家族由明入清，因主要生活在明代，故归入明朝文学家族。《明史》《黄州府志》《麻城县志》《湖北通志》有传。

李正芳④，字彦硕，夙有隐德，正统七年(1442)进士。历东昌、南阳知府，有善政。英宗天顺间任保宁知府时，赵铎反叛，率兵讨之，设奇制胜，后

---

① 《清史稿》卷五百零一有杜濬传记。
② (乾隆)《黄冈县志》卷二十一有杜岕之传。
③ 《湖北诗征传略》卷十五《黄冈》有杜世龙、杜世捷传记。
④ (弘治)《黄州府志》卷七有李正芳传记。(民国)《麻城县志前编》卷九《耆旧志·名贤传》有李正芳、李文祥、李长庚，《文学传》有李中黄、李中素传记。

擢迁山西布政使。（弘治）《黄州府志》录其文三篇，一篇《儒学科举题史记》，一篇题目佚失，还有与他人一起作的《省丘陇与旧游》，另存诗《圆觉寺》一首。

李文祥（1465—1494）[①]，李正芳之孙，字天瑞，成化二十三年（1487）进士。为官敢于直谏，弹劾内侍专权，主张博选大臣。得罪宦官及当时权臣如万安、刘吉等，被贬出京。后召为兵部主事，不久下狱，获释后贬为贵州兴隆卫经历。年仅二十九即逝，有《俭斋遗稿》，未传。（光绪）《黄州府志·艺文志》录存《请立新政疏》。《湖北诗征传略》存录其诗《登岳阳楼》及《命题画鸠诗》佳句。

李长庚（1572—1641）[②]，字孟白，又字西卿，李正芳后裔族孙，万历二十三年（1595）进士。经历三朝，历任户部主事、浙江参政、顺天府尹、吏部尚书等职。为官清廉，刚正不阿。与冯梦龙相善，乃当时楚中风云人物之一。《湖北诗征传略》存录其诗《蒙赦归田作》一首。

李中黄[③]，李长庚之子，字子石。少孤，事母孝，教弟极严。博览群书，工于诗文，富于著作，著有《逸楼四论》[④]《逸楼焚余诗词》。《楚风补》录存其诗《秋感》，《湖北诗征传略》另录存一首《失题》。

李中素[⑤]，字子鹄，一字鹄山，李中黄之弟，少有神童之称，谭元春等名士折节与之交。以明经官湘乡教谕，后为闽令、台湾凤山令。诗风流文采不同于别人，古体音节宛转，皆从汉魏六朝乐府中来，近体条理可观。著有《梅花书屋诗选》。《楚诗纪》录存其诗《日观》《效六朝体》《侗驼》《废井》《废城》等十五首，以及《廉州竹枝词十首》《题梅复庵山水画卷四首》，《楚风补》录存其诗《遥赠阎古先辈十律（三首）》《十月十六日，行次

---

① 《明史》卷一百八十九、《湖北诗征传略》卷十九有李文祥传记。
② 《明史》卷二百五十六、（光绪）《黄州府志》卷二十有李长庚传记。
③ 《湖北通志》卷八十七有李中黄传记。
④ （民国）《麻城县志前编》卷十四《艺文志·集部》著录此书为李中素著，而卷九《耆旧志·文学传》却标明其为李中黄作品，两处记载互相舛误。据卷十四《艺文志·集部》著录李中黄有《逸楼焚余诗词》，遂将《逸楼四论》归入李中黄名下。
⑤ 《湖北通志》卷一百五十二《人物志·文学传》有李中素传记。

大梁东门……计余到家不远,却赋似孙谋,以一笑为寿耳》①,以及《摄山白云山房访张隐士瑶星》。

30. 麻城刘氏家族

主要指刘天和、刘天和孙女刘氏、毛钰龙、刘谐、刘侗等人。先祖江西南昌人,明太祖朱元璋时迁入麻城。《明史》《黄州府志》《麻城县志》有传。

明代麻城素有梅、周、李、刘四大望族之说,其中刘氏最为引人注目。自刘梦传至十世刘侗,造就了"十代元魁世胄,九封官保名家"的佳话。家族先后有四十九人中举,二十人进士及第。明英宗曾御赐"荆湖鼎族"以示褒赞。其中刘天和及孙女刘氏、刘谐、刘侗文学成就最为突出。

刘天和(1479—1545)②,字养和,少时聪颖畅朗,十岁即能属文,正德三年(1508)进士。历任南京礼部主事、御史、湖州知府、太常寺少卿、南京户部尚书、兵部尚书等职。政绩卓著,有很强的军事才能,多次平定各种叛乱,因功擢迁。卒后赠太保,谥"庄襄"。著有《仲志》五卷,《问水集》三卷,均收录于《四库全书》史部。还有《惠湖大纪》《闻陕奏议》《安夏录》,并辑有《注陶节庵伤寒六法》《幼科类萃》《经验良方》。《湖北诗征传略》存录其诗《游韦公寺》。

刘氏,刘天和孙女,嫁同郡丘坦。钱谦益《列朝诗集小传》有其生平记载,并收录其《悼长孺(四首)》《追怀亡兄金吾延伯歌姬散尽有感集句(四首)》。《楚风补》录存《悼亡夫(二首)》,即《悼长孺》,长孺即丘坦之字。

毛钰龙,亦名毛亦龙,刘天和孙刘守蒙之妻。夫早逝,侍奉婆婆极孝。所生三女先死,孤苦守节数十载,人称"文贞夫人"。父为毛凤韶,著有《浦江志略》八卷,未留存。钰龙闺中便接受良好教育,好读书,有文才,曾刊印《毛文贞诗集》,现已散佚。相传袁宗道、梅国桢曾为其诗集作序,盛赞其

---

① 此诗应以序为诗名,序曰:十月十六日,行次大梁东门。史迁云:"夷门者,城之东门也。"即侯生送公子无忌处。因沽酒,策马立门外久之,兼忆刘孙谋表兄为是日初度。计余到家不远,却赋似孙谋,以一笑为寿耳。
② 《明史》卷二百有刘天和传记。(民国)《麻城县志前编》卷九《耆旧志·名贤传》有刘天和、刘谐、刘侗传记,卷十一《列女传》有毛钰龙传记。

诗。钱谦益《列朝诗集小传》有其生平资料,并录其诗《镜》《冬夜》《纸》三首。

刘谐,号宏源。隆庆五年(1571)进士,选庶吉士。曾任给事中、福建按察佥事、江西余干知县等职,喜奖掖寒士。年未及冠,作《西湖律诗百韵》,人竞传之。《湖北诗征传略》录存其诗《湖中春望》前半首。

刘侗(1594—1637)①,字同人,号格庵,刘天和玄孙。为诸生时便见赏于贤学葛公,崇祯七年(1634)进士。官至吴县县令,赴任途中病卒。竟陵派代表人物之一,为文主张摆脱摹拟,自抒己意,文风冷峻,锋颖刻锐。与于奕正合撰《帝京景物略》八卷,为竟陵派代表作品之一。有《麟经新旨》《名物考》十卷,见于《四库全书存目丛书》,还有《同人文稿》。《楚风补》录存其诗十九首。

31. 麻城周氏(周弘祖)家族

主要指周鈇、周弘祖、周弘伦父子三人。《明史》《麻城县志》有传。

周鈇②,字汝举,号鲁山。先任河南郏县县丞,用计擒住巨盗。为人清正廉明,后为民得罪豪右和上官,愤而辞官归乡。《郏县三苏坟资料汇编》录存其诗《祭苏坟诗(三首)》《饮苏坟寺晚归》。

周弘祖③,也作周宏祖,字元孝,周鈇之子,嘉靖三十八年(1559)进士。历任吉安推官、御史、福建提学副使等职。高拱执掌吏部时,不喜弘祖,弘祖即遭贬谪。后迁南京光禄寺卿,但因谒陵穿红被人弹劾,贬为庶民。有《古今书刻》,存录于《丛书集成续编》。又有《皇明将略》,存录于《四库禁毁丛刊补编》。(民国)《麻城县志前编·艺文志》载其还著有《内外篇》二卷和《水竹居诗集》。

周弘伦,字元孚,周弘祖弟,万历二年(1574)进士。倜傥负奇,为人正直,敢于直谏,不避权要。任户部主事,因上疏指斥朝贵,遭贬。后上疏弹劾

---

① (光绪)《黄州府志》卷十九有刘侗传记资料。
② (光绪)《黄州府志》卷二十有周鈇传记。(民国)《麻城县志前编》卷九《耆旧志·名贤传》有周鈇、周弘祖、周弘伦传记。
③ 《明史》卷二一五有周弘祖传记,卷二三四有周弘伦传记。

宦官,触怒神宗,又遭贬谪。后因所荐之人哱承恩等造反,连坐贬为澄海典史,投劾而归。擅长诗歌,著有《问卿诗集》《澄海集》及《代州志》二卷,未传。另有《何之子》《两周子二种》,见于《四库全书存目丛书》子部。清黄宗羲《明文海》录存其文一篇,(光绪)《黄州府志·艺文志》存录其诗《乙酉贬代州壬辰贬澄海俱旅宿高碑店》一首。

32. 麻城梅氏家族

主要指梅国桢、梅国楼、梅之焕、梅之熉、梅铖等人。《明史》《黄州府志》《麻城县志》有传,为明代麻城名门望族之一。

梅国桢(1542—1605)①,字克生,又作客生,万历十一年(1583)进士。梅氏从梅国桢始贵。少雄杰,善骑射。历任顺天府固安知县、河南道御史、太仆少卿等职,乃万历政坛风云人物。任兵部右侍郎兼都察院右佥都御史时,屡次上疏请求罢免榷税。平定西北叛乱,执掌京师西北三镇。与李贽相善,曾为李贽《孙子参同》《藏书》作序。现存有《梅司马燕台遗稿》二卷,《征西奏议》二卷,《西征集》十卷。今人有凌礼潮笺校《梅国桢集》。②

梅国楼③,字公岑,号琼宇,梅国桢之弟。与其兄同时进士及第,选为庶吉士。任四川叙州副使时,平定播州酋长杨应龙叛乱有功,迁布政司参议。有《少参遗文》《少参遗诗》,另有《梅公岑草》传于世,见于《中国古籍总目》。《湖北诗征传略》录存其诗《游太和山》一首。

梅之焕(1575—1641)④,字彬甫,梅国桢从子,父名梅国森,万历三十二年(1604)进士。历任吏科给事中、广东副使、太常寺少卿、甘肃巡抚等职。为人正直,敢作敢为,曾弹劾东厂太监。在惠州时,擒诛豪民,百姓信服。清兵入关靠近都城,受诏率兵行三千里从甘肃救援。著有《中丞遗文》《中丞遗诗》,另有《梅中丞奏稿》八卷,见《四库未收书辑刊》。

① 《明史》卷二百二十八有梅国桢传记。(民国)《麻城县志前编》卷九《耆旧志·名贤传》有梅国桢、梅国楼、梅之焕、梅之熉传记。
② 凌礼潮笺校:《梅国桢集》,湖北人民出版社 2006 年版。
③ (光绪)《黄州府志》卷二十有梅国楼、梅国桢、梅之焕传记。
④ 《明史》卷二百四十八有梅之焕传记。

梅之熉①,字惠连,梅国桢子。博览群书,主盟文坛,声名远扬。明末,散家产,归隐为僧,以著述自娱,自号“槁木”。著有《春秋因是》三十卷,《萍芦史论》二卷,《偶集寄言》《芥舟续集》,均散佚。(光绪)《黄州府志·艺文志》存录其诗《入城》一首。

梅钺②,梅之熉之子,初名梅钿,字淡克。有《桐下诗余》《桐下诗选》,李中素为其作序。《湖北诗征传略》录存其诗《落日》《晓渡》《宿白杲寺楼》三首。

33. 麻城周氏(周世遴)家族

主要指周世遴、梅氏、周世进、周世建。《麻城县志》《湖北诗征传略》有传。

周世遴③,字伯誉,工制举文。诗、古文皆可卓然成家,性情而出,有《伯誉诗文集》。崇祯时临川陈际泰当时文雄海内,却折节重之,后为其遗稿作序。《湖北诗征传略》录存其诗《月夜山中》《过赠刘同人》《秋日访子云》。

梅氏,周世遴之妻,名字不详。有《寄外》诗流传至今。

周世进,周世遴之弟,生平记载不详,(民国)《麻城县志前编·艺文志》载其有《莲堂诗文集》。《湖北诗征传略》录存其诗《般若庵》《中唐文尹居士》《除夕》《客夜》。

周世建,应与周世遴同族同辈。其诗本家传,字里行间有一种朴茂之气,不以雕琢为工,不以锤炼为能,自是诗本来面目,得真字之三昧。(民国)《麻城县志前编·艺文志》载其有《酸斋草》,《湖北诗征传略》录存其诗《初夏寄公裳》。

34. 广济吴氏家族

主要指吴亮嗣、吴亮思、吴敏功、吴敏含、吴兆伦父子叔侄等人。《黄州

---

① (光绪)《黄州府志》卷二十五有梅之熉传记。

② 《湖北诗征传略》卷十九《麻城》有梅钺简略记载。

③ 《湖北诗征传略》卷十九《麻城》有周世遴、周世建、周世进简要记载,(民国)《麻城县志前编》卷九《耆旧志·名贤传》有周世遴传记。

府志》《广济县志》《湖北通志》有传。

吴亮嗣(1572—1623)①,字明仲,万历三十二年(1604)进士。初任四川南充知县,治理有政绩,擢兵科给事中。屡次就节冗费、裁税党上疏。敢于为刘光复、熊廷弼、董其昌等人辩罪。天启中迁太常少卿,后罢官归家。著有《师白斋集》《石岩子集》《海愁集》《疏草资暇录》《入蜀吟》《庚辛游》《燕台杂咏》等,皆未传。(同治)《广济县志·艺文志》录存其文《垦新圣德疏》《垦励精图治疏》《论荆楚水灾疏》,诗《怀饶十一车公》《题胡奉常恩纶策略》等五首。清人夏槐《广济耆旧诗集》录存其诗《过浠上不及晤黄美中孝廉》。

吴亮思②,字幼睿,吴亮嗣之弟。少时从刘养微学习,颇有诗名,与樊维城、王一翥齐名。崇祯十三年(1640)诏令搜才,为权贵摈弃,发愤上书,名动京师,后归隐不出。著有《石岩子集》,已散佚。(康熙)《广济县志·艺文志》录存其诗《仙洞庵》一首,(同治)《广济县志·艺文志》录存其诗《罗山寺访庐小相》《仙人洞》《怀犹孙兆伦隐居灵谷》《罗山寺》《闻刘千里自京都归》五首,另《广济耆旧诗集》录存其诗《湖上篇寄陈梅坞》《金卜公孝廉子亮言过访》二首。

吴敏功③,字肤公,吴亮嗣第二子。崇祯时贡生,曾任四川合江县令。性格倨傲不能事上官,投劾而归。明末避乱蕲州,城破,家人赴水死,独自回乡至卒。著有《梅浦轩集》,未传。《广济耆旧诗集》录存其诗《寄弟敏师侄兆伦》《避贼蕲阳一家俱尽脱身独走日夕荆莽中始逢龙江》《合江留别》《春日江行》《春日送游蜇卿之任》五首。

吴敏含,字辨可,吴亮嗣季子。中举后曾任江西靖安教谕、浙江新城知县等职。有《史评》《自牧轩诗集》等著作,未传。《广济耆旧诗集》录存其诗十四首。

---

① (康熙)《广济县志》卷十三、(同治)《广济县志》卷七《人物志·仕绩传》、(光绪)《黄州府志》卷二十有吴亮嗣传记。
② (康熙)《广济县志》卷十三、(同治)《广济县志》卷七《人物志·文苑传》、(光绪)《黄州府志》卷十九、《湖北通志》卷一百五十一有吴亮思传记。
③ 吴敏功、吴敏含传记见于《广济耆旧诗集》卷三。

吴兆伦①,字悬璞,父亲为吴亮嗣长子吴敏师。少从吴敏含学习诗歌和书法。明末乱世,父入湘久不归,思父忧郁而死。著有《灵山遗草》《不窥园诗钞》,已散佚。(同治)《广济县志·艺文志》录存其诗《竹枝词》,《广济耆旧诗集》录存其诗九十五首、词四篇。

35. 广济饶氏家族

主要指饶于豫、饶嘉元、饶嘉绳、饶嘉轨、饶嘉亮、饶来中。《黄州府志》《广济县志》有传。

饶于豫②,字汝顺。年十七为邑诸生,性轩豁薄俗,与袁中道、吴明卿等交善。喜古文辞,为文寂淡。九次参加省试未中,郁郁不得志,纵酒悲伤四十而亡。著有《待删草》,未留存。(康熙)《广济县志·艺文志》收其文《增汤惟尹先生北上序》一篇,《广济耆旧诗集》存录其诗《望寒(二首)》。

饶嘉元③,字仁倩,号钝庵,饶于豫兄弟饶于鼎长子。少时好学,通宵达旦不分寒暑。初为诗不善,遂读书大藏寺,遍览古今人诗,后作诗与刘养微齐名。邑令刘允昌独爱重,每题咏必偕。天启年间考中举人,颇得主考官缪昌期赏识,次年举进士未中。后昌期遇难,哭泣成疾,未几亡。著有《梦谢草堂诗》,未传。(同治)《广济县志》录存其诗《杯度亭》《经行山寺》,(光绪)《黄州府志》、(康熙)《广济县志》、《广济耆旧诗集》另收录其诗共十二首。

饶嘉绳④,饶嘉元之弟,字木倩。治诗、古文、词,下笔千言。明末寇乱隐居不仕,肆力著述,有《山中稿》。(同治)《广济县志》录存其诗《山中花发刘幼凝过访》《送侄轸进士入京》,也为《湖北诗征传略》录存。另有《大王峰远眺》,见于《历代诗人咏武穴》。

饶嘉轨,饶嘉绳从弟,字叔度。诗喜创辟,师从刘敬伯而成就过之,有《觚

---

① (同治)《广济县志》卷八有吴兆伦传记。
② (康熙)《广济县志》卷十六、(同治)《广济县志》卷七《人物志·文苑传》有饶于豫传记。
③ (康熙)《广济县志》卷十三、(同治)《广济县志》卷七《人物志·文苑传》、(光绪)《黄州府志》卷十九有饶嘉元传记。
④ 《湖北诗征传略》卷十九《广济》有饶嘉绳、饶嘉轨的简要记载。

光草》。(同治)《广济县志》录存其诗《多云山(夏君号多云子索余题诗)》。

饶嘉亮①,字熙倩,饶于鼎另一子。少好古文、诗歌,崇祯时以贡生身份诣选南都,以乱罢归。后不再仕进,专心著述。一生著作繁盛,但多毁于明末战火。著有《豹雾山房集》,未留存。《广济耆旧诗集》收录其诗《赠太仆万吉人先生》《夜泊黄州(二首)》。

饶来中②,饶嘉亮之子,字厥修,号侍庵。崇祯时举人。家富藏书,博观约取,赅洽贯穿,诗名响振一时。国变不仕,与诗酒为友二十余年。有《晚照堂诗集》,《湖北诗征传略》录存其《饮刘氏草堂》一首。

36. 广济王氏家族

主要指王大谟、王逢年、王衍治祖孙。《广济县志》《黄州府志》《湖北诗征传略》有传。

王大谟③,字惟尹,万历八年(1580)进士。初授太湖令,为政判案不畏权贵,后为云南督学副使、广西左参政。以母老致仕归,五十三岁卒。(同治)《广济县志》载其有《名山阁诗钞》《环翠楼诗文集》《五华书院问答》,并录存其诗文《登刘正叔文学园亭》《送寇山人南迁》《议礼疏》《陈情疏》。《湖北诗征传略》录存其诗《涌泉寺》。

王逢年④,王大谟之子,字长孺。天启初以廪监补鸿胪,官鸿胪寺丞。善行草书法,与米万钟、董其昌齐名。工吟咏,有《两使草》《雨湖漫兴诗》。《湖北诗征传略》录存其诗《送冠二余南旋》。

王衍治,字恂度,一字侗庵,王大谟之孙。以岁贡生为巴东训导,廷试入都不更谒一贵人,独与施闰章、王岱、同乡张仁熙、蕲州顾景星交好。博学工词,著有《柳舟藏稿》。诗律清劲,不事粉饰。(同治)《广济县志》录存其《次韵杨明府过幽居寺》《石门庵八景》,《湖北诗征传略》录存其《山寮答顾黄公》。

---

① (康熙)《广济县志》卷十三、(同治)《广济县志》卷七《人物志·文苑传》有饶嘉亮传记。
② (同治)《广济县志》卷七《人物志·文苑传》、《湖北诗征传略》卷二十《广济》有饶来中传记。
③ (同治)《广济县志》卷七《人物志·仕绩传》有王大谟传记。《湖北诗征传略》卷二十《广济》有王大谟、王逢年、王衍治传记。
④ (同治)《广济县志》卷十一《艺文志》有王逢年简要记载。

37. 广济杨氏家族

主要指杨大鳌、杨晋、杨复。《广济县志》《湖北诗征传略》有传。杨氏多诗人，杨晋与杨复最为知名，为杨大鳌的后起之冠。

杨大鳌①，字用极，万历举人，入春闱不第。游南雍，南雍诸生千余人尽识之。为彭泽令，年三十即卒。(同治)《广济县志》载其有《榛苓遗草》，并录存其《山居》《伯父迁长沙》。除《山居》外，《湖北诗征传略》另存录其诗《游刘正叔白石山房寄题》。

杨晋，杨大鳌之子，字子马，为诸生，才继父业。著《浪残集诗》，诗有家法，尤其七古悲高，沉郁顿挫。(同治)《广济县志》载其著有《渔矶集》，并录存其诗《武湖竹枝词》《悲高山(为魏典史时光作)》《过张子龙先生旧馆》《湖晚》。《湖北诗征传略》另录存其《过外祖徐大夫墓》。

杨复，字伯阳，为贡生，官知县，有《襄州漫草》《河上草》《西陵想稿》。

38. 广济刘氏家族

主要指刘养微、刘养吉兄弟。《湖广通志》《广济县志》《黄州府志》《湖北通志》有传。

刘养微②，字敬伯，号康縠子。工吟咏，诗宗李梦阳。家贫，授徒为生，诗文不废。体弱多病，三十四岁即卒。卒后生前好友何韦长、何緎仲将其与弟刘养吉诗文辑录成《康縠子集》刊刻流传至今，见于《四库全书存目丛书》集部。《康縠子集》还附有刘氏远祖天行、文焕等传，以及刘秉珍《石浪诗钞》、刘醇骏《盟鸥集》和刘锟《化味闲轩稿》数种，可谓刘氏一家之书。(同治)《广济县志》录存其诗《游东冲山》《哭饶孝标》《青林里人谣美赵侯也》。

刘养吉③，字修仲。其人修而赢，朴而都。性格狷谨，好谈说。兄弟二

---

① (同治)《广济县志》卷七《人物志·文苑传》有杨大鳌传记，附杨晋简要记载。《湖北诗征传略》卷二十《广济》有杨大鳌、杨晋、杨复简要记载。

② (雍正)《湖广通志》卷五十八、(同治)《广济县志》卷七《人物志·文苑传》、(光绪)《黄州府志》卷十九、《湖北通志》卷一百五十一有刘养微传记。

③ (康熙)《广济县志》卷二十三、(同治)《广济县志》卷七《人物志·文苑传》、(光绪)《黄州府志》卷二十三有刘养吉传记。

人情深,兄卒,哀恸欲绝,不久亦卒。作品附于其兄《康毅子集》。(同治)《广济县志》录存其诗《秋日晚游》《大藏寺晚霁》,此诗也为《湖北诗征传略》录存。

《湖北诗征传略》还载,刘养吉母亲的弟弟叔夏和季含皆为奇士,亦有诗句。但具体创作不详。①

39. 黄安耿氏家族

主要指耿定向、耿定理、耿定力三兄弟,以及耿汝愚等人,以理学和文学著称。《明史》《黄安县志》《湖北通志》有传。

耿定向(1524—1597)②,字在伦,嘉靖三十五年(1556)进士。幼时便有大志,勤奋好学,博览群书。历任行人、云南道御史、广西横州判官、太仆少卿、户部尚书等职。为官清廉,因弹劾依附严嵩父子的吏部尚书吴鹏,调出京城。又因得罪高拱,被贬横州判官。结识泰州学派名人罗汝芳、何心隐、王襞后,思想发生了极大转折,成为明代著名的理学家。告老还乡后,在天台书院讲学七年,人称"天台先生"。七十三岁卒,赠太子太保,谥曰"恭简"。一生著述颇丰,《明史·艺文志》载其:"著有《耿子庸言》二卷,《小学衍义》二卷,《先进遗风》二卷,《二孝子传》一卷,《雅言》一卷,《新语》一卷,《教学相求》一卷。"现存《研辅宝鉴要览》四卷,见于《四库全书存目丛书》史部。门人刘元卿编辑《耿天台先生文集》二十卷,其中诗赋一卷,杂文十九卷。还有《黄安初乘》二卷,为耿定向为黄安撰写的第一部方志,另有《耿天台先生全书》等。(光绪)《黄安县志·艺文志》录存其诗文《救海忠介疏》《劾吏部尚书吴鹏疏》《议王阳明从祀疏》《乞骸九疏》《重游天台(二首)》《题天台别意图(二首)》。

耿定理(1534—1584)③,字子庸。幼时不善言辞,思维缓慢。后经一异人点拨,茅塞顿开。不愿仕进,一心研究学问和讲学。与泰州学派代表人物

---

① 《湖北诗征传略》卷二十《广济》刘养吉传记后有简要记载。
② 《明史》卷二百二十一有耿定向传记。(光绪)《黄安县志》卷八《人物志·儒林传》有耿定向、耿定理、耿定力、耿汝愚传记。
③ 《湖北通志》卷一百五十一有耿定向、耿定理、耿定力传记。

交谊深厚,尤其在其兄耿定向与李贽交恶后,竭力调和,帮助李贽。作品未留存。

耿定力(1541—1607)①,字子健,耿定向季弟,隆庆五年(1571)进士。在两位兄长帮助下,自小熟读儒家经典书籍。历任工部主事、南金都御史、南京兵部右侍郎等职。在任能体恤民情,大力发展文化教育,提倡平民教育,开设书院讲学。最后在天台山从事讲学、著述工作。(光绪)《黄安县志·艺文志》录存其诗《天台(两首)》。

耿汝愚②,字克明,耿定向长子。性格严毅狷介,不从时俗,中举并未出仕,闭门著书至卒。一生著述颇丰,有《韵会类编》《四六草》《尺牍草》《诗经鱼虫考》《乌光传》等,均散佚。今存《江汝社稿》九卷,见于《四库未收书辑刊》。

40. 黄安吴氏家族

主要指吴化、吴光龙父子。《黄安县志》《湖北诗征传略》有传。

吴化③,字敦之,号曲萝,万历二十三年(1595)进士。早慧,有吏材,初官镇江推官,断疑狱出人意表。民有压死者,诬为诸生某扑杀,吴化乃为之平反,远近神其敏练。累官礼部主事,后归乡,家里槿园益种植之,因自署"万槿侯",与名士觞咏其间,七十二岁卒。所著诗文,李贽评曰:"骨力沉雄,气韵生动。旁睨横绝,变化无方。"④有遗集若干卷,未留存。(光绪)《黄安县志·艺文志》录存其诗《题桃花书屋》《九日团江馆迟庐萧二孝廉不至》《东堤步月》《山居》。

吴光龙,吴化之子,字荀长,能继其家学。十岁能文,与其父同出于董其昌门下,为其所赏识。以拔贡赴京应试第一,文誉日隆,与秦五梅等人共捐资买地建县会馆。任知县,为官有政声,因忤上官,挂冠而归。性喜游览,善

---

① 《明史》卷二百二十一有耿定力传记。
② (光绪)《黄州府志》卷十九、(光绪)《黄安县志》卷八有耿汝愚传记。
③ (光绪)《黄安县志》卷八《人物志·宦迹传》有吴化传记,《儒林传》有吴光龙传记。《湖北诗征传略》卷十七《黄安》有吴化、吴光龙传记。
④ 见《湖北诗征传略》卷十七《黄安》吴化条。

诗工书法,尤其擅长径尺,遍书古时书法字体,一时推为风雅之宗。年七十九卒。有《金斗吟》《西山咏》《支硎》《西湖纪》等。

41. 黄安卢氏家族

主要指卢尧臣、卢之憬、卢爌。《黄安县志》《湖北诗征传略》有传。

卢尧臣[①],字赞勋,号钦父。幼聪敏,通五经,八岁能文,十三岁补弟子员,性至孝,父逝后抚爱幼弟。万历元年(1573)进士,授益都宰,有政声,后致仕隐居,在黄安建造钦父书院,与其生徒赋诗讲学以自娱,七十五岁卒。著有《李节孝诗》《三不朽集》《崇祀乡贤》。(光绪)《黄安县志》录存其诗《李节孝一百六十八韵》。

卢之憬,卢尧臣从子,字敬生,号钝翁。幼颖悟,善问难,从父学,九岁能属文,补弟子员。未弱冠便明经博学,经史子集翻阅数遍,著有《春雪回文诗》。赴乡试,闻贼攻城邑,母以骂贼死,哭奔归。乡人出逃争携财物,其独载书卷随行。与先达结社赤壁,与谭友夏交好。平生著作等身,兼工词曲,著有《玉梨缘》《秋千会》《福堂旗》《仙草婚》《玉马坠》等传奇。(光绪)《黄安县志》录存其诗《庚辰奇荒歌》《运米丁夫歌》。

卢爌,卢之憬之孙,字镜亭。幼颖异,卢之憬以其所藏教之,后果以著作称于世。(光绪)《黄安县志》录存其诗文《王巽轩先生传》《王槐亭先生传》《游干工堰次孙邑侯韵》《双泉堂》《喜雨为林邑侯作》《登鳌峰》,《湖北诗征传略》录存其佳句数联。

42. 罗田胡氏家族

主要指胡明庶、胡明通、胡明书、张明道等人,以经学、诗文著称。《罗田县志》《黄州府志》《湖北通志》有载。

胡明庶[②],字公甫,或曰公辅。孝友力学,尤精律吕,嘉靖十一年(1532)进士,中探花。在朝为官,清廉有名,以经学教授终。著述颇受称赞,有《征

---

① (光绪)《黄安县志》卷八《人物志·儒林传》有卢尧臣、卢之憬传记,《湖北诗征传略》卷十七《黄安》有卢尧臣、卢之憬、卢爌传记。

② (光绪)《罗田县志》卷六《人物志·儒林传》有胡明庶、胡明通传记,《宦迹传》有张明道传记。《湖北通志》卷一百五十一《人物志·文学传》有胡明庶传记。

迈集》,惜失传。

胡明通(1497—1567)①,嘉靖二十一年(1542)进士,曾任江西信丰县知县,浙江金华府通判,为官政绩卓著。学本程朱,尝曰主敬穷理可到圣贤,不必求新异,晚年归乡后潜心程朱理学研习,世称"东郊先生"。由兄长抚养长大,事兄极孝,同居四十年无间言,兄卒,抚孤侄如己子。作品未传。

胡明书,胡明通之弟,与兄同榜中进士。官通判,亦有政声,文章与兄齐名,士林宗之。因三兄弟文才宦绩,明朝在罗田胡氏宗祠前建造了一座牌坊"联璧坊"以示旌表。

张明道(1480—?)②,字希程,胡明庶三兄弟的堂兄弟。侍母极孝,潜心修学,嘉靖八年(1529)中进士,年已五十。初任都察院都司,位卑能谏,触犯权贵,遭弹劾。改任吴江县令时,疏通河道,减轻赋税,抵抗倭寇,百姓得以安居乐业,诰封奉直大夫。著有《易经注解》《玉虹全稿》《玉泉删礼》《朱子纲目阐发》,以及历数、星象撰述,惜未传于世。(光绪)《罗田县志·艺文志》存录其诗《玉虹泉》,《湖北诗征传略》录存其诗《郊游见采木棉》。张明道有三子,张濬、张浔和张澜,都有才学,但史载不详。

43. 黄梅瞿氏家族

主要指瞿九思、瞿甲、瞿罕父子。《明史》《黄梅县志》《黄州府志》《湖北通志》有传。

瞿九思(1545—1615)③,字睿夫。少即好学,知识奥博,十五岁就作《定志论》,与耿定向相善。乡试被县令张维翰诬陷,流放塞外,张居正救之才获释归乡。万历三十七年(1609)授翰林待诏,拒而不仕,讲学于江汉书院。后让其子上《万历武功录》,此文留存在其传世著作《瞿聘君全集》中。另有《孔庙礼乐考》,见于《续修四库全书》史部。史载其还著有《六经以俟录》《明诗拟幽赞录》《文莫堂集》等。(光绪)《黄梅县志·艺文志》录存其文《陈情疏》《孔庙礼乐考四卷自序》《武功录自序(补遗)》《怡

---

① 《湖北通志》卷一百四十八《人物志·孝义传》有胡明通传记。
② (光绪)《黄州府志》卷二十、(光绪)《罗田县志》卷六有张明道传记。
③ (光绪)《黄梅县志》卷二十二《人物志·儒林传》、《明史》卷二八八有瞿九思传记。

怡堂诗集序》《野马绷缊论》《律法论》《与督学胡公直论动静说》《与胡公论归根复命说》。

瞿甲（1564—?）①，字太初，又字释之，瞿九思之子，以孝著称。瞿九思遭诬陷，书数千言为父申冤。万历十年（1582）中举后，不久卒。有《与善堂草》《赫蹏编》《遗孝录》《忠义录》，均散佚。（光绪）《黄梅县志·艺文志》录存其文《元冤表》《曾司理生祠记》《送奉国将军苻斯管弋阳王府序》《送王子声序》《为父讼冤书》五篇，诗《西园种竹歌》一首。

瞿罕，字曰有，瞿九思另一子，七岁能文。瞿九思被诬流徙，瞿甲为之上书鸣冤，瞿罕与之往返千里，徒涉不避寒馁，二人被天下称为"双孝"。崇祯时荐为崖州知州，以兴教育才为己任，颇受百姓敬重。作品未传世。

44.蕲州顾氏家族

主要指顾问、顾阙、顾天、顾景星、顾昌等人，以理学和诗文著称，又以顾问、顾阙、顾景星最为知名。顾氏祖籍本为昆山州（今属江苏），顾问曾祖父顾士征元朝时任蕲州总管，遂定居于蕲州。顾氏由明入清，主要人物及活动均在明朝，遂归入明朝文学家族。《蕲州志》《湖北通志》《清史列传》有传。

顾问②，字子承，嘉靖十七年（1538）进士。为官数十年间，勤政爱民，政绩突出，不断得到朝廷擢拔。为浙江寿昌知县，因热爱研习学问，著书立说，遂上疏辞官。在庐山建立崇正书院，延请名士，广收门徒，探讨阳明心学。《明史·艺文志》著录其有《语录诗文》三十卷，外集十卷，另有《日岩诗文集》，惜皆未传。（光绪）《蕲州志·艺文志》录存其诗《山中吟》。

顾阙，顾问之弟，字子良，嘉靖二十九年（1550）进士。历任刑部郎、礼部侍郎、福建副使等职。父母病故后，与兄顾问曾结庐墓旁十年之久，其间与兄经常至阳明书院讲学。三十九岁便辞官回乡，与顾问一起讲学崇正书

---

① （光绪）《黄州府志》卷二十三、（光绪）《黄梅县志》卷二十六《人物志·孝友传》有瞿甲传记。《湖北通志》卷一百五十一《人物志·文学传》有瞿甲、瞿罕传记。

② （光绪）《黄州府志》卷十九《人物志》、《湖北通志》卷一百五十一有顾问、顾阙传记。（光绪）《蕲州志》卷十一《人物志·儒林传》有顾问、顾阙、顾天锡、顾景星传记，《文苑传》有顾昌传记。

院。为学精进,人称"桂岩先生",著有《五经发意》《通鉴补意》《楞严解》《楞伽解》《方外纪》。(光绪)《蕲州志·艺文志》收录其诗《烟菲楼》。

顾天锡(1588—1663)①,字重光,顾阙孙。广泛涉猎文史,师于董其昌。在北雍对策中,因得罪阉门主司,流转天津、河间,以教授为生。屡试不第,却有声名,从游者众多。后被朝廷连连征辟任职,却辞官不拜,回乡隐居。由明入清,在故乡隐居著述而终。作品仅存(光绪)《蕲州志·艺文志》收录《旌表刘贞节传》文一篇,《癸未契家避地鸿宿州旋上西塞作》诗一首。

顾景星(1621—1687)②,顾天锡之子,字赤方,一字黄公。少时跟随父亲四处辗转,也在父亲处接受了良好的教育和训练。六岁能赋诗,八九岁遍读经史,博闻强记。南京会试名列前茅,被授为福州推官。谢绝权臣马士英招附,与父亲一起著述研习。清朝建立,坚持拒绝各种授官和举荐,萧然遗世。现存其子顾昌所辑《白茅堂集》四十六卷。据《白茅堂集》卷首顾景星的自叙可以看出他一生著述丰富,有"《三经蒙解》若干卷,《戒史》七十卷,《纪五行灾异举史》三十卷,《纪选举燕京物纪》十卷,《默兄集》三卷,《茅轩集》三十八卷,《津门三书》四卷,先君子壬午前作也。《童子集》三卷,《愿学集》八卷,《书目》十卷,景星壬午前作也。癸未正有《癸亥并先世遗集》毁于寇。《石柜集》六卷,《五经论孟说》七卷,《读史评论》二十卷,《历代改元考》八卷,《蕲州志》六十卷,《素问灵枢直解》六卷,《针灸至道三卷》,《焦氏筮法》二卷,《玉京掯录纪道家言》一百卷,先君子癸未以后作也。《顾景星历代列传》五十卷,《阮嗣宗咏怀诗注》二卷,《李长吉诗注》四卷,《诗史集论》九卷,《瞫池录》百八十卷,《南渡》《来耕》二集七十三卷,盖岁有增者,景星癸未以后作也,丙午十二月毁于火……"③晚年还著有《黄公说字》。遗憾的是大多散佚,现存有《白茅堂集》。(光绪)《蕲州志·艺文志》录存其诗文《修蕲州儒学庙序》《五言绝句(十一首)》等五十三篇,《楚诗纪》录存其《征妇寄衣》。

---

① (光绪)《黄州府志》卷十九有顾天锡传记。
② 《清史列传》有顾景星传记。
③ (清)顾景星:《白茅堂集》卷首,齐鲁书社1997年版。

顾昌,顾景星之子,字文饶,号培山,康熙时举人。仪表风神隽逸,擅作古文,亦工诗赋。有《耳提录》《栗阴轩诗》《文西轩唱和诗集》。为辑父亲遗作《白茅堂集》,积劳成疾而逝。(光绪)《蕲州志·艺文志》录存其《王云峰先生墓碑铭》《曹荔轩梓白茅堂集将竟感赋》《太平山》《题张巾祖师洞门》。

45. 蕲州袁氏家族

主要指袁世振、袁素亮父子。《蕲州志》《黄州府志》《湖广通志》有传。

袁世振(? —1631)①,字抑之,号沧孺,万历二十六年(1598)进士。历任临川令、户部郎等职。曾上《十议》谏神宗重修盐法,得到神宗肯定,特命为两淮疏理盐法副使。天启间遭阉党诬陷,罢官归家。崇祯初再度起用为扬州海防副使,未赴任即卒。《千顷堂书目》著录其有《两淮盐政疏理成编》十五卷,现存《皇明两淮盐政编》四卷。清张豫章《御选宋金元明四朝诗》录存其诗《春雪山中效欧阳体》《白鹭巢松》《独酌》《天宁寺杏花》《无题》。

袁素亮②,字公蓼,袁世振之子,岁贡生。负才不羁,诗、古文、词援笔数千言,与谭友夏多唱和,后与艾千子、陈大士结天下文社。明末寇乱,不屈而死。生平诗文创作颇多,但基本散佚。(光绪)《蕲州志·艺文志》收录其诗《题人壁柬友夏》《赠钱受之》。

46. 蕲水周氏家族

主要指周中、周申兄弟。《湖北诗征传略》有传。

周中③,字鸡峰,为贡生,生平史载不详。(光绪)《蕲水县志·艺文志》录存其诗文《九日过清泉寺》一首,也为《湖北诗征传略》录存。

周申,周中之弟,字霁野,隆庆时贡生。(光绪)《蕲水县志·艺文志》录存其诗文《琴堂明月歌赠斗墟父母》《昭化寺》《和伯兄游鸡公山作》《夏日住昭化寺题惠上人梧冈》《冬日登凤栖山》《神光观书壁》,《湖北诗征传略》

---

① (雍正)《湖广通志》卷五十二、(光绪)《黄州府志》卷二十、(光绪)《蕲州志》卷十二《人物志·仕迹传》有袁世振传记,卷十一《人物志·文苑传》有袁素亮传记。
② (光绪)《黄州府志》卷十九、(光绪)《蕲州志》卷十一有袁素亮传记资料。
③ 《湖北诗征传略》卷十八《蕲水》有周中、周申传记。

录存其《登鸡公山》,清遒可诵。

47.蕲水黄氏家族

主要指黄可久、黄正色、黄祥远、黄峦。《蕲水县志》《湖北通志》《湖北诗征传略》有传。

黄可久①,字柳溪,为诸生。甘贫力学,与妻偕隐胭脂山,嗜读佛经,自号"出尘道人"。工诗,颇多解脱之语。作品不详。

黄正色②,字美中,黄可久之子。崇祯时举人,官知县,治理有能声。但性冲淡,未几便辞官归乡。爱林麓之美景,结茅屋于山中。朝廷诏求山泽之士,官员列其名,闭户读书,若弗闻也。与熊鱼山颇多唱和之诗,诗风冲逸如其人。(光绪)《蕲水县志》载其辑有《历朝古文》百二十卷,《畏合堂稿》一卷,录存其诗文《李元莹楚诗序》《张敔右耐厼居诗序》《又嶷李公传》《南河官渡募女》《杨母蔡节孝引》《袁母子墓志铭》《官母宋太恭人祭文》《登官赐谷先生闲云楼》《及赋诗答之时蕲黄之寇深矣》《寄大司成王敬哉先生二首》《浠川八景选五》,《湖北诗征传略》存录其诗《王将军园居》《如是庵杂咏》。

黄祥远,黄正色之子,黄峦,黄正色之孙。史载二人皆工诗,能清苦自立,不坠家声,但作品不详。

第四节　明朝荆州府文学家族

48.江陵张氏(张居正)家族

主要指张居正、张嗣修、张懋修、张允修、张同敞等人,以政绩、诗文著称。《明史》《江陵县志》《湖北通志》有传。

张居正(1525—1582)③,字叔大,号太岳。少时聪颖过人,人称神童,得

---

① 《湖北诗征传略》卷十八《蕲水》有黄可久、黄正色传记,以及黄远祥、黄密简略记载。
② (光绪)《蕲水县志》卷九《人物志·文苑传》有黄正色传记,《湖北通志》卷一百五十一《人物志·文学传》有黄正色、黄祥远传记。
③ 《明史》卷二百一十三有张居正传记。(光绪)《江陵县志》卷二十七《人物志·仕进传》有张居正、张懋修传记。

到荆州知府李士翱的喜爱,将其名由张白圭改为张居正。嘉靖二十六年 (1547)进士,授庶吉士,后至内阁首辅。明神宗时期实行了历史上著名的 "万历新政"。死后几天,便被神宗抄家,并削尽其官秩,夺去所有生前荣 誉,家人或流放或饿死。著有《四书五经直解》,《帝鉴图说》六卷,《召对纪 事》一卷,《奏对稿》十卷,《诗文集》四十七集,《太岳集》四十六卷,见于《四 库全书总目》。现有张舜徽、吴量恺主编的《张居正集》①。

张嗣修(1553—?),号岱舆,张居正次子。万历五年(1577)进士,任编 修。张居正死后抄家,发配雷阳,后事记载不详。《湖北诗征传略》存录其 诗《登仲宣楼》一首。

张懋修(1555—1634)②,字惟时,张居正第三子。万历八年(1580)进 士,任修撰。张家被抄,投井绝食都未死,抱其父手迹哭泣欲绝。著有《墨 卿谈乘》《太史诗略》《寄园诗略》等,但已散佚。(光绪)《江陵县志·艺文 志》录存其诗《饮江津寄园有感》,另《湖北诗征传略》录存其《青溪秋夜》。

张允修(?—1644)③,字建初,张居正第五子。因张居正荫任尚宝丞。 崇祯十七年(1644),张献忠攻陷武昌,不食而死。《楚风补》存录其诗《自 诀》,《湖北诗征传略》称之为《绝命词》。

张同敞(?—1650)④,字别山,张居正长子张敬修之孙。张敬修在张居 正死后的家产查封中,不堪百般凌辱自杀。张同敞以荫补中书舍人。南明 时期,因"诗文千言,援笔立就"被永历帝拜为侍读学士,改尚宝卿。与瞿式 耜一起抗清被俘,不屈被杀。博涉经史,擅长诗赋和书法,多所撰著。有 《张忠烈公遗稿》《十三经注疏补》《册府元龟纂要》《古今诗选》《宫詹司马 张公别山遗诗》《别山诗钞》等,以及一些遗诗。

49.江陵刘氏家族

主要指刘楚先、刘亨祖孙。《江陵县志》《湖北诗征传略》有传。

---

① 张舜徽、吴量恺主编:《张居正集》,湖北人民出版社 1997 年版。
② (光绪)《荆州府志》卷五十四、(光绪)《江陵县志》卷二十七《人物志·仕进》有张懋修传记。
③ (光绪)《续修江陵县志》卷二十八《人物志·忠烈传》有张允修、张同敞传记。
④ 《明史》卷二百一十三有张同敞传记。

刘楚先①,字衡野,一字子良。幼颖敏突出,为张居正所赏识。明穆宗隆庆年间进士,授检讨。时神宗欲易太子,一月七次上疏不报,遂率百官伏阙请帝。后立储定海内,多其之功。不久为言官所击,居家十六年,后起任礼部尚书。为人正直,不谀权贵。致仕后学益不倦,建青藜阁,图书山集。卒之夜有星如布数丈自天坠于宅后清风池。卒赠太傅,谥"文恪"。《湖北诗征传略》录存其诗《过当阳信宿聂见龙山房》。

刘亨②,字康侯,刘楚先之孙,敏颖多才,不求仕进。洪承畴曾为刘楚先所辟,后洪承畴带兵至滇黔时,道经江陵,酹酒刘楚先墓,遂辟亨为参谋幕府。称疾不赴,可谓振奇之士。有《云林堂集》。

50. 江陵张氏(张汝济)家族

主要指张汝济、张教、张之增祖孙,家族由明入清,因主要人物及活动在明朝,遂归入明朝文学家族。《江陵县志》《湖北诗征传略》有传。

张汝济③,字泽民,号傅野,明穆宗隆庆二年(1568)进士。本为张姓,过继给荆州右卫籍司马镗为子,名为司马汝霖,后复回本姓。历任临川知县、兵部武选司、吏部考功郎、福建巡抚等职,为官清正廉洁,帮助大司马泛海征倭有功。汝济擅综覆才,尝奏请拨商税敷寺租,罢一切无名之费。后为忌者弹劾罢官归乡,筑万玉山房啸咏其中,七载而终,著有《万玉山房集》。(光绪)《江陵县志》录存其《九日同登仲宣楼》,除此诗外,《湖北诗征传略》还录存其诗《丽阳道中》《郡守西归》《秋日雅集钓鱼台》《请告南迁留别孟义甫》《夜雨不寐》《客舍新迁,傅黄二考功同奕者方生携具过集》《太晖道院》《大江泛舟》《纪南答宇春民部》《月夜偶成》。

张教,字孝甫,张汝济之子,性敦朴,学问渊淳,品诣高洁。与雷实先、邓石田、崔易之、欧阳孟韬诸君文酒诗会,酬唱率多佳篇。尝同游三岳名胜,有

---

① (光绪)《江陵县志》卷二十七《人物志·仕进传》有刘楚先传记。
② (光绪)《江陵县志》卷三十二《人物志·隐逸传》有刘亨传记。
③ (光绪)《江陵县志》卷二十七《人物志·仕进传》有张汝济传记,卷三十三《人物志·隐逸传》有张教传记,卷三十《人物志·文苑传》有张之增传记。《湖北诗征传略》卷三十一《江陵》有张汝济、张教、张之增传记。

咏有记。遗憾的是作品不详,未留存。

张之增,字山若,张汝济之孙,中炳之子。苦志积学,与胡在恪友善,以诗文相切磋。入清后举孝廉,经书多所注释。有《漫兴草》《江陵志略》。

51. 江陵陈氏家族

主要指陈治纪、陈懋揆父子。《江陵县志》《湖北诗征传略》有传。

陈治纪[1],字道立,号石房,明熹宗天启年间举人。由行唐知县迁户部郎中,奏革积弊五十余条。督饷浙西,奏免积欠八千七百余金,出系囚十六人,累官贵州参政。有《放庵奏议》《吴越吟》《西湖外史》《洗耳之余》。《湖北诗征传略》录存其诗《九日招服先同游置酒上寿》。

陈懋揆,陈治纪之子,字端夫,少游别山张公及句曲山人门下。有《十丈楼存稿》,《湖北诗征传略》录存其诗《送友之粤》。

52. 江陵曹氏家族

主要指曹国朴、曹国矩、曹国枫兄弟。《江陵县志》《湖北诗征传略》有传。

曹国朴[2],字樨之,曹大咸第五子。为诸生,博学嗜古,砥砺名节,乱世隐居三湖,以著述终老。有《守约吟》《止园诗要》。(光绪)《江陵县志》录存其诗《乙酉九日饮孔伯靡东湾草堂》,除此诗外,《湖北诗征传略》还录存其诗《章台古某》。

曹国矩,字叔方,曹国朴之弟,曹大咸第七子。少不羁,放浪江湖间。明末遭寇乱,与兄国朴、弟国枫共相唱和,后益远游,足迹半天下。终归老三湖,渔钓自娱,有《止园诗要》。(光绪)《江陵县志》录存其诗《关帝庙》。

曹国枫,曹国朴另一弟,亦有诗名。作品不详,未留存。

---

[1] (光绪)《江陵县志》卷二十七《人物志·仕进传》有陈治纪传记,《湖北诗征传略》卷三十二《江陵》有陈治纪、陈懋揆传记。

[2] (光绪)《江陵县志》卷三十《人物志·文苑传》有曹国朴传记,提及其弟曹国矩、曹国枫。卷三十二《人物志·隐逸传》有曹国矩传记,《湖北诗征传略》卷三十二《江陵》有曹国朴、曹国矩、曹国枫的简略记载。

53. 石首张氏家族

主要指张璧、张世懋祖孙。《石首县志》《湖北诗征传略》有传。

张璧①，字崇象，祖父张子言，父亲张维。明武宗正德六年（1511）进士，授编修。乾清宫发生火灾，武宗修德勤政，张璧讲学，敷陈古训，明鬯剀切。认为君应使臣以礼，耆德旧臣当加敬礼，帝为之改容。任南京礼部尚书时，廉谨自持，宿弊尽除。回到京城后，议建太庙，酌定其制。后官尚书、大学士，入阁不及一年即卒，赠少保，谥"文简"。才学博赡，古今体诗传诵一时，有《阳峰集》二十六卷。（同治）《石首县志》录存其《刘郎浦》《崇正书院记》《锦帻亭》《学宫七柏赋》，《湖北诗征传略》还录存其诗《尹巽峰遣祀衡山》。

张世懋，字元赏，张璧之孙。《湖北诗征传略》录存其诗《赏简徐子裁》《春日园居》《彭长卿过访》《喜虞子墨再过》《寇元之席上同邱长孺小集》《无题》。

54. 石首王氏家族

主要指王絚、王乔桂、王乔吴、王启茂、王启遵、王启京、王启棠等人，为石首地方望族。以科举和诗文闻名，连续四代均有进士出身。《荆州府志》《石首县志》《湖北通志》有传。

王絚（1495—1558）②，字少仪，一字江野。嘉靖八年（1529）进士。游太学时，为避严嵩，托病不起。累官至户科都给事，颇受嘉靖皇帝信任。因弹劾吏部尚书汪鋐贪污结党，得罪嘉靖皇帝，免官归家。著有《食研堂集》，未传于世。（同治）《石首县志》录存其诗《吴封寺》《马鞍山》。《湖北诗征传略》录存其诗《晚泊团风先讯稚钦士希诸君》。王絚有六子：王乔衡、王乔昆、王乔蒙、王乔吴、王乔桂、王乔舄，皆有才名，时称"一麟五凤"。

王乔桂（1530—1577）③，字引瞻，隆庆二年（1568）进士。被选为庶吉

---

① （同治）《石首县志》卷六《人物志》有张璧传记。《湖北诗征传略》卷三十五《石首》有张璧、张世懋传记。
② （同治）《石首县志》卷六《人物志》、（光绪）《荆州府志》卷四十九、《湖北通志》卷一百五十一有王絚传记。
③ （乾隆）《荆州府志》卷四十、（同治）《石首县志》卷六《人物志》有王乔桂传记。

士,任翰林院检讨。历任福建道提刑按察司佥事、四川布政使参议,官至都察院监察御史。著有《蝉芬集》《七日来复解》。

王乔吴(1524—1605)①,字越瞻,嘉靖举人,官淮安府通判。著有《海岩诗集》。(同治)《石首县志》录存其诗《登绣林山》,《湖北诗征传略》录存《登绣林山》"杖屦自怜尘世迥,啸歌偏喜谷声通"句。

王启茂②,字天根,又字天庚,王紞曾孙。与兄王启亨、王启遵,弟王启棠、王启芬有"石首五凤"之名。虽仅为贡生,但才华横溢,诗文精美,交游广泛,为人旷达恬淡,逸闻甚多。善属文,尤工诗诸体及元人杂曲,海内仰之,在王氏家族中文学成就最高。崇祯末以明经推荐不就,子死于流贼后,避难于湖南山中,年七十余卒于华容。严首升评其曰:"博物似雅,善谑似谐,好辩似放,乐善似厚,汎爱似通,久游似浪,屏迹似寂,无营而不忧似达。"③有《拙修堂集》,内有《湘烟集》一卷、《詹雨集》一卷、《溪上吟》一卷、《匡庐草》一卷、《沤湖草》一卷、《耶许集》一卷、《王凫斋乐府》一卷、《茶铛三昧》一卷、《晒书瑵语》一卷、《松窗忆录》一卷、《南窗老人集》二卷,但散佚严重,现仅有《渚宫集选》一卷存世,选录其诗五十二首。《楚风补》录其诗二十八首,《湖北诗录》录其诗五首,《明诗纪事》录其诗四首,(同治)《石首县志》录其诗《绣林山》《登麓湖山》等十首,《湖北诗征传略》录其诗八首。

王启遵④,字因是,王紞曾孙,王启茂从兄,崇祯举人。《湖北诗征传略》录存其《宝剑篇》。

王启京⑤,字兆来,王紞曾孙,为贡生。隐居白鹤山,有《鹤岸漫草》(《湖北通志》作《鹤厓集》),(同治)《石首县志》录存其《春日杂咏》,《湖北诗征传略》录存其诗《感兴》一首。

---

① 《湖北诗征传略》卷三十五《石首》有王乔吴简要记载。
② (同治)《石首县志》卷六《人物志》、(光绪)《荆州府志》卷五十七有王启茂传记。
③ 见(同治)《石首县志》卷六《人物志》王启茂条。
④ 《湖北诗征传略》卷三十五《石首》有王启遵、王启京简要记载。
⑤ (同治)《石首县志》卷八《杂志》有王启京简要记载。

王启棠(？—1620)[1]，字子韩，王紘曾孙，王启茂之弟。万历四十四年(1616)进士，官歙县知县。著有《铧庵集》，(同治)《石首县志》录存其诗《春日登绣林山同社中诸子》。此外王启芬著有《呬园诗草》，但都已散佚。

55. 监利裴氏家族

主要指裴埏、裴纶父子。裴氏发源于山西，后分布于全国各地。监利裴氏，始祖裴文达，唐代著名政治家、文学家裴度第十六世孙。《监利县志》《湖北诗征传略》有传。

裴埏(1364—1435)[2]，字汝器。少时聪慧好学，被湘王朱柏赏识，任巴东县学训导。后靖江王朱守谦见其诗才不凡，遂推荐至太学学习。历任剑州知州、浙江按察司佥事、广东侍御史、刑部侍郎等职。为官几朝，数次起落，皆能廉洁自守，敢于直言，不避权贵，颇有声望，为"荆南五君子"之一。著有《野舟集》《崇祀乡贤》等。

裴纶(1396—？)，字景宜，裴埏次子，永乐十九年(1421)进士。殿试点为探花，授翰林院编修。曾担任会试主考官，因看不惯官场腐败便辞官归家，在此期间，参与了《监利县志》的编写。1442年再次入翰林院，当时宦官擅权，裴纶上疏规谏，差点被害。再出任山东布政使，耿直劲节，有其父之风。英宗复辟，赠礼部尚书，谥"文僖"。著有《汩庵诗文集》。(同治)《监利县志》录存其诗文《过新冲》《上新冲》《过车鼓湖》《预备舍记》《监利县志序》，《过新冲》《过车鼓湖》同为《湖北诗征传略》录存。

56. 监利刘氏家族

主要指刘良宷、刘在朝、刘在京、刘懋彝、刘懋夏祖孙。家族由明入清，因主要生活在明朝，遂归入明朝文学家族。《荆州府志》《监利县志》有传。

刘良宷[3]，字寅之。嘉靖时中举出仕，先后任四川遂宁知县、成都府同

---

① (同治)《石首县志》卷六《人物志》有王启棠简要记载。
② (同治)《监利县志》卷十《人物志》有裴埏、裴纶传记。
③ (同治)《临利县志》卷十《人物志》、(光绪)《荆州府志》卷四十七有刘良宷、刘在朝、刘懋彝、刘懋夏传记。

知。因平定龙州土司叛乱,升为河南龙安知府。后辞官归家,家法严整,世皆师之,八十九岁卒。(同治)《监利县志·艺文志》录其诗文《九日鸡鸣渡度高》《殷公修学记》。

刘在朝,字长孺,有曰字广乘,刘良宷曾孙,天启五年(1625)进士。历任福建福清知县、国子监助教、户部主事等职。后为保定知府,崇祯时守城有功,迁易州兵备副使。后坐累解职归乡,筑采隐楼读书授徒,入清后卒。著有《采隐楼集》《兰心堂集》《唤蜺斋集》,未留存。(同治)《监利县志》录存其诗文《游兹庵》《唐公修学记》,《楚风补》录存其诗四十六首。

刘在京①,字野师,刘在朝之弟,为诸生。事母至孝,入清后抗志高尚。《感兴诗》有"薇蕨清时容蝼蚁,江湖闲梦系鱼虾"句,为时传诵。著有《饷耕集》《露草吟》。《湖北诗征传略》录存其《浮家》诗前半,以及诗《避寇梁震土洲》。

刘懋彝②,字稚恭,刘良宷元孙,顺治举人。年十二就以《玉兰赋》而得名。九上公车,名满都下,但进士不中。诗文力攻秦汉,不受时风影响。曾示子弟辈曰钟谭诗风过于纤靡,认为诗歌至者不超过晚唐,但认可《诗归》不可不为法,有着不同于时的诗学观念,著有《桂堂诗草》。(同治)《监利县志》录存其诗文《古华容有引》《垤蚁行》《里正谣》《晚登保和楼》《纪灾》《泊离湖》《泛离湖同严确斋兄公蕃》《离湖读骚》《胭脂湖同诸子泛月》《建尊经阁记》,《湖北诗征传略》还录存其诗《晓起》《禽言》《麦熟煆磨》《确斋书至》《雁字》《真定道中作》等诗。

刘懋夏,字公蕃,刘懋彝之弟。与其兄同举于乡,才学相当。顺治十二年(1655)进士,授青州推官,判案平允,昭雪冤诬以审慎而著名。康熙六年(1667)因裁缺归里,不再出仕。性孝友,博闻强记,著有《竹斋集》。(同治)《监利县志》录存其诗文《修保和门楼记》《夏水舟坐读古诗》《颎宫翠柏》。

57. 潜江郭氏家族

主要指郭嵩、郭铗父子。《潜江县志》《湖北诗征传略》有传。

---

① 《湖北诗征传略》卷三十三《监利》有刘在京简略记载。
② 《湖北诗征传略》卷三十三《监利》有刘懋彝、刘懋夏传记。

郭嵩①,字叔中,号少冈,嘉靖三十二年(1553)进士。初授杭州推官,时值倭寇犯城,守者闭城门,郭外之民号泣震天,郭嵩倡议开纳全活。后迁给事中,当时严嵩专政,郭嵩为官"憨直",奏议多讥时政,得罪严嵩,被严嵩以"风霾招天应"的借口贬为华亭丞。(光绪)《潜江县志》录存其《感事(时国家多事)》诗,也为《湖北诗征传略》录存。

郭铗,字长仲,号蒯猴,郭嵩之子,为贡生。居城南园亭,邑中名流常吟咏其间,遂辑唱和之作题曰《漫园雅集》,另有《指鸿轩诗集》。《湖北诗征传略》录存其诗《漫园宴集》一首。

58.潜江张氏家族

主要指张承宇、张承宠、姐张氏三人。《潜江县志》《湖北诗征传略》有传。

张承宇(1590—1639)②,字幼宁。好经史,有才气,善书法,性格以匡济自许。可惜科考不顺,只为贡生。著有《墙东楼集》《历代诗文选》《秋辞集》《廿一史酿》《唐百首》《龙舟传奇》《三传合钞》,均散佚。(光绪)《潜江县志·艺文志》录存其诗《送王孝先明府左迁还毗陵》《题闺中杂咏后(有序)》《过亡姊郭贞妇墓》,文《答谭友夏书》《秀野园记》。《湖北诗征传略》收其诗《游大佛寺》《哭舅氏镏纳言公》《题闺中杂咏后吾姊幼慧工诗谪荆门王氏每有事笔砚辄焚之年五十始寄余诗一帙》《过舅氏纳言公故园》。

张承宠,字锡九,张承宇之弟,明经,笃行工诗。《湖北诗征传略》录存其《纳凉》诗句。

张氏③,姓名不存,张承宇之姐。夫二十八早卒,张氏誓养公婆,抚养幼子。子夭后,誓不再嫁,绝食而死。聪慧能诗,每诗脱稿则焚之,所传仅寄弟数章。(光绪)《潜江县志·艺文志》载其有诗集《闺中杂咏》,并选录其中

---

① (康熙)《潜江县志》卷十四《选举志·封赠传》、卷十五《人物志》有郭嵩传记。《湖北诗征传略》卷二十七《潜江》有郭嵩、郭铗传记。

② (康熙)《潜江县志》卷十六《人物志》有张承宇传记。《湖北诗征传略》卷二十七《潜江》有张承宇、张承宠、张氏传记。

③ (康熙)《潜江县志》卷十八《人物志·女贞传》有张氏传记。

诗《忆母》《灯前》《读诗》等六首,《湖北诗征传略》录存其《咏留侯》《感燕》《慰外》及若干佳句。

59. 公安匡氏家族

主要指匡校、匡文光、匡邦永祖孙。《公安县志》《湖北通志》有传。

匡校①,字育英。生有异禀,日记万言,家贫却诵歌不辍。弘治年间中举人,时年十九。未出仕,故称"孝廉公"。才思澎湃,如川之方至。时公安诗文风尚未盛行,匡校弱冠时即力为古文辞,有《黄鹤楼赋》,又作《蚊蚤嘲》以讽在位者。袁宏道常言公安诗文自匡氏肇起。邑人钦其德、重其文采,与其子文光、孙邦永,号称"三匡"。(同治)《公安县志》载其有《匡氏家绳集》。

匡文光②,号怀谷,匡校之子,嘉靖十年(1531)举人出身。为人简重雅饬,好学强记。曾任广西遂溪县令,故称"遂溪公"。后辞归乡居二十余年,清介安贫,学陶渊明之节。其著述尤多,(同治)《公安县志》载其有《拟陶诗》《怀谷诗文集》《北觐稿》《燕翼录》等。匡邦永汇编一家三代文集,就以匡文光作品为主。

匡邦永,号又谷,匡文光之子。淹贯经史,诗文闳肆。由明经授吴川县令,一年即解职归乡,为人以抗直著声。吟咏不辍,学识渊博,袁宏道称其为"安平崔汝南"。应有文集,但名位不甚显赫,所以掩抑不彰,其子孙皆笃谨能文。作品不详。

60. 公安袁氏家族

主要指袁宗道、袁宏道和袁中道三兄弟,以及袁士瑜、袁彭年、袁祈年等人。以诗文著称,开创公安派。《明史》《公安县志》有传。

袁士瑜,号七泽,袁氏三兄弟父,有《海蠡编》。

袁宗道(1560—1600)③,字伯修,又字无修。好学深思,平易沉稳。万

---

① (同治)《公安县志》卷六《人物志》有匡校、匡文光、匡邦永、匡正仪传记。《湖北通志》卷一百五十一《人物志·文学传》有匡校传记。
② (光绪)《荆州府志》卷四十九有匡文光、匡邦永传记。
③ 《明史》卷二百八十八有袁宗道传记。

历十四年(1586)进士,入翰林院任编修十年,后为太子东宫讲学,又任顺天府教授和东宫詹事府詹事。为官清正,遗世独立,四十岁早逝。有《白苏斋集》二十二卷传世。今人辑有《袁宗道集》①,除收《白苏斋集》外,还增补了三卷附录。其中收录《明实录》《列朝诗集小传》有关袁宗道传记资料为一卷,刘楚先等人与其交游诗文为一卷,袁宗道十二篇佚文为一卷。

袁宏道(1568—1610)②,字中郎,又字孺修。万历二十年(1592)中进士。任吴县县令期间,严明赏罚,纠正官风,深受百姓爱戴。性格与袁宗道颇有不同,个性张扬,不愿为世网所缚。任职吴县县令一年便请求辞官,与友人游遍吴越山水。后多次出仕,又多次辞官。最后官任吏部考功司员外郎,能革腐败之弊,一心为国家延揽贤才。生平著述颇多,有《敝箧集》二卷,《锦帆集》四卷,《解脱集》四卷,《广陵集》一卷,《广庄》,《瓶史》,《西方合论》十卷,《瓶花斋集》十卷,《潇碧堂集》二十卷,《觞政》十七篇,《破研斋集》三卷,《华嵩游草》二卷等。后有袁宏道作品合集,较全的见《四库全书存目丛书》。③ 今人所辑《袁宏道集》五十五卷加附录三卷,④就以四库合集版本为蓝本。

袁中道(1570—1626),字小修,又字冲修。早年成名,但科考不顺,万历四十四年(1616)方考中进士。选为徽州府教授,后任国子监博士、南礼部仪制司主事、南吏部郎中等职,后以病乞休。有《珂雪斋近集》十卷,《珂雪斋前集》二十四卷,《珂雪斋外集》十三卷,《珂雪斋集选》二十四卷。今人辑有《珂雪斋集》四十卷。⑤

袁彭年,字介眉⑥,袁中道子,崇祯七年(1634)进士,历崇祯、弘光、隆武三朝。入南明后降清,任广东学政署布政使。又参与复明运动,顺治七

---

① (明)袁宗道:《袁宗道集笺校》,孟祥荣笺校,湖北人民出版社2003年版。
② 《明史》卷二百八十八有袁宏道传记。
③ 《四库全书存目丛书》集部第174册。
④ (明)袁宏道:《袁宏道集笺校》,钱伯诚笺校,上海古籍出版社2007年版。
⑤ (明)袁中道:《珂雪斋集》,钱伯诚点校,上海古籍出版社1989年版。
⑥ 《湖北诗征传略》记载袁彭年是袁宏道之子,《永历实录》记载其为袁中道之子,历史记载有所不同。这里取《永历实录》观点。

年(1650),清军攻占广州,再次降清。清廷厌其反复无常,不复录用。落发为僧,抑郁而终。《楚诗纪》录存其诗《壬辰元日》《喜门人程周量举南宫第一》。

袁祈年(1591—1639),字未央,又字田祖,袁中道长子,过继给袁宗道为嗣,中举后未仕。为人至孝,好施扶困,诗文郎霁轩鬻。著有《梅花奥集》《南游草》《二冬草》《笃蓐草》《续花源游草》,均未传。袁中道的《珂雪斋集》中录存其部分作品,如《楚狂之歌》《小袁幼稿》《近游草》等。

61. 公安龚氏家族

主要指龚大器、龚仲庆、龚世法,还有龚仲敏、龚仲安、龚惟学等人,他们都曾参加三袁诗社,但后几人史载不详。《公安县志》《湖北诗征传略》有传。

龚大器(1513—1596)[1],字容卿,袁宗道三兄弟的外祖父,嘉靖三十五年(1556)进士。历任邢部主事、河南布政使等职。为人磊落大度,早期家贫却淡然处之,为官平易近民,人称"龚佛"。能诗,与子以及外孙等共同为南平社成员,被推为南平社长,相互唱和。一日大家游石湖,因公老未约,遂乘一小舟赶至,大呼"何为遂弃老子也"。归后各分韵纪游,公归诗已成,于灯下书之,第二日黎明遣使持诗遍示,诸人皆以游倦晏起不得一字,无不翕服。年八十三卒。《湖北诗征传略》录存其诗《游谷升寺》一首。

龚仲庆(1549—1602),字惟长,龚大器之子,袁宗道三兄弟的舅舅,万历八年(1580)进士。曾任福建道御史、兵部车驾司员外郎。(同治)《公安县志》载其著有《邂庵集》。

龚世法,字竹山,号苍屿,龚大器之孙。四岁失怙,事母至孝。文名日隆,万历四十一年(1613)进士,授行人。初封荣藩,次封福藩,苦节自甘,皆人所难忍受。二藩特疏奏闻,擢吏部稽勋司主事,转文选司。遗憾的是作品不详。

---

[1] (同治)《公安县志》卷六、《湖北诗征传略》卷三十四《公安》有龚大器传记。

62. 长乐张氏家族

主要指张应龙、张之纲父子,张氏代以文雅相尚,人人有集。《长乐县志》《湖北诗征传略》有传。

张应龙①,字中孚,五峰土司张应龙之子。常从胡宗宪(1512—1565)出征,封武略将军。雅好诗书,手不释卷,工四六词赋。开张氏文学风气,八子中之纲、之纪、之儒、之翰、之彩等均请名师教导。崇祯初期子侄学于长阳县庠者十余人。

张之纲,张应龙之子,为人性刚寡欲,博通经史,广交名士,与弟辈均好诗歌,人人皆有集。后袭父职,与容美土司田霈霖结姻,尝以牙床遗之,并寄诗云:"新作象牙床,应教上玉堂。奇文开笔意,巧制沁诗肠。对酒频供饮,消炎好纳凉。眷怀徐孺子,相赠并词章。"群从皆能诗,其诗尤清矫拔俗。遗憾的是张氏父子之集都未流传。

63. 巴东向氏家族

主要指向九州、向维时,二人关系不明。《巴东县志》《湖北诗征传略》有传。

向九州②,嘉靖贡生,为丰都县知县,居官清介。有部民犯事入狱,请以千金求解,九州坚拒不纳。在政二年,丰都大治。后因体丰难以拜谒,遂解职归家。教训子弟当先行义,而后文学。捐置义田,岁租,赡养族之贫人,德量过人。(同治)《巴东县志》、《湖北诗征传略》录存其诗《次寇公题山寺韵》。

向维时,明季诸生,生平事迹不详。(同治)《巴东县志·艺文志》录存其诗《自述二首》,《楚诗纪》录存其诗《归来》,《湖北诗征传略》录存其诗《定乱》。

---

① (光绪)《长乐县志》卷十三《人物志·文学传》、《湖北诗征传略》卷三十《长乐》有张应龙、张之纲传记。
② (同治)《巴东县志》卷十三《人物志·宦迹》有向九州传记。《湖北诗征传略》卷三十九《巴东》有向九州、向维时简要记载。

64. 巴东朱氏家族

主要指朱相和朱登用①,二人关系不明。《巴东县志》《湖北诗征传略》有作品记载,生平事迹不详。

(同治)《巴东县志·艺文志》录存朱相诗《题山寺分韵得乐字》,朱登用诗《游寿宁寺分韵得霁字》,《湖北诗征传略》也录存此诗。

第五节　明朝襄阳府文学家族

65. 襄阳韩氏家族

主要指韩应嵩、韩光祜父子。《襄阳县志》有作品记载,生平较为简略。

韩应嵩②,字中甫,号定轩,万历时由岁贡为江西宁都县丞。(光绪)《襄阳县志》录存其《楚乘》《存笥录》《太室山人集》《草诀法帖》《光化县志》。

韩光祜,字参岭,韩应嵩之子,万历二十六年(1598)进士。任右佥都御史、巡抚江西,官至户部侍郎。1604年将其父的《太室山人集》刊行。(光绪)《襄阳县志》录存其《掖垣疏草》《抚豫疏檄》。

第六节　明朝承天府文学家族

66. 京山黎氏家族

主要指黎永明、黎奭父子。《京山县志》《湖北诗征传略》有传。

黎永明③,字光亨,明代宗景泰五年(1454)进士。历任南户部郎中、顺

---

① (同治)《巴东县志》卷十五《艺文志》、《湖北诗征传略》卷三十九《巴东》有朱相、朱登用作品录存,未见生平记载资料。
② (光绪)《襄阳府志》卷二十四、(光绪)《襄阳县志》卷四《艺文略》有韩应嵩、韩光祜作品记载。
③ (光绪)《京山县志》卷十一《宦迹列传》有黎永明传记。《湖北诗征传略》卷二十六《京山》有黎永明、黎奭传记。

德知府。清廉著声,因鞭打中贵人被谪夔州同知。生性孝友,官中所得俸禄,不先奉其亲不敢尝,事父兄甚讲孝礼。《湖北诗征传略》录存其诗《送萧佐赴礼部试》《送严给事出使琉球》。

黎奭①,字师召,黎永明少子。七岁父卒,折节读书。正德六年(1511)中进士,为礼科给事中。为官廉洁,清议严峻,不为私交,仕途所畏。先后任南京通政司、顺天府尹、工部右侍郎、兵部左侍郎等职。《湖北诗征传略》录存其诗《偶成》。

67. 京山王氏家族

主要指王大韶、王格、王宗茂、王宗载等人。祖籍曲阜,元末先祖因为官任遂迁至京山。《明史》《京山县志》《湖北通志》有传。

王大韶②,字叙之。聪颖好学,但多次参加乡试未中。以廪生身份送到州庠,由于性格闲散并未前行,隐于大月山,讲授生徒。《湖北诗征传略》录存其诗《题画某》一首。

王格③(1502—1595),字汝化,号少泉,王大韶之子。嘉靖五年(1526)进士,选为庶吉士,因忤张璁,外贬永新知县。后历任刑部主事、户部郎中、河南按察司佥事等职。以行宫起火,受杖刑革职归乡。隆庆初年,因旧臣资历授太仆少卿。为人高寿,九十四岁卒,楚人叹为神仙。现有《少泉集》三十三卷,见于《四库全书总目》;《少泉诗集》十卷,见于《四库全书存目丛书》。此外一些诗集,如明时愈宪编选《盛明百家诗》《楚风补》等,录存其部分诗歌。(光绪)《京山县志·艺文志》录存其诗文《义置学田记》《泉北歌》《子陵山》《香山寺》等十八篇。

王宗彦④,字时修,王大韶之孙,号谷堂,举人出身。著有《游嵩编》《皇明风雅集》《松窗余谭》。乡荐但因侍父疾不就。诗有家法,《湖北诗征传

---

① (康熙)《京山县志》卷七《人物志》有黎奭传记。
② (康熙)《京山县志》卷七《人物志》、(光绪)《京山县志》卷十五《文苑列传》有王大韶传记。
③ (康熙)《京山县志》卷七《人物志》、(光绪)《京山县志》卷十一《宦迹》有王格传记。《湖北通志》卷一百五十一有王格、王宗彦传记。
④ 《湖北诗征传略》卷二十六《京山》有王宗彦传记。

略》录存其《游观音崖》诗句。

王宗茂①（1511—1562），字时育，王格侄，嘉靖二十六年（1547）进士。父王桥，曾任广东布政使，严嵩专权，夺其官，愤懑而卒。王宗茂为南京御史时，因弹劾严嵩，被贬平阳县丞，隆庆初表赠光禄少卿。（光绪）《京山县志·艺文志》存录其文《劾严嵩疏》《京山题名记》。

王宗载，字时厚，嘉靖四十一年（1562）进士。历任海盐县令、大理寺少卿、左金都御史等职。为官清正，注重民生疾苦，省刑薄税，敢于弹劾不法官员。（光绪）《京山县志·艺文志》录存其诗文《游观音岩二首次座师尧山吴公韵》《兴都事家疏》，《湖北诗征传略》另录诗《筑室南园》。

68. 京山高氏家族

主要指高节、高岱、高启、高尚父子。祖籍金陵，后至湖北京山。《承天府志》《京山县志》《湖北通志》《湖北诗征传略》有传。

高节②，字正德，举人，官教谕，生平记载简略。《湖北诗征传略》录存其诗《题两山草堂》。

高岱（1510—?）③，字伯宗，号鹿坡，高节之子，嘉靖二十九年（1550）进士，官至刑部郎中。时朝中士人上疏弹劾严嵩，严嵩欲置诸人死罪，高岱着力救助，诸人放至边地戍守，得以保命。高岱又为诸人备办行装送行，激怒严嵩，后被外调为长史，不久即卒。著有《皇明鸿猷录》十六卷，见于《四库全书存目丛书》史部；《楚汉余谈》一卷；《西曹诗集》九卷，《居郢稿》。另《列朝诗集》《楚风补》等录存其部分诗。（光绪）《京山县志·艺文志》录存其《鸿猷录序》《圆通寺》。《湖北诗征传略》录存其《出塞》《感兴》《寄怀李师孟水曹》《拟岑参晚发》《关山月》《送元美出使江南》等诗及其他佳句。

高启（1525—1560）④，字叔崇，又字应龙，高岱之弟，嘉靖三十五年

---

① （康熙）《京山县志》卷七《人物志》、（光绪）《京山县志》卷十一《宦迹列传》有王宗茂、王宗载传记。《明史》卷二百有王宗茂传记。

② 《湖北诗征传略》卷二十六京山有高节、高岱、高启、高尚简略记载。

③ （万历）《承天府志》卷十一、（康熙）《京山县志》卷七《人物志》、（光绪）《京山县志》卷十一《宦迹列传》有高岱传记。《湖北通志》卷一百五十一有高岱、高启传记。

④ （光绪）《京山县志》卷十一有高启传记。

（1556）进士。历任户部主事、兵部武库司主事等职，三十六岁以病早卒。《千顷堂书目》著录其有《叔崇遗稿》一卷，未传。《皇明诗统》《湖北诗录》等录存其部分诗歌。《湖北诗征传略》录存其《山行》《自题小像》。

高岱（1529—？）①，字季宗，号云萍，高岱另一弟，生平事迹记载非常简略。十八岁举孝廉，不久便卒。有《季宗遗稿》一卷，未传。（光绪）《京山县志·艺文志》录存其诗《九日登观音岩》，另《湖北诗录》存录其诗二首，《皇明诗统》录存其诗六首。

69. 京山李氏家族

主要指李淑、李维桢父子，一说李氏是天门人。《京山县志》《湖北诗征传略》有传。

李淑（1517—1581）②，字师孟，嘉靖二十九年（1550）进士。历任工部主事、浙江佥事、浙江左参政、广西右布政使等职。浙江为官时，抗倭有功，后告老还乡。家藏书万卷，诗作清腴有度。《湖北诗征传略》录存其诗《山居杂兴》。

李维桢（1547—1626）③，字本宁，李淑之子，王宗茂之婿，隆庆二年（1568）进士，授翰林院编修。万历三年（1575），撰成《穆宗实录》，因蜚语出为陕西右参议。万历间官至陕西右布政使，后以病辞官。天启年间官至南礼部尚书。卒后赠太子太保。性格简易阔达，雅好交友，颇有文名，曾称雄文坛。一生著述颇多，现存《大泌山房集》，见于《四库全书存目丛书》集部；《新刻楚郢大泌山人四游集》；《史通评释》二十卷，见于《四库全书总目》；《庚申纪事》《韩范经略西夏始末纪》《南北史小识》《国朝进士列卿表》《镇远侯世家》《黄帝祠额解》，均见于《千顷堂书目》。（光绪）《京山县志·艺文志》录存其《白谷洞春游杂咏五首》《游如意寺三首》《观音岩》。另《列朝诗集》《楚风补》等录存其部分诗歌。

---

① （康熙）《京山县志》卷七《人物志》、（光绪）《京山县志》卷十三《文苑列传》有高岱传记。
② （万历）《承天府志》卷十一、（康熙）《京山县志》卷七、（光绪）《京山县志》卷十一《宦迹列传》、《湖北诗征传略》卷二十六《京山》有李淑、李维桢传记。
③ 《明史》卷二百八十八有李维桢传记。

70. 京山王氏家族

主要指王颐、王应鼎、王应翼、王应箕。《京山县志》有传。

王颐，字士直，号青凫，万历举人，官知县，生平记载简略。《湖北诗征传略》录存其诗《郧城》《黄山谷祠》。

王应鼎，字君梅，号理斋，王颐之子，为诸生。性孝友，乐善好施。父卒于官，应鼎扶棺过江，风大作，应鼎长恸，顷刻风平浪静。与其弟互相推让家产。适蜀，有人遭抢，赠资以助还乡。帮助贫民赎其妻，并给予粥食。工诗，研精朱程之旨，多所发明。著有《理学纂要》《读史日编》。《湖北诗征传略》录存其诗《题郝仲舆天阶阁》一首。

王应翼（？—1641）[①]，字稚恭。中举后入仕，历任知广东崖州、山西藩参军、知河南许州等职。崇祯十四年（1641），李自成攻陷许昌，与其子一起被杀。乾隆时赠谥号"节愍"。与谭元春交好，好学不倦，有《采山楼诗文集》等十几种著作，遗憾均未留存。（康熙）《京山县志》收其文《凫山赋》，诗《观音岩》《太阳寺》。

王应箕，字稚衍，王应翼之弟。性至孝，长于诗文和书法。有《清远斋诗》，未存。（光绪）《京山县志》录存其诗《游泌水岩》。

71. 京山谭氏家族

主要指谭如丝、谭如纶、谭浑、谭之琥，人称"京山四谭"。《湖北通志》《京山县志》有简略传记。

谭如丝[②]，字素臣，父谭完。性情温和，品行威望甚高，但科举屡次不顺，后以贡生身份任汉川广文教谕。少工词翰，有盛名。著有《寻山斋诗集》，未传。（光绪）《京山县志》录存其诗《秋夜宿雨花楼》，此诗也为《湖北诗征传略》所录。

[①] （康熙）《京山县志》卷七《人物志》、（光绪）《京山县志》卷十二《忠义列传》有王应翼传记，卷十三《文苑列传》有王应箕传记。

[②] （康熙）《京山县志·选举志》卷六、（光绪）《京山县志》卷十二《懿行列传》有谭如丝传记。

谭如纶①,字有秩,谭如丝之弟,天启四年(1624)贡生。为人孝悌友爱,才情风韵有名于时。素耻治生,以文史诗酒自娱。有叔穷,谭如纶为其置田亩,并扶植其二子。然性方正严厉,好面折人过,屡次乡荐不中。著有《长室思诗集》《蒙颖诗集》,均未流传。《湖北诗征传略》录存其诗《除夜哀汪用章》,(光绪)《京山县志》录存其文《谒申大夫祠》。

谭浑②,字敦夫,又字处晦,谭如丝兄之子。崇祯时生员,明末避难鹰山,后迁月塘,人称"鹰山先生"。入清后隐居岩穴,不入市镇。(光绪)《京山县志》录存其诗《多宝寺寻旧游处》,《楚风补》录存其诗《课耕》《武陵太守遣人入溪寻桃源》。

谭之琥,谭浑之侄,曾为广济教谕。一生多作诗文,晚年曾付梓出版,并将多部诗集埋于地下,称为"诗冢",具体作品不详。

72. 天门鲁氏家族

主要指鲁铎、鲁嘉、鲁彭父子。《明史》《天门县志》有传。

鲁铎(1461—1527)③,字振之,弘治十五年(1502)进士。选庶吉士,受李东阳看重,授翰林院编修,预修《孝宗实录》。为官历任三朝,最后官至国子监祭酒。为人德行高操,沉潜学问,有名节于天下。卒后谥"文恪"。著有《己有园小稿》一卷,《己有园续稿》二卷,《莲北鲁文恪公存集》五卷,《使交集》《东厢西厢稿》《梧桐小稿》。《鲁文恪公存集》十卷,见于《四库全书存目丛书》集部。(乾隆)《天门县志》录存其文《周侯祷雨诗序》。

鲁嘉,字亨卿,鲁铎之子。屡次参加会试不第,长于诗文。《湖北诗征传略》录存其诗《西塔寺》。

鲁彭④,字商季,鲁铎另一子,举孝廉,工诗能文,传家学。著有《雁门小桥诗稿》,稿中"飞花到酒杯"之句为时所称,还作有《离骚赋》。

---

① (康熙)《京山县志·选举志》卷六、(光绪)《京山县志·选举志》卷十有谭如纶简略记载。
② (光绪)《湖北通志》卷二十六、(光绪)《京山县志》卷十三《文苑列传》有谭浑传记。
③ 《明史》卷一六三有鲁铎传记。(乾隆)《天门县志》卷十一《儒林传》有鲁铎、鲁嘉传记,卷十四《宦迹传》有鲁彭传记。
④ 《湖北诗征传略》卷二十八《天门》有鲁彭传记。

73. 天门钟氏家族

主要指钟惺、钟恮、钟快三兄弟,以诗文著称。祖籍江西永丰,朱元璋时迁至竟陵皂市。《明史》有传。

钟惺(1574—1625)①,字伯敬,一字退谷。自幼聪颖过人,万历三十八年(1610)中进士。历任工部主事、南礼部仪制司、福建提学金事等,多为闲散官职。为人简淡不俗,仕宦又一直深陷党争旋涡,遂以读书学道为念。与谭元春交好,共创竟陵派。曾有《玄对斋集》,已散佚。现存除与谭元春共同编著的《诗归》《明诗归》外,还有《隐秀轩集》②《史怀》等。

钟恮,字叔静,钟惺堂弟。幼颖悟,一目十行,嗜诗,与兄论不合,诗歌不染竟陵习气。性格萧散,仕途不顺,三十三岁府试第一,乡试屡次不中,早逝。有《半蔬园集》,惜很早亡佚。钟惺曾评其诗曰:"新警灵朴,每于人所忽处,意若为之停,所难处,笔不觉与之往。"其诗气骨清逾,根柢深厚,但名声掩于兄,所著多不传。《湖北诗征传略》录存其诗《出塞曲》《寄伯兄秦淮》《月》《赠胡彭举》《赠林茂之》《生月斋夜坐》《赠程中道》《晓》《示程郢修中孚》及一些佳句。

钟快③,字居易,诗、书、画有"三绝"之称。乱后,草衣木食如在家之僧,京山王凫伯、同邑胡君信皆有赠诗,但作品不详。

74. 天门谭氏家族

主要指谭元春、谭元声、谭元方、谭元礼、谭元亮等六兄弟,以及谭籍、谭篆、谭之炎、谭孙蕙、谭一豫、谭襄世、谭蔚龄,家族由明入清,因成员主要生活在明朝,遂归入明朝文学家族,以诗文著称。《明史》《天门县志》《湖北通志》《湖北诗征传略》《湖北先贤录》有传。

---

① 《明史》卷二百八十八有钟惺传记。
② 今有李先耕、崔重庆标校的《隐秀轩集》,四十二卷加附录三卷,上海古籍出版社 2017 年版。
③ 《湖北诗征传略》卷二十八《天门》有钟快传记。

谭元春(1586—1637)①,字友夏。早年成名,仕途不顺。多次科考未取,后乡试以首名成为举人,竟死于进京会试旅店中。与钟惺一起,为扫除公安派流弊,开创竟陵派。共同编选的诗歌选本《诗归》在当时可谓"盛行于世,承学之士,家置一编,奉之如尼丘之删定"②。交游甚广,王应箕、李维桢、刘侗等都与之相善。(乾隆)《天门县志》载其有《遇庄》《简远堂集》《岳归堂集》《湖霜草》《虎井诗》《鹄湾遗集》。《岳归堂合集》《多庵订定谭子诗归》见于《四库全书存目丛书》集部,《鹄弯集》《谭友夏合集》《岳归堂未刻诗》《鹄湾未刻古文》等传于世。今有《谭元春集》合本。③

谭元春父亲早逝,他代父教育诸弟,成果显著。大弟元晖,二弟元声,二弟元亮,四弟元礼,五弟元方,时人号为"六龙"。尤其四弟谭元礼,无论政绩还是文学,都颇可称道。

谭元声,字远韵,谭元春之弟,生平事迹不详。丁宿章《湖北诗征传略》载其笔致轻快,而且不囿家学,录存其诗《观水帘洞五古前二偶》《访顾青霞园居》。

谭元亮④,字儗陶,谭元春之弟。以贡生身份官汉川教谕。著有《甑山诗》《灵谷诗》《燹远集》《秋江吟》,未传。《湖北诗征传略》录存其诗《钞高石阶邀同碧公游荆山》《观水》。

谭元礼⑤,字服膺,谭元春之弟,崇祯四年(1631)进士。先任浙江德清县令,因政绩迁为户部主事,未至官而卒。著有《黄叶轩诗艺》,《湖北诗征传略》录存其诗《卖衣》。

谭元方⑥,字正则,谭元春堂弟。文才不及诸兄,但是政绩颇著。中举

① (乾隆)《天门县志》卷十六《文苑传》有谭元春、谭元礼传记,卷十四《宦迹传》有谭元方、谭元亮传记。《明史》卷二百八十八、《湖北通志》卷一百五十一《人物志·文学传》有谭元春、谭元声传记。
② 钱谦益《列朝诗集小传·钟提学惺》中提及钟惺、谭元春所选《诗归》的畅销。
③ (明)谭元春:《谭元春集》,陈可珍标校,上海古籍出版社1998年版。
④ (康熙)《湖广通志》卷五十三、(乾隆)《天门县志》卷十四有谭元亮传记。
⑤ (康熙)《湖广通志》卷五十三、(乾隆)《天门县志》卷十六有谭元礼传记。
⑥ (康熙)《湖广通志》卷四十九、(乾隆)《天门县志》卷十六有谭元春传记。

出仕，历任山东高苑令、苏州海防同知、安陆兵备副使等职，以御贼、治水、散白莲教有功多次升迁。《湖北诗征传略》录存其诗《述襄》。

谭籍①，字鹿柴，一字只收，谭元春过继之子，生平经历不详。《楚诗纪》录存其诗《七月十八日得胡省游书》《清明偕诸子登山》，《湖北诗征传略》录存其诗《重过友水园》。

谭篆②，字玉章，号灌湘，谭元亮之子。少时词翰典试江南，有盛誉。顺治十五年(1658)进士，官侍讲。不久因母病告归乡里，纵情诗酒隐居而终。(乾隆)《天门县志》载其著有《灌村诗集》《西枝馆诗》《高话园诗集》。《楚诗纪》录存其诗《雨中咏兰》《感怀六首》《杂诗六首》《草堂》《春日偶咏》《寄家兄鹿柴》等三十八首，《湖北诗征传略》另录存《荷怨》《舟中遇沈友圣》《过沧州赠别王鹤崖》《舟中秋兴》《无题》及若干诗之佳句。

谭之炎，谭篆从子，字松亭，为贡生，有《竹爽轩诗草》。《湖北诗征传略》录存其诗《同胡元驭饮程氏杏舫》。

谭孙蘧③，字志草，谭元方之孙，清朝人。父谭荀，拔贡，好读书。孙蘧初以文章自名，后乃一意讲学。教授子弟甚多，人称“远斋先生”，所居曰“敬室”。著有《敬室语录》《小学习》。

谭一豫，字崇叔，谭孙蘧之子，由廪贡官长阳教谕，工诗善画。学宫在凤凰山麓，山水秀绝，遂朝夕吟讽其间。后迁泾阳县丞，所撰《泾阳志》多有可观。其余未见作品流传。

谭襄世④，字世平，谭元方为其高祖，雍正举人，出任柳州守。《湖北诗征传略》录存其诗《述祖德》，并曰颇传于时。

谭蔚龄，字乔年，号白畦，有《留看草》《味穷诗集》。谭元春为其伯高祖，谭襄世为其祖，父亲谭洪，早逝。蔚龄幼时奇慧过人，稍长诗名已遍闻江汉间。性懒散，平时不治生产，得钱即呼家人博，故家贫益甚。其为小妓真

---

① 《湖北诗征传略》卷二十八《天门》有谭籍简略记载，附于谭元春记载之后。

② (乾隆)《天门县志》卷十六《文苑传》有谭篆传记。《湖北通志》卷一百五十二、《湖北诗征传略》卷二十九《天门》有谭篆、谭之炎传记。

③ 《湖北通志》卷一百五十二有谭孙蘧、谭一豫传记。

④ 《湖北诗征传略》卷二十八《天门》有谭襄世简略记载，附于谭元方记载之后。

真作的《艳浦纪兴诗》极清逸有致。《湖北诗征传略》另录存其《私语》《过旧》《病中》《宴别》《艳送》《题周小山重旮词》《读杜茶村今年贫诗感赋》《除夕破袍吟》《饮水南书屋》《送赵竹庄》《夜坐观澜亭》《九日看菊》《漫兴》《望鹿门山》《夜雨》《过伍员教场》《重经古战场，宿宜城》等诗。

75. 天门胡氏家族

主要指胡承诏、胡承诺、胡褒、胡泌。家族由明入清，因主要生活在明代，遂归入明朝文学家族。《天门县志》《湖广通志》《湖北通志》《湖北诗征传略》有传。

胡承诏(1607—1681)[①]，字侍黄，号君麻，万历三十二年(1604)进士。天启末为四川左辖，时皆祠魏忠贤，毅然以蜀苦兵民穷，不能以公家财急私门役，去其祠，魏忠贤败后擢为太仆。《湖北诗征传略》录存其诗《七里沔》。

胡承诺[②]，字君信，号东村，又号石庄，胡承诏弟。崇祯举人出身，顺治时谒选入吏部，康熙时被征入京。时权奸结党，并科举落第，遂不再用意于仕途。告老归乡，闭门诵读经典，靡所不窥。生平虽无讲学之名，但析理至精，考道至切，持身至峻，论事至平。积学多才，专以著述为事。著有《绎志》六十一篇，凡二十余万言，自将其比作徐幹的《中论》和颜之推的《颜氏家训》，然其精粹奥衍非二书所及。有《读书说》八卷，与《绎志》相表里，有人认为这可能是《绎志》的初稿。喜为诗，有诗集《青玉轩诗》《菊佳轩集》《颐志堂集》《石庄诗集》，五言甚多。《楚风补》录其诗五十九首。

胡褒，字嘉言，胡承诺之子，康熙拔贡。能读父书，并手录其父《读书说》四卷，《释志》十九卷。著有《竹畦诗》。《湖北诗征传略》录存其诗《昔游》。

胡泌[③]，字西表，胡承诏之孙，为贡生，官知县。有《西园诗集》。《湖北

① (乾隆)《天门县志》卷十四《宦迹传》有胡承诏传记，卷十六《文苑传》有胡承诺，卷十三《孝友传》有胡褒传记。

② 《湖广通志》卷五十七有胡承诺传记。《湖北通志》卷一百五十二《人物志·文学传》有胡承诺传记，后附有胡褒简略记载。

③ 《湖北诗征传略》卷二十八《天门》有胡泌传记。

诗征传略》录存其诗《先叔祖孝廉公蕟园》。

76. 天门黄氏家族

主要指黄问、黄于麻父子,由明入清,主要生活于明朝,故归入明朝文学家族。《天门县志》《湖北诗征传略》有传。

黄问①,字伯素,天启举人,官蕲水教谕。少雄于文,性而忠孝。在京都与同宗汝亨、景昉悲歌于市,海内有"三黄"之目。时魏忠贤乱政,痛哭陈书,得罪熹宗,以南归得免。著有《醉药轩遗诗》,谭元春为之序,另有《五澹轩诗文集》《五澹轩古文集》。《湖北诗征传略》录存其诗《读鲁文恪公诗》《题张母卷》《吊黄叔度墓》《憩阁书怀》《我友》《杜赤公卒于京邸,仲子扶柩南旋,赋赠》《楼》《渡黄河》。

黄于麻,字用草,号概鼗,黄问之子。幼敏慧,家富藏书,概览之,与之游者皆伟人。明末丧乱,悲愤长歌代哭。入清遍识海内名宿,与王西樵、方尔止、钱牧斋等辈载歌风流,艳称一时。有《严庄诗草》。《湖北诗征传略》录存其诗《焚书》《得晤元美子韬又复别》《甲辰杂感》《甲申痛哭》《甲寅冬日书怀》《哭彭釜山》《丁未元日》。

77. 钟祥刘氏家族

主要指刘洪、刘櫆父子。《钟祥县志》《湖北诗征传略》有传。

刘洪②,字希范,明宪宗成化十四年(1478)进士。先为阳谷县知县,擢为监察御史、浙江副使,毁庵寺,立庙学。历官佥都御史巡抚贵州,平叛有功。再任副都御史、右都御史抚两广,卒赠刑部尚书。(同治)《钟祥县志》录存其诗《白鹿寺》《石城怀古(二首)》,《石城怀古》也为《湖北诗征传略》录存。

刘櫆,字平甫,刘洪之子,正德六年(1511)进士,官行人。因谏明武宗南巡,受廷杖而卒。嘉靖初表赠监察御史。《湖北诗征传略》录存其诗《漫兴》一首。

---

① (乾隆)《天门县志》卷十六《文苑传》、《湖北诗征传略》卷二十八《天门》有黄问、黄于麻传记。
② (同治)《钟祥县志》卷十一《人物志·耆旧传》有刘洪传记,《忠义传》有刘櫆传记。《湖北诗征传略》卷二十五《钟祥》有刘洪、刘櫆传记。

78.沔阳陈氏家族

主要指陈柏、陈文燮、陈文烛、陈汝璧。《承天府志》《沔阳州志》《湖北通志》有传。

陈柏(1506—1580)①,字宪卿,一字子坚,号苏山。童时州牧李濂见而奇之,后举于乡,游太学,赋《镜光篇》,海内文人赏之,益肆力于古文、词。嘉靖二十九年(1550)进士,历任工部、兵部职方司主事,山西井径兵备副使等职。以母丧丁忧,辞官不再出仕。建复中书院,喜谈学问,尤喜金石文字,作诗同于"七子"。有《借山亭集》六卷;《苏山选诗》七卷,见于《四库全书存目丛书》集部;另《苏山集》二十卷,见于《四库全书总目》。明顾起纶《国雅品》、李腾鹏《皇明诗统》等录存其部分诗歌。

陈文燮,陈柏之子,曾任光禄监事,有才藻,负才早没。生平事迹记载简略,作品不详。

陈文烛(1535—1594)②,字玉叔,陈柏次子。幼负异质,弱冠即工古文、诗歌,嘉靖四十四年(1565)进士。任淮安知府期间,曾主修《淮安府志》,后官至南大理寺卿。为人温良简易,多与"后七子"交游,有不少唱和之作。致仕归乡建五岳山园,在其中赋诗唱和为乐。著有《二酉园文集》十四卷,《二酉园诗集》十二卷,《二酉园续集》二十三卷,见于《四库全书存目丛书》集部。(光绪)《沔阳州志》录存其诗文《五岳山房记》《玉沙草堂记》《游黄蓬山记》《祭王池州文》《茶经序》《沔风集序》《李我泉诗序》《明故中顺大夫山东青州知府陈公墓表》《四川威远萧君墓志铭》《明故山东道监察御史胡公墓志铭》《童士畴先生传》《高士任先生传》。

陈汝璧,字立甫,陈文烛之子。能诗善属文,万历十一年(1583)进士。授绍兴府推官,甚有名望,以抚按荐拜礼曹,左迁河间司理。以忧归,后补侥

———————————

① (光绪)《沔阳州志》卷九《人物志·儒林传》有陈柏传记,附有陈文燮传记,《文苑传》有陈汝璧、陈文烛传记。(万历)《承天府志》卷十一有陈柏传记。

② (万历)《承天府志》卷十一、(光绪)《沔阳州志》卷九有陈文烛传记。

州,不久卒。(光绪)《沔阳州志》载其著有《兰省集》《隐园诗》,《湖北通志》亦载其善属文。

第七节　明朝德安府文学家族

79. 安陆何氏家族

主要指何迁、何宇度父子。《安陆县志》《德安府志》《湖北诗征传略》有传。

何迁(1501—1574)①,字益之,又字懋益,号吉阳,嘉靖二十年(1541)进士。官场顺遂,历任户部主事、南吏部主事、光禄少卿、太仆少卿、南刑部侍郎等职。因属于严嵩一党,严嵩败后被革职闲居。学问渊博,喜谈性命之学,为明代理学大师,学说介于王守仁和湛若水之间。不专守师说,其学人不能窥其际。为文章耻剽窃,诗尚中唐。尝创吉阳书院,因被称为"吉阳先生"。现有《吉阳山房摘稿》十卷,《何吉阳诗集》五卷。《千顷堂书目》著录其另有《吉阳文集》二十卷,未流传。(道光)《安陆县志》载其著有《重修城隍祠记碑》《繁邱药师寺记碑》《郝甀山钓石》《重建社稷坛记碑》,《湖北诗征传略》录存《送人守绥德》《夏日饮环碧亭次韵》《哭容城杨夏卿椒山》《赵州望汉台有感》《赋嵩门逸调赠江山柴生》《五松为龙游尹君赋》《送僧可然还莲华峰》《送王君出使便道省觐》《栖贤桥》《仲夏同省僚游灵谷寺》《夏日省中诸君集清心亭论学》《季夏叙满省寺诸君出饯中和桥》《吉阳书院成志喜》《讲堂寺》《过横山程氏庄对酒》《九日柴山登高》《过武穆祠》《别贺参戎莲湖还江陵》等诗。

何宇度,字仁仲,何迁之子。曾任詹事主簿、夔州别驾。为人风流雅致,与海内名人经常交游啸咏。有《益部谈资》,见于《四库全书总目》史部。另有《学海类编》《湖北先正遗书》《益部谈资三卷》《二园记》《卮言

---

① (道光)《安陆县志》卷二十八《人物志》、《湖北诗征传略》卷二十一有何迁、何宇度传记。(光绪)《德安府志》卷十二有何迁传记。

堂集》，未留存。(道光)《安陆县志》录存其《李太白安陆白兆寺桃花岩寄刘侍御史诗石刻》《李太白山中问答绝句碑》，《湖北诗征传略》录存其诗《和敬叔》。

80. 应城陈氏家族

主要指陈士元、陈阶父子。《应城县志》《湖北通志》《湖北诗征传略》有传。

陈士元①，字心叔，号养吾，小字孟卿。嘉靖进士，官知州。少负才，为官有政声。不久弃官遍游五岳，所至则记述。学问渊雅，后闭门博考著述四十年，经史子集各有撰著。有《易象钩解》四卷，《易象汇解》二卷，《五经异文》十一卷，《论语类考》二十卷，《孟子杂记》四卷，《古俗字略》七卷，《韵苑考遗》四卷，《古今韵分注撮要》五卷，《荒史》六卷，《世历》四卷，《新宋史》《新元史》《史纂》，《江汉丛谈》二卷，《楚故略》二十卷，《楚绝书》二卷，《岳记》六卷，《滦州志》十一卷，《德安府志》，《孝感县志》，《僵言解》二卷，《裔语音义》四卷，《梦占逸旨》八卷，《梦林元解》三十四卷，《堤疾恒言》十五卷，《名疑》四卷，《氏疑》四卷，《姓汇》四卷，《姓觿》十卷，《象教皮编》六卷，《释氏源流》二卷，《归云别集》七十五卷，《百老歌》一卷等。收入《四库全书》的有六十余种，一百十五卷。(光绪)《应城县志》录存其文《风云雷雨山川祀坛记》《汤池》《村居春景》《村居夏景》《村居秋景》《村居冬景》，《湖北诗征传略》存录其《村居》一首，认为其诗"六言，颇有逸致"。

陈阶，字升也，号吉数，陈士元之子，为贡生。能继父志，好学工词章，有《日涉编》十二卷，又名《编日新书》，贺逢圣为之序。(光绪)《应城县志》录存其诗《上方寺》《柏林寺》。

81. 应城吕氏家族

主要指吕庭栩、吕其锦父子。《应城县志》《湖北通志》《湖北诗征传略》有传。

---

① (光绪)《应城县志》卷十《人物志·儒林传》有陈士元传记。《湖北通志》卷一百五十一《人物志·文学传》、《湖北诗征传略》卷二十三《应城》有陈士元、陈阶传记。

吕庭栿①,字梁湖,号宛溪,嘉庆举人。家富有藏书,幼禀家训,博览群书,喜吟咏,三岁即能诵唐诗百首,长益研精。最喜王维和孟浩然两家,学而得其神髓。善绘事,性简易,嗜山水。尝主讲蒲阳书院、永阳书院,教授生徒无倦,旋任黄安教谕,九十三岁乃卒。著述颇丰,有《梁湖草》,另有《四书成语联珠》二十卷,《重修应城县志》十二卷,《五岳杂志》六卷,《子史菁英类编》八卷,《丽藻引机》八卷,《对语餐花》六卷,《列仙诗钞》二十卷,《说诗绪余》一卷,《赋谱》二卷,《集句诗》五卷,《纳凉偶对》六卷,《梁湖排律》六卷,《梁湖诗草》十二卷,《梁湖诗草续编》四卷,《归林寻乐编》二卷。《湖北诗征传略》录存其《同王亦园渭川录刘秋潭别业》《题壁》《渡江待石晓亭不至》《隈溳口晚泊》《莫愁古渡》《客中九日》《柴门送友》《天台寺图》《访友》《送曾舅甄庵》及几联佳句。

吕其锦②,字莲仲,吕庭栿次子,为廪生,性敏嗜学,博通经史,工诗赋,尤精举业,少时受詹应甲赏识,岁科第一。诗有家法,著有《水湄园诗话》八卷,《四裔竹枝词》二卷,《合髻山房诗草》《临和馆文集》《黄安省亲诗》等书。

82. 应山陈氏家族

主要指陈愚、陈仰可父子。《应山县志》《湖北通志》《湖北诗征传略》有传。

陈愚③,字元朴,万历举人。性至孝,自幼无忤容,父欲挞之,必长跪以俟其父怡颜命之起才起。能强记,读书十行并下。一心科举,但久试不第,曾自誓曰:"大丈夫当以天下为己任,安能为五斗米折腰。"遂终身不仕,著书以老。学者私谥为"孝介先生",与杨忠烈公杨涟友善。(同治)《应山县志》录其诗《挽杨忠烈公》,《湖北诗征传略》录存此诗"若教数定身无死,

---

① (光绪)《应城县志》卷十《人物志·文苑传》、《湖北通志》卷一百五十二《人物志·文学传》有吕庭栿传记。《湖北诗征传略》卷二十三《应城》有吕庭栿、吕其锦传记。

② (光绪)《应城县志》卷十三《艺文志》有吕期锦作品记载及传记。

③ (同治)《应山县志》卷二十六《孝子传》、《湖北通志》卷一百三十八有陈愚传记。《湖北诗征传略》卷二十四《应山》有陈愚、陈仰可传记。

千古逢干亦不祥"之句。

陈仰可,陈愚之子。学行极优,举孝廉后不乐仕进。诗宗晚唐,(同治)《应山县志》录存其诗《正月三日游天井涧寺》《高贵凌霄》,《湖北诗征传略》录存"水曲溪环镜,山深客闭门。白云封谷口,红树杂烟村"诗句。

83. 孝感刘氏（刘伯生）家族

主要指刘伯生、刘伯燮兄弟二人。《孝感县志》《德安府志》《湖北通志》有传。

刘伯生①,号大鹤,嘉靖四十四年(1565)进士。历任河南上蔡知县、南吏部主事。宽和乐易,喜读书,士类亲之。后因母老请归,读书养亲。(光绪)《孝感县志》载其著有《易屏素言》《烟霞居集》,现存《刘子三种》九卷。

刘伯燮(1532—1584),字元甫,号小鹤,刘伯生之弟。嘉靖时乡试第一,隆庆二年(1568)进士。历任户部主事、陕西参议、河南右参政等职。后迁广东按察使,因母老未赴官。有《鹤鸣集》二十七卷,见《四库未收书辑刊》。(光绪)《孝感县志》录存其文《创建学宫碑记》。

84. 孝感夏氏家族

主要指夏鼎、夏鼐兄弟。《孝感县志》《湖北诗征传略》有传。

夏鼎②,字铭韦,万历武举人。高才不第,遂弃诸生考武科。病足杜门读书,喜《离骚》,晚年以沈约四声部勒其书,为《楚辞韵宝》。另(光绪)《孝感县志》载其著有《广五经注》《山水韵宝》《山水佩觿》《论学管窥》。

夏鼐,字仲龙,夏鼎之弟,风规隽整,虽为诸生,有盛名。富著述,却早卒,《子方褵集》遂散落。曾读书九峻山,临流持钓,终日不倦,好事者爱慕之,于此刻石曰"夏仲子钓台"。

---

① (光绪)《孝感县志》卷十五《人物志·文苑传》有刘伯生传记,卷十四《人物志·臣林传》有刘伯燮传记,(光绪)《德安府志》卷十二有刘伯生、刘伯燮传记,《湖北通志》卷一百五十一有刘伯生传记。

② (光绪)《孝感县志》卷十五《人物志·文苑传》、《湖北诗征传略》卷十二《孝感》有夏鼎、夏鼐传记。

85.孝感张氏家族

主要指张可大、张遗父子。《湖北诗征传略》有传。

张可大①,字观甫,万历武进士,官都督。崇祯吴桥兵变自缢,谥号"壮节"。丁宿章曰其诗不多见,唯《明诗综》收其一首《书边事》。

张遗,原名张鹿征,字瑶星,号浊民,张可大之子。为府学生,因荫庇为官锦衣卫。幼穷经史,重交游,尚气节,党锢狱起,护持东林复社诸君子甚力。后入山为道士侍奉思宗,御书"松风"二字。自号"白云先生",终隐栖霞山。有《古镜庵诗内外集》《玉光剑气集》《謏闻止续笔》等,并仿杜甫作《九歌》,盛传于时。《湖北诗征传略》录存其诗《友人移居》。

86.孝感杨氏家族

主要指杨金声、杨金通两兄弟。《孝感县志》《湖北诗征传略》有二人简略记载。

杨金通②,字黄理,又字蜀亭③,万历四十七年(1619)进士。为人风力卓异,初为丹徒县令,官至礼部主事。后党祸起,诸吏谬指其为杨涟族人,不为之辩,反以此为荣。遗憾的是,作品不详。

杨金声,杨金通之弟。官茶陵教谕,才名籍籍,与其兄齐名,曾任马邑知县。《楚诗纪》录存其《九疑滩七章》《岳阳楼》《别沈荼庵之任司理》《望泰山》《送徐出谷还里宿真空寺沽酒不至》《别宁远城北园圃》《闻张晒石讣追忆分袂渌口》,《闻张晒石讣追忆分袂渌口》也为《湖北诗征传略》载录。

87.孝感程氏家族

主要指程良筹、程正隆、程正巽、程正揆、程正萃父子。家族由明入清,因成员主要生活在明,遂归入明朝文学家族。《孝感县志》《明史》《湖

---

① 《湖北诗征传略》卷十二《孝感》有张可大、张遗传记。
② (光绪)《孝感县志》卷十四《人物志·臣林传》有杨金通传记。《湖北诗征传略》卷十二《孝感》有杨金声、杨金通传记。
③ (乾隆)《镇江府志》"明·丹徒县知县"条,认为杨金通字蜀亭。而(光绪)《孝感县志》、《湖北诗征传略》认为蜀亭是其号。

北通志》《湖广通志》《湖北诗征传略》有传。史载程氏人人有集,但都未流传于今。

程良筹①,字持卿,天启五年(1625)进士。因父亲得罪魏党,未仕即被除名,前所未有。崇祯时被起用,任员外郎。后抵挡李自成进犯孝感,兵败被贼所杀。(光绪)《孝感县志》载其著有《漱石居集》,录存其诗文《古城巷试茶》《贼围白云月余请救不至》。《湖北诗征传略》存录其诗《贼围白云月余请救不至》,并评曰:"凛然忠义之气溢于字里行间,沉郁不佻,雅近唐人。"

程正隆②,字石野,一说字子升,程良筹之子,生活在明末。十余岁即成为弟子员,嗜学敦行。后隐居不仕,放浪诗酒。所著诗文甚富,尤其擅长回文体。(光绪)《孝感县志》录存其诗《潏湖晚眺》。《楚诗纪》录存其《杂诗二十三首》《邻叟》《山溪阻雨》《朵岩草亭夜兴》《舟中酬月》《山中怀如皋冒辟疆》《客夜》《墨庄杂咏》。《楚风补》录存其诗《感遇六首(其一)》《苦雨》《暝望》《巽阁春怀十首(其一)》《返照》《冬日山行作示权伯弟》《初晴》七首。《湖北诗征传略》录存其诗《感遇》。

程正巽,字子风,号风樵,程良筹之子。有声名于艺苑,顺治时贡生,后退而奉高堂,抚幼弟。为人孝悌,凡宗族贵贱亲疏皆治以恩义。古体和骚辨虽然时人有"优孟衣冠"之讥,近体诗却清丽可诵。有《冷客闲书》一卷,残缺。(光绪)《孝感县志》载其著有《策府元龟缉要》《河阴随笔》《诸子古文褒异》。《湖北诗征传略》录存其五言诗《夜兴》及七言无题诗一首。

程正揆(1604—1676)③,字端伯,号清溪,程正隆之弟,生活在明末清初。崇祯四年(1631)进士,历任庶常、光禄少卿、工部侍郎等职。以老归乡后以书画名,有《江山卧游图》等传世。(光绪)《孝感县志》载其著有《青溪遗稿》二十八卷,《读书偶然录》十二卷,并录存其《孝邑东北九十里有青山

---

① (光绪)《孝感县志》卷十五《人物志·忠义传》有程良筹传记,《笃行传》有程正巽传记。《明史》列传卷一百八十二有程良筹传记。
② 《湖北诗征传略》卷十二《孝感》有程正隆、程正萃、程正巽生平简略记载。《湖广通志》卷五十七有程正隆、程正萃传记。
③ 《湖北通志》卷一百五十二有程正揆传记。

口白云乡……》①《和伤溺诗》。《楚诗纪》录存其诗《江南二首》《赠金琴士》《立春前一日雪》等诗八十八首,《楚风补》录存《江南四首之一》《和方苏翁自寿自首》《即事八首(其一)》诗。

程正萃②,字除只,号迈园,程良筹之子,负文誉,明经,嗜学喜藏书。顺治时贡生,终生科举不第,曾任吏部员外郎。诗力沉厚,其拟古歌行未脱摹拟之迹,近体诗却沉稳婉丽。(光绪)《孝感县志》载其著有《小草客兴诗》,并录存《云居寺张沐九投诗见訋依韵奉酬》。《楚诗纪》录存其诗《子夜歌》《早春三首》《杂感九首》《拟古》等诗五十一首,《楚风补》录存《与王璞庵、刘石帆夜放兼示别怀》一首。《湖北诗征传略》录存其诗《秋兴》《休夏云居寺张沐九投诗见讥,依韵奉酬》《与王璞奄、刘石帆夜话兼示别怀》。其子程大戴和程大疏都能明经,并以诗、古文、词世其家。

88. 孝感刘氏(刘禧)家族

主要指刘禧、刘祺两兄弟。《孝感县志》《湖北诗征传略》有二人简要记载。

刘禧③,字以谷,天启年间举人出身。博学强记,工诗、古文和词,嗜棋,究昼夜不辍,议论炜如。为人孝友好施,邑诸生陈我彦卒,家贫,子与母妻无以得养,刘禧岁给谷二十石,并为陈子择配。又救唐士麟等十三人,乡人皆以长者称之。善草书,尤其擅长骈体文,似徐庾体,有名于当时。四十二卒,生平著述甚富,但因寇火无存,现已不可考。

刘祺,字以介,刘禧之弟,少慧能文,博学工诗。有声名,后得奇疾,遂弃诸生。崇祯时抗贼白云寨有功,巡抚何腾蛟授其通判,不久辞官归去,号半隐。作诗以白乐天、陆游为宗,婉转流漓,归于条理。(光绪)《孝感县志》载

---

① 程正揆此诗题名甚长,应是以序为题名。原文为:孝邑东北九十里有青山口白云乡,吾庐在焉。风雨二山高十里许,峙列前后,遂颜曰风雨两山堂。群峰环亘几百里,险僻绝人迹。最近双峰瀑布水尤峻□叶涧,其胜览也。

② 《湖北通志》卷八十七有程正萃传记。

③ (光绪)《孝感县志》卷十五《人物志·文苑传》有刘禧传记,附刘祺传记。《湖北诗征传略》卷十二《孝感》有刘禧、刘祺传记。

其著有《韵会极该》。

89. 孝感沈氏家族

主要指沈惟炳、沈宜、沈完、沈岐昇等人，以诗文著称，又以沈惟炳、沈宜最为知名。《孝感县志》《湖广通志》《湖北通志》有传。沈氏家族由明入清，但主要人物生活在明代，故归入明代文学家族。沈氏三世有集，可谓盛事。

沈惟炳①，字仲斗，沈惟耀之弟，万历四十四年（1616）进士。沈惟耀，字斗伯，熹宗时贡入京师，授武学训导，任广东平远知县。为人义且勇，独跨一马送罢归的东林党人杨涟，杨涟惨死狱中后，又为其治丧。明末政局复杂，沈惟炳敢于与魏忠贤斗争，几次罢官复官。入清后，任吏部侍郎。现存诸多奏议，以崇祯时所上《寇旱请蠲揭》最为著名。另存诗《游圆明寺》《登大悟山》两首，皆见于（光绪）《孝感县志》。沈惟炳有四子：沈宜、沈寅、沈宽和沈完，"皆有文誉"，"学行为乡里所重"。其中沈宜最为有名。

沈宜②，字大悟，沈惟炳长子，得到其父格外的重视和培养。谭元春与其伯父沈惟耀尝至其家，令其默江海二赋，无一字错误。聪明善记，二十岁就博览群史，宦游天下。崇祯时由贡生官宣化府推官、镇江府推官等，为人伉直，治狱不愿株连，得罪上官而被罢免。所为诗一宗唐人，兼工尺牍。著有《卧紫山房文集》《啸阁江南诗》《北辕闲咏》《玉烛长篇》《函雅》《青云堂诗》等，顺治十六年（1659）参与《孝感县志》撰述工作。（光绪）《孝感县志》录存其《旧志序（顺治己亥）》，此外，还录存《白云山记》。

沈完，字无咎，沈宜之弟，生平事迹不详，《楚诗纪》录存其诗《挽周黍谷》。

沈岐昇③，字晓男，沈宜之子。受家族影响，享有文誉，尤其沈岐昇能读父书，工诗、古文、词。诗歌文思奇特，时有佳句，著作甚富，但被仇家所夺，所存不多。著有《补山园集》，尤擅长六言诗。（光绪）《孝感县志》录存其

---

① （光绪）《孝感县志》卷十五《人物志·方正传》有沈惟耀传记，《臣林传》有沈惟炳传记，《文苑传》有沈宜传记。《湖广通志》卷一百二十、《湖北通志》卷一四八有沈惟耀传记。

② 《清史列传》卷七十九有沈宜列传。《湖北通志》卷一百五十二《人物志·文学传》有沈宜传记，附及沈完、沈岐昇。

③ 《湖北诗征传略》卷十二《孝感》有沈宜、沈岐昇传记。

诗《雨后园居》,《湖北诗征传略》录存其《杂咏》六言诗一首。

第八节　明朝施州卫文学家族

90. 容美田氏家族①

主要指田九龄、田宗文、田玄、田圭、田霈霖、田既霖、田甘霖、田商霖、田舜年,流传五代。家族由明入清,因主要生活在明代,故归入明代文学家族。《宜昌府志》《长乐县志》有传。

田九龄②,字子寿,容美宣慰司田龙溪第六子。兄弟八人均从儒,只其学习史学。明万历时期,为长阳县庠博士弟子员,天资洒落,出尘俗外,喜爱史书和交游。与其交往与唱和者,多为当时名士。为诗冲融大雅,声调谐和。容美司以诗名家自其始,后田元以下及五峰土司张之纲辈皆继起者。著有《紫芝亭诗集》,散佚严重,现存诗一百二十八首。(同治)《宜昌府志》录存其诗《秋色(二首)》《登五峰》《登五峰怀鹏初兄》。

田宗文,字国华,田九龄之侄。二十九岁即逝,生平记载简略。著有《楚骚馆诗集》,但现仅存诗八十三首。(同治)《宜昌府志》录存其诗《怀故园诸兄即以见寄》。

田玄(1590—1646),字太初,号墨癫,田楚产之长子。田楚产,田宗文之侄。曾为田宗文《楚骚馆诗集》作过跋文,可见其具有相当的文学素养。田玄谦谨端悫,孝友性成,智勇深沉,为储子三十年,未尝见其疾言狂笑。日常以与诸弟及友人唱和为乐,隆冬盛暑,手不释卷,才名足擅一时。著有《金潭吟》《意草笠浦》《秀碧堂诗集》,大都散佚,现存诗二十三首。(同治)《宜昌府志》录存其诗《甲申除夕感怀诗》《寄怀文铁庵先生》。

田圭,字信夫,容美土司田舜年叔祖。稳重好学,喜宾客而耽文雅,常于

---

① 田氏家族属于明代施州卫的容美宣抚司。

② (同治)《宜昌府志》卷十三《士女传》、(光绪)《长乐县志》卷十三《人物志·文学传》有田九龄、田圭传记。中共鹤峰县委统战部等编辑《容美土司史料汇编》有田氏成员生平及作品资料(鹤峰县印刷厂1984年印刷)。

白鹿庄诗酒娱情。有《田信夫诗集》一卷,现存诗四十四首,其子珠寿也有诗集。(同治)《宜昌府志》录存其诗《留别伯珩兄和其韵》《山居》《送友人(二首)》。

田甘霖(1612—1675),字特云,田玄第三子。自幼警敏嗜书,博奥靡遗。二十岁为博士弟子,后明末乱世,清兵入关,率表投清,继任容美宣慰使。曾被俘于李自成部将刘体纯,"三藩之乱"受封于吴三桂所建周朝。叛乱平息后,望清廷重赐世代所受官职,后郁郁而终。著有《敬简堂诗集》一卷,现存诗一百八十三首。(同治)《宜昌府志》录存其诗《甲申除夕感怀诗二首》《忠溪杂咏》,《楚诗纪》录存其《和陶苏饮酒诗(十二首)》。

田霈霖著有《镜池阁诗集》一卷,现存诗十三首。(同治)《宜昌府志》录存其诗文《封侯篇》《甲申除夕感怀诗二首》《奉陪相国铁庵文夫子观雨中白莲分赋二首》,《楚诗纪》还录存其诗《送黄中含翰林出访当事》。

田既霖著有《止止亭诗集》一卷,现存诗十二首。(同治)《宜昌府志》录存其诗《甲申除夕感怀诗二首》《送别张杲还五峰兼柬文田得咸字》《张某将还五峰诸友为诗留之限韵》,《楚诗纪》录存其诗《淮阴侯》《鄂城怀古》。《楚诗纪》还录存田浃霖诗《冬日同社集宁止堂分赋》。

田商霖现存诗二十二首,(同治)《宜昌府志》录存其诗《中秋夜遇月不至有怀》。

田舜年(1639—1706),字韶初,田甘霖长子,容美土司。屡奉檄从征,多建功,能文章。不仅善于治兵,且酷爱戏曲声律,文武兼备,与中原士大夫多有交往。著有《白鹿堂诗文集》《廿一史纂》《容阳世述录》《许田射猎传奇》等书,但现仅存诗十五首,文十七篇。其将容美田氏家族诗歌收集编辑成《田氏一家言》,保存了大量田氏文学作品。(同治)《宜昌府志》录存其诗《山居(五首)》《奉和严首昇原韵》《五峰安抚司列传》《石梁安抚司列传》《水浕安抚司列传》《披陈忠赤疏》《恭报颁到印信疏》。《山居(五首)》也为《楚诗纪》录存。《楚诗纪》还录存田庆年诗《雨夜闻钟》《黄鹤矶头九日作》。

第三章　清朝荆楚文学家族

第一节　清朝武昌府文学家族

1. 江夏潘氏家族

主要指潘永祚、潘国祚、潘衍祚兄弟，家族由明入清，因主要生活在清代，遂归入清朝文学家族。先世浙江上虞人，明清之际避乱遂居江夏。《江夏县志》《湖北诗征传略》有传。

潘永祚①，字太邱，号恕庵。顺治朝拔贡，授官云南，知吴三桂将变，便乞归，居于鄂城卜居高观山麓。诗文与兄弟俱名一时，尤长于歌行，《猛虎》诸篇，弩蹶机张，发刺纸上。著有《恕庵集》，《湖北诗征传略》录存其诗《经岳阳战场》《婕好怨》。

潘国祚，字柳东，又字燕邱，诗尤工，有《东柳集》。诗为顾黄公、张南村选定，但未及时付梓，已散佚。《湖北诗征传略》录存其诗《怀伯兄》《次石城公过汉上访家伯兄卖药处》。

潘衍祚，字再邱，潘永祚避乱于楚，教衍祚以诗书，曾为广文盐井提举，后弃去。为诗句雕字琢似其兄国祚，每下硬语则有永祚之风骨。作品未见留存。

除潘永祚、潘国祚、潘衍祚外，还有潘仲邱、潘介邱也有文才，潘氏兄弟

---

① （同治）《江夏县志》卷八《杂志·流寓传》有潘永祚传记，并附有潘国祚简要记载。《湖北诗征传略》卷二《江夏》有潘永祚、潘国祚、潘衍祚传记。

五人皆有文名于时。

2. 江夏陈氏家族

主要指陈正烈、陈正勋兄弟。《江夏县志》《湖北通志》《湖北诗征传略》有传。

陈正烈[1]，字西峰，乾隆时举人，后中明通进士，官知府。嗜学苦吟，著有《韭菘吟》，曾编纂《江夏县志》。《湖北诗征传略》录存其《山寺》《送张臼莼》《书论诗》《秋兴》《江行》《汉口晚渡》六首，或全篇，或佳句。

陈正勋[2]，陈正烈之兄，字书竹，乾隆四年（1739）进士。授临县知县，为官廉明公正，上官器之，有疑狱多委其审判。后调补临晋，方西域用兵，陈正勋部署条理分明，军兴无乏，闾里晏如，人称"青天"。与其弟正烈相孝友，贤有家法。亦工诗，遗憾诗未流传。

3. 江夏彭氏家族

主要指彭崧毓、施德瑜、彭瑞毓。《湖北通志》《湖北诗征传略》有传。先世为江苏溧阳人，后迁入江夏。

彭崧毓[3]，字于蕃（或作渔帆），敏慧岸然，孩提时即有成人之度，道光十五年（1835）进士。由庶吉士授浪穹知县，调昆明，历大关腾越同知，再迁永昌知府，为官廉洁能治。归家居十余载仍读书不辍，尤喜奖励后进。诗、古文、词各体皆精，著有《求是斋集》。《湖北诗征传略》录存其《自塞外》《答王冬寿》《龙潭修禊》《上督师张中丞》《笔铭》等诗之佳句。

施德瑜，彭崧毓妻，为人贤而有才，料事多中。彭崧毓为永昌知府时，其颇有内助之力。先于彭崧毓卒，彭崧毓作《悼亡诗》赞其曰："闺房相得如良友，巾帼从无此丈夫。"有《写韵楼诗》。《湖北诗征传略》录存其诗《柳岸》

---

[1]　《湖北诗征传略》卷二《江夏》有陈正烈传记，后附陈正勋简短记载。《湖北通志》卷一百三十八有陈正勋、陈正烈传记。

[2]　(同治)《江夏县志》卷六《人物志》有陈正勋传记。

[3]　(同治)《江夏县志》没有二人传记，但是《选举志》中有二人姓名及官职记载。《湖北通志》卷一百五十二《人物志·文学传》、《湖北诗征传略》卷二《江夏》有彭崧毓、施德瑜、彭瑞毓传记。

《白莲花》《菊蓠》《菊舟》《怀姊》之佳句。

彭瑞毓(1812—1878),字子嘉,彭崧毓从弟。咸丰二年(1852)会试二甲第一名,授翰林院编修。尝督山西学政,擢云南盐法道署布政使。才华既高,工诗及书,词章俊丽,七古尤其擅长,有《赐龙堂集》。《湖北诗征传略》录存其诗《题黄太史沉江拾砚图》。

4. 江夏戴氏家族

主要指戴毓瀛、戴毓瑞兄弟。《湖北诗征传略》有传。

戴毓瀛[①],字仙舟,为诸生。有隽才,下笔数千言,有倾峡倒海之势。为诗清丽绵邈,其味醇厚,有《湘花馆诗草》。壬子之乱时,随父与贼战遇害。其诗毁于兵乱,后经丁星海收集,得近诗、试帖各若干首刊行于世。《湖北诗征传略》录其五律《湖堤秋兴》,并称此诗"清词丽句,读之齿颊生新"。

戴毓瑞,字西山,戴毓瀛之弟,十四岁即作《贵穌维周春柳诗》,颇受好评,其他作品不详。

5. 武昌唐氏家族

主要指唐音、唐言、唐有章,家族由明入清,因主要生活在清代,遂归入清朝文学家族。《武昌县志》《湖北诗征传略》有传。

唐音[②],字仲节,洪武举人。授江西建昌学谕,升杭州府学教授,专门授业,子弟二十人登显要位置,再擢拔为唐府长、叙州府同知。少时便能文,有声誉,与丁鹤年交好,从游酬唱之诗多可传。

唐言,唐音之弟,字方平。年十二时,督学葛屺读其文,奇之,补为弟子员。屡试冠军,更加努力读书,四方操文问字者常盈其门户,交游满天下,皆一时名硕。诗名尤盛,遗憾的是作品不详。

唐有章,字元明,唐音后人,辈分不详。笃学积行,不矜名誉,雅好引进后学,正己律人,为一乡之善士。工诗、古文、词,但其遗稿不可得。《湖北

---

① 《湖北诗征传略》卷二《江夏》有戴毓瀛、戴毓瑞传记。
② (乾隆)《武昌县志》卷九《人物志·仕迹传》有唐音传记,《文苑传》有唐言、唐有章传记。《湖北诗征传略》卷三《武昌》有唐音、唐言、唐有章简短传记。

诗征传略》有三人简略记载,但未录存其作品。

6. 武昌王氏家族

主要指王渭鼎、王丰鼎、王涵、王汉、王游、王植经。《武昌县志》《湖北通志》《湖北诗征传略》有传。

王渭鼎(1646—1714)①,字吕倩,号殊亭。幼颖慧,读书一目数行并下,十六岁即列弟子员。康熙举人出身,初授衡山教谕。衡山历经兵乱,人文颇不振,遂修葺学宫,置书院,亲为讲授,自是诸生列科名者众,擢迁河南渑池令。任知江南兴化期间,值河决堤,赈济百姓,修海沟,百姓赖其便。后官至陕西宣羌州知州,州有虎患,祷于神,虎乃去。(乾隆)《武昌县志》录存其诗《送张子吉之任珙县序》《西山积翠》《南湖印月》《寒溪淑玉》《吴王古庙》《梁湖偶咏二首》《西塞山怀古》,文《送张子吉之任珙县序》。《西塞山怀古》也见于《湖北诗征传略》。

王丰鼎,字文倩,王渭鼎之弟,雍正贡生。性孝友敦笃,幼时便擅长作文,有文名,立志苦学,因此经籍贯通。试牍遍行湖之南北,成一时模范学习对象。诗、古文、词皆有所长,一些诗句颇有雄浑之风。著述授徒以存心立品为务,人皆亲近之。(乾隆)《武昌县志》录存其《雷山寺用王十朋华容寺韵》。

王涵,字安敬,号容斋,王渭鼎之子。性直实恂谨,康熙五十二年(1713)登恩科,选为知县,怜惜爱民。后为宜昌东湖教谕,日勤劝课,与生徒讲论不倦,极力造就人才。卒于任,送行者络绎不绝。(乾隆)《武昌县志》录存其诗《西门》《樊口》,《樊口》同样录于《湖北诗征传略》。

王汉,字安章,号云岑,王丰鼎之子。性聪颖,博览,工文词。康熙拔贡,声名甚响。雍正元年(1723)为巴东教谕,教化一方。(乾隆)《武昌县志》录存其诗《西山晚眺》。

王游,字安麒,号瑞园,王丰鼎另一子,家敦孝友,康熙五十二年(1713)

---

① (乾隆)《武昌县志》卷九有王渭鼎、王丰鼎、王汉、王涵、王游、王植经人物传记,《湖北通志》卷一百三十八有王渭鼎、王涵传记,《湖北诗征传略》卷三《武昌》有王渭鼎、王丰鼎、王涵传记。

进士。初为阜城县令,勇于任事,性伉直不阿,民立碑纪其德。后至清苑县,治理水患有功。再为广东肇庆府同知,为上官推重,凡疑狱重案悉令其判断。为任之处皆治理清平,卒于任上,百姓送归者数百里不绝。(乾隆)《武昌县志》录存其诗《募修马桥序》《游白浒山》《和游西山原韵》《松风阁》。

王植经,字廷纶,王涵之子,康熙时孝廉。六岁侍父读,讲授《孝经》,过目成诵,作文援笔立就。入郡庠,闭户潜修,侍亲至孝。(乾隆)《武昌县志》录存其诗《东湖》。

7. 咸宁孟氏家族

主要指孟养浩、孟养蒙兄弟。《咸宁县志》《湖北诗征传略》有传。

孟养浩(1559—1621)①,字义甫,号五岑,万历进士。初为给事中,阉竖专权,敢于直谏,神宗震怒,责以廷杖二百几死,贬为平民。归家即杜门谢客,吟咏为乐,著《景行编》。光宗即位后复官为户部侍郎,未任卒。性孝友,有文名。(光绪)《咸宁县志》录存其诗文《西河桥记》《重修西河桥记》《福刹晓钟》《西河渔火》《长湖烟雨》《明万历乙巳咸宁县志序》《重修张家桥碑》《周侯去思碑》《黉泮金莲》。《湖北诗征传略》录存其诗《长湖烟雨》。

孟养蒙,号湘巘,孟养浩之弟,性旷逸,工诗。初入太学不第,遂不再志于仕途,遍游天下名山。后与其兄孟养浩俱隐于太鸡峰,自号"方闲老人"。遗憾的是作品不详。

8. 蒲圻张氏家族

主要指张开东、张开懋、张兆衡、张至曙祖孙。《蒲圻县志》《湖北通志》《湖北诗征传略》有传。

张开东(1713—1781)②,字宾阳,岁贡生,官蕲水训导。少有隽才,性爱山水,尝乘双轮车遍览名胜,并载书千卷,见者异之,自称"五岳游人"。才望颇盛,善为文,不尚虚辞,务济实用。(同治)《蒲圻县志》载其有《海岳

---

① (光绪)《咸宁县志》卷六《人物志·甲科》有孟养浩传记,《隐逸传》有孟养蒙传记。《湖北诗征传略》卷三《咸宁》有孟养浩、孟养蒙传记。

② (同治)《蒲圻县志》卷七《人物志》、《湖北通志》卷一百五十二有张开东传记,《湖北诗征传略》卷四《蒲圻》有张开东、张开懋、张开曙传记。

集》四卷,《白莼诗集》十六卷,《白莼存稿》二卷,《白莼存稿续刻》二卷,《靖州志》二十七卷,《通道县志》,并录存其《人泰札呈毕中丞》。

张开懋①,字伯翘,一字环亭,张开东之弟,嘉庆举人。生而俊颖,与其兄齐名,有玉树双珠之目。十一岁为邑庠生,十五岁举于乡,任石首教谕。不久辞官归,隐居云洞之坡,筑梦华楼藏书万卷,六十九岁卒。有《梦华楼稿》二卷。

张兆衡,字薇轩,张开懋之子,著有《循绳集》六卷。

张至曙,字晴舫,张开东之孙。幼颖异,读书一目五行,十五岁县试第一。但耻吏事,遂终身不复试,致力于为诗、古文、词,皆古典瞻绝。晚年贫弱,流寓汉皋,卖文为生。六十四岁卒,遗稿遭战毁之,散失殆尽。

9. 蒲圻贺氏家族

主要指贺魁选、贺魁南兄弟。《蒲圻县志》《湖北通志》《湖北先贤学行略》有传。

贺魁选②,字瀛洲,乾隆时举人,与学士法式善为莫逆之交。时人好六朝文,以沉博绝丽相夸,遂作文以正文风。作品不详。

贺魁南③,贺魁选之弟,擅长史学。与其兄贺运梅、贺魁选被称为"贺氏三豹"。曾为官朝议大夫、江南道监察御史、太仆寺卿待职。作品不详。

10. 大冶余氏家族

主要指余国柱、余国楷。《清史稿》《大冶县志》《湖北诗征传略》有传。

余国柱(1624—1697)④,字两石,顺治进士。生而颖异,九岁即能属文,被目为国器。凡古今兴废、兵刑钱谷、象纬舆图无不窥探,济于实用。曾任开封暨兖州推官、行人司行人、户部主事、大学士兼户部尚书、光禄大夫等职。后期结党营私,被罢官。主持编修了《大清会典》《大清

---

① (同治)《蒲圻县志》卷八《艺文志》有张开懋、张兆衡简要记载。
② 《湖北通志》卷一百五十二《人物志·文学传》有贺魁选、贺魁南传记。
③ (同治)《蒲圻县志》卷五《封荫》有贺魁南记载。
④ (同治)《大冶县志》卷十三有余国柱传记,《湖北诗征传略》卷五《大冶》有余国柱、余国楷传记。

一统治》。(同治)《大冶县志》录存其文《御赐清慎勤三字谢恩疏》《体圣立训》《钦赐升平嘉宴诗赋思疏》《李邑侯磁水清讴序》《守宪徐公莅冶平匪去思碑记》。

余国楷,字郇长,号云樵,余国柱同辈族人,明经出身,官同知。诗才力富赡,喜爱推敲苦吟,日夕不辍。(同治)《大冶县志》录存其诗文《曲云别业》《赤壁怀古》《曲云别业纪事序》。《楚诗纪》录存其诗《坐竹》《夜坐》《见松》《下峡》《过涢水》《渡河》《堤禅邑渡河宿曹家塞》《晚宿尉氏》《重过岳忠武故里》《矣是贫种也无烦我再作送穷诗》《紫和尚自北江说法王龙寺》,《湖北诗征传略》另录存《栾城怀古》二首及一些散句。

11. 兴国吴氏家族

主要指吴景祖、吴甫生父子。《兴国州志》有传。兴国州即现湖北黄石阳新县。

吴景祖[1],字二来,顺治十二年(1655)进士,任江西南丰县知县。焚香告天廉洁自励,罢官贫而不能治装。归其乡里,八十余卒。(光绪)《兴国州志》录存其文《王公修儒学记》。

吴甫生,字宜臣,吴景祖之子。天姿英敏,过目不忘,康熙三十三年(1694)进士,选为庶吉士。因诗句"俱有丹心依绛阙,独将铁面上乌台"得到康熙赏识,改作御史,掌京畿道。后归汉阳,每日饮酒赋诗,著有《列女传》《续甄甑洞稿》若干卷,死时家无余金。(光绪)《兴国州志》录存其诗文《河工疏》《银山铁壁》《黄龙洲》《钟山墨池》《玉印洞》。

12. 兴国万氏家族

主要指万斛泉、万寿椿父子。《湖北通志》《兴国州志》有传。

万斛泉(1808—1904)[2],字齐玉,号清轩,为人至孝。二十得读程氏书,知正学入门次第不可乱,遂补读《小学》《近思录》诸书,尤精研《大学衍义》

---

① (光绪)《兴国州志》卷二十《宦绩》有吴景祖和吴甫生传记。
② (光绪)《兴国州志》卷首荐辟有万斛泉简要记载。《湖北通志》卷一百五十二《人物志·文学传》有万斛泉、万寿椿传记。

《通鉴纲目》《三鱼堂集》。不愿仕进，以授徒自给，主汉阳崇正书院。咸丰初寇侵兴国，与弟子讲学不辍，贼异之勿犯，闾里人借以保全，朝廷嘉之。同治四年（1865）主讲上海龙门书院。尝授刊《朱子大全》《张杨园集》。光绪六年（1880）叠山书院建成，在此讲学八年。恪守程朱之学，躬行实践，老而弥笃。后加国子博士衔、五品卿衔，九十六岁卒。作品不详。

万寿椿，万斛泉季子。承其家学，宣统初年举孝廉方正。作品不详。

第二节　清朝汉阳府文学家族

13. 汉阳王氏（王士乾）家族

主要指王士乾、王世显、王戬等人，以诗文闻名。《汉阳县志》《湖北通志》有传。

王士乾①，字怀人，崇祯时举人，顺治时为长沙教授，与其弟王世显齐名。王士禛谓曰："楚中名士，有汉阳二王。"即指此二人。嗜学有大志，曾夜燃二香读书，母怜之，暗截其半，士乾等母寝后，复燃香读书。后因得罪长沙令，被诬入狱，得其子王戬申诉解除冤情。著有《明文八家》《明文中》，《楚诗纪》录存其诗《陶五徽李澹闻诸子集尊经阁》。

王世显②，字亦世，王士乾之弟。顺治十五年（1658）进士，授永嘉知县。史事精敏编审，均平无私。当时海寇颇多，徙民居内地，滨海盐场因俱置界外，百姓食淡为苦。王世显便在内地煮盐，即使盐商百般阻挠，却不为所动。曾与陈国儒、李宁仲在康熙年间修纂《汉阳府志》，著有《仙潜文集》。

王戬（1646—1717）③，字孟谷，王士乾之子。早慧多才，十二岁即为秀才。游长沙作《岳麓诗》，王士禛激赏之。康熙时举人，游王士禛门下，声名更噪，诗歌深受王士禛推崇。后来科场不顺，又为父申冤，看透世事，不再热

---

① （同治）《汉阳县志》卷二十一《文苑传》有王士乾传记。
② 《湖北通志》卷一百三十八有王世显传记。
③ 《湖北通志》卷一百五十二有王戬传记。

心功名。以诗、书、画谋生，游历天下，创作一千多首寄情名山大川和田园风光的诗歌。以卖文为生，与蒲州吴雯唱和甚多。有诗集《突星阁诗钞》十五卷，王士禛亲自撰写序文，并出资刊印。《清诗汇》《清诗别裁》《湖北先贤诗佩》《汉口丛谈》都有王戬的生平和诗作，尤其乾隆吴仕潮编的《汉阳五家诗》收录了王戬四百多首诗，并评论曰："才气浩博，师古无迹。使事多而不伤于繁，用情深而不至于露。"

14. 汉阳李氏（李以笃）家族

主要指李以笃、李以籍、李弈韩、李叙韩，明末清初时人。《湖北通志》《汉阳县志》《湖北诗征传略》有传。

李以笃①，字云田，别号老荡子，贡生。性坦率，嗜读书，九经三史诸子百氏纵横案间，不求章句，为文多奇情异趣。不屑科举，终身不得志，于是放情诗酒，自号"老荡子"。有《菜根堂集》《醉白堂集》等。《楚诗纪》录存其《子夜歌》《春游曲》《别蔡山人》等诗三十三首，(同治)《汉阳县志》录存其《后湖纪事》《汉口舟次》。

李以籍，字声叔，李以笃之弟，明经亦有诗名，著有《双清堂集》。《楚诗纪》录存其《芳树》，《湖北诗征传略》录存其《述怀》。

李弈韩，字仍梦，李叙韩（也作李序韩），字原汉，二人皆为李以笃之子，生平记载简略。《湖北诗征传略》录存二人诗作佳句几则。

15. 汉阳熊氏（熊伯龙）家族

主要指熊伯龙、熊正笏、熊祖旂、熊祖旆祖孙。《清史稿》《汉阳府志》《汉阳县志》《湖北通志》《湖北诗征传略》有传。

熊伯龙（1616—1669）②，字次侯，一字汉侯，顺治进士。幼颖悟，与江汉名士建寻社，声噪东南间。好汲引后进，精于藻鉴，文章雄海内，脍炙人口。后官至侍读学士，有《贻谷堂诗文集》，一名《熊学士诗文集》，见录于《四库

---

① (同治)《汉阳县志》卷二十一、《湖北通志》卷一百五十二有李以笃传记，提及李以籍。《湖北诗征传略》卷六《汉阳》有李以笃、李以籍、李弈韩简要传记。

② 《湖北通志》卷一百五十二《人物志·文学传》有熊伯龙传记，(同治)《汉阳县志》卷二十一、《湖北诗征传略》卷六《汉阳》有熊伯龙、熊正笏、熊祖旂小传，另载有熊祖旆之名。

全书总目》和《清史稿·艺文志》，另有《增广贻谷堂诗文集》。《楚诗纪》录存其《大梁道中》《送李仁熟请邱归汉阳》《萧园独坐喜孙立中至》《黄九烟见过》《答王治征武昌广义》，(同治)《汉阳县志》录存其《重修学记》《大悲殿记》《四官殿碑记》《重修晴川阁》。

熊正笏，字元献，熊伯龙之子，有《撷蕊亭集》。与所交游皆名士，为人风流宏奖。《楚诗纪》录存其《应山道中晓行即事》《左蠡阻风》《函关》《所见》《秦淮竹枝》，《湖北诗征传略》另存诗《过旧村将移居》。

熊祖旂，字鲁观，号松岚，熊伯龙之孙。少通六经、子史百家。诗才敏捷，曾经限杯酒作《玉兰花》长律，完稿而酒犹温。《湖北诗征传略》录存《钱塘吊古》佳句。

熊祖旆，字武安，熊伯龙另一孙，生平事迹不详。(同治)《汉阳县志》载其著有《松岩诗稿》《丛桂堂稿》，《湖北诗征传略》录存其《暮春感怀》诗句。

16. 汉阳张氏家族

主要指张三异、张叔珽父子，《汉阳县志》《湖北通志》《湖北诗征传略》有传。

张三异(1609—1691)[①]，字鲁如，号禹木，顺治六年(1649)进士。负节气，敢言敢为，经术深湛。初授延长知县，治旱灾和蝗灾有功，擢为南阳同知。有《来青园集》《雪史编》《痴龙集》《诗家全体》。《楚诗纪》录存其《夜泊危家渡》《南屏晚钟》《独坐树玉堂有感》《九日次韵》《秋思》，《湖北诗征传略》录存其《美斯桥步月》。

张叔珽(1666—1734)[②]，张三异之子，诗俊逸，著有《汉诗音注》《黎啸齐诗文集》，《湖北诗征传略》录存其五古《赤壁》一首。

17. 汉阳李氏(李昌祚)家族

主要指李昌祚、李必果父子。《汉阳县志》《湖北通志》《湖北诗征传

---

① (同治)《汉阳县志》卷十七、《湖北通志》卷一百三十八有张三异传记。《湖北诗征传略》卷六《汉阳》有张三异、张叔珽传记。

② (同治)《汉阳县志》卷十一有张叔珽传记。

略》有传。

李昌祚(1616—1667)①,字文孙,一字来园,号过庐,顺治九年(1652)进士。官至大理寺卿,决狱公正不阿,绝不苟合。文章名动海内,有《九真山人前后集》《诗友集》,另有《学古录》。(同治)《汉阳县志》录存其诗文《李氏雪之二节妇传》《九真第一峰》,《楚诗纪》录存其《除夕同琴塘饮》《雨中野老行》《过黄敬谕遗宅》《乙未初度泊江宁》《朱三菊庐过讯行歌互答漫成十首》等诗,《湖北诗征传略》存录其诗《山居》《答王涓来》《鲁峰别王汾仲》。

李必果②,字仁熟,李昌祚之子。幼敏慧,十岁补弟子员,博学有智略。诗不假雕饰而律格一新,有《稳帆文集》,另有《省郡二志》。《楚诗纪》录存其诗《噪鹤》《野望》《雨中怀舅氏云田先生病》《送别董苍水孝廉》《乌夜啼》,《湖北诗征传略》存录其诗《京邸与程石门话旧》《重阳前三日喜蒋西章过访》《哀巡海道陈公大来》。

18. 汉阳易氏家族

主要指易兆羲、易廷斌、易廷望父子。《湖北诗征传略》有传。

易兆羲③,字画初,为诸生。博学能文,书法近似王羲之。尤其工诗,游于江左,题咏极多,惜皆散佚。《楚诗纪》录存其《秦淮竹枝词》,《湖北诗征传略》录存其《秦淮口》。

易廷斌,字思成,号石农,易兆羲之子,为诸生。传授家学,书法精妙,时人比于王羲之、王献之。有《玉峰诗草》。《湖北诗征传略》录存其《应人索书》一首。

易廷望④,字都人,易兆羲另一子,顺治举人,官教谕。博览群书,多所阐发。为人宏奖风流,为诗主性灵,有《慧圆集》。《湖北诗征传略》录存其

---

① 《湖北通志》卷一百三十八《人物志》有李昌祚传记,《湖北诗征传略》卷六《汉阳》有李昌祚、李必果传记。
② (同治)《汉阳县志》卷二十一《文苑传》有李必果传记。
③ 《湖北诗征传略》卷六《汉阳》有易兆羲、易廷斌、易廷望传记。
④ (同治)《汉阳县志》卷十四有易廷望传记。

诗《送友人归里》《江行舟中》。

19. 汉阳萧氏家族

主要指萧广昭、萧企昭兄弟。《汉阳县志》《湖北通志》《湖北诗征传略》有传。

萧广昭①，字文远，自号沌口老渔，贡生。文章学术与弟企昭齐名，诗以咏古擅长。《楚诗纪》录存其《石榴花塔》《郎官湖》，《湖北诗征传略》还录存其《鹦鹉洲》。

萧企昭（1638—1670）②，字文超，萧广昭之弟，顺治副贡。少颖异，读书十行俱下，曾求学于顾亭林。于《周易》、河洛书、性理诸书颇有解悟，喜讲性命之学。诗旷逸如其人，著有《闇修斋稿》《客窗随笔》《阐修日记》《北游杂咏》《病余诗存》。另有《性理谱》五卷，《暗修齐稿》《东野楼集》。《楚诗纪》录存其诗《云水半百歌》《大别山冬望》，（同治）《汉阳县志》录存其《燕台制义》《定志说》，《湖北诗征传略》存录其《晚晴》。卒后，兄广昭为其编《萧季子语录》。

20. 汉阳刘氏（刘顺昌）家族

主要指刘顺昌、刘必昌兄弟。《湖北诗征传略》有传。

刘顺昌③，字九来，一字云将，顺治六年（1649）进士。官知县，有《宛念堂诗存》。

刘必昌，字文祉，刘顺昌之兄，也能诗。《湖北诗征传略》录存其《山月》佳句。

21. 汉阳彭氏家族

主要指彭心锦、彭湘怀、彭启父子，先世茶陵人，后迁入汉阳。《汉阳县志》《湖北诗征传略》有传。

---

① （同治）《汉阳县志》卷二十一、《湖北诗征传略》卷六《汉阳》有萧广昭、萧企昭传记。
② 《湖北通志》卷一百五十二有萧企昭传记。
③ 《湖北诗征传略》卷六《汉阳》有刘顺昌、刘必昌简略传记。

彭心锦①，字拟陶，少孤，以神童受知于州守。警敏好学，依佛寺读书，而通经史百家之言，以贡生第一入太学。本中康熙己卯闱试，但后被去名。被秦蜀大僚请为子师，不久以疾为借口辞归，大僚败，入幕者皆被株连，心锦得以免。擅长为诗，大抵律体，著有《乐府史考》《望云堂集》。（同治）《汉阳县志》录存其《次华宝集》《尉武山》《汉口后湖》，《湖北诗征传略》录存其《为东山和尚题画》《访茶村先生不值》《瓜州》《寄怀故园诸同学》。

彭湘怀，字栋塘，彭心锦之子，以读书养母。有《三山游草》《西湖纪游》《独持皋庑集》等。诗细腻熨帖，古文、词亦俱有法，乡里重之。

彭启，字亦堂，彭心锦另一子。诗笔清丽，画亦澹远有致。性嗜酒，人以佳酿馈则大喜为之作画。《湖北诗征传略》录存其诗《纳凉》《梦旧山》。

22. 汉阳王氏（王铭臣）家族

主要指王铭臣、王铨臣兄弟。《汉阳县志》《湖北诗征传略》有传。

王铭臣②，字於常，贡生。擅画兰，清疏澹远，得者珍之。诗学杜甫，有《耕云诗草》。《湖北诗征传略》录存其《秋怀》。

王铨臣，号寮洲，工书，好吟咏，诗与兄齐名，以"秋水澄诗思，梅花味道腴"一联称于时。兄弟二人名噪一时，里中有"二王"之目。《楚诗纪》录存其《除夕有感简邕孙兼谢豚酒之馈》《宿皋白山房喜雨二首》《客中简朱念兹甥》。

23. 汉阳龚氏家族

主要指龚书宸、龚书田兄弟。《湖北诗征传略》有传。

龚书宸③，字云来，号紫峰，为诸生。诗学杜甫，所注杜诗别具一解。诗或苍凉壮健，或以淡永制胜，有《蔗味集》。《湖北诗征传略》录存其《答潘东柳七律》中间二联，五古《感怀》两首。

---

① （同治）《汉阳县志》录存其卷二十一有彭心锦、彭湘怀传记，《湖北诗征传略》卷六《汉阳》有彭心锦、彭湘怀、彭启传记。
② （同治）《汉阳县志》卷二十一、《湖北诗征传略》卷七《汉阳》有王铭臣、王铨臣简略传记。
③ 《湖北诗征传略》卷七《汉阳》有龚书宸、龚书田传记。

龚书田,字玉圃,龚书宸之弟,亦以诗名,有《闲泄斋稿》,中多隽句。《湖北诗征传略》录存其诗《重之洛阳》《吴门送别》。

24. 汉阳熊氏(熊天植)家族

主要指熊天植、熊天楷兄弟。《湖北通志》《湖北诗征传略》有传。

熊天植①,字培之,号芝山,有《竹润山房遗诗》。《湖北诗征传略》录存其诗《泛宗三湖》。

熊天楷②,字宪揆,号芥圃,熊天植之弟,乾隆进士。官知县,为官有廉能之誉。《湖北诗征传略》录存其《盘山》警策之句。

25. 汉阳路氏家族

主要指路钊、路锌兄弟。《湖北通志》《湖北诗征传略》有传。

路钊③,字景康,号东勉,乾隆举人,官知县。性孝,弱冠以五经补茂才,为官有声誉。后罢官归乡,娱情诗酒。《湖北诗征传略》录存其诗《迁居》一首。

路锌,字鸣于,号墨庄,路钊之弟,官浙江同知。娴于吏治,工六法,能诗。遗憾的是,未有作品记载。

26. 汉阳孙氏家族

主要指孙汉、孙潞兄弟。《湖北诗征传略》有传。

孙汉④,字楚池,乾隆进士。由翰林改官部曹,后辞官归乡,闭户读书,三十年不交权贵,以著述终。少时即嗜诗,才情飙发,下笔千言,快意成篇并不失尺寸,古体长篇美不胜收。有《坉生阁读易轩诗文集》。(同治)《汉阳县志》录存其《月湖》《伯牙台纪即事》《题易征君庐墓图》,《湖北诗征传略》录存其诗《郊眺》及其他诗歌佳句。

孙潞,字北池,孙汉之弟,有才不仕,四十即卒。《湖北诗征传略》录存

---

① 《湖北诗征传略》卷七《汉阳》有熊天植、熊天楷传记。
② 《湖北通志》卷一百三十八有熊天楷传记。
③ 《湖北通志》卷一百三十八、《湖北诗征传略》卷七《汉阳》有路钊、路锌传记。
④ 《湖北诗征传略》卷七《汉阳》有孙汉、孙潞传记。

其佳句"白沙杳杳沿江路,翠竹娟娟向水村。名不可居为国士,天偏吝与是闲人"。

27. 汉阳江氏家族

主要指江显宗、江韶宗兄弟。《湖北诗征传略》有传。

江显宗①,字超海,贡生。诗有"天然去雕饰"之美。《湖北诗征传略》录存其诗《饮梅花下》。

江韶宗,字瀛海,江显宗之弟。史载亦工诗,但未见作品记载。

28. 汉阳叶氏家族

主要指叶继雯、叶志诜、叶名琛、叶名澧、叶名沣等人,以文学、经学、金石和书画著称。叶氏祖籍本为江南溧水(今江苏南京溧水区),叶继雯高祖叶运章以医曾隐江汉间,父亲叶廷芳迁入汉阳,遂居于此。《汉阳县志》《清史稿》《湖北通志》有传。

叶继雯(1755—1824),字云素,一字桐封,世称"云素先生"。乾隆五十五年(1790)进士,任内阁中书,后官至刑科给事中,以事左迁员外郎。事父母极孝,做官革除陋规,爱护子民,颇受好评。饱读文史经籍,文学素养深厚,著有《箴林馆诗文集》《朱子外纪》《读礼杂记》《韦苏州元遗山集校注》等书。与黄梅人喻文鏊、蕲春人陈诗三人私交甚好,且诗文皆出众,三人被时人称为"汉上三杰"。

叶志诜(1799—1863)②,字东卿,叶继雯次子,精通金石之学,晚清著名的金石学家。以贡生身份入翰林院,初仕内阁典籍,后官至兵部郎中。博览群书,熟习典章,以图书自娱,后辞官归家。著述有《平安馆藏器目》《金山鼎考》《高丽碑全文》《平安馆碑目》《蕴奇录》《御览集》《稽古录》《行寿年录》《上第录》《识字录》《咏古录》《周遂祺》,还有一些文集,如《平安馆诗文集》《简学斋文集》《颐身集》等。

---

① 《湖北诗征传略》卷七《汉阳》有江显宗、江韶宗传记。
② (同治)《汉阳县志》卷二十一《著述》有叶志诜传记,《湖北通志》卷一百五十二《人物志·文学传》有叶志诜、叶名澧传记。

叶名琛（1807—1859）[1]，字昆臣，叶志诜长子，道光十五年（1835）进士。仕途之路平坦顺利，官至总督，深受清帝信任。但在第二次鸦片战争中，因对英军认识不够和对时局的错误判断，致使广州失陷。自己被俘被囚禁于印度加尔各答，并死于囚禁之中。叶名琛少时便以诗文之才与其弟叶名澧知名一时。世存其在印度创作的"镇海楼头月色寒"和"零丁洋泊叹无家"两首诗。

叶名澧（1811—1859），字润臣，叶志诜次子，道光十七年（1837）举人。官内阁中书，擢升为侍读。于书无所不窥，是叶氏家族文学成就最高的一位。从小就博学勤问，遍观群书。与当世名士多有交往，如张际亮、潘德舆等。叶名澧还特地拜师于潘德舆门下，专门学诗数年。著述可观，有《平安馆金石文字》《桥西杂记》《笔记》《读易丛记》《周易异文疏证》《礼记郑读疏证》《四声叠韵谱》《战国策地名考》等。其《敦夙好斋诗集》，清征遒厚，有鲍谢之风，另有笔记三卷。

叶名沣（1812—1859），字润臣，号瀚源，叶志诜次子，道光举人。历任内阁中书、方略馆校对、文渊阁检阅，迁侍读，改浙江候补道。博学好古，致力于经学，通《易》《尔雅》。尤工诗，平日闭门读书苦吟不辍。寄情山水，游览各处，便发以为诗。一时汤鹏、王柏心、陈文述、姚燮、张际亮等名士纷纷与之结交唱和。后拜潘德舆为师，学诗数年乃返，终病逝于杭州。著有《敦夙好斋诗》《平安馆金石文字》《读易丛记》《周易异文疏证》。

29. 汉阳邹氏家族

主要指邹诒诗、邹廷尧父子。《湖北诗征传略》有传。

邹诒诗[2]，字愚斋，号石泉，由四库馆誊录历官知府。有《浮槎诗稿》，为诗最近唐人。《湖北诗征传略》录存其诗《过铁线桥》《秋兴》《短兵行》《杨柳》《早发三江口》《赠别前半》《固安九日》《芳草》《促织》《小姑山》《口检

---

① 《清史稿》卷三百九十四有叶名琛传记。（光绪）《湖北通志》卷一百五十二卷《人物志·文学传》有叶志诜、叶名澧传记。
② 《湖北诗征传略》卷八《汉阳》有邹诒诗、邹廷尧传记。

韦诗题尾》。

邹廷尧,字松友,邹诒诗之子,道光进士,官知县。有《留耕草堂稿》。《湖北诗征传略》录存其诗《至建昌》《夜行》。

30. 汉阳刘氏(刘傅莹)家族

主要指刘傅莹、刘世仲叔侄。《湖北通志》《湖北诗征传略》有传。

刘傅莹①,字椒云。姿慧绝人,三岁能诗,补弟子员时犹髫龄小儿,一时被称为神童。道光举人,官学正。有诗文集三卷,《觉书日记》《汉魏石经考》各数卷。

刘世仲,字殿埙,刘傅莹从子。有经世之才,为曾国藩所知,未用即卒。诗稿多散佚,《湖北诗征传略》录存其诗《乱后即事》。

31. 汉阳徐氏家族

主要指徐溥文、徐光煜父子。《湖北诗征传略》有传。

徐溥文②,字云樵,官同知,有《昧尘轩诗草》。诗主性灵,多隽句。《湖北诗征传略》录存其佳句若干。

徐光煜,字子厚,徐溥文之子,能诗,记载不多。《湖北诗征传略》录存其《春晴》诗句。

32. 汉阳汪氏家族

主要指汪璲、汪钧父子。《湖北通志》有传。本为安徽休宁人,因游学寓居汉口,遂为汉阳人。

汪璲③,字文仪,一字默庵。文名甚噪,力于躬行,言语行为皆有程法,所交好数人而已。著有《读易质疑》二十卷,熊敬修称其"词旨明晰,能发前人所未发"。又有《大学章句释义》《语余漫录》《读易质疑》及诗文集。

汪钧,字邻石,汪璲之子,为诸生,能世其家学,但作品不详。

---

① 《湖北通志》卷一百五十二、《湖北诗征传略》卷八《汉阳》有刘傅莹、刘世仲传记。
② 《湖北诗征传略》卷八《汉阳》有徐溥文、徐光煜传记。
③ 《湖北通志》卷一百五十二《人物志·文学传》有汪璲、汪钧传记。

33.汉川林氏家族

主要指林正纪、林德仁、林德义、林德明、林钟任、林钟侨、林祥绂祖孙。《汉川县志》《湖北诗征传略》有传。

林正纪[①]，字协五，号耐闲，国学生。幼聪颖，通畅物理，善读书，熟于经史。为宗党推服，主持家政，申明约束，扩修先祠，颇有汉代万石君家风，因而家族中才艺出众者甚多。酷嗜吟咏，工诗，陶写性灵，有《耐闲诗草》四卷，《遗善恒言》二卷。

林德仁，字肫伯，林正纪长子，国子生。长身鹤立，襟怀远大，独好渔猎典籍，家藏异书、名帖，亲自校雠。诗学陆游，根柢深厚。著作甚富，有《周易口义》八卷，《景山诗稿》四卷，《自识集》二卷，《倚庐集》一卷。

林德义，字宜仲，号子喻，林正纪次子，国子生。质直简朴，不事华靡，为人孝悌主敬。先代藏书丰富，又多购未见之书，故当时藏书家者必首推南湖林氏。好学至老犹手不释卷，古文遇意成章，简老朴茂，根柢经史，同辈皆推重之。尤其喜爱《左氏传》，精熟宋“五子”之书。著述颇丰，但多毁于兵乱，有《介子杂文》二卷。

林德明，字二如，号镜湖，林德义同族兄弟，乾隆二十八年（1763）进士，未出仕即卒。幼颖悟，为文出入经史，里中党贤者往往出其门下。性和平，不干以私，因此不谐流俗，士林推重。族中也推其主事，并续修林氏家谱。生平行务笃实，复淹雅训，五十九岁卒。有《镜湖文集》。

林钟任，字莘田，林德仁之子，由廪贡选为训导。博闻强记，肆力考证。家富图籍，以学古为志，或造访文献质疑辩难，或于荒村破刹寻找金石遗文，好之不倦。六十七岁卒，有《江汉旧闻》三十卷，《江夏古迹考》十卷，《应山志稿》十二卷，《应山宾与事略》一卷，《宋四贤祠考》一卷，《禅宗录》一卷，《湖北复社名士考》二卷。

林钟侨，字蕙田，林德仁之子。天资朗澈，读书寓目不忘，道光时举人，

---

① （同治）《汉川县志》卷十六有林正纪、林德明、林祥绂传记，卷十七有林德仁、林德义、林钟任、林钟侨传记。《湖北诗征传略》卷九《汉川》有林正纪、林德仁传记。

官枝江训导。为官十七载未黜一人,枝江士人德之。工书画,山水花卉画作人争收藏。八十一岁卒,有《蕙田书画记》。

林祥绂,字穆堂,号轩臣,林德明之孙,林钟璠之子。嘉庆十四年(1809)进士,授河南知县,后为官泌阳确山。勤敏廉干,治绩显著,世所倚重。因耿介不合时宜,遂辞官归乡。学有根柢,初馆京邸,教授数年,多有名臣出其门下。六十六岁卒,有《条陈河南利弊书》二卷,《吴愉诗》一卷,《西溪诗钞》四卷。(同治)《汉川县志》录存其《上姚亮甫方伯书》《汋山蛟》。

34. 汉川程氏家族

主要指程廷杬、程煜父子。《汉川县志》《湖北通志》《湖北诗征传略》有传。

程廷杬①,字敬轩,乾隆七年(1742)明通进士。由松滋教谕擢升为连江知县,治海患及盗,有善政。为官之地连江、福清二邑,多佳山水,所至以文学饰吏,治事之余好登山。学问淹博,工诗、古文、词,有《南仿诗钞》。

程煜,字旸川,号旭亭,程廷杬之子,贡生。历任闽蜀,后擢拔为镇远知府、贵阳知府,有能声。为人老成,勤敏廉干,听断公允,办事认真,百姓爱戴。有《种榕堂集》《旭文诗草》。

35. 汉川刘氏家族

主要指刘振智、刘象益、刘贤佑、刘崇斌祖孙。《汉川县志》《湖北诗征传略》有传。

刘振智②,字若愚,号虚谷。天资英敏,性格恬雅,博学能文。举荐未被用,遂纵诗酒,往来荆襄间,怀才不遇早逝。工吟咏,诗风雅健,著有《襄游草》《荆南诗稿》《若愚诗集》等。《湖北诗征传略》录存其诗《赠陆少府东隅》《襄游道中》。

刘象益,字向谦,号损斋,刘振智之子,为诸生。嗜学能文,早有声名,但

---

① 《湖北通志》卷一百三十八有程廷杬传记。(同治)《汉川县志》卷十六、《湖北诗征传略》卷九《汉川》有程廷杬、程煜父子传记。
② (同治)《汉川县志》卷十七、《湖北诗征传略》卷九《汉川》有刘振智、刘象益传记。

科举不顺。父亲早逝时，年方十岁，父亲遗稿散佚，稍长亦嗜诗，追寻其父荆襄旧游，遍搜零章断句付梓刊行。好善乐施，多助乡人，晚年好与诸名流饮酒赋诗，自号"顽石道人"。有《顽石山房集》。《湖北诗征传略》录存其诗《读程是庵先生遗稿》《吟》。

刘贤佑①，字自天，号辅臣，刘象益之子，为诸生。性格恬静，言行和谨，遇有疑难不张惶而事立办，事亲至孝。诗存不多，朴茂如其人，有《顽石山房稿》，五十二岁卒。《湖北诗征传略》录存其诗《枕上口占》。

刘崇斌，号春舫，刘贤佑长子，为诸生，官训导。性澹泊嗜学，得官不赴，卜居桃树瀊，栽花饮酒以自娱。有《桃瀊集》，诗歌俊逸，多佚不存。《湖北诗征传略》录存其诗《对月》。

36. 汉川秦氏家族

主要指秦之炳、秦敦承、秦敦原、秦笃辉、秦笃新、秦笃庆、秦本炽、秦本祖。《汉川县志》《湖北通志》《湖北诗征传略》有传。

秦之炳②，字谦伯，号汉陆，乾隆进士。少颖悟，好学深思，尝暑夜抄书，蚊针盈背，不拂拭。官知县，后归田，号"遂农老人"，优游林下二十余年。著有《廷曜堂诗文集》，《春秋说略》二卷，《廿三史评》八卷，《遂农杂记》四卷，《壶关县志》十八卷。（同治）《汉川县志》录存其诗《壶关致仕，返汉川故里，扳留者众，诗以谢之》，文《壶关县志序》。

秦敦承，字任宣，号晓山，秦之炳之子，官湖南常德同知。力改不良世俗，判案公正。文笔超奇，有《湘游诗钞》四卷。《湖北诗征传略》录存其《咏史（二首）》。

秦敦原，字逢资，号襄坡，秦敦原同辈，嘉庆二十二年（1817）进士。初任河南南召知县，除奸弭盗，振兴书院不遗余力。以政绩卓异调滑县，南召送行之民颇众。为官滑县期间，变革风俗，治理决堤，颇有政绩。八十三岁

---

① （同治）《汉川县志》卷十六有刘贤佑传记。《湖北诗征传略》卷十《汉川》有刘贤佑、刘崇斌传记。
② （同治）《汉川县志》卷十六有秦之炳、秦敦承、秦敦原、秦笃庆、秦笃辉传记。《湖北诗征传略》卷九《汉川》有秦之炳、秦敦承传记。

卒。著有《四书注说》二卷,《树百山房集》四卷,《客游诗草》二卷。

秦笃辉①,字山子,号榆村,秦敦承子。幼时丧父,事母至孝。及长,学习于江汉书院,得山长陈愚谷器重。治经兼取汉宋,文出入汉唐,诗则规补唐人,沿及宋元,擅长书画。著有《易象通义》十六卷,《经学质疑录》二十卷,《警书》两卷,《平书》四卷,《读史剩言》四卷,《墨缘馆集》三卷。(同治)《汉川县志》录存其诗文《读史臣道篇一》《与吴沧斋学使论政书》《汉川杂咏》《甑山怀古》。《湖北诗征传略》录存其诗《古意》《示子》《书万草帘诗集后》《荆州怀古》《长相思》。

秦笃新,字凤门,秦笃辉之弟,秦敦忠之子。官知县,有政声,后乞病归家。诗多真率不假雕饰,著有《归田杂咏》。《湖北诗征传略》录存其诗《又书严先生祠堂记后》及若干诗之佳句。

秦笃庆,字季储,号云皆,秦之柄之孙。九岁能文,就童子试为有司所器重。因廪贡授训导,初署江陵,为受冤士子平反,再为荆门学正,以疾卒。懂医术,救活者多。著有《学校通考》,《名医列传》六卷。

秦本炽,秦笃庆之子,生平记载简略,(同治)《汉川县志》载其著有《珊台杂记》四卷。

秦本祖,字香谷,秦本炽同辈,贡生。世其家学,主讲南湖、天中、宛南与景贤各书院。著《薇荫阁集》凡二十余种。

37. 汉川李氏家族

主要指李先华、李先英兄弟。《汉川县志》《湖北诗征传略》有传。

李先华②,号梅垞,其祖李祖材为乾隆进士。与其兄先英承其家学,诗文皆能。先英雍容和雅,先华孤峭自喜。好吟咏,经常与邑中刘海树、李雪坪、秦榆村,天门甘禹门、邹白民相互唱和,每有诗文出则传诵,有《梅垞诗存》。《湖北诗征传略》录存其《与海树过沙台废寺》等诗。

李先英,字芸阁,李先华之兄,能诗。但作品未见记载。

---

① 《湖北通志》卷一百五十二《人物志·文学传》有秦笃辉、秦本祖传记。
② (同治)《汉川县志》卷十七有李先华传记。《湖北诗征传略》卷九《汉川》有李先华、李先英传记。

38.汉川万氏家族

主要指万方春、万方青兄弟。《汉川县志》《湖北诗征传略》有传。

万方春①,字蔼如,号碧山。为人清谨和易,与物无忤。弱冠丧偶不娶,中年家益衰落,布衣疏食自得其乐。能诗,善"八分书",工绘事。老而弥健,白发朱履,望之若地行仙人。预知死期,召故人旧亲来酌,一笑而逝。作品未见史载。

万方青,字草藻,嗜学能文,善谐谑诗歌,天门熊士鹏称之。虽有文名,但经历坎坷,晚年好道术兼能医,六十余卒。作品未见记载。

39.黄陂金氏家族

主要指金光杰、金国均父子。《黄陂县志》《湖北诗征传略》有传。

金光杰②,字殿山,为诸生时,即有盛名,屡试冠军,嘉庆二十五年(1820)进士。授翰林院编修,历任河南道监察御史、福建道监察御史、兵科给事中等职。喜汲引后学,曾为顺天同考官,所得皆老成士,时人称赞。(同治)《黄陂县志》录存其文《重修双凤亭记》《改修京都邑馆南院记》,《湖北诗征传略》录存其诗《道出洧川寄怀潘西梅》《梅节母哀词》。

金国均(1814—?),字可亭,金光杰长子,天生颖异。道光十八年(1838)进士,高中榜眼。由翰林院编修为翰林院侍读、上书房行走,所选拔多名士。性豁达大度,不慕荣利,不屑奔竞,为时所推重。丁宿章曾读其七古长篇,在《湖北诗征传略》中评曰:"笔利如干将莫邪,锋芒所到,辟易千人,洵不易才也。"作品未见记载。

40.孝感夏氏家族

主要指夏熙臣及其族人夏嘉瑞、夏章瑞、夏光沅、夏策谦、夏立中、夏力恕、夏扶英、夏端榆等夏氏多才子弟。《孝感县志》《湖北通志》《湖北诗征传略》有传。

---

① (同治)《汉川县志》卷十七、《湖北诗征传略》卷十《汉川》有万方青、万方青传记。
② (同治)《黄陂县志》卷八《人物志》、《湖北诗征传略》卷十一《黄陂》有金光杰、金国均传记。

夏谟①,字敬陈,为诸生。性端重,谢绝一切俗士粉华之习。究心理学,并讲究实践,邑士多称之,尝倡修邑志。入《孝感县志·文苑传》《湖北通志·文学传》,但作品不详。

夏嘉瑞,字人淑,号葵庵,年十六补邑博士弟子员。与刘子庄、熊伯友结社晴川,独执牛耳。诗文奥衍雄深,五言极清婉可诵,近体似学宋人,类陆游。志愿高迈,不问田舍,终以穷困而死。(光绪)《孝感县志》载其著有《松云诗草》,陈名夏为其集作序称曰:"太白仙才,居易人才,长吉鬼才,嘉瑞殆兼之。"并录存其《壬辰忧旱》。《楚诗纪》录存其诗《山怀》《野适》《泛舟》《园居五首》《淡藻园小况》《次韵酬董心水》《咏怀》《山中》《北山》,《湖北诗征传略》录存其诗《山怀》《又登黄鹤楼》。

夏章瑞,夏嘉瑞之弟,才与其兄齐名,可惜早卒,未见作品记载。

夏光沅,字兰谷,夏嘉瑞之侄,廪生,见知于提学蒋永修。其文陈言务去,尽扫浮艳,极深研究,著有《易经解》《太极图语》《语录格言》,诗文杂集等三十卷。《湖北诗征传略》录存其诗《旅次有怀弥嵩和尚》佳句。

夏熙臣②,字无易。祖父夏时亨在明熹宗天启二年(1622)中进士,累官至四川参政。父夏□,贡生。熙臣少孤,七岁能文,有神童之称,补诸生。以岁贡为官通城教谕,迁安陆府教授。素以文知名,而诗尤工,著有《巢云阁集》,后有《匏尊山人诗集》十七卷,《慕严诗略》《紫玉箫乐府》等,才情富赡。

夏策谦③,字恭占,康熙时举人。性情嗜学,老而弥笃。由蕲水教谕迁宝庆,教授《尚书》。性格耿直,不附权贵,涂天相以博学鸿词推荐,称疾不赴,九十一岁卒。未见作品流传。

夏立中,字映川,夏策谦之子,康熙六十年(1721)进士,授庶吉士。少勤学,每夜课鸡鸣方就。十五岁便以五经冠童子军,通宵达旦研究经义,后

① (光绪)《孝感县志》卷十五《人物志·文苑传》有夏谟、夏嘉瑞、夏光沅、夏立中传记,《方正传》有夏策谦传记,《理学传》有夏力恕传记。
② 《湖北通志》卷一百五十二《人物志·文学传》有夏熙臣、夏谟、夏嘉瑞、夏光沅传记。
③ 《湖北通志》卷一百五十二《人物志·文学传》有夏策谦、夏立中、夏力恕传记。

主湖南集贤书院,雍正元年(1723)卒于京。未见作品流传。

夏力恕①,字观川,号濃农,夏策谦次子,与其兄夏立中同榜进士,选授翰林院编修。曾为雍正癸卯顺天府乡试考官,甲辰山西正考官,预修《明史》。因奉养母亲告老还乡不仕,家居三十年。其论学务在穷理,随事体认以求其端。溺于学至老不衰,经术湛深宏通,博雅伟然,好接引后进,为一代儒宗。尝修《湖广通志》,主讲江汉书院,以著述为务,作品甚富,诗尤用力,颇有"建安七子"之长,曾雄冠诗坛。(光绪)《孝感县志》载其著有《易说二卷》《菜根堂札记十二卷》《菜根堂文稿》《菜根精舍诗十二卷》《瓠樋山人诗集十七卷》,并录存其《白云砦》《夏仲子钓台》。《湖北诗征传略》录存其中佳句。

夏扶英,字根晦,号雨山,夏力恕之子,雍正举人,官湖南永兴知县。少承家学,诗宗"三李",为时传诵,有《雨山诗草》。《湖北诗征传略》录存其《江行》《秋晓》《赠人》。

夏端榆,字醇木,夏力恕之孙,乾隆时举人,为翰林院典簿。《湖北诗征传略》录存其《千台学诗底本偶成》。

41. 孝感屠氏(屠沂)家族

主要指屠沂、屠溶兄弟。《孝感县志》《湖北通志》《湖北诗征传略》有传。

屠沂(？—1725)②,字艾山,康熙三十三年(1694)进士。初授蔚县知县,历任陇州知州、吏科给事中、顺天府尹、左副都御史等职,后官至浙江巡抚。时发旱灾和海潮,屠沂积极储粮及建造石塘和草塘,民赖其利。有《双峰诗集》。(光绪)《孝感县志》录存其诗文《重修孝感会馆记》《述怀》《和邑侯梁公西湖书院韵》,《湖北诗征传略》录存其诗《述怀》。

屠溶,字润九,屠沂之弟。明末遭乱世,孤贫废学,有亲戚批评之,遂发愤读书。后举于乡,康熙朝进士,为官古田知县。性果决有为,八闽之变时

---

① 《湖北诗征传略》卷十三《孝感》有夏力恕、夏扶英、夏端榆、夏光沅传记。
② (光绪)《孝感县志》卷十四《人物志·臣林传》有屠沂传记,《方正传》有屠溶传记。《湖北通志》卷一百三十八有屠沂传记。《湖北诗征传略》卷十二《孝感》有屠沂、屠溶传记。

守城无援,城陷被执,因病免杀,贼平后削籍归乡。曾作生前讣文《苦节录》以明志,但未传。《湖北诗征传略》录存其《当年入海问三山》和《风萧萧兮剑光寒》。

42. 孝感程氏家族

主要指程大吕、程大皋兄弟及程大吕四子。《湖北通志》《孝感县志》《湖北诗征传略》有传。

程大吕①,字文载,号天台,康熙十二年(1673)进士。垂髫之时即端重如成人,力学嗜古,凡经史、坟索、禹穴、汲冢之书靡不含咀精研。一心向学,不求仕进,言行严谨,士林敬惮。康熙十七年(1678)以博学宏辞荐试,未及卒。诗文援笔立就,著有《天台子诗文集》十余卷。

程大皋②,字鹤林,号韩洲,程大吕之弟,县庠生,亦有诗名。作品未见记载。

程大吕之子维祉、光祁、光祐、光祀,史载皆以才学闻名,遗憾生平记载简略,未见作品流传。

43. 孝感乔氏家族

主要指乔远炳、乔远瑛兄弟。《孝感县志》《湖北通志》《湖北诗征传略》有传。

乔远炳③,字黻文,乾隆五十八年(1793)进士,由庶吉士累官户部员外郎。少有文名,学力深邃,诗尤淳古,卓然成一家言。有《续香斋诗赋文钞》《读史存质集》。《湖北诗征传略》录存其佳句。

乔远瑛(1761—1823)④,字赍山,乔远炳之弟,乾隆五十五年(1790)进士。历任户部主事、员外郎、山东道御史等职,后官通政。诗笔婉丽,近体尤

---

① (光绪)《孝感县志》卷十五《人物志·文苑传》、《湖北通志》卷一百五十二《人物志·文学传》有程大吕传记。
② 《湖北诗征传略》卷十二《孝感》有程大皋简要记载。
③ (光绪)《孝感县志》卷十四《人物志·臣林传》、《湖北诗征传略》卷十三孝感有乔远炳、乔远瑛传记。
④ 《湖北通志》卷一百三十八有乔远瑛传记。

雅似陆游。《湖北诗征传略》录存其诗《赠严石舫》《官邑令》《游友人别业》《漫兴》。

44. 孝感萧氏家族

主要指萧镇、萧炼兄弟。《孝感县志》《湖北诗征传略》有传。

萧镇①,字石舟,为解元,乾隆五十三年(1788)进士,官御史。诗笔清脱,自写性灵,不肯寄人篱下。《湖北诗征传略》录存其《金陵杂咏》《赤壁》《小孤山》《香岩》。

萧炼②,字丹台,萧镇之弟,性耽禅。至京城探望其兄,与一时士大夫相唱和,遂以诗名。后主讲易州书院,宦游所至郡守邑令都请其为参幕或司教,时与僚友唱和。才学敏赡,(光绪)《孝感县志》载其著有《自娱集十八卷》,并录存其诗《白云山纪事歌》。《湖北诗征传略》录存其《赠雪亭》等诗及佳句。

45. 孝感王氏(王宗璟)家族

主要指王宗璟、王佐臣父子。《湖北诗征传略》有传。

王宗璟③,字石庵,官知州。多才嗜学,好奖后进,有两汉循吏之风。诗稿中多杰作,《湖北诗征传略》录存其《宝树庵》《渡江》《山晓》《山暮》《病感》《接福庵》《雨后山行》《客中赠人》《沽酒》等诗及佳句。

王佐臣,字印台,王宗璟之子,雅以诗名大噪邑中,可惜全诗流传较少。《湖北诗征传略》录存其诗中佳句若干联。

46. 孝感王氏(王瓒)家族

主要指王瓒、王国源、王国浩父子。《湖北诗征传略》有传,但记载简略。

王瓒④,号西圃,《湖北诗征传略》录存其诗《访熊涧斋不遇》。

---

① 《湖北诗征传略》卷十三《孝感》有萧镇、萧炼传记。
② (光绪)《孝感县志》卷十五《人物志·文苑传》有萧炼传记。
③ 《湖北诗征传略》卷十三《孝感》有王宗璟、王佐臣传记。
④ 《湖北诗征传略》卷十三《孝感》有王瓒、王国源、王国浩传记。

王国源,王瓒之子,诗学李白。《湖北诗征传略》录存其诗《读太白集》。

王国浩,字师孟,王瓒另一子,《湖北诗征传略》录存其诗《三更》《雪》。

47.孝感王氏(王佩杰)家族

主要指王佩杰、王佩兰、王佩蓉、王佩蒲兄弟。《湖北诗征传略》有传,但记载简略。

王佩杰①,字古田,《湖北诗征传略》录存其诗《咏菊》。

王佩兰,字秋亭,嗜古力学,善诗,尤工五古。《湖北诗征传略》录存其诗《杂感》。

王佩蓉,字采江。丰才嗜学,尤肆力于诗,与弟佩蒲一门酬唱,有《埙篪雅奏集》。因《澴城晚眺》中"沽酒店寒悬暮雨,读书台冷剩孤烟"一联而得名。

王佩蒲,字拙存,王佩蓉之弟。官秦中,归后筑拙园,林泉间为乐,以诗酒终老。《湖北诗征传略》录存其诗《拙园杂咏》。

48.孝感王氏(王兆春)家族

主要指王兆春、王兆伟兄弟。《湖北诗征传略》有传,但记载简略。

王兆春②,字梅岩,号澴樵。嘉庆时期举人,官教谕,著有《汲古山房诗稿》。其诗不多,佳句颇多,《湖北诗征传略》录其佳句几则。

王兆伟,字甫恬。《湖北诗征传略》录存其"雏鹭白莲花外立,老牛青草路边来"一句。

49.孝感王氏(王嘉亨)家族

主要指王嘉亨、王嘉宾兄弟。《湖北诗征传略》有传,但记载简略。

王嘉亨③,字云舫,诸生。《湖北诗征传略》载录其《西湖渔父吟》。

王嘉宾,字鹿苹,诸生。《湖北诗征传略》载录其《题画》。

---

① 《湖北诗征传略》卷十三《孝感》有王佩杰、王佩兰、王佩蓉、王佩蒲简要记载。
② 《湖北诗征传略》卷十三《孝感》有王兆春、王兆伟简略记载。
③ 《湖北诗征传略》卷十三《孝感》有王嘉亨、王嘉宾简略记载。

50. 孝感屠氏（屠之连）家族

主要指屠之连、屠道昕、屠道珍。《孝感县志》《湖北诗征传略》有传。

屠之连[1]，字云洲。幼沉静寡言，入室举目与同辈不同。长大苦学恒至夜分，学业大进，郡邑考试屡列前茅。嗜古好学不倦，品诣高洁，为乡里所称。但屡试不第，年逾三十遂绝意仕进，尽弃举业。著有《雪轩诗草》四卷，学于韦、孟，能升堂入室。（光绪）《孝感县志》录存其诗《游白云山谒大义祠》《澴阳古迹杂咏六首》，《湖北诗征传略》录存其诗《野望》《纳凉》《桃花洞》《赤壁怀古》。

屠道昕，字子如，屠之连兄弟屠之申之子，曾为江夏训导。《湖北诗征传略》录存其《仿崔王小品》。

屠道珍，字云卿，屠之申之女。《湖北诗征传略》录存其诗《读红楼梦》《岳阳楼》，诗意开阔，无脂粉气。

屠之申，字可如，号舒斋。道光举人，官至知县。

51. 沔阳费氏家族

主要指费尚伊、费启绪兄弟，以诗歌著名。《沔阳州志》《湖北诗征传略》有传。

费尚伊[2]，字国聘，号似鹤。万历元年（1573）举人，五年（1577）进士。选翰林院庶吉士，迁兵科给事中，出为陕西按察使金事。年甫三十即拂衣归乡，归卧林泉五十余年，日与故友畅饮唱酬，至老不衰。性孝友，捐年宅与昆弟。（光绪）《沔阳州志》载其著有《市隐园集》，并录存其文《观察苏公开河碑记》《参军公墓志铭》。《湖北诗征传略》录存其诗《雁字诗》《入郧怀何仁仲詹簿、陈还朴给事、邹孚如文选》《采芳洲再怀仁仲》。

费启绪，字雪艖，费国伊之弟。《湖北诗征传略》录存其与兄同题《雁字诗》。

---

[1]　（光绪）《孝感县志》卷十五《人物志·文苑传》有屠之连传记。《湖北诗征传略》卷十三《孝感》有屠之连、屠道昕、屠道珍传记。

[2]　（光绪）《沔阳州志》卷九《人物志·文苑传》有费尚伊传记，《湖北诗征传略》卷十四《沔阳》有费尚伊、费启绪传记。

52. 沔阳戴氏家族

主要指戴俨、戴俊兄弟,二人皆擅才名,诗笔圆韵,一时有"二戴"之称。《沔阳州志》《湖北诗征传略》有传。

戴俨①,字恪成,号惺亭,幼聪颖,工词翰,郡廪生。两任桂东校官,勤于课士,为人悫谨,淡泊自甘,接物和蔼。与其弟俊友爱唱和,淹贯性理,博雅工诗。(光绪)《沔阳州志》载其著有《偶然吟》《读书堂诗文集》。《湖北诗征传略》录存其诗《秋夜独坐》。

戴俊,戴俨之弟,(光绪)《沔阳州志》录存其文《重刻养余月令小叙》,《湖北诗征传略》录存其诗《枕流亭》。

53. 沔阳刘氏家族

主要指刘泗道、刘揆、刘兴樾、刘兴藻。《沔阳州志》《湖北诗征传略》有传。

刘泗道②,字杏垞,贡生。性孝友,跟从兄刘揆游学,肄业于国子监。工六法,尤其得颜真卿风骨,晚年右指废,为左腕弥见浑劲,巡抚杨怿曾等多题咏左腕之妙。诗笔隽永,(光绪)《沔阳州志》载其著有《短笛吟诗》《杏垞文钞》《诗经蒙训》,《湖北诗征传略》录存其诗《杂兴》。

刘揆,刘泗道之兄,(光绪)《沔阳州志》载其著有《玩草园文集》《玩草园诗集》。

刘兴樾,字荫乔,号梧孙,刘泗道之子。少负隽才,以廪贡就京职。历燕赵河洛、齐鲁吴越诸名胜,皆纪以诗,自号"海岳行吟客",一时名流皆延为上宾。所绘《梁园醉雪图》《海岳行吟图》,题咏殆遍。诗才敏捷,风发泉涌。工行楷,曾书"江汉炳灵"四字刊石于黄鹤楼。(光绪)《沔阳州志》载其著有《墨花草堂文集》一卷,以及《梧孙行吟草》。《湖北诗征传略》录存其《和咏梅》《泛水》《大梁怀古》《繁台四首》《游梁祠》《包孝肃祠》等诗。

---

① (光绪)《沔阳州志》卷九《人物志·孝友传》有戴俊传记,《笃行传》有戴俨传记。《湖北诗征传略》卷十四《沔阳》有戴俨、戴俊传记。
② (光绪)《沔阳州志》卷九《人物志·文苑传》有刘泗道、刘兴樾传记。《湖北诗征传略》卷十四《沔阳》有刘泗道、刘兴樾、刘兴藻传记。

刘兴藻,字少泉,刘兴樾兄弟,贡生,官教谕。诗清华朗润,笔无纤尘,自是大家,有《白醉山房诗草》,但诗留存不多。《湖北诗征传略》录存其《铜陵早雾》《月夜》两首。

54. 沔阳高氏家族

主要指高元美、高山兄弟。《湖北通志》《沔阳州志》有传。

高元美①,字长人,居城东隐林,故号隐林。幼时便工文辞,年十三冠于其辈,彭而述奇其才,补弟子员。康熙朝科举不顺,遂绝意仕进,力学嗜古,以琴酒自娱。诗宗陶柳,书法赵文敏,画仿倪云林。(光绪)《沔阳州志》载其著有《寄山堂集》。

高山,高元美之弟,字子仁,亦有俊才。能诗,画山水尤其闻名,深得元人笔意。作品不详。

55. 沔阳傅氏家族

主要指傅卓然、傅梯父子。《湖北诗征传略》有传。

傅卓然②,字太斋,道光举人,官同知。粤寇攻楚,毅然组织民众抗贼,赖其力清肃楚境。视之若恂恂书生,处事变却能镇定。口未尝论诗却工诗,(光绪)《沔阳州志》载其著有《半溪草堂诗稿》四卷附《青陔遗稿》一卷,《文稿》二卷。《湖北诗征传略》录存其《从军行》《古村晚云》《武侯》《鹭欧杨萼》《为星海题八千卷书庐图》《贾太傅祠》《赠黄伴莲》《子陵钓台》《归家》《躬耕大别山》《怀王孝凤京卿》等诗。

傅梯,字青阶,青年多才,敏于文,下笔千言。诗根柢盘深,出自骚辩,擅长五言和七言,遗憾早逝。《湖北诗征传略》录存其《书感》《望弟松阶不至》《寄李汉城邓希》《秋夜》《别友》《读史》等诗。

---

① (光绪)《沔阳州志》卷九《人物志·文苑传》有高元美传记。《湖北通志》卷一百五十二《人物志·文学传》有高元美、高山传记。

② (光绪)《沔阳州志》卷九《人物志·文苑传》有傅卓然传记。《湖北诗征传略》卷十四《沔阳》有傅卓然、傅梯传记。

第三节　清朝黄州府文学家族

56. 黄冈万氏家族

主要指万尔昌、万尔升、万年茂、万年丰、万承宗、万廷琯。《黄州府志》《黄冈县志》《湖北通志》《湖北诗征传略》有传。万氏家族为黄冈望族，名人辈出，除前述之人外，还有万为恪、万绅祖、万廷望、万廷璧、万希宗、万鼎钦、万鼎洋、万鼎勷、万鼎恩、万鼎券等。

万尔昌（1610—1693）①，字师二，号颐庄，崇祯朝举人。少能文，好贤，尚气节。明末流寇乱，其母被执，号哭求代其母，贼感其孝，释之。明亡后，参与组织复社，试图恢复明朝。后隐居颐庄，遂以之为自号。与兄里春、尔升、永昶相师友，闭门撰述，与王一麌、杜于皇、胡承诺、顾景星友善，也为吴梅村推重为诗文宗匠，著有《颐庄诗文集》。《湖北诗征传略》录存其诗《归自黄州夜泊越矶》及其他佳句。

万尔升，字退修，万尔昌之弟。少为诸生，有声名于时。三十放弃科举，结茅而居，刻意为诗，著有《史求秋水岑诗集》《滋言集》。《湖北诗征传略》录存其诗《寓言十九》若干则。

万年茂（1707? —1796?）②，字少怀。曾祖万尔昌，祖父万为恪，父亲万绅祖，家学俱传于年茂。生而清英，十四岁即得到巡抚王士俊器重，称其为鼎彝法物。乾隆元年（1736）进士，进入翰林院。为人淡泊名利，不结交权贵，每日与志同道合者如赵青黎、蔡新等人道义相切。敢于指陈时事，不避忌讳。归乡后杜门谢客，乐志养亲，时大吏慕其贤，请其在江汉各大书院讲学，九十岁乃卒。著有《周易图说》六卷。

---

① 《湖北诗征传略》卷十五《黄冈》有万尔昌、万尔升传记。
② （光绪）《黄州府志》卷十九《儒林列传》、《湖北通志》卷一百五十二《人物志·文学传》有万年茂、万承宗传记。（光绪）《黄冈县志》卷十《儒林列传》有万年茂传记，《文苑传》有万承宗传记。

万年丰①,字武溪,万为恪之孙,乾隆时举人。以知县借补浙江石堰盐课大使,革除利病,奉檄丈勘沿海圩田,公正无私,归乡时笥中仅端溪石数片而已。嗜学工诗,但作品不详。

万承宗(1775—1857),字梓岩,万年茂之子。嘉庆十九年(1814)进士,选为庶吉士,改都匀知县,擢为知府。历大定、平越两郡,有慈惠声。归田后主荆南书院,不久又主江汉书院。当年其父万年茂掌教江汉时,承宗生于讲舍。生平于书靡不窥,年老仍好学。修《江陵县志》,又与同邑人张履恒共修《问津书院志》。典籍详赡,车服礼器考据特精,著有《引山堂诗文集》。《湖北诗征传略》录存其诗《书示子勷》《小孤山》。

万廷琯(1718—1782),字武皋,一字虞华。先祖为万尔昌之弟万里春,明末隐士诗人。乾隆时拔贡生,授合江知县。平定盗贼,不因国家出征缅甸事扰民。五年罢归,研文习字。力学为文,峭倩似柳宗元,楷书尤称绝技。作品不详。

57. 黄冈王氏家族

主要指王用予、王泽宏、王材升、王材成、王材振、王材任等人,以诗文著称,又以王泽宏、王材任最为知名。王氏属于六朝琅琊王氏后裔,祖籍山东临沂②,王泽宏十世祖迁至黄冈,遂定居于此。家族由明入清,但主要活动在清朝,因此归入清朝文学家族。《黄冈县志》《湖北通志》有传。

王用予,崇祯时进士,擅长诗赋,官至礼部尚书。作品不详。

王泽宏(1626—1708)③,字昊庐,一字涓来,王用予之子,由明入清,顺治十二年(1655)进士。与其父一样,仕途顺利,官至礼部尚书。为官一心为民,直言能谏,受到朝野称赞。以老辞官后,作诗著书,有《鹤岭山人诗集》十六卷,收于《四库全书》。

王泽宏有六子:王材升、王材成、王材振、王材任等。王材升,贡生,擅长

---

① （光绪）《黄州府志》卷二十一有万年丰、万廷琯传记。
② 另有一说,根据王氏族谱,王用予这支王氏祖籍江西吉安。
③ （光绪）《黄冈县志》卷十《文苑传》有王泽宏、王材任传记。

写诗,亦有诗名,但作品不详。王材振辑王泽宏佚诗入《鹤岭山人诗集》,文才尤其出众的是王材任。

王材任(1653—1739)①,字子重,一字擔人,王泽弘仲子,康熙十八年(1679)进士。入翰林,但不肯留京,归乡益致力于学。后因文采出众,被选为员外郎,官至佥都御史。为人清介平允,弹劾不避权贵,不久告归,常寓居常熟虞山之西涧,遂自号"西涧老人"。著有《望云集》《南沙集》《叠韵诗》等,统称《尊道堂诗钞》。另有《复村集杜诗》一卷,见于今人编著的《清代诗文集珍本丛刊》②。王应奎《柳南随笔》载:"进士鲜有至五六十年者,康熙己未进士至乾隆己未犹在,而得与后辈称前后同年有两人焉。一为益都赵赞善秋谷,一为黄冈佥都西涧。时西涧年八十七,秋谷年八十。王重听,赵失明。两公耳目各废其一而不废吟咏。"③可见王材任对写诗的热爱。父子两人因诗名在当时影响颇大。

58. 黄冈曹氏家族

主要指曹本荣、曹宜溥父子,以理学、诗文著称。家族由明入清,主要活动在清朝。《清史列传》《黄冈县志》《黄州府志》《湖北通志》有传。

曹本荣(1622—1665)④,字木欣,一字厚奄,出身书香门第。少时学习于问津书院,深受王阳明学说启发。顺治六年(1649)进士,入庶吉士馆,师从名儒胡此庵。在翰林院学习、编书期间,写了大量著作。曾为顺治讲《易经》,历任右春坊右赞善、国子监司业、秘书院侍讲、翰林院侍读学士等职。为清初著名理学家,理学著作有《五大儒论》《五大儒语要》《周张精义》《圣学疏略》《格物致知说》等,但都散佚。还有《易学通注》,《居学录》(现只存自序一篇)。曾主持编修《奏议稽询》四十四卷,但亡佚,《古文辑略》十四卷,收入《四库存目丛书》。现还存诗《杂咏》一首。

---

① 《湖北通志》卷一百五十二《人物志·文学传》有王材任传记,略及王材升。
② 陈红彦、谢冬荣、萨仁高娃编著:《清代诗文集珍本丛刊》,国家图书馆出版社2017年版。
③ 王应奎:《柳南随笔》卷六,清乾隆亲仁堂刻本。
④ 《清史列传》卷六十六有曹本荣传记。《湖北通志》卷一百五十二、(光绪)《黄冈县志》卷十九《儒林传》有曹本荣传记,并附曹宜溥简要记载。

曹宜溥①,字子仁,曹本荣之子。笃好经学,长于诗文,早年求学于问津书院。经湖广巡抚张朝珍荐举,在康熙举行的博学鸿词科考试中,试列二等,授翰林院检讨,修纂《明史》。著有《凤冈诗集》,可惜今已失传。

59. 黄冈陈氏家族

主要指陈肇昌、陈大章、陈大华、陈师栻等人,以诗文著称。《黄州府志》《黄冈县志》《湖北通志》有传。

陈肇昌②,字扶昇,顺治十五年(1658)进士。授宝鸡知县,免除逋赋,累迁户部郎中,督学广东。当时战事较乱,能申明约束,培养岭表士风。擢金都御史、顺天府尹。朝中廷会,常从其议。生平好汲引人才,凡所推荐多为名臣,著有诗文集若干卷。《楚诗纪》录存其诗《望是故郫行次韵送毛子霞隐君归郫》《夏日阴风武昌》。六子陈大年、陈大章、陈大巩、陈大群、陈大华、陈大辇皆有名于当时。文学成就较高的是陈大章和陈大华。

陈大章(1659—1727)③,字仲夔。父陈肇昌非常注重子女教育,大章少时随父任前往广东,常常去听"岭南三大家"之梁佩兰和陈恭尹讲学,诗学大有进益,后游学于问津学院。康熙二十七年(1688)中进士,因才学得到康熙赏识,授翰林院庶吉士。但性情恬淡,因母亲病危辞官回乡,从此不再进入官场。筑室松湖,著书为终,著有《诗传名物辑览》一百卷,见于《四库全书》。另有《玉照亭诗钞》《北山文钞》《抱节轩笔记》《秋蓬集》《铜辅集》《敝帚前后续集》《读史随笔》等。

陈大华④,字西岳,陈大章之少弟。从小天资聪颖,十四岁时便因《与诸士泛舟鹦鹉州赋诗》声名鹊起。与其兄一起游学于问津书院,师从当时名

① 《清史稿》卷一百零九记载有曹宜溥。《康熙十八年博学鸿儒科综录》:曹宜溥,字子仁,号凤冈,湖广黄冈籍,江西东乡人。荫生,侍读学士本荣子,由湖广巡抚张朝珍荐举,试列二等,授翰林院检讨。
② 《湖北通志》卷一百三十九《人物志·列传》有陈肇昌传记。
③ (光绪)《黄州府志》卷十九《儒林传》有陈大章、陈师栻传记。(光绪)《黄冈县志》卷十《儒林列传》有陈大章传记,《文苑传》有陈大华传记。《湖北通志》卷一百五十二有陈大章、陈大华、陈师栻传记。
④ (光绪)《黄州府志》卷十九《文苑传》有陈大华传记。

儒陆陇其。二十二岁乡试第一。擅长诗文和书法,著有《书法绪言》《备论执笔之要》及《石髓集》诗六卷。遗憾的是英年早逝,卒时年仅三十二岁。

陈师栻,陈大华之子,中举后为德平知县,注重义学教育和帮助贫穷百姓,著有《敬义堂集》。

60. 黄冈叶氏家族

主要指叶封、叶道复父子。祖籍浙江嘉兴,后迁入黄州。《黄冈县志》《湖北诗征传略》有传。

叶封(1623—1687)①,字井菽,号慕庐,顺治十六年(1659)进士。初授延平推官,改登封知县,以经术治之。创嵩阳书院,讲学置田多所成就。辑《嵩山志》二十卷,又收汉唐以来金石文字为《嵩阳石刻集记》。回京任西城兵马司指挥,结交友人皆为当代名流,结社都门,鼓吹风雅。与田雯、宋华等人相唱和,作品被王士禛誉为"十子诗"。有《慕庐集》,《楚诗纪》录存其《白雪楼》《梅福宅》《曲水池》《王客堂》等诗十七首,《湖北诗征传略》录存其《众尊石》《北上次李坪驿别家兄暨怡西昆季》《保定道中九日》。

叶道复,叶封之子,诗有渊源。《湖北诗征传略》录存其"竹日千竿净,荷风五月凉"诗句,看似平淡,实浑然天成。《楚诗纪》录存其诗《秋日检校樊溪草堂》一首。

61. 黄冈宋氏家族

主要指宋敏求、宋敏道兄弟。《湖北诗征传略》有传。

宋敏求②,字懿怀,号勉斋,康熙十八年(1679)进士,为清代黄梅籍首位进士。先授庶吉士,再任检讨,后为四川乡试正考。《湖北诗征传略》录存其诗《送程棐三南旋》。

宋敏道,字白山,宋敏求之弟,康熙举人。《湖北诗征传略》录存其诗《辰溪道中》及《孤灯》诗句。

---

① (光绪)《黄冈县志》卷十《文苑传》有叶封传记,《湖北诗征传略》卷十六《黄冈》有叶封、叶道复传记。
② 《湖北诗征传略》卷十六《黄冈》有宋敏求、宋敏道简略记载。

62. 黄冈於氏家族

主要指於斯和、於心匡父子。《湖北诗征传略》有传。

於斯和[①]，字尔节，弱冠为诸生，应试不第，遂用力于诗、古文。好游名山大川，著有《周易假我编》《老狂吟》《复园还来草诗集》。曹本荣、王一翥、张洸为其集作序。

於心匡，字鼎来，於斯和之子。志行高洁，嗜读书，工诗文，千言立就，不加点逗。著有《纲鉴简正编》《振巴音诗集》。诗笔清圆，过于其父。《湖北诗征传略》录存其诗《秋夕湖上》。

63. 黄冈梅氏家族

主要指梅见田、梅儒宝兄弟。《黄冈县志》《湖北通志》《湖北诗征传略》有传。

梅见田[②]，字利五，号菊阶，拔贡。少时读书过目成诵，擅长诗、古文、词，尤邃于经学，受知于学使鲍觉生侍郎。著述颇丰，著有《周易义补》《洪范说》《卦锁钩》《易、四书费日笺》《土音会读》《见山楼诗集》等书，经学皆能发前哲所未发，然其著述散佚殆尽。《湖北诗征传略》录存其诗《拟陶渊明〈咏贫士〉》《书黄仲则太白墓诗后》《楼夜》。

梅儒宝，字瑞石，梅见田之弟，警敏嗜学，少与仲兄梅玉峰同受业于陈云村之门。幼时便耽于吟咏，出语便占头筹，因《黄鹤楼》佳句得其兄赏识。后为官不得志，卒于官，得同里邓献之帮助归其柩于乡，并刊其遗稿传于世。相较于梅见田的"学博邃于经学，而诗尤朴茂"，其诗"逸藻风飞情，文绮合天才"。《湖北诗征传略》录存其诗《短歌赠别菊阶兄》《后唐庄宗》《兼葭思友图》《山行》《重读桃花扇传奇》《赤壁怀古》《黄鹤楼送友之岳阳》《答赠献之》《有赠》《明湖晚步》《早渡雁门》。

64. 黄冈靖氏家族

主要指靖乃勷、靖道谟父子，以理学和方志学著称。《黄州府志》《黄冈

---

① 《湖北诗征传略》卷十六《黄冈》有於斯和、於心匡传记。
② （光绪）《黄冈县志》卷十《文苑传》、《湖北通志》卷一百五十二《人物志·文学传》有梅见田传记。《湖北诗征传略》卷十六《黄冈》有梅见田、梅儒宝传记。

县志》《湖北通志》《湖北先贤学行略》有传。

靖乃勷[1]，字敬奄。少时贫困，借书苦读，遂通经史，尤其精通"三礼"，对地方志也有研究。性格慷慨，有济世才能，康熙时山寇起，助于成龙平山寇有功。曾拜湖广提学副使蒋永修为师，著有《靖敬庵稿》。

靖道谟(1676—1760)，字诚合，靖乃勷之子，少年便以文学闻名荆楚。曾拜王心敬[2]、杨文定为师。康熙六十年(1721)中进士，选为翰林院庶吉士。曾任云南姚州知州，因病辞官归家，不再仕进。先后主讲于鳌山、白鹿洞、江汉各书院。有《中庸注释》《过庭编》《系辞解》《果园家训》《古文时艺》《书院讲义》《果园文钞》《果园诗钞》等著作。受其父影响，对地方志颇有兴趣，最突出的成就是对方志编撰的贡献，先后编纂了四部地方志：《云南通志》、《贵州通志》、《湖北下荆南道志》、(乾隆)《黄州府志》[3]，后人评价甚高。

65.黄冈钱氏家族

主要指钱崇兰、钱崇柏兄弟，同属清末"黄冈七子"。《湖北通志》有传。

钱崇兰[4]，字湘畹，笃学有俊才，工诗及骈体文。咸丰时举人，因科举不第，遂不再仕进。避粤贼之乱，与其弟崇桂、崇柏读书城山，名重一时。《湖北通志》载其著有《骈体文存》《湖畹古近体诗存》，并录存其文《朱小酉诗集序》《鸥波客舍唱和集序》《许枚卿先生诗集序》《奉答许枚卿师书》。

钱崇柏，字季贞，自号"城山樵叟"，钱崇兰之弟，咸丰时举人。为官沔阳训导，任满归乡，杜门吟诗。三次主持问津书院祭祀。好学，工文词，著有《思鹤山房诗文钞》十六卷。

66.黄安张氏(张希良)家族

主要指张百程、张希良、张希圣父子。《黄安县志》《黄州府志》《湖北通

---

① (光绪)《黄州府志》卷十九《人物志·文苑传》有靖乃勷、靖道谟传记。
② 王心敬，清代理学家，清代名儒李颙得意门生。一生无意仕途，志心致学，著述颇丰，主要成就在于儒家经学研究。曾主讲江汉书院。
③ 《湖北先贤学行略》："道谟文笔简洁，所作古文大半云南贵州二志及《黄州府志》各考证辩论之作，盖其生平精力俱在于是。"所以将其列入文学家族。
④ 《湖北通志》卷一百五十二《人物志·文学传》有钱崇兰、钱崇柏传记。

志》《湖北诗征传略》有传。

张百程①,字日辟,为诸生,以文学知名。笃学兼骑射,崇祯时流贼窜境,结堡保聚乡里,乡人多赖以保全。文章为士大夫引重,争相延聘,所赠遗都用以购书,著有《朴园文集》。《湖北诗征传略》录存其诗《答王子云》。

张希良②,字石虹,张百程之子。中举后为江夏教谕,修通志。康熙二十四年(1685)进士,授翰林院编修,分校礼闱,拟撰《五岳异名》《济渎源流》,大学士王熙称其可谓博物君子。后历左右春坊赞善,纂修《三朝国史一统志》《明史春秋讲义》《类涵》等书。累官侍讲,督学浙江。八十二岁卒。著有《春秋大义》《宋史删文章宿海》《格物内外编》诸书,还有《宝宸堂诗文集》《石虹集韵》。(光绪)《黄安县志》录存其诗文《上开府大中丞张公书》《节孝妇卢母匡氏传》《上赐御笔白羽扇赋临木赋(有序)》《仰天窝》《双山礜》《万槿园二首》《张邑侯鳌山书院题壁》,《楚诗纪》录存其诗《拟陌上桑》《采石怀李供奉》《寄赠悔人浣花寓居》《春池》,《湖北诗征传略》还录存其诗《万槿园一首》《陌上桑》)。

张希圣,字亚石,张希良之弟,邑庠生。学品纯正,博闻多识,遍览二十一史,邑令萧公请希圣为其子师。安陆有异物,人面鸟身,颔下髭须长三尺,众人皆不识。张希圣认出此为水征也,后果验证。官至南书房,五十而卒,有诗文遗稿藏于家,现未留存。《湖北诗征传略》录存其诗《重午同石虹兄登碓楚楼看雨》。

67. 黄安卢氏家族

主要指卢纬、卢经、卢绛、卢云凤等人。《黄安县志》《黄州府志》《湖北诗征传略》有传。卢氏在史上知名者甚多,除有作品流传的卢氏子弟外,还有卢绳慈、卢纯慈、卢纪慈等。

---

① (光绪)《黄州府志》卷二十二《忠义列传》有张百程传记。
② (光绪)《黄州府志》卷十九《文苑列传》有张希良传记。(光绪)《黄安县志》卷八《人物志·儒林传》、《湖北通志》卷一百五十二、《湖北诗征传略》卷十七《黄安》有张希良、张希圣传记。

卢纬①,号云浦,卢尔悌之子。卢尔悌,字以申,为人孝悌,盛德事甚多,有子九人皆知名。卢纬性颖敏,事亲孝,康熙时举人。授山阴知县,折狱多平反,集邑子弟读书于新阳明书院。后余姚诸暨有饥民作乱,单骑前往安抚,并输钱粟救济,使民安定。著有《麟经要义》《五经精义》《宜园集》《梅花吟》《草虫吟》《四书解》《三坟典要》等书。七子皆能世其业。

卢经②,字叔向,尔悌之子。顺治十五年(1658)进士,授兴化推官。时海贼犯闽,向上请求宽限百姓迁徙期限,使民得以从容转移。任期内治理疑狱,救活死囚二十三人。著有《长安秋兴稿》。(光绪)《黄安县志》录存其文《奉直大夫彭公传》,《湖北诗征传略》录存其诗《秋日忆故园中二偶》。

卢绛,字荇浦,尔悌之子。康熙时举人,为监利教谕,修葺学宫,士多所成就。升为绛县知县,为官清廉。后升都察院经历,以疾告归。以经术为吏治,故所至有声望。著有《春秋阐微》行于世。(光绪)《黄安县志》录存其文《学宫告成赋(为刘邑侯作)》。

卢云凤③,卢尔惇之孙,卢纯慈之子,为诸生。明末卢尔惇为巴州知县,抗节而死,卢纯慈子身一人寻其遗骸,不获而归。卢云凤继承父志,复两次入川觅其祖父骸,未获,乃具棺材招魂葬之。品学素优,知县李行修请为乡饮宾,复请为社学老师。著有《巴州公案》《巴游草卧堂存稿》。

68. 黄安张氏(张孝坦)家族

主要指张孝坦、张智坦、张忠坦兄弟,三人皆以文章品诣为时推重。《黄安县志》《黄州府志》《湖北诗征传略》有传。

张孝垣④,号兰谷诸生。有诗名于时,但因科举无名,邑志不为其立传。(光绪)《黄安县志》录存其诗《重修邑志歌行体》《七言近体(二首)》,除《重修邑志歌行体》外,《湖北诗征传略》另录其诗《咏怀》佳句。

---

① (光绪)《黄安县志》卷八《人物志·儒林传》有卢纬、卢经、卢绛传记,(光绪)《黄州府志》卷十九《儒林列传》有卢纬传记。
② (光绪)《黄州府志》卷二十一《宦迹列传》有卢经、卢绛传记。
③ (光绪)《黄州府志》卷二十三《孝友列传》有卢云凤传记。
④ 《湖北诗征传略》卷十七《黄安》有张孝垣简要记载。

张智坦①,字缜圃,邑庠生。品学纯粹,敦孝友笃,重诺好施。以家产修建私塾,延请老师帮助族人和里中之人,为乡里敬重。家已渐落,但豁达如故,坐客恒满,七十三岁卒。具体作品不详。

张忠坦②,字笏山,乾隆三十六年(1771)进士。历任宜都、房县教谕,后归乡。为人伟岸丰仪,一生敦厚,讲经不倦,以文会形式奖掖后进。遇饥捐助,遇匪保障一方,卒年六十五岁。具体作品不详。

69. 广济张氏(张步云)家族

主要指张步云、张皆然、张惟金、张礼源、张溥源等。《广济县志》《湖北诗征传略》有传。

张步云③,字子龙,嘉靖举人。任平定州学正,迁知太平府,因判案忤监司意罢归。当时长堤两次决堤,五县被淹,八十四岁的张步云上书数万言,并捐金修筑,为民造福多年。(同治)《广济县志》载其有《苾刍廋阁集》,并录存其诗《刘使君新建四高楼》,此诗也为《湖北诗征传略》录存。

张皆然,字匪誉,张步云后裔,为诸生。自张步云起张氏以诗文闻名江汉间,家学便沿袭而下,代有才人,至皆然而益显明。但山居治圃不与人事,若兴至即景成诗,有客进门也不接待。有《两易子集》。

张惟金,字贡方,号一斋,张步云曾孙。八岁读书,一目数行。家道中落,家产悉推以与弟,自己肆力于学,补邑诸生,试则为冠。性敏好学,尤敦内行,得到同里金会公器重,请为家塾教其子。康熙时举人,官江陵教谕,年八十八卒,学者私谥曰"贞文"。诗文新奇磊落,(同治)《广济县志》录存其诗文《六贤祠记》《次韵刘明府泛湖之作》,《湖北诗征传略》存录其诗《读胡教庵先生语录书后》。

张礼源,字庸五,号念渠,张惟金之子。少颖异,诗有父风,以《黄鹤楼

---

① (光绪)《黄安县志》卷八《人物志·儒林传》有张智坦、张忠坦传记。(光绪)《黄州府志》卷二十四有张智坦传记。

② (光绪)《黄州府志》卷十九《文苑列传》有张忠坦传记。

③ (同治)《广济县志》卷七《人物志·仕绩传》有张步云传记,《文苑传》有张皆然、张礼源传记,《儒林传》有张惟金传记。《湖北诗征传略》卷二十《广济》有张步云、张皆然传记。

赋》知名当世。有《浥鹤轩诗文集》。(同治)《广济县志》录存其《登江心阁次韵》《鲍照读书台》,《湖北诗征传略》还存录其诗《过白茅堂谒顾赤方先生遗像感赋》。

张溥源,张惟金另一子,史载生平极其简略。诗歌冲淡,不在其父之下。但作品不详。

70. 广济舒氏家族

主要指舒其志、舒默、舒芝生、舒并生、舒观生、舒逢吉、舒峻吉,家族由明入清,因主要生活在清代,遂归入清朝文学家族。《广济县志》《黄州府志》《湖北通志》《湖北诗征传略》有传,有的人物史载生平极其简略。

舒其志[①],字元诸,万历二十三年(1595)进士。初任行人,授四州分守、四川督学,许多重臣、进士皆出其门下,有识人之才。后官至江西布政使,为官清廉,卓有循名。《湖北诗征传略》录存其诗《白水寺》一首,另有诗《宿卧云庵》。"白水澄空界,青莲问法华"这副峨眉山万年寺的楹联流传至今。

舒默,字贞亭,舒其志之子,为诸生。倜傥有大志,尤工诗、古文、词。作品不详。

舒芝生,字瑶草,舒其志之孙,舒默之子。诗、古文皆有名,副贡生,官麻阳教谕。性孝友父母昆弟,好施予。以著述世其家,(同治)《广济县志》载其有《十洲偶集》,并录存其诗《同王小资寻秋灵谷》《容园》《石牛霜公》《春风桥》。

舒并生,舒观生,舒芝生二弟,皆能诗,以古文词称雄江黄间,三兄弟有"三凤"之称。舒并生,字思,兼古诗,近汉魏,《湖北诗征传略》录存其《同王小资寻秋灵谷》,另录存舒观生诗《江上阁》。

舒逢吉[②],字康伯,舒其志曾孙,康熙时贡生。天资敏捷,文不加点,兼娴韬略。曾为副总兵王宗臣幕僚,讨山贼出谋划策有功。后任浏阳训导,上官知其有才,让其摄县事,判决如流,狱多平反。著有《综雅论》一百卷,诗

---

① (同治)《广济县志》卷七《人物志·仕绩传》有舒其志、舒芝生、舒逢吉传记,《文苑传》有舒峻吉传记。《湖北诗征传略》卷二十有舒其志、舒默、舒芝生、舒并生、舒观生简略记载。
② (光绪)《黄州府志》卷十九《文苑列传》有舒逢吉、舒峻吉传记。

文集二十卷。(同治)《广济县志》录存其诗《九日饮山长斋头》,《湖北诗征传略》录存其诗《九日饮王山长斋》。

舒峻吉,一作舒峻极,字渐鸿,舒逢吉之弟,与其兄皆以文行知名,而才过其兄。自少随父交海内贤豪,归乡里补诸生。但久不中,遂放弃科考专攻诗和古文,旁通金石篆法,行草尤酷似米芾。为人抗直任侠,把女儿许配给好友遗孤,行为多有气节。(同治)《广济县志》载其著有《韦园集》十卷,并录存其诗《青林湖杂感》《青林行》《入东街》《送王恂度廷试》。

71. 广济张氏(张仁熙)家族

主要指张楚伟、徐元象、张仁熙、张佳晟、张佳昶等人,以诗文著称。张氏自明入清,因张仁熙父子多生活在清代,将其归入清朝文学家族。张氏为广济县大家,代有显人。《清史列传》《广济县志》《湖北通志》《黄州府志》有传。

张楚伟[1],字小损,号雪巅,明朝天启年间举人。好义任侠,喜为人解纷难。工诗,好游,所至处皆有诗,著有《雪巅集录》。妻子徐元象,字奇孺,也工诗,年十二即能文善书,但因生产早卒。历史下留存《送外》一诗及残句"秦女含輦向烟月,愁红带露空迢迢",另《湖北诗征传略》录存其诗《楚伟过余玠墓》。

张仁熙(1609—1691)[2],字长人,张楚伟之子,一作表仁。为人仁孝,十一岁就颇知经史,属文有灵气。与胡承诺、刘醇骥、顾景星交厚,经常相互切磋诗文,有声名于江汉间,时人谓之"江汉遗民"。明朝时期多次参加科举不中,入清后征辟皆不就。康熙时聘修《湖广通志》,完成后隐居乡里。据《清史稿·艺文志》记载,著有《藕湾全集》二十九卷,《雪堂墨品》一卷,另有《日庵野录》《草窗秘录》《雨湖庄论别录》等。其中《雪堂墨品》见于《四库全书存目丛书》。(同治)《广济县志》录存其诗《赠杨介子兼述数年聚处之

---

[1] (同治)《广济县志》卷八《人物志·孝义传》有张楚伟传记,卷七《人物志·儒林传》有张仁熙传记,仕绩传有张佳晟传记。

[2] 《清史列传》卷七十《文苑传一》有张仁熙传记,附于顾景星之后。《湖北通志》卷一百五十二《人物·文学传》有张仁熙传记,并有其父张楚伟、其次子张佳晟简要记载。

雅》《浴佛谣》《重修学宫记》《云瀑潭记》《过大藏访绿雨禅师止止堂》,《清诗纪事初编》收录其诗《役夫行》《贱谷行》《雨雪行》《十月雷雨歌》《庚申六月二十六日雨》《皮人曲》七首,《明代千遗民诗初编》录其一首《佛井谣》。

张仁熙有四子:张佳晟、张佳勖、张佳环和张佳金,都勤奋好学,积学能文,有其父之风。遗憾的是只有张佳晟有作品留存下来。

张佳晟[①],字晋夫,张仁熙长子,在邑旁宋朝余义夫读书的紫荆坪处构室读书,五年遍览群书。康熙时举人,任沅陵教谕、安陆教授。修乡贤祠,县志,立学规,令当地风化有很大改观。(同治)《广济县志》载其著有《白石山人集七卷》,录存其诗文《黄晓夫秋夜见过》,《湖北诗征传略》录存其诗《同汪秋浦千波河桥夜话》。

张佳昶,字斐瞻,张仁熙从子,为诸生。博览群书,尤精《春秋》,和诸儒有不同见解,多有辨正。作品未见传世。

72. 广济胡氏(胡魁楚)家族

主要指胡魁楚、胡復亨、胡肇亨祖孙。《广济县志》《黄州府志》《湖北通志》有传。

胡魁楚[②],字尔大,能文。笃行谊事,事继母极孝。崇祯末年,张献忠蹂躏广济,率族三百口逃之巴东,后全族而还。顺治时由岁贡任建平知县,改县之俗弊,并整治童子试贿赂之风,选拔寒生二十人。后因审案忤监司意遂归乡,建平人焚香远送。具体作品不详。

胡復亨[③],字仲克,胡魁楚之孙。年四十补诸生,其学无所不窥,尤好程朱之学,痛恨嘉隆以来的讲学标榜之习。晚年筑补山楼读书,人称"补山先生",七十八岁卒。(同治)《广济县志》载其有《补山楼诗》十卷。

胡肇亨,字孟嘉,胡復亨之兄,为诸生,通经史,工诗善书。具体作品不详。

---

① (光绪)《黄州府志》卷二十一《宦迹下》有张佳晟传记。
② (同治)《广济县志》卷七《人物志·仕绩传》有胡魁楚传记,《文苑传》有胡復亨传记。(光绪)《黄州府志》卷二十一《宦迹列传》、《湖广通志》卷三十八有胡魁楚传记。
③ (光绪)《黄州府志》卷十九《文苑列传》有胡復亨、胡肇亨传记。

73. 广济刘氏(刘醇骥)家族

主要指刘秉铁、刘秉鈴、刘洪芳、刘醇骥、刘醇骏,与明代刘养吉为同一宗族。《广济县志》《湖北通志》《湖北诗征传略》有传。

刘秉铁,字宽伯,少嗜古学,喜吟咏,侍父于三晋川蜀间,历险阻,发为诗歌,吴明卿称为汉魏乐府。任蒲圻训导,逾年归第。弟刘秉钤,字正叔,诸生,书法为时所重。二人作品皆不详。

刘秉鈴,字幼凝,刘秉铁之弟。少孤好学,与刘千里、张长人共相切磋,诗歌遂擅一时。后得贡弃去,因故人李阳谷官淮上而因游吴越,创作大量诗歌,著有《石浪诗钞》。

刘洪芳[1],字孔实,号芝圃,刘秉录之子。嗜学工诗,文不起草,数千言立即完成。随父游吴,与长洲诸名士饮酒赋诗,有“杜少陵”之称。以岁贡廷试,未行而卒。(同治)《广济县志》载其著有《芝圃集》。

刘醇骥(1607—1675)[2],字千里,号廓庵,刘洪芳之子,年长刘秉鈴几岁,生而手上有“文”字。少长于舅舅胡士容之家,因胡士容藏书丰富,得以博览群书,遂以闳博知名。常遗憾宋元以来文字卑弱,独奉《左传》《战国策》《史记》《汉书》为为文标准,以古文自负,诗歌则宗初唐和盛唐,文名颇盛。顺治初以岁贡入成均。与施闰章、魏裔介、魏象枢、曹本荣讲业极欢,不喜仕进,归乡。与同邑张仁熙共建长风山社,力振楚风。张九如聘之撰《湖广通志》,后因三藩发生变乱中止。为人深沉简默,不屑计生产,康熙十四年(1675)卒后家贫无以为殓。(同治)《广济县志》载其著有《芝在堂集》《周易孔旨》《古本大学解三卷》,并录存《遇母舅胡监军故居》《春日游灵山》《广济县学文庙碑》《北园记》《四朝三楚文献录序》《送舅氏胡公仁常兵备兰州亭》《守岁仝弟龙友》,《湖北诗征传略》录存其《初冬,张邑侯野心枉过山居》《甗甄洞遗址》《赠张长人辟贼卜居湖上》《湖中》《江夏城楼雨后眺月》《赠黄冈何韦长》《黄州江上送督学向若水公》《秋扇》等诗。

---

① (同治)《广济县志》卷七《人物志·文苑传》有刘洪芳、刘秉鈴、刘秉铁、刘秉钤传记,《儒林传》有刘醇骥传记。

② 《湖北通志》卷一百五十二《人物志·文学传》有刘醇骥传记,略及刘洪芳、刘秉鈴、刘醇骏。

刘醇骏,刘醇骥之弟,著有《盟欧集》。生平记载非常简略,有闻于诗。《四库全书总目提要》卷一百七十六集部二十九刘养微《康谷子集》后附有刘醇骏、刘醇骥数篇作品。

74. 广济金氏家族

主要指金德嘉、金德崇、金启汾、金启江父子。《广济县志》《黄州府志》《湖北诗征传略》有传。

金德嘉(1630—1707)[①],字会公,号豫斋,清初硕儒。五岁即孤,事母至孝。顺治时举人,为官安陆教授。康熙二十一年(1682)会试第一,授翰林院检讨。史馆推为硕儒,人莫能比。编纂殚思萃力,分撰楚省诸郡以及《礼义解记通鉴》,经常废寝忘食不倦。歌咏卷帙不下数十,有《居业斋文集》二十卷,《续纂元、明臣言行录》及别集十卷,卓然成一家之言,其《楚东江阁记》《鸿脑洲记》传诵一时。(同治)《钟祥县志》录存其诗《石城春雨》,(同治)《广济县志》录存其诗《寄舒山人》《得张师石书却寄二首》《鸿脑洲记》《楚东江阁记》《容园歌》《入东街》《寄舒山人》《江心阁得诗僧》。

金德崇[②],字峻公,明经,有《草窗杂录》,生平史载简略。《湖北诗征传略》录存其诗《幽怀》《望湖亭》《访友不遇留宿山斋》《西塞山》《览古》。

金启汾,字禹甸,号望岩,金德嘉次子。十二为诸生,十七试辄为冠军,雍正朝岁贡生。为古文、词,原本性灵,贯穿经史。尤其喜爱写诗,诗则取法归有光,出入苏陆。诸后辈以诗文请,益各有造就,六十一岁卒。著有《桂樾堂集》。金德嘉长子金启洛[③],字禹书。康熙时贡生,以教习授广宗知县。出资购办军需骡马,修城堤,不扰百姓。后取刑部福建司主事,擢东昌府知府,变除陋规,城堤决口,捐俸于民,后积劳成疾卒于任上。

---

① (同治)《广济县志》卷七《人物志·儒林传》有金德嘉传记,《文苑传》有金启汾、金启江传记,《仕绩传》有金启洛传记。(光绪)《黄州府志》卷十九《文苑列传》有金德嘉、金启汾、金启江传记。
② 《湖北诗征传略》卷二十《广济》有金德崇的简要记载。
③ (光绪)《黄州府志》卷二十一《宦迹列传》有金启洛传记。

金启江,字同九,金德崇之子,康熙年间举人。授徒里中,远近从游者众,一经指授,皆能其才。诗文亦有声,晚年学益进,喜归有光古诗,并宗汉魏。其《读同里乡先达诗》,五古七章,时之比之《七哀诗》。诗不多作,而归之大雅。

75. 广济胡氏(胡本寮)家族

主要指胡本寮、胡本棠兄弟。《广济县志》《黄州府志》有传。

胡本寮①,字容卿,倜傥不群,年十三通经史,兼治古文诗赋。《种花诗》有"一叶去留禁俗手,半枝晴雨夺天心"之佳句。弱冠即在乾隆乡试中中举,遗憾的是会试屡次失败,益尽力于学。生平敦孝学,尤以诱掖后进为己任。(同治)《广济县志》载其有《亭亭文钞》。

胡本棠,字赤韬,号伯子。廪生,工诗赋,作《竟陵诗归论》。每逢考试,郡中士并向其问奇字。学李长吉作锦囊,得句便投入其中。乾隆十四年(1749)修郡志。(同治)《广济县志》载其有《研北草堂诗钞》《岸如楼诗钞》,并录存其诗《天津湖》。

76. 广济张氏(张盘基)家族

主要指张盘基、张琼基兄弟。《广济县志》《湖北诗征传略》有传。

张盘基②,字乘石,贡生。喜读书嗜诗,尤其致力于五古。张长人称其诗如"澄潭秋月,静夜钟声",舒韦园谓其诗"冲淡闲雅"。有《清音堂集》。《湖北诗征传略》录存其诗《寝食柴桑月夜怀吴云来》。

张琼基③,字瑶长,一字卧云。幼失怙恃,少习举子业,贯通经史。值明末世乱,遂不就试,结庐授徒新洲,以粟救贫困之人。(同治)《广济县志》录存其诗《游东街山卜居》,《湖北诗征传略》录存其诗《泊蕲州追忆顾黄公》,诗歌俊逸,与张盘基相伯仲。

---

① (同治)《广济县志》卷七《人物志·文苑传》、(光绪)《黄州府志》卷十九《文苑列传》有胡本寮、胡本棠传记。

② 《湖北诗征传略》卷二十《广济》有张盘基、张琼基传记。

③ (同治)《广济县志》卷八《人物志·孝义传》有张琼基传记。

77. 广济刘氏(刘映丹)家族

主要指刘映丹、刘宗沅父子。《广济县志》《湖北诗征传略》有传。

刘映丹①,字慕韩。道光进士,官知县。为官山东,有政声,因父丧归乡后不再出仕。诗宗杜甫,值寇乱世,愤激于世,长歌当哭,诗多可传之作。(同治)《广济县志》载其有《马谡山房诗钞》,并录存其《刊水文明书院兼义学记》《壬子除夕感事》。《湖北诗征传略》录存其诗《壬子除夕感事》。

刘宗沅,字芷汀,刘映丹之子,同治举人。才思敏捷,诗宗韦、孟。(同治)《广济县志》载其有《芷汀诗钞》,并录存其诗《观西堤水涨有感》。《湖北诗征传略》录存其诗《西堤水涨有感》。

78. 广济魏氏家族

主要指魏洪宾、魏昌期父子,生活年代不详。《广济县志》《黄州府志》有传。

魏洪宾②,字礼赤,一字玉冈。酷嗜诗书,尤精《周易》。时与郭存会、阮文茂、张惟金以文学显名。八十余岁仍能蝇头细书,好学不倦。作品不详。

魏昌期,字庐泉,魏洪宾之子。性孝友,家庭无间言。娱情山水,为诗歌以自放。晚修盛德庄,闭门著述,八十一岁卒。(同治)《广济县志》载其有《易经合参》《书经缉义》《诗经说浅》《系瓠文集》《桑梓纪遗》。魏洪宾孙魏云琯为官有名于时。

79. 蕲水杨氏家族

主要指杨继经、杨继柱兄弟。《蕲水县志》《黄州府志》《湖北诗征传略》有传。

杨继经③,字传人,顺治十二年(1655)进士。初授大理寺评事,累迁至

---

① (同治)《广济县志》卷七《人物志·仕绩传》有刘映丹传记。《湖北诗征传略》卷二十《广济》有刘映丹、刘宗沅传记。

② (同治)《广济县志》卷七《人物志·文苑传》有魏洪宾、魏昌期传记,《仕绩传》有魏云琯传记。(光绪)《黄州府志》卷十九《文苑列传》有魏洪宾传记。

③ (光绪)《蕲水县志》卷九《人物志·文苑传》,(光绪)《黄州府志》卷十九《文苑列传》有杨继经传记。

刑部员外郎。为人风雅,磊落笃学,不事产业,田租悉付兄弟,淡泊自守。工词赋,才博藻速,新城王士禛曾录其诗入《感旧集》。诗清和圆润,著有《菊庐诗文集》《菊庐快书》。(光绪)《蕲水县志》录存其《葛洪精舍(咏浠川十二胜迹选一)》《始事》《忆玉台山春晓亭》,《湖北诗征传略》还录存其诗《江上柳吟》《宿智印禅师道场》《忆蕲上旧居》《登石门山寻陈匪石、何小凫子隽诸同学》《酬征密上人见寄并示删东坡》《忆庐山》《秋夜》。

杨继柱①,字文升,诸生。居家孝,友人无闲言。性好士,凡楚中知名者多请于馆中,人以缓急告之,无不帮助。著有《周易辨疑》《三传从同》等书。

80.蕲水徐氏(徐本仙)家族

主要指徐本仙、徐立苏父子。《湖北通志》《湖北诗征传略》有传。

徐本仙②,字佑伦,康熙时举人,乾隆时为鸿博之荐。为官云南,由邑令至监司,多惠政,滇人爱之。于学无所不窥,尤擅长于诗,上薄庄骚,下逮盛唐,古体雅近韩愈。平生所著不下万首,有《曲辰堂诗选》。《湖北诗征传略》录存其《杂咏》《寄果园》等诗。

徐立苏,字醒古,徐本仙之子,为诸生。少多夙慧,七岁能文,古诗歌赋千言立就,被人目为"当为一代文学宗",有《醒古阁集》。(光绪)《蕲水县志·艺文志》录存其诗《赠方紫山》。

81.蕲水南氏家族

主要指南光发、南昌龄、南心恭祖孙。《湖北通志》《湖北诗征传略》有传。

南光发③,字璞予,康熙时拔贡,官中书。敏慧博洽,从父宦游四方,通达时务,被人目为国士。嗜诗苦吟,兴至处废寝忘食。有《亦吾庐助虫吟》等诗集。《湖北诗征传略》录存其诗《过洞庭》《过西平县城》《西平道中》《渡巴河》《郇城怀古》《彭城吊古》《谒禹庙》。

---

① (光绪)《黄州府志》卷二十四《笃行列传》有杨继注传记。
② 《湖北通志》卷一百三十九、《湖北诗征传略》卷十八《蕲水》有徐本仙、徐立苏传记。徐立苏在《湖北通志》中写作徐立荪。
③ 《湖北诗征传略》卷十八《蕲水》有南光发、南昌龄、南心恭传记。

南昌龄①,字念贻,南光发之子,监生。四岁而孤,母乃王泽弘之孙女,便随母依外家。生有隽才,学习甚勤,治经史,五夜灯火不灭。乾隆元年(1736)举荐应试博学鸿词科,诏试保和殿,后罢归。因《江海澄汪赋》知名,尤其沉酣于诗。自谓始学松陵倡和,继学义山,晚嗜昌黎,致力于诗,有《樗野集》。《湖北诗征传略》录存其诗《闻唐云翁将游西湖》《春日遣怀》。

南心恭,字伯容,号讷斋,南光发之孙,南昌龄之子,为诸生。幼聪颖有悟性,有神童之称。年十四即工诗,俊迈有奇气,客秦从学,游历西北,悉见于诗,四十即卒。诗歌雄奇瑰丽,有《豆胜集》。《湖北诗征传略》录存其《夜雨感怀赠根石》《临皋亭》《何大复故里》《华山》诸诗。

82. 蕲水徐氏(徐子芳)家族

主要指徐子芳、徐乾文、徐云文、徐明理。《蕲水县志》《黄州府志》有传。

徐子芳②,字茂孙,为诸生。出生时家人闻墨香,一晚不散。幼时颖悟,父徐祖龄爱之,教之古今人物学问源流及濂洛关闽之学,年方七岁,记之不忘。十二岁遭遇亲丧,家贫又值乱离,但业学不辍。是时阳明良知之说盛行,子芳独坚持研究经史性命之文,思于古人正学。有所发明,潜心体验,废寝忘食,凡七年,浩然有得。每一论列古今,必剖析源委,将以措之行事,惜年八十三卒时还未完成。著有《四书中义》《壁经本义》《周礼参说》《左国详解》《尔雅补注》《离骚疏义》等。(光绪)《蕲水县志》录存其诗文《何白云先生传》《述经诗选六》《登葛公平》《饮桂延陵宅时,延陵入居邑坎有更迁意,作此慰之》。

徐乾文③,字公健,徐子芳长子,邑庠生。幼端谨,遵父家学,以主敬为宗,自名其书斋曰"惕庐"。严正气性,动有尺寸,喜讲学经义。有人劝其著书,乾文答曰:"六经四子微言大义,吾已为汝辈缕析陈之,他书亦无庸者

① 《湖北通志》卷一百五十二《人物志·文学传》有南昌龄、南心恭传记。
② (光绪)《黄州府志》卷十九《儒林列传》有徐子芳、徐乾文、徐云文传记。
③ (光绪)《蕲水县志》卷九《人物志·文苑传》有徐乾文、徐云文传记。

也。"在诸生中数十年不中科举,亦不为人举荐为官,经常督促族中子弟为文会,虽然已老,披阅不倦。有《惕庐稿》,年七十九卒。

徐云文,字公倬,徐子芳次子,贡生。幼颖敏,日记千言,与徐乾文承续父学,一家相师友,时有"三徐"之称。与邑名宿蔡德明等人建立文社,性尤孝友,为友谋划尽心尽力,朋友尤其倚重之,年五十四卒。作品不详。

徐明理①,字澹山,徐子芳孙,徐乾文之子。小时沉毅英爽,为诸生时,巡抚吴应棻以博学鸿词举荐为官,不赴任。乾隆六年(1741)领乡荐主司,陈兆仑赞其文纯古渊茂,力追西汉。尝师从庄有恭,庄深重其文。以病辞知县,纂修邑志和《广济志》,在蕲阳书院讲学。其余作品不详。

83. 蕲水潘氏家族

主要指潘绍经、潘绍观兄弟。《黄州府志》《湖北诗征传略》有传。

潘绍经②,字□舟,一字济常,工诗、古文,乾隆五十二年(1787)进士。授编修,充国史馆纂修。迁山东道御史,修《八旗通志》。晋升兵科给事中,不久归乡。时遇灾荒,变卖家产活人无数。生平博览载籍,擅长撰述,著有《春秋兵志校异》《黄赤道经纬图》,古文、诗、赋、内外集诸书七十卷,遗憾的是经战火唯存《二芸堂诗稿》。

潘绍观③,号巽山,潘绍经从弟。先由举人为官中书军机处行走,后乾隆四十六年(1781)中进士。选为庶吉士,改刑部主事,升郎中,主办秋审。办案主张情重法轻,免死案两件,活民较多。后擢为浙江宁绍台道,未上任即卒。著有《巽山诗集》二卷。

84. 蕲水陈氏家族

主要指陈沆、陈沄、陈廷经,以诗文著称。《黄州府志》《蕲水县志》《湖北通志》有传。

---

① (光绪)《黄州府志》卷十九《文苑列传》有徐明理传记。
② (光绪)《黄州府志》卷十九《文苑列传》有潘绍经传记。《湖北诗征传略》卷十八《蕲水》有潘绍经传记,潘绍观简略记载。
③ (光绪)《黄州府志》卷二十一宦迹列传有潘绍观传记。

陈沆(1785—1826)①,原名学濂,字太初,一字秋舫,出身于浠水书香门第陈氏大族。陈沆祖父陈士珂,父亲陈光诏,都为举人出身。出生颇具传奇色彩,相传其母梦见一轮圆月落入怀中,不久生下陈沆。少时聪颖善悟,被称为天才。嘉庆二十四年(1819)殿试高中状元,一时名满天下,被誉为"荆楚才子""举国文宗"。官授翰林院修撰,后转四川道监察御史。为官清廉,心存黎庶。与魏源、董桂敷、陶澍、龚自珍都交往甚笃。四十一岁因病早逝。一生著作颇丰,有《近思录补注》《简学斋诗存》《简学斋诗删》《简学斋馆课赋存》《简学斋馆课诗存》《简学斋馆课试律存》《简学斋试律续抄》《白石山馆诗钞》等。②(光绪)《蕲水县志·艺文志》录存其诗文《祭靳水羲园感赋》《河南道上乐府四章选一·卖女儿》《咏史乐府选十三首》。

陈沄,字大云,陈沆弟。少有才名,嘉庆二十二年(1817)进士。授翰林院编修,官至江南道监察御史,后因陈言激切降职归乡。诗文多有著作,遗憾的是都散佚未存。

陈廷经③,号小舫,陈沆之子。受家学影响,饱读诗书,少从学于魏源,明晓经世大略。道光二十四年(1844)进士,授翰林院编修。不久为御史,鲠直敢言,不避权贵,后官至内阁侍读学士。为官一心为国,忠直中正,朝廷嘉之。所为诗文不坠家风,晚年留心于理学,著有奏疏诗文若干卷,但未留存。其父著作由他整理刻印留存下来。(光绪)《蕲水县志》录存其诗文《善后事宜奏议·奏为敬陈管见仰祈》《预修荒政奏议·奏为旱象已成请》《纪蔡宅捐房作会馆修费本末》《京师东柳树井蕲水会馆碑记》。

85.蕲水蔡氏家族

主要指蔡绍江、蔡绍洛兄弟。《黄州府志》有传。

蔡绍江④,字晓沙,嘉庆二十四年(1819)进士。授户部主事,改刑部晋员外郎,充则例馆纂修,官部曹二十年。勤谨端悫,守正不阿,名重都下。晚

---

① (光绪)《黄州府志》卷十九《文苑传》、《湖北通志》卷一百五十二有陈沆、陈沄传记。
② 许多著作认为陈沆还著有《诗兴比笺》,但学界现已考证此为魏源著作,这里不再误列。
③ (光绪)《蕲水县志》卷十《人物志·宦迹传》、(光绪)《黄州府志》卷二十有陈廷经传记。
④ (光绪)《黄州府志》卷二十一《宦迹列传》有蔡绍江、蔡绍洛传记。

年专研程朱之学,著有《周易补说》《宋名臣言行录补编》《咏左诗箴》《漕运河道图考》,诗文集六十卷。(光绪)《蕲水县志》录存其文《京师东柳树井蕲水会馆碑记》。

蔡绍洛(1805—?),字莲桥,道光二年(1822)进士。历任栖霞、阳谷等县知县,断狱如神,吏民畏服,不久迁吏部员外郎。咸丰年间擢御史,后卒于官。著有《帝鉴图诗》。

86.蕲水徐氏(徐儒启)家族

主要指徐儒启、徐儒楠、徐儒模、徐崇文。《湖北诗征传略》有传。

徐儒启①,字戟门,道光副榜进士。少负隽才,年长更肆力于诗、古文、词,受知于陶凫芗,与王香雪酬唱极欢,四十即卒。遗稿由王子寿择其尤雅者刊行,有《玉台山馆诗钞》。《湖北诗征传略》录存其《读吴祭酒集》《顾黄公墓》《赠梅庚村中翰》《赤壁》《左崐山墓》《读张魏公传》《文姬归汉图》。

徐儒楠,字香石,徐儒启之弟,为诸生。有《望云阁诗集》。《湖北诗征传略》录其《避暑宫》一诗。

徐儒模,与徐儒启关系不详,应为同辈兄弟,道光举人,官知县。《湖北诗征传略》录存其《拟陶渊时咏贫士》中诗句,为诗朴茂。

徐崇文,字郁甫,徐儒启之子,明经,官训导。《湖北诗征传略》录存其诗《官训导舟中偶成》《赴司训任赋感》。

87.蕲州卢氏家族

主要指卢如鼎、卢紘父子。这个家族由明入清,主要生活在清朝,遂归入清朝文学家族。《蕲州志》《湖北诗征传略》有传。

卢如鼎②,字吕侯,州廪生。生而奇颖,潜心好学,性笃孝友,寡言笑,总角即能属文。及长不问生产,屡试不中,一意修学著书,以造就人才为己任,

---

① 《湖北诗征传略》卷十八《蕲水》有徐儒启、徐崇文传记。
② (光绪)《蕲州志》卷十一《人物志·儒林传》有卢紘传记,《忠节传》有卢如鼎传记,《湖北诗征传略》卷十八《蕲州》有卢如鼎、卢紘传记。

远近多游其门。崇祯末时清兵进犯,以先人庐墓不可弃,率里中少年坚守被害,后因其子卢绂显贵赠中大夫。(光绪)《蕲州志》录存其诗《过湖上旧馆》《结屋山中》,《结屋山中》也为《湖北诗征传略》录存。

卢绂(1604—?),字元度,号澹崖,卢如鼎之子,顺治进士①。授新泰令,升桂林府同知,历任苏松督储参政,为官多善政,未尝废学。晚居凤山,与诸名宿以道相尚。曾编撰《蕲州志》,有《古今乐府》《四照堂诗文集》。(光绪)《蕲州志》录存其诗文二十六篇,《楚诗纪》录存其诗《乌夜啼》《度关山》《塞下曲用太白韵》《赋得关塞秋声》《粤兴秋兴》,《湖北诗征传略》录存《望远曲》《风入松歌》。

88. 蕲州黄氏家族

主要指黄载华、黄载峤兄弟。《蕲州志》《湖北诗征传略》有传。

黄载华②,字砥南,号鹿亭,太学生。性沉静喜读书,冬夏日手一编,兄弟相磨砺。善诗、古文、词,与其弟共为"雨湖七子",六十六岁卒。有《梧冈诗文》《咏史》《百花吟》等集,孙黄承坚付梓刊行。(光绪)《蕲州志》录存其诗《云荫庵》《东山寺》,《东山寺》也为《湖北诗征传略》录存。

黄载峤,字晋军,号丹崖,黄载华之弟,为诸生。与兄载华读书栖凤堂,诗文闻名于江汉之间,有《双笔斋诗文集》《北游草》。(光绪)《蕲州志》录存其诗《昭化寺》《送范仲兼还维扬》。

89. 蕲州张氏家族

主要指张士淑、张士浑兄弟。《蕲州志》《湖北诗征传略》有传。

张士淑③,字耳圣,号遽庵,岁贡生。初为官黄梅,有吏才。值黄梅兵乱,庙学无存,士淑极力经营,立马建成规模。后乞养归,摒绝人事,刻意为

---

① (光绪)《蕲州志》卷十一《人物志·儒林传》卢绂传记曰其"顺治己丑进士",顺治朝无己丑纪年,当记载错误。

② (光绪)《蕲州志》卷十三《人物志·笃学》有黄载峤传记,卷十五《人物志·高洁》有黄载华传记。《湖北诗征传略》卷十八《蕲州》有黄载华、黄载峤传记。

③ (光绪)《蕲州志》卷十一《人物志·文苑传》有张士淑传记,《仕迹传》有张士浑传记。《湖北诗征传略》卷十八《蕲州》有张士淑、张士浑传记。

诗、古文、词。再例补县令,辞不赴任。有《秦余草》《宛在堂》《近艺云溪杂著》。(光绪)《蕲州志》录存其诗文《重修大名港桥碑记》《看莲亭记》《石莲峰题壁记》《策山行》《蕲州儒学合社记》《秦余草自序》《同集生公卜过柳塘故居》,《同集生公卜过柳塘故居》也为《湖北诗征传略》录存。

张士浑,张士淑之弟,字近愚,号鹿樵,康熙三十六年(1697)进士。初授保定县知县,后任清水五充同考官,所得多知名士。曾单骑入苗寨,论以忠义平定苗乱,积极消除瘟疫,后卒于兰州。(光绪)《蕲州志》录存其诗《游静明山》,《湖北诗征传略》同存此诗。

90. 蕲州刘氏家族①

主要指刘遐祚、刘万甯、刘之棠祖孙。《黄州府志》《蕲州志》《湖广通志》有传。

刘遐祚②,字青子,号菊潭,康熙二年(1663)举人。授勋西教谕,后为兴国州学正,为卢姓诸生平反冤案,不受酬金。升常德教谕、贵州同考官,所得皆知名士,后补铜鼓卫教授。所历皆以品行、文章相砥砺。为人正直仗义,诗文有奇气,著有《扇和堂集》。

刘万甯③,字怀堂,刘遐祚孙,乾隆十二年(1747)举人。授石首教谕,修学宫,增高墙,以培地脉,果然自后石首科第相良。又与知县建石坛书院于学宫前,从游者众。平反冤狱,为同里孝廉吕士模治丧,有名望于当时。著有《蓼怀堂文稿》,(宣统)《黄州府志》载作《刘怀堂文稿》。

刘之棠,字憩亭,刘万甯之子,刘遐祚曾孙,乾隆四十九年(1784)进士。十岁即能属文,笃志力学,涉猎群书,为文宏博渊雅。教授子侄多成名,四十七岁早卒。著有《崇实又馆诗集》《憩亭文稿》。(光绪)《蕲州志》录存其诗

---

① 刘遐祚的籍贯历史记载不一。(光绪)《黄州府志》记载其为蕲州人,《湖广通志》卷三十六《选举志》"康熙二年癸卯乡试榜"条说其为江陵人。大多数资料取"蕲州"说,如《湖北书征存目》,本书采用《黄州府志》记载。

② (光绪)《蕲州志》卷十一《人物志·文苑传》有刘遐祚、刘之棠传记,《仕迹传》有刘万甯传记。(光绪)《黄州府志》卷十九《文苑列传》有刘遐祚、刘之棠传记。《湖广通志》卷三十六有其人记载。

③ (光绪)《黄州府志》卷二十一《宦迹列传》有刘万甯传记。

《遇大泉寺》《重建文昌阁》。

91. 黄梅黄氏家族

主要指黄利通、黄之骐叔侄。《黄梅县志》《湖北通志》《湖北诗征传略》有传。

黄利通(1654—?)①,字晓夫,号梧冈,晚号怀亭。潜心经术和礼文,康熙三十三年(1694)进士,授广西贺县知县,有政声。因平叛有功,擢为吏部主事。丁母忧后为工部营缮主事,一年后告归。筑室太白湖滨,诗文纵笔挥洒即成。(光绪)《黄梅县志》载其有《怀亭集》《后亭后集》,并录存其诗文《邑令吴公(景恂)均役碑记》《东禅寺新田记》《蔡山寺募田记》《仪礼节略序》《石乔年传》《平猺策》《重葺白湖桥引》《无题诗》《题惜字阁(二首)》《中寺》《游多云庵》《游东永福寺(二首)》。《湖北诗征传略》另录存其诗《游紫云山》《读熊襄愍公绝命词》。

黄之骐②,字孟闲,黄利通侄子,雍正时举人。家贫好学,经伯父黄利通指点教授,又与诸名士辩论商榷,文章遂自成一家之言,著有《志学斋稿》。后恩赐中书舍人,子侄皆以诗文继其家声,人称"黄家桥黄氏"。

92. 黄梅喻氏家族

主要指喻化鹄、喻文鳌、喻文銮、喻本钧、喻元鸿、喻元泽、喻元准、喻溥、喻同模等人,以诗文著称,又以喻化鹄、喻文鳌、喻元鸿最为知名,明中叶家族从麻城迁至黄梅。《清史列传》《黄州府志》《黄梅县志》《湖北通志》有传,记载六世成员,不仅为科举官宦世家,在文坛上也名噪一时。

喻化鹄(1678—1760)③,字岑居,一字物外,号瓠园。幼时颖异嗜学,雍正朝十三四岁便入贡。但无意仕进,一心作诗写文。博览群书后,又遍游吴楚。丰富的学养和诗外功夫,让他写下了一系列优美的山水诗,并形成了自

---

① (光绪)《黄梅县志》卷二十二《人物志·儒林传》、《湖北通志》卷一百五十二、《湖北诗征传略》卷十七《黄梅》有黄利通传记。

② (光绪)《黄梅县志》卷二十五《人物志·文苑传》有黄之骐传记。

③ (光绪)《黄梅县志》卷二十五《人物志·文苑传》有喻化鹄、喻文鳌、喻元鸿、喻元泽传记。《湖北通志》卷一百五十二《人物志·文学传》有喻化鹄传记,略及喻坦,另有喻文鳌、喻元鸿传记。

己独特风格,与方苞交善。喻化鹄还工于书法。著有《素业堂四书文稿》《素业堂古文选》《素业堂杂著》。(光绪)《黄梅县志》录存其文《创建藏经阁记》。

喻坦,喻化鹄从子,亦能古文,为方苞所称许。生平史载简略。

喻文鏊(1746—1816)①,字治存,一字石农,喻化鹄从孙。早慧好学,幼年就有诗癖,三十岁诗名就享誉天下。入贡授职不赴,壮游江淮。著有《湖北先贤学行略》,《红蕉山馆文钞》八卷,《红蕉山馆诗钞》十卷,《红蕉山馆续钞》二卷,诗论《考田诗话》八卷。(光绪)《黄梅县志》录存其诗文《重修庙学记》《桂氏修桥记》《明给事邢寰传》《王鸿典传》《上张观察论乡兵保甲书》《再上张观察论乡勇书》《书汪县丞妾事》《复过东禅寺》《堤溃书感》《同陈愚谷观南城砖塔》《访晦山禅院》《登白莲峰顶望匡庐山云气》《访麻林洼李玭宅遗址》《流民叹》《蒌蒿》。

喻文銮(1752—1819),字典掖,号岚波,喻化鹄从孙,乾隆朝举人。任藁城知县,废除当地筑堤敛财手段,民如释重负,制衣、给方药救活狱中囚犯,后调淄川。著有《春草园诗集》。(光绪)《黄梅县志》录存其诗《东禅寺》。喻化鹄另一孙喻文璐②,字以载,号引山,以贡生身份历任怀远泾阳知县、兰州知府等职。性格明敏精勤,为官期间功施卓著,如筑怀远城、修泾阳二渠等,颇受民喜爱。

喻本钧(1761—1825),字政平,喻化鹄孙。著有《竹司诗草》。

喻元鸿(1771—1842)③,字太冲,号铁仙,喻文鏊长子,贡生。少时才思迟钝,十七八岁时,突然顿悟,下笔成篇。不求仕进,独钟情于诗文,还精通经义和书法篆刻。著有《三经雅言》《学庸贯》《触书家范》《太冲古文诗集》《乐志堂文钞》。文奇崛似韩铁仙,敷畅又似苏。祖孙父子文学一脉相承,而又各有特色。(光绪)《黄梅县志》录存其诗文《重修夫子庙记》《六祖坠

---

① 《湖北通志》卷一百三十九《人物志·列传》有喻文銮、喻元霈、喻文璐、喻元准、喻元沆传记。

② (光绪)《黄梅县志》卷二十四《人物志·宦绩传》有喻文璐、喻文銮、喻溥、喻元霈传记。

③ (光绪)《黄州府志》卷十九《文苑传》有喻化鹄、喻元泽、喻元鸿传记。

腰石》《荆竹庵》《鲍参军墓》《兀日入五祖寺》《登文昌阁》。

喻元泽（1771—1831），字惠伯，号渥堂，嘉庆举人出身。充景山官学教习，候选知县。因疾归乡，主讲蕲州麟山书院。生平精于考据，学问渊博，著有《训诂补》《义地舆沿革考》《文选集证》《喻元泽诗集》《喻元泽骈体文集》《瓦砚书屋诗钞》等，另与其弟喻元准、喻元沆共同著有《花萼集合稿》。

喻元准，字莱峰，喻文璐之子，嘉庆十六年（1811）进士。先选为庶吉士，后历任礼部主事、柳州知府等职。性格疏略，不好周旋。官事之余归家，以饮酒赋诗为乐。与其兄弟共同著有《花萼集合稿》。

喻溥（1776—1830）①，原名喻元沆，又名喻士藩，字公辅，喻文璐之子，嘉庆十四年（1809）进士。先为翰林院编修，改御史，转兵科给事中。为人外和内直，侃侃不阿。后为雷琼兵备道，一时海疆肃清，大吏倚任。与其兄弟共同著有《花萼集合稿》。

喻同模（1815—1892），字农孙，喻文鳌之孙，贡生。先为枝江县训导兼理教谕，后官至襄阳府学训导，未赴任。著有《一勺亭诗钞》六卷，《一勺亭文钞》一卷。

93. 黄梅汪氏家族

主要指汪美、汪勋、汪灼兄弟。《黄梅县志》《湖北诗征传略》有传。

汪美②，号勉斋。汪勋，号逸斋，汪美之弟。二人皆负奇气，岁荐汪勋，先于兄，认为不可，遂荐汪美。汪美亦不仕，二人偕隐，有《东山双隐集》。（光绪）《黄梅县志》录存汪美诗文《清江晚眺》《游四祖寺》《游冯茂山》《源湖即景》，汪勋诗《登紫云山》《雨后步灵润桥》《游五祖寺》。汪美诗《游冯茂山》，汪勋诗《登紫云山》也为《湖北诗征传略》录存。

汪灼，字竹庵，汪美季弟。幼不能诗，中年究心禅学，抱一亭于竹林深处，日吟内典十余年，不接世事。久之不假思索，辄成韵语。与其兄弟互相唱和，有《怡怡堂诗集》。

① （光绪）《黄州府志》卷二十一有喻溥、喻元需传记。
② （光绪）《黄梅县志》卷二十九《人物志·隐逸传》有汪美、汪灼传记。《湖北诗征传略》卷十七《黄梅》有汪美、汪勋、汪灼传记。

94.黄梅余氏家族

主要指余廷兰、余锡椿兄弟。《黄梅县志》《湖北诗征传略》有传。

余廷兰[①]，字临江，号晴皋，增生。生平仁厚，笃于内行，父卒后，抚异母弟极用心。有《齐瑟斋稿》，"雨添新涧水，云掩故山秋"诗句为世人传诵。（光绪）《黄梅县志》录存其诗文《雨后复游四祖山》《四祖山》《四祖山下口占示朝山者》。

余锡椿（1790—1838），字培园，余廷兰之弟，道光举人。幼聪颖而孤，兄廷兰教其诗歌古文，长而有名。诗笔隽永，无铺砌陈腐积习，有《培园诗文集》。（光绪）《黄梅县志》录存其诗文《记长平》《龙骨花记》《小正管窥序》《鲍母祠辨》《东禅寺》《书瞿太初讼父冤书后》《堤成书喜兼以志感》，《东禅寺》也为《湖北诗征传略》录存。

95.黄梅吴氏家族

主要指吴钰、吴铄兄弟。《黄梅县志》《湖北诗征传略》有传。

吴钰[②]，字式如，号宝山，道光举人。幼颖异，语出惊人，弱冠即知名。为人狷洁自守，闭习研摩，诗和古文亦卓然如名家，有《听桐轩诗文集》。（光绪）《黄梅县志》录存其诗文《代多礼堂将军（隆阿）祭胡中丞文》《丁卯贼警》《辛酉秋大水避兵》《谒岳庙有感》，后两首同为《湖北诗征传略》录存。

吴铄，字衢尊，吴钰之弟，道光举人。工制举文，乡荐之后更致力于诗、古文、词，诗更为精粹，有《祛尘子集》。（光绪）《黄梅县志》录存其诗文《老祖寺》《步中湾桥》《鲍明远墓》《进梅水冲》《新蔡怀古（二首）》，《湖北诗征传略》录存其诗《鲍明远墓》。

96.黄梅梅氏家族

主要指梅文、梅天钧父子。《黄梅县志》《湖北诗征传略》有传。

---

① （光绪）《黄梅县志》卷二十五《人物志·文苑传》、《湖北诗征传略》卷十七《黄梅》有余廷兰、余锡椿传记。

② （光绪）《黄梅县志》卷二十五《人物志·文苑传》、《湖北诗征传略》卷十七《黄梅》有吴钰、吴铄传记。

梅文①,字二郁,为诸生。性谨饬,足不逾里巷。捐金建宗祠,立约束法,即使亲戚无所避忌。(光绪)《黄梅县志》录存其诗《登北邙山》,《湖北诗征传略》录存其诗《游山》。

梅天钧,字陟南,梅文之子,为诸生。廉洁自守,日酣经史,尤嗜《曾子固集》,著有《读曾蠡测》四卷。(光绪)《黄梅县志》录存其诗文《天衢山记》《东观山远眺》,《湖北诗征传略》录存其佳句。

97. 麻城李氏家族

主要指李春江、李中素父子,由明入清,归入清朝文学家族。《湖北通志》《湖北诗征传略》有传。

李春江②,字公楫,少以神童称于乡,嗜古力学,贡生,官至武昌教谕。当时地方名贤谭元春、刘侗、艾南英等折节与之交。诗语言真率而味永,著作甚富,但散佚殆尽。《湖北诗征传略》录存其诗《示中素》可见其为人性情,另存《山居》和《过邯郸》。

李中素,字子鹄,李春江之子,早孤,事母孝。倜傥多才,尤工书善画,诗、古文、词下笔立就。行千里拜访阎尔梅,不遇留诗十首。阎尔梅得诗后讽诵不已,中素而名闻京师。以岁贡授湘乡教谕,主持岳麓书院。任岳麓书院山长期间,曾获康熙嘉奖,授之"学达性天"御书匾。后迁闽中知县,再调台湾,有惠政。与其从兄之子李石才共同知名。《楚诗纪》录存其诗《日观》《效六朝体》《汉上送梅十七舅家四弟有事荆州》《廉州竹枝词十首》等四十一首,《楚风补》录存其诗《遥赠阎古古先辈十律》《摄山白云山房访张隐士瑶星》,《湖北诗征传略》录存其诗《登少陵台望鲁宫作》《汉上送梅十七舅家四弟有事荆州》《自渝城入蓬莱别黄二振宗》《雪晴同笠庵坐茶楼》《赠阎古古先生十律之二》《水云寺》。

---

① (光绪)《黄梅县志》卷二十七《人物志·义行传》有梅文传记,卷二十五《文苑传》有梅天钧传记。《湖北诗征传略》卷十七《黄梅》有梅文、梅天钧的简要记载。
② 《湖北通志》卷一百五十二《人物志·文学传》有李中素传记,略及李春江。《湖北诗征传略》卷十九《麻城》有李春江、李中素传记。

98.麻城胡氏家族

主要指胡铉、胡翔霭父子。《黄州府志》《湖北诗征传略》有传。

胡铉①,字震轩,贡生。少好学,通经术,尤精易义。乡试不中,遂绝意仕进,更加专注诗、古文、词。知县刘希向访县中名宿,其进弭盗安民等大事建议皆被采纳。隐于山林,名重一时。著有《端池文麻》六卷,《震轩诗集》二卷。

胡翔霭②,字裔云,胡铉之子,乾隆时举人。任杭州通判,遇事勤敏,时杭郡多火灾,严禁救火兵丁及无赖之徒借火事作奸,境内肃然,所任之地皆有声望。著有《劝学篇》及《武林游草》四卷。《湖北诗征传略》录存其诗《勖弟》《斋心》。

99.罗田陈氏家族

主要指陈瑞球、陈瑞琳、陈瑞琚、陈昌纶。《罗田县志》《黄州府志》《湖北诗征传略》有传。

陈景程③,字雪门,乾隆时举人,官沔阳学正。为官清廉,人不敢以私请托,对后学却极意栽培。迁常德府教授,致仕归家,后以子陈瑞球贵封征士郎、翰林院庶吉士,具体作品不详。

陈瑞球④,字韵石。少负异禀,文章经史皆通,十六岁即补诸生,嘉庆己巳(1809)进士。选为庶吉士,改为武宁知县,因俗立教,民情大和。常与幕僚友人置酒赋诗。因性格过于耿直,被巡抚弹劾归乡。不久起用为内阁中书、充国史馆分校,因素娴掌故,为当事倚重。其五古源自汉魏,七古以韩杜为宗,秀朴浑老而风韵似白居易,著有《玉屏草堂诗集》。(光绪)《罗田县志》录存其诗文《苏文忠公紫云端砚跋》《南关望玉屏山志感》《普陀庵堤

---

① (光绪)《黄州府志》卷十九《文苑列传》有胡铉传记。
② (光绪)《黄州府志》卷二十一《宦绩列传》有胡翔霭传记。
③ (光绪)《罗田县志》卷六《人物志·宦迹传》有陈景程、陈瑞琚传记。(光绪)《黄州府志》卷二十一有陈景程传记。
④ (光绪)《黄州府志》卷十九《文苑列传》有陈瑞球、陈瑞琳、陈瑞琚、陈昌纶传记。《湖北诗征传略》卷二十《罗田》有陈瑞球、陈瑞琳、陈昌纶传记。

柳》《偶题》《和四梅刺史酷暑感值秋闱》《山中秋夜》《大雪感怀》《玉屏山读书》,《胡北诗征传略》录存其《重过邯郸绝句》《怀弟九香》《舟行永兴道中》《秋夜》《晚泊采石登谪仙楼》《登越王台怀古》《舟夜》《雨泊金陵》。

陈瑞琳,字九香,陈景程次子。宏才博志,诗歌独步一时,少时便名满江汉。有《食古砚斋集》刊刻行世,诗善学苏,时侍郎凌汉奇其才,为其集作序。后为官河南郾城知县,所至皆政声卓著,诗名尤噪于豫中。(光绪)《罗田县志》录存其诗文《祭太邱公文》《过竹坪弟山居》《有感东南近事四首》《得潘四梅书》《梁公墓诗》,《湖北诗征传略》录存其《访城南宋前古柏二株》《鹦鹉洲》《寄潘焕龙》《舟中望庐山》《中秋夜定香亭吹笛》《海外》《过严子陵钓台》《止水亭吊江文忠公》《过元孝子丁鹤年墓》等诗二十余首,以及其他诗之佳句。

陈瑞琚,字两玉,陈景程少子,贡生。为应山教谕,为人和厚温雅,诸生执经问业,都有所得而去。少时已负才名,尝南游洞庭得"月来水气全湖白,烟际君山一发青"诗句,邑人潘焕龙极赏之,采入其《卧园诗话》。诗歌同陈瑞琳同一宗派,颇有气骨,著有《春草堂唱和诗草》。

陈昌纶,字凝甫,陈瑞林之子。道光二十四年(1844)举人,官内阁中书。天姿颖异,博涉经史,尤工诗。后因渡黄河,游览太行、王屋诸名胜,得山川之助,诗境益高,但四十余岁早逝。著有《量斋诗钞》《无行所悔之室文钞》。《湖北诗征传略》录存其诗《确山》《别王笛生明府》《偶成》《寿阳相国惠题拙集,和原韵》。

100.罗田潘氏家族

主要指潘焕龙、潘焕嫦、潘焕荣、潘焕吉兄妹。《罗田县志》《湖北通志》《湖北诗征传略》有传。潘氏祖籍安徽休宁,明初迁入湖北罗田。

潘焕龙(1794—1866)①,字四梅,号卧园,人称"四梅先生"。幼聪颖,道光举人。初任河南洧川知县,修学宫、兴学风、清积案,民称"慈母神君"。

---

① (光绪)《罗田县志》卷六《人物志·宦迹传》、《湖北通志》卷一百三十九《人物志》有潘焕龙传记。《湖北诗征传略》卷二十《罗田》有潘焕龙、潘焕嫦、潘焕荣、潘焕吉传记。

又任商丘知县,河堤溃口,亲率官吏堵塞,并捐俸赈济灾民。擢升知州,因母年迈辞官归家。母亲去世后,再补为邹平知县。因指斥政事,辞官归乡。工诗,著有《卧园诗话》《四梅花屋诗钞》《官阁联吟集》《论诗纪略》,现代人辑有《潘焕龙文集》。与林则徐相善,曾为林则徐校定诗集。(光绪)《罗田县志·艺文志》录存其诗《游元妙观》《游白衣阁遇雨》《中秋同陈韵石访城南宋柏》《感事三首》《战城南(咸丰六年三月十二日)》。潘焕龙有三姐妹,皆工吟咏,但生平记载都较简略。

潘焕嫦,字伴霞,潘焕龙之姐,有《漱芳阁诗钞》。清施淑仪《清代闺阁诗人征略》有其传记,清恽珠《国朝闺秀正始集》收录其诗五首。《湖北诗征传略》录存其诗《上巳小雨》,《游仙诗》二十首中四首,另有《寄绮青浣芳两妹》。

潘焕荣,字绮青,又名仲华、萼仙,潘焕龙季妹,有《韵芳阁吟草》。《湖北诗征传略》录存其诗《盆兰》《鹅鸭池》《夏日抒怀》《春晓》。另有《燕子》《别伴霞姊》《国朝闺秀正始集题词(二首)》。

潘焕吉,字幼晖,又名浣芳,号香畹,潘焕荣之妹,有《浣芳阁吟草》。《湖北诗征传略》录存其诗《许州怀古》《咏史》,另有《看花》《种梅》《寄兄》。

除潘氏四兄妹外,潘焕龙母徐太孺人、潘焕龙原配张翠蓉、继室杨清材、女儿潘玉彩、儿媳范仲芳、侄孙女廖幼芬等人也能诗,但史载不详,有的也不是荆楚之人,故略去。

第四节　清朝荆州府文学家族

101. 江陵李氏家族

主要指李国华、李世恪、李震生祖孙。家族由明入清,因主要人物活动在清朝,遂归入清朝文学家族。《湖北通志》《江陵县志》《湖北诗征传略》有传。

李国华①,字西赤,又字含章。祖籍河南,后徙入江陵。性端洁,事父母极孝,强学力行,为士林师表。曾中康熙朝进士,但念母老,归乡闭门讲授不妄交。善画山水,与同里郭士琼皆为徐鼎门下,但遒劲过之。九十三岁卒,有《体友园集》。(光绪)《江陵县志》录存其诗《九日登凤凰台》《话郝穴近况》。

李世恪,字共人,李国华之子。为诸生时,储书万余卷,手披口诵,不问寒暑,遂以博洽闻。顺治朝举人,授凤阳府推官。性多才敏捷,剸决如流,诗名甚籍,告归后与当时遗民宿老以诗篇酬唱。奖掖寒门,赖以成就者甚众,八十二岁卒。著有《谋笑轩诗集》七卷,《咏史百首》。《湖北诗征传略》录存其诗《无弦琴》《漳水吟》《季春偕诸子散步三鸦寺》《白螺矶》《梅灯》《卧龙冈草庐》,以及《有感》《落叶声》《赠僧也颠》《送友》等诗之佳句。

李震生,字一男,号慎庵,李世恪之子。顺治十二年(1655)进士,累官吏部郎中。曾因公事到苏门,与孙奇逢交好,文采风流照耀一时。常与严颢亭、张素存兄弟切磋诗艺,龚宗伯爱其才,称其为"畏友"。年未四十即卒,士林惜之。著有《苏门草》《燕都草》《江上吟》。《湖北诗征传略》录存其诗《赠家康侯》《赠严都谏》《感事》《春日登九山同刘公勇》《即事》《简王考功》《丰台看芍药醉归》《江上吟》。

102. 江陵张氏(张应宗)家族

主要指张应宗、张应龙兄弟。《江陵县志》《湖北通志》《湖北诗征传略》有传。

张应宗②,号鲁峰。乾隆元年(1736)副榜,为大冶教谕。性真朴,苦志力学,读书颖捷,自经史、诗赋外,算法、乐律诸书无不观览。荆南名士多出其门,守、令皆重之。重修江陵龙山书院,并作《龙山书院碑记》《重兴龙山

---

① (光绪)《江陵县志》卷二十九《人物志·孝友传》、卷三十《人物志·文苑传》皆有李国华传记。卷二十七《人物志·仕进传》有李世恪、李震生传记,《湖北诗征传略》卷三十二《江陵》有李国华、李世恪、李震生传记。

② (光绪)《江陵县志》卷三十《人物志·文苑传》有张应宗传记,有张应龙简略记载,《湖北通志》卷一百五十二有张应宗、张应龙传记。《湖北诗征传略》卷三十二《江陵》有张应宗传记。

书院碑记》,为(光绪)《江陵县志》所录存。著有《韵衡》三卷,于古韵多所发明,所论尤其精确。工诗、古文,诗善七古,长篇崛奇矫健,兼韩李之长,其《护国寺古鼎歌》尤其称于时,也为(光绪)《江陵县志》所录存。(光绪)《江陵县志》还录存其《普济观墨玉碑赞》《书羊子庙壁》。

张应龙,张应宗之弟,少时失去父母,由其兄应宗教之。乾隆朝举人,为新喻知县。应宗归乡,以书招应龙,筑荆树轩共同读书至老。史载生平简略,作品不详。

103. 江陵刘氏家族

主要指刘士璋、刘经裕父子。《江陵县志》《湖北通志》《荆州府志》有传。

刘士璋[1],字南赤,乾隆朝拔贡。幼颖异,擅作词。因学业受知于洪朴人和吴白华两位提督学政,洪朴人离任时以书数千卷赠之,后聚书万余卷。殚心撰述,尤精考订,与陈愚谷为至交,晚年主讲墨池书院,一时文誉甚籍。其所校刊《吴氏艺海珠尘》为巨帙。著有《三湖渔人诗文全集》《汉上丛谈》《梦竹轩笔记》《雪案自警编》《郢小纪》等书。

刘经裕,号小村,刘士璋之子,嘉庆朝举人。授嘉应州州同、署阳春县知县,居官以清廉著称,判折精勤。著有《小渔村诗稿》。

104. 江陵严氏家族

主要指严以立、严以方、严以庄兄弟。《湖北诗征传略》有传。

严以立[2],字方山,明经。严氏伯仲两兄弟皆能诗,以方山为最。(光绪)《江陵县志》录存其《章台古梅赋并序》,《湖北诗征传略》录存其诗《涨湖同三弟小庄限逃字》。

严以方,字小庄,严以立之弟。(光绪)《江陵县志》录存其诗《楚山感兴》《郢效春行》,《楚山感兴》也为《湖北诗征传略》录存。

---

[1]　(光绪)《江陵县志》卷三十《人物志·文苑传》有刘士璋传记,附刘经裕传记。《湖北通志》卷一百五十二有刘士璋、刘经裕传记。

[2]　《江陵县志》没有严以立、严以方二人传记,但(光绪)《江陵县志》卷五十三、五十七《艺文志》有二人作品记载。

（光绪）《江陵县志》还录存严以庄诗《荆州怀古》，生平记载不详。

105.江陵张氏（张可前）家族

主要指张可前、张毓衡、张毓霍、张毓瑞父子。《江陵县志》《湖北通志》《湖北诗征传略》有传。

张可前（1624—1707）①，字箬汉，少颖异，力学笃行，顺治九年（1652）进士。初授瑞州推官，有惠政，不久迁为卿。一向留意天下扼塞镇戍，及任兵曹，博访将才，最后官至侍郎。著有《宛在轩诗集》。（光绪）《江陵县志》录存其诗文《送郡守魏公升临洮观察序》《登落帽台》《章台古梅》，《湖北诗征传略》录存其诗《新昌县寄朱启宇》《鹤湖离兴》《鹤湖吟》。

张毓衡，字沼湘，张可前之子，贡生，著有《退庵草》。

张毓霍，字南副，官知县，以廉明称于时。张毓瑞，字雨亭。二人皆以诗、古文、词著名于时。（光绪）《江陵县志》载张毓瑞著有《雨亭集》，张毓霍的作品和文集不详，未留存。

106.江陵王氏家族

主要指王树滋、王自仁父子。《江陵县志》《湖北诗征传略》有传。

王树滋②，字我园，以画闻名，善绘花卉翎毛，而诗特工古体，力学汉魏。《湖北诗征传略》录存其诗《萧选答孝长》。

王自仁，字子静，王树滋之子，官郧西训导。善写兰诗，但不多作。《湖北诗征传略》录存其"静中生意满，织竹护鸡孙""不知芳草色，何故怨王孙"，并称之"颇峻洁可诵"。

107.监利蔡氏家族

主要指蔡以倬、蔡以僖、蔡以俅兄弟。《监利县志》《湖北诗征传略》有传。

---

① （光绪）《江陵县志》卷二十七《人物志·仕进传》有张可前传记，卷四十九《艺文志》有张毓衡、张毓瑞作品记载。《湖北通志》卷一百四十有张可前传记，《湖北诗征传略》卷三十二《江陵》有张可前、张毓衡、张毓霍、张毓瑞简要记载。
② （光绪）《江陵县志》卷三十五《人物志·艺术传》有王树滋传记，提及其子自仁为官情况。《湖北诗征传略》卷三十二《江陵》有王树滋、王自仁传记。

蔡以倬[①]，字卓人，嘉庆进士。天资、学力俱超凡品，文笔高华，古今各体诗瑰丽丰硕。所为乐府，奇逸豪放。（同治）《监利县志》录存其诗文《赠邑侯唐子方同年》《闻马柏坪大令出塞感赋》，《闻马柏坪大令出塞感赋》也为《湖北诗征传略》所录存。

蔡以僖，字鲁赡，学有根柢，文无浮华。平生所宗仰者乃李安溪、方望溪，著作亦与之近似。道光五年（1825）乡荐第三，未得第父亲去世，服未满而卒。惜其作品不详。

蔡以俦，字黄楼，号季举，蔡以僖之弟。生具骚才，少年初学为诗，出语便惊才绝艳，遗世独立有不可一世之概。遗憾早卒，遗稿《蔡季举遗集》为邑宰唐公子为其刊刻以行于世。（同治）《监利县志》录存其诗文《晴川饯别图送唐司马子方擢守巩昌序》，《湖北诗征传略》录存其《南郭古梅铭》《冬夜怀人》《清平遮莫咏三篇》等。

108. 监利龚氏家族

主要指龚绍仁、龚绍仪兄弟。《监利县志》《湖北通志》《湖北诗征传略》有传。

龚绍仁[②]，字九曾，道光二十年（1840）进士。选翰林院庶吉士，授户部主事，不乐郎署告归。沉酣古籍，不再仕进，一发而为诗。资禀绝人，益以覃思深造，上溯风骚，下迄杜韩，凡有作，务殚其思之所能钩致为之，与古人貌合神肖。著有《九曾诗钞》《龚农部诗稿》，修《宜都县志》。（同治）《监利县志》录存其诗文《布裙歌》《土洲怀古——邑北五代梁震处》，两首诗也为《湖北诗征传略》录存。

龚绍仪，龚绍仁之弟，兄弟二人真挚友爱，以文字相师友。生平记载简略，作品不详。

---

① （同治）《监利县志》卷十《人物志》、《湖北诗征传略》卷三十三《监利》有蔡以倬、蔡以僖、蔡以俦传记。

② （同治）《监利县志》卷十《人物志》、卷十一《艺文志》、《湖北通志》卷一百五十二有龚绍仁传记。

109. 监利王氏家族

主要指王柏心、王家遇、王家仕父子。《清史稿》《监利县志》《荆州府志》《湖北通志》《湖北诗征传略》有传。

王柏心(1779—1873)①,字子寿,一字冬寿,幼时机警有悟性,长大尽通经史百家言,品学高卓,蔚然名儒。撰《枢言》十六篇,姚椿和汤鹏见之,将其书比于申鉴《中论》。林则徐在楚时,令其子师从于王柏心。道光二十四年(1844)进士,授刑部主事,但因年逾四十,且父母皆老便告归,主讲荆南书院。咸丰二年(1852)粤匪告警,提出应在岳州和汉阳驻重兵以保湘楚平安。时势动乱,天下多故,抚时感事作《漆室吟》。好留心人才,与胡林翼、左宗棠私交尤厚。同治元年(1862)诏求直言,取《伊训》《太甲》篇中精语为《经论》八首以献。又陈《封事》八条,一广师儒,二摒嗜欲,三博咨访,四开特科,五亟下金陵,六早备秦豫,七择外史,八宽权算,咸丰帝纳之。在讲席二十余年,多次上疏。生平勤于著述,不以学骄人。道光水灾,家有余谷悉以济穷乏者。七十五岁卒,门人私谥曰"文贞先生"。古文、骈俪各体皆工,而诗尤精。有诗文杂著为《百柱堂集》五十二卷。(同治)《监利县志》录存其诗文《赋诗美二公以备采风》《陟螺阜望江水犹壮》《登山望秋涨》《大雪偕潘子尚登壶天阁》《重修考棚记》《邑侯唐公德政碑》《上胡中丞书》《祭龙神文》《记摄令唐公救堤事》,《湖北诗征传略》录存诗《感事》《新安行》《竟陵遇徐仲韦》《寄春木丈鄂州》《大别山》《答耀卿》《古诗二首赠黄生耀廷》《病闻鄂州水军大捷》《悲歌》《古愁》《寄渊甫云梅醇夫耀卿仲深》《病还湘乡》《晚泊》《乱后志哀》《赤壁》《渡头》,以及部分佳句。

王柏心诸子皆饶家学,工诗、古文、词,如王家遇、王家隆,又以王家仕最为有名。

王家遇,字孝曾,王柏心长子,贡生,官训导。诗有家法,《湖北诗征传略》录存其诗《中秋月》《闻金陵贼酋为其党所屠》《芦花》《湖村值雨》。

---

① (同治)《监利县志》卷十一《艺文志》有王柏心传记,《湖北通志》卷一百五十二有王柏心、王家仕传记,《湖北诗征传略》卷三十三《监利》有王柏心、王家遇、王家仕传记。

王家仕,字信甫,王柏心之季子。生时有异兆,小时便奇悟过人,沉敏寡言,皎如玉树。八岁母亡,粤寇起,举家窜避,遂荒废失学。二十之后又锐意博览载籍,自经史诸子、百家众说、环奇怪玮一切秘笈无不阅览。五年后驰骋文字,有秦汉间气。但两次乡举不得志,后病卒。生前作品不轻易示人,其父王柏心将其遗诗辑为《彤云阁遗诗》,其文辑为《绛雪斋遗文》。《湖北诗征传略》录存其诗《登黄鹤楼》《寄唐鄂生廉访时驻师黔南》《再寄鄂生》《咏史》《挽姊丈蔡小楼》《呈张子衡廉访》《漫兴》《戏题画蟹》《夔门夜泊》。

110. 监利郭氏家族

主要指郭谱、郭尚荃、郭尚芝父子。《湖北通志》《监利县志》《湖北诗征传略》有传。

郭谱①,字南村,一生布衣。从小喜爱聚书,筑室种花竹,吟咏自乐,不喜仕进。尤其嗜好陶渊明诗,写诗模拟其词章语句。性格简淡,遇到高洁逸士则聚会吟咏终日不倦。著有《南村诗钞》。(同治)《监利县志》录存其诗文《狮子山望洞庭湖》《舟过杨林矶》《壶天阁观元资福寺钟》,《湖北诗征传略》还录存其诗《听琴》《崇胜寺题壁》《月夜湖上访友人不遇》《读鹄山小隐诗》《题龚小云诗》。

郭尚荃,郭尚芝,郭谱二子,史载均能诗,但生平记载简略,作品不详。

111. 公安邹氏家族

主要指邹美中、邹崇泗、邹崇汉父子。《公安县志》《湖北诗征传略》有传。

邹美中②,字圣赞,号华亭,自号"西林山人",贡生。少孤,能读父书,年三十不再致力科举,用心于诗、古文、词。嗜书,多搜善本,经义、说文、韵学多发前人所未发。且旁通天官家言,制作了中星仪、星汉平仪。著述凡十余种,均不拾糟粕,能成一家之言,(同治)《公安县志》载其著有《燕石藏稿》

---

① (同治)《监利县志》卷十《人物志》有郭谱传记,并提及郭尚荃、郭尚芝。《湖北通志》卷一百五十二有郭谱、郭尚荃、郭尚芝传记。
② (同治)《公安县志》卷六《人物志·耆德传》有邹美中、邹崇汉传记。《湖北诗征传略》卷三十四《公安》有邹美中、邹崇泗、邹崇汉传记。

《西林杂著》《左传约编》《左传分祀》《古诗选》《语策编年》《唐诗中声集》《试律约笺》《华亭韵通》《切韵表》《音韵支析》,并录存其诗文《藏书记》《道光壬辰大兵南下道经公安》。《湖北诗征传略》录存其诗《西林偶题》《偶读昌黎"凡为文辞,宜略识字"二语,感赋示崇泗》《醉赋》《晚发御路口》《春日简易松涛》《春感》《题管清轩泽年澧南诗存》《秋日饯涂东洲维扬东归》《江汉曲》《别雷松堂玱仪》《晚步沙湖》《春闺》《书怀》《无题》《大河湾竹枝词》。

邹崇泗,字学源,号鲁溪,邹美中之子,贡生。少负才不受约束,其父以礼严格管教,遂发愤志于学,所为诗、古文、词无不源于经史,遗憾的是名不出乡里。著有《桃花山庄诗草》。《湖北诗征传略》录存其诗《题钟馗图》《题扇》《题〈桃花源记〉后》《小市晚归》《夜渡汉江》《和张江陵闲居诗》《春日即事》。

邹崇汉,字云章,号星溪,邹美中次子,道光举人。性颖悟,文有奇气,语多寄托。尤长于诗,喜读屈子《离骚》和庾信《哀江南赋》,因此诗多哀怨感愤。后因病早逝,著有《辛畦居士稿》。《湖北诗征传略》录存其诗《读庄》《赠汪仲闳》《男儿》《赠张处斋致诚》《报慈寺夜起》《舟行》《湖堤漫兴》。

112. 石首谢氏家族

主要指谢德超、谢元淮父子,大概生活于清朝中后期。《湖北诗征传略》有传。

谢德超[①],通经能文,一生较为困顿。诗亦清拔,但是有作则焚之,所以诗所存不多。《湖北诗征传略》录存其诗《游仙女洞》《题虞氏渡》。

谢元淮(1792—1874),字默卿,号钧绪,谢德超之子。幼敏悟,历任巡检、同知、广西盐道等官,后因病乞休,卒于家。作诗不限于声律体裁,抒写性情善用意,尤其擅长七古,有《养默山房诗文集》。《湖北诗征传略》录存其诗《严陵钓》《座中叹》《舟过青溪遇涨泊大王滩》《冬夜》《画溪春晓图》《送家大人归里》《喜韦君绣至》《白门楼怀古》《泗水亭》《沛宫帮址》《送常

---

① 《湖北诗征传略》卷三十五《石首》有谢德超、谢元淮传记。

儿还东山》《游随园》《读张江陵集》《题熊梦华诗集》《斩蛇泽》《和韵寄汤海秋侍御》《琵琶亭》《桃花盛开》《村舍》。

第五节　清朝襄阳府文学家族

113. 襄阳贾氏家族

主要指贾若愚、贾润。《襄阳县志》《襄阳府志》有传。

贾若愚[①]，字雨湘，号无漏子。顺治二年(1645)为襄阳同知，督修城池，任一载辞归。康熙十一年(1672)知府杜养性聘其修襄阳郡志，年八十卒。著存有《稽古堂诗》一卷，《花当庵草》一卷，《耕云阁草》及《半樵居诗》，惜其散佚。

贾润，字泽远，贾若愚曾孙，贡生，生平史载极其简略。著有《襄阳县志稿》《岘山志实考》《岘山志附纪》《学步集》《贾泽远古文》等。

114. 襄阳徐氏家族

主要指徐即达、徐联习祖孙。《襄阳县志》《襄阳府志》有传。

徐即达[②]，字云谷，好读书，有经世之才。顺治二年(1645)游陕西，英亲王阿济格见而奇之，上奏为官河西道，后迁为潼关道，不就任归乡。与同乡人刘执中、昆陵、毛会建诸人结诗社，七十六岁卒。

徐联习，字二眉，号拙庵，徐即达之孙。博学，工诗文，尤精书法。以岁贡生，为汉阳训导，士林重之，卒年八十二岁。

二人皆有文才，但遗憾未有作品流传。

115. 襄阳樊氏家族

主要指樊雄楚(也作樊熊楚)、樊应棨祖孙。《襄阳县志》《襄阳府志》

---

① （光绪)《襄阳县志》卷六《人物志·耆旧传》有贾若愚传记。(光绪)《襄阳府志》卷十七《艺文志》有贾若愚、贾润二人作品记载;卷二十三《人物志》有二人传记。

② （光绪)《襄阳县志》卷六《人物志·耆旧传》、(光绪)《襄阳府志》卷二十三《人物志》有徐即达、徐联习传记。

《湖北诗征传略》有传。

樊雄楚(1755?—1830?)①,字云坪,乾隆四十三年(1778)武进士,为襄阳有史记载的第一位武科榜眼。嘉庆初年因镇压白莲教起义有功,升任总兵。后屡次打败海盗调任福建,以病辞官。嘉庆十八年(1813),再被起用,平定海州盐枭。长于诗文,戎儒雅能,著有《半亩山房诗》十卷。《湖北诗征传略》录存其诗《献粤海荡平歌》。

樊应榮②,字赐庄,樊雄楚之孙,岁贡生。性谨严,笃内行。精汉儒训诂之学,而会通诸经。札记都据《尔雅》《说文》以钩稽而成。襄阳自嘉庆初邪匪暴乱后文籍散乱,无以考证,以小学解经即从樊应榮始。兼工诗,有其祖之风,著有《诸经札记》。(光绪)《襄阳府志》评曰:"应榮学行为国朝二百四十年间襄阳第一人物,而身后寂寞为不幸。"

第六节　清朝安陆府文学家族

116. 钟祥高氏家族

主要指高钧、高铨兄弟。《湖北诗征传略》有传,生平记载极其简略。

高钧③,字二洪,明经。《湖北诗征传略》录存其诗《春怀》一首。

高铨,高钧之弟,《湖北诗征传略》录存其诗《过春陵有感》。

117. 钟祥王氏家族

主要指王全臣、王念臣兄弟。《钟祥县志》《湖北通志》《湖北诗征传略》有传。

王全臣④,字仲山,弱冠举于乡,康熙三十三年(1694)进士。少有胆略,

---

① (光绪)《襄阳县志》卷六《人物志·耆旧传》有樊雄楚、樊应榮传记。《湖北诗征传略》卷三十六有樊雄楚传记。
② 《湖北通志》卷一百五十二有樊应榮传记。
③ 《湖北诗征传略》卷二十四《随州》有高钧、高铨传记。
④ 《湖北通志》卷一百四十有王全臣传记。(同治)《钟祥县志》卷十一《人物志·耆旧传》、《湖北诗征传略》卷二十五《钟祥》有王全臣、王念臣传记。

大军讨泽旺前军饷不继,全臣贷商钱资军,还自遣效于边塞。远引疏勒河水在瓜州大兴屯种,瓜州本来地势坦沃,一年即得军食数万。(同治)《钟祥县志》录存其诗《石城怀古》一首,此诗也为《湖北诗征传略》录存。《楚诗纪》录存其诗《除夕有感简邕孙兼谢豚酒之饷》《宿皋白山房喜雨二首》《客中简朱念兹甥》。

王念臣,字枫存,王全臣之弟,康熙四十八年(1709)进士。先官五邑,得士及民心,乾隆时补吏部主事,以病归。至宁夏见其兄所开大清渠蜿蜒数十里,可灌田千余顷,遂成一律①,《湖北诗征传略》录存之。

118. 钟祥李氏(李苏)家族

主要指李苏、李莲兄弟。《钟祥县志》《湖北通志》《湖北诗征传略》有传。

李苏②,字眉山,号环溪,康熙进士,官知县。敏行绩学,性孝友,诗文彪炳。为诸生时便名噪荆郢。官江都为政简略,闲暇时则与宾客饮于平山堂,风雅作吏而抗事上官,深得张公伯器重,曰江南廉能之士无出李苏右者。年七十乃卒。(同治)《钟祥县志》录存其诗文《小憩城西流云阁》《郡伯伟公重修学院记》《丙戌堤决》《兰台》,《湖北诗征传略》录存其诗《读汉高纪》。

李莲,字石湖,号少峰,李苏之弟,康熙举人。作宰南昌,有廉惠名声,得名士冯咏称之。后致仕归里,郡中之人得其沾溉,文望巍然,纂修县志。平生品谊端恪,充为乡国祭酒。(同治)《钟祥县志》录存其诗文《喜雨谣呈郡伯周公司马胡公》《重修钟祥志序》《王台湖诗序》《蔡民部传》《魁星说》《石城》《石城苦雨》《梅福宅》《莫愁村》,《石城》《莫愁村》也为《湖北诗征传略》录存。

119. 钟祥李氏(李兆锦)家族

主要指李兆锦、李兆铉、李兆钰、李潢。《钟祥县志》《湖北诗征传略》

---

① 诗名以序为题,为《至宁夏,见仲兄所开大清渠,蜿蜒数十里,可灌田千余顷,其闸坝竟鼎峙汉唐,即此足为吾家治谱,敬成一律》。

② (同治)《钟祥县志》卷十一《人物志·耆旧传》有李苏传记,《文学传》有李莲传记。《湖北通志》卷一百五十二、《湖北诗征传略》卷二十五《钟祥》有李苏、李莲传记。

有传。

李兆锦①,字淡圃,乾隆举人。官徽县知县,后至太常寺博士。为文工,骨力苍劲,词藻华美,诗才博丽,近温庭筠和李商隐。(同治)《钟祥县志》录存其诗《赠石城冰燦上人》,《湖北诗征传略》录存其诗《咏镜》。

李兆铉,李兆锦之弟,同有声闻。诗亦俊逸,有"远树残霞烘醉叶,晚江斜日冷清波"佳句。(同治)《钟祥县志》录存其诗《辰至日登巢云亭》。

李兆钰,号北楼,李兆锦之弟,弱冠补弟子员第一。雍正十三年(1735)举人,第二年即乾隆元年(1736)中进士,入翰林。为人貌皙躯伟,众望之如轩轩霞举。后不愿受妇翁涂燮庵举荐,迁湖广道监察御史,因建言落职,不久外补睢州牧,因丁艰去任。再为江南海州知州,境内蝗灾,捕之悉绝。又因公被议制,府尹公保留江苏委用。为人性诙旷,目无难事,勇于公义,而丝粟不染,凡为官不能自给,而廉明仁恕,所治之地皆歌颂之。未五十而卒,人们惜之。(同治)《钟祥县志》录存其诗《石城春雨》,《湖北诗征传略》录存其诗《兰台》。

李潢(1746—1812)②,字云门,李兆钰之子,乾隆三十六年(1771)进士。由翰林院编修升为兵部左侍郎,以事又降编修。少负禀异,读书一目十行,终生不忘,由是遍通坟籍,学究天人博洽,为海内冠。同时若彭文勤、纪文达诸公皆推服不能及。尤其精算学,著有《九章算术》,另有《细草图说》十卷,《缉古算经注》三卷。所取士如王文恪、阮文达等皆为名臣。行为尤其纯笃,乡党称之。诗才赡藻速,不名一格。工词曲,有传奇数种,但皆未刊行留存。

120. 京山尚氏家族

主要指尚登岸、尚声父子。《京山县志》《湖北通志》《湖北诗征传略》有传,生平记载都颇为简略。

---

① (同治)《钟祥县志》卷十二《人物志·文学传》有李兆锦传记,《耆旧传》有李兆钰、李潢传记,《湖北诗征传略》卷二十五《钟祥》有李兆锦、李兆铉、李兆钰、李潢传记。

② 《湖北通志》卷一百五十二有李潢传记。

尚登岸(1625—1693)①,字末山,康熙九年(1670)进士。授宿迁知县,宿迁不产米,朝廷征米,百姓苦之,便力请征麦,百姓得其便,并消当地水患,后迁宿虹同知。有《末山堂诗草》。(光绪)《京山县志》录存其诗文《青龙菴募疏文》《末山堂文集自叙》《观音岩》《登香山绝顶》,《湖北诗征传略》录存其诗《过都昌宿长杉凹》《别夏升斋还楚》《余小修邀登卧龙山》。

尚声,字禹钟,尚登岸之子,敏慧能诗,颇具家法,遗憾的是创作不详。

121.京山胡氏家族

主要指胡铭鼎、胡铭蕭兄弟。《湖北通志》《湖北诗征传略》有传,但生平记载极其简略。

胡铭蕭②,字尔调,号皋山,《湖北诗征传略》录存其"蝶影随花浮水面,钟声带月过山巅"诗句。

胡铭鼎,胡铭蕭之兄,生平不详。(光绪)《京山县志·艺文志》录存其诗《望惠亭怀古》,此诗也为《湖北诗征传略》录存。

122.京山黎氏家族

主要指黎岫、黎艺、黎峻父子。《京山县志》《湖北诗征传略》有传,但生平记载极其简略。

黎岫③,字菊易(又作菊逸),号山山,进士出身。与刘襄、刘奕、胡昊、王起翰、僧远山、黎峻、李鈝等八人号为"八郎",又号"八男"。俱优时艺,性恬退,力追古学,陶情诗酒,有《三费草》。《湖北诗征传略》录存其诗《解嘲》和《独坐》。

黎艺,字鸠柴,黎岫之子,(光绪)《京山县志·艺文志》录存其诗《登大洪山顶》。

黎峻,字樵庄,黎岫另一子。康熙朝布衣,生性迂傲,不谐流俗,少游钱

---

① (光绪)《京山县志》卷十五《宦迹列传》、《湖北通志》卷一百四十有尚登岸传记。《湖北诗征传略》卷二十六《京山》有尚登岸、尚声简略记载。

② 《湖北诗征传略》卷二十六《京山》有胡铭鼎、胡铭蕭简略记载。

③ (光绪)《京山县志》卷十五《隐逸列传》有黎岫、黎峻简要记载,卷十三《文苑列传》有黎峻传记。《湖北诗征传略》卷二十六《京山》有黎岫、黎艺、黎峻简略记载。

塘、广陵,晚居邑北山中。躬自耕樵,吟咏弗辍。会有催租吏至,峻题一绝令吏惭而退。著有《樵庄诗稿》《花满堂诗录》,散体文超逸有致,诗淘洗未尽亦自远俗。《湖北诗征传略》录存其《远游赠人》,以及《秋感》诗之佳句。

123. 京山谭氏家族

主要指谭日晃、谭日曙兄弟。《湖北诗征传略》有传。

谭日晃[1],字郁文,号卧云。生平经历不详。《湖北诗征传略》录存其诗《除夕后半》。

谭日曙,字寅谷,贡生,官训导。《湖北诗征传略》录存其诗《春夜宿半村兄新斋》。

124. 京山丁氏家族

主要指丁思敬、丁思贤兄弟。《湖北诗征传略》有传。

丁思敬[2],字止安,号鹤皋,为诸生。《湖北诗征传略》录存其诗《秋晚迟友》。

丁思贤,字次修,丁思敬之弟。少刻苦于学,《自励诗》有"百年不死是吾心"之句,还有"愁低云山千里恨,泣深风雨万重心。陇麦徐归新圃净,天风急卷暮云收"等诗句。弱冠举诸生即卒。

125. 京山易氏家族

主要指易履泰、易大醇、易大枞、易镜清、易本烺、易本爌等人。《京山县志》有传。

易履泰(1751?—1829?)[3],字旋吉,乾隆时期举人。初授汉阳府教授,再任广东广宁知县、湖广均州学正。曾将刘子壮、刘伯龙二人作品编为《熊刘诗集》,著有《果能堂初集》。(光绪)《京山县志》录存其诗文《白谷洞孝子潭碑铭》《重登香山寺》《冬过太圆寺访遁上人》。自易履泰之后,易家在

---

① 《湖北诗征传略》卷二十六《京山》有谭日晃、谭日曙传记。
② 《湖北诗征传略》卷二十六《京山》有丁思敬、丁思贤传记。
③ (光绪)《京山县志》卷十一《宦迹列传》有易履泰、易镜清传记,卷十二《懿行列传》有易大醇传记,卷十三《儒林列传》有易本烺传记。

科举上人才辈出,成为当地有名的文化世家。

易大醇,字厚斋,易履泰之子,以廪贡授枣阳训导,后乞养归里。奉养大父及两世父极尽诚敬,抚养诸侄同炊十余年,六十四岁卒。古文、词、诗歌纵横排奡,著有《周易指掌》《万松斋文集》《沌阳均阳岭南三草》《出山草》《归田草》诸集。

易大枞,生平事迹记载不详,因侄易镜清恩赠奉政大夫。(光绪)《京山县志》录存其诗《金泉寺》。

易镜清,又名易本杰,字炜南,易履泰长孙,易大醇长子。幼时有神童之称,二十二岁举于乡,二十六岁成进士。授中翰,选内阁侍读,累充国史馆,校书文渊阁。后迁浙江道监察御史、刑科给事中、庆阳府知府等职。颇有政绩,后殁于兰州公寓。(光绪)《京山县志》录存其诗文《观音岩》《子陵洞》《过郝楚望先生墓》《陈山豪杰祠》《龙泉寺二首》《白谷洞》《状新阳十二首》。

易本烺,字眉孙,易履泰之孙,易大醇次子,道光举人。后屡荐不第,遂专意著述,著有《诗文别外余集》等百种二百余卷。平时访辑人物故事手稿成帙,为续修县志底稿。生平孝亲敬长,信友睦族,年六十七卒。(光绪)《京山县志》录存其诗文《惠亭山》《会仙桥》《过多宝湾》《京源寺晚饮王屈二生》《宿食桥》《过歇帐冈》《拖船埠道上》《拜杨金寺鼎熙墓》《游多宝寺》《京山竹枝词十七首》《聊屈山》。

易本爝,生平不详,(光绪)《京山县志》录存其诗《孝子亭》二首。

126. 潜江莫氏家族

主要指莫若智、莫若玉、莫与先,家族由明入清,因主要生活在清代,遂归入清朝文学家族。《潜江县志》《湖北诗征传略》有传。

莫若智[1],字元达,号楚江。弱冠失怙,遂远赘东乡学博刘馨宇署中。有学行,万历时曾任翰林院修撰、皇子太师。后教授乡里,督其弟莫若玉及

---

① (康熙)《潜江县志》卷十六《人物志》有莫若智传记,有莫与先作品记载。(光绪)《潜江县志》卷二十《艺文志》有莫若玉作品记载。

其子莫与先学习,后二人知名于当时。博学有述,惜其书及作品不传。

莫若玉(1595—1667),字石伯,一字鳌峰,莫若智之弟。性好学,与莫与先一起考订文艺,往往忘记时间,至老弥笃。(光绪)《潜江县志》载其作有《南陂诗钞》《读史乐府》《今是堂集》《郇笈》。

莫与先(1615—1697)①,字大岸,莫若智之子。少负盛名,沉酣六籍百氏之书。顺治十五年(1658)进士,官高邑知县,称病归乡。益沉酣经史,为诗歌、古文、词,必为一时同辈推服,日手一编不辍。事母极孝,卒年八十。(康熙)《潜江县志》录其诗文《吾生篇》《潜江县志序》,《吾生篇》也为《湖北诗征传略》录存。

127. 潜江刘氏(刘肇国)家族

主要指刘肇国、刘信国兄弟。《潜江县志》《湖北诗征传略》有传。

刘肇国(1603—1659)②,字阮仙,崇祯进士,官编修。入清为祭酒,康熙朝入馆阁,有重望,屡主乡试和会试。熊伯龙和梁化凤文武名臣皆出自其门下,海内传为盛事。有《荽湄诗集》。《潜江县志》录存其诗《秋田叹》,《楚诗纪》录存其《秋日客鄂杂咏十三首》《博浪》《漂母祠》等七十六首,《湖北诗征传略》录存其《漂母祀》《夜雨同六弟作》,以及《客怀》《早起》《舟夜》《初度》《述怀》诗中佳句。

刘信国,字匡居,贡生,官知县。《湖北诗征传略》录存其《伟儿出就外,传诗以勉之》一首。

128. 潜江朱氏家族

主要指朱士尊、朱载震父子。《湖北通志》《潜江县志》《湖北诗征传略》有传。

朱士尊③,字伟臣,一字石户,自号花农老人。少负异禀,先世藏书丰

---

① 《湖北诗征传略》卷二十七《潜江》有莫与先传记。
② (康熙)《潜江县志》卷十六《人物志》、《湖北诗征传略》卷二十七《潜江》有刘肇国、刘信国传记。
③ (康熙)《潜江县志》卷十六《人物志》、《湖北通志》卷一百五十二、《湖北诗征传略》卷二十七《潜江》有朱士尊、朱载震传记。

富,诵览几遍。顺治朝拔贡,时值寇乱,遂弃科举,专业著述追求经世之学。将经学与时事结合写作《治平要录》,另著有《史略》《遇钞》《异钞》《编柳堂集》《花农笔记》《宜庄录》等,七十八岁卒。(康熙)《潜江县志》录存其《其妇之哭也作征妇吟(四首)》《复胆落于追呼漫成西山(三首)》《堤再决(八首)》,《楚诗纪》录存其诗《客江陵寄莫大岸》《谩园分韵》,《湖北诗征传略》还录存其诗《西征》。

朱载震(1642—1707),字悔人,或曰悔仁,又字含晖。幼承庭训,博极群书,康熙朝拔贡。初郘阳人王又旦以诗享誉海内,来潜江为官,朱士尊命其往师之。后入王士禛门下,王士禛评称其诗特工于五言,《泽潞》《纪行》诸篇力追古人。朱彝尊、韩宗伯都非常看重他。曾任四川石泉知县,有惠政,卒于官。著有《和山堂诗集》,《东浦诗钞》十卷。(康熙)《潜江县志》录存其《重修潜江县志序》,《楚诗纪》录存其诗《杂兴》《君子行》《水车谣》等三十二首,《湖北诗征传略》另录存《建兰》《漫堂夜坐,出周青士曾青黎诗笺,与牧仲同观,次牧仲韵》《将游庐山牧仲见贻方竹杖赋谢》《次黄公先生》《闻西征告捷》《寄莫大峤》《雨中过宋牧仲署斋次韵》《秋怀诗》《寄家竹垞次怀牧仲韵诗》《同石城公牛潜子秋日汉上》《次延皋先生留别韵》《夏过北兰寺》,以及《西征告捷》《秋怀》《寄吴延皋》《答黄湄》诗之佳句。

129. 潜江刘氏(刘珏)家族

主要指刘珏、刘踔俊父子。《湖北诗征传略》有传。

刘珏,字两玉,号木容,明经,官知县。制行高简,工吟咏,喜清谈,重交游。《湖北诗征传略》录存其诗《游西湖》。

刘踔俊,字遐嘱。安贫力学,工诗、古文词,为朱悔人高足弟子。有权贵慕其名,意欲罗为上客,其拒之。朱可亭招之以诗,亦不赴,家居灌园自给,闲吟短咏自得其乐。《湖北诗征传略》录存其诗《悔人先生移居》《网台》。

130. 天门王氏家族

主要指王鸣玉、王鸣琦,二人关系不明,应为同辈兄弟。《湖北诗征传略》有传。

王鸣玉①,字六瑞,天启进士。官给事中,因直谏外迁陇右参政,熹宗初召还。不久,罢官归乡。有《环草》,谭元春为之序。(乾隆)《天门县志》载其著有《补山斋集》《朝隐堂集》《西庄合刻》,并存录其《律堂碑文》,《湖北诗征传略》录存其诗《韦公寺》。

王鸣琦,字小韩,贡生,官知县,同有诗名。著有《浮麓诗集》,因《游西湖》"烟里闻箫天上曲,云边露寺画中山"诗句为时所称。《楚诗纪》录存其诗《青山寺老桂》《湖上》。

131. 天门邹氏家族

主要是指邹枚、邹山父子。《天门县志》《湖北诗征传略》有传。

邹枚②,字马卿,号获翁。颖异嗜学,七岁能文。美仪表,长髯飘飘,有挺立尘表之姿。家饶于财,园亭、图史、彝鼎、金石、旧本等充盈其家,海内名流多与之往来。著述颇丰,藏于家者十数种。(乾隆)《天门县志》载其著有《获翁文集》。《湖北诗征传略》录存其诗《汉上泊舟寄示长儿山》。

邹山,字宏景,号禹封,邹枚之子。顺治举人,官知县。(乾隆)《天门县志》载其著有《初言》《白松记》《怀归赋》。《楚诗纪》录存其诗《陪陈明府宴集西塔寺》《步城北郭归从西湖》,《湖北诗征传略》录存《初闻罢官》。

132. 天门刘氏(刘浑孙)家族

主要指刘浑孙、刘鲁孙、刘临孙、刘洵。《天门县志》《湖北诗征传略》有传。

刘浑孙③,字厚存,顺治进士,官司理。《湖北诗征传略》录存其七律《登一杯亭》的前半部分。

刘鲁孙,刘浑孙之弟。以诸生征宏词科不赴,诗工近体。《湖北诗征传略》录存其诗《答里友寄讯》。

刘临孙,字继令,号楫庵,顺治进士。(乾隆)《天门县志》载其著有《弋

---

① 《湖北诗征传略》卷二十八《天门》有王鸣玉、王鸣琦传记。
② (乾隆)《天门县志》卷十六《文苑传》有邹枚传记。《湖北诗征传略》卷二十八《天门》有邹枚、邹山传记。
③ 《湖北诗征传略》卷二十八《天门》有刘浑孙、刘鲁孙、刘临孙、刘洵传记。

佣草》《甜雪集》《响石轩诗》。《楚诗纪》录存其诗《米姜侯诗》《赠谭只牧》,《湖北诗征传略》录存《题曹溪汪氏园》。

刘洄①,字绘水,刘临孙之子。十四补弟子员,读书兼治生,积学工诗,尤精书法,人得其只字,必珙璧藏之。《湖北诗征传略》录存其诗《吟秋园》。

133. 天门沈氏家族

主要指沈曤、沈佺、沈伦。《湖北诗征传略》有传,但记载极其简略。

沈曤②,字秋堂,(乾隆)《天门县志》载其著有《诗法分类》。《湖北诗征传略》录存其"一官双鬓改,三径十年荒""芒冠敝补青山筹,瓦釜盈炊碧涧莼"诗句。

沈佺,(乾隆)《天门县志》载其著有《燕台小纪》《丛书秘笈》。《湖北诗征传略》录存其"渔艇回霜浦,沙灯照月岑"及"僧静带云深"诗句。

沈伦,字彝平,沈佺之弟。顺治进士,官知府。工诗,(乾隆)《天门县志》载其著有《秋心草》《西来堂草》。《楚诗纪》录存其诗《东湖夜泛》。

134. 天门龚氏家族

主要指龚松年、龚廷飏、龚健飏、龚光海祖孙。《天门县志》《湖北诗征传略》有传。

龚松年③,字心房,康熙贡生。性恬退,学问渊融,工书及诗画。慨邑中典礼废弛,遂与诸生上八议于宰,之后入庙昭虔祀事有恪。天门发生水灾禾黍不收,饿殍载道,便投状中丞,中丞恻然,赈灾救民。游闽至浙,所过名胜多留翰墨。晚年尤究心史学,喜汲引后进。惜作品不多传。

龚廷飏,字庶咸,龚松年之子,康熙进士。幼颖异,敦内行。进士及第后,因思母,而归守蒲州。时大将军马食田禾,公正无私惩戒了牧马人,大将军虽位尊但亦敬惮之。《湖北诗征传略》录存其诗《杨忠愍公祠》佳句。

龚健飏,字丙三,雍正进士。精经学,官御史,多所谏,有政声。《湖北

---

① (乾隆)《天门县志》卷十六《文苑传》有刘洄传记。
② 《湖北诗征传略》卷二十八《天门》有沈曤、沈佺、沈伦传记。
③ (乾隆)《天门县志》卷十六《文苑传》有龚松年、龚光海传记。《湖北诗征传略》卷二十八《天门》有龚松年、龚廷飏传记。

诗征传略》录存其诗《郊行》。

龚光海,字接司,又字义溪,号醇斋。本龚健飏之子,过继于龚廷飏。夙慧能文,十六岁随父亲侍御京邸,父亲判案,犯案之家请其饮,欲乱其志,酒酣之时言及狱事,其假装如厕翻墙而逃,其父赞之。《湖北诗征传略》录存其"一江浪白初无月,两岸烟青忽有山",以及《送友》"夕阳郭外青山出,晓月天边白雁来"诗句。

135. 天门胡氏家族

主要指胡阮、胡同夏父子。《湖北诗征传略》有传,但生平记载极其简略。

胡阮①,字省游,为诸生。《湖北诗征传略》录存其诗《泛舟》一首。

胡同夏,字元驭,胡阮之子。《湖北诗征传略》录存其诗《初冬即事》。

136. 天门刘氏(刘显恭)家族

主要指刘显恭、刘寅恭兄弟。《湖北诗征传略》有传,但生平记载极其简略。

刘显恭②,字云峰,乾隆进士。《湖北诗征传略》录存其诗《宿修莲庵》。

刘寅恭,生平不详,《湖北诗征传略》录存其《登文选楼》中诗句。

137. 天门蒋氏家族

主要指蒋祥墀、蒋立镛、蒋元溥祖孙,自蒋祥墀至蒋元溥,蒋氏三世并入词垣,两登鼎甲,文名盛于当代。《湖北通志》《天门县志》《湖北诗征传略》有传。

蒋祥墀(1761—1840),一字长白,又字盈阶,号丹林,乾隆五十五年(1790)进士。授编修,嘉庆三年(1798)副主浙江乡试,十年(1805)为会试同考,升国子监司业,累迁至祭酒。后官场几经沉浮,在鸿胪寺卿任上以年老致仕。主讲金台书院,数年后卒。文名冠世,书法出入钟繇和王羲之。诗法时帆先生,有成一家之称,惜作品不多见。《湖北诗征传略》录存其诗《望

---

① 《湖北诗征传略》卷二十九《天门》有胡阮、胡同夏传记。
② 《湖北诗征传略》卷二十九《天门》有刘显恭、刘寅恭传记。

衡图为熊两溟题》。

蒋立镛(1786—1847),字笙陔,蒋祥墀之子,嘉庆十六年(1811)状元。授修撰,历主河南广西乡试,四迁侍讲学士,转侍读学士,后擢为内阁学士兼礼部侍郎。文章品诣,众人皆推。《湖北诗征传略》录存其诗《登岳阳楼》《题华书屋缋图》《扬州》。

蒋元溥(1803—?),字誉侯,蒋祥墀之孙,道光十三年(1833)探花。授编修,升侍读,出为九江知府。未至,署江西盐法道。当时粤寇已炽,烽火逼境,筹备战守不遗余力,以劳致疾卒于任上。著有《木天清课彤馆赋钞》。

138. 天门熊氏家族

主要指熊士伟、熊士凤、熊士俠、熊士修、熊士鹏。《湖北诗征传略》有传,但生平记载都极其简略。

熊士伟[1],号确庄,为诸生。《湖北诗征传略》录存其《夜坐》《冬日闲居》《畜鹅》。

熊士凤,嘉庆举人。《湖北诗征传略》录存其诗《舣黄鹄矶》。

熊士俠,字散斋,贡生。《湖北诗征传略》录存其诗《除夕感兴》和《志感》中的佳句。

熊士修,字肇人,有《出谷诗集》。《湖北诗征传略》曰熊氏人自有集,清才绝艳首推熊士修,录存其诗《秋夜溪上》《月夜访僧参冥》《赠魏颠叟》《中秋夜遣兴》《夜诵杜诗》《九月六日对菊》《送易贯九还团山》《教童答客》。

熊士鹏[2],字两溟,号莼湾,嘉庆十年(1805)进士。家贫性敏,少时便苦于求学,穷极典籍,著述等身。诗独有心得,淡永深微,悠然意远,标举唐人冲和平谈之韵,一洗明季纤涩之音。教授武昌,提倡风雅,喜提携后进。为天下名士,有如泰山北斗,有《瘦羊录聚书》。《湖北诗征传略》录存其《拟古》《姑恶辞》《悲歌》《月夜泛舟寻魏琢夫》《泛湖同星海》等诗。

---

[1] 《湖北诗征传略》卷二十九《天门》有熊士伟、熊士凤、熊士俠、熊士修传记。

[2] 《湖北通志》卷一百五十二有熊士鹏传记。

139. 天门马氏家族

主要指马致远、马达玠，二人关系不详，应为同族。《湖北诗征传略》有传。

马致远[1]，字子猷，号平山。博闻强记，洪素人评其为旷世轶才。嘉庆举人，为应山训导。诗笔清越老劲，以"我老才欲尽，山老春复鲜"为时所称。《湖北诗征传略》录存其诗《樱桃道中》。

马达玠，字介石，与马致远同时举孝廉。工词曲，著《春水船传奇》。诗笔亦豪俊，《大雪同徐冲之登黄鹤楼》为其七古长篇，为集中杰作。《湖北诗征传略》录存其诗《兴会》。

第七节　清朝德安府文学家族

140. 安陆余氏家族

主要指余庆长、余庆远兄弟。《安陆县志》《湖北诗征传略》有传。

余庆长（1724—1800）[2]，字元亭，一字庚耦，乾隆朝举人。历任通海知县、署乐平府知府等职。独爱陈季立、顾炎武之学，为人渊静闲止。辞官告归后更留心经术古文，讲学五华书院。一生著作甚富，（道光）《安陆县志·艺文志》载其著有《十经摄提》《易识五翼义阶》《易义初阶》《易义识疑》《周书章段》《春秋比事集训》《春秋大义》《春秋傅辨》《礼记通论》《盘庚浅说》《月令启蒙》《登仕一纪录》《未信存逸》《缅古编略》《墨池绀珠》《德诒堂家训》《习园丛谈》等书，以及《壬癸诗钞》和《大树山房文稿》。《湖北诗征传略》录存其诗《人日过莫浪坡》《退思堂怀兴山太守》《寄杨虹孙、李翼兹两进士》。

余庆远，字璟度，余庆长之弟，贡生。嘉庆时举孝廉方正，精通申韩法家之言，历居大僚幕府，才能明敏，学问淹通。著有《周易见意四卷》《维西见

---

[1] 《湖北诗征传略》卷二十九《天门》有马致远、马达玠传记。

[2] （道光）《安陆县志》卷二十九《人物志》、《湖北诗征传略》卷二十一《安陆》有余庆长、余庆远传记。

闻纪》。工诗,王昶《湖海诗传》中选录数首,其他地方不多见。《湖北诗征传略》录存其诗《箐口》。

141. 安陆李氏(李阶平)家族

主要指李阶平、李道平兄弟。《湖北通志》《湖北诗征传略》有传。

李阶平①,字春圃,号友松,贡生。性敏嗜学,寒暑卷不释手,天文、舆地、诸子百家之说无所不窥。诗格调高远,力追盛唐,五十以后专宋"五子"之学。诗偶然为之,故存稿不多,有《自适其适斋诗賸》。但其他著述甚富,皆有心得。《湖北诗征传略》录存其诗《舟泊鄂城》《过万氏废园》《六十九岁生日立秋口占》《游石门》《春日》《冬夜》。

李道平(1788—?)②,字远山,李阶平之弟。道光举人,官嘉鱼教谕。颖敏好学,受知于鲍觉生侍郎。著有《获斋诗集》《郧小纪易诗集解》等书。

142. 安陆李氏(李元奋)家族

主要指李元奋、李莘、李淑贞。《湖北通志》《湖北诗征传略》有传。

李元奋③,字伯达,号立夫,乾隆朝举人,官知县。有《赐蒌堂集》,许兆椿中丞为其作序,认为其诗"含风茹雅,风骨遒然"。《湖北诗征传略》录存其《姑苏》《半山亭小憩》《扬州绝句》。

李莘,字耕崖,号云樵,李元奋之子。乾隆拔贡,官主事。与伯兄南洲、韦坡一门唱和,在京师与许兆椿、许兆棠两太史,万小庄、许沧浪等先后联吟,一时擅名当时。有《三十六砚斋诗集》。《湖北诗征传略》录存其诗《忆许石泉》《题板桥残照画册》。

李淑贞,李元奋之妹,儒士彭维燔之妻。幼擅诗礼,工吟咏,与兄元奋唱和,称一门风雅,有《柏窗集》。《湖北诗征传略》录存其诗《早发函谷关》《春日吟》《哭姐》。

---

① 《湖北通志》卷一百五十二有李道平传记,《湖北诗征传略》卷二十一《安陆》有李阶平、李道平传记。
② (道光)《安陆县志》卷二十四《选举志》有李道平记载。
③ 《湖北通志》卷一百三十九有李元奋伟传记,《湖北诗征传略》卷二十二《云梦》有李元奋、李莘、李淑贞传记。

143. 安陆寇氏家族

主要指寇钫、寇铨兄弟。《安陆县志》《湖北通志》《湖北诗征传略》有传。

寇钫①,字青棠,嘉庆时贡生。善篆,精于考订之学,工诗和画,名重一时。《湖北诗征传略》录存其《山庄初冬》。

寇铨,字仲浑,号石梁,寇钫之弟,嘉庆时贡生。工诗,善画山水,有秀逸萧闲之致。与刘增相友善,互相观摩诗画,晚年益进。著有《北征草》《名画题跋》。《湖北诗征传略》录存其诗《山居》《题绣球》《题画》《熙春词》《题芷湾白兆探春图》。

144. 安陆陈氏家族

主要指陈作宾、陈作辅兄弟。《湖北通志》有传。

陈作宾②,字揖臣,二十岁为诸生。性贞介,不轻易乞求他人。初张文襄提学湖北,置经义治事学舍,与其弟作辅、作彦皆以高材选中。由副贡选授竹山教谕,历任两湖书院监院、江夏教谕、江夏训导。砥节厉学,多所殚究。后发生大饥,详述灾状寓书,请御史张仲炘闻于朝廷,奉旨饬楚,督赈济。以老乞归,竹山人感激思慕。著有《邑南人物志》《七钝轩诗文集》。

陈作辅,字弼臣,陈作宾之弟,为诸生,事亲纯孝。嗜学,博通群籍,著有《楚北三都赋》,知名于时。

145. 云梦冯氏家族

主要指冯其世、冯其昌兄弟。《云梦县志》《湖北通志》《湖北诗征传略》有传。

冯其世③,字际生,顺治拔贡。任江西武宁知县,修学校,撤淫祠,缮城隍,锄凶暴,平土寇,减浮粮,武宁人爱之,卒于任上。(道光)《云梦县志略·艺文志》载其有《豫楚孚风录》四卷,《诗古文》四卷,《武宁县志》三十

---

① (道光)《安陆县志》卷二十九《人物志》、《湖北通志》卷一百五十二、《湖北诗征传略》卷二十一《安陆》有寇钫,寇铨传记。
② 《湖北通志》卷一百五十二有陈作宾、陈作辅传记。
③ (道光)《云梦县志略》卷九《人物志·文苑传》、《湖北通志》卷一百三十九有冯其世传记。《湖北诗征传略》卷二十二《云梦》有冯其世、冯其昌传记。

卷。《湖北诗征传略》录存其诗《思归寄弟晓生》。

冯其昌,字晓生,冯其世之弟,贡生,官司理。与兄亦友,入仕相约六十归田,但其兄先卒,遂称病归乡。五十筑悟亭集,日夕吟坐其中。诗宗陶韦,(道光)《云梦县志略·艺文志》载其有《悟怡亭诗集》,并录存其文《正俗论》。《湖北诗征传略》录存其诗《夜泊》《集饮湘阁》。

146. 云梦郝氏家族

主要指郝世贞、郝师寊、郝谦、郝琢庵。《云梦县志》《湖北通志》《湖北诗征传略》有传。

郝世贞①,字凝一,乾隆元年(1736)进士。选庶吉士,授知县,称病不就。(道光)《云梦县志略·艺文志》载其著有《归田杂记》《诗文集》《云溪制艺》。

郝师寊②,字洪伯,郝世贞后人,二人关系不明,应为同族,为诸生。少随父侨居洪山,作《洪山记》,时人称其为异才。及长博览群书,究心经世之学,著述丰富,诗、古文、词皆卓然成家。诗各体皆精,五古尤近汉魏。(道光)《云梦县志略·艺文志》载其有《志古堂文集》四卷,《志古堂诗集》四卷,并录存其《冯默斋先生传》。后同邑富人冯瑄将其《志古堂诗集》刊刻行于世。《湖北诗征传略》录存其《杂诗(二首)》,《有感》《晚望》《雪夜》《止木斋宿》《山居偶感》《登黄鹤楼》《赠王香谷》《寄赠伯衡丈》《对月》《山中阻雨同友人话旧》《舟夜》及佳句若干。

郝谦③,字益庵,郝师寊之子,著有《述先堂学诗草》,诗、古文、词卓有父风。(道光)《云梦县志略·艺文志》录存其《洪山水源辨》。《湖北诗征传略》录存其诗《学齐梁绝句二首》《雨后对月》《君子行》《放歌行》《郡城南楼》《襄阳竹枝》《夜行溪上》。

郝琢庵,郝师寊同族,进士出身,以诗名,惜仅留存"明月一池心是水,香风时逗白莲花"一联。

---

① 《湖北通志》卷一百五十二有郝世贞、郝师寊传记。
② (道光)《云梦县志略》卷九《人物志·文苑传》有郝师寊传记。
③ 《湖北诗征传略》卷二十二《云梦》有郝谦传记,并有郝琢庵简略记载。

147. 云梦程氏家族

主要指程应璜、程应琪、程怀璟兄弟,以及程怀璟子程齐讷。《云梦县志》《湖北通志》《湖北诗征传略》有传。

程应璜①,字渭府,号抑谷。性情冲淡,其学淹通,不专一家。乾隆时举人,任山西垣曲县知县。讼简刑清,洁己供职,闲暇之余以投壶吟咏自娱。后历任云南昆阳、宣威等州。因才能补大姚县,离开时士民攀挽走送数十里,未赴任即卒。生平不自著书,但多有随笔、杂记。(道光)《云梦县志略》录存其《题李修臣诗集后》《叠前韵复谢》,《湖北诗征传略》录存其诗《霍州》。

程应琪,字其玉,号树仙,贡生,官训导。善书法,得米芾书法真谛,八十余犹能写蝇头小楷。嗜诗,在世时存稿一千余首。(道光)《云梦县志略》录存其《去岁无禾今春淫雨伤麦乍晴出游三首(录一首)》《夏赏牡丹登丹桂亭赋诗三章》。《湖北诗征传略》录存其诗《秋日晚眺七绝》。

程怀璟②,字玉农,号小宋,程应璜之弟。嘉庆拔贡,朝考第一分刑部。任江苏司主事,升云南司员外郎,道光元年(1821)补授安徽州府知府,调凤阳府,再调安庆府。廉明公恕,境内肃然。后历任广东盐运使、云南按察使等职。病归居鄂城,得邱南屏侍郎别墅,修而居之,有九桂轩、不波书舫诸胜景,在林泉清平之中生活二十余年。诗清和淡宕、不事雕缋,而雅韵天成。工行草,雅近钟繇,有《不波山房诗》。力修《云梦县志》和族中支谱,年七十九卒。(道光)《云梦县志略》录存其《令尹子文名穀于菟辨》,(光绪)《续云梦县志略》录存其《云梦县志十二卷略》《云梦杂咏》《谒黄孝子墓》。《湖北诗征传略》录存其诗《山行有怀雨农兼柬春卿》《江南春》《唐宫曲》《田家秋晚》《雨霁晓行》《木犀湾守风》《余忠宣公墓》《夏观察怡士从戎图》《游侠曲》《仙棘亭》。

---

① (道光)《云梦县志略》卷九《人物志·文苑传》有程应璜传记。《湖北诗征传略》卷二十二《云梦》有程应璜、程应琪传记。

② (光绪)《续云梦县志略》卷七《人物志》、《湖北通志》卷一百三十九有程怀憬传记。《湖北诗征传略》卷二十二《云梦》有程怀璟、程齐讷传记。

程齐讷,字敏仲,号近甫,程怀璟之子,诗有父风。生平记载简略。《湖北诗征传略》录存其诗《游太白楼》一首。

148.云梦蔡氏家族

主要指蔡作桂、蔡作杞兄弟。《湖北诗征传略》有传。

蔡作桂①,字储五,号绿野,贡生。少工诗,与其弟蔡作杞共倡诗教于邑。与同邑之王共埙、郝师宣,随州储嘉珩、高洪钧同以诗闻名于时。(道光)《云梦县志略·艺文志》载其著有《绿墅诗文集》,并录存其诗《夏夜怀冯点斋先生》。《湖北诗征传略》录存其诗《夏夜怀冯默斋》《蔡阳馆》。

蔡作杞,字南有,蔡作桂之弟,乾隆中进士副榜,官教谕。诗笔清脆,优于其兄。(道光)《云梦县志略·艺文志》录存其《同北山孙丈松亭偕鹿王绂角月夜泛罗陂湖》。《湖北诗征传略》录存其《游观音岩》《同王湘云游滴水岩》《雨后望龙尾诸山》《宿多宝寺怀熊东山先生》《访李本宁先生故居》《寄家兄绿野》《晚泊》《游春杂咏》《访孙偕鹿》诸诗。

149.云梦许氏家族

主要指许兆桂、许兆椿、许兆棠、许炜。《湖北诗征传略》有传。

许兆桂②,字香崖,贡生。夙承家学,天资旷逸,与其弟许兆椿、许兆棠唱和,极一时之盛。历游蓟北、楚南、粤西,晚年桥寓金陵,自适颇得山川灵秀之气。(道光)《云梦县志略·艺文志》录存其有《梦云楼诗文集》,并录存其《题李紫溪秋燕诗后》《和王南亭邑中八景》。《湖北诗征传略》录存其《重阳风雨秦淮即事》《水仙花》《次黄梅县》《夜思》《琴鹤烟波图》。

许兆椿(1747—1814),字茂堂,一字秋岩,许兆桂之弟,乾隆进士。官至御史,但因忤时相,被放外任漕督抚黔粤浙三省,为官之处皆有政声。工诗善画,尤精于吏牍,下笔千言无不迎刃而解。著述宏富,(道光)《云梦县志略·艺文志》录存其有《秋水阁诗集》,并录存其诗文《赐萋堂初稿序》《初雪冯点斋先生招同彭孝存饮云益轩》《李谢如见访郡署小诗奉赠即送其

---

① 《湖北诗征传略》卷二十二《云梦》有蔡作桂、蔡作杞传记。
② 《湖北诗征传略》卷二十二《云梦》有许兆桂、许炜、许兆椿、许兆棠传记。

之海州》《和王南亭邑中八景》。《湖北诗征传略》录存其诗《题吴明府右门山图册子》《舟中和召村》《过万小庄与同人小集》。

许兆棠,字石泉,许兆桂另一弟,乾隆进士,官编修,遗憾早卒。(道光)《云梦县志略·艺文志》载其著有《石泉诗钞》,并录存其《送香岩伯兄归云梦》《送程抑谷外舅北上》。《湖北诗征传略》录存其诗《襄阳雨泊》《黄州院试九日偶感》《呈家兄秋岩》。

许炜,字沧浪,许兆桂长子,优贡不仕。在京师才名甚盛,与李莘、程绥人多唱和之诗,但均散佚。《湖北诗征传略》录存其诗《夏日即事》。许兆桂另一子许熙,字继显,号烜之。二十岁举茂才,但早逝。

150. 云梦李氏家族

主要指李元奋、李荪、李菶父子。《云梦县志》《湖北诗征传略》有传。

李元奋①,字伯远,号立夫。诗文名重一时,乾隆时期举人,授阜宁知县。当时发生水灾,积极赈灾,全活者众,总督尹继善称其为"江南第一好官"。后为官四川南部县,平定盗匪。(道光)《云梦县志略·艺文志》载其著有《赐萋堂集》《四书典制考略八卷》,并录存其诗文《新建山西会馆武庙碑记》《安姑传碑文》《抢筑行和赵一杜》《大水歌》《大水歌和韵》《许肖野别墅和林睡庐司马赠韵》《再题肖野别墅》《以赠》《低唱杜司勋之句贻我断句二章和答四首》《题安姑佛堂》。

李荪②,字南洲,号友石,李元奋之子,贡生。诗得家传,清拔可诵。其医人病,虽极贱贫者也亲为诊视。给人医药多不取钱,晚贫困不能自养,但以药活人依然。(道光)《云梦县志略·艺文志》载其著有《紫芝堂诗文集》《内外科症治方书》,并录存其诗《学宫古柏行》《伍员庙》《和王南亭邑中八景》。《湖北诗征传略》录存其诗《过赤壁》《连江署中即席示韦坡弟》。

李菶,字来邑,号韦坡,李荪之弟。少负异才,学有根柢,事亲有孝,乾隆

---

① (道光)《云梦县志略》卷九《人物志·仕迹传》有李元奋传记,卷十《人物志·技业传》有李荪传记,卷九《人物志·文苑传》有李菶传记。

② (道光)《云梦县志略》卷十《人物志·技业传》有李荪传记,卷九《人物志·文苑传》有李菶传记。《湖北诗征传略》卷二十二《云梦》有李荪、李菶传记。

举人。七试春官屡败,后官福建海澄县知县。时海涨成灾,赈恤抚民,治案公平,卓有政绩。(道光)《云梦县志略·艺文志》载其著有《聊复草拾存》《石欄点笔试帖》《连江县志二十卷》《省吾编》,并录存其诗《韩信堤》《和王南亭邑中八景》。《湖北诗征传略》录存其诗《浮云楼怀古》。

151. 云梦万氏家族

主要指万化成、万震父子。《湖北诗征传略》有传。

万化成①,字秋田,乾隆副贡,官知县。喜读韩愈集,诗不多作,"云作奇峰山在天"句颇奇崛。

万震,初名万镇,字武山,万化成之子,为诸生。幼擅诗,曾与曾香溪在诗词写作上一较高下,一时有"瑜亮"之称。(道光)《云梦县志略·艺文志》载其著有《云梦杂咏》。《湖北诗征传略》录存其诗《汉阳祇陀林宴集》《卧柏》《风雨渡江》。

152. 云梦戴氏家族

主要指戴利均、戴利玉兄弟。《云梦县志》《湖北诗征传略》有传。

戴利均②,字秉堂,岁贡生。诗笔秀健,与其弟戴利玉共勤苦力学,文遵先正轨范而能从心,诗仿陆游。每有诗作,便得传诵,从游者多。(道光)《云梦县志略·艺文志》录存其有《事类心裁》六十四卷,《成语封偶》四卷,《不为斋诗赋》剩稿八卷,并录存其文《重修子文墓》。《湖北诗征传略》录存其诗《手溪桥散步》《送别余履之旋里》《秋思》《望春台》。

戴利玉,字跻堂,《湖北诗征传略》录存其诗《坐月》《晚步》。

153. 应城李氏家族

主要指李蕑、李蕭、李简。《应城县志》《湖北诗征传略》有传。

李蕑③,字雪堂,号药村,太学生。工诗,凡医卜、阴阳、书画、琴棋之事

---

① 《湖北诗征传略》卷二十二《云梦》有万化成、万震传记。
② (光绪)《续云梦县志》卷七《人物志·文苑传》有戴利均传记。《湖北诗征传略》卷二十二《云梦》有戴利均、戴利玉传记。
③ (光绪)《应城县志》卷十《人物志·文苑传》有李蕑、李蕭传记。《湖北诗征传略》卷二十三《应城》有李蕑、李蕭、李简传记。

无不深入研究。为人慷慨端言,喜施贫乏,乡里有不平事则以大义折之,无不悦服。放弃举人科考,漫游汉上。于艺靡不娴熟,诗尤夙慧,七古沉雄踔厉,五古隽永幽谷,诗格气味尤近王维和孟浩然。程大中评其五言古诗乃天授,非人力能成。有《药村诗钞》十二卷。《湖北诗征传略》录存其《塞上曲》《送雪湖之鄂城》《秋怀柬程维楚》《兼柬王栎门》《不胜腹痛》《纺绩娘》《朱省堂访虚中上人》《夜泊晴堤有怀吴樗原》《过曾学轩草堂见白梅》《过访易借园不值》《朱省堂过饮寓楼》《怀友》《月夜怀人》《蛙声》诸诗。

李蕭,字湘南,李鼏之弟,乾隆间由贡生官荆门训导。奖诱士类,襄修试院。博雅能文,诗学王维和孟浩然,有《湘南诗钞》《愈愚斋文》共二十卷。《湖北诗征传略》录存其诗《晓发》。

李简,字惇川,李鼏之孙。具有家法,著有《鹤林诗稿》《雨窗旧闻》《蒲骚人物志》等。

154. 应山闵氏家族

主要指闵则哲、闵衍、闵能恕、闵鹄祖孙。《应山县志》《湖北通志》有传。

闵则哲,字睿先,顺治时由贡生出任江陵学博。著有《汶溪语录》《检心集》,但未成书,由其子闵衍编录成十四卷,后采入《四库全书》。(同治)《应山县志》录存其文《重修玉皇阁记》。

闵衍[1],字蕃伯,号印麓,闵则哲之子,康熙四十二年(1703)进士。为孝义知县,有政声,行取户部主事转员外郎。后请归乡里,潜心经史百家之书。著有《楚音正讹》《检心集》《印麓山房诗集》。(同治)《应山县志》录存其诗文《闵母程孺人孝烈传》《刘翁台岳义士传》《义士孙俊轩传》《倡修大成殿疏》《印台山文昌阁记》《游黑龙涧记》《山右署内见韩孝子其煏舍肉思亲作》《印台半月》《平靖关》《保定杨椒山先生祠》《魏武疑冢》《溱洧怀古》《嵇侍中祠》。除《嵇侍中祠堂》《溱洧怀古》外,《湖北诗征传略》另录存其

---

[1] (同治)《应山县志》卷十五《乡贤传》有闵衍传记,卷二十三《选举志》有闵能恕传记及闵鹄简要记载。《湖北通志》卷一百五十二有闵衍、闵能恕、闵鹄传记,并有闵则贤简要记载。

诗《读范滂传》《朱子文画雨中见访》《殷比干墓》《岳王祠》。

闵能恕,号杜坡,闵衍中子,谦谨老成,性敏嗜学。康熙时举人,为益阳教谕。著有《羹见录》《培兰斋古文》《啸云诗草》《密脾集》《殖学集》《三余广录》等。

闵鹄,闵衍之孙,闵能恕之子,乾隆三十四年(1769)进士。官刑部主事,后升员外郎。著有《此志轩古文》。

第八节　清朝宜昌府文学家族

155. 东湖罗氏家族

主要指罗宏备、罗宏顗、罗应箕。《东湖县志》《湖北诗征传略》有传。

罗宏备①,字我生,顺治拔贡。性孝友,博学能文,纵游燕齐吴越间,吟咏日富,授州判不就。诗宗陆游,有《习静堂集》《荆门山人集》等。(同治)《续修东湖县志·艺文志》录存其诗《苦旱行》《相逢行》《陆城行》《观兵入蜀》《泊青草滩》《宿姜孝祠》《兵后过栗园访陈五玉介中》《三游洞》《再游三游洞》《州行口号》《峡州竹枝词》《郡城口号》《虎牙怀古》《习静堂诗自序》《习静堂诗跋》,《湖北诗征传略》另录存《陆城行》《醉示箕儿》《怀古》《过王敬敷辟兵处》《纳凉》《秋夕》《清明》《郡城杂感》。

罗宏顗,字南宫,罗宏备从弟,亦有文名,著有《了闲诗集》,生平记载简略。(同治)《续修东湖县志·艺文志》录存其诗《元日州城即事》《登葛道山》《荆门》。

罗应箕,罗宏备之子。少颖敏,嗜学诗,能独承家学不坠宗风,为一时之隽才。(同治)《续修东湖县志·艺文志》录存其诗文《登天然塔望江》《抄秋偕周柳溪、冯谷伯游三游洞分得洞字》,《湖北诗征传略》录存其诗《同周柳溪静天昆仲青溪寺夜话》《远安道中》《送笨山和尚主席青溪》《龙女祠》

---

① (乾隆)《东湖县志》卷十七《人物志》、(同治)《续修东湖县志》卷十七《人物志》有罗宏备传记,附罗宏顗简略记载。《湖北诗征传略》卷三十八《东湖》有罗宏备、罗应箕传记。

《方丈小坐》《宿龙女祠》《夏日青溪杂咏》。

156. 长阳李氏家族

主要指李宗瓒、李万华、李经世、李芳。《长乐县志》《湖北诗征传略》有记载，但生平事迹简略。《湖北诗征传略》曰"李氏代有作者"。

李宗瓒①，只知其为贡生，九十岁乃卒。《湖北诗征传略》录存其诗《靖安道中》一首。

李万华②，乾隆岁贡，励志高远，与彭秋潭、饶仲扬以文字为友。长身伟貌，以朴实方正见称于时，但终不遇时。《湖北诗征传略》录存其诗《舟泊静安闻竹林书声》一首。

李经世，李万华之子，邑廪生，亦以文行于世。卒于嘉庆十五年（1810），年四十有余，作品不详。

李芳，曾任千总，亦工诗，但未有作品记载。

第九节　清朝郧阳府文学家族

157. 竹山张氏家族

主要指张其达、张其庆兄弟。《竹山县志》《湖北诗征传略》有传。

张其达③，字再敏，雍正贡生，官钟祥训导。性耿介，尝游西城拾白银，千方百计觅其主还之。后归乡，以诗酒自娱，寿八十乃卒。《湖北诗征传略》录存其诗《寄锡蕃弟》。

张其庆，字锡蕃，张其达之弟，雍正贡生，官宜都训导。《湖北诗征传略》录存其诗《辛巳冬残，北陆景短，青袍渐故，白发日新，概年光之冉冉抚人事之寥寥，乍涉笔以成趣，时击壶而为歌》《暮怀》。

---

① 《湖北诗征传略》卷三十九有李宗瓒、李万华、李芳姓名、作品记载。
② （同治）《长阳县志》卷五《乡贤传》有李万华传记，并提及李经世，有李宗瓒选举情况、李芳职官记载。
③ （同治）《竹山县志》卷二十《乡贤传》有张其达传记。《湖北诗征传略》卷四十《竹山》有张其达、张其庆的简要记载。

158. 竹山杜氏家族

主要指杜观德、杜光德兄弟。《湖北通志》《湖北诗征传略》有传,生平事迹简略。

杜观德(也作杜官德)①,字辅长,号霍麓,乾隆十年(1745)进士。历任吏部主事、郎中、江西粮道,后官至布政使。(同治)《竹山县志》录存其诗《看山》,《湖北诗征传略》录存《关山月》《远如期》《暮春》。

杜光德,字晋斋,号虹山,杜观德之弟。《湖北诗征传略》录存其诗《东方渐明》《送张亦楼、刘丹峰、漾川何松亭、李云门北上兼寄恕堂南暄》。

159. 保康吴氏家族

主要指吴联祥、吴树棠。《湖北诗征传略》有传,生平事迹不详。

吴联祥②,字云千,咸丰拔贡。《湖北诗征传略》录存其诗《怀刘夔丞》诗句。

吴树棠,字润苍,为诸生。《湖北诗征传略》录存其诗《赠林岱青邑侯》。

160. 郧西陈氏家族

主要指陈宏谟、陈宏猷兄弟③,生平事迹不详。

《郧西县志》卷十九《艺文志》录存陈宏谟诗《北隅耕烟》四首,陈宏猷诗《从军行》三首,《韭岩新雨》四首。《湖北诗征传略》录存陈宏谟诗《北隅耦耕》《溪居即事》,陈宏猷诗《从军行》。《北隅耕烟》与《北隅耦耕》为同一诗,只是字词稍有不同。

第十节　清朝施南府文学家族

161. 恩施王氏家族

主要指王家篁、王家筠兄弟。《恩施方志》《湖北诗征传略》有传。

---

① 《湖北通志》卷一百四十有杜观德传记,《湖北诗征传略》卷四十《竹山》有杜观德、杜光德简要记载。

② 《湖北诗征传略》卷四十《保康》有吴联祥、吴树棠简略记载。

③ 《湖北诗征传略》卷四十《郧西》只载有陈宏谟、陈宏猷作品。

王家篁①,字竹田,《湖北诗征传略》录存其诗《湘亭夫子以所作施州雨生行赐示赋呈志感》。

王家筠②,字滋圃,嘉庆拔贡,候选教谕。生平敦行嗜学,为邑侯詹湘亭所看重。用力于诗古文词,著有《听雨楼诗》四卷,冯展云为其集作序。对文公家礼考订甚详,著有《丧礼撮要》一编,乡人多奉行之俗,于是摒佛道而宗家礼。(同治)《恩施方志·艺文志》录存其诗《清江楼晚眺》《癸巳岁,彭树香同年招同郡学博罗、子峰游影蛾洞,以诗见示次韵酬之》,除《清江楼晚眺》外,《湖北诗征传略》另录存《奉和湘亭夫子招同门诸生载酒奎星阁集饮金栗花前之作》。

162. 来凤王氏家族

主要指王廷弼、王煜父子。《来凤县志》《湖北诗征传略》有传。

王廷弼③,字亮寅,号斌夫,嘉庆拔贡。博学能文,有济世之才,嘉庆元年(1796)白莲教起,助邑令剿贼有功授官,以母老未赴。著有《寸丹吟》一卷,《碧秋山馆诗文稿》五卷。(同治)《来凤县志》录存其诗文《朝院书院碑记》《庄邑侯殉难诗》《甘学师殉难诗》《怀王明府》《奉亲仑赴郡乞师》《教匪发难作》《张尉殉难诗》,除《甘学师殉难诗》外,《湖北诗征传略》另录存《有忆》《咏怀》。

王煜,字晓楼,王廷弼之子,拔贡。状颅而黑,目光炯炯有神。性聪颖,读书一目数行,《左传》、《离骚》、汉魏之书无不诵读。因《问月亭赋》受鲍侍郎激赏,一时名噪江汉。为文如天马行空,凌轹古今,不可一世,尤长于诗、赋、古体,著有《冬青馆诗草》二十卷,古律四卷,赋四卷,古文五卷,骈体文二卷,《来凤县志稿》二十卷。书法苍秀生动,自成一家。中年以后科考不顺,士林惜之。(同治)《来凤县志》录存其诗文《烈女井铭》《丙辰纪事》《仙人峒》,《湖北诗征传略》录存其乐府四章:《白巾贼备述胁从之冤也》

---

① 《湖北诗征传略》卷四十《恩施》有王家篁、王家筠传记。
② (同治)《恩施方志》卷九《人物志》有王家筠传记。
③ (同治)《来凤县志》卷二十三《人物志·文学传》有王廷弼、王煜传记。

《白莲野有尸伤死者不尽国殇也》《庄令尹叹县官之能报国也》《甘广文幸见危之能授命也》。

163. 建始范氏家族

主要指范述之、范启端、范佑正、范佑廉，关系不详。《建始县志》《湖北诗征传略》有简略记载。

范述之[①]，字泉麓，乾隆朝举人出身，任江夏县教谕，曾纂修县志。嘉庆元年(1796)建始盗匪滋事，勇擒贼首，并请求县令放其被胁愚民，后又请剿窜入建始县境的鹤峰盗匪。事父极孝，后致仕归乡。有《自有堂诗草》。(同治)《建始县志》录存其诗《春游指阳桥，值唐静山招饮，喜闻蜀师捷音有作》《戌铜鼓凸访文著斋途中即景作》《九日同蒋明府登朝阳观》《朝阳观》《石门感旧》《元夜铜鼓凸作》《巡戌至野三郑赠龙一庵》，后两首也为《湖北诗征传略》录存。

范启端，范述之之子，邑禀生，道光时拔贡，后中举。(同治)《建始县志》录存其诗《游石通洞》《米水河》。

范佑正，道光朝举人出身。(同治)《建始县志》录存其诗《朝阳观》，此诗也为《湖北诗征传略》录存。

范佑廉，只知其为邑庠生。(同治)《建始县志》录存其诗《吊晏升墓》，此诗也为《湖北诗征传略》录存。

---

① (同治)《建始县志》卷六《选举志》有范述之、范启端传记，传记中提及范佑廉名字，另有范佑正简要记载。《湖北诗征传略》卷四十《建始》有范述之、范佑正、范佑廉简要记载。

附　表　中国古代荆楚文学家族概览总表

在本书绪论中,我们已对"文学家族"进行了简要界定,认为"一个家族一代数人或者两代、三代以上都有以文学之名或以文学著称于世的成员,这个家族我们就可以称之为文学家族"。正是基于这样较为宽泛的定义,我们梳理了方志、谱牒、地方文献、作品总集等古代典籍,整理出了一定数量的文学家族。各个时期文学家族的具体数据如下:东汉 2 个,魏晋 2 个,南北朝 3 个,隋唐 8 个,宋元 9 个,明朝 90 个,清朝 163 个。可见古代荆楚文学家族具有一定的规模,尤其在明清两代,文学家族数量呈直线上升的趋势。这一现象有一个非常现实的原因,即这些家族离现代时间不甚久远,记载这些文学家族的方志、作品集等文献史料也与这些家族相去不远,因此他们的资料保存较为完整。

为了便于察看,我们将上述家族及其成员的基本信息按朝代、地域及大致先后顺序列成总表如下。

表 1　中国古代荆楚文学家族总览表

朝代	文学家族	家族主要人物	人物关系
东汉(2)	江夏黄氏家族	黄香、黄琼、黄琬	祖孙
	南郡王氏家族	王逸、王延寿	父子
晋朝(2)	江夏李氏家族	李景、李重、李充、李颙、卫铄	祖孙
	襄阳习氏家族	习凿齿、习辟强	父子
南北朝(3)	江陵宗氏家族	宗炳、宗悫、宗测、宗夬、宗懔	祖孙
	江陵庾氏家族	庾易、庾黔娄、庾於陵、庾肩吾、庾信	祖孙
	襄阳柳氏家族	柳世隆、柳炎、柳恽、柳憕、柳忱、柳庄、柳晉	祖孙

朝代	文学家族	家族主要人物	人物关系
隋朝（1）	江陵庾氏家族	庾诜、庾曼倩、庾季才、庾质	祖孙
唐朝（7）	江陵岑氏家族	岑文本、岑羲、岑参	祖孙
	襄阳张氏家族	张柬之、张敬之	兄弟
	襄阳柳氏家族	柳识、柳浑	兄弟
	襄阳段氏家族	段文昌、段成式	父子
	安陆许氏家族	许圉师、许浑	祖孙
	江夏李氏家族	李善、李邕、李郱、李磎、李沆	祖孙
	竟陵皮氏家族	皮日休、皮光业、皮璨、皮子良	祖孙
宋朝（7）	荆门孙氏家族	孙何、孙僅、孙侑	兄弟
	黄冈潘氏家族	潘鲠、潘大临、潘大观	父子
	蕲春林氏家族	林敏中、林敏功、林敏修	兄弟
	襄阳魏氏家族	魏泰、魏玩	姐弟
	襄阳米氏家族	米芾、米友仁、米尹知	父子
	应山连氏家族	连庠、连庶	兄弟
	谷城王氏家族	王之望、王学可	祖孙
元朝（2）	安陆赵氏家族	赵复、赵月卿	父子
	嘉鱼程氏家族	程从龙、程元龙	兄弟
明朝（90）	武昌孟氏家族	孟廷柯、孟仿、孟绍庆、孟绍勋、孟绍甲、孟登、孟进	祖孙
	江夏贺氏家族	贺时泰、贺逢圣	父子
	江夏呼氏家族	呼文如、呼举	姐妹
	嘉鱼李氏家族	李承芳、李承箕、李承勋、李占解	祖孙
	嘉鱼熊氏家族	熊开元、熊维翰	父子
	嘉鱼任氏家族	任宏震、任乔年	父子
	蒲沂魏氏家族	魏裳、魏朴如、魏说	祖孙
	蒲沂龚氏家族	龚逢祥、龚逢烈	兄弟
	大冶向氏家族	向日红、向日丹	兄弟
	大冶胡氏家族	胡应辰、胡允同、胡绳祖、胡念祖、胡率祖、胡梦发	祖孙
	崇阳王氏家族	王守贞、王甸、王畴	父子
	崇阳汪氏家族	汪必东、汪如璧	父子
	崇阳汪氏家族	汪文盛、汪宗元、汪宗凯、汪宗伊、汪桂、汪柱、汪际烺、汪垂	祖孙
	通山朱氏家族	朱原经、朱原璁、朱伯骥、朱廷立、朱之楫、朱万仰	祖孙
	东湖刘氏家族	刘一儒、刘戡之	父子
	东湖陈氏家族	陈禹谟、陈正言、陈嵩极	祖孙

续表

朝代	文学家族	家族主要人物	人物关系
明朝(90)	汉阳李氏家族	李宗鲁、李若愚	父子
	汉阳萧氏家族	萧良有、萧良誉、萧丁泰	父子
	汉阳朱氏家族	朱国俊、朱学孔、朱士曾	父子
	汉川尹氏家族	尹应元、尹宾商	父子
	黄冈吴氏家族	吴琳、吴琛	兄弟
	黄冈王氏家族	王廷陈、王廷瞻、王同轨、王同道、王一鸣、王一翥、王封溆、王封潆、王封权	祖孙
	黄冈吕氏家族	吕禧、吕应瑞、吕元音	祖孙
	黄冈樊氏家族	樊玉衡、樊玉冲、樊维甫、樊维城、樊维师	兄弟父子
	黄冈官氏家族	官应震、官抚辰、官抚极、官抚邦、官纯	祖孙
	黄冈邓氏家族	邓云程、邓之愈	父子
	黄冈万氏家族	万尔昌、万尔升	兄弟
	黄冈杜氏家族	杜濬、杜岕、杜世农、杜世捷	兄弟父子
	麻城李氏家族	李正芳、李文祥、李长庚、李中黄、李中素	祖孙
	麻城刘氏家族	刘天和、刘天和孙女刘氏、毛钰龙、刘谐、刘侗	祖孙
	麻城周氏家族	周釴、周弘祖、周弘伦	父子
	麻城梅氏家族	梅国桢、梅国楼、梅之焕、梅之熉、梅铖	祖孙
	麻城周氏家族	周世遴、梅生、周世进、周世建	夫妻、兄弟
	广济吴氏家族	吴亮嗣、吴亮思、吴敏功、吴敏含、吴兆伦	兄弟父子
	广济饶氏家族	饶于豫、饶嘉元、饶嘉绳、饶嘉轨、饶嘉亮、饶来中	祖孙
	广济王氏家族	王大谟、王逢年、王衍治	祖孙
	广济杨氏家族	杨大鳌、杨晋、杨复	父子(存疑)
	广济刘氏家族	刘养微、刘养吉	兄弟
	黄安耿氏家族	耿定向、耿定理、耿定力、耿汝愚	父子
	黄安吴氏家族	吴化、吴光龙	父子
	黄安卢氏家族	卢尧臣、卢之懔、卢爌	祖孙
	罗田胡氏家族	胡明庶、胡明通、胡明书、张明道	兄弟
	黄梅瞿氏家族	瞿九思、瞿甲、瞿罕	父子
	蕲州顾氏家族	顾问、顾阙、顾天、顾景星、顾昌	祖孙
	蕲州袁氏家族	袁世振、袁素亮	父子
	蕲水周氏家族	周中、周申	兄弟
	蕲水黄氏家族	黄可久、黄正色、黄祥远、黄峦	祖孙
	江陵张氏家族	张居正、张嗣修、张懋修、张允修、张同敞	祖孙
	江陵刘氏家族	刘楚先、刘亨	祖孙
	江陵张氏家族	张汝济、张教、张之增	祖孙

续表

朝代	文学家族	家族主要人物	人物关系
明朝(90)	江陵陈氏家族	陈治纪、陈懋挨	父子
	江陵曹氏家族	曹国朴、曹国矩、曹国枫	兄弟
	石首张氏家族	张璧、张世懋	祖孙
	石首王氏家族	王綎、王乔桂、王乔吴、王启茂、王启遵、王启京、王启棠	祖孙
	监利裴氏家族	裴珪、裴纶	父子
	监利刘氏家族	刘良宷、刘在朝、刘在京、刘懋彝、刘懋夏	祖孙
	潜江郭氏家族	郭嵩、郭铗	父子
	潜江张氏家族	张承宇、张承宠、姐张氏	姐弟
	公安呙氏家族	呙校、呙文光、呙邦永	祖孙
	公安袁氏家族	袁士瑜、袁宗道、袁宏道、袁中道、袁彭年、袁祈年	祖孙
	公安龚氏家族	龚大器、龚仲庆、龚世法	祖孙
	长乐张氏家族	张应龙、张之纲	父子
	巴东向氏家族	向九州、向维时	关系不详
	巴东朱氏家族	朱相、朱登用	关系不详
	襄阳韩氏家族	韩应嵩、韩光祜	父子
	京山黎氏家族	黎永明、黎奭	父子
	京山王氏家族	王大韶、王格、王宗茂、王宗载	祖孙
	京山高氏家族	高节、高岱,高启、高岢	父子
	京山李氏家族	李淑、李维桢	父子
	京山王氏家族	王颐、王应鼎、王应翼、王应箕	父子叔侄
	京山谭氏家族	谭如丝、谭如纶、谭浑、谭之琥	祖孙
	天门鲁氏家族	鲁铎、鲁嘉、鲁彭	父子
	天门钟氏家族	钟惺、钟恮、钟快	兄弟
	天门谭氏家族	谭元春、谭元严、谭元方、谭元礼、谭元亮、谭籍、谭篆、谭之炎、谭孙蓮、谭一豫、谭襄世、谭蔚龄	祖孙
	天门胡氏家族	胡承诏、胡承诺、胡褒、胡泌	祖孙
	天门黄氏家族	黄问、黄于麻	父子
	钟祥刘氏家族	刘洪、刘槩	父子
	沔阳陈氏家族	陈柏、陈文燮、陈文烛、陈汝璧	祖孙
	安陆何氏家族	何迁、何宇度	父子
	应城陈氏家族	陈士元、陈阶	父子
	应城吕氏家族	吕庭栩、吕其锦	父子
	应山陈氏家族	陈愚、陈仰可	父子
	孝感刘氏家族	刘伯生、刘伯燮	兄弟

朝代	文学家族	家族主要人物	人物关系
明朝(90)	孝感夏氏家族	夏鼎、夏鼐	兄弟
	孝感张氏家族	张可大、张遗	父子
	孝感杨氏家族	杨金声,杨金通	兄弟
	孝感程氏家族	程良筹、程正隆、程正巽、程正撰、程正萃	父子
	孝感刘氏家族	刘禧、刘祺	兄弟
	孝感沈氏家族	沈惟炳、沈宜、沈岐昇	祖孙
	容美田氏家族	田九龄、田宗文、田玄、田圭、田霈霖、田既霖、田甘霖、田商霖、田舜年	祖孙
清(163)	江夏潘氏家族	潘永祚、潘国祚、潘衍祚	兄弟
	江夏陈氏家族	陈正烈、陈正勋	兄弟
	江夏彭氏家族	彭崧毓、施德瑜、彭瑞毓	夫妻兄弟
	江夏戴氏家族	戴毓瀛、戴毓瑞	兄弟
	武昌唐氏家族	唐音、唐言、唐有章	祖孙
	武昌王氏家族	王渭鼎、王丰鼎、王涵、王汉、王游、王植经	祖孙
	咸宁孟氏家族	孟养浩、孟养蒙	兄弟
	蒲圻张氏家族	张开东、张开懋、张兆衡、张至曙	祖孙
	蒲圻贺氏家族	贺魁选、贺魁南	兄弟
	大冶余氏家族	余国柱、余国楷	同族
	兴国吴氏家族	吴景祉、吴甫生	父子
	兴国万氏家族	万斛泉、万寿椿	父子
	汉阳王氏家族	王士乾、王世显、王戠	兄弟父子
	汉阳李氏家族	李以笃、李以籍、李弈韩、李叙韩	兄弟父子
	汉阳熊氏家族	熊伯龙、熊正笏、熊祖旂、熊祖祎	祖孙
	汉阳张氏家族	张三昇、张叔珽	父子
	汉阳李氏家族	李昌祚、李必果	父子
	汉阳易氏家族	易兆羲、易廷斌、易廷望	父子
	汉阳萧氏家族	萧广昭、萧企昭	兄弟
	汉阳刘氏家族	刘顺昌、刘必昌	兄弟
	汉阳彭氏家族	彭心锦、彭启、彭湘怀	父子
	汉阳王氏家族	王铭臣、王铨臣	兄弟
	汉阳龚氏家族	龚书宸、龚书田	兄弟
	汉阳熊氏家族	熊天植、熊天楷	兄弟
	汉阳路氏家族	路钊、路镈	兄弟
	汉阳孙氏家族	孙汉、孙潞	兄弟
	汉阳江氏家族	江显宗、江韶宗	兄弟
	汉阳叶氏家族	叶继雯、叶志诜、叶名琛、叶名澧、叶名沣	祖孙
	汉阳邹氏家族	邹诒诗、邹廷尧	父子

续表

朝代	文学家族	家族主要人物	人物关系
清(163)	汉阳刘氏家族	刘傅莹、刘世仲	叔侄
	汉阳徐氏家族	徐溥文、徐光煜	父子
	汉阳汪氏家族	汪璪、汪钧	父子
	汉川林氏家族	林正纪、林德仁、林德义、林德明、林钟任、林钟侨、林祥绂	祖孙
	汉川程氏家族	程廷栻、程煜	父子
	汉川刘氏家族	刘振智、刘象益、刘贤佑、刘崇斌	祖孙
	汉川秦氏家族	秦之炳、秦敦承、秦敦原、秦笃辉、秦笃新、秦笃庆、秦本炽、秦本祖	祖孙
	汉川李氏家族	李先华、李先英	兄弟
	汉川万氏家族	万方春、万方青	兄弟
	黄陂金氏家族	金光杰、金国均	父子
	孝感夏氏家族	夏熙臣、夏嘉瑞、夏章瑞、夏光沅、夏策谦、夏立中、夏力恕、夏扶英、夏端榆	祖孙
	孝感屠氏家族	屠沂、屠溶	兄弟
	孝感程氏家族	程大昌、程大皋、程维祉、程光祁、程光祐、程光祀	兄弟父子
	孝感乔氏家族	乔远炳、乔远瑛	兄弟
	孝感萧氏家族	萧镇、萧炼	兄弟
	孝感王氏家族	王宗璟、王佐臣	父子
	孝感王氏家族	王瓒、王国源、王国浩	父子
	孝感王氏家族	王佩杰、王佩兰、王佩蓉、王佩蒲	兄弟
	孝感王氏家族	王兆春、王兆伟	兄弟
	孝感王氏家族	王嘉亨、王嘉宾	兄弟
	孝感屠氏家族	屠之连、屠道昕、屠道珍	叔侄兄妹
	沔阳费氏家族	费尚伊、费启绪	兄弟
	沔阳戴氏家族	戴俨、戴俊	兄弟
	沔阳刘氏家族	刘泗道、刘揆、刘兴樾、刘兴藻	兄弟父子
	沔阳高氏家族	高元美、高山	兄弟
	沔阳傅氏家族	傅卓然、傅梯	父子
	黄冈万氏家族	万尔昌、万尔升、万年茂、万承宗、万年丰、万廷琯	祖孙
	黄冈王氏家族	王用予、王泽宏、王材升、王材成、王材振、王材任	祖孙
	黄冈曹氏家族	曹本荣、曹宜溥	父子
	黄冈陈氏家族	陈肇昌、陈大章、陈大华、陈师栻	祖孙
	黄冈叶氏家族	叶封、叶道复	父子

朝代	文学家族	家族主要人物	人物关系
清(163)	黄冈宋氏家族	宋敏求、宋敏道	兄弟
	黄冈於氏家族	於斯和、於心匡	父子
	黄冈梅氏家族	梅见田、梅儒宝	兄弟
	黄冈靖氏家族	靖乃勷、靖道谟	父子
	黄冈钱氏家族	钱崇兰、钱崇柏	兄弟
	黄安张氏家族	张百程、张希良、张希圣	父子
	黄安卢氏家族	卢纬、卢经、卢绛、卢云凤	祖孙
	黄安张氏家族	张孝坦、张智坦、张忠坦	兄弟
	广济张氏家族	张步云、张皆然、张惟金、张礼源、张溥源	祖孙
	广济舒氏家族	舒其志、舒默、舒芝生、舒并生、舒观生、舒逢吉、舒峻吉	祖孙
	广济张氏家族	张楚伟、徐元象、张仁熙、张佳晟、张佳昶	祖孙
	广济胡氏家族	胡魁楚、胡復亨、胡肇亨	祖孙
	广济刘氏家族	刘秉鈇、刘秉鈐、刘洪芳、刘醇骥、刘醇骏	祖孙
	广济金氏家族	金德嘉、金德崇、金启汾、金启江	父子
	广济胡氏家族	胡本寮、胡本棻	兄弟
	广济张氏家族	张盘基、张琼基	兄弟
	广济刘氏家族	刘映丹、刘宗沉	父子
	广济魏氏家族	魏洪宾、魏昌期	父子
	蕲水杨氏家族	杨继经、杨继柱	兄弟
	蕲水徐氏家族	徐本仙、徐立苏	父子
	蕲水南氏家族	南光发、南昌龄、南心恭	祖孙
	蕲水徐氏家族	徐子芳、徐乾文、徐云文、徐明理	祖孙
	蕲水潘氏家族	潘绍经、潘绍观	兄弟
	蕲水陈氏家族	陈沆、陈沄、陈廷经	兄弟父子
	蕲水蔡氏家族	蔡绍江、蔡绍洛	兄弟
	蕲水徐氏家族	徐儒启、徐儒楠、徐儒模、徐崇文	兄弟父子
	蕲州卢氏家族	卢如鼎、卢絃	父子
	蕲州黄氏家族	黄载华、黄载峤	兄弟
	蕲州张氏家族	张士淑、张仕浑	兄弟
	蕲州刘氏家族	刘遐祚、刘万甯、刘之棠	祖孙
	黄梅黄氏家族	黄利通、黄之骐	叔侄
	黄梅喻氏家族	喻化鹄、喻文鳌、喻文銮、喻本钧、喻元鸿、喻元泽、喻元准、喻溥、喻同模	祖孙
	黄梅汪氏家族	汪美、汪勋、汪灼	兄弟
	黄梅余氏家族	余廷兰、余锡椿	兄弟
	黄梅吴氏家族	吴钰、吴铄	兄弟

朝代	文学家族	家族主要人物	人物关系
清（163）	黄梅梅氏家族	梅文、梅天钧	父子
	麻城李氏家族	李春江、李中素	父子
	麻城胡氏家族	胡鋐、胡翔蔼	父子
	罗田陈氏家族	陈瑞球、陈瑞琳、陈瑞琚、陈昌纶	父子
	罗田潘氏家族	潘焕龙、潘焕嫡、潘焕荣、潘焕吉	兄妹
	江陵李氏家族	李国华、李世恪、李震生	祖孙
	江陵张氏家族	张应宗、张应龙	兄弟
	江陵刘氏家族	刘士璋、刘经裕	父子
	江陵严氏家族	严以立、严以方、严以庄	兄弟
	江陵张氏家族	张可前、张毓衡、张毓霍、张毓瑞	父子
	江陵王氏家族	王树滋、王自仁	父子
	监利蔡氏家族	蔡以倬、蔡以僖、蔡以俦	兄弟
	监利龚氏家族	龚绍仁、龚绍仪	兄弟
	监利王氏家族	王柏心、王家遇、王家仕	父子
	监利郭氏家族	郭谱、郭尚荃、郭尚芝	父子
	公安邹氏家族	邹美中、邹崇泗、邹崇汉	父子
	石首谢氏家族	谢德超、谢元准	父子
	襄阳贾氏家族	贾若愚、贾润	祖孙
	襄阳徐氏家族	徐即达、徐联习	祖孙
	襄阳樊氏家族	樊雄楚、樊应棠	祖孙
	钟祥高氏家族	高钧、高铨	兄弟
	钟祥王氏家族	王全臣、王念臣	兄弟
	钟祥李氏家族	李苏、李莲	兄弟
	钟祥李氏家族	李兆锦、李兆铉、李兆钰、李潢	兄弟父子
	京山尚氏家族	尚登岸、尚声	父子
	京山胡氏家族	胡铭鼎、胡铭鼐	兄弟
	京山黎氏家族	黎岫、黎艺、黎峻	父子
	京山谭氏家族	谭日晃、谭日曙	兄弟
	京山丁氏家族	丁思敬、丁思贤	兄弟
	京山易氏家族	易履泰、易大醇、易大枞、易镜清、易本烺、易本燧	祖孙
	潜江莫氏家族	莫若智、莫若玉、莫与先	兄弟父子
	潜江刘氏家族	刘肇国、刘信国	兄弟
	潜江朱氏家族	朱士尊、朱载震	父子
	潜江刘氏家族	刘珏、刘踔俊	父子
	天门王氏家族	王鸣玉、王鸣琦	兄弟
	天门邹氏家族	邹枚、邹山	父子

续表

朝代	文学家族	家族主要人物	人物关系
清(163)	天门刘氏家族	刘浑孙、刘鲁孙、刘临孙、刘润	祖孙
	天门沈氏家族	沈曜、沈佺、沈伦	关系不详
	天门龚氏家族	龚松年、龚廷飏、龚健飏、龚光海	祖孙
	天门胡氏家族	胡阮、胡同夏	父子
	天门刘氏家族	刘显恭、刘寅恭	兄弟
	天门蒋氏家族	蒋祥墀、蒋立镛、蒋元溥	祖孙
	天门熊氏家族	熊士伟、熊士凤、熊士伩、熊士修、熊士鹏	兄弟
	天门马氏家族	马致远、马达玠	关系不详
	安陆余氏家族	余庆长、余庆远	兄弟
	安陆李氏家族	李阶平、李道平	兄弟
	安陆李氏家族	李元奋、李莘、李淑贞	父子兄妹
	安陆寇氏家族	寇钫、寇铨	兄弟
	安陆陈氏家族	陈作宾、陈作辅	兄弟
	云梦冯氏家族	冯其世、冯其昌	兄弟
	云梦郝氏家族	郝世贞、郝师亶、郝谦、郝琢庵	祖孙
	云梦程氏家族	程应璜、程应琪、程怀璟、程齐讷	兄弟父子
	云梦蔡氏家族	蔡作桂、蔡作杞	兄弟
	云梦许氏家族	许兆桂、许兆椿、许兆棠、许炜	兄弟父子
	云梦李氏家族	李元奋、李荪、李莘	父子
	云梦万氏家族	万化成、万震	父子
	云梦戴氏家族	戴利均、戴利玉	兄弟
	应城李氏家族	李㻋、李潚、李简	祖孙
	应山闵氏家族	闵则哲、闵衍、闵能恕、闵鹄	祖孙
	东湖罗氏家族	罗宏备、罗宏顗、罗应箕	兄弟父子
	长阳李氏家族	李宗瓒、李万华、李经世、李芳	祖孙
	竹山张氏家族	张其达、张其庆	兄弟
	竹山杜氏家族	杜观德、杜光德	兄弟
	保康吴氏家族	吴联祥、吴树棠	关系不详
	郧西陈氏家族	陈宏谟、陈宏猷	兄弟
	恩施王氏家族	王家篁、王家筠	兄弟
	来凤王氏家族	王廷弼、王煜	父子
	建始范氏家族	范述之、范启端、范佑正、范佑廉	关系不详

上 编 小 结

上编我们主要通过历代史书、地方方志,再结合作品总集、谱牒碑铭、笔记文集、专题汇编等资料,对古代荆楚文学家族进行了尽可能全面的搜索和整理,共统计出了 277 个文学家族,并对家族主要成员、人物关系、生平经历、文学创作等情况作了简要介绍和罗列。

由于本书是对古代荆楚一千多年的文学家族进行梳理,研究对象时间跨度长,地域范围广,资料庞杂且质量又良莠不齐,很多人物记载不详或缺失,例如根据《中国地方志集成》资料,湖北各个地方志就有 67 册之多,有些人物记载相互矛盾,有些记载与作品总集存在舛误等,所以本书对古代荆楚文学家族的整理难免有所疏漏,甚至错误。我们尽可能地对资料进行辨正,力求精准详尽,但不可避免仍然存在缺失,希望得到专家学者的批评指正。

在梳理古代荆楚文学家族资料过程中,我们发现很多成员的作品情况在史料中有记载,但随着时间的流逝和时代的变迁却散佚掉了,这些文学文本的存佚情况,本书未做全面清楚的梳理,是为一大遗憾。主要原因在于资料过于庞杂,我们手边能够掌握的资料不够全面,这一工作希望在将来能得到进一步完善。

本书对古代荆楚文学家族资料的全面梳理,无疑为今后荆楚文化研究、湖北文化研究、荆楚州府地域文化研究、家族文学研究提供了许多宝贵的资料,同时提供了未来可能开展的一些研究选题和方向。尽管我们的努力和尝试尚不完美,但仍具有一定的学术价值和意义。

中编

与其他地域相比，古代荆楚文学家族的数量、成就和影响在整个中国文学史上并不算特别突出，但是这些家族在荆楚文化的滋养下生成、发展，受到荆楚地理环境、风俗文化、政治经济、教育科举、文学观念、宗族制度等多方面影响，因而具有一定的地域特色。

　　在上编资料梳理的基础上，我们将通过对荆楚家族的历时考察和横向比较，去整体把握古代荆楚文学家族的基本特点，以动态发展的眼光更为全面地把握荆楚文化的某些特质。例如，相较于其他文化地域，荆楚古代文学家族发展程度如何？荆楚文学家族历时性的地理分布和朝代分布特点是否遵循一定规律？荆楚文学家族在代际构成、性别构成、仕宦构成、兴起方式、迁入流动、处世追求等方面有什么基本特点？作为文学家族，他们的文学创作具有哪些共同的基本特征？荆楚文学家族形成原因是什么？等等。这是本编试图解决的问题。

第四章　中国古代荆楚文学家族的
地理学考察

中国地域文化丰富多样、异彩纷呈,荆楚文学家族因而具有一定的地域特色。若将之与其他地域文学家族进行对比,可以让我们更好地把握荆楚地域文学家族的基本特征。此外,全国文学家族在地域和时间分布的流变,大致勾勒出从古至今全国文化中心的变迁大势。而古代荆楚文学家族在地域朝代上的不均衡分布,正好呈现出荆楚地域在不同历史时期文化核心区域的变化,为人们提供了审视荆楚文化发展历程的另一视角。

第一节　地域文化比较视野下的
古代荆楚文学家族

中国地域广大,自然环境各异,因而形成了不同的生活习性、生产习惯、民俗风情,而孕育出各具特色的文化。对于中国地域文化的划分学界有不同看法,一般可分为中原文化、齐鲁文化、燕赵文化、中州文化、三晋文化、巴蜀文化、南越文化、荆楚文化等类型。不同类型地域文化的特异性决定了不同地域文化下文学家族的不同特点,文学家族的创作及其家学传承风格也就会存在差异。为了更清楚地把握古代荆楚地域文学家族的基本特征,我们首先将之与其他地域文学家族作一横向比较。

一、不同文化地域文学家族的整体概览——基于《中国文化世家》一书的考察

中国文化上下五千年,涌现出的文学家族数不胜数,要对这些家族进行全面细致地梳理有着极大的困难。曹月堂先生曾集全国专家学者之力,完成了一套《中国文化世家》的编写。《中国文化世家》以圆观宏照的视野,按照文化地理的区域类型划分,对自古以来全国的文化世家进行了一次全面的搜集和整理,该书包括了"中州(河南)、齐鲁(山东)、三晋(山西)、燕赵辽海(河北、京津、东北、内蒙古)、荆楚(湖北、湖南)、吴越(苏南、浙江、上海)、江右(江西)、江淮(苏北、字徽)、岭南(两广、云贵、港澳)、巴蜀(四川)、关陇(西北各省),共 11 卷"①,旨在"讲述自古以来对文化发展做出重要贡献或在家学传承上有典型表现的那些家族,甚或仅有一代两代之显的家庭"②。《中国文化世家》这套书的出版,某种程度上为不同地域文学家族的整体把握提供了一种可能。

不过我们在以《中国文化世家》的资料记载为基础,对各个地域文学家族做基本整理之前,还必须对两个问题进行一个辨析。

第一,整体研究的可行性问题。当我们做整体研究时,理应将所有研究对象一一穷尽,但实际操作并不简单。总体来看,《中国文化世家》一书有一个不可回避的遗憾,即每卷对各个地域文化家族的梳理都较为粗略,比如荆楚卷,从东汉至晚清时期,只载录了不足三十个文学家族。与我们前面爬梳出来的 277 个文学家族相比,数据相差较大。这个问题许多分卷编者其实都有着清晰认识,比如吴越卷编者就指出:"根据我们并不完整的统计,仅仅在今苏南、上海和浙江地区,正式列名于国史纪传、称得上是'文化世家'的就有 300 余家。然而由于篇幅及本书体例所限,我们只能选择其中约 1/3(102)作为本书立传编写的对象。"③中州卷编者也对选入的文化世

---

① 曹月堂主编:《中国文化世家·前言》,湖北教育出版社 2004 年版,第 5—6 页。
② 曹月堂主编:《中国文化世家·前言》,湖北教育出版社 2004 年版,第 3 页。
③ 曹月堂主编:《中国文化世家·吴越卷》,湖北教育出版社 2004 年版,第 12 页。

家进行了说明,"中州文化世家灿若星汉,文化成就突出、有特色、有代表性的世家不胜枚举,本书所收只是其中的一部分。"①三晋卷编者也解释:"根据史籍文献的查考,虽然文化世家的统计数字极不完全,也可达到 147 家之多,但在实际操作过时却发现很多世家,由于文献史料的断档和奇缺,很难如愿满足初衷,即使经过多方努力,也无法达到理想的要求。"②等等。这里就产生了一个理论与实践、理想与现实之间的矛盾。正如上面三晋卷编者所言,原本根据史籍文献可以查找到诸多世家,但在实际研究过程中,却有很多现实问题让最初的许多研究设想变得理想化,其中最重要的一个原因便是文献史料的断档和散佚。因此《中国文化世家》各卷在编写时,选录的都是各个地域资料丰富、影响较大、成就较高、人员较多的一些有名世家。巴蜀卷就指出该卷也只是收录了巴蜀地域的一部分文化世家,但是却希望能通过这些典型家族的梳理达到"尝一脔而知一鼎"的目的。③ 因此,《中国文化世家》十一卷的编写虽然没有将全部文化世家一一罗列,但选录的都是其中最有代表性的文化世家,并能反映各个地域文化世家的基本特点,例如荆楚卷对古代荆楚文学家族的梳理。所以《中国文化世家》一书虽有遗憾,但我们仍可以通过此书,对不同文化地域文学家族的整体概览有个较为直观也较为准确的把握。这就使我们对荆楚地域与其他地域文学家族的横向比较具有了可行性。

不过,肯定有人发出这样的疑问,既然根据原始史料梳理出的许多家族,流存作品较少,成就不高,影响不大,或者特点不鲜明,为何要花如此之大的篇幅对之进行一一罗列,而不直接将其排除于研究范围之外呢? 司马迁在撰写《史记》时,创造了纪传体的史书体例,用本纪记载天子和国君之事,用世家记载诸侯国史,用列传记载人臣事迹。入传者都是他推崇认可的"明主贤君忠臣死义之士",他认为这些人都是历史的推动者、主宰者,所谓的天下英雄,理应被历史所铭记。但司马迁同时又认识到,历史不仅仅是由这些英雄构成的,还有很多普通平常之人,他们的功绩虽然不能与本纪、世

---

① 曹月堂主编:《中国文化世家·中州卷》,湖北教育出版社 2004 年版,第 21 页。
② 曹月堂主编:《中国文化世家·三晋卷》,湖北教育出版社 2004 年版,第 14 页。
③ 曹月堂主编:《中国文化世家·巴蜀卷》,湖北教育出版社 2004 年版,第 16 页。

家、列传里载录的人物相提并论,但也不该被历史所湮没。因此司马迁专门用"表"这一形式,将这些人物记载留存下来。何为表? 司马贞在《史记索隐》里解释说:"应劭云:'表者,录其事而见之。'案:礼有表记,而郑玄云:'表,明也。谓事微而不著,须表明也,故言表也。'"①赵翼《廿二史札记》说得更清楚,"《史记》作十表,仿于周之谱牒,与纪、传相为出入。凡列侯、将、相、三公、九卿,功名表著者,既为立传,此外大臣无功无过者,传之不胜传,而又不容尽没,则于表载之。作史体裁,莫大于是。"②这是司马迁很了不起的历史观。正是基于这样的出发点,我们认为许多古代荆楚文学家族,虽然家族规模不大、成就影响有限,或者留存作品不多,但他们毕竟是荆楚文学、荆楚文学家族的重要组成部分,应该被记载、整理和留存。因而我们在对古代荆楚文学家族梳理时,并未设立过多的限定,而是将方方面面、各式各样的文学家族做了一个尽可能全面的梳理。这也共同构成了那些有名家族得以产生、显现的背景,呈现出古代荆楚文学家族点与面不同层次的反映。所以这是一个问题不同角度的解读。当我们进行不同文化地域文学家族的横向比较时,我们在一定程度上,可以采信《中国文化世家》的资料注录,因为这是典型与典型的对比。而当我们进行内部的纵向比较时,每个时期家族数量的细致统计,又可以让我们更清楚地去把握荆楚文学家族的历史演进。

第二,厘清文化世家和文学家族的关系问题。《中国文化世家》一书认为:"中华文化悠久的历史中出现过许多祖孙、父子、叔侄、舅甥、兄弟相传相继的文化世家,人们称其所传习的学问为'家学'。"而"现在学术界研讨的'国学',一般都限制在较为严格的文、史、哲领域。如果我们拓宽视野,将传统文化中不可忽略的医药、戏曲等门类也纳入其中,那么就会发现,这些领域里的'家学',具有更加明晰的技艺传承关系、更加强健的学术统绪意味和更加坚忍的家族延续能力"。③可以看出《中国文化世家》一书对文

① (汉)司马迁:《史记·三代世表序》,中华书局1959年版,第487页。
② (清)赵翼:《廿二史札记》卷一,王树民校证,中华书局1984年版,第4页。
③ 曹月堂主编:《中国文化世家·荆楚卷》,湖北教育出版社2004年版,第5—6、9、11页。

化世家范畴的界定较为广泛，不仅包括了文学家族，还延伸至了医学、戏曲等世家。而我们在绪论中对本书研究对象文学家族的界定却与之有些不同，落脚点和重点在于家族成员的文学创作。因此本书在《中国文化世家》梳理出的资料基础上，又以绪论所言文学家族的界定对这些文化世家进行了一次筛选梳理，将成就仅仅表现为医学、戏曲、科技的文化世家，以及没有作品创作记录，或者只有一位成员有作品记载的世家排除在文学家族之外。此外，《中国文化世家·荆楚卷》采用的是广义的荆楚概念，将湖北、湖南两个地域统称为荆楚地域。本书荆楚范围正如绪论所言，采用的则是中观概念，因此在对各地文学家族进行梳理时，我们又将《中国文化世家》荆楚卷中的家族分为了荆楚和湘楚两个地域。

基于这样的认识基础和资料整理原则，我们将从《中国文化世家》一书中梳理出的各个文化地域文学家族列简表如下，以期作一粗略的整体比较研究。

表4-1　《中国文化世家》载录各个文化地域文学家族简表

文化地域	先秦	秦汉	魏晋南北朝	隋唐五代	宋元	明	清	合计
中州	0	13	17	13	16	3	7	71
齐鲁	2	3	11	3	5	4	9	37
三晋	0	1	7	6	7	2	11	34
燕赵辽海	0	4	18	7	19	12	80	140
荆楚	0	2	4	2	3	10	7	28
湘楚	0	0	0	2	7	8	19	36
吴越	0	0	5	2	22	34	25	88
江淮		3	6	2	7	6	30	54
江右	0	1	1	3	58	22	24	109
岭南	0	1	0	6	5	17	62	91
巴蜀	0	4	4	3	19	4	6	40
关陇	1	3	3	7	3	2	2	21

整体来看,从东汉至晚清时期,荆楚地域可圈可点的文学家族与其他地域的文学家族相比,相对单薄,整体数量仅仅高于关陇文化区,与燕赵辽海①、江右、岭南、吴越、中州等文化区域相比,差距较大。

除《中国文化世家》外,曾大兴在其《中国历代文学家之地理分布》一书中根据谭正璧先生的《中国文学家大辞典》,也寻绎出中国历代有一定影响的文学家族440个,并按其地域、时代、省属、类型等制作了一份"中国历代文学家族之地理分布表"。在此基础上,又制作了"各省文学家总数(排序)与文学家族总数(排序)对照表"。② 因为曾大兴文学家族的资料,主要来源于谭正璧先生的《中国文学家大辞典》,而谭先生对文学家族成员的收录是有选择的,所以这里对文学家族的统计,相较于十一卷的《中国文化世家》来说稍显单薄。因此本书在论述各个文化地域的文学家族时主要以《中国文化世家》各卷收录记载的文学家族为参考资料,曾大兴一书的统计则为各个地域文学家族的考察提供了一个重要的参考。

二、不同文化地域文学家族的整体对比及分析

从全国文学家族的地域分布和时间分布可以看出,文学家族的兴盛与所在区域的政治经济、文化发展以及该地区在全国文化中的地位等息息相关。这同时也明显勾勒出从古至今全国文化中心一个大致的变迁趋势。

齐鲁文化是中华文明发祥较早的地区之一,春秋战国时期齐鲁之地就已成为中国文化的中心地区。诸子百家中,儒、道、墨、法、兵、阴阳、纵横等

---

① 曹月堂主编《中国文化世家》一书的文化区域划分整体来看是较为清楚的,值得一提的是"燕赵辽海"文化地域。分卷总论对此卷地域范围这样解释:"本卷所谓燕赵,大致指今河北省长城以南,当然包括京津两地在内。广义的说,燕赵之地,特别是冀中冀南,正是历史上的中原。……本卷所谓辽海,大致包括了今长城以北、以东的广阔地区,即今天的内蒙、东北和河北省的北部。近两千年来,这一广大地区,与燕赵相连,而逐步融入中原文化,同时也丰富了中原文化,特别是燕赵地区的文化,所以,为划分的方便,本书把辽海与燕赵合为一卷,这是需要向读者说明的。"由此可见,这一部分包括的范围较广,因此梳理出的文学世家也较多。
② 曾大兴:《中国历代文学家之地理分布》,商务印书馆2013年版,第524—542页。

重要学派的创始人或代表人物,大都生活在齐鲁地域。正是有着这样的文化氛围及积淀,齐鲁地区早在先秦时期就已有文学家族产生。比如孙武孙膑世家,孙武有《孙子兵法》十三篇,孙膑有《孙膑兵法》八十九篇。再如曲阜孔氏世家,自孔子之后,孔氏文化名人绵延不绝。

关陇地区同样如此,既有黄河中游地区中国古代文明摇篮之一的华夏文化,也有中国古代文化代表之一的秦汉文化,先秦时期就产生了修德养性、礼乐治国的姬昌世家。姬昌拘羑里,演周易八卦为六十四卦。姬旦即周公,辅佐成王,有《牧誓》《君奭》《多士》《无逸》《主政》等文。汉唐时期,因政治中心地位的原因,关陇文化一直较为繁盛,文学家族也就多产生于此。但唐代以后,关中失去了全国政治中心的地位,又因为中国经济重心东移,文化不复往日之盛。加上西北地区领土辽阔,靠近边疆地区,民族众多,其文化和文化世家的发展呈明显下降趋势,体现出时间和地域上的不平衡和复杂性。

中州文化地域,因居天下之中的优越地位,也是中国文化的发祥地之一。夏建立在豫西的河洛地区,商虽然数次迁都,但基本都是在河南境内,后东周又迁都洛阳,使中州成为国家政治文化中心。在三朝文化的基础上,随着东汉定都洛阳带来的政治重心的东迁,这一时期中州地区文化迅速崛起,中州成为全国文化最为发达的地区。魏晋南北朝时期,由于战争频仍,中州文化发展较慢,但因上承东汉丰厚的文化积淀,中州仍为当时的全国文化中心。隋唐五代,洛阳因陪都之故,依然名人辈出,文化发达。北宋建都开封,西京洛阳和南京商丘两个陪都都使得中州成为全国文化的核心地域。所以中州地域从东汉始,一直至北宋时期,文学家族的数量一直具有明显优势。据钱超峰、杜德斌《北宋官僚家族网络的空间结构及其演化:基于CBDB和CHGIS的考察》一文中的数据统计分析,北宋"从空间分布上看,家族分布较为稀疏且集中于若干区域。开封洛阳一线中原核心地区是北宋家族分布最为密集的区域,其次还存在吴越(两浙路)、江西等次要中心,除了四川之外,湖广、岭南、西南等地家族分布较少。但是各个集聚区域内部和相互之间,各个家族之间的联系大多比较紧密,其中最为明显的即中原与吴越地区的家族婚姻网络"①。此文分析的虽然是北宋的官僚家族,但文学家族的情况基本也是如此。不过宋代的靖康之变使中州文化遭到前所未有的打击,甚至可以说变得一蹶不振,大量文化名人流落江南,江右、吴越、岭南地区文化则成为继中州文化地域的后起之秀。

江右文化发展较晚,可谓奠基于商周,形成于汉唐,发达于宋明。江右地区东部是武夷山,西边是幕阜山,南面是五岭,只有北面与长江相通,闭塞的环境以及长期与中央政治的疏离,使得江右地区到了魏晋才逐渐发展起来。在中原多次遭受战争的劫难情况下,江右地区因其优越的地理环境与良好的自然环境,成为中原人民南迁的一方乐土。从魏晋南北朝始,中原的先进技术、工具和文化思想,随同中原移民源源不断地进入江右,某种程度上可以说江右文化就是中原文化的直接承传者与弘扬者。尤其宋代以来,江右成为全国文化繁盛之地,文化世家层层迭出。一方面大量文化士人从北流入,另一方面以正统儒学自居的理学、心学传入江右。无论周敦颐、朱熹,还是陆九渊、王阳明,他们虽不全是中州之人,但其学术研讨活动都以江右为主要区域,再向周边省份辐射,继而影响全国。因此这一时期江右产生了大量的文化世家,成为学界一大佳话,理学的盛行也决定了江右宋元文学家族大多同时为理学世家。但至明清始,由于吴越和江淮地域文化的兴起,中州文化辉煌不再。尤其清代中叶海禁一开,江西作为江南交通枢纽的地位顿失,这就使原本与中原文化关系密切的江右文化陷入困境。

吴越地区,虽然文化起源很早,大约十万年前,已有人类在今浙江建德一带居住,产生了河姆渡文化、马家浜文化等,代表着太湖流域、钱塘江流域文明历史的悠久与发达,但不可否认的是,就全国整体而言,自殷商至隋唐的两千年间,中国的政治经济中心始终处于北方"中原"地区,文化上也基本以关陇、齐鲁、中州文化为主导。自三国两晋以降,伴随着全国政治经济重心的南移,尤其明朝中后期商品经济在南方的大力发展,自明清始,吴越

---

① 钱超峰、杜德斌:《北宋官僚家族网络的空间结构及其演化:基于 CBDB 和 CHGIS 的考察》,《历史地理研究》2019 年第 2 期。

才继中州之后日益显示出文化中心地位,诸多文化世家被列名于国史纪传。康乾盛世以来,吴越地区无论经济教育,还是学术文学,都一直走在全国前列,其影响一直延续至今。

岭南地域文化起步较晚,但发展迅猛。早期这里被视为化外"蛮夷之地",与中原地区相较存在明显差距,文化世家的大量出现,主要集中在唐五代之后,而明清以来最为显著。这自然是农业文化重心不断从北向南迁移,甚至逆转为南方胜过北方的结果。两广特别是云贵尽管与长江中下游或者东南地区相比,经济文化力量仍不够发达,但无论经济开发的势头或文化交融积累的进程都远远超过唐宋以前的各代,儒家礼乐教文化也不断由核心城镇向边缘地区辐射和渗透,加上山川草木自然以及历史传统的养育与影响,经学、史学、文学、艺术等各个领域的人才群体也日见其多。岭南文化发展与吴越文化相似,基本上都是因为从明清至近代,两地经济、政治、思想都处于全国领先地位,文化便随之繁盛起来,因此这两个地域的大部分文学家族都集中于明清时期。

燕赵辽海文化区域文学家族众多,地域范围宽广是其中一个重要原因。它的地域包括了今天河北省长城以南、以北、以东的广阔地区,即今天的河北、内蒙古、东北等大部分地区,当然还包括京津两地在内。秦汉时期,辽海地区由于距离中原较远,文化发展程度较低,尚未有文化世家的文献记载,而燕赵地区的文化世家已经颇具规模,开始在社会上产生较大的影响,不过也经历了许多曲折变化。后来北方战乱频仍,燕赵辽海文化世家虽然发展变得缓慢,却从未停滞。宋朝时,南方经济文化迅速发展,燕赵地区的文化发展进程与之相比有着较大差距。虽然金朝定鼎中都之后,这里成为整个北方地区的政治和文化中心,但燕赵地区的文化世家仍然不够显著。因为这一时期的豪门大族,多为军事将领,罕有文采可言。元代天下一统,蒙古统治者定鼎大都(今北京),燕赵地区而成为全国的政治和文化中心。随着南北两方原有隔阂的破除,带来了这一地区文化的蓬勃发展。明清时期,北京作为全国政治、文化中心的地位愈加巩固,文化世家也随之迅速发展。特别清代,中国封建社会发展到了最鼎盛时期,其文化也进入集大成时期,因此燕赵辽海地区著名学者比比皆是,而且在首都文化界占有重要的学术地位。不过不可忽略的是,从元代到清代的京畿文化世家,许多都是外来移民,在本地区长期定居而成为这里的文化世家。这种现象虽然在其他文化地域也有所见,但在京畿地区表现尤为突出。

从上面分析我们可以得出一个基本结论,文学世家的地域分布可以推衍出从古至今中国文化兴盛区域的大致走向:秦汉之前,齐鲁和关陇地区为全国文化中心;汉至唐,中州地区文化最为繁盛;宋元文化的兴盛之地处于江右;而江淮,尤其吴越、岭南、北京一带自明清始,则为全国文化中心,影响一直延续至今。①

荆楚文化是中华民族文化的重要组成部分,然而从整个历史进程来看,荆楚地域在古代似乎除了先秦楚国、三国时期外,并没有成为中国政治、经济的核心或重要区域。文化一般与政治地位和经济发展相辅相成,所以相对于先秦两汉时期的齐鲁文化、中州文化,两宋时期的江右文化,明清近代的吴越文化、江淮文化、岭南文化,荆楚文化整体表现较为平淡,这是我们不得不承认的一个事实。简而言之,从全国范围来看,荆楚文化虽是我国具有鲜明地域特色的区域文化之一,文化地位却一直并不突显。正如梁启超曾评说湖北文化时认为,自汉至明末"湖北与中国各省文化之程度比较,适或水平线列于不高不低之地位间"②。这个评价颇具公允性,荆楚地域的文学家族始终处于一个不太发达、不够显著的境遇,因而得到的学界关注就非常有限,我们在研究古代荆楚文学家族时确实不宜过于拔高。

三、古代荆楚文学家族的历时性分析

从前面表 1 和表 4-1,我们很容易得出一个基本结论:荆楚文学家族的

---

① 曾大兴在《中国历代文学家之地理分布》一书中,对谭正璧先生《中国文学家大辞典》记载的 6286 位文学家的地理分布情况进行了列表统计,在此基础上,对历代文学家的地理分布重心进行了分析,结论全面细致。本书从文学世家的地域分布推导出的从古至今中国文化兴盛区域的大致走向,虽然与之视角不同,但结论基本一致。

② 梁启超:《湖北在文化史上之地位及其将来之责任》,原载于《申报》1922 年 9 月 5 日和 6 日《梁启超在武大暑校讲演纪》。

朝代分布不太均衡。从汉至宋，每个朝代出自荆楚地域的文化家族并不是特别多，从明清始，数量则大幅度增加。为了更清楚地把握古代荆楚文学家族在各个朝代的分布情况，我们在表一基础上，将历代荆楚文学家族整体情况再罗列简表如下。

表 4-2　古代荆楚文学家族朝代分布总表

朝代	东汉	魏晋南北朝	隋唐	宋元	明	清	合计
家族数量	2	5	8	9	90	163	277

从上表可以看到，明清时期荆楚文学家族数量呈直线式上升，这是一个非常有趣的现象。正如李真瑜在《明清文学世家的基本特征》中所说："文学世家是明清文坛上较普遍存在的一种文学现象。"①这首先与古代资料的留存方式有很大关系。古代文人资料主要通过各种史传、文集、碑铭、谱牒、耆旧传、先贤传、志书等得以保存。明清之前，这些资料保存较全的多是在历史上相对有名，或具有一定地位的文人，而许多不知名的文人被淹没于历史长河之中，直到后来修志事业的兴盛才改变了这一现状。明朝开始大量编修方志，这一工作并日益制度化，清代方志编撰更是进入封建时代的全盛期，可谓"虽僻陋荒岨，靡不有志"②。这些方志大都属于官修性质，不仅获得各地官府的大力支持，更重要的是有大批知名学者参与其中，极大提高了方志的水平和质量。在一系列的省志、州志、府志、县志中，人物传记是其中的重要部分，历来有"古来方志半人物"的说法，章学诚也认为"邑志尤重人物"③。方志人物门类繁多，一般有名宦、乡宦、仕进、孝友、节烈、耆旧、方伎、流寓、列女等各种类别；表志中有职官表、选举表；艺文志中有墓志、碑铭、传诔、诗文及其作者记载等。其中所载人物大大超出了正史的范畴，保存了大量各地专家学者、文人贤士、低级官吏、隐逸高士、能工巧匠等各类人物，

① 李真瑜：《明清文学世家的基本特征》，《中州学刊》2006 年第 1 期。
② 张松孙：《重修蓬溪县志序言》，见（乾隆）《蓬溪县志》卷首，乾隆五十一年（1786）刻本。
③ （清）章学诚：《文史通义》卷八外篇三《修志十议》，叶瑛校注，中华书局 1983 年版，第 843 页。

还非常注重宗族、家族成员关系的梳理和记录。有了这些资料的留存，也就非常好理解为何明清时期文学家族的统计数据呈直线式上升趋势了。

其次，这与明清时期封建文化的发达、教育的扩大化息息相关。"学而优则仕"是中国古代读书人的奋斗目标和理想追求，从贵族特权，到孔子私学，再到隋唐确立的科举制，这些选拔制度为愿意跻身社会主流阶层的读书人建立起一种可行渠道。明清时期，读书人对科举的迷恋达到了狂热程度，不仅政府通过文教大力培育和笼络人才，而且商品经济的发展又为人们提供更多的教育资源和教育形式，除了各级官学、书院培育人才外，即使偏僻之地也有村学、乡学、宗学、村塾等各种学校。正如《明史·选举志》记载："洪武二年，太祖初建国学，谕中书省臣曰：'学校之教，至元其弊极矣。上下之间波颓风靡，学校虽设，名存实亡。兵变以来，人习战争，惟知干戈，莫识俎豆。朕惟治国以教化为先，教化以学校为本。京师虽有太学，而天下学校未兴。宜令郡县皆立学校，延师儒，授生徒，讲论圣道，使人日渐月化，以复先王之旧。'于是大建学校。府设教授，州设学正，县设教谕，各一。俱设训导，府四，州三，县二。生员之数，府学四十人，州、县以次减十。……盖无地而不设之学，无人而不纳之教。庠声序音，重规叠矩，无间于下邑荒徼，山陬海涯。此明代学校之盛，唐宋以来所不及也。"①清代虽然时有文字狱发生，但教育制度和学校体系是日趋细致和完善，社会文化教育水平大幅提高。这些都是明清两代文学家族大幅增多的重要背景。

再次，这也在于明清宗法制的变化和影响。中国是一个典型的宗法制社会，在漫长的历史进程中，宗法制发生了几次大的演变。由先秦的宗子制，到两汉至隋唐的世族、士族宗族制，宋元的官僚宗族制，再到明清的绅衿宗族制，宗法制逐步民间化。至明清时期，社会上的宗族由皇族、贵族、官僚、绅衿、平民几种类型的宗族构成，而且由于社会结构的变化，官僚不能世袭，社会上便缺乏传世久远的高门巨族和贵族士族，平民宗族却大幅增加，家族进入显著民众化的时代。民众化即民间化和大众化，这些平民宗族在

---

① （清）张廷玉等：《明史》卷六十九《选举志一》，中华书局 1974 年版。

民间拥有强大的社会势力和影响。① 这里的平民宗族我们可以理解为平民家族,因为"宗族,是家族的社会组织名称"②。平民家族的大增是明清文学家族大量产生的一个前提和基础,并且这些家族在文学活动中体现出强烈的家族意识和家学传承。

最后,这与全国文化中心的变迁是一致的。从全国文学家族的地域分布来看,正如之前所述,唐以前的文学家族主要分布在陕西、河南、河北、山东、山西等北方地域,南方地域较少。③ 宋朝文学家族的区域分布则发生了很大变化,南方的文学家族数量明显多于北方,造成这种局面的原因是多方面的。其中一个重要原因在于自东汉以后,江南的经济开发及其文学的快速发展、全国经济从唐代开始的南移,都为宋代文学家族在南方的兴起奠定了良好的物质基础。尤其宋朝建都南方,给南方的政治经济文化发展提供了巨大机会。④ 但是虽然宋代文学家族主要集中于南方,如若进一步细分,南方文学家族的分布因南方各个地域文化发展的不平衡也表现得不均匀。文化发达、文风炽盛的闽南江浙产生的文学家族较多,而文化发展相对落后的荆襄、湖湘、岭南、黔中、两广等地较少。所以唐宋时期,整个荆楚地域产生的文学家族非常少,这基本符合唐宋南方文学家族的整体分布规律。整体来看,在封建社会早期,关东文化、齐鲁文化、中州文化一直占中国传统化的主导地位,与之相应,陕西、山东、河南等区域一直是全国的文化中心。至宋代开始,随着全国经济文化中心的南迁,南方经济文化的快速发展,中州、吴越、江淮、岭南逐渐成为新的文化中心,同属南方的荆楚地域文学家族也随之逐渐增多起来。

古代荆楚文学家族的时代分布,与曾大兴在《中国历代文学家之地理分布》中所列"各代(时段)文学家总数(排序)与文学家族总数(排序)对照

① 可参见冯尔康:《中国古代的宗族与祠堂》,商务印书馆 2013 年版。
② 冯尔康:《18 世纪以来中国家族的现代转向》,上海人民出版社 2005 年版,第 4 页。
③ 可参见李浩:《唐代三大地域文学士族研究》,中华书局 2002 年版;戴伟华:《地域文化与唐代诗歌》,中华书局 2006 年版。
④ 吕肖奂、张剑:《两宋地域文化与家族文学》,《江海学刊》2007 年第 5 期。

表"①反映出的全国文学家族时代分布格局基本一致,契合了符合中国文学地理学的一般规律。

第二节 古代荆楚文学家族的地域分布

我们在研究分析古代荆楚文学家族时,还可以发现这些文学家族的地域分布和朝代分布也呈现出不均衡的特点。这种不均衡,正好呈现出荆楚地域不同历史时期文化核心区域的变化,而揭示出荆楚文化的一个发展历程。

一、荆楚文学家族及其地理分布的梳理

为了更清楚地了解古代荆楚文学家族的地域分布,我们将表1按地域和时代重新梳理如下。②

表4-3　古代荆楚文学家族的朝代、地域分布一览表

地域＼朝代		东汉	晋朝	南北朝	隋	唐	宋	元	明	清	合计
武昌府（29）	武昌								1	2	3
	江夏	1				1			2	4	8
	嘉鱼							1	3		4
	蒲沂								2	2	4
	大冶								2	1	3
	崇阳								3		3
	通山								1		1
	咸宁									1	1
	兴国									2	2

---

① 曾大兴:《中国历代文学家地理分布》,商务印书馆2013年版,第543页。

② 历朝历代行政区划都有所不同,清朝与现代行政区划较为接近。为了方便检阅和归纳,此表按照清朝湖北行政区划来对这些文学家族的地域归属进行划分。在此需要说明的是:1.沔阳明时属承天府,清朝归入汉阳府。2.荆门、京山、竟陵、潜江明时属承天府,清朝归入安陆府。3.宜昌府、郧阳府、施南府清朝始设。另外,还有两点需要说明:1.宜城东汉时属南郡。2.东汉黄氏家族古属江夏安陆,即今之云梦。

续表

地域＼朝代		东汉	晋朝	南北朝	隋	唐	宋	元	明	清	合计
汉阳府（48）	汉阳								3	20	23
	汉川								1	6	7
	黄陂									1	1
	孝感									11	11
	沔阳								1	5	6
黄州府（74）	黄冈						1		8	10	19
	麻城								5	2	7
	广济								5	10	15
	黄安								3	3	6
	罗田								1	2	3
	黄梅								1	6	7
	蕲州						1		2	4	7
	蕲水								2	8	10
荆州府（31）	江陵			2	1	1			5	6	15
	石首								2	1	3
	监利								2	4	6
	公安								3	1	4
	长乐								1		1
	巴东								2		2
襄阳府（13）	宜城	1									1
	谷城						1				1
	襄阳		1	1		3	2		1	3	11
安陆府（40）	荆门						1				1
	京山								6	6	12
	天门						1		5	10	16
	钟祥								1	4	5
	潜江								2	4	6
德安府（30）	安陆						1	1	1	5	8
	应城								2	1	3
	应山						1		1	1	3
	孝感								7		7
	云梦	1								8	9
宜昌府（5）	东湖								2	1	3
	长阳									1	1
	容美								1		1

续表

地域＼朝代		东汉	晋朝	南北朝	隋	唐	宋	元	明	清	合计
郧阳府（4）	竹山									2	2
	保康									1	1
	郧西									1	1
施南府（3）	恩施									1	1
	来凤									1	1
	建始									1	1
古代荆楚		2	2	3	1	7	7	2	90	163	277

从上表数据整体来看，古代荆楚文学家族的地理分布有以下几个基本特征：

第一，文学家族在不同朝代的分布并不太均衡。据笔者掌握的史料分析，古代荆楚地域出现的第一个文学家族是东汉的黄氏家族（黄香、黄琼和黄琬），接着是稍后的王氏（王逸、王延寿）。自东汉一直到宋元时期，该地区产生的文学家族数量都较为有限，明清时期则数量猛增。这与全国文学家族在各个朝代的分布情况大致相似，前文已有分析。

第二，文学家族的地域分布较为广泛。虽然宜昌府、郧阳府、施南府的文学家族产生时间较晚，数量也较少，但仍有零星分布，这就意味着湖北各个州府基本上都有文学家族出现。不过在地域分布广泛的基础上，文学家族又相对集中，也就是说荆楚文学家族在各州府的地域分布也不太均衡。从数量上看，黄州府、汉阳府、安陆府产生的文学家族最多，其次为德安府、荆州府、武昌府和襄阳府。从时间分布上看，明前的文学家族主要出自襄阳和江陵。明前的 24 个家族，有 9 个出自襄阳府的襄阳县、宜城县和谷城县，其中襄阳县占到 7 个，4 个出自荆州府的江陵县。这种现象在唐及之前的家族中表现尤为明显，因此可以说襄阳与江陵绝对是当时荆楚文化繁盛之地，或者说是当时的文化中心。而明清两朝的文学家族则主要出自黄州府的黄冈、广济，汉阳府的汉阳，安陆府的竟陵，而这几个地域在之前漫长的历史长河中，文学家族基本为空白，最多仅出现过一个文学家族。如黄冈只在宋朝出现了潘氏家族（潘鲠、潘大临、潘大观父子），竟陵只在唐代产生皮氏家族(皮日休、皮光业、皮璨、皮子良等人)。总体而言,文学家族的地域变迁折射出荆楚文化繁盛之地由西向东发展的趋势。

张伟然先生在《湖北历史地理研究》一书中对"江汉好游"现象进行研究时,发现"江汉地区的'好游'本来是一种习俗,后来与城市商业文化交结在一起,其兴盛消歇折射了该地经济文化地位的变迁。这一变迁足以升格到全国范围,即全国经济文化重心南移以后,南方内部又有一个东迁的过程"。并且认为"交通形势的变迁是影响整个两湖历史发展的深层因素,它使得两湖的经济文化重心东移,而且就更大范围而言,它对于长江中游与下游地区的经济力量对比也深有影响。在古代,中游的发展本来是较下游快的,到近世已经完全逆转"。[1] 张伟然先生对湖北历史文化地理的变化把握非常准确,湖北文学家族地域变迁的趋向与张先生的结论正好基本吻合。从文化层面上看,这正体现了湖北文化中心的迁移和变化。张先生对这一历史变化的原因分析,由于受到他论述问题的限制,并没有完全展开。我们则可以通过文学家族地理分布变化及其原因这一视角,对湖北,即古代荆楚之地的历史文化中心及其迁移现象作一分析。

二、荆楚地域学术文化中心的迁移

家族与地望紧密结合,一个文学家族的产生势必与当地文化息息相关,因此一定程度上,文学家族的地望变化正好折射出这个地域文化中心的变迁。

1. 早期学术文化中心:襄阳和荆州

荆楚明前的 28 个文学家族大多来自现代的襄阳和荆州:宜城的王逸与王延寿父子,襄阳的习凿齿和习辟强父子,柳世隆、柳恽、柳庄等祖孙,张柬之和张敬之兄弟,柳识和柳浑兄弟,段文昌和段成式父子,魏泰和魏玩姐弟,米芾、米友仁和米尹知父子,谷城的王之望和王学可祖孙都来自襄阳;宗炳与宗懔祖孙,庾易、庾肩吾、庾信祖孙,庾诜与庾曼倩等祖孙,岑文本和岑羲

---

① 张伟然:《湖北历史地理研究》,湖北教育出版社 2000 年版,第 9—10 页。

祖孙则出自荆州。这些文学家族占据了荆楚明前文学家族的相当比例,这一现象在唐及以前的文学家族中表现尤为明显。

荆州,古称江陵,与襄阳同属古荆州范围。自古荆州与襄阳二地联称,史称"荆襄",它们能成为荆楚早期的文化中心,有着深刻的历史渊源。荆州与襄阳两地南北贯通,左右东西,形成一个大的统一交通中心枢纽。从楚的兴起,到三国争霸,再到魏晋,荆襄一直是南方的重要军事重镇。虽然在司马迁笔下,汉代的古荆州还只是个刀耕火种之地,但三国之后,由于大量人口南迁及带来的先进生产技术,再加上各个时期当地政权的有意举措,古荆州经济得到了极大发展。

古荆州在荆楚历史上有两个最为耀眼的发展阶段。一是先秦时期,楚国曾建郢都于荆州纪南城达四百余年。这里是楚文化的中心,与黄河流域的中原文化一起同为中国文化的发祥地,一时文化繁盛、人才济济,不仅有着绚丽灿烂的丝织漆器,更有着精彩浪漫的屈骚文学。一是汉末三国时期,襄阳因为荆州治所成为当时南方的政治中心,又因其贯连东西南北的战略枢纽位置成为天下争夺的焦点。诚如顾祖禹所说,因其地理形胜及军事意义,襄阳曾被称为"水陆之冲"。在刘表统治时期,襄阳因为稍为安定,许多有才之士为避北方战乱来到这里,加上土著世家大族,一起聚集于刘表周围。他们一起"遂训六经,讲礼物,谐八音,协律吕,修纪历,理刑法,六路咸秩,百氏备矣"[1],荆州学派得以产生并在汉末产生一定影响,襄阳成为东汉继南阳之后一个新的文化中心。刘表还在襄阳仿照太学建立荆州官学,据王粲《荆州文学记官志》记载,刘表"乃命五业从事宋衷所作文学,延朋徒焉,宣德音以赞之,降嘉礼以劝之,五载之间,道化大行,耆德故老綦毋阗等负书荷器,自远而至者三百有余人。于是童幼猛进,武人革面,总角佩觿,委介免胄,比肩继踵,川逝泉涌,亹亹如也,兢兢如也"[2]。可见荆州官学规模之大,影响之广,襄阳在当时可谓领时代文化之先。

---

① (清)严可均辑:《全后汉文·王粲》,中华书局1996年版,第961页。
② (清)严可均辑:《全后汉文·王粲》,中华书局1996年版,第961页。

除此之外,南北朝时期荆襄也是天下重镇。三国之后,襄阳和荆州虽然不再是天下焦点,但仍为战略重地,尤其东晋大量北方世家大族的迁入,又使两地在政治文化和社会影响力上得到了前所未有的发展,至魏晋南北朝和隋唐,荆襄经济文化各方面发展都渐趋成熟。《隋书》载曰:"自晋氏南迁之后,南郡、襄阳皆为重镇,四方凑会,故益多衣冠之绪,稍尚礼义经籍焉。九江襟带所在,江夏、竟陵、安陆各置名州,为藩镇重寄,人物乃与诸郡不同。"①南朝荆襄所在的古荆州成为与下游扬州并重的两大方镇之一,正所谓"江左大镇,莫过荆扬"。南朝时期萧氏还几次在荆州建立政权:齐和帝萧宝融在江陵即位;侯景之乱后萧绎建都江陵;萧詧在北周羽翼下建立的西梁也以江陵为都,历时三十三年。南朝后的隋初,萧詧后人萧铣自称梁王,迁都于江陵。一直至宋,荆襄一直都是湖北的政治、经济、军事和文化中心。

整体来看,汉至唐宋,大部分的荆楚故地,开化不广,属于蛮荒之地,交通不便,信息闭塞,人口稀少,也处于较为封闭的状态。唐代的元稹就曾嘲讽荆楚之地的言语为"夷音啼似笑,蛮语谜相呼"②般难懂怪异。韩愈也认为荆楚民性愚昧野蛮:"远地触途异,吏民似猿猴。生狞多忿狠,辞舌纷嘲啁。"③而荆楚的荆襄一带,一方面因为文化基础较好,另一方面因为水陆交通发达,很易成为北方士人南迁的选择之地,所以文化相对而言较为发达。

清代著名地理学家顾祖禹在其《湖广方舆纪要序》中曾论述荆州、襄阳之于荆楚之地的重要意义。他写道:"湖广之形胜,在武昌乎? 在襄阳乎? 抑在荆州乎? 曰:以天下言之,则重在襄阳,以东南言之,则重在武昌;以湖广言之,则重在荆州,夫荆州者,全楚之中也。北有襄阳之蔽,西有夷陵之防,东南有武昌之援。楚人都郢而强,及鄢郢亡,而国无以立矣。故曰重在荆州。""夫襄阳者,天下之腰膂也。中原有之则可以并东南,东南得之亦可

---

①　(唐)魏征:《隋书·地理志》,中华书局1997年版,第1528页。
②　彭定求等:《全唐诗》,中华书局1999年版,第4541页。
③　彭定求等:《全唐诗》,中华书局1999年版,第3773页。

以图西北者也。故曰重在襄阳也。"①因其要塞位置，荆襄的开发比起荆楚其他地域要早很多。诸多历史事实表明，荆州与襄阳在明之前确实一直是湖北最受人关注、文化也最为兴盛的两个地方，明之前的文学家族也就主要出自于此。

2. 明清学术文化新中心的形成：黄冈

明清时期荆楚地域文学家族呈喷薄式发展，各地都有文学家族出现，其中数量出现最多的是黄州府，史上许多知名的文学家族都产生于此。如以理学和诗文著名的顾问与顾昌祖孙出自黄冈蕲春；以理学著名的耿定向三兄弟出自黄冈红安；以诗文著名的张仁熙与张佳勖父子出自黄冈武穴；喻化鹄与喻元鸿祖孙出自黄冈黄梅；陈士珂与陈廷经祖孙出自黄冈浠水；还有王廷陈王氏、曹本荣曹氏、陈肇昌陈氏、理学和方志学著名的靖乃勸靖氏，等等。因此可以说宋元之后，黄冈成为继襄阳、荆州之后荆楚的又一文化中心。

这种兴起在宋代实已显露端倪。宋代荆楚地域可考的七个文学家族，除去主要来自襄阳的魏泰、魏玩姐弟，米芾、米友仁、米尹知父子，王之望、王学可祖孙，来自荆门的孙何、孙僅、孙侑三兄弟，来自应山的连庠、连庶兄弟外，长于诗文和经学的潘鲠、潘大临、潘大观三父子，以诗文著称、同属江西诗派的林敏中、林敏功、林敏修三兄弟，都出自黄冈。

潘氏父子和林氏兄弟的出现应与黄州贬谪文化有着一定关联。荆襄文化兴盛之时，魏晋南北朝的黄州主要被五水蛮占据，人烟稀少，经济偏落后。后来汉、蛮虽然逐渐融合，唐宋时期的黄州却仍为教化未开之地，一直是官员贬谪之所。但也正是这些贬谪士大夫带来的先进文化，让黄州本地士人的文化水平和文化教育得到不断提升。北宋王禹偁被贬黄州，组织当地百姓重修文宣王庙，然后成为当地尊崇儒学、教化乡里之所，这是有记载的黄州最早学宫。贬谪黄州士大夫中最知名的当属苏轼，他虽是被贬黄州，却在此广泛交游，修养心性，写下了大量千古传诵的名作，让黄州这个偏僻之地

---

① （清）顾祖禹：《读史方舆纪要·湖广方舆纪要序》，上海书店出版社1998年版，第502页。

名闻天下。还有张耒三次被贬黄州,自号"柯山",修撰《柯山集》,对当时本土文人的崛起有着关键性的推动和影响。据史载,潘氏父子中的潘大临、潘大观两兄弟与苏轼、张耒都交往甚密。尤其苏轼对潘大临颇多赞赏,而张耒与潘大临曾相邻而居,他们经常在一起谈诗论道、结伴出游,写下不少记载相互交游酬唱的诗文。林敏中、林敏功、林敏修兄弟三人虽都未出仕,但皆为著名隐士,因文学和人格在士林享有良好声誉。他们也都与苏轼、潘大临有过密切交往,并且注过苏诗,尤其林敏功的苏诗注为北宋苏诗注家中留存最多之人。正是在这种交游酬唱的机遇中,才会有以潘氏父子、林氏兄弟为代表的黄冈文化的兴起。这些谪官为黄州播下了文化的火种,后来一变蔚为大观、人才济济了。

《湖北通志》有言:"论湖北之人才,春秋楚为首,三国时次之,明又次之。"①这个概括是相当准确的。人才之盛相对对应的正是荆州、襄阳和黄冈。

3. 清末至民国时期新的学术文化中心:武汉

元世祖至元十八年(1281),元朝湖广行省治所从潭州迁至鄂州,即现今武汉武昌。武汉首次成为省一级行政单位的治所而进入一个新的发展时期,为武汉成为荆楚之地新的政治、经济、军事、文化中心奠定了基础。元代之后明清时期设立湖广行省,虽然清朝时期,湖广行省包括了荆楚(湖北省)和湘楚(湖南省),然而湖广总督的治所一直设立于武昌,武昌成为继荆州和襄阳之后荆楚新的政治中心和文化中心。不过武昌作为后来的湖广首府,明清时期并没有立即成为荆楚文化最为重要的区域,而是黄州这个非中心城市曾一度领先。直到清末至民国时期,武汉才真正成为与其政治、经济中心地位一致的文化中心。无论是从前面所列文学家族的时间、地域分布,还是从荆楚历史文化士人的时间、地域分布来看,这一结论都是成立的。

---

① 吕调元、刘承恩修,张仲炘、杨承禧纂:《湖北通志》(民国十年版影印本),湖北人民出版社2004年版,第3页。

一般情况下,文化中心与政治中心呈现出一致性,但历史往往又是复杂的,二者时常存在短暂的错位。比如两汉时期,西汉初的政治中心在长安,但昭帝之前,文化中心却在齐鲁和荆楚等地,昭帝后才转至长安。东汉迁都洛阳后,文化中心也是逐渐从关中迁移至河南的。① 一个文化中心形成的基本要素包括了经济水平、社会安定、教书藏书与科技、文化贤哲的引领作用,这些因素可以说缺一不可。② 武汉从宋元始,城市行政地位大大提升,又因处于汉水和长江交汇的优越位置,商业贸易逐渐兴盛起来。如武汉汉口在1506年就被定为漕粮交兑口岸,成为湖广漕粮储存、转运中心,因商业发达成为全国"四大名镇"之一。清朝时期武汉更成为一个全国性的重要长江沿岸码头。不过遗憾的是,虽然北宋之后整个政治、经济和文化重心向南转移,活跃在武汉地区的文化名人较前代大大增加,③但武汉本土出身的有影响力的文化名人却并不算太多。虽然出现了一些文化名人,如明时的"江夏七贤士"④、萧良有,清时的吴正治、叶名琛、熊伯龙、范锴、叶调元等,但整体来看,武汉在明清时期,文化水平与它的政治经济中心地位并不一致。一直至清朝中前期,武汉都依然更加倾向于政治中心和经济中心两个功能。

但另一方面从前表统计数据可以看到,明清时期汉阳府的汉阳县、武昌府的武昌县和江夏县都已产生数量可观的文学家族,在整个荆楚地域已经非常突显,只是相对黄冈,整体数量仍较为逊色。可以说从清末开始,武汉才开始转型,正如《武汉文化简史》一书所言:"1861年汉口开埠,武汉被卷入世界经济与贸易的大格局中,城市发展就此掀开新的一页。城市现代化进程开始起步,城市功能开始由传统的政治中心、内地商贸中心向复合型的

---

① 可参考刘跃进:《秦汉文学地理与文人分布》,中国社会科学出版社2012年版;以及拙文《汉代文学家族的地域及家族文化研究》,《长江大学学报》2015年第11期。
② 袁行霈、陈进玉主编,刘玉堂、赵毓清本卷主编:《中国地域文化通览·湖北卷》,中华书局2013年版,第4页。
③ 可参考武汉市政协文化文史和学习委员会编:《武汉文化简史》,湖北人民出版社2019年版,第102页。
④ "江夏七贤士"指明万历年间的熊廷弼、贺逢胜、郭正域、吴裕中、董遭、任家相、艾斐。

工商业中心与文教中心转变,城市文化在'新'与'旧'、'中'与'外'之间蹒跚前行。"①这从清末民初汉阳叶氏家族(叶继雯、叶志诜、叶名琛、叶名澧、叶名沣)的发展中可见端倪。汉阳叶氏凭医起家,后涉猎文学、金石学、书画、天文等诸多领域,演变为书香世家。虽然叶名琛在第二次鸦片战争中的行为让叶氏发展受到极大挫折,但后来叶氏在历史的洪流中,发展中医、抗战献药、成立健民药厂,一路走来三百多年,成为历史的见证者。

张伟然在其《湖北历史文化地理研究》中曾评曰:"从湖北文化发展的历程来看,受行政区划一波三折的影响,文化的发展历程也同样经历了一个由统一到分异到再整合的过程,即由一个文化中心,发展到三个文化中心——襄阳、荆州、鄂州,并且在不同时期文化中心的辐射下,湖北地区整合出不同的文化类型及分布区域。"②这一总结是相当精练且准确的,也与我们的分析相一致。

三、文化中心迁移的原因

1. 荆襄的没落

张伟然在《湖北历史文化地理研究》中认为:从宋代开始,长江水道逐渐取代了传统荆襄古道作为全国交通干线的地位,这一交通格局的变迁是导致湖北经济文化重心向东转移的重要原因。③ 确实,隋唐之前荆襄古道一直是天下一条重要的南北交通要道。襄阳为从北向南打开南大门的重要屏障,而荆州处于由北入南荆襄古道和自西向东长江的十字路口,水陆并行,具有四通八达的交通便利条件,正基于此,荆州、襄阳从三国至魏晋南北朝一直是统治者及各方势力争夺的焦点,这两地也率先发展起来成为政治文化中心。但自隋大运河的开凿始,无论大运河中间经历了多少失修、不通,甚至废弃,宋朝以河流为主动脉的全国水路交通系统逐渐发展起来之

---

① 武汉市政协文化文史和学习委员会编:《武汉文化简史》,湖北人民出版社 2019 年版,第 166 页。
② 张伟然:《湖北历史文化地理研究》,湖北教育出版社 2000 年版,第 261 页。
③ 张伟然:《湖北历史文化地理研究》,湖北教育出版社 2000 年版,第 273 页。

后,长江一线的交通开始成为荆楚地域的交通主导,传统南北走向的荆襄古道等陆路交通便逐渐让位于兴起的东部沿江地区的长江水运。荆襄因其地理位置曾雄踞湖北,却也因地缘政治结构变化的影响而趋于边缘化。罗福惠在其《湖北近三百年学术文化》中曾总结道:"明代的黄州府、武昌府、汉阳府,无论是学校数、科举考试中试人数,还是所出文化名人数,都超过了省内其他府;荆州府、襄阳府曾经的文化重心地位已被东部三府取而代之。"①罗先生对荆楚的学术趋势把握是相当准确的。明清荆州、襄阳出现的文学世家虽仍有一定数量,但明显已不是文化中心,当时的文化中心呈现出向鄂东迁移的趋势②。

横向对比,荆襄两地没落之时正是其他地方兴起之时。自元代始,湖广行省的中心确定在鄂州,这无疑为鄂东发展创造了机会。黄州离荆襄较远,却毗邻武昌,就此获得前所未有的区位优势。而且自宋元始,国家都城或东移,或在北京—南京上往复,荆襄便失去了原有的有利地位,南宋时甚至已逐渐变成一些人眼中的"荒落之邦"③。襄阳由于水路的不便,衰落得更加迅速。荆州因长江干流水路交通能相得益彰,虽依然在省内保持良好的发展势头,却已无法处于中心地位。尤其元世祖忽必烈在至元十三年(1276)诏毁襄汉荆湘诸城,荆州、襄阳遭到极大破坏,地位也渐渐衰落。此外自宋元始湖北经济区域比重的变化,鄂东亦开始崭露头角,荆州与襄阳不再独享光环。

不过不可否认的是,虽然荆州与襄阳从整个荆楚地域看不再独领风骚,

---

① 罗福惠:《湖北近三百年学术文化》,武汉出版社1994年版,第5—6页。

② 据徐斌《明清鄂东宗族与地方社会》一书,明清时期的鄂东指以当时黄州府为主体的区域,包括现在的黄冈、麻城、黄安、罗田、黄陂、广济、黄梅、蕲州、蕲水及英山等地,武汉大学出版社2010年版。

③ 南宋陈亮在其《上孝宗皇帝第一书》中曰:"荆襄之地,在春秋时,楚用以虎视齐晋,而齐晋不能屈也。及战国之际独能与秦争帝。其后三百余年而光武起于南阳。同时共事往往多南阳故人。又二百余年遂为三国交据之地。又百余年而晋氏南渡,荆雍席雄于东南,而东南往往倚以为强,梁竟以此为齐。及其气发泄无余,而隋唐以来遂为偏方下州。五代之际,高氏独常臣事诸国。本朝二百年之间,降为荒落之邦。"对荆襄地位变化有着一个较为清晰且准确的历史梳理。

但仍是明清时期荆楚盛产人才之地。据《湖北历史人物辞典》①记载,明至清中期,除黄冈外,历史名人仍以荆州和襄樊两地为最多,尤其荆州,这从前面明清文学家族的统计表可窥见一斑。

2. 黄州的兴起

黄冈之所以能取代江陵、襄阳成为荆楚新的历史文化中心,除前述交通格局变迁、贬谪官员的影响外,还与它的地理环境、经济发展、移民大量迁徙、对科举的重视以及书院的普及等密切相关。

黄冈地处鄂东,虽然之前发展缓慢,但它自身拥有得天独厚的地理条件,土壤肥沃、水陆皆便。宋朝开始,湖广逐渐取代江浙成为全国粮食生产的重要区域,后来湖广又将政治中心迁至武昌,因与武昌邻近而获得的区位优势等因素,使黄州经济快速发展起来。所谓"仓廪实而知礼节",黄州地区的文化亦渐趋繁荣。

江西移民及其文化的输入促进也是其中一大因素。元末明初,在"江西填湖广"的大背景下,大量江西移民进入湖北。黄州等鄂东地区距江西最近,而成为江西移民的定居首选之地。据葛剑雄等著的《中国移民史》中关于元末明初(洪武)湖北地区接受的各类移民统计表来看,黄州府是接受移民最多的地区,黄州府移民占了移民总数的38.3%。② 江西自宋元始,就是全国重要的文化中心。江西移民的涌入不仅给黄州带来了劳动力和先进的生产技术,促进了荆楚经济的发展,更重要的是将江西的讲学风气带入了荆楚。江西书院是阳明学派讲学的主要根据地,讲学之风及王学影响随着移民传播至黄州。楚文化本就有着"兼收并蓄,即融汇南北、海纳百川的开放精神"的特点③,江右文化与楚文化的交流融汇,外来移民文化与本土文化的相互影响和吸收,共同促进了黄冈等地思想学术的发展。明代许多著名学者,如湛若水、何心隐、罗汝芳、李贽等都曾来黄州讲学论道,尤其李贽

---

① 皮明麻等编著:《湖北历史人物辞典》,湖北人民出版社1984年版。
② 葛剑雄等:《中国移民史》第五卷,福建人民出版社1997年版,第147页。
③ 王生铁主编:《楚文化概要》,湖北人民出版社2013年版,第237页。

对黄州学术影响深远。他在黄安、麻城前后生活二十余年,"日引士人讲学",在黄州形成了著名的"童心说"。在此期间黄安耿氏与蕲州顾氏都与李贽交往甚密,虽然耿定向后期与李贽矛盾激化,但是耿氏兄弟对泰州学派的学习宣传,无疑促进了当地学术的兴盛和繁荣。蕲春顾氏多位成员都是阳明心学的有名弟子,他们积极传播思想文化,如顾问先后在阳明书院、崇正书院讲学,从者众多,在蕲春影响颇大。

无论谪官,还是外来人员,学术的相磨相荡和交流切磋,都极大促进了黄州一带学术文化的发展。王葆心就曾说:"盖吾蕲黄两州在宋自东坡、山谷、后山、文潜提倡以后,诗人辈出。考田喻氏所谓'宋则潘大临、大观、林敏功、敏修、夏倪皆江西诗派图中人'是也。"①黄州至明代就已形成了良好的文教传统。史载,黄冈"士传家学,人喜为儒,科甲后先称盛,童子试且数千,文名甲于楚"。麻城"家诵诗书,士尚名俭,工词翰,善嘘奖后进,达则争相朋植"。蕲水"邑多衣冠之绪,以孝友为本,诗书为业"。罗田"好礼义,安教化,其农啬而勤,其士朴而雅"。广济"旧家大族以书为业,庶民不论贫贱皆知重儒士"。② 崇文重教风气一旦形成将具有较强的持续性,清代的黄州已经人才济济、文化繁盛了。弘治时期编纂的《黄州府志》就曰:"窃惟人才之毓于山川,而后学之切于景仰,其来尚矣。黄,名郡也,人才之产,代不乏人。"③在这样浓郁的教育氛围之下,黄冈产生数量众多的文学家族便是自然之事。

良好的文教传统下,对教育科举的重视,以及书院的大量创办更是黄冈文化繁盛的重要原因。整体而言,湖北官学在整个古代都不是特别突出。但由于受到统治者的奖励,明清两代荆楚境内书院数量出现了一个飞跃,可谓书院林立,尤其黄州。④ 据罗新《湖北历代书院考》⑤和张笃勤《明清黄州

① (清)王葆心:《续汉口丛谈 再续汉口丛谈》,温显贵点校,湖北教育出版社2002年版,第145页。
② 商量:《明代黄州的教育与科举人才论析》,硕士学位论文,华中师范大学历史文化学院,2016年,第45页。
③ (光绪)《黄州府志》卷五《人物志·土著传》。
④ 可参考白新良:《明清书院研究》,故宫出版社2012年版。
⑤ 罗新:《湖北历代书院考》,《江汉论坛》1988年第10期。

文化科举兴盛及其社会根源》①的资料梳理,明清时期黄州府新建、修复了不少书院,明代有 26 所,清代有 39 所。而且若将黄州书院与荆楚其他地区相比,书院数量不仅显占头筹,还有不少书院在全国具有相当的影响,如问津书院、天台书院、阳明书院等。书院不同于官学,它的建立和教学更为独立,是很多名人讲学、交流的文化传播场所。明清时期黄州汇集如此之多的书院,正是黄州重视教育、文化发达的一个重要体现,而书院的大量兴建又促进了当地学术文化的传播与发展。

当一个地方文化浓厚,尊师重教风气盛行,势必会带来科举的更多成功。整个科举史上,黄冈走出的科举人才远远超出了荆楚其他地区,在全国也名列前茅。明清两代近六百年间,士人考取进士总数是 51624 人,黄冈进士占明朝时期湖北进士的 39%,清朝时占了 35%。如果以州府为单位排名,明清两代黄冈进士总量在全国排第 5 位,仅次于杭州、福州、苏州和北京。② 所以王葆心在《续汉口丛谈　再续汉口丛谈》中曾评曰:"吾楚在明代湖广,郡邑则数黄、麻。"③确实麻城、黄冈、蕲州三县进士人数在黄州府里又名列前茅。这种科举带来的身份地位变化会在家族中尽可能地进行延续,科举的成功又势必会对士子及地方教育和良好文化风气的培养产生积极的诱导,这样使得在黄冈各地兴起了不少新的科举世家和文学世家。黄冈王氏、黄梅石氏、麻城李氏、蕲水胡氏、广济张氏、蕲州顾氏、黄安耿氏等,都是从科举起家再营建家族势力,而成为地方名门大族。这正是荆楚文化发展的一个重要表现。

3. 武汉:政治经济中心和文化中心的统一

武昌从元朝开始,成为荆楚新的政治中心,而它成为文化中心却到了晚清时期。武汉新文化中心的建立离不开历史的铺垫。据载唐代武汉籍作家

---

① 张笃勤:《明清黄州文化科举兴盛及其社会根源》,《学习与实践》2009 年第 3 期。
② 可参考罗新《湖北历代书院考》和白新良《明清书院研究》。
③ (清)王葆心:《续汉口丛谈　再续汉口丛谈》,温显贵点校,湖北教育出版社 2002 年版,第 105 页。

历史可查的仅有 7 人,①文化较为贫瘠落后。自宋始,却有一大批著名学者出生或活跃于武汉,如程颐、程颢兄弟,欧阳修,黄庭坚等,此时武汉文化已实现了一个质的飞跃。除了全国政治、经济、文化重心向南转移的大背景外,自宋元始私学的繁盛、书院的兴起也是其中的重要原因。明清时期武汉地区书院得到极大发展,据统计,武汉地区共有 26 个书院,仅居黄州府之后。② 传统文教活动的发达,促进了人才的大量出现,并且影响都超过了前代,这无疑为武汉今后的文化发展奠定了良好的基础。

此外,武汉城市文化功能的实现更离不开时代大变革所赋予的机遇和挑战。首先,晚清社会处于一个大变革的格局,它不仅仅是内部的变革,更多是内部文化和外来文化剧烈碰撞的大变革。这种变革带来的冲击力更容易产生在沿海或者交通便利、开放的城市。荆楚文化自古就具有开放兼容的特征,无论是上古期中原移民与江汉土著的结合、楚民族的形成、历史上数次外地移民的涌入等,都可以看到荆楚之地对外来文化的吸收和融合。武汉就成为当时中西方文化交流、政治革新的一个主要阵地。

其次,九省通衢的天然便利环境,再加上京汉铁路,以及之后粤汉铁路这两条南北大动脉的开通,直接给武汉发展带来了巨大契机,尤其是直接推动了武汉汉口的发展变化。荆楚连通南北的主干线,由鄂中移到武汉,从而造就武汉的中心地位。这种交通格局的变化在政治大变局的背景下,强有力地推动和影响了荆楚政治、经济、文化中心的迁移和改变,武汉遂成为荆楚东部首要的交通、经济和文化中心。

再次,外来文化进入的影响也是其中重要因素。汉口开埠是武汉发展史上一个划时代的事件,它直接将武汉推到中西文化交流碰撞的风口浪尖,引起了一系列的变革。文化上的变革主要是西学东渐和新学的兴起,以及对人们思想造成的冲击。张之洞任湖广总督期间,在武汉全面实施"湖北新政"教学革新举措。他一方面创办改造传统书院,另一方面引进西方学

---

① 参见牟发松:《唐代长江中游经济与社会》,武汉大学出版社 1989 年版。
② 武汉市政协文化史和学习委员会编:《武汉文化简史》,湖北人民出版社 2019 年版,第 125 页。

制,建立新式学堂,开一省风气之先。张之洞在武汉为官十八年,多年的改革兴建,使武汉成了荆楚甚至全国教育发展的龙头,得以超越黄冈成为荆楚新的文化中心。除此之外,其中还有西方传教士为了传教,以及培养能为他们服务之华人的目的,而在武汉三镇创办的各种学校。武汉之所以能在晚清逐渐取代黄冈成为荆楚新的文化中心,主要缘于武汉的政治中心地位,以及由于它的地理优势成为中西文化交流的前沿而经历一系列变革带来的结果。

不过有些遗憾的是,这一时期内产生的文学家族虽多,却没有荣享盛名的文学家族,甚至鲜有文化名流出现。其中一个重要原因应在于武汉历史上文化少有积淀,即使有在全国产生影响力的学者,也大多为外来人士。武汉整体发展长期是以商业为基础发展起来的,区域民众文化素质整体不高。

中国文化的多元性决定了中国文化可以从不同层次、不同地域等角度划分为不同类型的地域文化,并各具特色,这就决定了地域文化与文学家族研究结合的广阔空间。荆楚文化是中华民族具有鲜明地域特色的区域文化之一,自古以来,在荆楚文化的滋养下,荆楚地域产生了许多知名或在历史上产生一定影响的文学家族。通过纵向和横向的梳理比较,发现荆楚文学家族在朝代上、地域上分布非常不均衡,可以由此去蠡测荆楚地域不同历史时期文化核心区域的变化,而揭示出荆楚文化的一个简要发展历程。总而言之,荆州是荆楚地域历史上文化兴盛较早的地域,并一直持续到宋元,而自明清开始,由于长江在南方经济中重要作用的突显,以及荆襄古道的衰落等原因,荆楚的文化中心地位呈现出自西向东的迁移,黄冈成为明清时期文化最为兴盛的地域。晚清时期,武汉处于湖北社会大变革的中心地带,而使武汉实现了政治、经济和文化中心的统一,成为荆楚地域新的文化中心,并且一直延续至今。

第五章　中国古代荆楚文学家族的
基本特点

学者罗时进曾提出建构"文学家族学"的思考,他认为:"近几年文学研究与其他学科的交叉融合中形成了一些新的研究方向,其中'文学家族学'研究的出现非常值得注意和期待。"而且他认为文学家族学主要应包括六个方面的基本内涵:家族文学的血缘性研究;家族文学的地缘性研究;家族文学的社会性关联研究;家族文学的文化性关联研究;家族文学与文人生活姿态及经济关联研究;家族文学创作现场和成就研究。[①]

为了更全面地了解古代荆楚文学家族的情况,这一章主要从家族成员的代际构成、性别构成、仕宦构成、兴起方式、迁入流动和处世追求等几个方面作一分析和论述,意在整体把握荆楚文学家族的一些基本特点。

第一节　古代荆楚文学家族的代际构成

文学家族之所以成立,就在于这个家族中文学才士颇多,家族成员都有一定的文学创作,或一代数人有文章创作,或几代有文学才名,它必定形成一个文学创作群体。分析文学家族的代际构成,会让我们对文学家族的构成及文学传承有更清晰的认识。上编梳理的荆楚文学家族资料对家族的代际构成已经有了一个简要的说明,除了明朝的巴东向氏家族、朱氏家族,清

[①]　罗时进:《关于文学家族学建构的思考》,《江海学刊》2009 年第 3 期。

朝的天门沈氏家族、马氏家族,保康吴氏家族,建始范氏家族成员关系不详之外,其余家族大致可以分为数世延续、父子两代相承、一代多人贤能三种情况。

一、古代荆楚文学家族代际构成总览

为了便于察看和宏观把握,我们根据之前所列古代荆楚文学家族概览总表,将这些家族按照代际构成再列简表如下。

表5-1　古代荆楚文学家族代际构成一览表①

代际构成	朝代	文学家族	合计
数世延续	东汉	江夏黄氏(3代)	1
	晋朝	江夏李氏(6代)	1
	南北朝	江陵宗氏(3代);江陵庾氏(庾肩吾,3代);襄阳柳氏(4代)	3
	隋朝	江陵庾氏(庾诜,4代)	1
	唐朝	江陵岑氏(4代);安陆许氏(不详);江夏李氏(7代);天门皮氏(4代)	4
	宋朝	谷城王氏(3代)	1
	明朝	武昌孟氏(4代);嘉鱼李氏(3代);蒲圻魏氏(3代);大冶胡氏(4代);崇阳汪氏(汪文盛,6代);通山朱氏(5代);东湖陈氏(3代);黄冈王氏(不详);黄冈吕氏(3代);黄冈官氏(3代);麻城李氏(不详);麻城刘氏(5代);麻城梅氏(3代);广济饶氏(3代);广济王氏(3代);黄安卢氏(4代);蕲州顾氏(5代);蕲水黄氏(3代);江陵张氏(张居正,4代);江陵刘氏(3代);江陵张氏(张汝济,3代);石首张氏(3代);石首王氏(4代);监利刘氏(5代);公安冐氏(3代);公安袁氏(3代);公安龚氏(3代);京山王氏(3代);京山谭氏(3代);天门谭氏(7代);天门胡氏(3代);沔阳陈氏(3代);孝感沈氏(3代);容美田氏(5代)	34

---

① 说明:1.有些数世延续家族的代际构成较为复杂,如有的家族延续数代,可由于资料记载不详,具体代数无法确证;有的家族传续资料记载具有跳跃性,中间记载缺乏而使传承代数模糊。对于这些情况,本着从疑原则,本表对这些家族的传承代数作"不详"处理,并以"不详"标记。2.为避免混淆同朝同地域同姓文学家族,本表罗列这些家族时,列出一位代表人物以作区别。

代际构成	朝代	文学家族	合计
数世延续	清朝	武昌唐氏(不详);武昌王氏(3代);蒲圻张氏(3代);汉阳熊氏(熊伯龙,3代);汉阳叶氏(3代);汉川林氏(4代);汉川刘氏(4代);汉川秦氏(4代);孝感夏氏(不详);黄冈万氏(5代);黄冈王氏(3代);黄冈陈氏(3代);黄安卢氏(3代);广济张氏(张步云,不详);广济舒氏(4代);广济张氏(张仁熙,3代);广济胡氏(胡魁楚,3代);广济刘氏(刘醇骥,3代);蕲水南氏(3代);蕲水徐氏(徐子芳,3代);蕲州刘氏(4代);黄梅喻氏(6代);江陵李氏(3代);襄阳贾氏(3代);襄阳徐氏(3代);襄阳樊氏(3代);京山易氏(3代);天门龚氏(3代);天门蒋氏(3代);云梦郝氏(不详);应城李氏(3代);应山闵氏(4代);长阳李氏(不详)	33
父子相承	东汉	南郡王氏	1
	晋朝	襄阳习氏	1
	唐朝	襄阳段式	1
	宋朝	黄冈潘氏;襄阳米氏;安陆赵氏	3
	明朝	江夏贺氏;嘉鱼熊氏;嘉鱼任氏;崇阳王氏;崇阳汪氏(汪必东);东湖刘氏;汉阳李氏;汉阳萧氏;汉阳朱氏;汉川尹氏;黄冈樊氏;黄冈邓氏;黄冈杜氏;麻城周氏(周弘祖);广济吴氏;广济杨氏;黄安耿氏;黄安吴氏;黄梅瞿氏;蕲州袁氏;江陵陈氏;监利裴氏;潜江郭氏;长乐张氏;襄阳韩氏;京山黎氏;京山高氏;京山李氏;京山王氏;天门鲁氏;天门黄氏;钟祥刘氏;安陆何氏;应城陈氏;应城吕氏;应山陈氏;孝感张氏;孝感程氏	38
	清朝	兴国吴氏;兴国万氏;汉阳王氏(王士乾);汉阳李氏(李以笃);汉阳张氏;汉阳李氏(李昌祚);汉阳易氏;汉阳彭氏;汉阳邹氏;汉阳刘氏(刘傅莹);汉阳徐氏;汉阳汪氏;汉川程氏;黄陂金氏;孝感程氏;孝感王氏(王宗璟);孝感王氏(王瓚);孝感屠氏(屠之连);沔阳刘氏;沔阳傅氏;黄冈曹氏;黄冈叶氏;黄冈於氏;黄冈靖氏;黄安张氏(张希良);广济金氏;广济刘氏(刘映丹);广济魏氏;蕲水徐氏(徐本仙);蕲水陈氏;蕲水徐氏(徐儒启);蕲州卢氏;黄梅黄氏;黄梅梅氏;麻城李氏;麻城胡氏;罗田陈氏;江陵刘氏;江陵张氏(张可前);江陵王氏;监利王氏;监利郭氏;公安邹氏;石首谢氏;钟祥李氏(李兆锦);京山尚氏;京山黎氏;潜江莫氏;潜江朱氏;潜江刘氏(刘珏);天门刘氏(刘浑孙);天门邹氏;天门胡氏;安陆李氏(李元奋);云梦许氏;云梦李氏;云梦万氏;云梦程氏;东湖罗氏;来凤王氏	60
一代多贤	唐朝	襄阳张氏;襄阳柳氏	2
	宋朝	荆门孙氏;蕲春林氏;襄阳魏氏;应山连氏	4
	元朝	嘉鱼程氏	1

代际构成	朝代	文学家族	合计
一代多贤	明朝	江夏呼氏;蒲圻龚氏;大冶向氏;黄冈万氏;黄冈吴氏;麻城周氏(周世遴);广济刘氏;罗田胡氏;蕲水周氏;江陵曹氏;潜江张氏;天门钟氏;孝感刘氏(刘伯生);孝感夏氏;孝感杨氏;孝感刘氏(刘禧)	16
	清朝	江夏潘氏;江夏陈氏;江夏彭氏;江夏戴氏;咸宁孟氏;蒲圻贺氏;大冶余氏;汉阳萧氏;汉阳刘氏(刘顺昌);汉阳王氏(王铭臣);汉阳龚氏;汉阳熊氏(熊天植);汉阳路氏;汉阳孙氏;汉阳江氏;汉川李氏;汉川万氏;孝感屠氏(屠沂);孝感乔氏;孝感萧氏;孝感王氏(王佩杰);孝感王氏(王兆春);孝感王氏(王嘉亨);沔阳费氏;沔阳戴氏;沔阳高氏;黄冈宋氏;黄冈梅氏;黄冈钱氏;黄安张氏(张孝坦);广济胡氏(胡本寀);广济张氏(张盘基);蕲水杨氏;蕲水潘氏;蕲水蔡氏;蕲州黄氏;蕲州张氏;黄梅汪氏;黄梅余氏;黄梅吴氏;罗田潘氏;江陵张氏(张应宗);江陵严氏;监利蔡氏;监利龚氏;钟祥高氏;钟祥王氏;钟祥李氏(李苏);京山胡氏;京山谭氏;京山丁氏;潜江刘氏(刘肇国);天门王氏;天门刘氏(刘显恭);天门熊氏;安陆余氏;安陆李氏(李阶平);安陆寇氏;安陆陈氏;云梦冯氏;云梦蔡氏;云梦戴氏;竹山张氏;竹山杜氏;郧西陈氏;恩施王氏	66

为了更方便比较和察看,我们将各个朝代及三种代际构成的整体数量情况再列表如下。

表 5-2 古代荆楚文学家族代际构成数量统计总表

	东汉	魏晋南北朝	隋唐	宋元	明	清	合计
数世延续	1	4	5	1	34	33	78
父子相承	1	1	1	3	38	60	104
一代多贤	0	0	2	5	16	66	89

二、古代荆楚文学家族代际构成特征分析

从上表统计的朝代分布来看,整体而言,早期延续数世的文学家族比例较高,尤其魏晋南北朝至隋唐时期,文学家族延续数世的现象最为明显,这显然与当时的门阀士族制度以及士族文化有很大关系。明清时期尤其清

朝,父子相承和一代数人皆贤的情况则占了较大比例。

在这里值得一提的是东晋的江夏李氏家族,某种程度上可以说江夏李氏是古代荆楚第一个有意识进行家族文化传承的文学家族。李氏从三国绵延至东晋,兴盛六代。家族的兴起可追溯至三国时的李通,他追随曹操,因其忠心得到曹氏赏识。后世子孙仕途顺利,或封侯拜将,或任军政要职。从第三代李重开始,这个军功起家的家族,逐渐向文化世家转化,几代人都善书能文,留下了许多在当时及后世都有一定影响的诗赋文章及书画作品。李充及其母亲卫夫人,更是在文学史、目录学史、书法史上颇具盛名。因此可以说江夏李氏是魏晋文学自觉时代之后荆楚历史上第一个官宦兼文学世家,也是魏晋南北朝时期文学世家的一个典型代表。

此外,相较于之前的江夏黄氏家族和南郡宜城王氏家族,李氏的文化传承也呈现出更为明显的家族化特性,以及家族文化的有意培养,这从李景的《家诫》①可见一斑。《三国志·魏志·李通传》注引王隐《晋书》曰:"秉尝答司马文王问,因以为家诫。"《家诫》曰:"为官长当清当慎当勤,修此三者,何患不治乎?……凡人行事,年少立身,不可不慎。勿轻论人,勿轻说事,如此,则悔吝何由而生,祸患无从而至矣。"②从《家诫》内容可以看出李景对家族承续的注重。正是因为有意识地维护门第声誉和家族传承,显现士族优势,李氏一族特别注重家族成员的学术研究和艺术才华。李充是东晋著名的目录学家、书法家和文学家,他任大著作郎期间,以时典籍混乱,遂删除烦重,以四部分类法对典籍进行整理,编成《晋元帝四部书目》,并注《尚书》《周易》《庄子》《论语》,精于文学。李充还善写楷书,书法深受钟繇、索靖影响。李充之子李颙也有文义,多述作,同样注过《周易》《尚书》。至唐代的李善、李邕等人,③江夏李氏虽然由于政治地位的下降、经济优势的丧失,门户声望已很难维系,但是他们仍然通过家族学术研究与艺术才能的传统

---

① 李景,有时又称李秉,因而有的版本录作李秉《家诫》。可参见上编第一章晋朝文学家族"江夏李氏家族"条的内容。
② (清)严可均辑:《全上古三代秦汉三国六朝文》,中华书局 1958 年版,第 1763 页。
③ 李善和晋代李充应该同属江夏李氏,石树芳《江夏李氏考索——以李善家族为检讨中心》一文有着详细的梳理和论证(《河南师范大学学报》2013 年第 1 期)。

来延续、凸显家族的文化价值。李善《文选注》继承了李充、李颙注书的传统,李邕则继承了李充、李式、李廞等人的书法家学,成为唐代著名书法家。在家族发展过程中,文学创作一直作为江夏李氏家族成员必不可少的素养之一。《晋书·李重传》载录其八篇文章,严可均辑《全晋文》和《先秦汉魏晋南北朝诗》收其赋、散文、诗歌十六篇;李颙存诗七首,李邕有《李北海集》,存文五十一篇,诗四首等。至李廞及其后人李磎、李沇,虽然学术文化没有李充、李善他们那么突显耀眼,但仍然文学渊博,颇有俊才,如史载李磎博学多通,文章秀绝,《全唐诗》存录有李沇诗六首等。无论是家族传承,还是文学成就,江夏李氏家族都可以说是古代荆楚早期文学家族的一个典型代表。

从上表还可以看到一个非常有意思的现象,从宋朝开始,数世延续家族所占比例虽然有所下降,但是文学家族延续代数有的则较长。如明代的武昌孟氏(孟廷柯、孟仿、孟绍庆、孟绍勋、孟绍甲、孟登、孟进),大冶胡氏(胡应辰、胡允同、胡绳祖、胡念祖、胡率祖、胡梦发),崇阳汪氏(汪文盛、汪宗元、汪宗凯、汪宗伊、汪桂、汪柱、汪际烺),通山朱氏(朱原经、朱原璁、朱伯骧、朱廷立、朱之楫、朱万仰),黄冈王氏(王廷陈、王廷瞻、王同轨、王同道、王一鸣、王一翥、王封淑、王封溁、王封权),麻城刘氏(刘天和、刘天和孙女刘氏、毛钰龙、刘谐、刘侗),黄安卢氏(卢尧臣、卢之懔、卢爌),蕲州顾氏(顾问、顾阙、顾天、顾景星、顾昌),江陵张氏(张居正、张嗣修、张懋修、张允修、张同敞),石首王氏(王紞、王乔桂、王乔吴、王蓝、王启茂、王启遵、王启京、王启棠),监利刘氏(刘良宲、刘在朝、刘在京、刘懋彝、刘懋夏),天门谭氏(谭元春、谭元声、谭元方、谭元礼、谭元亮、谭籍、谭篆、谭之炎、谭孙蓬、谭一豫、谭襄世、谭蔚龄),容美田氏(田九龄、田宗文、田玄、田圭、田霈霖、田既霖、田甘霖、田商霖、田舜年),清代的汉川林氏(林正纪、林德仁、林德义、林德明、林钟任、林钟侨、林祥绂),汉川刘氏(刘振智、刘象益、刘贤佑、刘崇斌),汉川秦氏(秦之炳、秦敦承、秦敦原、秦笃辉、秦笃新、秦笃庆、秦本炽、秦本祖),黄冈万氏(万尔昌、万尔升、万年茂、万承宗、万年丰、万廷琯),广济舒氏(舒其志、舒默、舒芝生、舒并生、舒观生、舒逢吉、舒峻吉),蕲州刘氏(刘退祚、刘万甯、刘之棠),黄梅喻氏(喻化鹄、喻文鳌、喻文璐、喻文鋊、喻本钧、喻元鸿、喻元泽、喻元淮、喻溥、喻元需、喻同模），应山闵氏（闵则哲、闵衍、闵能恕、闵鹄）等都超过了三代。其中明代崇阳汪氏、清代黄梅喻氏延续了六代，而明代天门谭氏由明入清，延续了七代。延续代数之长，从整个文学史上来看，都颇为显著。

如天门谭氏，最早可追溯至明末的谭元春、谭元晖、谭元声、谭元方、谭元礼、谭元亮六兄弟。尤其谭元春与钟惺一起创立的竟陵派，成为明代后期继公安派之后的又一大文学流派，执文坛牛耳几十年。谭元春一生虽然科考不顺，但其从小在父亲的指导下，并且跟随他的两个舅舅学习，接受了良好的教育，后来在与忘年交钟惺的交往过程中，形成了自己对于诗歌的独到看法，负一时盛名。谭元春在《黄叶轩诗艺·序》中说："予家世学《易》，先人耋岁为诸生，怯其难，徙而治《尚书》，因课予兄弟《尚书》，惟弟服膺一人，中道徙去，学《诗》三百六篇。"[1]另在《操缦草·序》中，谭元春回忆少时学习经历时说："予年十六学为诗，初无师承，亦不知声病，但家有《文选》本，利其无四声，韵可出入，窃取而拟之，殆遍其法，止如其诗题与其长短之数、起止之节，而易其辞亦自以为拟古也。"[2]从家世学《易》，后治《尚书》，家有《文选》记载，可见谭氏虽为农家，却有着读书传统。谭父早逝后，谭元春代父教育诸弟，成效显著，谭氏五兄弟都颇具文采。在谭元春的《与舍弟五人书》中可见谭家六兄弟的才学以及融洽的手足之情。书曰："魏家人到，得科考信，知弟辈俱得入场，免费手脚，只笑六弟又考批首，叠床架屋，真有何益。"[3]《钟谭合传》也曰："兄弟五人，皆娴笔墨，互为师友。母兄弟妹，食必同席，薄暮取酒，相对谈学业世事。"[4]谭元声，丁宿章《湖北诗征传略》载其笔致轻快，且不囿家学；谭元亮以贡生身份官汉川教谕，著有《甑山诗》《灵谷诗》《爨远集》《秋江吟》；谭元方举人出身，历任山东高苑令、苏州海防同知、安陆兵备副使等职，政绩卓著，虽文才不及诸兄，也有作品流传于世；谭

---

① （明）谭元春：《谭元春集》，陈杏珍标注，上海古籍出版社1998年版，第639页。

② （明）谭元春：《谭元春集》，陈杏珍标注，上海古籍出版社1998年版，第624—625页。

③ （明）谭元春：《谭元春集》，陈杏珍标注，上海古籍出版社1998年版，第748页。

④ （明）李师睿：《钟谭合传》，见（明）谭元春：《谭元春集》，陈杏珍标注，上海古籍出版社1998年版，第959页。

元礼,崇祯进士,著有《黄叶轩诗艺》,时人称谭氏兄弟为"六龙"。正是基于这样良好的家族氛围以及文学传统,谭元春后世子孙也颇有才学。谭元春过继子谭籍,《楚诗纪》录存其诗《七月十八日得胡省游书》《清明偕诸子登山》,《湖北诗征传略》录存其诗《重过友水园》;谭元亮之子谭篆,少年词翰典试江南,有盛誉,顺治进士,官侍讲,著有《灌村诗集》《西枝馆诗》《高话园诗集》;谭篆从子谭之炎为贡生,著有《竹爽轩诗草》;谭元方子谭荀为拔贡,好读书,其孙谭孙蒁初以文章自名,后一意讲学,教授子弟甚多,人称"远斋先生",著有《敬室语录》《小学习》;谭孙蒁之子谭一豫,由廪贡官长阳教谕,工诗善画,所撰《泾阳志》多有可观;谭元方曾孙谭襄世,雍正举人,出任柳州守,《述祖德》一诗盛传于时;谭襄世孙谭蔚龄少时诗名已遍闻江汉间,有《留看草》《味穷诗集》。谭氏能由明入清传承七世,从谭襄世《述祖德》一诗可见谭氏家族一直引以为豪的家族文化传统。其诗曰:"犹有甘棠旧泽留,鹧鸪塘外白云浮。荔蕉祭比罗池庙,不独伤心柳柳州。"谭襄世化用《诗经·甘棠》里的周公典故,对曾任柳州太守的先祖进行了赞扬。这种家族先祖的荣耀在谭氏记忆里打下了深深的烙印,并成为家族文化传承的动力。

以竟陵谭氏为代表的这些家族与晋朝江夏李氏不同,他们没有门阀士族制度的依托和门第优势,更多依靠世代仕宦的地位,以及家族文化传统的保持,使家族得以长久延续,而仕宦也来源于文化素养带来的科举成功,因此可以看到文化传承在后世家族延续中越发重要的意义。所以当一个家族的仕宦或者家族文化传承受到影响或者中断时,这个家族便会很快没落下去。如明代崇阳汪氏(汪文盛)家族,自汪文盛考中进士,因政绩显赫得到百姓尤其嘉靖皇帝的赞赏,家族开始兴盛显贵,几代仕宦,功名卓著,而成为当地望族。汪宗元嘉靖八年(1529)进士,官至通政司;汪宗凯嘉靖十四年(1535)进士,官至尚宝司卿;汪宗伊嘉靖十七年(1538)进士,官至南京吏部尚书;汪桂,天启五年(1625)进士,官至福建建宁知府;汪柱曾任嘉鱼教谕。但至其六世孙汪际秋入清后因为民族气节隐居不出,家族便褪去光芒,逐渐没落下去。再如由元入明的嘉鱼李氏,从李远、李善、李田,至李承芳、李承箕、李承勋、李承恩,李氏家族世代为官,李承芳、李承箕、李承勋他们更为李氏增加了一层文化名族的光环。但至崇祯末年的李占解，他虽中举，却因明朝的灭亡不再科举入仕，李氏也就没落下去。麻城梅氏家族、江陵张氏（张居正）家族等都是其中显明的例子。

一般情况下，文学家族的代际构成与家族的文学地位和影响基本呈正比关系。延续代数越多的文学家族，其家族的文学地位和影响相较而言会更大，如上述的晋朝江夏李氏、明代黄冈王氏、天门谭氏、蕲州顾氏，清代的黄梅喻氏等。但有时文学家族的地位和影响更多来自于家族主要成员个人在文学上的影响。如晋朝襄阳习氏，因习凿齿的文笔才学和史学成就入《晋书》而受人关注；南北朝时的江陵庾氏因庾肩吾、庾信父子的文学成就而光耀史册，尤其庾信因其"集六朝文学之大成，而导四杰之先路"①而享有盛名；唐代竟陵皮氏家族因皮日休为世人所知；宋代襄阳的米氏因米芾一人之书法和文学名闻天下；明朝黄冈王氏家族因王延陈的诗才和狷介的个性而声名大振。有时家族延续时代不多，仅限于一代兄弟数人，但兄弟几人的成就已足以让整个家族光耀史册。如宋代的荆门孙氏家族，孙何、孙僅、孙侑三兄弟皆中进士，孙何、孙僅还高中状元，因科举和诗才被人称为"荆门三凤"；蕲春林氏因同属江西诗派的林敏中、林敏功、林敏修三兄弟而为史知名；清代蕲水潘绍经、潘绍观兄弟，蔡绍江、蔡绍洛兄弟，荆门胡作梅、胡作柄、胡作相、胡作楫、胡作蕴五兄妹，都使他们的家族因他们为世知名；等等。所以家族的文学成就似乎更看重主要家族成员的推动和提升作用。相对于江右、江淮、吴越等其他文化地域的文学家族，荆楚地域文学家族的表现稍显薄弱，没有那么耀眼辉煌，一个重要原因就在于从整体上看，古代荆楚文学家族缺少在文学史上产生重大影响或有绝对分量的家族成员。

再从家族延续形式的朝代分布来看，清代文学家族与明朝相比，家族延续代数渐少，所占比例大幅下降，更多倾向于父子两代或兄弟一代。学者徐雁平也认识到了这一问题，他指出："在清代，绵延两百年的文学世家，屈指

---

① （清）纪昀等：《钦定四库全书总目·庾开府集笺注十卷》，四库全书研究所整理，中华书局1997年版，第1988页。

可数,大多数家族在三五代之后就衰落。"①事实上许多家族都未能延续至三五代。尽管清代文学家族整体数量增加,反衬出清代文学及文化的繁盛,但家族延续能力的削弱是个不争的事实。究其根源,至少应该有以下几方面的原因:其一,清朝的建立导致许多明末士人与清王朝之间的敌视或者不合作,即使不对抗,许多士人选择归隐山林不再出仕。前文已经提到,当一个家族仕宦受到影响或中断时,这个家族没落的概率将大大提高,因而清朝新兴文学家族较多,从明朝延续下来的文学家族则较少。而至清朝后期,西方外来文化的影响,以及西方殖民者入侵带来的政治动荡和社会动乱,对中国传统的士大夫文化产生较强冲击,使依靠宗法制度的文学家族传统难以得到强有力的延续和保证。如果家族不能在历史潮流中积极调整,则非常容易丧失发展契机,而被抛弃于时代之外。其二,清朝由于战乱以及社会经济的发展,人们迁徙和人口流动更为普遍。明末农民起义,清朝与明朝残余势力的战争,"三藩之乱"、"改土归流"、清王朝的领土扩张、太平天国战争等,都引发清朝历史上几次大规模的移民潮。尤其清前期的"湖广填四川",台湾移民,西南、西北等西疆移民潮,闯关东,以及清后期太平天国战争结束后的移民,②使士人与土地、宗族的捆绑越来越弱,这在一定程度上阻碍了文学家族的长期延续发展。其三,外族统治以及后来盛行的文字狱,使得汉民族一段时期内在文学和文化上备受打压,这也给家族文学和文化的延续形成一定阻碍。这一点原因不可夸大,但也不容回避。总而言之,荆楚地区的古代文学家族在代际构成和延续方面与其他地域趋势基本一致,但也有着自身特点。

第二节　古代荆楚文学家族的女性文人

古代荆楚文学家族的性别构成比起其他文化地域要简单得多,这些文

---

① 徐雁平:《清代文学世家的家族信念与发展内动力》,《苏州大学学报》2012 年第 4 期。
② 可参见葛剑雄、曹树基、吴松弟:《简明中国移民史》,福建人民出版社 1993 年版。

学家族成员基本都为男性,少数女性的存在成为古代荆楚文学家族一道亮丽的风景线。

一、古代荆楚文学家族女性文人列表

在前面古代荆楚文学家族资料梳理基础上,我们将其中女性文人作一个简要列表。

表 5-3　古代荆楚家族女性文人简表

朝代	所属家族	女性人名	人物关系	作品
晋	江夏李氏家族	卫铄（卫夫人）	李充之母	《笔阵图》
宋	襄阳魏氏家族	魏玩	魏泰之姐	《魏夫人集》（散佚）；存诗《虞美人草行》一首,另《唐宋金元词钩沉》《全宋词》存其词十四首
明	江夏呼氏家族	呼文如	二人为姐妹	《遥集编》（散佚）；存诗词二十一首
		呼举		存词三首
	麻城刘氏家族	刘氏（名不详）	刘天和孙女	存诗《悼长孺》四首,《追怀亡兄金吾延伯歌姬散尽有感集句》四首
		毛钰龙	刘天和孙刘守蒙之妻	《毛文贞诗集》（散佚）；存诗《镜》《冬夜》《纸》三首
	麻城周氏家族	梅氏（名不详）	周世遴之妻	存诗《寄外》
	潜江张氏家族	张氏（名不详）	张承宇之姐	《闺中杂咏》（散佚）；（光绪）《潜江县志·艺文志》录存其诗《忆母》《灯前》《读诗》等六首,《湖北诗征传略》录存其《咏留侯》《感燕》《慰外》及若干佳句
清	江夏彭氏家族	施德瑜	彭崧毓之妻	《写韵楼诗》（散佚）,《湖北诗征传略》录存其诗《柳岸》《白莲花》《菊蘺》《菊舟》《怀姊》中佳句
	孝感屠氏家族	屠道珍	屠之连兄弟屠之申之女	存诗《读红楼梦》《岳阳楼》
	广济张氏家族	徐元象	张楚伟之妻；张仁熙之母	存文《京口寄父书》,诗《送外》《楚伟过余玠墓》,以及残句"秦女含颦向烟月,愁红带露空迢迢"

续表

朝代	所属家族	女性人名	人物关系	作品
清	罗田潘氏家族	潘焕媏	潘焕龙之姐	有《漱芳阁诗钞》;存诗《上巳小雨》、《寄绮青浣芳两妹》,《游仙诗》(四首)
		潘焕荣	潘焕龙之妹	有《韵芳阁吟草》;存诗《盆兰》《鹅鸭池》《夏日抒怀》《春晓》《燕子》《别伴霞姊》《国朝闺秀正始集题词二首》
		潘焕吉	潘焕龙之妹	有《浣芳阁吟草》;存诗《许州怀古》《咏史》《看花》《种梅》《寄兄》
	安陆李氏家族	李淑贞	李元奋之妹	《柏窗集》(散佚),存诗《早发函谷关》《春日吟》《哭姐》

纵观整个历史,在男性占主导地位的文学史上,女性文人留下名字的并不多。古代荆楚 277 个家族,有成员 850 余人,其中女性 15 人,占比约 1.8%。整体来看,女性文人的比例与江淮地域的文学家族不可同日而语,但与大多数文化地域文学家族的情况基本吻合。

中国文学史上,明代以前的女性文人主要为两类群体,一类是与文人骚客有着密切联系的青楼歌妓,如薛涛、朱淑真等;一类是有着良好教育的官宦家庭之女,如蔡文姬、李清照等。自明代始,以家族为中心的女性文人开始突显。在同一家族内部,除了男性主导之外,能吟诗诵词的女性越来越多,包括母亲、女儿、儿媳、妯娌等。正如季娴在《闺秀集》中所云:"自景泰、正德以后,风雅一道浸遍闺阁,至万历而盛骄。天启、崇祯以来,继起不绝。"[1]所以在荆楚文学家族中,明代之前女性文人仅有两位,而至明朝数量则突然增加,清代则出现了更多女性文人。施淑仪在其所辑《清代闺阁诗人征略》的序言中也说:"诗家至于有清,遂臻极轨,琼闺之彦,绣阁之姝,人握隋珠,家藏和璧。"[2]在明清文学史上,明清女性文人大量出现,尤以家族形式出现的为最多,她们的创作呈现出空前活跃之势,江淮地域表现突出,荆楚地域也是如此。

---

① (清)季娴:《闺秀集选例》,《四库全书存目丛书》集部第 414 册,齐鲁书社 1999 年版,第 331 页。

② 施淑仪:《清代闺阁诗人征略》,《清代传记丛刊》第 34 册,明文书局 1985 年版,第 5 页。

二、古代荆楚文学家族女性文人产生原因

一个家族能够产生女性文人的主要原因在于,第一,家族势力的强大以及文化底蕴的深厚是其中最重要的因素,因为封建社会女性独立性不够,她们更多依附于所在家族的文学氛围。产生女性文人的家族往往都是诗书世家,并且社会地位较高,有着一定的声望。他们殷切希望诗文传家的家学传统能够代代相续,往往非常注重家族子弟教育,这种期望与行为虽然主要针对男性,但也会关乎、波及女性,使得一些女性从小就有机会获得良好教育而脱颖而出。正如袁枚所说:"闺秀能文,终竟出于大家。"①此外家族一定的经济基础也保证了教育的可行性,女性生活安稳,才得以有精力和闲情进行抒怀创作。明清荆楚 15 位女性文人,除呼氏姐妹为江夏营妓出身寒微外,其余女性均来自于当地有名的文化世家或仕宦家族。江夏李氏是魏晋颇有名望的世家大族;襄阳魏氏是宋时的襄阳世族;麻城刘氏是明代麻城四大望族之一;麻城周氏家族几代人为官;广济张氏为广济县大家,代有显人;潜江张氏、孝感屠氏、罗田潘氏、安陆李氏虽然不是名门世家,但也是读书人家并多人出仕为官。不过另一方面,相较于女性文人频出的明清江淮地域,古代荆楚文学家族中的女性文人数量并不突出,其中一个原因正在于荆楚家族大多自身较为薄弱,名门或者显宦所占比例不大,缺乏能在当时产生重大影响的文学家族。

第二,家族长辈或其他男性思想开明,如父母、兄长、夫婿,愿意为家族中的女性,如女儿、姐妹、妻子等提供一个良好的文化氛围,支持、指导她们进行诗文学习和创作,甚至与她们平等交流。家族教育、家庭教育基本是封建社会女性接受文化教育直接或唯一途径,她们在开明家族中,有机会参与一般被男性垄断的结社集会、诗歌唱和、诗艺切磋等文学活动。同时家族中的男性也愿意为女性提供施展才华的空间和机会,为她们的作品进行评点、刊刻,有的甚至打破性别局限,收女子为弟子,著名的例子有清代的王士禛、

---

① (清)袁枚:《随园诗话》卷三,人民文学出版社 1982 年版,第 72 页。

杭世骏、袁枚等。荆楚文学家族女性文人生平记载都较为简略,但我们可以依稀看到她们在家族教育中的幸运。江夏李氏卫夫人出身著名的书法世家河东卫氏,卫夫人的从祖卫觊,从伯卫瓘,从兄卫恒、卫宣、卫庭,侄子卫仲宝、卫叔宝都是著名书法家和书法理论家,四世家风不坠。卫夫人不仅深受家族影响,还得以有机会拜于钟繇门下,妙传其法,甚至后来成为王羲之的老师。江夏呼氏两姐妹虽然地位不高,周围却文学名士云集。呼文如与进士丘谦之相爱,两人情投意合,弹琴赋诗,丘谦之遂将二人唱和诗词编为《遥集编》,虽然诗集已散佚不见,但在当时对呼文如作品进行了很好的保存。呼举为举人王追美所纳,王追美出于黄冈显赫的王氏家族,七岁便被称为神童,他给了呼举极大的尊重和欣赏。麻城刘氏的毛钰龙,广济张氏的徐元象,年幼即好读书,并能文善书,可见皆早期在闺中就接受了良好教育。施德瑜与丈夫彭崧毓关系极为相和,其卒后,彭崧毓作有《悼亡诗》,诗中有句曰:"闺房相得如良友,巾帼从无此丈夫。"足见彭崧毓对施德瑜才学的认可。潜江张氏,罗田潘焕婳、潘焕荣、潘焕吉三姐妹,安陆李氏李淑贞,自小和兄弟关系亲密,经常相互唱和,即使出嫁后也多有书信往来。这些女性文人的作品往往都得到了男性的大力认可,如襄阳魏夫人的词作就得到了朱熹、胡宗汲、杨慎等一批男性文人的高度评价[①],罗田潘氏三姐妹的作品由其兄潘焕龙惋惜不传而辑校成集。

　　第三,家族间联姻的作用和影响。这存在两种情况,一种是实力家世相当的家族联姻,两个家族有着相似的文化氛围,女子便有机会延续闺中的学习习惯和文化素养,甚至受到另一个家族的帮助和影响,文学素养更上层楼。宋代魏氏家族的魏夫人便是其中一个典型代表,她本身出自襄阳世族,后嫁与南丰世家曾氏曾布为妻。南丰曾氏自曾致尧于宋太宗太平兴国年间中进士起,至曾布这一辈,家族一共出了19位进士,包括同时中进士的曾布、曾巩兄弟,可谓当时享有盛名的文化名族。魏夫人嫁与曾布初,夫妇二人唱和应答,钻研切磋,魏夫人词作愈趋精妙,为时人称道。后来曾布四处

---

①　可详见上编第一章《汉魏六朝唐宋荆楚文学家族》中宋朝襄阳魏氏家族条目信息。

为官,二人长相分离,魏夫人便将她的相思情愁化为篇篇词作,成就颇高,而被评为除李清照之外的宋代唯一能文女子。

另一种是某些读书世家的女性来到文化水平或文化氛围略逊的家族,用自己的智慧、眼界和学识大力培养后世子孙,而大大提高所嫁家族的文化氛围和层次,尤其也会对家族其他女性造成良好影响。历史上有一个非常显明的例子就是王安石家族。王安石家族共有5名女性文人:王安石妻吴氏、王安石妹王文淑、王安石长女、王安国女、王安石长子王雱之女。魏泰曾在《临汉隐居诗话》中称赞曰:"近世妇人多能诗,往往有臻古人者,王荆公家最众。张奎妻长安县君,荆公之妹也,佳句最为多,著有'草草杯盘供笑语,昏昏为炎话平生'。吴安持妻蓬莱县君,荆公之女也,有句曰'西风不入小窗纱,秋意应怜我忆家。极目江山千万恨,依前和泪看黄花'。刘天保妻,平甫女也,句有'不缘燕子穿帘幕,春去春来那得知'。荆公妻吴国夫人,亦能文,尝有小词《约诸亲游西池》,句云'待得明年重把酒,携手,那知无雨又无风'。皆脱洒可喜也。"①一个家族出现这么多的女性文人,是十分特殊和罕见的。王育济《宋代王安石家族及其姻亲》一文从联姻角度对王氏的兴起原因进行了分析。他认为:"在临川王氏走向兴盛的过程中,与乌石岗吴家的联姻是其中至关重要的一环。……由于王益之妻吴夫人的到来,临川王氏的整体文化水平被大大提高了。"②古代荆楚文学家族女性文人生平记载都非常简略,许多情况无法考证,东晋李氏家族算是其中一个较为显明的例子。卫夫人出自世代工书的河东卫氏,卫觊、卫瓘、卫恒都是著名书法家和书法理论家。卫夫人从小受家族影响,书法造诣颇高。她联姻嫁入李家,对李氏家族文化的提升及子嗣培养产生了重要影响,卫夫人夫李矩,子李充,侄子李式、李廞,孙李颙都有书名,他们能在书法上有所成就,应该都离不开卫夫人的指导和培养,因为卫夫人嫁过去之前,江夏李氏未见以书法名世者。李充少年丧父,定由母亲卫夫人抚养长大。张怀瓘《书断》讲

---

① (宋)魏泰:《临汉隐居诗话》,知不足斋丛书本。
② 王育济:《宋代王安石家族及其姻亲》,《东岳论丛》2011年第3期。

到李式时,曰"卫夫人犹子也。甚推其叔母善书"①。虽然文献记载不甚详细,但我们基本可以判断,李氏书法的兴旺,与卫夫人的到来有着不可否认的关联,至少可以说是锦上添花。她作为妻子、母亲,为家族营造了一个富有文化传统和艺术氛围的环境,才会产生李充这样善书能文、学问渊博的文人学者。

三、罗田潘氏姐妹的个别考察

荆楚文学家族中女性最为突显、最有代表性的是清代罗田的潘氏三姐妹。潘氏三姐妹的出现,不仅有原生家族良好文化氛围的影响,有兄长的支持和赞许,似乎也有联姻家族的帮助。潘氏一门闺秀大多能诗,可考者除三姐妹外,还有潘焕龙母徐太孺人、潘焕龙原配张翠蓉、继室杨清材、女儿潘玉彩、儿媳范仲芳、侄孙女潘幼芬等人,可见家族文化氛围的浓郁,遗憾的是,她们生平大多记载不详。三姐妹待字闺中时潘氏家族文化氛围都异常融洽,幼时有其母徐氏授以汉魏历朝诗,后又得兄长潘焕龙指教。兄妹切磋吟和在潘氏三姐妹诗里经常有所表现,如潘焕嫦诗《寄绮青浣芳两妹》:

> 料侍高堂养,团圞乐不支。嫂贤殊胜姊,兄友可兼师。夜月花千树,春风酒一卮。怜予定相忆,曾否有新诗。

无论潘焕龙的原配还是继室,文化水平都颇高。尤其继室杨清材,为廪贡杨知新之女,作有《碧筠楼吟稿》,其女潘玉彩校订成集后,载于潘焕龙的《官阁联吟集》。《寄绮青浣芳两妹》回忆了兄嫂与潘氏姐妹相为师友、春风饮酒的生活,令出嫁后的潘焕嫦十分怀念。

再如潘焕荣的《别伴霞姊》:

> 高堂随侍赴河阳,道路迢迢恋故乡。最喜依兄花满县,却怜别姊雁

---

① （唐)张怀瓘:《书断》卷下《能品一百七人》,石连坤评注,浙江人民美术出版社 2012 年版。

分行。酒缘作饯心难醉,人到临歧话倍长。此后加餐须自爱,莫听风雨忆联床。

潘焕吉的《寄兄》:

> 久与吾兄别,迢迢客帝京。遥知今夜月,定起故乡情。道远书难达,心坚事竟成。何时还故里,笑语一堂盈。

三人诗歌都记载了兄妹之间深厚的情感。古代女性生活圈子单纯狭窄,她们的关系网、交游对象主要以家族关系为主。正如郭延礼在《明清女性文学的繁荣及其主要特征》里总结的,明清女性文学的特点之一就是"创作主体的家庭化"①。兄妹、姐妹之间的交流、鼓励是女性创作的首要前提。潘焕龙非常赏识姐妹们的诗情和才华,不仅在自己的《卧园诗话》中多次提及潘氏姐妹的诗,更将她们的作品编印刊刻,并请当时名流为之撰序以扩大宣传和影响。潘焕嫡的诗集《漱芳阁诗钞》是潘焕龙任武英殿校书郎时编印,并请时任翰林院修撰的科考状元陈沆为之作序,袁枚女弟子潘素心为之题词,足见潘焕嫡诗集在当时的影响以及潘焕龙的重视。后来潘焕龙又将潘焕荣、潘焕吉的诗分别辑校为《韵芳阁吟草》和《浣芳阁吟草》,收入他的《官阁联吟集》,前有完颜恽珠、潘曾莹、周作楫的序,中有潘世恩、林则徐、富斌和女诗人陆韵梅的题词,这些名人的序和题词都让潘焕荣、潘焕吉的诗一时声名显赫。

潘氏姐妹三人后来都嫁入读书之家,潘焕嫡嫁于诸生郭时润,潘焕荣嫁于颖川知府廖琴舟,潘焕吉嫁于举人郭元勋,三人婚姻生活都较为美满,可谓琴瑟相和。尤其潘焕荣嫁于廖琴舟之后,廖琴舟为官外地,潘焕荣都相随从游,阅历大增,诗境益进。廖琴舟还为潘焕荣的《浣芳阁吟草》作序,将之刊刻流传。夫妻关系从附属尊重型到情投意合交流型的转变,也可谓是明清女性文人创作繁荣的一大原因。

潘焕龙、廖琴舟为其姐妹、妻子作品结集刊刻的行为,实际上是从明后

---

① 郭延礼:《明清女性文学的繁荣及其主要特征》,《文学遗产》2002 年第 6 期。

期开始男性文人积极推广女性书写社会风气的反映。这种风气继而影响到女性对自我创作的态度，使她们更加坚信书写的信念，以及能够自信、自觉地认识到女性创作传播和保存的价值和意义。在以男性为主导的文坛，虽然男性对女性创作更加强调妇德、妇道，正如郦琥《彤管遗编》在说明女性文人排列标准时认为："学行并茂，置诸首选；文优于行，取次列后；学富行秽，续为一集，别以孽妾文妓终焉，先德行而后文艺也。"①明确提出了"先德行而后文艺"的观点，但同时也有不少男性对女性的创作天赋与固有情趣持欣赏和重视态度。如钟惺在《名媛诗归·序》里所言："若夫古今名媛，则发乎情，根乎性，未尝拟作，亦不知派，无南皮西崑，而自流其悲雅者也。……嗟乎！男子之巧，洵不及妇人矣！……今人工于格套，丐人残膏，清丽一道，颇弃失之，缀衣反得之。"②可谓高度肯定了女性书写的独特性、优越性，以及它的价值。不管评价依据如何，前提都是对女性创作不同层面的认可，这在很大程度上刺激和促发了女性作品的创作流传，因此才会有父兄夫婿对家族女性作品主动的编集和刊刻。

除去男性的编集刊刻，还有女性以传世追求而对作品的主动编辑。潘焕龙继室杨清材的《碧筠楼吟稿》，就是由其女潘玉彩校订成集，再载于潘焕龙的《官阁联吟集》得以留存下来。③ 这种对作品传世的追求体现出清代女性观念的极大变化，即对名的关注。清代奇女子王贞仪曾明确指出："录缮既成，有士者讥之，以为妇人女子唯酒食缝纫是务，不当操管握牍，吟弄文史，翰文为史。况妇女不以名尚，今之裒然成集也，其意何哉？仪闻而不敢置辨为其论之，似近乎正也。第以好名疑之，则非矣。好名之心，人皆不能无，而概观古今来，能于诗古文章者，士大夫固无论，即闺阁之中代不乏人。"④王贞仪对自己的作品结集看似持一种谦虚态度，但对"好名之心"却

---

① 转引自胡文楷：《历代妇女著作考》，上海古籍出版社1985年版，第879页。
② （明）钟惺：《明媛诗归·序》，见胡文楷：《历代妇女著作考》，上海古籍出版社1985年版，第883—884页。
③ 潘焕龙著有《卧园诗话》《四梅花屋诗钞》《官阁联吟集》《论诗纪略》，都得以留存，中国国家图书馆有藏本。
④ （清）王贞仪：《德风亭初集·自序》，民国初年排印本。

持一种支持和肯定态度。王贞仪一百年之后的赵芬①更坦率表明了自己对名声的追求,她在自己文集的序里明确说道:"辛卯命儿子曰桢芟其十之四五写定为二卷词一卷附焉。予家虽贫粗足自给,无待自炫以射利,如以为好名,亦所不辞。盖人不好名,无所不至矣。若伪托逃名,以冀兼收而并得,则予所深耻,而必不屑为者也。……予盖疾夫世之讳匿而托于夫若子以传者,故不避好名之谤,刊之于木,而命桢儿书此言以为序。"②潘玉彩将其母的诗集编订后虽然仍托其父之集得以流传,比不上赵芬的直接和勇敢,但依然反映出女性对文名的重视和追求。荆楚文学家族的女性文人虽然不多,她们的创作以及行为却是当时社会风气的影子。

第三节　古代荆楚文学家族的仕宦构成

古代文人追求"学而优则仕"的人生理想和目标,他们专心致志于学业,通过功名去实现人生价值。在求学过程中,对知识的学习激发并培养起他们的文学才能。一个家族的兴起、发展与延续在很大程度上与家族成员在科举、仕途中取得的成就密切相关。吴澄在《宜黄曹氏族谱序》中就指出:"凡世之望族,莫不以仕宦、科名而显。"③当这些家族的成员取得功名后,他们便具备更强大的能力和更多的机会培养后世子弟,从而使家族人才辈出。受中国宗法制传统影响,这些家族也非常注重家风、家学的传承及家族的延续。值得注意的是,仕宦家族并不一定成为文学家族,而拥有文学才能的文学家族更容易在科考中脱颖而出成为仕宦家族。从上编所列古代荆楚文学家族的信息可知,277个家族大多表现出这个特点,尤其明之前家族更为明显。这些家族成员多数有出仕经历,甚至家族主要成员全部出仕。没有仕宦经历的家族约有 52 个,占比不到 20%。

---

① 王贞仪(1769—1797),赵芬(1892—1919),两人相差百年,王贞仪观点仍较保守,赵芬却直接勇敢,二人观点折射出清代女性对自身创作态度的变化。
② (清)赵芬:《滤月轩集·自序》,同治十二年乌程汪氏刻本。
③ 李修生主编:《全元文》第十四册,江苏古籍出版社 1999 年版,第 412 页。

一、古代荆楚未仕文学家族的梳理

为了便于察看和比较,现将未仕家族及其未仕原因列一简表如下。

表 5-4　古代荆楚未入仕文学家族及其原因简表

原因＼时间	明朝之前	明朝	清朝
科考不顺	(宋)蕲州林氏	汉阳朱氏;黄冈杜氏;广济饶氏;潜江张氏;应山陈氏;孝感夏氏	汉阳彭氏;汉川刘氏;汉川万氏;沔阳高氏;黄冈於氏;广济胡氏(胡本寮);公安邹氏;来凤王氏
朝代更替	(元)嘉鱼程氏	黄冈邓氏;江陵曹氏	广济张氏(张盘基)
不乐仕进			兴国万氏;汉阳李氏(李以笃);黄梅汪氏;监利郭氏;东湖罗氏
早卒未仕		广济刘氏	江夏戴氏
史载不详		麻城周氏(周世遴);蕲水周氏;巴东朱氏	蒲圻贺氏;汉阳萧氏;汉阳王氏(王铭臣);汉阳龚氏;汉阳江氏;汉阳汪氏;汉川李氏;孝感王氏(王瓒);孝感王氏(王嘉亨);蕲州黄氏;黄梅余氏;黄梅吴氏;黄梅梅氏;江陵严氏;钟祥高氏;京山胡氏;京山丁氏;天门胡氏;安陆寇氏;云梦戴氏;保康吴氏;郧西陈氏
其他因素		江夏呼氏(性别原因)	

在对这些家族未仕原因进行分析时发现,不少家族不仕原因比较复杂,比如明代黄冈杜氏,既有杜濬乡试因言语犯忌落榜的原因,也有明清两朝更替的影响,以及史料对杜世龙和杜世捷记载简略的缘故;广济饶氏不仅因饶于豫九次省试未中、饶嘉元会试未中,也因饶嘉绳、饶嘉亮乱世的隐居不仕;广济刘氏既因刘养微、刘养吉的体羸早卒,又有刘养吉性格狷介的原因;清代黄冈於氏既因於斯和应试不第后的放弃,也因史籍对於心匡生平经历记载的不详;来凤王氏有王煜科考不顺的原因,也有王廷弼因母亲年老未接受剿贼有功所授官职缘由;等等。所以上表家族不仕原因的划分可能有些单一,我们更加注重的是家族不仕的主要原因,或主要成员的不仕原因。

在古代荆楚文学家族中,明前不仕家族只有宋朝的蕲州林氏和元朝的嘉鱼程氏。这一阶段不仕家族较少的原因主要在于史料保存的功利性。历史久远朝代,那些科举、仕途成功的家族和成员的生平事迹,更容易为各种史料记载流传下来,而未出仕的家族及成员若没有特殊成就或贡献,便逐渐消逝于历史洪流之中。明清尤其清代,不仕家族记载越来越多,其中一个重要原因就在于这两个时期离现代较近,史料保存较好,也在于史料记载人物的全面性和丰富性。这主要得益于各种地方方志,以及文学总集、别集的繁荣,为我们留存下许多普通家族及人物的资料。不过另一方面也因为这些家族人物不太有盛名,所以很多人物史料记载都较为简略。

二、古代荆楚文学家族未仕原因

家族未仕原因正如上表所列,大致有六种情况。除了一些人物史籍记载不详无法确考,江夏呼氏姐妹因女性特殊身份之外,家族不仕的一个最大原因便在于科考失利。"达则兼济天下"是封建士人的最高追求,科举可以说是他们实现人生价值的唯一正统途径。古代科考严格,竞争激烈,各级录取率都较低,尤其到了乡试和会试阶段。"宋代府州解试(相当于后来的乡试)按投考人数10%—20%录取"[1],"明代乡试录取率在4%左右,会试录取率在10%左右。"[2]清代举人和贡士的录数人数在雍正后期和乾隆早期稍稍有所上升,但其余时间录取人数整体比明朝还少,科考压力可想而知。从全国各个地域会试和乡试的录取情况来看,湖北地区的录取比例大概居中等水平,位于直隶、江苏、浙江、江西、山东、安徽、湖南之后,仅高于东北、云南、贵州、四川、广西、蒙古等边远或文化不甚发达之地。[3] 事实上,乡试和会试之前的院试录取率,平均也只有10%左右。在如此严苛的科举制度下,很多士人皓首穷经,却也不能博取功名。宋代蕲州林氏,明代汉阳朱氏、

---

① 王建军、王炳照等主编:《中国教育通史》第四册《魏晋南北朝卷》,北京师范大学出版社2013年版,第475页。

② 钱茂伟:《国家、科举与社会:明代科举的录取率》,北京图书馆出版社2004年版,第87页。

③ 参见马镛《中国教育通史·清代卷(中)》的《康熙五十二年至道光二十年会试分省录取名额表》(北京师范大学出版社2013年版,第372页)。

黄冈杜氏、广济饶氏、潜江张氏、应山陈氏、孝感夏氏,清代汉阳彭氏、汉川刘氏、汉川万氏、沔阳高氏、黄冈於氏、广济胡氏(胡本寮)、公安邹氏、来凤王氏,这些家族的不仕更是一种被迫或者无奈。蕲州林敏中乡荐未中,遂杜门不出三十年,林敏功因进士考试落第,从此归隐家乡,与其弟林敏修比邻而居,以文相友;汉阳朱国俊两举不第,遂弃科举;黄冈杜濬因言语犯忌落榜乡试,后遇明末乱世,与其弟多地避乱,与科举无缘;广济饶于豫九次参加省试未中,不得志纵酒悲伤而亡,饶嘉元会试也未中,汉川刘氏与之有着相似经历;潜江张承宇科考不顺,只为贡生;应山陈愚久试不第,遂不愿为五斗米折腰终身不仕,与此经历类似的还有沔阳高氏;孝感夏鼎高才不第,遂弃诸生改考武科却又病足;汉阳彭心锦少称神童,本中闱试但被除名。这些家族成员大多自幼能文,才能突出,很早在民间便建立了良好声誉,前途一片光明,可科举的屡次失败,让他们心灰意冷,丧失了信心和斗志,最终选择远离。有的家族因科举失败遂转向尽力于学,致力于诗文创作,如黄冈於氏、广济胡氏(胡本寮)、公安邹氏。某种程度上,科举的失败是这些家族的不幸,可也正因为这不幸促使他们把更多的精力投入诗文创作,而成就了他们的文学成就。

　　朝代更替也是家族不仕原因之一,这主要体现在元明和明清交替两个时期。在中国几千年的历史长河中,大多数的朝代更迭都伴随着长时间或者大规模的战争,给民间带来的是兵连祸结、动荡不安,以及士人抱负的无法施展,不仕实际上是乱世背景下的独善其身。嘉鱼程氏的程从龙、程元龙兄弟二人,元末隐居教授,舍旁植有数十株花,啸歌其下。程从龙的《双洲》诗就书写了乱世之下士人无所适从的愁绪:"涉水逾山窜草莱,乱离怀抱几时开?元家运变黄河徙,汉土兵兴赤帜来。夜寂堠亭烽火盛,月明江舰角声哀。风沙满目乡关异,日暮愁登江上台。"①江陵曹氏的曹国朴、曹国矩、曹国枫兄弟明末遭寇乱,兄弟三人隐居三湖,共相唱和,渔钓自娱,著述终老。广济张氏的张琼基因明末世乱遂不就试,而是结庐授徒、以粟救人,在科举

①　见(同治)《嘉鱼县志》卷十二《艺文志》。

之外选择其他方式来实现人生价值。明清之交家族的不仕还有民族气节的缘故,这明显受到了荆楚文化忠君爱国传统的影响。黄冈邓氏邓云程,当清兵攻陷明朝都城时,因为清兵乃外族入侵而北望号泣,不久卒于流离之途。其子邓之愈感于父节,曾走千里请求杜濬为其父作传,二人气节皆为后世所称道。邓云程诗《恨水》曰:"极目荒原万树凋,柴门风雨晚潇潇。三秋顿觉乾坤异,两鬓空悲岁月遥。北极朝廷那可问,钟山王气讵全销。莫言草莽能逃罪,养士恩深日赋骚。"①诗歌抒发之情除丁宿章所评"有用世志,顾世乱不得施"②的不遇之感外,也饱含对旧朝衰亡的遗憾。再如邓之愈的《遵阳初度》:"年来负疢感衰羸,黄绮驱人服紫芝。顾影自怜蒲柳质,思亲久废蓼莪诗。鸟飞岂为嗟爰止,鸿渐能无慎羽仪。遥寄南归图拜扫,故园菊已满东篱。"③既抒发了邓之愈在清军入关后背井离乡的无奈,更表达了他对民族气节的坚守。

　　家族不仕还有一类原因在于家族成员的心性淡泊,不愿仕进,这与朝代更替中的不仕相比,更多的是一种自我的主动选择。兴国万氏万斛泉一心向学,不愿仕进,授徒自给,一生在崇正书院、龙门书院、叠山书院等地立志讲学,成为一位名满天下的布衣宿学。其子继其家学,同样如此;汉阳李氏李以笃性格坦率,虽嗜读书,却不屑科举,以至终身不得志而放情于诗酒;黄梅汪氏汪美和汪勋两兄弟皆负才气,二人偕隐。汪灼究心禅学,抱一亭于竹林深处,日吟内典十年,不接世事。三人互相唱和,传为佳话;监利郭氏郭谱自幼性格简淡,喜爱聚书,筑室种植花竹,吟咏自乐,不喜仕进。尤其嗜好陶渊明诗,写诗模拟其词章语句;东湖罗氏罗宏备博学能文,纵游燕齐吴越间,授州判不就。这一类家族,多将人生寄情于山水之中,而留下了大量的游历诗。如汉阳李以笃有《春游曲》《后湖纪事》《汉口舟次》,黄梅汪美有《清江晚眺》《游四祖寺》《游冯茂山》《源湖即景》,汪勋有《登紫云山》《雨后步灵润桥》《游五祖寺》,临利郭谱有《狮子山望洞庭湖》《舟过杨林矶》《壶天阁

---

① 见(光绪)《黄州府志》卷三十七《艺文志》。
② (清)丁宿章《湖北诗征传略》卷十五《黄冈》邓云程条目。
③ 见于《湖北诗征传略》卷十五《黄冈》邓云程条所附邓之愈传记。

观元资福寺钟》《月夜湖上访友人不遇》,罗宏备有《泊青草滩》《宿姜孝祠》《兵后过栗园访陈五玉介中》《三游洞》《再游三游洞》,罗宏顗的《登葛道山》《荆门》,罗应箕的《登天然塔望江》《杪秋偕周柳溪、冯谷伯游三游洞分得洞字》,等等。这些山水游历诗体现了明清士人政治仕途之外别样的生活审美情趣。

成员早亡,未有机会出仕,也是这些家族未仕原因之一。如广济刘氏的刘养微、刘养吉兄弟都身体羸弱,刘养微三十四岁即卒,刘养吉在兄逝后,哀恸欲绝,不久也离世;江夏戴氏的戴毓瀛在壬子之战中,随父一起抗击盗贼遇害,等等。

这 52 个家族成员虽然未出仕为官,但他们的文学、经学等成就或独特人格却被各种史料记载流传下来,尤显不易和珍贵。不过从上述不仕家族的代际传承我们也可以发现,这些未仕家族的延续都不算长,大多属于兄弟或父子两代,可见科举和仕宦对一个家族延续具有的重要意义。

三、出仕文学家族未仕成员的简要考察

事实上出仕家族的情况也较为复杂,虽然他们大多为官宦家族,可也并非人人出仕,这大致存在以下几种情况。

有史料对成员生平事迹记载不详无法考察者,如东晋襄阳习氏家族的习辟强,宋代黄州潘氏家族的潘大观,广济张氏家族的张佳勖、张佳晟、张佳环、张佳金,清代黄州靖氏家族的靖乃勷等。

有成员英年早逝者,如汉代宜城王氏家族的王延寿渡水溺亡时年仅二十余岁;襄阳米氏家族的米尹知早逝,书迹不传;清代黄州陈氏家族的陈大华乡试第一,却英年早逝,死时年仅三十二岁;等等。

有科举不利心灰心意不再仕进者,如明代蕲州顾氏家族的顾天锡适逢明末乱世,在北雍对策中,因得罪阉门主司流转多地,后虽然被朝廷连连征辟任职,但始终辞官不受。清代汉阳王氏家族中的王戠,因科场不顺,又为父申冤看透世事,便不再热心功名。

又由于各种原因不愿仕进者,如明代黄州耿氏家族的耿定理幼时便性

情文弱，寡言少语，长大后不受兄耿定向、弟耿定力的影响，不愿仕进，四处游历，广交友人，一心研究学问和讲学。清代黄梅喻氏家族的喻元鸿，少时才思迟钝，成年后独钟情于诗文，精通经义和书法篆刻，却不求仕进。这些都是其中较为显明的例子。

家族成员之间原本息息相通，无论是处于同样的家族背景，还是共同为了家族的政治前途和利益，家族成员往往会选择相同的政治立场，在生活上相互关照，政治上相互支持，荣辱与共。不过由于个人性格、经历以及人生观的差别，同一家族的成员也会表现出不同的政治立场或人生抉择。因此一个家族的文学创作因家族自身文化传统和文学教育影响，也会偶尔摆脱功利带来的消极影响，而造成家族文学创作和成员仕宦经历的复杂性。

第四节　古代荆楚文学家族的兴起方式

荆楚文学家族的兴起方式各有不同，整体来看，可以归纳为以下两种方式。一种是家族原本为地方望族，本就具有经济、地位、文化等得天独厚的条件，在这样的氛围中，家族逐渐建立起良好的文学传统，而使家族有了另外一种身份。不过大多数荆楚文学家族的兴起更多属于第二种情况，这些家族往往地位不高，或者声名不著，家族中的一人、数人或者几代人的文学才能逐渐突显出来，或借文学才能通过科举步入仕途，而使这个家族获得声名。可见除科举、仕宦等因素外，文学对于一个家族声望的形成以及家族的振起、发展和延续同样具有重要的意义。

一、地方大族的锦上添花

如晋朝江夏李氏家族，这个家族起于李通。李通在汉末起兵，后投奔曹操，得到曹氏父子的宠幸，至李基、李绪，再到李景，李氏三代皆封将拜侯，成为当时颇有名望的世家大族。至年少好学、有文章辞采，曾为司马玮文学的李重时，李氏军功家族的特点逐渐淡去，而向文学士族转变。正是基于前面两代对家族文化氛围的营建，后面才得以产生李充这样一位著名的目录学家、书法家和文学家。至李充儿子李颙传承的已是家族的经学、文学传统，这传统还一直延续到了唐代的李善、李邕，与早先军功起家经历已无多大联系。

再如南朝襄阳柳氏，永嘉之乱从河东迁至襄阳，因柳元景军功崛起，成为南朝有名的世家大族。至柳世隆"马槊第一，清谈第二，弹琴第三"的自评，到"好学工制文，尤晓音律"的柳恽，"梁武帝每与宴，必诏其赋诗"的柳恽，已完全不见军功家族的影子。

宋代襄阳米氏家族，米芾之前家族多出武臣，五世祖米信是宋国开国勋臣，父米佐曾任武卫将军。但因宋朝偃武修文，米佐便有意培养米芾的文学素养，米氏也逐渐转化为文化世家。书法成就自不待说，米芾另有诗文《山林集》，米友仁有词作《阳春集》等，文学成就也颇为突出。

明朝嘉鱼李氏家族世代为官，为嘉鱼著名的官宦之家，但李承芳虽中进士官至大理寺副卿，却不好为官，后退隐以讲学赋诗为乐。李承箕也是中举后不再参加会试，转向陈白沙学习，后与其兄李承芳共隐黄公山讲学明道，李氏家族由官宦家族转化为文化家族。麻城刘氏家族为麻城四大望族之一，自刘梦至十世刘侗，造就了"十代元魁世胄，九封官保名家"的佳话。家族不仅出现了刘天和孙女刘氏、孙刘守蒙妻毛钰这样的女性文人，刘侗还成为明末竟陵派的代表人物。明朝的麻城梅氏、蕲州顾氏、石首王氏，清朝的黄梅喻氏、汉阳叶氏、黄冈万氏都是当时科举与诗文并闻的地方大族。这些家族的诗文成就为科举家族、官宦家族身份外增加了一抹亮丽的色彩。

尤其值得一提的还有容美田氏。田氏为容美土司，虽然汉夷有别，但自田世爵决定改变土司家族内部弑父杀弟的长期乱象，思考家族礼仪教化问题起，田氏就开始自修诗书，主动接受汉文化的学习。《容美宣抚使田世爵世家》记载："（田世爵）自伤其先人与诸兄，遭枭獍之饮血九泉也，深思饬身砥行……公痛惩乱贼之祸，始于大义不明，故以诗书严课诸男，有不嗜学者，叱犬同系同食，以激辱之。"[1]同时明清王朝为加强对土司的控制，非常注重

---

[1]　中共鹤峰县委统战部等编辑：《容美土司史料汇编》，鹤峰县印刷厂1984年印刷，第87页。

文化同化政策的推行。明孝宗时就曾下令："以后土官应袭子弟,悉令入学,渐染风化,以格冥顽。如不入学者,不准承袭。"①在这双重需求下,容美田氏深受汉文化影响,培育起深厚的汉文化素养。经过有意识的文化积累和文化传承,自田九龄始,经田宗文、田玄、田圭、田甘霖、田霈霖、田既霖、田商霖,到集大成者的田舜年,田氏绵延五代,"人人有集",成为土家族文学史、少数民族文学史上一个有名的文学家族。

与宋前家族相比,明清两朝尤其清朝文学家族,较少由武入文或由科举转为文化世家的家族,因为这些家族一开始便是科举与诗文并举。这一变化明显呈现出明清时期文化在家族延续中的重要地位和作用,以及古代荆楚文学家族在时代变迁、朝代更替中处世方式的变化。

二、地方素族的文学振兴

古代荆楚地方素族的文学振兴,更多体现在宋之后的文学家族中。其中一个重要原因在于中国古代社会的家族制度在唐宋间发生了一次重大转变。魏晋南北朝盛行的门阀士族制度逐渐被"敬宗收族"的家族制度所替代,而重新奠定了后世家族组织的基本形态,并对后世封建社会及其文化产生了深远影响。这种变化让人们意识到,每个家族都可以通过自身努力,如通过政治、经济、军功、文化等各种途径成为新的世家大族。相较而言,文化途径则最有保障并最为持久。中国社会历来崇尚文教,以文化起家就一直是许多家族寻求发展的主要路径。唐宋以后,人们对世家门第也有了重新认识。钱泰吉就说:"谓世家者,非徒以科第显达之为贵,而以士家工商各敬其业,各守其家法之为美。"②余集也认为:"今之所谓世家者,大率以声施之赫奕、门第之高华相矜尚。簪缨甲第,蝉联累叶,乡之人即莫不啧啧称巨族。仆窃谓不然。夫世家者,有以德世其家,有以业世其家,有以文学世其

---

① (清)张廷玉等:《明史·湖广土司列传》,中华书局1974年版,第7997页。
② 陈用光引钱泰吉语,见陈用光:《清芬世守录序》,《太乙舟文集》卷六,《续修四库全书》本,第358页。

家,而穷达不与焉。"①与以往重视门第相比,宋朝之后的社会更加注重德、业、文学在家族延续过程中的意义和作用。因此与门阀世族中的文学世家先有门第,后文学才士辈出方式不同,地方素族文学振兴前家族地位多不高,随着一人或数人文学声名的远播,才逐渐在家族中形成一种文学传统,继而扩大为一个文学家族群体。

如明朝黄冈王氏家族本以务农为生,王思旻通过科举入仕,改变了家族的性质。后世子孙好经术,能文章,世代为官,家族从明武宗一直延续到康熙时期,不仅有为一时名臣的王济、王廷瞻,更有工于诗赋、自成风格的王同轨、王追美、王封溁等人;明末公安三袁本世为武胄,从江西移至湖北黄州,再移至公安,以田业为生。至三袁祖父始,家族开始弃武从文,学习儒家经典,成为当地的书香门第;竟陵钟氏几代居乡务农,至钟惺时才努力读书,后经乡试、中进士走入仕途。钟怪虽然仕途不顺,三十三岁中府试第一后,乡试却一直不第,但是与家族早期的务农身份已是很大改变;清代汉阳叶氏叶继雯高祖叶运章本为民间医者,叶继雯中进士为官后家族性质发生改变,后经叶志诜、叶名琛、叶名澧等人,叶氏成为一个在金石学、经学、文学、医学、书画等诸领域都有贡献的文化世家。

除此之外,地方素族的文学振兴还存在一种情况,即家族本为普通的官僚家族,后来有家族成员的文学才能得到突显,而使家族获得另外一种声名。如明代孝感沈氏虽然在沈惟耀、沈惟炳时已具有声名,沈惟炳也有作品流传下来,但他们被人称许的更多是做官为人的正义和气节。而至下一代,沈惟炳四子皆有文誉,沈氏家族的文学特点逐渐显现出来,而获得了良好的文学声誉。沈宜著有《卧紫山房文集》《啸阁江南诗》《北辕间咏》《玉烛长篇》《函雅》等集,诗歌得到了吴伟业等人的高度赞扬。沈宜之子沈岐昇也工诗、古文、词,诗作文思奇特,颇多佳句,著有《补山园集》《青云堂诗》;再如清代罗田陈氏家族,陈景程举人出身,官沔阳学正和常德府教授,史料未载其有特殊的文学才能,其子孙却在文学上颇有成就。长子陈瑞球文章经

①　（清）余集：《查介坪寿序》,见《秋室学古录》卷二,《续修四库全书》本,第306页。

史皆通,好与友人置酒赋诗,五古源自汉魏,七古以韩杜为宗,诗歌秀朴浑老。次子陈瑞林诗歌独步一时,少时便名满江汉间。孙子陈瑞琚、陈昌纶都工诗,诗境高远。

相对于科举和仕宦,文化是一个家族最不容变易和随意被剥夺的稳定素质,一定意义上,文学对一个家族的振兴和稳定起着重要作用,这也是无论世家大族还是地方素族都非常重视家族文学传统的原因。

三、明清之际文学家族的特别审视

考察古代荆楚文学家族的兴起和延续,发现一个非常有趣的现象。在明之前,处于两朝交替的文学家族并不多,明清之际则不然,虽然有不少文学家族因朝代更替而没落,但也有一些文学家族由明入清,依然得到了较好的发展。如大冶胡氏家族,从万历进士胡应辰,到崇祯举人胡绳祖,再到顺治举人胡念祖、康熙举人胡梦发,家族发展非常平稳。黄冈王氏家族世代为官,从明初至清道光年间仍有成员官居四品,繁盛之极,虽然入清后王氏家族的文学成就明显没有明朝时那么耀眼。天门胡氏胡承诺为崇祯举人出身,因当时权奸结党,官场黑暗,他又会试未中,便专以著述为事。其子胡襃为清朝康熙拔贡,其孙胡泌为官知县。此外还有黄冈官氏(官应震)、黄冈万氏(万尔昌)、黄冈王氏(王廷陈)、黄冈王氏(王泽宏)、蕲州顾氏(顾景星)、江陵张氏(张汝济)、江陵李氏(李国华)、天门谭氏(谭元春)、孝感沈氏(沈惟炳)、孝感夏氏(夏熙臣)、黄安张氏(张希良)、广济舒氏(舒其志)、广济张氏(张仁熙)、广济胡氏(胡魁楚)等,这些家族由明入清不仅保证了家族的延续发展,也保持了文学创作的传承。整体来看,这些家族能在朝代交替之际顺利完成身份转变,他们无论是远离明清政治,还是投身清朝,都在其中保持了一颗较为平和的心。而那些注重民族气节,或以身殉国的家族却大多走向了中断或没落,这在前文已有论及。

明清之际诸多文学家族的顺利延续,从中国各个地域的文学家族来看,似乎算一个普遍规律。许菁频《明代江南文学世家文学活动的家族化特性》一文在分析清代江南文学世家数量特点时就指出:"晚明已具有两代以上文学家,入清后继续壮大发展的文学世家数量颇为可观。"并认为:"之所以能成为横跨明清的文学世家,家族人才链的形成起到了关键作用。正是因为明朝江南文学世家注重对家族人才的培育和家族文化氛围的营造,从而成功地使家族完成了由明入清的文化承继。""清代兴起的文学世家在发展过程中自觉承继明代文学世家的文化传统,家族化的文学活动一脉相承。……而在文学创作上,清代文学世家从创作体裁、创作内容到创作风格同样具有显著的家族化特性。"①许菁频所论虽然指向的是江南文学世家,明清之际的荆楚文学家族却也具有相同特点。

比如竟陵胡氏,胡承诺虽然因对明末科举和官场失望,选择不再用意于仕途,但从史载胡褒能读父书,并手录其父《读书说》《释志》,自己著有《竹畦诗》等资料可见,在朝廷更替过程中,家族文化的传承对胡氏发展起到了很好的保障作用;再如孝感沈氏,沈惟炳生活于政治混乱的天启和崇祯年间,当清兵入关多尔衮占领京师后,沈惟炳就投靠了清朝。为官之余,沈惟炳给予了他四个儿子良好的家庭教育,兄弟四人皆有文誉,尤其是沈宜。处于明末清初的沈宜因为生性耿直,虽然仕途并不顺利,但他却以他的文学才能为沈氏建立了良好声名。他著有《卧紫山房文集》《啸阁江南诗》《北辕间咏》《玉烛长篇》《函雅》等集达数百卷,其诗模仿范成大,文字简约生动、感情充沛,其文模仿柳宗元,笔力坚峭奥古,却又描绘生动。沈宜之子沈岐昇深受家族影响,诗文文思奇特,时有佳句,著作甚富,也享有文誉。尤其他能读父书,足见家族文化在家族延续中所起的作用;再如广济舒氏,从万历时期的舒其志,到舒默、舒芝生和舒并生,再到康熙朝的舒逢吉、舒峻吉,舒氏家族延续数代,文化是家族得以延续的一个重要因素。舒其志为万历进士,舒默倜傥有大志,尤工诗、古文、词,舒芝生、舒并生、舒观生三兄弟皆能诗,以古文、词称雄江黄间,有"三凤"之美称。舒逢吉天资敏捷,文不加点,兼娴韬略,舒峻吉才能更过其兄,专攻诗和古文,旁通金石篆法,行草尤其酷似米芾;还有广济张氏,张仁熙明末多次科举未中,入清后也不就征辟,但之后

---

① 许菁频:《明代江南文学世家文学活动的家族化特性》,《江苏社会科学》2017 年第 1 期。

受到良好家学教育的张仁熙四子张佳晟、张佳勖、张佳环和张佳金都勤奋好学，积学能文，有其父之风，家族在清朝获得美好的声誉。从明清之际这些文学家族的延续，可以同样看到家族文化传承对家族发展具有的重大意义和重要作用。

第五节　古代荆楚文学家族的迁入和流动

荆楚所在的南方与北方相比，历史上整体发展稳定。这些地域在明之前并未出现大的动乱，反而因与中央政权的隔离与疏远，较长时期都处于一种相对安定平稳的状态，得以产生大量本土文学家族。北方在中国历史上发生了几次大的战争，造成大规模人员的向南迁徙，荆楚地域便也出现了一些移民文学家族。这些移民家族虽然来自外地，但后来定居于荆楚，共同构成了荆楚文学家族这一群体。

一、移民文学家族的迁入与发展

通过上编 277 个文学家族的简要梳理，我们可以发现古代荆楚家族以本土出身为主，移民文学家族并不多，大概有 24 个：南北朝的江陵宗氏、江陵庾氏（庾信）、襄阳柳氏；隋朝的江陵庾氏（庾诜）；唐朝的江陵岑氏、襄阳段氏；宋朝的荆门孙氏、黄冈潘氏；明朝的崇阳汪氏（汪文盛）、蕲州顾氏、京山王氏、京山高氏、黄冈王氏、麻城刘氏、汉阳萧氏、汉阳李氏、天门钟氏、监利裴氏；清朝的江夏潘氏、汉阳彭氏、汉阳叶氏、黄冈王氏、黄冈叶氏、黄梅喻氏等。这些家族的迁入大概缘于以下几种情况。

1. 因战乱而迁

南北朝的江陵庾氏（庾信）、襄阳柳氏、隋朝的江陵庾氏（庾诜）、明朝的崇阳汪氏（汪文盛）、清朝的江夏潘氏即属于这种情况。

南北朝时期的襄阳柳氏家族，先祖本是河东解（即今山西永济）人，柳世隆的四世祖柳卓南迁，始世居襄阳。汉魏之际，柳氏便为河东大族，西晋时已可与高门大族京兆韦氏和杜氏相提并论，南北朝时魏收仍称"韦杜旧族门风,名亦不殒。裴、辛、柳氏,素业有资,器行仍世"①。柳氏南迁的大背景是历史上非常著名的永嘉之乱。永嘉之乱后北方外族入侵,混战不休,导致大量北方人口移居外地。当时迁徙共有三条路线,第一条路线是大量士族从华北越过淮河,来到长江中下游的江南一带,这就是史称的"衣冠南渡"。第二条线路是向辽东地区,投奔当时盘踞幽州的王浚、平州刺史崔瑟、辽西的鲜卑段部和慕容部等。第三条便是从中原到北方的并州及南方的荆襄地区。当时河东柳氏一部分留守河东,一部分向南迁徙,又分为两支。一支由柳恭带领迁于汝颍,即今天的河南临汝和安徽阜阳,史称"西眷";一支则由柳卓带领迁入襄阳,史称"东眷",这也是北方移民普遍选择的第三条路线。当时襄阳所在雍州势力中,以侨姓势力为主,柳氏便是其中代表。柳氏最初因列为"晚渡士族"被排挤在门阀政治中心之外,但他们后来以"流民帅"的身份成为当时流民势力的中上层,再逐渐凭借自身力量,让家族在异地因势而起,发展成为迁入地的世家大族。柳氏家族的发展与其迁移有着重大关联,柳氏南迁后寄寓他乡,本为河东大族却被排斥在门阀政治之外,为防身自保便弃文从武,重新获得政治地位。柳元景、柳世隆的显赫战功为襄阳柳氏发展奠定了基础,但至柳世隆时,柳氏又开始特意崇尚风雅,注重文教,实现了家族由武入文的回归。柳氏家族的变迁是魏晋很多士家大族文化发展的一个代表和缩影。

南北朝的江陵庾氏(庾信)、隋朝的江陵庾氏(庾诜)本为一支,同出于南阳新野庾氏庾滔之后。西晋灭亡之际,先祖庾滔随晋元帝司马睿南渡而迁入江陵,与襄阳柳氏有着相同的移民背景。唯一不同的是,柳氏因南渡稍晚而被排除在门阀政治之外,经家族的努力才重新获得皇权和高门的认可。庾氏则非常敏锐地抓住了南渡机会,庾滔因随侍司马睿南渡有功封遂昌侯,家族随之迁至江陵而顺遂发展壮大。② 读书、从政、为文,一直是庾氏家族

---

① (北魏)魏收:《魏书》卷四十五列传三十三"史臣曰"。

② 在对江陵庾氏的记载中,均追溯至庾滔,但庾滔以下几代却未有记载。因此学界对庾氏家族自庾滔始的发展有疑问。日本学者清水凯夫在《六朝文学论文集》中就认为:新野庾氏可能存在某种行为不端,或者庾滔与杜弢之乱的叛乱有关。本书认为,庾氏家族自庾滔起,家族的发展应该还是较为顺利的。

的家族传统,有着文化的加持,家族也从西晋一直延续至隋朝。

崇阳汪氏祖籍本在江西婺源,当时已是江左著姓,自汪清即汪文盛六世祖起,因元末战乱和社会动荡迁至武昌府的崇阳,遂在崇阳开疆拓土,扎根于兹。从汪藻、汪文明始家族开始在崇阳显露头角,至汪文盛,尤其汪宗凯、汪宗伊一辈,汪氏不仅仕宦上政绩显著,家族成员代代皆有文学集子,文学才能得以突显出来。如汪宗伊经历三朝,深受万历倚重。他去世后,万历下旨钦赐全部葬仪,墓地建坊开道,并命大宗伯致祭,太常博士主持葬礼,翰林院学士、国史编修袁宗道撰写祭文。1590 年又令建极殿大学士徐谐撰写墓志铭。明天启元年(1621)熹宗追赠汪宗谥号"恭惠",并加赠资政大夫,汪氏家族荣耀之极。汪文盛有文集《汪白泉先生选稿》《白泉家稿》,汪宗元有《春谷集》《经济考》《皇明文选》,汪宗凯有《棠溪集》,汪宗伊有《风纪汇编》《臆说注疏》《尚书奏议》《少泉诗选》《应天府志》《大理寺志》《南京吏部志》《表忠录》,汪桂有《卧雪居士稿》《梅村稿》,汪际烺有《绀雪藏稿》等,汪氏已然成为崇阳当地显赫文化世家的代表。清朝江夏潘氏虽然史料记载较为简略,但也知其先世本为浙江上虞人,因明清之际避乱遂居江夏。

战乱迁徙大多与朝代更替引起的战争有关,相较而言,地处南方的荆楚稍为安定,这就为迁入家族提供了良好的生存和发展环境。尤其唐宋始江南的开发,荆楚等南方之地在经济、教育、文化等各方面逐渐显现出优势而形成一种良好的文化风尚,迁徙家族的顺势兴起也就在情理之中了。

2. 因为官而迁

南北朝的江陵宗氏,唐代的江陵岑氏,宋朝的荆门孙氏、黄冈潘氏,明代的蕲州顾氏、京山王氏即属于这种情况。

江陵宗氏祖籍本为南阳,先祖宗承在永嘉之乱中有功封柴桑县侯,除宜都郡守,子孙便居江陵,而成为当地有名士族。迁入江陵后,宗氏便与江陵有了不解之缘。尤其家族中名气最大的宗炳不乐仕进,遁迹林泉,一生都在山水之间游历,却总是心系荆楚。他在其《画山水序》中写道:"余眷念庐、衡,契阔荆、巫,不知老之将至。"宗氏虽为移民家族,却早已与荆楚融为一体。

唐代江陵岑氏祖籍原为邓州棘阳，岑羲在《感旧赋并序》中对家族所兴有所追溯，曰："其后辟土宇于荆门，树桑梓于棘阳；吞楚山之神秀，与汉水之灵长。"①至岑善方，即唐代宰相岑文本的祖父始迁居江陵。《新唐书·岑文本传》即载："（文本）祖善方，后梁吏部尚书，更家江陵。"当时萧绎被灭，萧詧在北周羽翼下建立的西梁仍以江陵为都。岑善方因佐命之功，遂随萧詧迁至江陵而定居于此。岑氏在江陵成为著名的仕宦之家，先后一门三相，后来还出现了岑参这位大诗人。

宋朝荆门孙氏家族，祖籍本为蔡州汝阳（今河南汝南），因孙庸出任荆门知军，家族便定居于此。孙庸是孙何、孙僅、孙侑三兄弟之父，字鼎臣，素有抱负。周世宗显德年间，因献《赞圣策》九篇劝谏君王"武不可黩，敛不可厚，奢不可放，欲不可极"②，得到周世宗的关注，补为开封兵曹掾，后官至龙州知州。孙庸给了三兄弟良好的家庭教育，而使三兄弟成为北宋初期文坛上的知名人物。黄冈潘氏家族，祖籍本为荥阳（今河南荥阳），唐僖宗时潘季荀为避战乱定居福州，后潘吉甫仕于吴越，又居于浙江。至潘衢时在宋真宗时考中进士，后累官知黄州，潘氏始定居黄冈。潘氏定居黄州本是无心之举，未料到他们竟与一代文豪苏轼在此相遇，并建立起深厚友谊，抵掌聚谈，酬唱交游，而成就了潘氏文学成就，成就了黄冈文化在宋代的兴起。

明代蕲州顾氏家族，原籍本为昆山州（今属江苏）。据顾景星《白茅堂集·顾氏家传》记载，顾问曾祖父顾士征在元朝顺帝元统年间考中进士乙榜，至正中，当红巾起义军袭陷武昌时，顾士征正在当时总管江州、兼摄蕲州的李黼幕中，起义军头领徐寿辉率众攻陷江州后，李黼阖门死，顾士征逃走。后他向伯颜帖木儿请求兵复江州和蕲州，被授蕲州路总管。后蕲州州守投降大明，顾士征再次逃走，先依族姓于庐州，再徙英山，最后来到蕲州，隐于蕲州钻锅潭，以躬耕著书为乐，顾氏遂定居于此。至顾问、顾阙

①　（唐）岑参：《岑嘉州诗笺注》，廖立笺注，中华书局2004年版，第794页。
②　《宋史》卷三百六，列传第六十五《孙何传》中孙庸附传。

时,顾氏因为官清正及经学成就名满天下,使顾氏从元一直延续入清。京山王氏本祖籍山东曲阜,元末先祖王礼因率众参与镇压李自成起义被封赏,遂迁至京山。从王大韶始,至王格、王宗茂、王宗载,王氏已成为京山名家大族。

在对为官而迁文学家族的分析中,实际上引申出一个有趣且值得思考的话题,封建社会许多朝代明令规定外任为官不能携带家眷,这几个家族为何因先祖为官迁入荆楚而能定居于此? 这是个复杂的历史问题,因为史料的缺乏和不同朝代法令的复杂性,我们一时很难考证清楚,留待有兴趣的学者探讨解答,或日后深入探析。

3. 社会大移民背景下的迁徙

明朝的黄冈王氏(王廷瞻)、麻城刘氏、天门钟氏、汉阳萧氏,清代黄冈王氏(王泽宏)即属于这种情况。

黄冈王氏家族以王廷陈、王廷瞻两兄弟最为有名,王廷陈是明正德、嘉靖年间著名的诗人"怪杰",王廷瞻是一代治国能臣,二人均为进士出身,在黄州地区可谓声名显赫。殊不知,他们祖籍本在江西乐平,元末明初始移居黄州。王氏先祖一直居于乡野从事农业,直到王廷陈、王廷瞻的曾祖父王思旻辍农入仕,这个家族的身份才开始改变,由农家成为官宦家族。其侄孙王追淳在《明奉训大夫河南南阳府裕州知州以吏科给事中致仕前翰林院庶吉士先伯祖考行十府君行状》中说:"前元之季,省三公自豫章乐平徙家黄冈。历五世,为泰州同知。公思旻府君生洪武间,始辍农业,以仕籍显。"光绪《黄州府志》卷三十八《金石》也记载曰:"京山李维桢《户部尚书赠太子少保云泽王公墓志铭》:'公名廷瞻,字稚表,黄冈人也。其先江西乐平人。国初始祖省三移家黄冈,以籍自占,为黄冈人,数传至仲斌,生思旻,工法家言,同知泰州,有惠政,民尸祝至今。'"可以确定,王氏家族应是在"江西填湖广"移民大背景下由江西迁入黄冈的。

"江西填湖广"是中国历史上几次大的移民运动之一,这种说法始见于清代学者魏源的《湖广水利论》,魏源曰:"当明之季世,张贼屠蜀民殆尽,楚次之,而江西少受其害。事定之后,江西人入楚,楚人入蜀。故当时有'江西填湖广,湖广填四川'之谣。"①元末明初,由于连年战乱,湖广人员损失惨重,许多田园荒芜。而江西人口众多,有的出于谋生自愿,有的缘自政府行为,大量人口遂将湖广地区作为发展迁徙的目的地。虽然有学者认为"江西填湖广"可以上溯至唐朝,但不可否认元末明初却是一个高潮期。据曹树基《中国移民史》第五卷明时期的研究资料:洪武年间,湖北的移民人口大约占湖北地区总人口的57%,而其中江西籍移民约占湖北移民人口的70%。② 这也是历史上一直流传的"江西填湖广"俗语的由来。著名历史学家谭其骧先生曾对湖南人的由来进行研究,他认为:湖南人来自天下,其中又以江西为最多。江西人迁入湖南后,大多从事农耕稼穑。③ 这结论同样适用于迁入湖北的江西移民。

鄂东是江西移民进入湖北的一个主要迁入地,现存诸多鄂东姓氏族谱都对这一移民过程有所记载和反映。如麻城《毛氏宗谱》载:"毛氏之先,江西人也。居江西者名字乡郡无传,惟季二公始可纪。公生丁闾,时民人倚徙而不遑宁处,志欲北回,涉彭蠡,阽于危,誓诵青苗度人经,并然中元下元,遂济至黄之亭州,会邑中兵燹后黔黎萧条,田庐榛旷,得随作目而创基焉。"黄冈《罗氏宗谱》曰:"罗氏聚居黄冈者,无虑数十,大抵各祠其始迁之祖,而皆来自江西。"麻城《彭氏宗谱》曰:"外籍不一,而江右独多。以余所见、逮余所闻者,皆各言江西云,夫邑之来江西者,不止万族。"黄冈《黄氏宗谱》曰:"现今大姓杂于(黄)冈、(蕲)水、麻(城)、(黄)安者,类皆发源于江右。"黄冈《蔡氏家族》曰:"元朝末年,红巾猖獗,楚中郡邑及乡曲村巷屠戮殆尽,不啻靡有孑遗之惨,户口百无二三。下诏招集安插,一时技能术数辈立草为标,永为世业。"④黄冈《陈氏宗谱》曰:"元至正十一年(1351),红巾徐寿辉、邹普胜等攻屠蕲黄,赤其地,士民多徙他处实之。当是时也,一望原隰,有地无人。迨洪武六年(1373),我祖福五公与弟福六公自江西饶州府乐平县瓦

---

① （清）魏源:《湖广水利论》,见《魏源集(上)》,中华书局1976年版。
② 曹树基:《中国移民史》第五卷,福建人民出版社1997年版,第148页。
③ 谭其骧:《湖南人由来考》,见谭其骧:《长水集(上)》,人民出版社1987年版。
④ 转引自徐斌:《明清鄂东宗族与社会研究》,武汉大学出版社2010年版,第19—20页。

屑坝,同至此地崔家墩,拾饭甑一口,见其白饭满载,与其弟曰:'我两人衣禄在此矣。'立标准,十余里外可无间焉。"①黄陂《喻氏宗谱》转载了靖道谟写的一篇文章《靖果园太史瓦屑墩考》,文中曰:"冈邑靖氏亦来自江右瓦屑墩,果园太史尝求其地,两次考核,亦可见孝子仁人之用心,如此缠绵无尽也。"②从黄冈、黄陂、黄安、麻城等地诸多宗谱都可以看到江西移民的记载,并且共同指向一个地方:江西的瓦屑坝,这形成了与"洪洞大槐树""南雄珠矶巷"相似的移民故事。

明朝除黄冈王氏外,麻城刘氏先祖也为南昌人,明太祖朱元璋时迁居麻城。天门钟氏祖籍江西吉安永丰,朱元璋时迁至竟陵皂市。汉阳萧氏本为江西庐陵人,萧良有曾祖萧乐宁始徙汉阳。再如晚明公安三袁,据《袁氏重修宗谱序》载:"家系出豫章丰城元坊村之元氏。明讳本初公由廪贡出身,振铎黄之蕲水,后移荆。"③袁宏道也曾说:"余先世自黄移南郡,盖武胃也。"袁中道也曰:"先生名宗道……其上世世为武弁,自蕲黄徙荆,屯田于邑之长安里。"可知袁氏先祖原居江西,明初洪武年间先移居黄州,再迁至公安。

清朝黄冈王氏(王泽宏)也应属于江西移民。据王氏族谱记载,王氏于明末清初由江西吉安迁入黄州。"江西填湖广"在历史上有两个阶段的高潮,一个是前面所述的元末明初,第二个高潮在清朝初年。明初洪武年间是"江西填湖广"人数最多的一个阶段,这个阶段的移民多源于明朝政府的有意组织。清初则是江西移民为了在经济上寻求发展,或为逃避江西沉重赋税主动进行的西迁。各个朝代由于战争动乱、自然灾害、生存压力等原因,移民现象时有发生,但宋元以来鄂东地区大规模的移民浪潮主要在于两个时期:元明之际和明清之际,这正符合了荆楚移民家族的迁徙时间和路线。

从明朝王廷瞻家族及清代王泽宏家族可以窥见,"江西填湖广"运动对

① 陈道隆(正德二年)《一世祖郑福五公福六公传》,见黄冈《陈氏宗谱卷首一》,1989年续修。转引自徐斌:《明清鄂东地宗族与地方社会》,武汉大学出版社2010年版,第21页。
② 黄陂《喻氏宗谱》卷一《瓦屑墩序》,民国七年,郏城高区文华堂集印。转引自徐斌:《明清鄂东地宗族与地方社会》,武汉大学出版社2010年版,第22页。
③ 《袁氏族谱》卷一。

湖北文化造成了影响。早在宋朝,江右地区就是南方文化繁盛之地,经济、科技、文化都明显高于湖广地区,尤其书院文化发达,崇文重教风气浓厚。江西移民不可避免地将这些先进思想和文化带入迁入地,对当地文化及文学家族的兴起产生了一定影响。

4. 其他原因

除避乱、为官及移民大背景外,有的家族迁入因为史料缺乏无法考证,有些家族的迁入却显得有些偶然。唐朝的襄阳段氏,明朝的汉阳李氏、监利裴氏、京山高氏,清朝的汉阳彭氏、汉阳叶氏、黄冈叶氏、黄梅喻氏即属于这种情况。

清代汉阳叶氏,叶氏祖籍本为江南溧水(今江苏南京溧水区),叶继雯高祖叶运章以医曾隐江汉间,父亲叶廷芳迁入汉阳,遂定居于此。汉阳叶氏凭医起家,后涉猎文学、金石、书画、天文等诸多领域,发展为一个"三代学行延百载,一门才望抵三苏"①的书香门第。叶氏的迁入应与清代武汉经济文化的发展有关。明清时期,武汉延续了上千年的"双城并峙"格局被"三镇鼎立"取代,也逐渐从一个军事重镇转变成为商业大都会。尤其到了清代,武汉无论在政治上还是经济上都已成为中国内地最具影响力的城市之一。三镇之一的汉阳,当时既是府城,又是县城,处处商船云集,货物纷陈,繁华兴盛。历史对叶氏迁入汉阳的原因记载缺乏,但我们可以大致推测也许正是这种繁盛吸引了叶氏祖辈来此定居。

其余几个家族,如唐朝襄阳段氏祖籍虽在山西汾阳,但世代客居荆州。明朝汉阳李宗鲁、李若愚先祖本为江南人,后徙至汉阳九真山。监利裴氏祖籍山西,后分布于全国各地。京山高氏祖籍金陵,先祖侍奉仁宗九子梁庄王朱瞻垍就藩安陆,而落籍于承天府钟祥,后高岱父高节又徙居京山,遂定居于此。清朝的汉阳彭氏先世乃茶陵人,后迁入汉阳。黄冈叶氏祖籍浙江嘉兴,后迁入黄州。这些家族的迁徙因史料不详,迁入原因无法做出确切考证,但这些迁入家族却与古代荆楚大地相互成就,共谱佳曲。

---

① 曹月堂主编:《中国文化世家·荆楚卷》,湖北教育出版社 2004 年版,第 508 页。

二、家族迁徙和文化的交融

古代家族迁徙一般存在两种情况,一是外地家族的迁入,一是本土家族的向外流动。无论家族的向内迁入,还是向外流动,必定都会带来文化的融合,这是文学家族形成和发展的重要因素之一。

文学家族从外地区域的迁入,必然会带来多样的异质文化,而这种异质文化势必会给荆楚文化带来不一样的元素。如晋朝襄阳柳氏本为北方士族,因永嘉之乱南迁晚渡被列入"伧荒"之民,而遭到皇权和门阀大族的排挤,家族发展一直被抑制。但是大族记忆以及对当时高门士族风雅的向往和靠拢,使柳氏一直非常注意家族子弟及家族自身形象的培养,清谈、鼓琴、好学、工文,让柳氏一时颇有声名。柳世隆"风韵清远,甚获世誉"①。其二子柳悦和柳惔,王俭评曰:"柳氏二人,可谓一日千里。"②柳恽五言诗深得王融等名家赏识,"亭皋木叶下,陇首秋云飞""太液沧波起,长杨高树远。翠华承汉远,周辇逐风流"等被广泛传抄流布。柳氏不仅成为当时襄阳重要的一个文学世家,而且对襄阳文化起到了一定的促进作用。外迁文学家族带来的异质文化影响在元末明初和明清之际从江西迁入的家族中体现得尤其明显,这些家族将江右的崇文重教思想、书院文化、科举文化、先进的经济手段带入荆楚大地,而促进了荆楚尤其鄂东之地的文化发展。

本书绪论对荆楚文学家族进行了基本界定,标准之一是这些文学家族成员的籍贯必须在湖北境内。实际上我们不得不承认一个现实问题,这些家族成员除了籍贯为荆楚,可能少时生活于家乡外,成年后的他们经常处于一种流动状态。本土家族的向外流动,主要源于科举、仕宦、游历等因素向京城或国内其他地区的迁移,这是古代文人"学而优则仕"和"达则兼济天下"人生理想追求的结果。

---

① 《南齐书》卷二十四《柳世隆传》。
② 《南史》卷三十八《柳元景传》。

本土家族的向外流动,一个重要结果便是有意无意宣扬了荆楚文化,扩大了荆楚文化在国内的影响。如东汉江夏黄氏家族的黄香深受其父影响,以孝著称,享有"天下无双,江夏黄童"的美誉,不仅在安陆影响很大,而且名满京师,对世风有着强烈的引导作用。黄琼、黄琬勤政荐贤、直言敢谏的风格特点,也深受时人敬慕,增强了士林气节。此外最显著的例子莫过于明末以公安三袁为代表的袁氏,以及天门钟氏和谭氏了。明代中后期,前后"七子"拟古之风盛行,公安三袁高扬"独抒性灵,不拘格套"的旗帜,打破了明代文坛长期句拟字摹、僵化萎弱的文风,给当时和后世文坛以深远影响。万历二十年(1592),袁宗道回到公安,和其外祖父、舅父、袁宏道、袁中道等一起组织南平文学社,切磋诗文创作,讨论文学革新问题。六年后,这种结社活动拓展至京城。袁宗道在北京西郊崇国寺与江进之、方子公、黄辉、黄平倩、袁宏道、袁中道等一起结成蒲桃社,共同高举反对复古,主张创作革新的旗帜,在全国形成了一种文学革新的思潮。后来公安派的弊病日益明显,仿效者"冲口而出,不复检点""为俚语、为纤巧、为莽荡""狂瞽交扇,鄙俚大行,雅故灭裂,风华扫地"。[①] 此时十九岁的谭元春拜访了三十一岁同为竟陵人的钟惺,二人有着共同的诗学主张,一见如故,兴趣相投,相谈甚欢。万历四十二年(1614),二人共同编选诗歌选本《诗归》,针对公安派晚期过于鄙俗、浅露和轻率的流弊,高举"性灵说",提出作诗应表现真情实感和独创性,并以深幽孤峭为宗开创了竟陵派,对明末诗文产生了重大影响。无论公安派、竟陵派,都是以荆楚大地人物为核心,发源于荆楚的文学思想和流派,他们最后得以在全国大放异彩,可以说是荆楚文学史上最为耀眼的一笔!

家族的迁徙,无论被迫和主动,无论迁入和迁出,都促进了荆楚和外地思想学术、文学创作等的交流,体现出荆楚文化"海纳百川,兼包并蓄"的特点。

---

① 　(清)钱谦益:《列朝诗集小传》,上海古籍出版社 2008 年版。

第六节 古代荆楚文学家族的处世特点

一方水土养育一方人,孕育、生活在荆楚大地的文学家族,有其独特的气质。楚国立国之初偏僻狭小,以子爵之位封国五十里,被中原视为蛮夷之邦。但楚国先民不满足于偏安一隅,历经"筚路蓝缕,以启山林"的艰辛开疆拓土后,最终位列春秋五霸、战国七雄。可后来由于楚国君臣的狂妄自大,最终遭受灭国之灾。所以楚人一方面有一种"不服周"的积极进取精神,另一方面似乎也有些狂傲自大。屈原作为楚国文化的代表人物,忧国忧民,爱国忠君,独立遗世,但又自视甚高,性格狷介,他对楚国文化也影响深远。所以楚人既有深固难徙的爱国精神,积极上进、勤政爱民的使命意识,也有着狂傲耿直、超然独立的人格特性。司马迁《史记》笔下的许多楚士,如朱买臣、汲黯等即是这样。这些精神文化特质,一直流淌于荆楚士人的血液之中。古代荆楚文学家族作为荆楚士人的集合,勤政清廉的仕宦追求、不流时俗的耿介狂傲、淡泊名利的超然独立就共同构成了古代荆楚文学家族的处世特点。

一、勤政清廉的仕宦追求

无论哪个地域的文学家族,他们之所以能被历史记载流传下来,其中一个重要原因就在于他们的仕宦身份让他们获得了更多的关注。从前面所述古代荆楚文学家族成员的简要生平可知,荆楚古代文学家族的出仕率非常高,为官清廉、积极上进、亢直耿介、一心为民构成了古代荆楚文学家族成员仕宦生涯的主旋律。

东汉江夏安陆黄氏家族的黄香为政"精勤""忧公如家""爱惜人命,每存忧济"。在位不欲一味营过,而喜荐达贤才,陈朝政得失,颇受东汉几代帝王亲重。黄琼屡屡上疏陈事,荐举贤能,批评朝政,有其父黄香之风。黄琬为官贤于政务,性纯爱民。整个黄氏家族有着良好的为政家风。

晋朝江夏李氏家族的李重一生历任数职,为官清简无欲,正身率下。当时赵王司马伦意图篡逆,因李重名望较高,便任其为右司马,意欲裹挟,李重以病推辞。司马伦逼迫不已下李重只能扶曳受拜,却因忧虑几日而卒。《世说新语》更是记载李重不愿受司马伦逼迫服毒而亡①。李重的刚直是江夏李氏家风最好的诠释,并在后世李式、李充、李颙、李善等子孙身上得到了延续。唐代李善清正廉洁,有君子风范和韵致。李邕得罪李林甫,被其构陷含冤而死。李郿将叛将李怀光军队的虚实及作战方案透露给朝廷,大义凛然地面对李怀光的责问。李磎不受洛阳留守刘允章和黄巢义军胁迫,坚决不交出朝廷尚书大印,等等。李氏的清正家风一直为后人所赞赏。

宋朝黄冈潘氏家族的潘鲠,为官守正清廉,颇受百姓爱戴,有人送其异花,一嗅而还。潘鲠为官瑞昌期间,注意减轻百姓赋税,体恤下情。再经过瑞昌时,许多百姓拜于马前,这就是史上著名的"瑞昌之拜"。潘鲠持心中正的作风深深影响了潘大临、潘大观兄弟,才使得他们与被贬黄州的苏轼、张耒等人气味相投,唱和交好。

明朝武昌孟氏家族的孟廷柯力争谏止武宗南狩,受廷杖几死。嘉靖初擢迁任职云南期间,深受百姓爱戴。孟仿为官江西兴安令,为政清明,乡里造渠以其名命之为"孟公塘"。孟绍庆中举初拜户部郎,为官因政绩显著接连擢升;大冶向氏家族的向日红为清河县令,为政颇得声誉,张居正擢拔其为云南道御史。向日丹任四川营山令,声望卓著,改调广元县令后,擒反叛土司杨应龙,平定一方;明朝黄冈王氏家族的王廷瞻为官关心百姓之利,刚正果敢,文治武功,政声斐然。王同道历任苏州府推官、广东道御史等职,为官清正廉洁,处事干练。王追骐为官伉直,王一翥游于京师,拒绝阉党笼络;麻城梅氏家族的梅国桢任兵部右侍郎兼都察院右佥都御史间,屡次上书请求罢免榷税,执掌京师西北三镇期间,节省赏银十五万两。梅国楼平定播州酋长杨应龙叛乱有功。梅之焕为人正直、敢作敢为,曾弹劾东厂太监,在惠州时擒诛豪民,百姓信服。清兵入关靠近都城,受诏率兵行三千里从甘肃救

---

① 《世说新语·品藻第九》载:谢公与时贤共赏说,遏、胡儿并在坐,公问李弘度曰:"卿家平阳何如乐令?"于是李潸然流涕曰:"赵王篡逆,乐令亲授玺绶。亡伯雅正,耻处乱朝,遂至仰药,恐难以相比! 此自显于事实,非私亲之言。"谢公语胡儿曰:"有识者果不异人意。"

援;黄冈红安耿氏的耿定向为官清廉,因弹劾依附严嵩父子的吏部尚书吴鹏,被贬调出京城。又因得罪高拱,被贬横州判官。出京担任甘肃巡按御使,举荐与弹劾没有任何徇私。当其离任时行李只有一挑担,有人赠送石经,他却将其留在境内离去。耿定力任成都知府期间,体恤民情,为减轻蜀地人民采伐木材的苦役,减免商人贩运木材的各种盘剥,多次上书,据理力争。任福建提学副使期间,大力发展文化教育,提倡平民教育。明末公安袁氏家族的袁宗道在翰林任上写了《救荒奇策何如》,不仅对社会天灾频发、官员贪剥、百姓无依的悲惨景象进行了揭露,而且提出了减赋税、赈灾民、饬吏治的举措。他为官清廉,四十一岁死于任上,死后连棺材也无力置办,还是靠门生故旧资助才得以入殓。袁宏道任吴县县令期间,惩办恶吏、处理积案、纠正官风、正本清源,百姓钦服。三袁皆为官清正,严明赏罚,纠正官风,深受百姓爱戴;黄冈罗田胡氏家族的胡明庶、胡明书长期在朝为官,清廉有名。他们的堂兄张明道任吴江知县,减轻赋税,治理水涝,疏通漕运,讨伐倭寇,百姓得以安居乐业,江苏多地建有"张公祠"以纪念他的德政。

清朝江夏陈正烈、陈正勋兄弟二人皆为官廉明公正,尤其陈正勋调补临晋,正巧遭遇西域起兵,他部署条理分明,军兴无乏,闾里晏如,人称"青天";武昌王氏家族王渭鼎由举人初任衡山教谕,当时衡山历经兵乱,人文颇不振兴,于是修葺学宫,新置书院,并亲为讲授,一方文化由此振兴。后任知江南兴化期间,值河决堤,赈济百姓,修海沟,百姓赖其便。王涵性直实恂谨,初为知县,怜惜爱民。后为东湖教谕,日勤劝课,与生徒讲论不倦,极力造就人才。王游为阜城县令,勇于任事,性伉直不阿,民立碑纪其德。后至清苑县,治理水患有功。再为广东肇庆府同知,为上官推重,凡疑狱重案悉令其判断。为任之处皆治理清平,卒于任上,百姓送归者数百里不绝。汉阳叶氏家族的叶继雯任地方官员时,提倡节孝,革除陋规,严加考核官吏,深得民心。1785 年蕲水发生旱灾,饥民遍野,叶继雯变卖家产购买米药救济,蕲水百姓将其绘成神像供祭以示感恩。叶名琛有其祖之风,好善乐施,曾捐俸银万两修汉阳拦江大水堤,捐银二万资助乡里文教,善举颇受百姓颂扬。黄冈靖氏家族,无论靖乃勷,还是靖道谟,都以民生为务。靖乃勷帮助乡人打击逃避赋役的大地主,道谟任云南姚州知州期间,关心民间疾苦,清除陈规陋习,明判疑难重案,百姓诚服。辞官回乡后,更是出钱为百姓修复年久失修堤坝,让百姓免于水患;黄安卢氏家族的卢纬为山阴知县时,折狱多平反,后余姚诸暨有饥民作乱,单骑前往安抚,并输钱粟救济,使民安定。卢经任兴化推官时海贼犯闽,向上请求宽限百姓迁徙期限,使民得以从容转移。任期内重审疑狱,救活死囚23人。卢绛为监利教谕,修葺学宫,士多所成就。升为绛县知县后为官清廉,以经术为吏治,所至皆有声望。黄梅喻氏家族的喻文璐历任各地方官,为民修建工程无数。喻元霈历任霸州知州、大名府同知等,善于断案,清廉正直。喻文銮、喻元泽、喻元沆、喻元醇等都曾任地方要职,干练清廉而受百姓爱戴。

这里列举的这些家族不仅仅是名望颇著的文学家族,也是清廉正直、受人敬仰的官僚家族,他们代表了荆楚文学家族勤政清廉仕宦追求的特点。

二、不流时俗的耿介狂傲

古代荆楚文学家族的成员受楚风传统影响,很多具有不阿权贵、不流时俗的耿介性情。

东汉江夏安陆黄氏家族的黄琼清俭不挠,敢于得罪外戚。桓帝继位后,梁太后临朝,梁冀专权。公元151年,桓帝使朝中大臣朝会商议褒奖梁冀一事,满朝大臣皆畏梁冀权势,为其歌功颂德,唯黄琼上《封梁冀议》主张"赏必当功,爵不越德",阻止了朝廷越礼封爵的行为。公元164年黄琼病重,临终前他上疏桓帝①,痛斥朝政、指责梁氏、批评宦官。"争议朝堂,莫能抗夺"的耿直性格可以说贯其一生。黄琬个性耿直,因与陈蕃选举人才不偏权贵,为权贵子弟所中伤,因党锢之祸遭禁锢二十余年。后董卓入京决议迁都长安,欲挟天子对抗关东联军,黄琬上《驳迁都长安议》力谏不从,并以屈庐、晏婴之义激励自己,"昔白公作乱于楚,屈庐冒刃而前;崔杼弑君于齐,晏婴不惧其盟。吾虽不德,诚慕古人之节!"性格刚正不阿,无所畏惧。

---

① (东汉)黄琼:《疾笃上疏》,又作《宦官纵恣疏》。

东晋襄阳习氏家族的习凿齿始任桓温从事,后来发觉桓温心存不轨,"觊觎非望"之意日益彰显,便撰著《汉晋春秋》五十四卷以寓讽谏之意。东晋清谈玄学盛行,习凿齿却能依然恪守儒家伦理道德准则,体现出一位封建官员的基本气节。他还把他这种道德准则放在了他的史实写作和史论之中。虽然习凿齿的著述大多散佚,但我们可以从历代典籍的援引中对其思想有所窥视。如《宋书·五行志》载曰:"刘备卒,刘禅即位,未葬,亦未逾月,而改元为建兴。此言之不从也。习凿齿曰:'礼,国君即位逾年而后改元者,缘臣子之心,不忍一年而有二君也。今可谓呕而不知礼矣。君子是以知蜀之不能东迁也。'"①对刘禅在刘备去世不到一月就改元的行为进行了批评。

隋朝江陵庾氏的庾季才,在北周为官,明帝时宇文护执掌朝中大权意欲篡位,只有庾季才一人敢于反对,写下"盛言纬候灾祥,宜反政旧权"的劝谏②。入隋后,在袁充向隋文帝歌功颂德建议改年号,大兴土木时,庾季才又据理反驳。在惹怒文帝的情况之下,依然毫不妥协,而被削职为民。庾季才之子庾质同样"操履贞悫,立言忠鲠"③,敢于直谏隋炀帝。公元614年,隋炀帝巡行洛阳,庾质劝谏应休养生息,安抚国内,不可过度惊扰百姓,并称疾不从。隋炀帝大怒,派人锁至洛阳下狱,最后死于狱中。

明朝黄州王氏家族的王济性格憨直,介立有特操而不轻假人颜色,为一时名臣。王廷陈为了阻止明武宗南狩的荒唐行为,拒绝馆师劝止,和其他有节官员一起廷谏惹怒武宗,不仅被杖责,而且被外放补官。史载王廷瞻沉毅果敢,勇于直言,王廷儒"性公直",王追骥"性伉直"。王一翥为躲避为魏忠贤做事,直接逃亡山林隐居十余年。整个王氏家族都表现出耿直率真的性格特征;崇阳汪氏家族不仅地位显赫,仕宦高位,而且皆忠节亢直。汪文盛为官能荡涤邪污,造福百姓,政绩得到嘉靖皇帝的赞赏和肯定。正德年间为兵部主事,阻谏武宗南巡被罚杖刑。明末严嵩专权,宗元、宗凯、宗伊皆不依

---

① 《宋书》卷三十一《五行志二》。
② 《隋书》卷七八《庾季才传》。
③ 《北史》卷八十九《庾季才传》。

附,或遭贬或罢官。汪宗元任副都御史时,不附权臣严嵩被罢。后为福建参政,对内体察百姓疾苦,减省赋税,对外防御倭寇,境内大化。汪宗凯因不依附严世蕃被贬职,后因弹劾朱希忠冒犯权臣严嵩,遭贬谪辞官归乡居家十七年之久。汪柱响应何滕蛟抗清起事,殉节身亡。汪际秋入清后,隐居不出。汪氏一门皆为忠烈之士。孝感沈氏为官则清正廉明,为文则直陈时弊,为孝感人民所推崇。明末魏忠贤独断专权,东林党人杨涟被罢免归乡,唯沈惟耀不惧牵连,跨马相送,甚至将女儿许配给杨涟之子。杨涟惨死狱中后,又为其治丧,为人义且勇。沈惟炳为人同样耿介正直,敢于在朝廷面斥独揽大权的魏忠贤,为其他贤臣辩护。杨涟死后,馈赠厚资于杨母。在与魏忠贤的斗争中,几次罢官复官,不改己志。

　　清代黄陂金氏家族的金光杰中进士后官至监察御史,为人不慕荣利、亢直敢言、不避权贵。其子金国均性格豁达大度,不屑奔竞,文如其人,其七言古诗体现出一种"笔利如干将莫铘,锋芒所到,辟易千人"的特点,父子两人皆为当时士林所推重;蕲水陈氏家族的陈沄与陈沆时称"浠水二陈",为官爱民,敢于直言进谏,不与世俗同流合污。陈沄因陈事过激触怒权贵,被逼降官。陈廷经为官疾恶如仇,不避权贵,人称"铁面御史"。陈沆之子陈廷经中进士后,由翰林院编修为御史,一心为国,忠直中正,鲠直敢言;黄梅喻氏家族的喻元准,曾任柳州知府,护右江道员,一生不喜阿谀逢迎,有"喻傲子"之称。喻溥为人外和内直,侃侃不阿。

　　除上面显著的例子之外,还有不避权贵,得罪魏忠贤的贺时泰;为官正直,不避权贵的熊开元;不依附魏党、敢于直谏的麻城周弘伦;性格耿介、拾金尽力归还的竹山张其达等。他们都能不依附权贵而秉公行事,有着以天下为己任的忠义节操和特立独行的高洁品质。尤其从明末崇祯再到南明政权,荆楚作为明末农民起义和后来反清复明的重要战场,涌现出了一大批殉节身亡、抗节不仕的仁人志士,江陵张氏的张同敞就体现出了荆楚士人的忠义奇节。

三、淡泊名利的超然独立

在古代科举社会,一般很少有家族或士人能完全超越科举制度之外而另辟教育蹊径,遵从科举制度是古代士人和家族发展的基本选择。但我们在梳理荆楚文学家族时,发现不少荆楚家族成员却能超越科举制度的功利影响,对科举或出仕持一种游离态度,尤其为官后未致仕而辞归在荆楚文学家族成员中较为普遍。

前文我们提到一些未仕家族,已做具体分析,兹不赘述。除未仕家族外,成员不仕和辞官现象在荆楚文学家族中比较普遍。如南北朝江陵庾氏家族庾肩吾之父庾易,志趣恬淡,因南朝宋齐之间的社会动荡不安,绝意仕宦,南齐屡征不就。隐居于江陵,读书著述,结交友人,登临山水,吟诗唱和。庾季才祖父庾诜性格平易简泊,爱好林泉,十亩田宅,山池居半,疏食敝衣,不治产业。朝廷多次征辟,都称疾拒绝。江陵宗氏的宗炳一生好游山水,朝廷屡次征招为官,都被推辞;宋朝襄阳米氏家族的米芾性格颠狂,恃才傲物,被人戏称"米颠"。他无意宦达,尽情游历山水,吟诗作画,求师交友。正是这种放达和张扬,让其不墨守成规,敢于创新,无论书画诗文都彰显出独具个性魅力。

明朝武昌孟氏家族的孟仿擢升为中贵州镇宁州牧后,却未就归乡。孟绍勋性格简易介直,不喜世俗之事,出任教授后却乞归乡。孟绍甲一生隐居著书,于房周围种柳千株,花数种,自称"花翁"。嘉鱼李氏家族的李承芳中进士后官至大理寺副,却不好为官,退隐后以讲学赋诗为乐。李承箕中举后不愿继续参加会试,而是转向拜师学习,后隐于黄公山讲学明道。通山朱氏家族的朱伯骥为人散淡,广州推官授业之余就喜逍遥歌咏,后弃官而归。朱之辑政绩卓著,可最后也是告归返乡。明代黄州王氏家族的王廷陈从小便聪颖过人,成年后恃才放纵,锋芒毕露。因廷谏被外放裕州(今河南方城)后,更是心生愤懑,不理政事。当省监司等官员经过裕州,王廷陈也从不出迎,并言:"觑觑诸盲,受廷陈迎,不愧死耶!"①一次,巡按御史喻茂坚来裕

---

① (明)王廷陈:《梦泽集》卷二十三,嘉靖四十四年王同道吴中刻本。

州,与王廷陈发生矛盾,被多臂力的王廷陈一阵暴打并反锁屋内,不供吃喝。王廷陈的狂傲让他最终被人弹劾下狱,不再被起用。王廷陈深受刺激,于是彻底弃绝仕宦之途,更加放纵。他经常穿着红色窄袖的麻制衣衫,骑牛跨马,啸歌山野。王廷陈的族孙王一鸣,才情与其相似,性格也与其相同。任职太湖县令,虽能让百姓安居乐业,但总不愿拘于吏治,后来也因言行不符合礼仪而被贬。被贬之后,更加放纵,纵酒求醉又沉郁失意,不久英年早逝。

晚明公安三袁中的袁宗道,在攀附成风、请托盛行的社会风气下,却不交游、不应酬,个性鲜明独立。袁宏道中进士授吴县县令,上任一年便上《乞归稿》要求辞官,与陶望龄等游遍吴越山水。后出仕不到三年,因祖母丧事再次辞官归乡,筑柳浪居归隐六年。虽后因父命再次入京出仕,四年后却再次请假归乡。从袁宏道的宦途可以看出他的不羁个性,他曾说:"凤凰不与凡鸟共巢,麒麟不共凡马伏枥,大丈夫当独往独来,自舒其逸耳,岂可逐世啼笑,听人穿鼻络首!"①

竟陵谭氏的谭元春十九岁成为诸生后,多次参加科考,都未成功。一方面因家庭教育的原因,一方面因对八股文"性不耐烦",对功名科考保持一种无所谓的态度。谭元春的三舅"贵不知敬,富不知羡",母亲也是"平生喜诸子读书,而不以荣进责望"。在这样开明自由的环境里,谭元春在明神宗万历四十三年(1615)的乡试中竟交了白卷。明熹宗天启元年(1621)乡试,又公然在试卷中批评时政,因"文奇"被黜,直至天启七年(1627)才成为举人。他的特立独行也决定了他诗学观念的独特性,主张人们不必强效古人,应以真性灵去解诗、写诗。竟陵钟氏的钟惺,《明史》载曰:"貌寝,羸不胜衣,为人严冷,不喜接俗客,由此得谢人事。"②钟惺也是个性格简淡之人,不善于说笑戏谑。

清代蒲圻张氏家族的张开东性爱游山水,遍览名胜。张开懋先任石首教谕,不久辞官隐居云洞之坡。张至曙耻吏事,县试后不再应试,致力于文

---

① (明)袁中道:《吏部验封司郎中中郎先生行状》,见《珂雪斋集》卷十八,上海古籍出版社2019年版。

② 《明史》卷二百八十八《钟惺传》。

学创作。黄冈陈大章为人孝悌，颇负才学，康熙二十七年（1688）中进士后，康熙下诏授为庶吉士，仕途前景本一片光明，但是他却性情澹然，不喜欢官场的奉承谄媚，一心只愿从事学术研究，后利用母亲病危之机辞官返乡。朱彝尊赠诗一首《送陈舍人大章归黄冈》："君姿玉山并，君诗白雪高。岂意采风人，力不及楚骚。策马去京国，却佩腰间刀。但愁别须臾，何用心郁陶。素业在黄冈，潮田满江皋。"①陈大章礼宾之后一直居于乡野，在家乡松湖上修筑书屋，潜心向学，专心著述。黄梅喻氏一家子孙仕宦诸多，但喻元鸿却绝意仕进，独钟情诗文，一心在山庄读书著说，等等。

这些文学家族成员都不好仕进、超然物外。他们游离于科举和官场的一个重要原因在于科举考试的负面效应，以及带来的精神困窘。对有着高级精神追求的士人来说，科举对人的思想束缚以及它的功利性，与他们的道德理念和文化信仰相矛盾，他们希望通过讲学、创办书院、远离官场等方式来对这一矛盾进行消解。此外荆楚长期以来崇尚的隐逸传统对荆楚文人也造成了深远影响。从早期的鹖冠子、老莱子、楚狂接舆，到老庄思想的影响，荆楚文化中一直有隐逸情结。另一方面楚地先民筚路蓝缕，由偏于一隅而问鼎中原，又有着强烈的尚武精神。司马迁在《史记·货殖列传》里就说：西楚之人"其俗剽轻，易发怒"②。所以荆楚士人骨子里多逍遥自适，随性而为，若科考不通，便能淡泊名利，有着洒脱狂放的气质。难怪苏轼贬黄州期间就曾感叹："余闻光、黄间多异人，往往佯狂垢污，不可得而见。"③从这些文学家族成员的身上，正可以明显看到荆楚风俗对荆楚文人性格的影响。

---

① 徐中玉主编：《中国古典文学精品普及读本·元明清诗词文》，广东人民出版社 2019 年版，第 177 页。
② 《史记》，中华书局 1959 年版，第 3276 页。
③ （宋）苏轼：《方山子传》，见钟基、李先银、王身钢译注：《古文观止》，中华书局 2016 年版，第 953 页。

第六章　中国古代荆楚文学家族的
　　　　　文学创作基本特征

　　现代学界虽还未有关于古代荆楚文学家族作品整体研究的文章或著作出版,但对一些单个家族或成员创作有着梳理和研究。如王齐洲、王泽龙的《湖北文学史》①以时间为序,系统介绍了各个历史时期湖北文人的文学活动及其成就,试图勾勒出湖北文学发展的历史线索,其中就涉及一些文学家族,如王逸父子、黄香父子、江夏李氏、庾肩吾和庾信父子、魏玩和魏泰姐弟、公安三袁等。《中国地域文化通览·湖北卷》在对湖北文化史进行梳理时也论到了王逸父子、襄阳柳氏兄弟、江陵庾氏父子、安陆二宋、嘉鱼二李与黄安三耿和公安三袁。此外一些分朝文献整理和文学研究,也涉及一些荆楚文学家族及其作品。但荆楚文学家族及其成员众多,这些研究都只是聚焦于少数著名荆楚文人及家族,或在文学史上有着一定影响的文学思潮领袖,而那些更多保留在地方文献中的文人和家族却较少被学者关注,这是对地方文学丰富性、多样性的忽视。虽然许多荆楚文学家族成员在全国并不算知名,但这并不妨碍他们在文学史上的存在和地方文学史上的价值,而且他们本就是荆楚文学和中国文学不可忽视的构成因子。

　　对这些文学家族的关注实际上意味着研究视角的下移和研究姿态的放低,从主流文人到非主流文人,从主流群体到非主流群体,从注重作品的影响力到关注基层写作的原始风貌、丰富性及多样性,对揭示地方文学群体及

---

① 　王齐洲、王泽龙:《湖北文学史》,华中理工大学出版社 1995 年版。

其创作的特点和价值具有重要意义。上编我们在对古代荆楚文学家族进行梳理时,以各朝史书、地方志、文集汇编、地方诗文总集、《中国古籍总目》①等文献为基础,对历史上荆楚文学家族的创作做了较为细致的文献整理,力求展现他们的创作全貌和原貌,也希望能从家族这一层面,简要勾勒和展现出荆楚文学的一个发展历程。但是古代荆楚文学家族是个庞大的群体,他们的创作复杂不一,很多家族成员的作品散佚严重,因此要对古代荆楚文学家族的文学创作及其基本特征进行细致研究,是件不容易的事情,我们只能从整体上对古代荆楚文学家族的文学创作进行大致的分析和把握。

整体来看,荆楚文学家族群体身份多样,所处朝代不同,他们擅长的文体、聚焦的题材、推崇的风格、主张的诗论又因人而异,但是不可否认的是他们因处于同一荆楚文化地域,大多数文学创作有迹可循地呈现出共同特点,具体表现为创作内容的传统性和平民性、文学思想的革新性和开创性、风格特征的自然清浅、文学传承的共通和变异等。

第一节　创作内容的传统性和平民性

荆楚文学家族的作品数量虽然比不上江浙、安徽等地区的文学家族,但也具有一定规模,总体概览,可以发现他们的创作具有非常明显的传统性,因内容多是对日常生活的情感表达,显现出平民性的普遍特点。

一、创作内容的传统性

据前文统计,荆楚文学家族除了 52 个家族没有出仕经历外,其余家族都可以称为仕宦家族。这 52 个家族的未仕实际上都充满了被迫和无奈,无论是科考不利,还是朝代更替或不乐仕进,这些未仕家族与出仕家族一样,

---

① 中国古籍总目编纂委员会:《中国古籍总目》,中华书局、上海古籍出版社 2009—2013 年版。

其成员自幼都接受了良好的传统儒学教育。如元末嘉鱼程氏的程从龙,虽然未仕,却以经学隐居教授乡里;明代江陵曹氏的曹国朴乱世隐居不出,却博学嗜古,砥砺名节;广济张氏张盘基、张琼基兄弟少时都习举子业,贯穿经史,明末世乱才无意科举。再如不乐仕进的清朝兴国万氏家族,万斛泉精通程氏理学,以授徒自给,主讲多个书院,其子万寿椿承其家学;汉阳李氏家族的李以笃读书广泛,九经三史、诸子百家皆纵横案间;黄梅汪氏家族的汪美、汪勋、汪灼三兄弟,学问皆优;东湖罗氏家族的罗宏备、罗宏顲、罗应箕少时皆接受了良好的经学教育,博学能文;等等。所以荆楚文学家族的创作都有个共同的基础,即儒学,这构成了他们家学的主要内容和创作的文化根基。

在儒学的影响下,荆楚文学家族的创作体裁都非常传统,基本以诗文为主,戏曲、小说等文学形式,在荆楚文学家族的创作中较少见到。只有宋代襄阳魏氏家族的魏泰性情诙谐,喜好谈论朝野趣闻,有借张师正之名作的《志怪集》《括异志》《倦游录》,以真名著的《东轩笔录》十五卷,《东轩笔录》一般都被目录学著作著录于小说家类;明代黄冈家族的王同轨因喜欢收集遗闻异事,编撰有《新刻耳谈》十五卷、《耳谈类增》五十四卷两部小说;明末清初黄冈杜氏家族的杜濬因与李渔相善,曾为李渔小说和戏曲作序评,也为其作品的刊行费尽心思。戏曲、小说的较少关注,说明荆楚文学家族更多的还是传统的文学世家。

因为研习经学的缘故,很多家族成员都有经学研究著作或甚至成为家学的经学专门学问,由于受到儒家思想的影响,他们的诗文创作体现出强烈的传统性,如文章讲学传道、疏牍应用文体数量可观,无论诗文都非常注重现实题材的关注和书写等。古代社会文学与经学本就是双向互动的关系,这种关系自汉代奠定之后,影响了两千多年的封建文人。即使后来文学走上独立自觉的道路,但是都无法摆脱经学方方面面的影响。

因此一般看来,古代荆楚文学家族成员都有着良好的经学素养,他们的文学创作体现出根深蒂固的传统儒学影响。汉代南郡宜城王氏家族的王逸因博学多才被安帝选入东观校定经传,得以撰写《楚辞章句》,其子也深受其辞赋影响。晋朝江夏李氏家族以典籍混乱,遂删除烦重,以四部分类法对典籍进行整理,编成《晋元帝四部书目》,在家族中奠定了目录学的家学传统,后人李善完成了《文选注》。隋朝江陵庾氏家族的庾诜、庾曼倩通识经史百家,庾季才八岁可读《尚书》,十二岁通晓《周易》,他们都有经学著作,如《易林》《丧服仪》等。宋代黄冈潘氏家族不仅以诗文著称,也以经学著称,潘鲠少时便随闽地硕儒周希孟学习,著有《春秋断义》《易要义》等书。潘大临以诗闻名,经学也得其父学。汉阳熊氏家族六经子史朝夕学研习,学无所不通。熊伯龙之文原本六经,出入史迁班固,纬之以韩欧诸家,因此后人评其得文家之正宗。汉阳王氏家族王戬的诗文创作,王士禛评曰:"根柢经史,传以兴会,衔华佩实,大放厥词。其《沌阳山行》之作,驰骋笔力,突过欧公《庐山高》。"①黄冈梅氏家族梅见田的诗古文词胎息秦汉,尤其邃于经学。蕲水徐氏家族徐本仙之文,参以阅历,印诸四子六经,所以其诗精思独运,上穷汉魏,下及唐宋,而又出入左国庄骚,泛滥于诸子百家。广济张氏家族的张仁熙文有奇气,诗沉酣《离骚》《文选》。广济金氏金启汾古文、词皆贯穿经史,浸淫诸子。应城吕氏吕庭栩读书务穷理趣,心摹笔记,如与古人相质证,并以此而为诗,则表现出心超悟远的特点。潜江张氏张承宇笃好经史,下笔则数千言。这些例子均可见家族成员经学学习及素养对其诗文创作的影响。

此外,受儒学思想影响,文学家族成员都积极关注现实,体现了儒家修身齐家治国平天下的理想。嘉鱼李氏家族博涉经史,李承芳一代数人皆以理学名于世,虽然后来归隐,但是他们的诗歌却充满了对世事的关注,尤其史载李承勋著有《李公奏议》;蕲春顾氏家族奉行阳明心学,顾问、顾阙、顾天锡都是阳明心学的有名弟子,顾问将其每日理学探讨和内省编成《语录诗文》,顾阙著有《五经发意》等,顾景星著有《五经论孟说》等大量经学著作,他们更是通过关注下层民众来践行他们的理学追求,顾景星的《与王观察论丈量书》《论积贮》《沂水》《寡妇谣》等诗都是这种思想的体现;江夏潘氏家族世守一经,潘永祚的歌行《猛虎》《黠鼠》《捉匠》诸篇弩踯机张,发刺

---

① 《湖北诗征传略》卷六《汉阳》王戬条目内引王士禛之评。

纸上；广济张氏家族张楚伟、张仁熙、张佳晟、张佳昶祖孙三代皆攻读经史，积极入世，张仁熙的《役夫行》《贱谷行》《雨雪行》等诗歌，深刻反映了他们所关注的农家生活的苦难。这样的例子比比皆是，传统经学在创作题材、内容上的影响，对现实和民生的关注，都是古代荆楚文学家族作品的基本样态。

二、创作内容的平民性

从之前梳理资料可以看出，荆楚文学家族成员大多起于平民和普通的地方家族，他们的创作内容整体呈现出平民化的特点，除了上述较为关注现实和民生之外，他们的许多作品更多表现和记载了家族成员的世俗生活及日常情感，这种创作内容在明清时期荆楚文学家族中表现尤其鲜明。

中国古代士人自幼接受儒学教育，树立远大的政治目标和修身养性的处世原则，对于世俗生活较为排斥，宋元之前的文学家族成员大多如此，他们创作较多围绕政治生活。明代由于资本主义的萌芽和心学启蒙哲学的兴起，人们开始关注和重视个人的情感和欲望，士人们不再只关注政治和国家大事，将笔触也转向了世俗生活的记载和表现，呈现出从雅到俗的审美流变。明清荆楚文学家族成员的仕途大多不够显贵，居于高位者不多，因此他们的政治生活相对单纯和自由，这也使他们更容易去享受世俗生活，并且敢于在诗文中去追求和表现世俗生活。"百姓日用即道"的平民思想在明清社会的逐渐流行也使士人重新去审视日常生活的意义。这种世俗化的审美倾向实际上是"对准宗教性的、集政治权威与道德权威于一身的政治教条与意识形态的消解"①，而使士人在之前的传统道德礼教之外发掘出一片世俗生活的新天地。在这种世俗化的潮流推动下，士人的文学创作在受传统经学影响的同时，也更加贴近世俗人生，而呈现出一种平民化的趋势。

他们记载生活中的琐细小事、家庭生活、花草种植、器物小件、朋友相聚、个人出游、田园风光等，把生活中的方方面面记入诗歌，体现出一种世俗

---

① 陶东风：《社会转型与当代知识分子》，上海三联书店1999年版，第112页。

生活的淡然烟火气。虽然之前文人也有此类创作，但是明清荆楚文学家族成员创作体现得更为鲜明。从《湖北诗征传略》中录存的荆楚文学家族作品来看，丁宿章看重的恰恰就是这些送行、纪游、日常写作之诗，这体现出当时的荆楚文化风尚及文人意趣。如江夏程之桢的《理发》："系我孩提时，垂髫未覆肩。贪嬉发如猬，梳栉盼儿旋。一呼儿意嗔，再呼母情牵。"诗歌回忆儿时母亲为其理发之景，入题角度独特，富有浓厚的家庭生活气息。黄梅喻氏家族喻文鏊的《秋日田家》诗，题材虽不新颖，但"秋日照平畴，清风吹我宅。林端生炊烟，馀粒闹鹅鸭""老翁揖客至，老妇窥户牖。忽忙治藜藿，呼童担薪樵"诗句中景、物、人都描摹得栩栩如生，充满了田园乐趣，有着陶诗世俗生活的真实。许多生活小事和小场景都乐于被家族成员写入诗中，如潜江张氏家族的张承宠，应城吕氏家族的吕庭树，孝感夏氏家族的屠之连，东湖罗氏家族的罗宏备，汉阳彭氏家族的彭启都写有《纳凉》这种生活小诗，皆煞有趣味。因为对世俗生活的投入，荆楚文学家族作有大量纪游写景作品，似乎所到之处皆要吟咏。这吟咏少有家国情怀，更多的是纯粹景色描摹、游踪及个人情愫的记录，从上编文学家族成员创作篇目的梳理清晰可见这一特点。

创作内容的平民化，也带来了创作形式的平民化，最明显的表现便是语言的通俗易懂。袁宏道曾评当时之文曰："今之诗文不传矣，其万一传者，或今间阎妇人孺子所唱《擘破玉》《打草竿》之类，犹是无闻无识，真人所作，故多真声，不效颦于汉魏，不学步于盛唐，任性而发，尚能通于人之喜怒哀乐，嗜好情欲，是可喜也。"[1]喻文鏊在其《考田诗话》中也表达过类似主张："诗能感人，愈浅愈深，愈澹愈腴，愈质愈雅，愈近愈远。脱口自然，不可凑泊。故能标举兴会，发引性灵。所谓应该说是本天成，妙手偶得之也。"[2]他们道出了明清时期诗文浅易的普遍特点，荆楚文学家族的创作便是最好的体现，所以丁宿章在《湖北诗征传略》中经常用"朴茂如其为人"来评价荆楚

---

[1] 北京大学哲学系美学室编：《中国美学史资料选编》（下），中华书局1981年版，第155页。
[2] 《湖北诗征传略》卷十七《黄梅》喻文鏊增订传记内引录其考田说诗八则。

文学家族成员之诗。如评汉川刘氏家族的刘贤佑,曰其"工制艺,敦内行,诗不多见,朴茂如其为人"①。录其之诗《枕上口占》《白桃花》《蕉》《花影》《柳絮》《落花》,确实语言简练,未见雕刻。又评黄冈冯氏家族冯云路的《书愤》诗"语虽浅率,意极沉痛"②。评官氏家族官抚邦诗歌"语质朴茂,间多幽隽之句"③。叶氏家族的叶道复作为叶封之子,流传作品不多,但也有佳作,丁宿章评其"竹日千竿净,荷风五月凉"一联,看似平浅,却浑然天成。麻城周氏家族的周世建"字里行间皆有一种朴茂之气。不以雕缋为工,不以锻炼为能,自具一幅本来面目,是能得真字之三昧者"④。不过正因为创作内容的平民化和世俗化,以及语言的通俗性,明清诗文在文学史上的地位一直不高,长时期不被学界重视,荆楚文学家族及其文学很少引人关注也是情理之中的事了。

第二节　文学思想的革新性和开创性

楚民族是一个极富创新精神的民族,由此发展而来的荆楚文化就具有"追新逐奇的开拓进取精神"⑤,后来发展而来的湖北文化也被认为具有趋时拓新的特点⑥。这种"追新逐奇的开拓进取精神""趋时拓新的特点"在文学上主要表现为文学思想的革新。这种文学创新传统在庄周散文的表达和屈原骚体的创造中便已显露出来,一直传承于之后荆楚文人的创作中。

荆楚地域虽然似乎从未成为过全国文化的中心,但是荆楚地域产生的

---

① 《湖北诗征传略》卷十《汉川》刘贤佑传记。
② 《湖北诗征传略》卷十五《黄冈》冯云路传记。
③ 《湖北诗征传略》卷十五《黄冈》官抚邦传记。
④ 《湖北诗征传略》卷十九《麻城》周世建传记。
⑤ 王生铁在其主编的《楚文化概要》一书中,将楚文化的特质概括为:"六大支柱,五种精神。"五种精神是筚路蓝缕的艰苦创业精神,追新逐奇的开拓进取精神,兼收并蓄的开放融会精神,崇武卫疆的强军爱国精神,重诺贵和的诚信和谐精神,这些概括得到了学界的一致认可。
⑥ 《中国地域文化概览·湖北卷》认为湖北文化的特色表现为:崇尚自然、浪漫奔放、兼容并蓄、趋时拓新(第11页)。

一些文学事件、文学思潮或文学流派在中国文学史上却具有创新意义,它们源于荆楚再波及全国,其中都有荆楚文学家族的参与或倡导。

一、南朝江陵庾氏家族对诗歌创新的追求

魏晋南北朝时期,世家大族都非常注重家族子弟的文化教育以及家族文化传统的延续,在这样的文化大背景下,江陵庾氏家族发展成为一个"七世举秀才""五代有文集"的典型文学世家,其中在文学史上最为知名的就是庾肩吾和庾信父子。庾肩吾一直追随梁简文帝萧纲,萧纲爱好文学,初封晋安王时就广纳文士,庾肩吾因文章才学成为萧纲当时的"高斋学士"之一。萧纲继位后,庾肩吾随同迁转任东宫通事舍人。庾信从小跟随父亲出入于萧纲宫室,后与徐陵一起任东宫学士。在追随萧纲过程中,庾氏父子与徐摛、徐陵父子等人一起成为当时宫体诗的代表人物,时称"徐庾体"。

宫体诗因浅薄轻艳的内容历来被人们所贬低,事实上宫体诗的大量创作除了萧纲及其周围士人生活的狭窄、审美的狭隘外,也是萧纲等萧氏皇族基于对京师文化、文风的不满,以及对文学革新、文学风格自觉追求的一种结果。萧纲在《与湘东王书》中曰:"比见京师文体,懦钝殊常,竞学浮疏,争为阐缓。玄冬修夜,思所不得。既疏比兴,正背风骚。……未闻吟咏情性,反拟《内则》之篇,操笔写字,更摹《酒诰》之作。……故玉徽金铣,反为拙目所嗤;巴人下里,更合郢中之听。"①他在《诫当阳公大心书》中将他的文学主张说得更加清楚直白:"立身之道与文章异。立身先须谨重,文章且须放荡。"②宫体诗的声色吟咏正是文章放荡追求的结果。沈德潜《说诗晬语》卷上曾曰:"诗至于宋,性情渐隐,声色大开,诗运一转关也。"③确实南朝文学自刘宋王朝始就在经历转变,吟咏性情成为整个文学思潮的主流,萧纲为代表的萧氏皇族是这一主流的引领者,而庾氏父子是其中的积极参与者和践行者。他们的创作对格律诗的形成、唐诗的艺术追求等诗歌发展起到了

---

① (清)严可均辑:《全上古三代秦汉三国六朝文》,中华书局 1958 年版,第 3011 页。
② (清)严可均辑:《全梁文》,商务印书馆 1999 年版,第 113 页。
③ (清)沈德潜:《说诗晬语》,见丁福保编:《清诗话》,上海古籍出版社 1963 年版,第 532 页。

重要的促进作用。

如庾肩吾,他因创作了大量的宫体诗,为后人所批评,实际上他的宫体诗也有着不少清丽之作。如代表诗作《南苑看人还》:"春花竞玉颜,俱折复俱攀。细腰宜窄衣,长钗巧挟鬟。洛桥初度烛,青门欲上关。中人应有望,上客莫前还。"全诗通篇用韵,描写细腻,是宫体诗中的可读之作。此外,其他五言如《游甑山》《寻周处士弘让》《乱后行经吴邮亭》,都雕琢辞采,形式工整,讲究对仗,注意声律。正因为此,胡应麟评庾肩吾诗曰"风神秀相,洞合唐规",高度肯定了庾肩吾对格律诗形成的重要贡献,这种贡献正源于庾肩吾对诗歌形式的创新追求。

再如庾信,他一生以入北为界分为前后两个阶段,学界对其在西魏、北周、北齐中的创作及意义有着深入研究,公认他为南北朝文学的集大成者。实际上他在萧纲东宫时期也有不少精美诗作,有名的如《梦入堂内》《七夕》《三春》《和咏舞》《奉山河池》等诗,虽然意浅而繁,内容艳丽,但是对仗精巧、字句传神、描摹精细,这种对艺术美的追求显然不同于一般的宫体诗人,为他之后的融南北之长奠定了一定基础。有学者还指出:"(庾信)入北以后的文学创作的转型关键在于文学思想观念的转型,思想的解放,导致了他文学观的新变。他的文学理念主要是文学创作应抒吐性灵,重视气韵:'不无危苦之辞,惟以悲哀为主';追求'落落词高,飘飘意远'。庾信晚年的文学观在南北朝后期从'吟咏性情'到'含吐性灵'的发展,具有继承传统文学思想但更多创新的特点。因而,庾信文学观最大的价值和突破在于将六朝文学创作积累的艺术经验用于直接表现现实人生的重大主题,他的创作题材、体制、风格、表现手法都有了新的独创,从这一视角看,庾信在南北朝文学向唐代文学发展的进程中,是一个重要的标志。"①认为庾信有着自己独特的诗学思想,并积极在诗歌创作上进行突破。

王齐州、王泽龙两位学者在《湖北文学史》中认为:"南朝的湖北既是文学活动异常活跃的地区,也是在文学思想和文学风格上领异标新、带动南方

---

① 吉定:《庾信及其文学作品研究》,博士学位论文,上海师范大学,2006 年,第 80 页。

文学以致整个中国文学发展变化异的地区。"①南朝江陵庾氏家族的庾肩吾、庾信父子恰恰是这种风气的践行者。

二、公安派和竟陵派的"独抒性灵"

荆楚地域产生的文学思潮和文学流派,最著名的莫过于晚明时期公安三袁倡导的性灵派,钟氏、谭氏倡导的竟陵派。他们以家族为依托,开宗立派,推动了文学思想的革新、呼应和流传。

明代中期文坛复古思潮盛行,当时一批文学家族如崇阳汪氏(汪文盛)、华容孙氏(孙继芳)、黄冈王氏(王廷陈)、京山高氏(高岱)、沔阳陈氏(陈柏)等,都倾心于复古思潮,成为当时复古派后期的重要人物。从万历至明末,复古思潮逐渐散去,新兴的一批文学家族如黄安耿氏(耿定向)、麻城梅氏(梅国桢)、武昌孟氏(孟放)、公安袁氏(袁宗道)、竟陵谭氏(谭元春)、竟陵钟氏(钟惺)等,他们看到了复古思潮对文学创作的束缚,遂积极改革,在文坛掀起一股新变之风。尤其公安袁氏(袁宗道)、竟陵谭氏(谭元春)、竟陵钟氏(钟惺),高举"独抒性灵"的旗帜,倡导"真诗精神",以大量清新活泼、富有个性的诗作革新复古流弊,倡导真情抒写,对明代文坛产生了深远广泛的影响。

邓显鹤在《沅湘耆旧集序》中曾对明代文学之变有过一段论述,他说:"有时之诗凡三变,而风会所趋,每转移与吾楚。文正主持文柄,为一代大宗,固已。嘉隆七子气焰方盛时,海内求名之士,即有'东走太仓,西走兴国'之语。至公安、天门出,而王、李之势遂衰,《诗归》一选,天下翕然宗之,亦哗然诋之。论者谓有明一代之诗,以茶陵倡于前,以竟陵殿其后,吾楚诗人至于国运盛衰相终始。"②确实从李东阳始,再到公安派、竟陵派,明代文坛的走向都与荆楚和湘楚作家紧密关联,尤其产生于荆楚地域的公安派和竟陵派与荆楚文化的内涵关系密切。正如《湖北文学史》所言:"中国文学

---

① 王齐州、王泽龙:《湖北文学史》,华中理工大学出版社 1995 年版,第 125 页。

② (清)邓显鹤:《沅湘耆旧集》,欧阳楠点校,岳麓书社 2007 年版,第 11 页。

史上领异标新的杰出人物,他们的思想除了受当时社会思潮的启迪外,无不与接受地方文学传统和文化熏陶有关。"①清人叶燮也曾曰:"五十年前,诗家群宗嘉、隆七子之学……故数百年之间,守其高曾,不敢改物,熟调肤辞,陈陈相因,而求一轶群之步,弛跞之材,盖未遇也。于是楚风惩其弊,起而矫之。抹倒体裁、声调、气象、格力诸说,独开蹊径,而栩栩然自是也。夫必主乎体裁诸说者或失,则固尽抹倒之,而入于琐屑滑稽、隐怪荆棘之境,以矜其新异,其过殆又甚矣。"②叶燮将"抹倒""七子"体裁、声调、气象、格力学说,独开蹊径的公安派和竟陵派称之为"楚风",肯定了这两个学派明确的地域色彩及地域成就。袁中道、钟惺也常以"楚人"自称,袁中道说其欲与钟惺共张诗道于"楚"③,钟惺也称自己与袁宏道为"楚人"④。楚地的地域文化"楚风"正是公安派、竟陵派的重要核心。

清朝周亮工在《书影》中引张菉居之评曰:"明诗四变,为海内口实者七人:秦、齐、吴、豫各一,楚独居三。"⑤明代文学先后经历了台阁体、茶陵派、前后"七子"、公安派、竟陵派和遗民群体,其中多个文学流派都有荆楚文学家族成员的领引和参与。三袁的公安派,钟、谭的竟陵派,黄冈杜氏家族的杜濬、江陵张氏家族的张同敞等遗民群体都是其中的重要代表人物,可以说他们是明代文坛的生力军。这些明代文坛上真正以"楚"为基地,以"楚人"为核心,以家族为依托开创的文学流派,正体现了荆楚文化追新逐奇、趋时拓新的特点。

创新在古代荆楚其他家族中也有显现,如明代崇阳王氏家族父子三人皆能诗,王畤"每谓文不必模拟,诗不必蹈袭,发吾蕴而戾于古,斯可矣"⑥。黄冈王氏王廷陈与北方何景明一起努力纠正明朝中前期的萎靡诗风,为诗

① 王齐州、王泽龙:《湖北文学史·序论》,华中理工大学出版社1995年版,第2页。
② (清)叶燮:《原诗》,见《清诗话》下册,上海古籍出版社1978年版,第590—591页。
③ (明)袁中道:《花雪赋引》,见《珂雪斋近集》卷六,《四库尽毁书丛刊》集部第103册,北京出版社1997年版,第617页。
④ (明)钟惺:《周伯孔诗序》,见李先耕、崔重庆标校:《隐秀轩集》卷十七,上海古籍出版社1992年版,第252页。
⑤ (清)周亮工:《书影》,上海古籍出版社1981年版,第10页。
⑥ 《湖北诗征传略》卷四《崇阳》王畤传记。

坛注入了清新空气。其从侄王同轨虽然诗作不多,但是自具风格,不欲寄人篱下。丁宿章评汪氏家族的汪桂曰"性耽典籍,诗清越不落恒蹊"①;评汉阳朱氏家族朱学孔之诗"皆落落突奇,不入纤巧"②;评汉阳李氏家族的李必果"诗不假雕饰而律格一新"③;评沔阳刘氏刘兴樾"古诗波澜横溢,当其奋迅驰突,直欲辟易千人,如《陈桥驿》《小西淮》《牟将军宝刀歌》诸作是也。近体尤工咏史,冥心独造,语近情遥。至其笔锋精锐,议论英爽,举重若轻,声出金石,实有突破前贤之处"。④ 丁宿章还认为顾景星之作皆有超过前人者,如《咏蝉》《赠马》《春早》等,他不在平易处落笔,而是通过独特的构思,让诗歌达到如飞将从空而下的艺术效果。麻城刘氏刘侗诗文皆习竟陵流派,幽古奇奥,无一字拾人残沈。罗田刘氏刘养微诗风清逸自放,他认为"七子"殚技声格,未尽诗理,主张作诗不能专以摹拟为工,而应注重诗歌的个人创造。《汉阳五家诗评》曾评汉阳李氏李以笃诗"自用我法,其不随流俗俯仰"⑤。周岂公评黄冈顾景星诗文曰:"凡咏古人及拟古人,未有不寓己意者。徒然摹拟,无自家见解,不可作也。惟黄公之作,最为得之。能不为古人所缚,方能搏挽古人,而蕴藉亦前人所无。"⑥可见出奇创新是荆楚文学家族创作的一个普遍追求,也可以说这是荆楚文化特点在荆楚文学家族创作中的明显体现。

第三节　风格特征的自然和清浅

中国地大物博,自古就可以划分为不同的文化地域,早在春秋战国时代,中国就已经大致形成了六大基本文化区域:齐鲁文化、秦文化、三晋文化、巴蜀文化、吴越文化和荆楚文化。这些文化地域又呈现出明显不同的地

---

① 《湖北诗征传略》卷四《崇阳》汪桂传记。
② 《湖北诗征传略》卷六《汉阳》朱学孔传记。
③ 《湖北诗征传略》卷六《汉阳》李必果传记。
④ 《湖北诗征传略》卷十四《沔阳》有刘兴樾传记。
⑤ 《湖北诗征传略》卷六《汉阳》李以笃传记。
⑥ 《湖北诗征传略》卷十八《蕲州》顾景星传记,内引录周岂公对顾景星的评价。

域特征,如齐鲁文化典雅厚重,秦文化质重刚毅,三晋文化务实尚义,巴蜀文化神秘奇谲,荆楚文化浪漫缥缈等。这些地域文化在当地人民的习俗、精神、生活方式中得以呈现,并作为文化心理的积淀形成了不同地域作家文学风格。虽然随着人类交游、仕宦、迁徙等活动的频繁,地域文化的风格似乎不再典型鲜明,但是一直积淀的文化心理却不是那么容易改变和丢失,相反人类的流动显示出的是地域文化的强大暗示和同化作用。地域文学家族是由地域文人组成的作家群体,在地域特征上体现得更为集中和鲜明。荆楚文学家族的创作风格共同体现出强烈的荆楚文化特征:自然恬淡和清浅朴茂。

一、自然恬淡的风格特征

作家创作常常受到"文化根性"的影响,"文化根性"的形成不仅与国家的文学特点相关,与依托的家族有关,也与作者出身或主要生活的自然生态环境、民情风俗等地域环境有关。

《淮南子·坠形训》曰:"轻土多利,重土多迟。清水音小,浊水音大。湍水人轻,迟水人重。中土多圣人,皆象其气,皆应其类。……是故,坚土人刚,弱土人肥,垆土人大,沙土人细,息土人美,秬土人丑。"①这段论述指出了地理环境对人体貌、音声、品性的影响。司马迁在《史记·货殖列传》中也指出了地理环境的差别是造成各地不同风俗民情、文化传统的一个根本要素。魏征在《隋书·文学传序》中有段地域与文学之间关联的著名论断:"江左宫商发越,贵于清绮,河朔词义贞刚,重乎气质。气质则理胜其词,清绮则文过其意,理深者便于时用,文华者宜于咏歌,此其南北词人得失之大较也。"魏征虽然论述的是"江左""河朔"南北文风的差别,所涉及的却是一个普遍性的问题,即文学地域因素问题,不同的地域孕育了不同的文学。梁启超在《近代学风之地理的分布》一文中也论述了地域和学风的关系,他认为:"气候山川之特征,影响于住民之性质,性质累代之蓄积发挥,衍为遗

① （汉）刘安编:《淮南子》卷四《坠形训》。

传。此特征又影响于对外交通及其他一些物质上生活,物质上生活,还直接间接影响于习惯及思想。故同在一国同在一时而文化之度相去悬绝,或其度不甚相远,其质及其类不相蒙,则环境之分限使然也。环境对于'当时此地'之支配力,其伟大乃不可思议。"①

荆楚地域拥有得天独厚的自然风光,自古以来就有着"泽国"的称誉。江水浩荡,丛林茂密,山川湖泊纵横,亭台楼阁林立,荆楚士人在这奇山秀水中,因江山之助,生发出源源不断的艺术灵感。刘师培《刘申叔先生遗书·南北学派不同论》曾曰:"大抵北方之地,土厚水深,民生其间,多尚实际。南方之地,水势浩洋,民生其际,多尚虚无。民崇实际,故所著之文,不外记事、析理二端。民尚尚虚,故所作之文,多为言志、抒情之体。"②因自然美景和好抒情的缘故,荆楚文人写作了大量自然山水的诗歌,有的因送别写景,有的因隐逸写景,有的因游历写景,有的因友聚写景,有的因闲情写景。有的表达对自然山水的热爱和歌颂,有的借景抒情,表达对官场的厌倦、对隐逸生活的向往、与友人的真挚情感等。梳理荆楚文学家族作品,可以发现荆楚山水诗在荆楚文学家族成员创作中占有非常高的比例,体现出这些士人对自然的热爱及朴实率真的情感,作品普遍呈现出一种自然恬淡的风格特征。

如明代崇阳陈氏家族的陈之楫、陈之杞、陈炳云都能诗,皆坦率性真,陈之楫的《如舟书屋为葵圃题》,陈炳云的《久雨》《羁馆》都自然可读。通山朱氏家族的朱伯骥弃官归乡后日课其子,筑室溪南怡然自适,代表作有《赋得闻道神仙不可接》。其子朱廷立建炯然亭,朝夕赋诗谈道其中,其诗多率意之外,代表作有《村老》《东邻女》,父子二人之作皆真挚率性。丁宿章评汉阳萧氏萧良友诗"洒脱可喜",如《江行》七绝。清人杜光德评清蒲圻张氏家族张开东诗文曰:"白纯性情缠恻,冲夷善感,随所吟哦,洒然皆动。"③他

---

① 梁启超:《近代学风之地理的分布》,《清华学报》1924 年第 1 期。
② 刘师培:《刘申叔先生遗书·南北学派不同论》,江苏古籍出版社 1997 年版,第 549 页。
③ 《湖北诗征传略》卷四《蒲圻》张开东条目,《湘中歌》《玉女峰歌》《白云洞》《湖中》《黄蓬山》诗著录条目之下。

的《湘中歌》《玉女峰歌》《白云洞》《湖中》《黄蓬山》等诗都是他性情自然的代表作。其弟张开懋《春日和诸子登山》的诗句"谷日渐高负午暖，林花欲放鸟初腾"，写景清新自然，范锴《汉口丛谈》评曰"极清劲可诵"①。汉阳张氏家族张叔珽的《赤壁》诗"不着一字，尽得风流者也"②。汉阳易氏家族的易廷望诗主性情，其诗《送友人归里》《江行舟中》皆为天籁之鸣。徐氏家族徐鹄庭诸作不加雕琢，符采奕然，音格流丽处于王维、孟浩然之间。孝感夏氏家族夏熙臣的诗"皆能自抒胸臆，绝空依附，卓然成一家言"。江夏彭氏家族彭瑞毓《秦淮》《白杜鹃花》等七绝妙在天然本色。汉阳江氏家族江显宗存诗《饮梅花下》被人评曰"天然去雕饰"③，因而得以流传。麻城梅氏梅国桢诗平淡无奇，却含蓄浑厚，如他的《送邱谦之守保宁》《寄谦之》等，尤其他的《谦之园亭》："小苑斜连驿道旁，酒旗歌吹绕垂杨。科头尽日无迎送，醉踏飞花溪长。"全诗没有华丽辞藻，园景之美、游园之乐却自然流露其中。丁宿章评周氏周世遴的诗曰："诗惟真故妙，以其字字从性情中流出耳！"如《月夜山中》《赠刘同人》《秋日访子云》，"如食橄榄，味美迂回而又出之蕴酿，是真无一字从假借中来。"④

荆楚文学家族成员的许多诗歌内容自然质朴，语言朴实无华，情感自然恬淡，表现出了他们的真性情。喻文鏊在其《考田诗话》中曾论及诗歌真情表达的重要性，他说："诗真则新，真外无新也。诗中有人在，又有作诗之时与地，总之其人也。人心不同如其面，子肖其父，甥似其舅，审视之则各有其面目，无一同者，便已出奇无穷。有意求新，吾恐其堕入鬼趣骄。彼陈陈相因如富家子乞人诔墓，装裱匠货行乐图，雇衣店借万民衣伞，只因未尝真耳。"⑤荆楚文学家族成员往往注重真性情写作，他们的文学大多有着不拘一格、不守故常、随性而为的特点，因而作品特别是诗歌则自然呈现出一种风流来。这是自然山水之助，地域人文之助，也因荆楚文学家族大多为普通

---

① 《湖北诗征传略》卷四《蒲圻》张开懋条目引《汉口丛谈》对其诗评。
② 《湖北诗征传略》卷六《汉阳》张叔珽传记。
③ 《湖北诗征传略》卷七《汉阳》江显宗传记。
④ 《湖北诗征传略》卷十九《麻城》周世遴传记。
⑤ 《湖北诗征传略》卷十七《黄梅》喻文鏊增订传记，内引录其考田说诗八则。

仕宦家族或平民家族而更能追求世俗生活的缘故。

二、清浅朴茂的风格追求

沈德潜在《芳庄诗序》中曰："余尝观古人诗,得江山之助者,诗之品格每肖其所处之地。"荆楚文人作品的品格正如荆楚地域中水的特性,灵动多情。但宋人庄绰在其《鸡肋编(上)》也曰："大抵人性类其土风。西北多山,故其人重厚朴鲁;荆扬多水,故人亦明慧文巧,而患在轻浅,肝鬲可见于眉睫间。"庄绰用"明慧文巧"和"轻浅"来概括荆扬之地人的性格,表现于文学创作,荆楚家族文学则普遍呈现出清浅朴茂的风格特征。清浅即通俗平易,清还有清丽、清脱、清隽等义,朴茂即朴实而有味。

荆楚文学家族的创作多表现世俗生活的情与事,作品风格便呈现出与之相应的清浅特点。前文在分析荆楚家族文学论述创作内容的平民性时举了一些例子,这里再补充若干例证。唐代许氏家族许浑诗浅率至极,杨仲仁、高棅、郝天挺等人评其诗虽浅易,却含义深刻而富有哲理。《四库全书总目》评元朝嘉鱼程从龙《梅轩集》诗多清浅却有韵致。孝感杨氏杨金声《闻张晒石讣追忆分袂渌口》诗被评为清脱无滞,一往情深,友道之笃尤其感人。《湖北诗征传略》录存了蒲圻王氏王鼎彦游山诸作的诗句,如"绝岩闻清梵,寒螀助杜吟""鸟韵沈朝翠,泉流答午钟""驯龙守户人稀到,野鹤巢松僧自闲",并评这些诗句皆清脱有味。汉阳彭氏家族彭启诗笔清绝,其诗《移居汉城寄宽五》"寂无知己如公叔,喜有贤邻似伯通"句,与其兄彭湘怀"门前稚子能迎客,阶下红葵正放花"都体现了"清"的特点。麻城刘氏刘天和为人戆直,诗歌却与为人不同,如《游韦公寺》:"古寺寻诗过,霞光恋夕辉。游鱼吹月起,水鸟带云飞。钟韵寒依岫,荷香冷浸衣。佛头青不断,一路送人归。"全诗清华流利。罗田陈氏陈瑞球之诗"五古胎源不汉魏七古,以韩杜为宗,秀朴浑老,而风韵绝似香山。……清脱婉润,譬诸画手绝无铅粉之饰"①,浅易而婉转。陈瑞琳诗"愈淡愈古,愈真愈朴,寄沉痛于萧旷,寓

---

① 《湖北诗征传略》卷二十《罗田》陈瑞球传记。

清妙于典实"①。京山谭氏谭浑家贫嗜学,诗文朴茂,多可传之作,如《寒月》《雨后闻蝉》《新酿独酌》等,用语朴实,却意蕴深厚。

崇尚自然、率真清浅是荆楚文化特征之一,荆楚文学家族成员浸染其中,这不仅成为他们的为人目标和处世追求,也潜移默化地影响着他们的文学创作。古代荆楚文学家族及成员数量众多,创作风格各具特色,要想用一两个词全面准确地概括他们的创作风格是很难的事,这里只是对其中比较显明的共性特征进行了一点探讨,也许并不够准确,需要在今后研究中进一步思考和提炼。

第四节 文学传承的共通和变异

在一个家族中,因为家族教育模式带来的有意识或潜移默化的影响,家族传承的历史使命感和责任感,对先祖功绩的仰望和模仿,以及家族内部的相互影响等,家族成员非常容易在创作体裁、创作内容、创作风格、创作理论上趋向一致,或相互生发关联,形成一些共同的文学特征,这就是家学的一个重要特点。所谓家学,有广义和狭义之分。"狭义的家学指家族传承的专门学术性的私学,广义的家学指诗书传家的文学艺术创造活动。"②无论哪种形式,文学家族的创作都会自觉或有意地被印上鲜明的家族印记,再表现为家族和家学的独特性。

普遍来看,古代荆楚文学家族专门学术性的私学传承并不明显,但都具有诗文创作这一广义家学的传承,从这一角度来看他们的文学传承具有一致性和共通性。但是另一方面,文学的传承性虽然保持了家族的良好发展,但若只有传承,没有创新或者开拓,文学家族就不会绵延久远。家族成员的生平经历、性格特点、创作实践、时代背景各不相同,这就又决定了家族文学传承在表现出一致性和共通性外也会呈现出一定的差异性,甚至变异。

---

① 《湖北诗征传略》卷二十《罗田》陈瑞琳传记,内引朱伯韩诗评。
② 罗时进、陈燕妮:《清代江南文化家族的特征及其对文学的影响》,《南京社会科学》2009年第2期。

一、文学传承的共通性

在地域文化、家族文化、家族教育、宗族观念的共同作用下,文学家族成员之间的文学观念和创作风格更容易受到相互影响和相互渗透,这是家族文学可以一脉相承的重要原因,或者说这也是文学家族得以产生和存在的根本前提。家族内部有意识的培养和教育,使得一个家族内部成员的成长环境、所受教育以及家风家法的氛围基本一致,所以他们的文学创作应该表现出相似性,代际之间也应表现出一定的传承性。这主要表现为后世子孙对前辈文风的接受和认同,以及秉持相近的文学价值判断。另外家族成员对自身文学传统的建构和认可,不仅使家族意识在家族的文学实践中自然得以表现出来,而且反过来也利于文学传统的世代相传,这也就是家学在家族传续中具有强大凝聚力和价值的原因及意义。

有趣的是,许多家族成员由于仕宦、游历等各种原因远离生长地域,但他们都能长久保持家族风格和地域特色。那是因为人类活动总是受到地域空间的制约和影响,不同的地域会形成不同的地域文化和地域文学,这是家族成员成长的重要自然与人文环境,也为一个文学家族的生成打上了最基本的底色。所以即使家族成员远离家乡,但他们的性格人情、知识结构、价值理念基本都已在他们成年或者迁徙前大致形成甚至定型,从而烙在他们的内心深处。即使家族成员的迁徙因人生经历的变化,外界文化的影响,削弱了家族的地域风格,但大多数家族往往仍会将对故乡的情谊、情结、认知作为记忆代代相传下去。这也是许多文学家族成员虽广游各地,却能绵延数代的重要原因之一。①

人们似乎非常认可家族文学的传承性问题,因而在讨论或评价家族某成员的文学风格或成就时,往往将其与家族其他人联系起来,尤其与其先祖进行比较。较为肯定家族成员能继承或保持"乃祖""乃父"之风,认为这是让家学家风保持不坠的良好表现和重要因素。如元朝安陆赵月卿能克绍家

①　可参见程民生《宋代地域文化》第一章《各地风俗特点及影响》,河南大学出版社1997年版。

学;京山王宗彦诗有家法;襄阳樊应荣兼工诗,有其祖之风;云梦郝谦诗、古文、词卓有父风;东湖罗应箕嗜学诗,能独承家学不坠宗风;应城陈阶能继父志,好学工词章;张至曙为张开东之孙,其诗清真峭拔,信家学之有渊源也;汉阳李序韩诗清越可诵,无惭家学;汉阳熊正芴怀胚家学,睥睨一世;汉阳邹廷尧语意清圆,具见家法;汉阳刘世仲诗音节清苍,具有家法;孝感夏扶英少承家学,又宗三李,所以为时传诵;黄冈万承宗少承家学,性聪颖独特;蕲水黄正色之子黄祥远、孙黄峦皆工诗,不坠家声;蕲水南光发之子南昌龄、孙南心恭都能承其薪传,有名于世。广济舒芝生以著述世其家,其弟舒并生、舒观生皆以诗、古文、词称雄江黄间,时人称三兄弟为"三凤"。京山尚声敏慧能诗,颇具家法。监利裴氏裴纶诗文直声劲气,卓有其父裴琏之风,①等等。

以家学为基础的荆楚家族文学传承,形成了家族文学的内部传承,即家族一代或几代都有文学创作,这构成了家族文学传承的共通性和一致性。

二、文学传承的多样性

在家学的传承中,也有一种情况非常有意思,即史料中有不少某人不囿家学的记载。如《湖北诗征传略》写到谭元声时曰"谭友夏诸弟皆能诗,(谭元声)远韵笔致轻快,尤不囿于家学"②。钟惺给其弟钟恮书信《伯敬至叔弟钟恮书》曰:"弟诗不学阿兄,甚有风骨。有志力有色韵,如《出塞曲》,真得老杜骨法,可夺谭二之垒。"可见钟惺、钟恮兄弟文学观念并不完全一致。虽然一般认为家学是家族世代相传之学,或者说家族共同擅长之学,但家学有时也表现为一种文化素养,而且家学绝不是封闭排他性的,成员文学观念的差异可以算是家学传承中对文学另外一种形式的推动。这就决定了家族文学传承在共通性之外又存在很大的差异性,从而保证了文学家族成员在共性之外丰富个性的展现。

荆楚文学家族大多起自普通的地方家族,属于地方望族的不算多,所以

---

① 史料见《湖北诗征传略》各人传记条目。
② 《湖北诗征传略》卷二十八《天门》谭元声条目。

这些家族在家族门风声望方面的约束较少,也少有家族的沉重感,而且受到荆楚文化"兼收并蓄的开放融会精神"的影响,家族对外界保持一种开放接纳的态度,从而表现出丰富的个性色彩。另外家族成员天生性格不同,成年后因宦游外方、人生经历差异、时代更迭、审美思潮变革、交游对象、生活环境、人物心理的变化等,都会有意无意地改变他们的文学创作,甚至走向变异,在家法之外表现出成员的丰富个性。这种丰富个性就是家族成员在创作内容、创作体裁、创作风格、文学主张等方面表现出的独特性。

历史上这样的例子是很多的,有名的例子譬如眉山三苏的苏辙和苏轼。《宋史·苏辙传》曰:"辙与兄进退出处,无不相同,患难之中,友爱弥笃,无少怨尤,近古罕见。"苏辙和苏轼接受了相同的教育,生长环境和仕宦经历也颇相似,二人关系也非常密切,唱和关爱,挂念互勉,但是二人作品除共同少怨尤外,文风、诗风以及文学成就皆有明显差异。这种变异性在文学家族隔代成员中体现得尤为明显,在生活时代背景差异大的家族中也较为鲜明。

如天门刘氏刘浑孙擅长律诗,而弟刘鲁孙则工近体;江陵王氏家族王树滋诗长于古体,力学汉魏,同萧选之文,其子王自仁的诗风却以峻洁为特色;石首谢氏谢德超父子因生活经历、生活环境不同,诗歌创作也有所不同。谢德超通经能文,诗清拔且意气恢宏。谢元淮政绩显著,不以诗自许,其诗不受声律体裁约束,更在于抒写性情,而且善用意于无字句处,尤其擅长七古;东湖陈氏陈禹谟致仕归家后,诗酒自娱,留存下来的诗歌《西陵峡》《东山寺》《赤溪》《黄牛峡听棹歌声》《尔雅台对月》《石门洞》《三游洞》《五陇山》《秋日游三游洞》《汉景帝庙》《秋过姜孝子祠》,基本都是山水诗或纪行诗,颇有陶谢风采。其子陈正言诗留存不多,从留存的《执笏山》可见其诗辞采更为华美;再如著名的公安三袁,因家风的共同熏陶、三兄弟的共同学习和相互切磋,他们在文学理念和文学创作上有着明显的共同特点,但是他们的创作又因人生阅历、性格精神、文学表现的不同,具有不同的个性。他们的代表山水游记散文,因"独抒性灵"的共同主张都具有至情纯真的特点,但是三兄弟又在其中展示出不同的主体性灵和风格特征。袁宏道游记平淡质朴、清幽静真,袁宏道游记流丽秀润,真切可爱,袁中道游记则因人生经历的坎坷在清新隽永之外具有落寞凄清之意。① 黄冈王氏家族为明代黄冈名族,几代人好经术,能文章,但风格也有所不同。王廷陈恃才自傲,行事放荡,不再仕进后放纵啸歌于草野之间,被当时人称为"怪杰",诗文意取标新、轩然脱俗。王廷瞻为人稳重,政绩显赫,从其留存文《宝应越河成请河名疏》和诗《为园》则可以把握其诗文沉稳庄重的特点。王同轨诗文不愿寄诸公篱下,意在自成风格。王同道的诗文则蕴藉风流,咸有逸气。王一鸣才情性格都酷似工廷陈,善于政事,但负才自放,其诗文师法杜甫,多沉郁之气。成员的才华横溢和鲜明个性使王氏表现出了独特的世家风范和人文精神,成为荆楚文学家族中的典型代表。

家族文学具有延续性、一致性,但也具有开放性和变异性。家族对成员的文学教育和培养,他们的相互切磋、碰撞,都使得他们的文学潜质得到激发,同时又获得了向外拓展的能力。文学传承的共通性、开放变异性共同使家族文学不断有效地发展,继而保证了文学家族长时间的延续性。

---

① 可参见周翔飞:《公安三袁散文研究》,博士学位论文,安徽师范大学,2017 年。

第七章　中国古代荆楚文学家族形成原因探析

当人们提到荆楚文化和荆楚文人的兴盛时,很自然会联想到"惟楚有材,于斯为盛"这副对联,它道出了楚地的人才辈出和文化自信。"于斯为盛"出自《论语·泰伯》:"才难,不期难乎,唐虞之际,于斯为盛。""惟楚有材"一般认为源自《左传·襄公二十六年》:"虽楚有材,晋实用之。"但未有"惟"字。明人王世贞在为京山人李淑撰写的《中奉大夫广西等处承宣布政使司右布政使致仕五华李公墓志铭》中用"惟楚有材,璞则良厥"①对其才学表示称赞,似乎较早地提出"惟楚有材"。李淑之子李维桢在其为樊山王朱载垆《大隐山人集》作序时也用了"维楚有材"一词,曰:"使后人称明德茂盛,维楚有才,与古公卿大夫比肩,不以世禄借资,而以立言取重。"②从"楚有材"到"惟楚有材"体现出人们对楚地,尤其湖北地域文化兴盛的一种观念和认可。后人更将"惟楚有材"和"于斯为盛"两句话连在一起,对楚地的英才集聚进行赞赏。古往今来在荆楚历史上涌现出来的众多文学家族正是"惟楚有材"的有力证明,也许放眼全国,他们并不那么有名,但在荆楚大地上却闪现出耀眼的光芒和独特的魅力。这些文学家族的形成与荆楚教育、家族成员各种形式的交游、家族对家风家学的重视,家族成员文集的编撰刊刻息息关联,他们是荆楚地域文化的产物,也是荆楚文化的典型代表。

---

① （明）王世贞:《弇州山人四部稿·弇州续稿》卷九十七,上海古籍出版社1993年版。
② 朱载垆,明王室宗族,仁宗朱高炽六世孙。嘉靖三十六年（1557）,袭封樊山王。著有《大隐山集》《三经词》等作品。

第一节　荆楚教育对古代荆楚文学家族
形成的推动

一个地方文化的兴盛繁荣和文人的层出不穷,首先取决于当地教育状况与文教事业的发达,又与士人对科举的重视及取得的成效等密切相关。

一、荆楚地域文教事业的发展

不少学者认为先秦时期的楚国地处南蛮荒僻之地,文化教育落后。事实上西周时期楚国便设立学校,国都郢有大学和小学,地方还设有乡学——乡设庠,州设序,党设学,闾设塾。后来在战争纷乱、人才见重、私学兴起的春秋战国时期,楚国也和其他诸侯国一样积极进行教育改革,努力发现、培育、任用人才而成其霸业。私学兴起时,楚国贵族纷纷聘请专门的师傅到家中,设师、傅、保,教养子弟,楚庄王还在申叔时的帮助下对贵族教育内容进行改革。申叔时提出教育应设《春秋》《世》《诗》《礼》《乐》《令》《语》《故志》《训典》九门课程,教学内容切实全面,既扩大了教育的视野,又培养贵族治国驭民的能力。从这些教学内容还可以看到,楚国虽被中原民族视为蛮夷,但是儒家对"德行"的重视和培养,以及中原文化却被楚国所吸收和传播。有的学者还认为,某种程度上屈原本身就是一个伟大的教育家,他不仅为楚国培养了大量人才,而且《九歌》《天问》也许就是屈原创作的教育著作。① 先秦楚国教育事业整体是较为发达的,所以才会有声子所说楚才为晋所用的现实。正是在这样的风气延续下,荆楚地域后来才有了马融绛帐传经的风雅,汉末荆州经学的新变,宋始各地书院的鼎兴等,让楚文化得以代代相续,日益散发光彩。②

---

① 可见《湖南省教育史》编委会:《屈原是伟大的人民教育家(一)——屈原的教育实践》,《第一师范学报》(湖南长沙)2000 年第 1 期。
② 可参见笔者参编,由荆州市委宣传部编著的《楚韵之魂》第一章《乐以教育为民先》,湖北美术出版社 2019 年版。

马融是东汉著名的经学家、文学家,也是一名教育家。他才高博洽,注经广泛,为世通儒。桓帝元嘉元年(151)出任南郡太守,许多学子慕名求学,马融为官之余便设台授徒,而与荆州结下一段不解之缘。史称其"教养生徒,常有千数",学生规模相当可观,留下"绛帐传经"的美谈。东汉末年,刘表镇守荆州,相对北方的混乱现象,荆州之地"万里肃清",相对安定富足。刘表又注重接贤纳士,善待儒生,加上"招诱有方,威怀兼治",许多文武兼备的名士和经师生徒纷纷来到荆州,"遂训六经,讲礼物,谐八音,协律吕,修纪历,理刑法,六路咸秩,百氏备矣"①,在荆州共同建立起一个新的较为繁荣的文化中心,他们被称为"荆州学派""荆州之学",或者"荆州新学",直启魏晋玄学之风。②

魏晋时期,私学因袭,官学时兴时废。南齐建元二年(480)夏,南宁豫章王萧巍在荆州城内开馆立学。梁代,安城王萧秀在荆州也曾设立学校;太清元年(547)设州学;西梁元帝为荆州刺史时也在荆州设立学校。隋朝官学虽一度废弃,但至唐时江陵府、县及乡里又普遍设学。正所谓"隋唐以前,学者讲学于私家;自宋代起,学者多讲学于书院"③。宋代,尤其南宋时期,荆楚书院也大规模兴起。元代后,城乡设社学,教育发展,士第风盛。明清时期随着荆楚经济地位的提升,文化事业更趋繁荣。可见从古至今荆州古代教育较之中原虽有所差距,但依然文脉兴旺,更替有绪。

二、荆楚书院的发展与鼎兴

在荆楚文教事业中,尤值一提的是荆楚书院的鼎兴。虽然学者张剑认为:"以书院数量来反映各地文化教育状况,进而推测各地文学家族的兴盛,这也只是问题的一个方面,方法不能绝对化。如宋代湖南有书院70所,而湖南的文学家族并不兴盛。"④但就荆楚地域而言,书院发展确实是文学

① (清)严可均辑:《全后汉文·王粲·荆州文字记官志》,中华书局1996年版,第961页。
② 详细可见拙文《汉末三国时期的荆州经学》,《阴山学刊》2013年第5期。
③ 郭英德:《中国古代文人集团与文学风貌》,中国人民大学出版社2012年版,第54页。
④ 张剑:《宋代的文学家族与家族文学》,《文学评论》2006年第4期。

家族兴盛的重要原因之一。

　　根据罗新《湖北历代书院考》①的梳理和考证,北宋时期湖北就有 3 所书院:荆门知军孙镛创建的东山书院;宋仁宗庆历年间,由嘉鱼人李宗仪、李宗儒两兄弟修建的义学书院;咸宁冯京修建的相山书院。其中东山书院应该是湖北地区最早的一所书院,也是中国最早的书院之一。南宋时期湖北虽然几乎都是抗金前线,但仍建有 7 所书院,除北宋 3 所之外,还有鄂州的南湖书院、武汉的东山书院、公安的公安书院、江陵的南阳书院、黄冈的河东书院、蒲圻的新溪书院、仙楼的南湖书院。元代虽为蒙古族所建,但出于笼络,或缘于同化,元朝少数民族统治者对汉人儒家文化给予了应有的尊重,不仅大量创建各级官学,而且对书院也采取了开放政策,打破了自唐末以来书院由民间创办经营的传统,奖励地方儒学和书院,并使书院官学化,在这个阶段,荆楚共建有 13 所书院。明清时期荆楚书院数量较之前朝,更是出现了一个飞跃,尤其嘉靖之后书院走向鼎盛。因王守仁、湛若水等心学家倡导私人讲学,各府、州、县乡皆设书院。明代修复前代书院 4 所,新建 74 所,共计 78 所。② 这一时期书院主要为官办,经济充裕,师资水平较高,书院的学术思想也较为活跃。清代虽然最初对书院颇多抑制,但因民间私立书院日多,朝野上下修复书院的呼声不绝,遂由消极抑制改变为积极兴办、加强控制的政策,全国书院一时蔚为大观。湖北一方面修复改建前代书院 26 所,另一方面继续新建书院 123 所,总数达到 149 所之多。与全国其他地域,如江西、广东、江浙等地相比,湖北书院数量虽然只算中等水平,③但是却为荆楚人才的培养提供了一个良好的平台。荆楚文学家族的许多成员都曾读书于书院,或讲学于书院,或论道于书院,甚至不少致仕后致力于修建书院。

①　罗新:《湖北历代书院考》,《江汉论坛》1988 年第 10 期。
②　据笔者在上编对荆楚文学家族成员生平经历的梳理,发现罗新对湖北历代书院的整理,虽然已经非常细致全面,但仍有少量遗漏。柏俊才《明代湖北书院考》(上、下)在此基础上,进行了更为细致的梳理,认为明代湖北书院有 105 所,在全国书院教育中处于较高的水平,资料可供参考,发表于《荆楚学刊》2014 年第 6 期。
③　可参见邓洪波《中国书院史》一书。书中将明代书院分为三级,湖北属中等水平。认为湖北书院若与最发达的江西、广东相比,差距较大。若与相邻的河南、湖南相比,发展水平略高。若与最不发达的辽东相比,则处于绝对领先地位。

如东山书院乃孙镛创建，他的三个儿子孙何、孙僅、孙侑都在东山书院读书，最后全部考取进士，其中孙何、孙仅还高中状元，成就了荆门历史上有名的孙氏文学家族；崇阳汪氏的汪文盛与其兄弟一起在当地的白泉书院读书，聆听名师教诲，因白泉读书经历，汪文盛人称"汪白泉"，其文集也以白泉命名为《白泉文集》《白泉选稿》，可见书院学习经历对其产生的影响；蕲州顾氏家族的顾阙与其兄顾问，在父母病故后，结庐墓旁十年之久，其间与兄受冯天驭①之聘经常至蕲春的阳明书院讲学。顾问后在家乡建立崇正书院，顾阙三十九岁辞官回乡后，便与顾问一起讲学崇正书院，延请名士，广收门徒，探讨阳明心学。

明代黄梅瞿氏家族的瞿九思，因黄梅县令诬陷流放塞外，虽得张居正援救获释归乡，但不再出仕。到黄州任官的史学迁②感于瞿九思的学问和气节，遂于广济建立江汉书院，供其讲学。瞿九思在此讲学多年，为当时培养了大批人才并宣扬了理学思想。黄安卢氏家族的卢尧臣致仕归乡后，在黄安建造了钦父书院。卢氏同族的卢尔惇、卢尔恒、卢尔恺、卢尔悌、卢尔怿、卢之懔、卢尔恂等人，都曾主讲钦父书院，或在此与卢尧臣讨论学问。卢氏之所以成为黄安名族，与钦父书院的儒学传播、学术交流有着直接联系。嘉鱼李氏家族的李承芳不好为官，辞官回乡于弘治十三年（1500）重修义学书院。义学书院本为北宋李宗儒所建，时间辗转几近荒废，后经李承芳、李立卿等人再次修建。李承芳、李承箕两兄弟师承陈献章，即陈白沙，在义学书院讲学，宣扬"静坐""贵疑""以自然为宗"等思想，建立白沙学派，为阳明心学在荆楚的广泛传播奠定了基础；著名的黄安耿氏耿定向、耿定力曾讲学于黄安的天台书院、天窝书院，耿定理曾读书、讲学于钓台书院。天台书院最初为耿定向、耿定力两兄弟的读书之处，胡尚质任黄安知县时，因为推崇耿定向的学问，遂在其读书处修建了天台书院，耿定力致仕后就主要在此著

---

① 冯天驭，蕲春人，嘉靖十四年（1535）进士。阳明书院宋代建造，本为韩琦读书之所，后年久失修。冯天驭罢官归乡后，捐资对阳明书院进行了重修。冯天驭因与顾家相邻而居，与顾问、顾阙关系相好，遂请二人讲学于阳明书院。

② 史学迁，山西人，明万历朝进士，官至监察御史。曾被朝廷派遣至湖广一带巡视屯田，并在江南等地督办学务。

述讲学。天窝书院原本是一个山洞，外刻"樵洞"二字，初为耿定向讲学之所，后来许多名士相聚讲学于此。(光绪)《黄安县志》记载了当时的文人盛况："当时海内宗工，如比部郎盱眙罗汝芳、泰和胡直、安福邹善皆至其地，而一时朝夕相从，讲习不倦者，则彭公东莪台、焦公若侯竑、黄公守拙彦士、耿公子健定力、吴公敬菴国宁、庐公心斋廷篦、周公柳塘思久、庐公钦父尧臣、耿公季通应衡。有何心隐者，不知何许人，与其徒吕四峰亦以问学来安，从恭简游。师弟尝相抱痛哭于山中，人莫知其所谓。温陵李贽侨居于窝，所著《焚书》《藏书》《续藏书》，半脱稿于其间。"可见天窝书院在当时的较广影响。耿定理不愿仕进，一心研究学问和讲学，主要讲学于钓台书院，"四方之士多归之，罗念菴、陆五台、何心隐、吕四峰、李卓吾诸前辈与先生游寓于此。"耿定向告老还乡居家，在天台书院研讲理学七年，"一时从游者有若临桂令焦伯贤，端江宁广文、华贞季，明经殷德夫、李瀚峰、王以道、詹孟仁、杨道南，孝淳潘朝言，左春坊殿撰焦漪园竑，金宪管登之志道。少司寇吴伯恒自新，侍讲邹汝光德溥、杭州太守方思善扬、丁惟寅，新野令李士龙登，进士李维明、王德孺、李湜之，学录陈桂林应方，学士殿撰沈君典懋学，户部司务黄守拙，奇士尚宝卿、潘去华世藻，及公弟八先生仲台、少司马叔台，凡二十五子。"①耿氏三兄弟能成为明代著名的理学家族和文学家族，与他们创建书院、在书院的讲学著述、与士人在书院的交流论道不无关联。此外，何迁辞官后在安陆修建了吉阳书院，作有《吉阳书院成志喜》，陈柏在沔阳州建造了复中书院，等等。

　　清代文学家族及士人与书院的联系更加密切。万国州万氏家族的万斛泉以授徒自给，不愿仕进，主持崇正书院。咸丰初年寇侵兴国，与弟子讲学不辍，贼异之勿犯，闾里人借以保全，朝廷嘉之，光绪时又在当地叠山书院讲学八年。黄冈万氏家族的万年茂归乡后杜门谢轨，乐志养亲，当地官吏慕其贤，请其在江汉各大书院讲学。万承宗归家后主讲江陵荆南书院，不久又主讲武汉江汉书院。当年其父万年茂掌教江汉时，万承宗生于讲舍，六十岁仍

---

① （光绪）《黄安县志》卷八《人物志·儒林传》耿定向条。

主讲于此,可见书院与其一生之关系;汉川秦氏家族的秦笃辉稍长学习于广济江汉书院,得山长陈诗愚谷器重;孝感夏氏家族的夏力恕主讲江汉书院,以著述为务,作品甚富,其子夏扶英少承家学;安陆陈氏家族的陈作宾历任武昌两湖书院监院;蕲水徐氏家族的徐明理在蕲阳书院讲学;刘万甯授为石首教谕时,修学宫,增高墙,以培地脉,又与知县建石坛书院于学宫前;黄梅喻氏家族的喻元泽主讲蕲州麟山书院;江陵张氏家族的张应宗重修江陵龙山书院,并作《龙山书院碑记》《重兴龙山书院碑记》;江陵刘氏家族的刘士璋晚年主讲宜昌墨池书院;监利王氏家族的王柏心因父母皆老告归后,主讲江陵的荆南书院;黄冈靖氏的靖道谟先后主讲于鳌山、白鹿洞、江汉各书院;等等。

　　书院的求学、讲学、人才聚集等都对学术思想的广泛传播、当地文化的兴盛起到了重要的培育作用。湖北书院中,与士人关系最为密切的是黄冈问津书院。我们以问津书院为例,来看看书院与当地士人文化养成及文学家族形成之间的关系。问津书院相传因孔子使子路问津于此而得名,虽然可以上溯至西汉建于此地的孔庙,但书院的真正建立始于宋末任湖广儒学提举的庐陵名儒龙仁夫。黄冈吴氏家族的吴应澍对问津书院的建立给予了许多帮助,并在书院讲学,与龙仁夫一起奠定了问津书院的基本形制。吴应澍之子吴琛也曾求学于问津书院,为其生员。元末明初,问津书院毁于战火,但后来黄安耿氏兄弟耿定向、耿定力、耿定理等对之进行了大规模复建,并在此设坛讲学。除耿氏外,麻城彭氏兄弟(彭信古、彭好古、彭遵古),王氏兄弟(王升、王台),黄陂黄氏父子(黄云阁、黄奇士、黄彦士),"商城之盛朝衮、洪唯一,彭泽之曹钦程,其移书讲论者又有吉水之邹元标、罗大纮,三原之冯从吾,无锡之高攀龙,南昌之朱试"①等当时名儒皆集聚于此。问津书院从明代起就声名大振,成为鄂东地区重要的一个求学场所和学术交流中心,在黄州乃至全国产生了巨大影响,尤其对王阳明心学传播有着重大意义。入清后,问津书院影响愈大,因康熙御笔"万世师表"和嘉庆御笔"圣集大成"的赞赏荣耀之至,与岳麓书院、白鹿洞书院、东林书院并称。《问津院

---

① （清）王会釐等纂修:《问津院志·讲学》,清光绪三十一年（1905）刻本。

志》载曰:"楚黄郡为古黄国,在江汝之间,距今治所九十里,而北相传为问津处。宋儒龙麟洲先生尝筑室山麓,讲学著书。至明而耿天台、萧康侯诸公胚胎前光,日新富有,虽荒江带水,楸露松云而声腾实茂,隐然与首善、东林分坛树垒矣。"①问津书院大儒云集,相继主讲,不仅是江汉地区一大学术论道中心,同时也是江汉地域的讲学教育中心。不仅黄冈士子前来求学,邻近州府学子也慕名而来。为提高书院教学质量,问津书院有着严格的学规,以及独特的学习宗旨。《问津院志·叙》曰:"问津在元明时,为龙、耿、彭、萧诸公讲学地。当年同志,月望一聚,条规讲说,兢兢于实践躬行,文足载道,不徒以弋取科第见长。求道津梁,实由于此。"②

博学的老师及严格的要求,为江汉区域尤其黄冈地区培养了大批文学才士。其中就有不少家族先后数代就读于问津书院,讲学于问津书院,生徒呈现出明显的家族性特点。清黄冈王氏家族的王封溁年少时求学于问津书院,文章闻名乡里。先选为庶吉士,后回乡主持问津书院春祭,参与问津书院院志修纂,并为书院的康熙志撰写序言;清朝黄冈曹氏家族的曹本荣、曹宜溥父子都曾求学于问津书院,尤其曹本荣在问津书院学习期间,深受王阳明学说的启发,后来写作了大量的理学著作;黄冈陈氏家族的陈肇昌中进士后的次年,回乡主持了问津书院的秋祭,所生六子陈大年、陈大巩、陈大章、陈大华、陈大群、陈大辇,都曾一起游学于问津书院,尤其陈大华、陈大章兄弟二人,师从当时名儒陆陇其,而成就了他们的声名;黄冈万氏家族的万尔昌也曾求学于问津书院;黄冈钱氏家族的钱崇柏、黄冈樊氏家族的樊玉冲也曾多次主持问津书院祭祀,为学士崇敬;等等。清湖广提学使蒋永修在问津的《书院碑序》中就赞曰:"惟楚有才,雄长天下,独黄之为冠。"③问津书院对黄冈文学家族的成就虽然只是一个个案,但窥一斑见全豹,可以看成是荆楚书院及文教事业发展的一个缩影,以此去了解荆楚书院对当地文化及地方文化名族形成的重要作用和意义。

---

① （清）王会釐等纂修:《问津院志·讲学》,清光绪三十一年(1905)刻本。
② （清）王会釐等纂修:《问津院志·叙》,清光绪三十一年(1905)刻本。
③ （清）王会釐等纂修:《问津院志·艺文》,清光绪三十一年(1905)刻本。

三、科举的重视及推动

古代社会的科举自隋炀帝大业年间设置开始,经宋至明清成为寒族跻身仕途,改变阶层命运的一个基本手段和途径。一般而言,"万般皆下品,惟有读书高",随着儒家社会意识形态对社会各个阶层的渗入,参加科举获取功名实现晋升,成为古代社会个人、家庭、家族执着追求的人生目的和奋斗目标,也被认为是一个家族兴起、社会地位提升和保持长久发展的重要条件之一。

科举首先实现了社会阶层的流动。在古代科举社会里,除了法律规定的部分职业或底层贱民之外,绝大多数人都可以通过读书、科举来改变自己和家族的命运。从上编梳理的文学家族生平经历可见,这种命运的改变在明清两朝是非常普遍和常见的。科举还会扩大家族的影响力、声誉和地位,使家族非常容易形成科举考试的良性循环。一旦一个家族有一两个成员通过科举入仕,就会成为家族的荣耀,并在家族中形成一种成功的榜样力量,激励其他成员致力科举,从而保持家族科举的连续性,更易形成科举世家、文化世家。何炳棣《明清社会史论》一书曾对明清 12226 名进士、23489 名举人和贡生的家庭背景进行数据统计和分析,得出结论认为:"以平均数而言,明代平民出身进士上约占总数 50%,清代则减至 37.2%;而父祖三代有生员以上功名者,则由明代的 50%,升至清代的 62.8%;可见平民向上流动机会渐减。清代,尤其清代后期,大行捐纳制度,富与贵紧密结合,影响力趋强;遂使平民向上流动机会大减。"[1]何先生在书中还制作了《明清进士的社会成分》《进士社会成分的变迁》《晚清的举人与贡生的社会成分》《十八世纪举子的社会成分》《官员家庭出身进士的次分类》《生员的家庭背景》等一系列图表,[2]通过图表对这些人物的身份及背景进行分析。何先生的数据

---

[1]　[美]何炳棣:《明清社会史论·译者序》,徐泓译注,联经出版事业股份有限公司 2013 年版,第 XIII 页。

[2]　[美]何炳棣:《明清社会史论》,徐泓译注,联经出版事业股份有限公司 2013 年版,第 139—153 页。

着重探讨的是科举对社会流动的影响,他认为由明至清平民出身的进士、举人和生员所占比例呈持续减少趋势,而出身于广义官僚群体的后代比例则越来越高,这意味着寒微人士实现社会爬升的困难和挫折越来越大。出身于广义官僚群体的进士、举人和生员比例的增高,正说明经过明朝初期的发展,到了清朝官僚世家和文化世家数量出现大幅度上升,这和我们前文对荆楚文学家族朝代分布统计呈现出来的数据是一致的。因此何先生的数据分析正好说明了科举对文学家族形成的影响,以及带来的促进作用。正基于此,历朝历代的家训、族训,都会告诫子孙物质财富不是最重要的,而应志存高远,通过苦读成就事业,以保证家族的流传和延续。

科举对文学家族的促进一方面源于上述科举对家族带来的长期影响,另一方面也与科举考试内容有关。自隋朝实行科举考试以来,科举考试经过历朝历代发展越发细致。但无论哪朝考试,除了武举之外,考试的主要科目都以诗赋策论为主,考察"文艺"和与此相关的文史知识,所以士人需要有较深的文学底蕴,这样的取士倾向就会在社会上形成一种文学导向。社会各大学府以及家族内部都以文史经学为主要教育内容,士人基本都具备良好的文学才能。科举内容及与之相应的教育直接导致了文学创作能力、文史知识的培养,而促成了社会上文学家族的大量形成。在这样的科举背景下,不少科举家族同时具备文学家族的性质和特点,因此荆楚地域文学家族大多同时都是科举家族、官宦家族。①

此外科举的成功,如家族进士所占比例越高,就意味着家族的声望和成就越高,二者呈明显的正比关系。这种特点在明清江南一带的文学家族中体现最为鲜明,荆楚文学家族也是如此。如唐朝竟陵皮氏家族4人,进士2人。宋代荆门孙氏家族3人皆为进士,其中两人还高中状元;黄冈潘氏家族3人,进士1人。明朝黄安耿氏家族4人,进士2人;黄冈王氏家族7人,进士3人;公安袁氏家族三兄弟皆进士出身;蕲州顾氏家族5人,进士2人;江陵张氏张居正家族进士2人;黄冈曹氏家族2人,进士1人。清朝黄冈陈氏

---

① 可参见本编第五章第三节《古代荆楚文学家族的仕宦构成》内容。

家族 4 人,进士 1 人;黄冈靖氏家族 2 人,进士 1 人;蕲水陈氏家族 3 人,3 人皆为进士;石首王氏家族 8 人,进士 3 人;汉阳叶氏家族 4 人,进士 2 人;等等,这几个家族进士人数较多,有时甚至一族多人皆中进士,而他们的文学成就、社会声誉和影响都相对颇大,这就是科举对文学家族的促进作用。

不过也有个现象值得注意,我们之前在对古代荆楚文学家族的代际构成进行分析时发现,如果从家族延续形式的朝代分布来看,与明朝相比,清代文学家族中家族延续代数渐少,家族延续更多倾向于父子两代,或者兄弟一代,这里似乎构成一个矛盾:一方面因为文化教育的发展、科举的促进,文学家族的数量从东汉至明清明显递增,另一方面,家族数世延续所占比例却呈下降趋势。前文从朝代更替、人口流动、统治政策等方面对原因进行了简要分析,这里从科举角度再作一个考察。

明清与之前朝代相比,"科举制度包含学校制度,形体上更加庞大"①,尤其进入清代后,科举制度已经非常完善和发达,各级考试录取人数总体呈上升趋势,但最终进入殿试被录取为进士的毕竟仍是少数,所以社会上出现了相当数量的贡生和举人。这些贡生和举人由于官场出路不多,很多便进入了地方官学担任教授、训导、教谕等工作,这在古代荆楚文学家族中表现特别明显,许多家族成员都曾是地方的教授、训导或教谕。比如,武昌唐氏家族的唐音为杭州府学教授;武昌王氏家族的王渭鼎由举人曾为衡山教谕,王涵为宜昌东湖教谕,王汉由拔贡为巴东教谕;蒲圻张氏家族的张开东由贡生为蕲水训导,张开懋由举人为石首教谕;汉阳王氏家族的王士乾由举人为长沙教授;汉阳易氏的易廷望由举人为教谕;汉川林氏家族的林钟任由廪贡选为训导;林钟侨由举人为枝江训导;汉川秦氏家族的秦笃庆由廪贡授训导;孝感夏氏家族的夏熙臣以岁贡为官通城教谕,后迁安陆府教授;夏策谦由蕲水教谕迁宝庆教授;孝感王氏的王兆春由举人官教谕;孝感屠氏家族的屠道昕曾为江夏训导;沔阳刘氏家族的刘兴藻以贡生官教谕;黄冈钱氏家族的钱崇柏由举人为官沔阳训导;黄安张氏(张希良)家族的张希良中举后为

---

① 〔日〕宫崎市定:《科举史》,马云超译,大象出版社 2020 年版,第 31 页。

江夏教谕；黄安卢氏家族的卢绛由举人为监利教谕；黄安张氏(张孝坦)家族的张忠坦历任宜都、房县教谕；广济张氏(张步云)家族的张惟金由举人为江陵教谕；广济舒氏的舒芝生由贡生官麻阳教谕，舒逢吉由贡生为浏阳训导；广济张氏(张仁熙)家族的张佳晟由举人任沅陵教谕、安陆教授；等等。这些士人官阶不高，所以对家族延续的影响就有限，上编对荆楚家族的资料梳理也证实了这一点。这些士人家族的延续代数，或者说家族在这些士人之后的延续便逐渐减弱。这也是与明朝相比清代文学家族中家族延续代数更多倾向于父子两代，或者兄弟一代的原因之一。因此科举对文学家族的兴起以及长久发展有着重要的促进作用，但这种促进又表现出一种较为复杂的关系。

第二节　古代荆楚文人交游对文学家族
形成的影响

家脉是家族内部构成以及向外延伸的人际交往和婚姻脉络，家族内部的成员构成、相互唱和、自相师友、切磋砥砺都使家族创作受到相互影响，这是家族内部血亲关系所起的作用。但另一方面，家族虽然有着自己的构成系统，但它并不是封闭的，它会向外进行延伸和拓展。这主要表现为前文提到的以书院为中心的文人交游活动，因某种纽带建立起来的文学集团的内部切磋，还有性情相投的不同个人及家族间的交流等。这些交游行为一方面促进了个人的文学活动，另一方面往往会在宗族意识的影响下，带动家族成员共同参与，从而促进文学家族的形成及创作。

一、文学集团中荆楚家族的参与

提到文学集团，人们就会想起与之相关的两个概念：文人结社和文学流派。文学集团、文人结社、文学流派三者有着一定的关联，但内涵也有所不同。早期文学集团多通过政治势力或某个政治人物使部分文人集结在一起，文人承担的更多是文学侍从功能，他们的文学主张和文学倾向并不一定相同,更多属于政治性文人集团。唐宋始,文学集团"以文会友"的宗旨渐趋明晰,而出现许多文人社团。文人结社一定有着共同的目的和兴趣,社团成员也必须参与共同的社团活动,"社"团组织概念较为清晰和明确。文学流派大体上有两种类型,一种与文学社团有着相似性,他们有一定的组织和结社名称,有共同的文学纲领、创作倾向和实践。另一种则没有特定组织,只是一种不自觉的集合体,或因某一个作家风格得到同时代文人或之后文人的模仿或追随而形成一个派别。文学集团、文人结社和文学流派三个概念中,文学集团的范畴最广,一定意义上文人结社和文学流派都可归入文学集团。正如郭英德先生在《中国古代文人集团与文学风貌》一书中所说:"总括而言,中国古代的文人集团基本上有这么几种类型,即侍从文人集团、学术派别、政治朋党、文人结社和文学流派。"①这里我们采用郭先生的观点,将侍从文人集团、文人结社和文学流派都归入文学集团进行考察。

古代荆楚地域的文学集团早期主要为侍从文人集团,魏晋南北朝时期江陵因其政治地位和军事要塞位置,不少皇族和权臣为官荆楚,在其周围集结了一批文学才士,而形成一些规模或大或小的文学集团。著名的如东晋桓温文学集团,南朝齐豫章王萧嶷文学集团、随王萧子隆文学集团、萧绎文学集团等。除了荆楚地域文学集团外,还有都城以帝王或太子为中心的文学集团,如萧统、萧纲文学集团等。对于这两类文学集团,荆楚不少家族成员都有积极参与,如东晋襄阳习氏家族的习凿齿曾为桓温主簿,后又为苻坚赏识;南朝江陵宗氏家族的宗测先为萧嶷参军,再为萧统舍人,宗夬曾先后跟随临川王刘义庆、南康王、南齐萧和帝,宗懍则一直追随萧绎;江陵庾氏家族的庾黔娄见重于萧统,庾於陵初为齐随王萧子隆主簿,庾肩吾和庾信父子同为萧纲东宫学士等。不过荆楚文学家族文人加入这些侍从文人集团,首先是政治上的需求,文学创作倒是其次。而且在魏晋南北朝的复杂政治环境中,他们加入这些文学集团更多是个人行为,较少家族的共同参与。只有庾肩吾和庾信父子算一个例外,二人皆同为萧纲宫体诗的代表人物,有共同

---

① 郭英德:《中国古代文人集团与文学风貌》,中国人民大学出版社 2012 年版,第 4 页。

的创作倾向、文学主张,并具有相似的诗风。

　　唐宋之后尤其明清文坛产生的不少文学团体,虽然其中也有文学重臣的组织与笼络,但更多是人们自觉形成的一类群体,而且家族的参与度越来越高。据郭绍虞先生《明代的文人集团》①一文的统计,明代有各类文学集团 170 余个,其中以家庭关系称呼的文学集团就有 26 个。只是在郭先生所列 26 个文学集团中,属于荆楚地域的只有公安三袁(袁宗道、袁宏道、袁中道),事实上以家庭关系称呼的荆楚文学集团数量远远不止于此。据上编所梳理的荆楚文学家族资料,以家庭关系称呼的文学团体还有嘉鱼李承芳与李承箕并称的"嘉鱼二李";石首王乔衡、王乔昆、王乔蒙、王乔吴、王乔桂、王乔鸟,时称的"一麟五凤";京山谭如丝、谭如纶、谭浑、谭之琥,人称的"京山四谭";天门谭元春、谭元晖、谭元声、谭元亮、谭元礼、谭元方,时人号称的"六龙";天门黄问与同宗汝亨、景昉被称为的"海内三黄"。除明代外,还有宋代蕲州林敏功和林敏修世称的"二林";应山连庠、连庶兄弟与宋祁、宋庠兄弟并称的"应山四贤";清朝沔阳戴俨、戴俊时的"二戴"之称;广济舒氏的舒芝生、舒并生、舒观生的"三凤"之称;蕲水徐子芳、徐乾文、徐云文三人并称的"三徐";等等,都足见人们对当时文学家族地位和影响的肯定。不过不可否认的是,荆楚地域的家族文学集团除公安三袁在全国有较大影响外,其余更多只是在荆楚地域甚至更小范围内较为知名。

　　此外,荆楚文学家族的对外交流更多表现为文人结社和文学流派的参与。"真正具有文学性质的结社始于唐代,即中唐时期幕府诗人所结之'诗社'"②。结社自唐后就成为古代士人热衷参与和互相切磋学习的一个主要场所。宋元时结社风气十分盛行,社团与文学活动的联系也越来越密切,这时的社团还因共同主张形成一定的文学流派。最有代表性的例子便是江西诗社,准确来说应称为江西诗派,它因南宋初吕本中《江西诗社宗派图》而得名。江西诗派本是追随和效法江西人黄庭坚形成的一个诗歌流派,因黄

---

①　可参见郭绍虞:《明代的文人集团》,见其《照隅室古典文学论集》(上编),上海古籍出版社 1983 年版,第 518—610 页。

②　张涛、叶君远:《文学史视野下的中国古代文人社团》,《河北学刊》2006 年第 1 期。

庭坚诗坛声誉名满天下,在全国都有着广泛影响,这种影响并波及了宋代的黄冈和蕲州,并得到当地文人的追随。宋代黄冈家族的潘大临、潘大观两兄弟,蕲州林氏家族的林敏中、林敏功、林敏修三兄弟,都同属于江西诗派。除林敏中外,其余四人都被吕本中列入了《江西诗社宗派图》。在文化并不算发达的宋代荆楚地域,黄冈、蕲州能产生不因科举和功名,而因文学闻名的文学家族实属不易。文人社团或者文学流派之间的交流,共同诗学主张的促进是其中重要因素之一。潘氏家族的潘大临、潘大观不仅与被贬黄州的苏轼、张耒等人交往颇多,还与江西诗派的黄庭坚、吕本中、徐俯等人交往密切。潘大临诗作《江夏别黄鲁直之宜州》"翰墨精神全魏汉,文章波澜似春秋。可是中州著不得,江南已远更宜州"对黄庭坚文章及品格极尽推崇。还有组诗《江间作四首》,都可见潘大临与黄庭坚的友谊。正因为有着共同的诗学主张,潘大临在艺术上也竭力学习杜甫,使得他的诗歌能取诸家所长,融会经史百家,形成了笔力遒劲、气格高远、颇似老杜的风格,与黄庭坚一脉相承。潘大临的好友谢薖读其《庐山纪行诗》后就称赞其诗曰:"杜陵骨已朽,潘子今似之。"①蕲州林氏家族中的林氏兄弟,尤其林敏功和林敏修趣味相投,比邻而居,一心习经和诗文创作。林氏兄弟虽隐于乡里,却极有声名,从谢逸的《舟中不寝奉怀齐安潘大临蕲春林敏功》,李彭的《过林子幽居》《过蕲州故居》,吕本中的《别林氏兄弟》等诗作可知,他们与江西诗派中的诸多诗人,如谢逸、潘大临、李彭、吕本中等都有交往,而且有不少诗歌酬唱。相比早期的文学集团,宋元文学结社的家族参与面更广,并且因共同的诗学主张,非常容易形成某些家族共同的创作特征。

明清时期文人社团更加蓬勃发展,不仅数量大幅度提高,形式日益多样,结社意识也越来越强。据郭绍虞先生《明代的文人集团》《明代文人结社年表》②的研究,明代文人社团多达一百七十余个,地域分布广泛。因为

① (宋)谢薖:《读潘邠老庐山纪行诗》,见《谢幼槃文集》(丛书集成初编本)卷四,中华书局1985年版。
② 郭绍虞:《照隅室古典文学论集》(上编),上海古籍出版社1983年版,第498—512页。

史料庞杂,郭先生只关注了其中影响较大的文人社团,明清一些荆楚地域文学社团,郭先生并未统计。如晚明京山的"黄玉社",成员有魏象先、王应翼、王应箕、谢景倩、谭如丝、谭如纶等人,竟陵的钟惺、谭元春曾与"黄玉社"交好,可见这一社团在当时江汉平原一带应该有着一定影响。清代有由孝感夏嘉瑞与刘子庄、熊伯友成立的晴川社;广济刘氏刘醇骥与同邑张仁熙共建的长风山社,力振楚风;黄冈叶氏叶封在京担任西城兵马司指挥时,与当时名流结交结社于都门,鼓吹风雅;等等。

当然了文学史上最为知名的荆楚结社莫过于公安派。据何宗美《公安派结社考论》①一书研究,自万历八年(1580)三袁舅父龚仲敏在公安成立阳春社始,至天启元年(1621)袁中道与吴极等人在南京结社,40余年间公安派在湖广、两都之地可考结社达37例,与社人员可考者达百余人。其中湖广籍名士40余人,占了结社人员的一半,多为三袁家族姻亲的袁氏、龚氏和王氏。三袁之所以能高举"独抒性灵""穷新极变"的大旗,在文学上开宗立派,一方面来自舅父龚仲敏、龚仲庆从小的启蒙教导,另一方面则来自文学社团内同道好友的相应相和。万历二十年(1592),袁宗道曾回公安,与其外祖父、舅父和袁宏道、袁中道一起,组织南平文学社,切磋诗文创作,讨论文学革新。二十二年(1594),袁氏兄弟一起到京师做官,与董其昌、陶望龄等人在都门结社。二十五年(1597),在京城城西崇国寺集结黄辉、李腾芳、潘士藻等人成立"蒲桃社",抨击复古文学主张,创作革新诗文,等等。同社友仁的桴鼓相应,直接给了三袁文学革新强劲的支持。

除了这些荆楚地域社团外,荆楚文人也参与了不少其他地域的文学社团。如钱谦益在《列朝诗集小传》中记载高岱云:"伯宗初与李伯承结社长安,进王元美于社中。及于麟诸人鹊起,而伯宗左迁去,遂不与'七子'之列。伯宗诗体略与伯承相似,而时多矜厉之语,开'七子'之前茅。"②万历

---

① 何宗美:《公安派结社考论》,重庆出版社2005年版。
② (清)钱谦益:《列朝诗集小传·丁集上·高长史岱》,上海古籍出版社2008年版,第435页。

三十七年(1609),李维桢乔寓广陵时,加入陆无从的"淮南社"。熊开元仰慕张溥之名,将其迎至邑馆,当时巨室吴氏、沈氏诸弟子俱从之游学,于是举办尹山大会,名流毕至。文学集团的活动对荆楚文人及其家族文化有着显然的促进意义。

在文学集团和文学结社之外,产生、兴盛或波及于古代荆楚地域的文学流派并不多,值得一提的仅有江西诗派、公安派和竟陵派。江西诗派和公安派前文已有论述,这两个文学流派与文学社团联系密切,许多活动和创作都依托文学社团展开。竟陵派则不同,它没有严格意义的社团依托,而是源于士人之间交往和共同创作主张逐渐形成的一个文学流派。我们将其放入下一节进行具体论述。

郭英德认为文人集团的文化意义具有三大特征,其中之一,"从文人集团自身的结构看,它是以家族为基本模式的,具有鲜明的宗法性",并以为:"在中国古代,几乎各种类型的社会团体都不由自主地向血缘宗法类型的家族看齐,都自然而然地以家族结构作为集团构成的外部规范和内在凝聚力。"[①]文人集团的建立本身也是一种文学上的标榜,古代士人对家族声誉又尤为维护和看重,两种需求下,文学集团与家族的融合便是自然之事。学者罗时进也认为:"明清地域文学社群形成的基础是一定的关系网络,最重要的是地缘关系和亲缘关系。……因此可以说明清地域文学群体本质上是地域文学共同体,而家族文学共同体是其中最活跃的部分。"他还指出:"明清两代不少地域文学社群本身就是由亲缘关系结成的,虞山诗派以钱谦益为盟主,族孙钱曾为重要羽翼;吴兴诗群以沈氏家族为主体引动;常州词派在早期与张氏家族息息相关;桐城派由方氏、姚氏、马氏、张氏、刘氏五大家族为重要支柱;而蕉园诗社中核心人物顾之琼乃钱凤纶之母且是林以宁的婆婆。由此家族作家作为一个群体在地域文学发展中的重要地位可以想见。而进一步细勘地域社群组成情况,可以看出不少群体是纯粹的家族性'文学自组织'。这种'自组织'在湖北公安三袁那里也许只略具雏形,在江

---

① 郭英德:《中国古代文人集团与文学风貌》,中国人民大学出版社2012年版,第199—200页。

南地区就相当完备了,无锡秦氏家族'竹林会'、常州庄氏南华九老会、上海小兰亭社、平湖竹林诗社等不一而足。"①家族在文学集团中的参与度从宋至明清愈来愈高,这对文学家族的产生、家族文学的建构及文学成就的形成有着重要意义。

二、士人与文学家族间的交流

文学家族的文学活动形式多样,除了文学集团这种目的性、组织性较强的文学交流外,士人更多的是兴趣相投的私人往来、文学切磋或者精神交流。荆楚水陆交通发达,东西南北来往便利,这也造就了荆楚文化较强的开放性和兼容性。无论荆楚地域范围内家族或家族成员之间的交往,还是他们与同时代其他地域文人或家族的交流,都对士人或者家族创作有着一定的影响和促进作用。

如明朝武昌孟氏的孟登与谭元春相善;黄冈王氏王廷陈二十四岁中进士入选庶吉士,身边聚集了马汝骥、江晖、颜木等一批同馆好友,吟诗论文,令其诗名远播。王同轨与王世贞、李攀龙等复古派人物友善,也与公安派袁氏兄弟等交好;黄冈吕氏吕禧之文和奇字得到王廷陈的高度赞赏;麻城李氏李中素因才学得到谭元春的折节相交;广济饶氏饶于豫与袁中道、吴明卿交善,饶嘉元与刘养微齐名;蕲水黄氏黄正色与嘉鱼熊鱼山颇多唱和;沔阳陈氏陈文烛多与"后七子"交游,有不少应声相和之作;江陵张氏张教与雷实先、邓石田、崔易之、欧阳孟韬常文酒诗会,酬唱同游;天门鲁氏鲁铎深受李东阳看重,遂为李东阳门生;潜江张氏张承宇与谭元春相友善;公安袁氏、龚氏家族之间交流颇为密切;京山李氏家族的李维桢少时未谙文世,二十二岁入翰林后,得以拜殷士儋、赵贞吉为师,与於慎行、罗虞臣为友,又结识王世贞、王世懋、汪道昆等当时文坛领袖,诗文得到很大提升。后与吴国伦、汪道昆称雄文坛,当二人卒后,李维桢就跃升为当时文坛盟主;应城李氏李萧放弃举子业后游汉上,与徐潜溪、吴鹤关、彭栋堂诸耆旧交往,于是磅礴乎性情

---

① 罗时进:《地域社群——明清诗文研究的一个重要维度》,《文学遗产》2011 年第 3 期。

之真,浸淫乎师友之益,诗体与诗旨日以备超。

再如清朝汉阳叶氏的叶继雯、叶名澧、叶名沣都与当世名士张际亮、潘德舆等交往甚密,拜师于潘德舆门下专门学诗数年;汉川秦氏秦笃辉学习于江汉书院时,得陈愚谷器重;汉川李氏李先华经常与邑中刘海树、李雪坪、秦榆村,天门甘禹门、邹白民相互唱和;孝感萧氏萧炼至京城探望其兄萧镇时,与一时士大夫唱和,遂以诗名。后宦游与僚友唱和,每唱愈高;黄冈万氏万尔昌、万尔升等兄弟与王一翥、杜于皇、胡承诺、顾景星友善,也为吴梅村所推重;黄冈於氏於斯和与曹本荣、王一翥相善,二人为其集作序;广济张氏张仁熙与胡承诺、刘醇骧、顾景星交厚,经常相互切磋诗文,有声名于江汉之间;广济刘氏刘秉鉥与刘千里、张长人共相切磋,诗歌遂擅一时,刘醇骧与施闰章、魏裔介、魏象枢、曹本荣讲业极欢;蕲水陈氏陈沆与魏源、董桂敷、陶澍、龚自珍都交往甚笃;江陵李氏李世恪告归后与一时遗民宿老以诗篇酬唱,李震生与孙奇逢交好,文采风流照耀一时,常与龚宗伯、严颢亭、张素存兄弟切磋诗艺;郧阳人王又旦以诗享誉海内,来潜江为官,潜江朱氏朱士尊命朱载震前往学习,他后又入王士禛门下;天门邹氏邹枚著述颇丰,海内名流多与之往来;安陆李氏李莘与伯兄南洲、韦坡一门唱和,在京师与许兆椿、许兆棠两太史,万小庄、许沧浪等先后联吟,一时擅名当时;等等。

这些文人惺惺相惜,志趣相投,相互欣赏,或应和酬唱,或切磋论道,或相约游览,一定程度上促进了文人创作,对文人及其家族成就势必产生影响。这有两个显明的例子,一是公安三袁"性灵派"的建立,就与袁氏三兄弟和李贽的交往关联密切。李贽是明末著名的思想家和文学家,本福建晋江人,辞官后曾在湖北黄安、武昌、麻城、郧中等地游历和讲学,这一时期三袁便与李贽相识,并多次独自或兄弟三人一起拜访李贽。万历十九年(1591)袁宏道到麻城拜访李贽,一住三个多月。离别时,李贽将袁宏道送至武昌,二人共游黄鹄矶、洪山寺。在《妙高山法寺碑》中袁宏道记载了这次会面:"时闻龙湖李子冥会教外之旨,走西陵质之。李子相契合,赠以诗,中有云:'诵君玉屑句,执鞭亦忻慕。早得从君言,不当有老苦。'盖龙湖以老年无朋,作书曰《老苦》故也。仍为之序以传。留三月余,殷殷不舍,送之武昌而别。"①足见二人情感的契合。万历二十年(1592),袁中道到武昌拜访了李贽。万历二十一年(1593)三月和十月,三袁又一起至麻城拜访了李贽。袁中道有诗记曰:"去年六月访李生,抱病僵卧武昌城。今年三月复东游,访李再过古亭州。龙潭十月同笑傲,虎溪千古失风流。"②袁宏道也作有《龙湖师》《龙湖答诗》等系列诗歌。三袁在与李贽交往中诗文酬唱、研讨学理,彼此推崇,意气相投。李贽抨击程朱理学,要求革故鼎新,反对前后"七子"复古主张,提出"童心说",这对三袁"性灵说"的提出,影响颇为深刻。当然袁宏道在翰林院时便与唐文献、瞿汝稷、董其昌等参禅悦之会,呼释憨山说法,受心性之学,这也对三袁学说产生了一定影响。李贽居于湖北二十余年,除对公安三袁影响甚大之外,他还与麻城梅氏梅国桢、梅国楼及其子女相识结好。梅氏乃麻城名门望族之一,万历十六年(1588)李贽居于麻城结识梅国桢,二人相善,梅国桢曾为李贽《孙子参同》《藏书》作序。其女梅澹然更是离经叛道,经常向李贽写信请教佛学,甚至前往李贽讲学处听课。其子梅之焕明末归隐为僧,这都可见李贽对梅氏家族成员的影响。此外梅国桢还通过李贽结识公安三袁,日后也来往密切,他们都曾为麻城大族刘氏刘守蒙妻毛钰龙的诗集作序。

第二个显明的例子是"竟陵派"的成立也源于竟陵钟氏和谭氏的同声相应和互相交流。万历三十二年(1604),钟惺与谭元春相识,彼时一个科考失利,一个苦于学识,虽然两人年纪相差较大,却在谈论诗文中志趣相投,自此建立起长达二十年的深厚友谊,两家并还结为通家之好。在日后的往来唱和中,二人形成共同的诗学主张,并于万历四十二年(1614)一起编选了《诗归》,这也标志着竟陵派的正式形成。谭元春与钟惺的相识,一方面谭元春给了当时科考失意的钟惺一种莫大的安慰,另一方面钟惺给迷惘于诗学创作的谭元春以理论指导,二人互相成就,在公安派之后建立起一个影响甚大的竟陵诗派。

---

① (明)袁中道:《珂雪斋文集》卷九,钱伯城点校,上海古籍出版社2019年版。
② (明)袁中道:《珂雪斋文集》卷一,钱伯城点校,上海古籍出版社2019年版。

同一地域流派家族之间的相互仿效、唱和和题跋,形成超越姻亲谱系,以地缘与血缘、学缘交融的社会关系网络,为文学家族及其成员提供了一个交往的平台,他们相互促进,相互成就,进而影响到家族文学的创作与传承,成为文学家族形成和发展的重要因素之一。

第三节　家风和家学的重视与传承

一个文学家族的兴起和发展虽然受到诸多外在因素的影响,但其根本还是在于家族教育与家族文化的重视与传承,家族内部对家族子弟的有意培养,以及家风、家学对家族文学的影响等。罗时进先生就曾言:"家教、家学、家风是家族重要的文化特征,是家族的文化根脉和灵魂所在。"[1]

一、荆楚文学家族对家风建立和传承的特别关注

钱穆先生曾曰:"当时门第传统共同理想,所希望于门第中人,上自贤父兄,下至佳子弟,不外两大要目:一则希望其能有孝友之内行,一则希望其能有经史文史学业之修养。此两种希望,并合成为当时共同之家教。其前一项表现,则成为家风。后一项之表现,则成为家学。"[2]家风是家族的门风、价值观和精神传统,它是一个文学家族无形却又最宝贵,对成员影响最深刻的精神财富,也是一个家族有着高贵血统和风雅的遗传,文学家族的精神归属,以及激励家族门风不坠、代代承续的精神动力。这种家风在每个家族成员的言行举止和文学创作中得到了体现和保存。古代荆楚文学家族的道德教育就非常注重敬宗睦族、孝悌仁爱家族互助传统的承续。

晚明公安三袁从其祖父弃武从文之后,家风便发生了很大变化,逐渐成为当时的书香门第之家。其父袁士瑜,从小爱好诗书,科举之路却一直不顺,只考中秀才。因此他把仕进的希望寄托在孩子身上,让三袁从小便接受

---

[1]　罗时进:《关于文学家族学建构的思考》,《江海学刊》2009 年第 3 期。

[2]　钱穆:《略论魏晋南北朝学术文化与当时门第之关系》,见其《中国学术思想史论丛》卷三,安徽教育出版社 2004 年版,第 159 页。

了良好的教育。袁中道就曾曰:"予兄弟三人,皆粗知文。而其始,实先君子启之以学。学之时,不论毕言梵册,种种搜求,盖久之欣然有遇,如雷开蛰户。"①三袁的成长还得到了外家舅辈的极大支持。三袁外家是官宦兼诗书世家,外公龚大器曾任河南布政使,三舅龚惟长(即龚仲庆)乃万历进士,官至兵部车驾员外郎,二舅龚惟学对三袁影响尤其大,龚惟学曾在公安县城南建立"阳春社",一时进入文社讲业者络绎不绝,三袁也是在这里接受了良好的文学教育。袁宗道在《送夹生母舅之任太原序》中回忆了此段求学经历,并大力称赞龚惟学对他们兄弟三人的影响:"宗道兄弟三人,游于都门,得与海内士大夫往还,二二名流俱不以趦趄庸陋见弃,推而附之大雅之林。其友之相习者戏谓:'南平一片黄茆白苇,何得出尔三人!'盖谬疑开辟蓁芜自我兄弟,而不知点化镕铸,皆舅氏惟学先生力也。先生少从方伯公宦四方,独取异书秘文以归。归偕驾部弟闭门读诵。驾部公得隽后,先生诛茆城南,号曰阳春社。一时后进入社讲业者如林,不肖兄弟亦其人也。自有此社,人始知程墨之外,大有书帙;科名之外,大有学问。"②三袁兄弟少时同在县城阱湖堤共同学习,相互交流,感情至深,三人也逐渐形成了共同的文学理念。袁宗道还带着两个弟弟去拜见李贽,师从李贽。他们共同切磋讨论,为文学革新运动和反抗道学传统寻找到了精神支持。此外"公安三呙"也对袁氏产生了一定影响。公安三呙指呙校、呙文光、呙邦永,他们是三袁的老师,对三袁文学有开先河之功。袁宏道在《叙呙氏家绳集》中就写道:"公邑之文,呙始之,袁倡之。"公安呙、袁二家不仅有师承关系,还有姻亲关系,袁宏道笔下的岳母呙太孺人的父亲即为呙云中。呙云中乃一代儒师,女儿呙太孺人曾随他读了不少书。三袁年少时,呙太孺人对失去母亲的三袁关爱有加,尤其袁宏道作为呙太孺人的女婿,受其影响更深。家风的熏陶、父舅的培养、三兄弟的共同钻研,使三袁拥有了良好的学识,继而成长为当时的文坛领袖。

---

① (明)袁中道:《二赵生文序》,见《珂雪斋文集》,钱伯城点校,上海古籍出版社 2019 年版。
② (明)袁宗道:《送夹生母舅之任太原序》,见《白苏斋类集》,上海古籍出版社 2007 年版,第 80 页。

再如孝感沈氏的沈惟耀、沈惟炳耿介正直的品行给家族建立了良好的家风。沈惟耀为人义勇，丝毫不惧东林党的牵连，独跨一马送罢归的东林党人杨涟，当杨涟惨死狱中后，又为其治丧。沈惟炳也敢于与魏忠贤斗争，几次罢官复官，他的四个儿子也都能继承父志，为官廉洁自持。《湖北通志》及《湖广通志》记载，沈氏一家家风严谨，一脉相承，父子兄弟切磋共学，家族有着良好的文化氛围。沈惟炳四子"皆有文誉""学行为乡里所重"，尤其沈宜更是得到了沈惟炳的悉心培养。沈惟炳不仅让沈宜从小博览群史、习经学文，并带其游览名山大川，宦游京师，既开阔了沈宜的视野，更让他对社会现实有了深刻的了解和认识，而写下大量反映现实的优秀诗歌。受其父亲和伯父人格影响，沈宜为人伉直，治狱不愿株连，不惧得罪上司而被罢免官职。耿介正直成为沈氏几代人的家风，也使沈氏因其伉直人格光耀史册。

清代黄冈王氏家族也一直非常重视家族成员人格培养和文化教育的传承。王用予是明崇祯时期进士，喜爱读书，擅长诗赋，经常在闲暇时亲自辅导子女。王泽宏深受其父影响，等到他为人父后，也非常重视后代培养。王材任还继承了王泽宏为官持法公允、清介耿直、不畏权贵的人格风范。

清代黄冈靖氏靖乃勷，少时家境清贫，借书苦读，钻研经史，尤通"三礼"。他非常注重子辈的家庭教育，以《三字经》《百家姓》《千字文》为启蒙书本，在此基础上又教授靖道谟学习儒家经典著作，后专治"三礼"。读经同时，注重教育靖道谟儒家的纲常伦理和人格道德，使靖道谟少时便闻名楚中，长大为官也是政治昭明，威名兼备，这便是家族家风的力量。荆楚许多文学家族都有着勤政清廉、耿介正直、注重教育、敦守儒业的家风，在本编第五章荆楚文学家族的基本特点中已有较为详细的论述。

荆楚士人都有着"继家声"的家族使命感，对家风的弘扬、家族传统的延续成为他们肩负的责任，因此不少士人都作有述祖诗，对先祖德行功业的追溯、赞扬和仰望是家风最好的一种阐释。如明代天门谭氏家族的谭襄世《述祖德》诗曰："犹修甘棠旧泽留，鹧鸪塘外白云浮。荔枝祭比罗池庙，不独伤心柳柳州。"诗歌对其高祖谭元方的德行政绩进行了回忆，这种记忆便成为家族延续的一种动力。

二、家学的有意教育和培养

在古代封建社会,家族建立于血缘基础之上,作为一个特殊的社会集团,若想长期生存发展,必须注重家族血亲之爱以及家族成员的孝悌互助。文学创作并不仅仅是个人才情的表现,而是家族成员乃至家族通过科举走向仕途的重要方式之一,相比于军功、荫泽、经济或其他方式起家,文学更容易让一个家族走向成功,并且让家族更易于维持稳定,因此古代家族都非常注重文化在家族延续中的重要作用。即使魏晋南北朝门阀士族制度时期,高门大族虽然有着世袭特权和制度保障,但他们也非常注重家族的文化传承,通过谈玄、把持文学来突显家族优秀特异的士族传统。荆楚文学家族同样如此,不仅在家族内部营造良好的文学氛围,而且尤其注重对后代文学创作才能的发现和培植,有意识地培养家族学术传统,而为家族开辟、发展出一条最有利的道路。清朝潜江刘氏家族的刘信国曾给其子写了一首诗《伟儿出就外,传诗以勉之》,诗曰:"阿儿入小学,蒙教基之始。匪作圭组缘,先须远俗鄙。尔产读书家,初志正宜矢。幼不悦纷华,长斯祥视履。不学必无术,君子之所耻。高高者为乔,卑卑者为梓。俯仰若相师,严父有佳子。男儿好纸笔,亦由厥性美。美锦不制之,不如麻与枲。"[1]麻城李氏李春江也有一首示子诗《示中素》,诗中写道:"汝今十龄余,急须穷简策。我笑杜工部,贤愚浑不择。翻笑陶渊明,怀抱胡不释?吾今病且衰,生事日萧索。四十已成翁,视身若过客。独念汝未成,耿耿彻晨夕。汝当善自爱,长将寸光阴。"这两首诗代表了荆楚士人一种普遍的家族教育观念。

良好的家族文学环境是家族成员成长、创作的具体场所,学者罗时进认为家族文学环境"是家族作家涵育文学、创作文学的'具体场景',包含着创作者亲身在场的酣畅体验,感性色彩丰富的情境细节,以及日常生活审美化的鲜活样态。其中郡邑族聚、宗族祭祀、节令团圆、亭园筑构、文会雅集、族内修学以及家集编纂等,皆为文学生产的具体场景,往往能够体现出家族成

---

[1] 《湖北诗征传略》卷二十七《潜江》刘信国条。

员及其交游圈'文'化、'雅'化的诗性存在方式,具有文本之外的丰富意义"①。良好的家族文学环境可以激发起创作热情,最终生成文学创造力,这是家族作家群体生成及文学传统延续的基础。而且家族对文学意识和传统的重视,又可以对文学家族产生强大的引导和扶持作用,这是一些文学家族能传至三代、四代等数世绵延的重要原因之一。

罗时进先生认为家族文学环境包含范围非常广,郡邑族聚、宗族祭祀、节令团圆、亭园筑构、文会雅集、族内修学,都可看成由家族共同活动而营造出的家族文学环境。其实它们的核心是家族成员以文学为中心开展的一系列活动,如岁时节令时家族聚会的诗歌唱酬,相隔两地家族成员以诗代笺的唱和,生活中的日常诗歌交流、自相师友、切磋砥砺等。无论哪种形式,这些活动都试图营造一个诗性浪漫的艺术氛围,使家族保持一种文学创造力,从而在家族内部形成一种文学表达习惯,彰显出文学家族的文化特性,这也是文学家族与其他性质家族的根本区别所在。在这种文学环境的有意培养下,许多家族就会形成特有的家学。家学是家族世代相传之学,或者说家族共同擅长之学,有的家学表现为共同的技艺、艺术和经学,有的家学则表现为一种文化素养。这种文化素养在家族中会形成一种学习惯性,并对家族后代的发展方向、文学观念、创作文体、作品风格等产生潜移默化的影响。

荆楚许多文学家族都非常注重家族文学环境及其家学的培养。东汉南郡宜城王逸和王延寿父子,皆以辞赋著称;江夏李充李氏家族书法、目录学等家学传统从晋代一直延续到唐代;江陵庾肩吾、庾信所在的庾氏几代皆有文名,庾肩吾、庾信父子还同为萧纲东宫学士,是宫体诗的代表人物;宋朝黄冈潘氏潘鲠进士及第后授蕲水县蔚,但因淡泊名利,不阿附权贵,一生终为下层官吏,却安贫乐道,与"苏门四学士"之一的张耒相善,其弟潘丙、潘原是苏轼被贬黄州的至交;少时潘鲠聚徒讲学,徒众达百余人,无论人格还是学识都给潘大临、潘大观两兄弟树立了良好的榜样;襄阳米氏的书画及文学更是米芾有意识地对米友仁、米尹知的培养而形成的良好家族传统。

---

① 罗时进:《家族文学研究的逻辑起点与问题视域》,《中国社会科学》2012年第1期。

明朝嘉鱼任氏的任宏震八岁因咏梅句惊异其父,遂令其就学,用心培养;黄冈王氏由明入清,文脉不断,王一鸣无论才情性格都酷似其曾祖王廷陈;广济吴氏的吴兆伦少从其叔父吴敏含学习诗歌和书法,得家学培养;黄安吴氏的吴化、吴光龙父子同出于学使董其昌门下,性格为文皆相似;黄安卢氏卢之憕少即从父学,未弱冠便明经博学,经史子集翻阅数遍;卢爌幼颖异,卢之憕便以其所藏教之,后卢爌果以著作称于世,学问的代代相传,成就了卢氏家族的声名;蕲州顾氏顾问、顾阙两兄弟热爱研学,不好仕进,二人一起讲学于阳明书院、崇正书院,在家族建立起良好的学问氛围,后顾景星在跟随顾天锡四处辗转的同时也接受了良好的教育,六岁能赋诗,八九岁遍读经史,与父亲一起著述研习;长乐张氏家族的张应龙,本为少数民族"蛮夷之人",却雅好诗书,并为其八子延请名师,而人人有集;竟陵谭氏谭晚立早年放浪形骸,后来才知上进,很早便将谭元春送去跟从外公及舅舅学习,谭元春外公和舅舅皆是诸生,以授徒为业,为谭元春打下了扎实的文学功底,后谭晚立早逝,元春作为长兄代父教育诸弟,六人皆有文才,时人号称"六龙";天门钟氏钟惺先祖从江西迁入天门后,原本务农,但其家族有意培养后世子孙才学,钟惺少时过继给无子的伯父钟一理,钟一理给予了钟惺良好的教育,不仅自己常为其讲授先贤前辈之文,又聘"儒先博雅者"为钟惺讲授诗文子史,为钟惺诗文创作奠定了良好基础,正是家族的有意培养,钟惺才得以成为明末杰出的诗文革新领袖,无论诗文创作还是诗文理论在当时都独树一帜,并改变了家族性质。

清代黄冈陈氏陈肇昌督学广东时,让其二子陈大章、陈大华师从当时名儒陆陇其,还让二人旁听"岭南三大家"之梁佩兰和陈恭尹的讲学,使二人诗学大有进益。黄冈王氏家族王用予擅长诗赋,公务之余经常亲自辅导孩子学业。王泽宏作为长子,受教诲最多,当他成为父亲之后,也很重视下一代的培养。其子王材任无论才学还是人格都继承了他的思想。黄冈曹氏曹本荣能成为一代大儒,首先来自于他家族的培养。曹本荣的父亲是当地名儒,广收弟子,传授诸生,颇受时人敬重。曹家亲戚朋友也多是多识之士、文化名流。在这样浓厚文化氛围里成长起来的曹本荣,自然学问精进。广济张氏自张步云以诗文闻名江汉间,家学便沿袭而下,代有才人,至张皆然而益显明。后世孙张礼源诗有其父张惟金之风。张惟金为张步云曾孙,足见张氏家族文学才能的内在延续。另一支张氏张仁熙十一岁时颇知经史,属文有灵气,有声名于江汉间。其四子张佳晟、张佳勖、张佳环和张佳金,都勤奋好学、积学能文,有其父之风。蕲水徐子芳幼时颖悟,父徐祖龄爱之,教之古今人物学问源流及濂洛关闽之学。其子徐乾文与徐云文均承续父学,一家相为师友。徐乾文仕途不顺,却爱护族中子弟,在徐云文去世后,与弟时发、籥文督族中子弟为文会,虽然已老,披阅不倦,异常注重家族后辈文学才能的培养。黄梅黄利通潜心经术和礼文,康熙朝中进士,诗文纵笔挥洒即成。其侄黄之骐得其指授,又与诸名士辩论商榷,文章遂自成一家之言。其他子侄也皆以诗文继其家声,人称"黄家桥黄氏"。黄梅汪氏的汪美、汪勋兄弟,皆负奇气,二人偕隐,另一弟汪灼,本不会写诗,后日吟内典十年,为文遂不假思索。三兄弟互相唱和,皆有文集。黄梅余廷兰父卒后,抚异母弟极用心,教其诗歌古文,长而有名,分别有《齐瑟斋稿》和《培园诗文集》。江陵张应宗苦志力学,读书颖捷,经史诗赋、算法乐律无不观览,荆南名下士多出其门。父母亡故后,倾心教育其弟张应龙。后应宗归乡,以书招应龙,筑荆树轩共同读书至老。监利龚绍仁、龚绍仪两兄弟真挚友爱,以文字相师友,二人皆擅文学。监利王柏心长大尽通经史百家言,品学高卓,蔚然名儒,古文骈俪各体皆工,而诗尤精。其子王家遇诗有家法,子王家仕病卒后,王柏心将其遗诗辑为《彤云阁遗诗》,其文辑为《绛雪斋遗文》,可见家族文化传统的承续。公安邹美中少孤,能读父书,用心于诗、古文、词,嗜书,多搜善本,经义说文韵学多发前人所未发。其子邹崇泗少负才不受约束,其父以礼严格管教,遂发愤志于学,所为诗、古文、词无不缘于经史,可见家族教育的被重视。潜江莫与先少负盛名,沉酣六籍百氏之书。称病归乡后益沉酣经史,为诗歌、古文、词,必为一时同辈推服,日手一编不辍。其叔莫若玉性好学,与莫与先一起考订文艺,往往忘记时间,至老弥笃。还有母亲对子女的倾心教育。如孝感熊氏家族的熊赐履八岁时,其父为盗所杀,母亲遂苦节抚养,严格要求熊赐履的学业。她母亲常常在纺织机旁置一书案,若熊赐履学习懈怠,即让其跪下并以荆条击之。正是这样的精心培养,熊赐履顺治时考中进士,成为一代名士,著述宏富,声盖一时。麻城梅氏梅之焕少孤,其母遂每日教导其读书,长大后倜傥雄俊与常人不同,中进士而入翰林,等等。正是家族的有意教育,所以我们经常可以看到某人承载家学的记载,本编第六章在论述文学传承的共通和变异时,已经举了大量例子。

值得一提的是,荆楚文学家族中有几位女性文人,她们的创作更清楚地反映了家学、家风造就的文学氛围对家族成员的影响。潜江张氏张承宇之姐张氏,聪慧能诗,不愿意自己的诗歌流传,作完则焚之,只有她写给张承宇的代笔之诗流传下来。虽然史料缺乏,很难还原她未嫁时的家庭生活,但从现存诗歌可见,她与张承宇经常就诗歌进行交流,也才使得她嫁后以诗代信,在夫卒子夭后试图在亲人那里寻求慰藉;安陆李氏的李淑贞乃李元奋之妹,幼擅诗礼,工吟咏,与兄元奋经常相互唱和,称一门风雅;罗田潘氏三姐妹诗歌的编集刊刻更是与潘氏开明多才的家风、家学密不可分,前面章节已有论述。

此外一些家族为了给后辈子弟提供一个良好的读书环境和优越的文化资源,会收藏和积累大量的藏书,这也使家族成员更易在科举上取得成功。历史上较为著名的例子有宋代欧阳修家族"家藏书一万卷,集录三代以来金石遗文一千卷"[1],以及澶州晁氏自晁迥至晁公武世代收书,至晁公武时达二万四千五百余卷,晁公武因此编著《郡斋读书志》的例子。在这样浓厚的文化氛围和优越的读书条件下,欧阳修的四个儿子都能秉承家学。晁氏更是家族成员科举成功率高,以文显名者颇多。正如晁公武所说:"公武家自文元公来,以翰墨为业者七世,故家多书"[2],科举、仕宦、藏书互相成就。明清时期江南一带文学家族类似例子较多,荆楚家族中较为显明的例子也有几个。

一是明代京山李氏,史料载其家族藏书万卷,有着良好的读书环境和优

---

[1]　(宋)欧阳修:《六一居士传》,见(元)王结辑:《文忠集》卷四十四,中国书店出版社 2018 年版。

[2]　(宋)晁公武:《郡斋读书志·原序》,孙猛校,上海古籍出版社 2005 年版。

越的文化资源,李淑、李维桢二人皆中进士,尤其李维桢著述颇丰,且有文名,曾称雄文坛。

一是清代汉川林氏家族,林正纪善读书,熟于经史,藏书丰富。其子林德仁也好渔猎典籍,家藏异书、名帖,并亲自校雠,另一子林德义则喜购未见之书,所以当时世称藏书之家必首推南湖林氏。其孙林钟任,不仅家富图籍,而且以学古为志,或造访文献质疑辨难,或于荒村破刹寻找金石遗文,好之不倦。正是因为家族丰富的藏书,林氏一族学有根柢,知识广博,著作甚富,成为汉川一个有名的文学世家。

一是广济陈氏家族也有大量藏书,从陈瑞林《藏书示舍弟》诗可窥一斑。诗中有句云:"藏书五千卷,经营四十年。更有先人制,尤期手泽传。乱离兢自守,寒饿肯相捐。购此诚非易,多由质库钱。"①可见陈氏家族有着藏书传统,经过几代人的努力,藏书已是非常丰富。虽然陈瑞林在诗中描写了购书、藏书给生活带来的清苦,但也正是这些藏书使陈氏一家人才辈出。陈景程举人出身,曾为沔阳学正、常德府教授;陈瑞球少负异禀,文章经史皆通,嘉庆进士,其诗风格多样,五古源自汉魏,七古以韩杜为宗,秀朴浑老而风韵似白居易,有《玉屏草堂诗集》;陈瑞琳诗歌独步一时,少时便名满江汉,有《食古砚斋集》;陈瑞琚诗歌同陈瑞琳同一宗派,颇有气骨,有《春草堂唱和诗草》;陈昌纶博涉经史,尤工诗,有《量斋诗钞》和《无行所悔之室文钞》。

一是天门黄氏家族家富藏书,黄于麻幼时敏慧,一览辄了。黄问和黄于麻父子皆为天门名士,黄问著有《醉药轩遗诗》《五澹轩诗文集》《五澹轩古文集》。黄于麻与王西樵、方尔止、钱牧斋等辈载歌风流,艳称一时,有《严庄诗草》。再是天门邹氏,家境饶财,喜爱收藏,"园亭蔚蒨,园史彝鼎、金石旧本、名香妙缋,充轫其中"。与上述几个家族比,邹氏并不只意在藏书,藏书规模也比不上,但是家族却有着优良的文化传统。邹枚著述颇丰,有十几种著述,其子邹山之诗也文情茂然。

总而言之,祖孙相继、兄弟并驱、姐妹共进成为家族文学活动的主要构

---

① 《湖北诗征传略》卷二十八《天门》邹枚条目。

成形态,长辈的倾心培养、父子兄弟的友爱唱和、家族的丰富藏书等都为家族成员的教育和创作提供了良好条件,而造就了一批文学家族。

第四节　家族成员作品的编撰刊刻对文学家族的促进

家风、家学的教育和培养不仅仅是在家族内部营造良好的文学氛围,而且尤其注重对后辈文学创作才能的发现培植,有意识地培养家族积极向学的文化氛围。后辈子弟也以家族具有的文学才能而自豪,非常乐于将家族成员的作品结集刊刻流传,体现出对家族教育的重视,并细致表现出家族内的文学互动,以及家族文学一脉相承的自觉和自豪。

一、文集编撰刊行在明清的盛行

文学家族中都有着"诗书传家"的文学传统,因而当这个家族成员较多,创作较为丰富,经济能力又允许的情况下,不少家族后辈会有意将其先祖作品进行编撰成集,或加以采摘选录形成别集或家集。这些集子是家族文学自觉传承的直接成果,也是家族文学保存的一种形式,更是家族向外反映和标榜文学成就的最好手段。这种文集的大量编撰和刊刻始盛于明朝,缘于印刷业的提高和发展,以及人们文学观念的变化。

何炳棣认为:"雕板印刷最初于第八世纪前半的唐代中期在佛寺发展起来。但刻书的技术与书籍的供给,要到宋代才有可观的发展……然书籍大量刊刻的现象,等到时代中期才出现。"①确实如此,因为元朝文化传承的断层,朱元璋建立明朝政权后便大力发展教育,希望恢复礼乐教化。后面统治者继而采取了一系列措施,如颁布书籍免税法令、儒家典籍的重新刻印等等,促进知识和书籍的普及和传播。另外经济的复苏、科举考试的需求、具

---

① ［美］何炳棣:《明清社会史论》,徐泓译注,联经出版事业股份有限公司 2013 年版,第 264 页。

有文字阅读能力人数的增加、爱书风气的渐起,都刺激了时代印刷业的发展。铜活字印刷术的发明和使用更是大大提高了书籍印刷的数量和种类。虽然晚明至清初的混乱战争使印刷业停滞了半个多世纪,但是清朝稳定之后,印刷业再次得到蓬勃发展。印刷设备的扩张,成本的降低使得政府机构、官员、藏书家、民间书院以及普通士人都参与到刻书事业之中,官刻机构外,家刻和私刻都非常兴盛,这是许多文学家族热衷于编集、刊刻家族成员作品的大背景。

《左传》"人生三不朽"的观念对封建文人影响甚大,文集的编集、刊刻便是士人通过立言对人生不朽理想和愿景的实现。明清时期文人个性更为张扬,他们不再赞同"藏之名山,副在京师,以俟后世圣人君子"的著作传统,而更倾向于作品的被认可,以及长久流传。据徐雁平《清代家集叙录》的著录和统计,明代有家集193种,清代则达到了1244种。① 而据《明别集版本志》②和《清人诗集叙录》③《清人别集总目》④《清人诗文集总目提要》⑤的统计,明清两代别集分别有3500余种和4万余种。可见文集编撰刊行在明清的盛行,以及取得的丰硕成果。

二、荆楚文学家族作品的编撰与刊刻

如上所述,家族成员作品的编撰刊刻主要体现为别集和家集两类形式。虽然明清两代家集的编纂,主要集中在江浙地区,但荆楚也有一些家集的编纂和刊刻,与整个时代风气相一致。以家集繁盛的清代为例,广济饶氏(饶丰、饶云鸷)有《锄月野庐诗集·培风别墅诗集》;罗田潘氏(潘焕荣、潘焕吉、杨清材)有《官阁联吟集》;广济杨氏(杨大鳌、杨复、杨晋、杨勋、杨备万、杨枝灿、杨万选、杨象震)有《广济杨氏一家诗》;汉阳胡氏(胡桂生、胡兆春、胡大文、胡大经、胡维良、胡维翰)有《胡氏遗书》;黄冈钱氏(钱崇兰、钱崇

---

① 徐雁平编著:《清代家集叙录·前言》,安徽教育出版社2017年版,第3页。
② 崔建英辑订:《明别集版本志》,中华书局2006年版。
③ 袁行云:《清人诗集叙录》,人民文学出版社2016年版。
④ 李灵年、杨忠:《清人别集总目》,安徽教育出版社2008年版。
⑤ 柯愈春:《清人诗文集总目提要》,北京古籍出版社2001年版。

桂、钱崇柏)有《黄冈钱氏同根集》;蕲水姜氏(姜山甫、姜曰焕、姜曰唯、姜之连)有《姜氏诗文摘录》;湖北汉川林氏(林正纪、林正德等)有《林氏四代稿》(732);湖北恩施容美田氏(田九龄、田宗文、田甘霖等)有《田氏一家言》(1204);黄冈万氏(万承宗、万希槐、万希宗)有《万氏一家言赋抄》;武昌范氏(范开诚、范先春、范志熙等)有《武昌范氏伯侄父子兄弟乡会选拔试卷》;湖北武昌黄氏(黄守谦、黄葆谦)有《贻谷堂遗稿·读未见书斋诗抄》;汉阳黄氏(黄教镕、妻吴淑卿)有《远寄斋诗存·望云集》;黄冈汪氏(汪士奇、汪国濴、汪家骥等)有《增订桃潭合抄》;汉阳张氏(张灏睿、张任湛)有《张氏诒谷遗集》;云梦冯氏(冯瑄、冯其昌)有《镇石斋稿·寤怡亭诗稿》等。从这些资料可以看到,荆楚地域清朝家集数量在整个清朝家集中只占到了1.3%,无法与占比超过50%的江浙相比,与其他大多数地域相比数量也不算多,明朝亦然,不可否认的是明清时期荆楚地域文化水平确实一直只处于全国的中等水平。

　　除了家集编纂外,荆楚地域更多体现为个人别集的编集和刊刻。这里面有家族士人让后人的编辑刊刻,更多的是后人对先辈文学仰望的主动行为。如明朝嘉鱼李氏家族中李承芳《东峤先生集》、李承箕《大厓李先生文集》的传世,最早就是由其堂弟李承勋刊刻的。吴廷举在正德五年《大厓李先生文集》刻本中有一序,对二人文集刊刻有所说明。曰:"先生(李承箕)文章甚富,每不自爱惜,予独知为稀世之珍也。长篇尺牍收拾无遗,方图锓梓于广东。工将具予以事去忽五年来官西省,先生之弟立卿(李承勋)亦官洪郡,相与校正付之梓人。同时刻著又有《东峤集》二十卷。"①《大厓李先生诗文集》同时在世流传的还有李承箕清代后裔子孙李正蕙、李正倩的整理抄录本,正是后人的整理刊刻使他们的著作得以最大限度地保存流传下来。此外,崇阳汪氏汪必东的集子《南隽集》由其子汪如璧编辑刊刻;江夏贺氏贺时泰的作品由其子贺逢圣搜集刊定;熊开元的作品部分由其弟熊升元搜集编辑;黄冈王氏王廷陈诗名卓著,却行事放荡,他的作品由其弟王廷

---

① (明)吴廷举:《大厓李先生文集序》,见于《四库全书存目丛书》集部第43册。

瞻和其侄王同道刊刻；黄安耿氏耿汝愚一生著述颇丰，曾著有《韵会类编》《四六草》《尺牍草》《诗经鱼虫考》《乌光传》等，但都散佚，今存《江汝社稿》九卷由其从弟耿汝忞刊刻得以保存；沔阳陈氏陈柏《苏山选集》七卷，由其子陈文烛刊刻；应城吕氏吕其锦，性敏嗜学，博通经史，工诗赋，卒后由其子将其书收集起来；天门鲁铎生前著有《己有园小稿》一卷，《己有园续稿》二卷，《莲北鲁文恪公存集》五卷，《使交集》《东厢西厢稿》《梧桐小稿》，卒后其子鲁嘉和鲁彭将之编为《鲁文恪公存集》十卷，前四卷为诗，后五卷为杂文，后被录入《四库全书存目丛书》集部；蕲州顾景星著作甚富，在散佚颇多情况下，其子顾昌遍谒交好名士，最终求得黄荔轩编辑《白茅堂诗文集》刊行于世；天门胡承诺所处时代权奸结党，他科举落第后遂不再用意于仕途，闭门诵读经典，著书以卒。其子胡襄能读父书，手录胡承诺《读书说》四卷、《绎志》十九卷，使其书得以流传。

再如清朝黄冈王泽宏以老辞官后作诗著书，其《鹤岭山人诗集》十六卷，由其子王材振辑成流传；黄梅喻氏喻化鹄著作《素业堂四书文稿》《素业堂古文选》《素业堂杂著》，由其孙、例贡生本钥(1737—1767)在其殁后收集整理；蕲水陈氏陈沆嘉庆时高中状元，被人誉为"荆楚才子""举国文宗"，在诗学、诗歌创作和古赋方面都有独到成就，是清代较有成就的文学家，他的作品大都能保存下来，主要缘于其子陈廷经的整理刻印；汉阳萧氏萧企昭著述颇丰，卒后由其兄萧广昭为其编《萧季子语录》；汉川刘氏刘振智性恬雅，嗜学能文，善于吟咏，诗风雅健，举荐未被用，遂纵诗酒往来荆襄间，怀才不遇早逝，著有《襄游集》《荆南堂诗》等，卒时子刘象益年方十岁，刘遗稿散佚。刘象益长大后亦嗜诗，遂追寻其父荆襄旧游，遍搜零章断句付梓刊行；黄冈梅氏梅见田擅长诗、古文、词，尤邃于经学，著述颇丰，但散佚严重，其弟梅玉峰多方搜求，所存不过百分之一；黄冈钱氏钱崇柏好学擅长文词，其《思鹤山房诗文钞》因与伯兄、仲兄遗稿合刊家集《钱氏同根集》而得以传世；应山闵氏闵则哲，著有《汶溪语录》《检心集》，但未成书，后由其子闵衍编录成十四卷得以传世，并被采入《四库全书》中；汉川秦笃辉的诗作为夏幹太守刊行；京山丁宿章用力收罗同宗丁裴峰之《京山诗钞》；等等。上述例子足见明清两代家族对其成员作品刊刻的重视以及此种风气的盛行。

文集的编辑流传意义是非常重大的,《湖北通志》载:"李应熙,乾隆时壬戌进士。工文笔,凌厉爽健,而性偏狭,人以此不附。兄弟爱其才,为序其遗集以传。"①可见文集的编集不仅对家族士人作品起到了一定的保存作用,更重要的是体现出对家族士人文学的一种肯定和评价,以达到"颂扬祖德,以示门第高崇"②的目的。

明清时期刻书业已经较为发达和普遍,但是文集的编集刊定仍存在不少困难,作品的遗失是最大的遗憾。明代沔阳陈氏陈文烛在父亲陈柏去世后为其整理的《苏山选集》后序中就说:"先公全集有淮本、蜀本、闽本传布海内……先公下世也六七年,海内求遗草者日众,卷帙颇繁,艰于行远,莆中黄给事亨夫,在先公同榜莫逆精择之,携入豫章。余友人杨祠部懋功增订焉,梓为选集,诗存十之三,文存十之二。"③由于社会动乱、家族变迁、保存不当、经济不支等等原因,许多家族士人的作品在编集时已散佚不少。丁裴峰在其收录的《京山诗钞》自序中说:"名家子弟多不肖,往往将祖父遗稿匿而不出。或怠忽而忘之,或就蚀于风雨而不知护惜。"④丁裴峰之序道出了文集编定的难处。沈岐昇在为其父沈宜整理诗集时,也在序中曰:"先君子诗,潜江刘阮仙世丈为一刻于燕台,恒文宗叔为再刻于白下,是友朋之谊重,而我子若孙之世守反轻也。祖氏田庐止供饮博,先人笔墨酷等焚坑。岐昇勉录副本,意图渐次成集,今且先出一脔。自顾家贫岁俭,万难似当年梨枣之雄,庶几零玉残膏稍以慰先人作述之意耳。兴言及此,肠寸寸断矣。嗟我先子,著作富,等身之书之已为见仇者快意而去。收积得九丘之秘,又为大力者负笈而趋。一生心血总属徒劳,毕世辛勤尽归乌有,何遇人之不淑也。呜呼痛哉!"⑤文集的不受重视以及未及时的编定也是造成文集散佚严重的

①　《湖北通志》卷一百五十二《人物·文学传》。
②　王雨:《王子霖古籍版本学文集》第一册,上海古籍出版社 2006 年版,第 94 页。
③　(明)陈柏:《苏山选集·后序》,万历十五年陈文柏刊本,见《四库全书存目丛书》集部第 124 册。
④　《湖北诗征传略》卷二十六《京山》丁思敬条。
⑤　《湖北诗征传略》卷十二《孝感》沈岐昇条。

原因之一。

但无论如何,这些家族中的士人无疑还是幸运的,因为太多士人作品没有得到妥善保存而逐渐消亡于历史长河之中。如黄冈杜氏家族的杜濬家贫无钱刊刻其诗文,所以散佚严重。蒲圻张氏张至曙因耻吏事,县试后终身不再参加科举,而是致力于为诗,古文、词古典瞻绝。晚年却贫弱交加,流寓汉皋,卖文为生。卒后其孙张承万又死于粤逆之难,张至曙遗稿遂散佚殆尽。

文集的编撰和刊刻与家族文学的形成是相互促进的,在明清文集编撰和刊刻盛行的大背景下,荆楚文学家族的作品得到了一定的保存,而促进了文学家族的文学创作及文学成就的形成。

中 编 小 结

将古代荆楚文学家族与其他地域文学家族进行对比时,我们发现全国文学家族的地域分布和时间分布,大致勾勒出从古至今全国文化中心的变迁大势,而古代荆楚文学家族地域分布和朝代分布的不均衡,也正好呈现出荆楚地域不同历史时期文化核心区域从荆州到黄州再到武汉的变化,而揭示出荆楚文化的一个发展历程。荆楚文学家族的代际构成、性别构成、仕宦构成、兴起方式、迁入流动、处世追求的分析让我们对荆楚文学家族的基本特点有了较为清晰的把握,也对研究过程中引申出的一些问题进行了分析,譬如为何早期文学家族中延续数世的文学家族比例较高,而明清时期尤其清朝,父子相承和一代数人皆贤的情况则占了较大比例;荆楚文学家族的女性文人数量不多,背后反映了明清时期怎样的女性文学创作风气;家族成员出仕为官与文学创作有何关系;未仕家族比例如何,未仕原因何在;家族兴起方式中文学和文化起着什么样的重要意义;社会变动对文学家族的迁入和流动有着怎样的影响;文学家族的处世特点与荆楚文化精神特质关系如何;等等。还从荆楚教育、家族成员交游、家族对家风家学的重视、家族成员文集的编撰刊刻等方面分析了荆楚文学家族形成的原因。

我们试图通过将荆楚文学家族进行横向和纵向的比较,去概括和总结荆楚文学家族的一些基本特点。但是 270 多个古代荆楚文学家族成员众多，要想概括出他们的一些共同特点是件非常困难的事。尤其文学家族成员群体身份多样，所处朝代不同，他们擅长的文体、聚焦的题材、推崇的风格、主张的文论都因人而异，要想对他们的文学创作进行整体把握特别困难。创作内容的传统性和平民性、文学思想的革新性和开创性、风格特征的自然和清浅、文学传承的共通和变异，只是对一些基本问题进行了分析，研究还不够深入，需要反思并在今后研究中继续努力。

下编

在上编，我们通过历代史书、地方方志、作品总集、笔记文集、专题汇编等各种资料，共梳理出277个古代荆楚文学家族。虽然我们尽量做到统计数字的全面性，但不可避免仍会出现遗漏或者偏差。在史料梳理基础上，中编从地域分布及其原因、成员构成及其特点、文学创作及其基本特征、家族形成原因及其独特性等方面对荆楚文学家族进行了整体的分析和探讨，以期对这个庞大的群体有个基本的认识和把握。这些家族共同生活在荆楚大地上，在处世教育、文学创作等方面都受到了荆楚文化的熏染，而表现出某些共同特征。但这些家族又形态各异，各具特色。有的父子相承，有的几代相传，有的一代数人共显；除诗文创作外，有的还为经学大家，有的为艺术世家；有的世代官宦，异常显赫，有的却几代布衣，清贫耿介；有的作品流传至今，有的却只存目录，散佚严重，等等，每个独立的文学家族都值得我们关注。

但277个文学家族我们不可能一一细致研究，这时个案研究便成为一个很好的解决方法，并且成为一种可能。我们在上编中将277个家族，按照朝代归属进行了一一罗列。可以发现，从东汉至元的文学家族，因为有资料留存下来的大多在历史上较为有名，且多为正史载录，因而得到了学界的更多关注，研究成果颇多。但至明清两朝，这些家族的资料大多保存于地方方志和作品总集中，不仅家族数量庞大，而且很多家族从文学史的视角，或者从分段文学史角度来看都不十分显著，因而被学界关注和探讨的并不多。基于这样的研究现状，我们遂从明清文学家族中选出两个较有代表性的家族进行个案分析，希望窥斑见豹对荆楚文学家族有个细致清晰的认识和了解。

一个是黄梅喻氏家族。喻氏自明末清初从湖北麻城迁至黄梅，繁衍生息，发展壮大，辉煌百年之久。其间科第蝉联，3人中进士，6人中举人，贡生、秀才不计其数,俊彦辈出,著作如林。其中喻化鹄、喻文鏊、喻元鸿、喻元泽、喻同模又是喻氏的杰出代表,留下了大量优秀的文学作品。如喻化鹄有《素业堂杂著》(喻同模编)等,喻文鏊有诗集《红蕉山馆诗钞》《考田诗话》和《湖北先贤学行略》等,喻元鸿有《乐志堂文钞》(喻同模编)《三经雅言诂余》《触书家范》等。他们在黄州府形成了一个卓有影响的黄梅喻氏文人群,在荆楚一带产生过较大影响。而对于这样一个清代荆楚文学家族的典型代表,学界专门研究却很少。只有一些专著有所提及,如《中国文化世家·荆楚卷》将喻氏家族作为个案进行了研究,对其家世家风、家族成员、文学作品、文学思想等做了简要论述。湖北省人民政府文史研究馆和湖北省博物馆编著的《湖北文征》①收录整理了喻化鹄、喻文鏊等人文章。喻贵祥主编的《中华喻氏通谱》②对喻氏的发展做了一些梳理。喻几凡的《喻姓史话》③对黄梅喻氏做了简要清晰的介绍。余彦文编撰的《鄂东著作人物荟萃》④收录了喻文鏊等的部分作品,王唤柳主编的《黄梅名人大辞典》⑤对喻氏家族做了简要介绍。罗福惠的《湖北近三百年学术文化》⑥对喻氏家族文学做了简要的整体研究。

　　除此之外,就只有几篇报纸文章。如《安徽商报》上眉睫⑦的《喻文鏊对袁枚的纠偏》⑧论述了喻文鏊与性灵派诗人袁枚的关联,分析了喻文鏊与性灵诗派的相似点和区别。《今晚报》上眉睫的《性灵诗人喻文鏊》⑨认为喻文鏊虽主性灵,但并不属性灵派,并且喻文鏊以不立宗派的形式,客观上

①　湖北省人民政府文史研究馆、湖北省博物馆编:《湖北文征》,湖北人民出版社 2000 年版。
②　喻贵祥主编:《中华喻氏通谱》,巴蜀书社 2010 年版。
③　喻几凡:《喻姓史话》,江西人民出版社 2006 年版。
④　余彦文编撰:《鄂东著作人物荟萃》,湖北科学技术出版社 1990 年版。
⑤　王唤柳主编,《黄梅名人大辞典》编撰办公室编辑:《黄梅名人大辞典》第 1 卷,黄梅县教育印刷厂 1999 年印刷。
⑥　罗福惠:《湖北近三百年学术文化》,武汉出版社 1994 年版。
⑦　眉睫,梅杰笔名,原为黄梅一中教师,后为图书策划人和独立学者。致力于研究黄梅人物和文化,其中就包括喻氏家族研究,发表了若干研究成果。他虽被称为一位民间草根学者,但其研究成果对于黄梅文化研究具有一定的意义。
⑧　眉睫:《喻文鏊对袁枚的纠偏》,《安徽商报》2016 年 9 月 4 日第 A3 版。
⑨　眉睫:《性灵诗人喻文鏊》,《今晚报》2016 年 10 月 18 日第 13 版刊。

与弟弟喻文銮、喻文鏐开创了地域性诗歌流派"黄梅诗派",为清代诗坛做出了贡献。《鄂东晚报》上眉睫的《喻文鏊诗歌系年与分期》①将喻文鏊诗歌进行了系年考证与分期,为研究喻文鏊诗歌提供了极大的方便。《黄冈日报》上商宏志的《文名卓著的性灵派诗人喻文鏊》②对喻文鏊诗文风格、文学思想做了简要论述,等等。这些研究整体来看都较为粗疏简略,未对喻氏家族的创作、成就及特点作全面准确的分析,喻氏文学家族的整体性深入研究就具有了较高的研究价值和意义。

一个是汉阳叶氏家族。以叶继雯、叶志诜、叶名琛、叶名沣为代表的汉阳叶氏是清代荆楚地域较有成就的家族之一。明朝崇祯十年(1637),安徽徽州歙县人叶文机为躲避战乱,跟随父亲经江苏溧水辗转到湖北汉阳,在汉水之滨鲍家巷码头设立"叶开泰"药室,从此叶氏在汉阳立足落户并传承发展。叶氏第三代传人叶宏良将"叶开泰"药室发展为"叶开泰"药店,成为与北京同仁堂、广州陈李济、杭州胡庆余并称的"中国四大药号"之一。清乾隆年间叶文机的曾孙叶松亭,通过科举入仕,官至诰授中宪大夫,成为汉阳叶氏入仕第一人。自此,叶氏家族步入仕途,并从一个医药世家逐渐向各个领域扩展,其家族成员在金石学、文学、经学、书画、天文学等诸多领域都有所涉猎且取得了一定成果,使之成为两湖地区冠绝一时的文化世家之一。

汉阳叶氏作为荆楚大地上的一个典型家族同样未引起学界过多注意。已有研究或是对单个成员的具体研究,如闻博的《叶志诜金石鉴藏及其书法研究》③从叶志诜的生平、交游、鉴藏、书风四个方面,进行了一个较为全面的阐述;章原的《清代学者叶志诜及〈汉阳叶氏医学丛刻〉绍述》④,介绍了叶志诜的生平,具体阐述了他与医药的渊源及医学贡献;王振忠的《叶名琛的家世与交游》⑤对叶名琛的史实进行了总结与辨析;澳大利亚学者黄宇

---

① 眉睫:《喻文鏊诗歌系年与分期》,《鄂东晚报》2016年9月15日第6版。
② 商宏志:《文名卓著的性灵派诗人喻文鏊》,《黄冈日报》2015年3月28日第3版。
③ 闻博:《叶志诜金石鉴藏及其书法研究》,硕士学位论文,湖北美术学院,2018年。
④ 章原:《清代学者叶志诜及〈汉阳叶氏医学丛刻〉绍述》,《中医文献杂志》2014年第4期。
⑤ 王振忠:《叶名琛的家世与交游》,《读书》2015年第7期。

和的专著《两广总督叶名琛》①从经历、政绩、军功、理财、外交、捐躯六个方面对叶名琛其人进行了较为系统的论说。有的学者对叶氏"叶开泰"药店历史进行梳理,如黄乃奎的《汉口"叶开泰"药店店史》②,俞汉民的《从"叶开泰"药室到健民集团风风雨雨数百年》③,张敏的《略谈"叶开泰"对湖北中医药的贡献》④。有的学者在其他研究清代文化的文章中间接涉及有关叶氏成员的内容。如李姝雯的《论明清时期中韩文人往来尺牍帖的学术意义》⑤中提到了叶志诜、叶继雯与韩国学者金命喜的交流情况;吴建华的《叶姓藏书文化简论》⑥从姓氏文化的角度,初次系统梳理全国范围内叶姓著名藏书家的事迹,揭示叶姓藏书文化的特色,其中包括汉阳叶氏的藏书情况;李杰森的《翁方纲缩雪浪石盆铭砚今安在——从一幅寿苏会砚拓所想到的》⑦谈到叶志诜致力于收藏,将藏品置于"叶氏平安馆",并加以篆字题刻。从上述已有研究成果来看,有关汉阳叶氏家族的整体研究以及文学成就研究却少有人涉及。因此我们希望通过以叶继雯、叶志诜、叶名琛、叶名沣这四位清代汉阳叶氏重要人物为中心,管窥整个汉阳叶氏家族的文化研究,在较为系统梳理家族成员文学造诣的基础上,以此去揭示清代文学家族发展的某些特点。选择叶氏还在于这个家族由明入清,在清走向繁盛,也由清转向民国时期,是荆楚历史上具有转折意义的一个文学家族。

① 黄宇和:《两广总督叶名琛》,上海书店出版社 2004 年版。
② 黄乃奎:《汉口"叶开泰"药店店史》,《中成药》1995 年第 9 期。
③ 俞汉民:《从"叶开泰"药室到健民集团风风雨雨数百年》,《武汉文史资料》1999 年第 1 期。
④ 张敏:《略谈"叶开泰"对湖北中医药的贡献》,《湖北中医杂志》2016 年第 3 期。
⑤ 李姝雯:《论明清时期中韩文人往来尺牍帖的学术意义》,《井冈山大学学报》2014 年第 2 期。
⑥ 吴建华、殷伟仁:《叶姓藏书文化简论》,《苏州大学学报》2005 年第 6 期。
⑦ 李杰森、刘韵涵:《翁方纲缩雪浪石盆铭砚今安在——从一幅寿苏会砚拓所想到的》,《收藏家》2018 年第 7 期。

第八章　个案研究一：清代黄梅喻氏文学家族研究

　　黄梅喻氏家族是清代黄州文化世家的一个典型代表，也是古代荆楚文学家族的一个典型代表。他兴起于明末清初，乾隆至咸丰年间发展壮大，辉煌百年之久。明清时期，湖北经济文化中心东移，湖北东部地区的社会经济水平得到提高，且其文化教育水平在湖北也迅速跻身领先地位。尤其清朝黄州府文教日益兴盛，尊文重教风气日益浓厚。根据相关资料统计可知，清代黄州府的书院数量为湖北各府之最，进士人数在湖北八府中居于首位，科举水平在湖北整体处于领先地位，正是由于文教兴盛，黄州府才滋养出像喻氏这样根深叶茂的文学世家。

　　我们将喻氏家族文学置于大的时代环境中，采用多维视角——历史视角、文化视角、文学视角等视角综合审视研究对象，结合清代政治、文化、地域等因素以及《清代诗文集汇编》《红蕉山馆诗钞》《考田诗话》《乐志堂文钞》《素业堂杂著》《一勺亭诗文钞》《清史列传》《晚晴簃诗汇》《清诗纪事》《湖北通志》《黄梅县志》《湖北旧闻录》《中国学术思想史论丛》等资料对其家族进行全面研究，以此挖掘喻氏家族文学丰富深刻的内涵，并以此窥探古代荆楚文学家族的某些特点。

第一节　清代黄梅喻氏家族概况

　　黄梅喻氏家族枝繁叶茂，人才辈出，以文学和宦迹著称于世，绵延不绝。

其家族成员世系和生平经历主要记载于(光绪)《黄梅县志》、(光绪)《黄州府志》、《清史列传》等文献典籍中,《国朝诗人征略》《国朝先正事略》《黄梅名人大辞典》等书也有对部分喻氏家族成员的介绍。

一、喻氏家族成员世系生平与文学创作概况

黄梅位于湖北省东南部,东接安徽,南邻江西,古称"吴头楚尾"。"四鄙是保,四邻斯睦,枕山跨岭,襟江带湖,川原寥廓"[①],钟灵毓秀,民风淳朴,人文鼎盛。

黄梅喻氏家族,自祖上由麻城迁至黄梅,繁衍生息,从清初到民国经历了九世的发展,前三世的创基、中间三世的兴盛、后三世的式微,演绎了一个家族的盛衰荣枯,也见证了清王朝的风云变幻,在中国文化世家中颇为典型。

(光绪)《黄梅县志》共记载了喻家的六世,第一世喻颖,第二世喻于智、喻于德、喻化鹄,第三世喻之圻、喻之堂、喻之埰、喻之塾,第四世喻文鏊、喻文鏴、喻文銮等,第五世喻元鸿、喻元洽、喻元准、喻元沆、喻元泽、喻元霈、喻元醇等,第六世喻同模、喻树俦、喻树琪等。其中喻颖至喻于智这一支系中,共有进士三人,举人六人,秀才(贡生)数十人尤其突出。简要世系表如下。

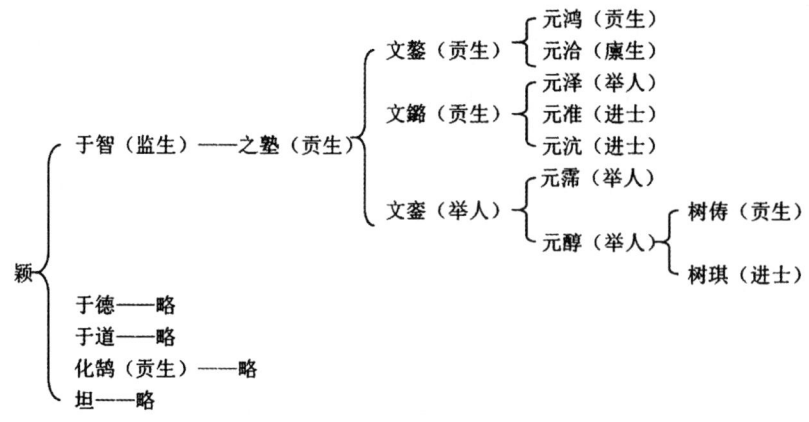

---

① (光绪)《黄梅县志》卷三《地理志·疆域》。

（一）初兴阶段:乐善好施,德高望重

据《黄梅县志》记载可知,喻氏家族祖上迁徙至黄梅,喻文鏊有诗《寄仲弟权耀州时季弟亦在署》曰:"我宗玉泉裔,卜居举水侧。再徙来黄梅,不仕有潜德。"①喻颖(1632—1712),字鲁成,乡饮大宾。早而聪敏,乐善好施,扶贫济弱,常有施仁布德之举。"长捐腴产百余亩,以收族人,每值年饥,辄散粟数百斛以济,于清端公题额,旌闾人望。"②黄州知府于成龙曾为喻颖题写匾额,旌表门闾,喻氏家族众所仰望。黄梅进士黄利通为文曰:"此礼举行五十余年,升自西阶,听鼓琴吹笙工奏鹿鸣之三,终而示我周行,其色不怍,惟颖一人耳。"③从黄利通赞颂可知,喻颖时刻注重礼节,谨遵至善之道。他虽无文学作品传世,却奠定了喻氏家族诗礼传家的传统。

喻于智,喻颖长子,生卒年不详,字醒愚,国学生,乡饮大宾,貤赠中宪大夫。《黄梅县志》称其:"生平嗜善,凡邑中建学,庙文昌阁修江堤诸大工,皆捐资助费,身肩其事,好施与,多隐德。"④当县上建文昌阁因费用不足而面临半途而废的局面时,是喻于智慷慨解囊,独自捐献白银1700两,终将文昌阁建成。喻于智不仅为人慷慨,大方好施,而且常导人为善,受其教导的乡人皆尊之敬之。喻颖与喻于智父子二人皆为"乡饮大宾"。乡饮是古代一种庆祝丰收、尊老敬老的隆重活动,一般选择年高德劭的长者作为乡饮宾,"被邀请参加乡饮酒礼的宾客均为当地身家清白、齿德俱尊的耆老乡绅"⑤,"大宾"为"乡饮宾"中的最高一档,可知喻氏父子二人皆德隆望尊,威望素著。

喻于德,喻颖次子,生卒年不详,字帝怀,十二岁时入邑庠,与其弟喻化鹄、喻坦,侄喻之墉等,一门之内自相师友。"诸先达咸称于德以正嘉规矩,

① (清)喻文鏊:《红蕉山馆诗钞》卷八,《清代诗文集汇编》414册,上海古籍出版社2010年版,第546页。
② (光绪)《黄梅县志》卷二十七《人物志·义行》。
③ (光绪)《黄梅县志》卷二十七《人物志·义行》。
④ (光绪)《黄梅县志》卷二十六《人物志·孝友》。
⑤ 董娜:《一件清光绪时的乡饮执照兼——浅谈乡饮酒礼制度》,《文物鉴定与鉴赏》2014年第2期。

行精思渺。"①喻于德离世较早,没有文集传世。

喻于道,生卒年不详,字函五,《黄梅县志》称其:"文学、束脩、励行一遵礼教。"②其子喻之墉为郡庠生。

喻化鹄(1678—1760),字物外,号匏园,乾隆庚申年(1740)岁贡,候选训导。《黄梅县志》有一段记载:"先世由麻城迁梅,皆以种德绩文为务,而化鹄尤能世其业。"③喻化鹄继承了喻家"蓄道德,能文章"的传世家风,而与同里黄之骐、熊恢、李枚、蔡洲合称为"黄梅五子"。他与桐城派方苞交好,文学观与桐城派相似,精于散文,工于书法。著有《素业堂古文》《素业堂四书文》若干卷,今馆藏有其后人编纂的《素业堂杂著》。

喻之圻,喻于德长子,生卒年不详,字蒙泉,贡生。《黄梅县志》称其:"事媚母以孝闻,性任侠,常破产以资豪举。"④有邑人病剧时,喻之圻为其设醮,带领众人向神祈求解除灾祸,持续五昼夜,可见之圻乃信义之士,至情至善。著有《烬余集》。

喻之塾(1722—1786),喻于智之子,字荷庄,例贡,诰赠中宪大夫。喻之塾继承其父之志,乐善好施,济贫扶弱。《黄梅县志》记载:"其善成父志……性严毅不可干以私,邑令之贤者皆尊礼之,前尹王鸿典遇之尤厚……教诸子慎交游、勤学术。"⑤从喻颖至喻化鹄,再到喻之塾,喻氏因德在黄梅建设起良好声誉,因文因科举而改变家族命运,逐渐脱颖而出。

(二)兴盛阶段:科第蝉联,文人辈出

乾隆嘉庆年间是喻氏家族的繁盛时期,这一阶段,喻氏家族不仅科第蝉联,累代仕宦,而且文学成就显著,才俊辈出。喻文鳌、喻元鸿等步入文坛大放异彩,喻文鏴、喻元准等踏上仕途功绩卓著,与此同时,喻氏家族在地方的政治、文化地位日益提高,士绅之家的地位也更加稳固。

---

① (光绪)《黄梅县志》卷二十五《人物志·文苑》。
② (光绪)《黄梅县志》卷二十八《人物志·笃行》。
③ (光绪)《黄梅县志》卷二十五《人物志·文苑》。
④ (光绪)《黄梅县志》卷二十七《人物志·义行》。
⑤ (光绪)《黄梅县志》卷二十六《人物志·孝友》。

喻文鏊(1746—1816),喻之塾长子,字冶存,贡生,学者称"石农先生",诗人、古文家和学者。《黄梅县志》记载其:"年三十以诗名,本笃行为文章……性通介绝俗,弗矜岸异,当时贤士大夫比比倾慕。"①喻文鏊在乾隆中由秀才拔恩贡,授竹溪县(今属湖北)教谕,未赴任,以教导有方知名,曾游遍江淮齐鲁等地。在湖北文坛与汉阳叶云素、蕲春陈诗齐名为"汉上三杰"。著作有诗集《红蕉山馆诗钞》,文集《红蕉山馆文钞》,《考田诗话》和《湖北先贤学行略》等,诗文在乾嘉文坛乃至晚清、民国均有较大影响,今均有馆藏。

喻文鎔(1748—1831),喻之塾次子,字以载,号引山,乾隆丁酉(1777年)拔贡。由黄陂训导历任陕西怀远、泾阳县知县,绥德直隶州知州,留坝厅同知,甘肃省甘州、兰州知府,后改任直隶正定府,调保定,升通永道,为官数十年,政绩卓著。《黄梅县志》曰:"文鎔明敏精勤,自县令迄监司,所至功施卓越……前后服官卅余年,大率事无难易大小一以详慎忠厚出之。"②喻文鏊为官期间,其兄喻文鏊曾作《至怀远示舍弟》《寄仲弟甘州》《得仲弟量移兰州书》《闻仲弟量移之信计二月可抵泾阳》《接仲弟书知已抵绥德州》《寄仲弟保定》等诗,可见手足深情。

喻文銮(1752—1819),喻于智之子,字典掖,号岚波,乾隆甲午年(1774)举人。由大挑任知县,署直隶青县、藁城,因仲兄文鎔补正定守,又改任山东乐安,分配到惠民,调任淄川,所至以廉能著称,著有《春草园诗集》。

喻元鸿(1771—1842),喻文鏊之子,字太冲,号铁仙,附贡。性格廉静,淡泊名利,爱好诗文篆刻,终身不仕,于考田山筑别墅,收文藏书,清静度日。《黄梅县志》曰:"喻元鸿,幼构思苦迟钝,十七八时闭户瞑坐三阅月,忽洒然悟,下笔成篇,一空前人壁垒。经义外尤善诗歌古文,著述多种,闲以余力从事篆隶镌刻,金石赝真,一见立辨。"③著有时文、古文、诗集若干卷,后世喻

①　(光绪)《黄梅县志》卷二十五《人物志・文苑》。
②　(光绪)《黄梅县志》卷二十四《人物志・宦迹》。
③　(光绪)《黄梅县志》卷二十五《人物志・文苑》。

同模将其文章编成《乐志堂文钞》,另外还有《三经雅言诂余》《触书家范》《余学庸贯》等,与著名诗人张维屏等相交游。诗文皆工,精通经义、书法篆刻。"高密诗派"代表诗人李宪暠曾有文八卷专门品评喻元鸿之文。

喻元泽(1771—1831),字惠伯,号渥堂,嘉庆庚午年(1810)举人。曾任教习,主讲圻麟山书院,江汉课艺,多由其挑选鉴定,生平学问广博,精于考据。著作有《训诂补义》《古今地舆沿革考》《文选集征》《古近体诗》等,可惜大多散失无存。

喻元准(1774—1841),字莱峰,嘉庆庚申年(1800)乡试举人,例授内阁中书,充玉牒馆会典。后中嘉庆辛未年(1811)进士,授翰林院庶吉士,补礼部仪至司主事,升铸印局员外郎,充宝源局监督经察经,以知府用,出守广西柳州护理右江道,充道光丁酉年(1837)内监试,又调署梧州府知府,卒于任上,诰封中宪大夫。《黄梅县志》曰其:"性疏略,不事周旋……办事毕,即归宅饮酒赋诗,暇或习射自娱,达官贵人不一造谒,当时有喻傲子之称,而公事谙练,上下和协,守柳州,断狱恤商,抚猺练勇,大有政声。"[1]著有《精心斋试帖》。

喻元沆(1776—1830),又名喻溥,士藩,字公辅,嘉庆庚申年(1800)举人,己巳年(1809)进士。以庶常授以编修之职,后改任监察御史,又转兵科给事,历任刑科、礼科。平易近人,操行端正,直言敢谏,绝不阿谀。《黄梅县志》载其:"外和内直,居言路,侃侃不阿。"[2]

喻元霈(1779—1847),喻文銮三子,嘉庆庚午年(1810)举人。他做崇阳训导成绩优越,补直隶博野知县。历任东明、新河、保定、顺义、大城、霸州知州,大名府同知。性格深沉,多智谋。

喻家俊彦满门,成就斐然,以喻文鏊为首的喻氏子弟蜚声文坛,艺术成就非凡,让喻家文名远扬。以喻文镐为首的喻氏子弟仕途显著,清廉干练,备受百姓爱戴,使喻家政声卓著。他们以承前启后的态势继承祖辈遗志,传

---

① (光绪)《黄梅县志》卷二十四《人物志·宦迹》。
② (光绪)《黄梅县志》卷二十四《人物志·宦迹》。

承家学渊源,使喻氏家门更加显耀。

（三）式微阶段:祖辈之泽,衰而未斩

喻氏前几代名人荟萃,文学、仕宦并驾齐驱,颇有建树,蔚为望族。到第六、七代,这个家族开始呈现出衰微态势,家道中落,经济实力衰减,读书业儒者数量渐少,科举功名者与前几代已不可同日而语。

喻树琪(1813—1862),字小香,咸丰壬子年(1852)举人、己未年(1859)进士。以知县即用,后辞职改教职,选授德安府教授。县志载其:"聪敏落拓,不问生事,家中落,窘甚,成进士,后犹能辞富居贫,其胸怀有足多者。"①

喻树俦(1797—1834),道光壬午年优贡,考取教习,后分发福建知县,署仙游。"俦,幼慧善属文,工书法。"②

喻同模(1815—1892),字农孙,咸丰丁巳年(1857)岁贡,教谕、训导。工于诗文,在鄂东颇有盛名,与邓文滨、梅雨田等交好。有《一勺亭诗文钞》八卷,《素业堂杂著》一卷。

喻璨烈(1827—1886),同治甲子年(1864)举人,拣选知县,为黄梅喻氏最后一个取得贡生以上科举功名者。

二、喻氏家族的生存环境

明清时期,湖北文化家族剧增,且遍布较广,成就颇高。例如,明代黄州王氏世家、明清广济张氏世家、清代黄冈王氏世家、清代浠水陈氏世家、清代汉阳叶氏世家等。历史上任何一个文学世家的兴起都不是偶然的,文学世家的成长也不会孤立存在,而是与当时的时代背景息息相关。时代背景不仅制约催生着作家的个体发展,而且影响着整个文学家族的兴起和发展,黄梅喻氏也不例外。了解清代湖北鄂东的地域文化背景是我们全面深入研究喻氏文学家族的基础和前提。

---

① （光绪）《黄梅县志》卷二十四《人物志·宦迹》。
② （光绪）《黄梅县志》卷二十四《人物志·宦迹》。

（一）清代湖北黄州经济环境

"大抵一地人文之消长盛衰,盈虚机绪,必以其地经济情形之隆诎为升沉枢纽。"①经济发展在某种程度上制约着地域文化的发展。明代以前,黄州还是个偏僻落后的州府,进入明代之后,经济得到长足发展,经济地位日益提升。黄州的大力发展主要缘于地理位置的优越、移民的大量迁入,以及湖北经济中心的东移。喻氏家族的兴起实际上就是明清荆楚文学家族兴起的一个典型缩影。

首先,黄州地理位置优越。黄州府位于鄂东,处于长江中游,北靠大别山,西南滨长江,西衔武汉,东邻安徽,北倚河南,南与九江、鄂州隔江相望。清代黄州府下辖蕲州和黄冈、麻城、黄陂、蕲水、黄安、黄梅、罗田、广济8县。地形呈现自北向南倾斜的梯级结构,山区、低山丘陵区、平原错综相间。气候属亚热带大陆性季风气候,农业气候条件理想,沃野千里,湖泊遍布,水、光能等资源充沛,四季分明,气温适宜,不仅极富渔稻之利,经济作物也种植甚广。陆游《入蜀记》有段对宋末黄州沿江地区的描述曰:"有陂湖渺然,莲芰甚富,沿湖多木蓂。"②可见黄州拥有优越的、利于农业发展的自然条件。位于黄州府内的黄梅县,南滨长江,北部为山区,中部地区主要为平畴和丘陵,由山区向南而流的河川直贯其中,汇为源感湖、太白湖,形成冲积层的宽阔平原。在黄州府整体经济发展的带动下,黄梅经济水平也渐渐提升。

其次,进入明代后,"江西填湖广",大量江西移民迁入黄州。江西移民的迁入,增加了黄州人口数量,使黄州劳动力大增,同时生产技术也传入黄州,从而促进了黄州府的社会经济发展。

再次,明清时期湖北经济中心东移,促进了黄州的发展。南宋以降,国内经济文化中心南移至江南一带,大运河成为沟通全国南北的交通要道,同时长江一线交通开始勃兴,这一交通格局促进了汉口、黄州等沿江地区的发达。顾祖禹在《读史方舆纪要》卷七十六中称黄州的地理形势是"府境通接

---

① 吴晗:《江浙藏书家史略》,中华书局1981年版,第117页。
② （宋）陆游:《入蜀记》,中华书局1985年版,第34页。

淮楚,襟带江汉,临深负险,迄为雄镇"①。黄州府逐渐成为湖北东部的门户,这为黄州府的经济发展提供了良好条件。这在中编都已有论述。

(二)清代湖北黄州的文教盛况

黄州属偏远之地,自古文化并不繁荣,却也有良好的文化传统,苏轼曾在《书韩魏公黄州诗后》中赞美黄州曰:"黄州山水清远,土风厚善,其民寡求而不争,其士静而文,朴而不陋。"②但明代以前黄州文教还比较落后。如黄州下辖的黄冈在唐、宋、元三朝里仅产生两名进士、六名举人。黄冈文教发展在黄州居于前列,科举尚且如此惨淡,可见整个黄州亦科举不兴,文化教育水平之低可见一斑。明清时期黄州文化氛围渐渐浓郁,社会风气日益清正,文教日趋兴盛,士人更知尊德乐道,"尊师重教崇文"这一风气尤其突出。

原因其实是很显明的。首先,进入明代以后,"蕲黄合一"促进了鄂东地域的融合交流和整体发展,黄州经济水平也随之得到提高,从而促进了文化繁荣;其次,江西移民迁入黄州,犹如锦上添花般地给黄州带入了尊师重教等优良的文化传统。再次,明清时期黄州世家望族累世业儒,追求科举功名,又有兼济天下之心,颇重视文教事业。最后,文教兴盛还得益于文人结社游学风尚。根据王葆心《续汉口丛谈》可知,有清一代,鄂东地区产生许多文人团体,如被称为"黄梅五子"的黄梅县喻化鹄、黄之骐、熊恢、李枚、蔡洲;被称为"五诗人"的黄梅喻文鏊、汉阳叶云素、江陵刘南赤、黄冈王徒洲、万三峰,等等。这些文人学者结社讲学,组织了许多诗文酒社,互相唱和诗文、交流学问,在当地营造出良好的文教氛围。

黄州的优良社会风气和文化氛围从地方志的记载中可见一斑。《黄冈县志》曰:"敦气节,重廉隅,守先民矩矱","士好读书,以博览著述为业。"③《广济县志》曰:"俗多朴茂,民爱稼穑,士喜诗书,以孝友为先。"④《蕲水县

---

① (清)顾祖禹:《读史方舆纪要》卷七十六,商务印书馆1937年版。
② 《古今图书集成·方舆汇编职方典》卷一千一百八十二,中华书局影印本。
③ (光绪)《黄冈县志》卷二《地理志·风俗》。
④ (同治)《广济县志》卷一《地理志·风俗》。

志》曰:"邑多衣冠之绪,以孝友为本,诗书为业,其朴茂近古而风气亦渐开也。"①《黄梅县志》曰:"梅地沃风醇……好学而谨","民俗力农,不事商贾,游侠柔弱畏讼,讼狱稀少,士习礼教,勤学而文,朴而不陋,彬彬有邹鲁风。"②黄梅士人十分重视教育,尤其是学校建立,还十分注重乡风民俗建设。喻文鏊的《重修黄梅庙学记》记载曰:"自古风俗淳浇成于学校。此数千人数百人为四民之首星散棋布于宗族乡党间。则亦宗族乡党之师也,则亦族师党正也。而其宗族乡党,耳目习而濡染深,知廉耻而重犯法。不占毕而觉诵读之可敬,不缝掖而觉名教之可遵。"③喻文鏊《上张观察论乡兵保甲书》也曰:"凡民之奸,厥由不学。古之时无人不学也。……天下未有习于孝友睦姻任恤之教,而悍然为非而不顾,亦未有习于孝友睦姻任恤之教,见人之悍然为非而犹为之容忍。"④文教的兴盛带来了优良的社会风气,优良的社会风气和学术氛围促使黄州的文教迅速发展并跻身湖北前列。

有清一代黄州书院数量居于湖北之首。书院是地方教育不可或缺的一部分,它的数量及质量是衡量一个地方文化教育水平的重要指标之一。据统计,清代湖北共有书院 156 所。

表 8-1

府	书院数量(所)	所占比例
黄州府	40	25.6
武昌府	23	14.7
汉阳府	13	8.3
宜昌府	12	7.6
襄阳府	12	7.6

① (光绪)《蕲水县志》卷二《地理志·风俗》。
② (光绪)《黄梅县志》卷六《地理志·风俗》。
③ 湖北省人民政府文史研究馆、湖北省博物馆编:《湖北文征》,湖北人民出版社 2000 年版,第 435 页。
④ 湖北省人民政府文史研究馆、湖北省博物馆编:《湖北文征》,湖北人民出版社 2000 年版,第 437 页。

续表

府	书院数量（所）	所占比例
施南府	11	7
荆门州	11	7
安陆府	9	5.7
荆州府	9	5.7
德安府	8	5.1
郧阳府	8	5.1
合计	156	

资料来源：(民国)《湖北通志》卷59《学校志·书院》。

根据上图可知，湖北各府中，黄州府书院数量位列第一，而且远远超过其他州府，发达的书院教育无疑大大促进了当地文化教育水平的提升。

黄州府义学的整体发展水平也相对靠前。相较而言，清代湖北省鄂东、鄂西的义学发展水平高于鄂中地区，位于鄂东的武昌、黄州，是湖北省所有州府中义学发展较兴盛的府。黄州府义学起步早且普及率较高，城乡皆有分布，在湖北义学中处于前列。

表8-2

建制时间	义学数量	办学性质	
顺治	1	绅建	
康熙	5	官建	4
		民建	1
雍正	2	官建	
乾隆	2	民建	1
		共建	1
道光	18	官建	1
		民建	12
		共建	2
		绅建	3
咸丰	4	民建	3
		绅建	1

续表

建制时间	义学数量	办学性质	
同治	3	民建	1
		共建	1
		绅建	1
光绪	5	官建	2
		民建	1
		共建	1
		绅建	1

资料来源:江苏古籍出版社编:《中国地方志集成:湖北府县志辑》,江苏古籍出版社 2001 年版。

　　黄州义学的兴办,不仅起到了开风气、正风俗的作用,而且在一定程度上推动了地方教育的发展。

　　此外,清代湖北鄂东地区宾兴发展较为充分。宾兴即助考组织,鄂东、鄂中和鄂西三个区域中,以鄂东地区的宾兴发展最为充分,其中黄州府的宾兴发展是比较成熟的。黄州宾兴的发展和普及,无疑推动了当地科举事业的发展。因此黄州府科举水平在湖北居于首位。有关湖北清代进士数量的统计有几种不同的说法,其进士总量及各地分布数量不尽相同,但有一个共同的特点,无论哪种统计方式,黄州府进士数量都居于首位,说明了黄州科举水平在湖北的领先地位。据华中师范大学薛勤[1]基于《明清进士题名碑录》进行的清代湖北进士研究,列清代湖北各府(州)进士人数分布如下表。

表 8-3

籍贯	进士人数	比重(%)	名次
黄州府	336	27.12	1
武昌府	262	21.23	2
汉阳府	205	16.71	3
安陆府	151	12.27	4
德安府	134	10.82	5

---

[1]　薛勤:《清代湖北进士研究——基于〈清代朱卷集成〉的量化研究》,硕士学位论文,华中师范大学,2018 年。

续表

籍贯	进士人数	比重（%）	名次
荆州府	110	8.88	6
襄阳府	21	1.69	7
郧阳府	6	0.48	8
施南府	5	0.4	9
荆门州	2	0.16	10
宜昌府	1	0.08	11
合计	1233	100.00	

数据来源：《明清进士题名碑录》索引。

清代湖北进士总人数为 1233，黄州府进士人数为 336，约占总数的 27.12%，位列全省第一。

通过上述图表的对比梳理，可知黄州府的书院、义学、宾兴、科举等水平都位于湖北省前列，可见其文教之兴盛。正如清中叶湖南人陶澍所曰："汉魏以来，襄、郧一带衣冠极盛，近则文风首推武、汉、黄三属，而安陆、荆州、德安、沔阳次之，襄阳远不逮矣。"①黄州浓厚的文教氛围和良好的社会风气潜移默化感染了代代士人，厚善的风气又催生和滋养了许多勤学之人，因此黄州巍科人物层出不穷，文学创作也如雨后春笋般诞生。皮明麻主编的《湖北历史人物词典》中，明清（不含晚清）两代共收录 270 位鄂籍历史人物，其中有 76 位是黄州府籍人士，共占全省总数的 28.1%，居于湖北省各府之首。据《湖北艺文志附补遗》及《楚风补》统计，黄州府的文学著作数量也位列湖北省第一。黄梅作为黄州下辖县之一，如人居于芝兰之室，受益颇深，其文教虽不如黄冈、麻城兴盛，但也是光而不耀，静水流深。

三、喻氏家族的内在文化传统

一个文学家族的形成并非一日之功，需要长期的文化积淀。喻氏家族绵延多世，文化日益积累、文学不断传承，形成了自己家族内在的文化传统。

①　（清）陶澍：《蜀辎日记》卷四，道光四年刊本。

喻几凡在《喻姓史话》中将喻姓家风概括为五点：仁爱待人、淡泊立身、忠贞守节、孝友齐家、慷慨赴难。作为喻姓一支，黄梅喻氏家族在这些良好家风的熏陶下茁壮成长，同时又衍生出家族自身独特的文化传统。

（一）种德绩文、文德并重

中国自古就有"忠厚传家久，诗书继世长"的传统，《黄梅县志》曰喻氏："先世由麻城迁梅，皆以种德绩文为务，而化鹄尤能世其业……"①种德即施恩布德，绩文即积累文采。喻氏家族就是这样一个既拥有忠诚厚道的道德品质又习文尚学的"种德绩文"家族，其家族文化素质和道德修养都令人们称誉。

喻氏家族自祖上以来，皆好施恩布德，尤以喻颖及其子孙为甚。《黄梅县志》称喻颖"纯笃好义"，能博施济众，曾捐出腴产百余亩，于饥荒之时施散粮食，济民惠众，这奠定了喻氏家族"种德"的文化传统，并延及后世子孙。喻元鸿《修职郎选授竹溪县教谕先考石农府君行述》就载曰："吾家自明季以来，累世以穆行重于乡，至韦斋公承伊半公遗志好行义而乐施，与猗园公又继之家计。"②伊半公即喻颖，韦斋公即喻于智，猗园公即喻之塾。喻颖曾孙喻文鏊《考田诗话》也记有祖上捐地捐款的功德："县东有北山，稍转不三四里，即南山，两山幽胜。北山尤余祖泽，所留巨碑二，皆记余曾祖以来，三世买山捐田，缔构殿宇，始终岁月……"③喻化鹄《新建圣母殿记》亦有类似记载。

喻颖之子喻于智继承父志，乐善好施，矜贫救厄。清乾隆十六年（1751），河南原阳人薛乘时就任黄梅县令，他与喻家交情深厚。《黄梅县志》卷三十六《艺文志》载有薛乘时作的《喻于智传》，曰："喻君于智，字醒愚，太学生。余于乾隆十六年任梅，于智以公事见，持论慷慨，而归本诚实。余心异之，询于众绅。金曰：于智严气正性，家不甚丰，而轻财重义……雍正

---

① （光绪）《黄梅县志》卷二十五《人物志·文苑》。
② （清）喻元鸿：《修职郎选授竹溪县教谕先考石农府君行述》，《清代诗文集汇编》414 册，上海古籍出版社 2010 年版，第 443 页。
③ （清）喻文鏊：《考田诗话》卷一，道光四年刻本。

二年捐社谷二百石,雍正十三年又捐一百石,雍正五年梅大饥,于智于中路庵煮粥济饿者,中路庵固梅通衢,前康熙四十五年,父颖赈几于此,于智继其志也……"①喻化鹄《东山五祖寺斋僧田堂合记》有一段对其父喻于智的描述:"先君生平嗜善,度力稍可济物者靡弗为,康熙丁亥以一天门庄田一所入东山禅堂斋僧一事也,余以先泽所在未敢忘东山。"②从这些记载可见,喻于智博施济众,为人严气正性,慷慨大方,德隆望尊。他的儿子喻之塾、喻于德之子喻之圻等后人亦都轻财重义,舍己济贫,延续了良善家风。后世子孙亦发扬了祖辈"种德"的传统。如喻文鏊被称为"有道诗人",不仅文采斐然而且品行高洁,慷慨大方。喻文鏊之子喻元鸿《修职郎选授竹溪县教谕先考石农府君行述》称其父"性和易坦直,外厚重而内实豁达无城府,与人处不为翕翕热,亦不作名士峣兀崚嶒,气常终日温温,人有一长片善无不极为奖掖,事有可以成人之美无不罄己力为之,不稍吝"③。

喻氏家族的"种德"不仅体现在乐善好施上,还体现在对传统文化的保护上,他们具有传承保护文化传统的强烈责任感,为黄梅地方文化的保护做出了较大贡献。喻文鏊的《重修黄梅庙学记》记述了喻氏重修庙学的事迹,喻元鸿《重修夫子庙》对重修之举也有记载,曰:"吾梅夫子庙初修于乾隆某年,曾王父韦斋公董其事。兹嘉庆元年,吾父与叔偕邑人续修之。"④皆表达出对庙学的重视。

黄梅素有"小天竺"之称,佛教在东晋时传入黄梅,虽随着时代变迁其发展也盛衰起伏,但总体说来佛教在黄梅十分盛行。黄梅寺庙众多,佛教活动频繁,发扬禅宗信仰,四祖寺、五祖寺在当地具有崇高的地位和较大的社会影响力。喻氏家族亦颇重视对四祖寺、五祖寺的修建保护,喻颖曾捐地五祖寺数十亩,并捐资修缮五祖寺的庙堂。喻化鹄的《东山五祖寺新建圣母殿记》《东山五祖寺新建藏经阁记》,喻文鏊的《四祖山寺》《礼五祖真身》,

---

① (光绪)《黄梅县志》卷三十六《艺文志·下》。

② 《素业堂杂著》,乾隆刻本。

③ (清)喻元鸿:《修职郎选授竹溪县教谕先考石农府君行述》,《清代诗文集汇编》414 册,上海古籍出版社 2010 年版,第 443 页。

④ (光绪)《黄梅县志》卷三十五《艺文志·上》。

喻元鸿的《六祖坠腰石》《元旦入五祖寺》等诗文都体现了其家族成员对寺庙的情结。

喻氏家族慷慨又好文,不仅有"种德"的传统,而且重"绩文",注重"立德"的同时亦注重"立言",代代以诗书为业,家学渊源,文人辈出,文名长存。喻氏家族成员个人"以文名世"的同时,也提升了其家族的家声与地位。喻氏先祖喻义曾受业于乡贤瞿九思,瞿九思也是黄梅人,明代理学家。喻义得瞿九思文章、孝友之传,而后绝意仕进,筑馆授学,从而打开了喻氏家族的文学之门。

喻氏家族有着崇文重教的传统,学习氛围浓厚。长辈们通过言传身教教育子女,道德与文学双管齐下,在塑造子女的良好道德品质的同时也培养子女深厚的文学修养。族中成员之间经常相互切磋,学习交流。喻于德"与其弟喻化鹄、坦,侄之塘等,一门之内,自相师友"①。喻文鳌"一门百口,谨受教约,子弟读书能各显其名"②。其诗《示诸弟侄》曰:"我性嗜闲居,诗书课弟侄。"③喻文鳌不仅重视对子侄的文学教育,也重视培养女儿的文学素养,从其诗《闻幼女读余近诗》可见一斑。喻元鸿《修职郎选授竹溪县教谕先考石农府君行述》有一段对其父喻文鳌的记述:"故府君生平大略教授生徒之时居多,雅善引诱,戚族中赖以成就者众,不孝鸿兄弟暨从父兄弟辈十三人俱游庠序,且相继登贤书成进士入词垣者已数人,皆府君之所栽培而成者。"④府君即喻文鳌。喻元沆曾在《〈红蕉山馆诗续钞〉跋》感叹说道:"回思当年随侍红蕉山馆课读时,先伯父每一诗成,至得意处,必呼溥兄弟辈环侍左右,津津讲说。此等光景,不可复得也!"⑤

喻氏子弟不仅自身习文著书,而且还有意识地对祖辈的文学作品进行

---

① (光绪)《黄梅县志》卷二十五《人物志·文苑》。
② (光绪)《黄梅县志》卷二十五《人物志·文苑》。
③ (清)喻文鳌:《红蕉山馆诗钞》卷三,《清代诗文集汇编》414 册,上海古籍出版社 2010 年版,第 473 页。
④ (清)喻元鸿:《修职郎选授竹溪县教谕先考石农府君行述》,《清代诗文集汇编》414 册,上海古籍出版社 2010 年版,第 444 页。
⑤ 湖北省人民政府文史研究馆、湖北省博物馆编:《湖北文征》,湖北人民出版社 2000 年版,第 445 页。

收集和整理。喻文鏊在写给其亲家翁叶云素的诗《读云素近诗》中写道"叮咛两家儿,收藏两家集"①,十分注重家族文学著作的传世。喻文鏊之孙喻同模将先祖喻化鹄作品编撰成《素业堂杂著》,将伯父喻元鸿作品编撰成《乐志堂文钞》。喻文銮之孙喻树琪与其弟喻树铣编校了祖父文銮的《春草园诗集》《瞻云望月行窝吟》。

在喻氏良好家庭环境的熏陶下,喻氏子弟皆德才兼备。不仅"读万卷书"而且还"行万里路",兴趣广泛,见识广博。很多子弟不仅精于诗词文章,而且在书法、绘画、篆刻、训诂学等方面也颇有成就,很多子弟同时兼具诗人、词人、画家、学者、官员等多种身份。尤其喻化鹄在喻氏家族文坛中有着举足轻重的地位,奠定了喻氏家族绩文的传统。喻化鹄的兄弟喻坦文学造诣也颇深,《黄梅县志》文苑载"喻坦文学警悟绝人,为文悉有法度,方望溪先生深嘉叹之"②。喻文鏊、喻元鸿等人也取得了颇高的文学成就。直至喻文鏊五世孙喻的痴,其绩文传统仍经久未衰。喻的痴《喻老斋诗存自序》云:"余家自清中叶先石农公以诗鸣海内以来,代有嗣响,著作如林。余生也晚,未尝学问,少喜诗……徒以诗亦一文艺,存以示子若孙,俾知家传诗之余绪未及余身而坠云尔。"③

"积德百年元气厚,读书三代雅人多"④,有清一代,喻氏家族以其良好的道德教育和深厚的文学修养生生不息,长盛不衰。

(二)科举仕宦、淡泊洒脱

在中国古代传统的社会体制下,通过科举考试博取一份功名,从而一展济世安民之志实现人生价值,是被广泛认可的志士仁人的普遍追求,由此产生了很多大政治家或清官廉吏,喻氏家族也是如此。除以德固本、以文传世外,科举仕宦也为喻氏家族的发展提供了不可忽视的经济条件和政治基础。

---

① （清）喻文鏊:《红蕉山馆诗钞》卷七,《清代诗文集汇编》414 册,上海古籍出版社 2010 年版,第 526 页。
② 《黄梅县志》卷二十五《人物志·文苑》,光绪二年刻本。
③ 眉睫:《现代文学史料探微》,上海远东出版社 2009 年版,第 196 页。
④ 杨根乔、沈跃春评注:《增广贤文》,安徽文艺出版社 2010 年版,第 17 页。

喻氏家族科第蝉联,共出现进士2人,举人6人,贡生数十人。

喻氏家族成员参加科举且取得功名又踏上仕途,但他们并非汲汲于名利富贵之辈。虽积极仕进,却淡于功名,忘怀利禄,不计个人荣辱得失。官场上他们既仁爱待人,也刚正不阿,严气正性,琨玉秋霜,不喜阿谀逢迎,不畏强权强势。以惠民济众、无私奉献的风骨傲立官场,政绩卓著,备受百姓爱戴。

喻文鏴明敏精勤,从县令到监司,为官在任皆功劳卓著,修筑怀远城,修建泾阳、郑白二渠,更值得称颂的是他创建了留坝新城。在守兰州时,曾为州民马赞平反,使他名节愈重。他勤勉干练,"官保定首府,每日发审案填委,随到随判,积卷一空","前后服官卅余年,大率事无难易大小一以详慎忠厚出之。"①喻文鏴认为审判案件绝非易事,要公正严明,不可罗织罪名使人获罪。《黄梅县志》称赞其曰:"尝谓:'谳狱最难,以锻炼为明决,譬如折生果而食之,匪为戕物,抑亦自伐。'其性真仁人言也。"②

喻文銮为官公正廉洁,除蠹安民。他到藁城任官之前,藁城官员每年征收人民数千串钱,用以筑土堆阻挡河流来护城,后来河流改道,不需再筑土堆,收钱之例未改,文銮到任后,急命罢除。"又为除差徭,平官价,一邑如释重负"。③ 在惠民县时,前官不关心牢狱中囚犯们的生存环境,许多囚犯饥寒至死,喻文銮下令为囚犯们调制药剂,制棉衣,给他们提供汤浴和粥食,使众多囚犯得以存活。惠民县漕运粮食一向困难,每年漕运之时,所有丁壮全部被征走。面对此种状况,喻文銮"愀然曰:竭万姓脂膏,为若辈饱馋,吾不为也"④。于是,坚决辞官求去。后来山东粮款亏空案件发生,州县官员多触犯法网而被议罪,喻文銮独不在其内,人们都称赞他很明哲。喻文銮之子喻元沛亦熟谙吏治,不畏强权,办理事情和审判案件都很妥当。

喻元沆为官操行端正,刚正不阿。"居言路,侃侃不阿,如奏请饬营规,

---

① (光绪)《黄梅县志》卷二十四《人物志·宦迹》。
② (光绪)《黄梅县志》卷二十四《人物志·宦迹》。
③ (光绪)《黄梅县志》卷二十四《人物志·宦迹》。
④ (光绪)《黄梅县志》卷二十四《人物志·宦迹》。

汰漕员,查仓匪,严督抚曲庇,惩大幕招摇,皆关要务。"①视察东城时,同事官员想把查获赌博之事上奏朝廷以求功名,喻元沆说道:"此我辈应办事,奚奏为?"②他在琼州和雷州半岛掌军权时,严订条规,当地官员皆谨慎奉行。在沿海地面安排查船兵丁,往来船甲互相盘诘,又设立循环号簿,按月亲查,一时海疆肃清。

喻氏家族科甲鼎盛,然而他们不管仕宦是否显达,都能不介怀个人穷达得失,当科举无路、报国惠民无门时,他们或著书立言,或教书育人,进退自如,淡泊洒脱,始终以高洁之姿处世为人。喻文鏊,拒绝做官,潜心诗书;喻文鏊从兄喻钟及其子喻宾皆教导有方,于多处做教谕;喻元泽,因病失官,后主讲圻州麟山书院;喻元鸿,淡泊不求功名,常怀忧患意识,遨游书海,闲暇篆刻,优游岁月。淡泊洒脱的人生态度让喻氏家族保持了高雅的情操和清正的家风。

（三）尊祖敬宗、联姻世家

"尊祖敬宗"是喻氏家族家风的重要内容。喻氏家族成员提倡尊祖敬宗不仅是对先辈的缅怀,还是教育子孙的基础,使子孙"百年思祖德",注重家族和睦的维护。

一个家族要做到尊祖敬宗、宗族和睦,除了依靠血缘关系和祖先崇拜之外,还必须注重孝悌仁爱、敬祖睦族等道德观念,并使之融于家规家约。喻氏家族成员立身处世皆以孝悌仁爱、礼让睦族为本,展现出浓厚的血亲相爱的伦理意识,这在喻氏家族文学作品中也多有体现。

作为文学世家,喻氏家族对婚姻的选择也有着自己独特的标准,除了考虑对方家风、门第、声誉等以外,文学修养也是一个重要因素。喻氏家族联姻的家族多为享有文名的士族之家。例如,喻元鸿与喻元洽为其父喻文鏊所作的《修职郎选授竹溪县教谕先考石农府君行述》写道:"子二,元鸿附贡生,娶陈氏;元洽,禀膳生,娶石氏。女三,长适余朝鸾,次适徐景郊,俱邑士

① （光绪）《黄梅县志》卷二十四《人物志·宦迹》。
② （光绪）《黄梅县志》卷二十四《人物志·宦迹》。

族;次适汉阳太学生叶志诜,今官户部正郎叶云素先生之子,有文名。"①引文中的"陈氏"即为陈诗之女,叶志诜即为叶继雯之子,可见,喻氏家族中,不仅喻文鏊在文学成就上与蕲州陈诗、汉阳叶继雯并称"汉上三杰",而且在姻亲上也与二人有着千丝万缕的联系。

叶继雯,汉阳叶氏,"叶开泰"药号第五代传人,《中国文化世家》称叶氏家族"三代学行延百载,一门才望抵三苏"。喻文鏊之女嫁给叶继雯之子叶志诜,生子叶名琛、叶名沣。喻文鏊有许多关于叶继雯与叶志诜的诗作,如《戏赠云素》《送女示叶婿志诜》等。陈诗,蕲春人,别号大桴山人,乾隆四十二年(1777)进士,清代著名学者,被时人称为"楚北大儒"。喻元鸿之女嫁给陈诗之子陈守仕,生陈道喻。据喻的痴《樗园漫识》记载:"(陈诗)公身后萧条,子一守仕,前卒;孙一道喻,先铁仙公外孙也,寄居外家。"②铁仙公即喻元鸿。喻文鏊著有诗作《送陈愚谷(诗)之蒲圻》《墨竹帐歌为云素兼寄愚谷》等,喻元鸿曾作《陈愚谷先生传》。

喻氏家族作为黄州典型的文学世家,其家族联姻有着特殊意义。喻氏家族与汉阳叶氏、蕲春陈氏世家的联姻,在时间上延绵了世家的书香与风雅,在空间上使世家的家风与家学得到拓展,促进了湖北地区内部的人文交流和人情渗透。

(四)耕读传家、抱朴守拙

在中国古代,耕读传家是各阶层、各家族普遍的生活信条。通过耕田,以立性命;通过读书,以立高德。它既蕴含着一种朴实的价值追求,又寄托着一种对美好生活的追求,是中国古代家族世代奋斗的精神动力。耕读传家是喻氏家族的重要家风,也是喻氏家族兴旺,成为乡里表率的基础之一。

喻文鏊《治蔬》诗对喻氏耕读传家的家风有着很好的体现。

---

① (清)喻元鸿:《修职郎选授竹溪县教谕先考石农府君行述》,《清代诗文集汇编》414 册,上海古籍出版社 2010 年版,第 444 页。
② 眉睫:《现代文学史料探微》,上海远东出版社 2009 年版,第 192 页。

我宅城东隅,阅今凡五代。奉母居东头,而我俨西廱。

翼然排两荣,仲季屹相对。儿孙纷列行,欢其团围话。

宅后园一区,周遭二亩外。中析十数棱,四角成方罫。

岂效青门瓜,聊艺元修菜。冬菘脆可尝,春韭香堪嗫。

我母七十余,精力未云迈。米盐虽凌杂,躬亲不稍懈。

习勤先子妇,赏劳及奴辈。长安米等珠,遄弃葱与薤。

非种亦当锄,要分兰与艾。涕泣受斯言,书此述母诫。①

喻氏家族住宅在黄梅东隅,宅后即其家族田地。诗歌用了秦东陵侯召平"青门瓜"及苏东坡"元修菜"的典故,记载了家族成员一起躬耕种植的乐趣。梁启超云:"治天下之本二:曰正人心,广人才,而二者之本必自蒙养始,蒙养之本,必自妇学始,故妇学实天下存亡强弱之大原也。"②女性对一个家庭乃至家族的发展有着巨大的影响,喻氏家族的日益壮大,家族女性功不可没。喻氏家族的女性,既受喻氏家教的培育,又是其家教良好的践行者,以及喻氏家风得力的传承、发扬者。喻文鏊母亲虽已年过七旬,仍事事躬亲,操持家务,学习先祖之妇的勤勉,奖赏犒劳家仆。米价昂贵,以治蔬维持生计,节省家用。喻母谨遵喻氏家族"务农桑、崇节俭"的家范,为喻氏家族的发展作出了自己的贡献。

半耕半读、耕读结合是中国古代不少知识分子理想的生活方式。如晋代的陶渊明"既耕亦已种,时还读我书"③,明代的钱秉镫"日入开我卷,日出把我锄"④等。喻文鏊与中国古代部分知识分子一样,也过着半耕半读的理想生活,他不仅著作等身,还精于耕作。其《观插莳》诗即表现了他的这种生活方式。

---

① (清)喻文鏊:《红蕉山馆诗钞》卷九,《清代诗文集汇编》414 册,上海古籍出版社 2010 年版,第 551 页。

② 梁启超:《论女学》,《时务报》1897 年 4 月 12 日。

③ (晋)陶渊明:《陶渊明诗文选注》,唐满先选注,上海古籍出版社 1981 年版,第 75 页。

④ (清)沈德潜、周准:《明诗别裁集》,上海古籍出版社 1979 年版,第 229 页。

> 万畦平如案,时和农夫喜。一岁望有秋,农事从兹起。
>
> 自当春令布,荷耒先疆以。治土欲其疏,烧薙宁自息。
>
> 及至播种时,羃羃渥针水。剡剡翠已齐,群相羡肥美。
>
> 物生贵有初,惰农贻后悔。早起事田畴,东方犹未红。
>
> 共携木敤骃,畦西复畦东。老翁时课督,勤始勿怠终。
>
> 稚子提榼来,酒喜新筹醪。胼胝不知倦,努力千亩同。
>
> 五风与十雨,愿言百谷丰。物情有如此,吾乐何终穷?①

插莳即种植、播种,烧薙是一种原始耕作方法,指刈除田中的杂草,待草干枯之后,焚烧以为肥料。针水是指稻种发芽后其尖如针,露出水面。苏轼《东坡》诗之六有句曰:"毛空暗春泽,针水闻好语。"②通过这首诗可知,喻文鏊对耕作之事非常重视,他精通耕作方法,农事经验丰富。

喻氏家族在未仕宦之时,安于田园幽居生活,知足乐天,抱朴守拙,于广阔的东皋之上寄托高远的情思。如喻文鏊《东皋》:

> 仓庚屋角鸣,柔桑郁青翠。惠风振兰丛,足慰幽居志。
>
> 数世不仕宦,得天幸厚庇。所获不足欣,所失不为累。
>
> 遥情寄东皋,岂徒念生计。③

喻氏文人既为农夫又是文士,勤耕苦读,以耕读结合为乐事,享受着田园牧歌式的质朴生活。

第二节　喻文鏊诗歌创作研究

喻氏家族文人辈出,著作如林,其中喻文鏊与喻元鸿的文学作品最多最

---

① (清)喻文鏊:《红蕉山馆诗钞》卷二,《清代诗文集汇编》414 册,上海古籍出版社 2010 年版,第 460 页。

② (宋)苏轼:《苏轼文集编年笺注·诗词附》,李之亮笺注,巴蜀书社 2011 年版,第 215 页。

③ (清)喻文鏊:《红蕉山馆诗钞》卷一,《清代诗文集汇编》414 册,上海古籍出版社 2010 年版,第 452 页。

丰富，文学成就最高。

在清代湖北文坛上，喻文鏊也许不是最夺目的，却是独特的一个文人，在乾嘉文坛乃至晚清、民国均有较大的影响。说其独特在于喻文鏊生于乾隆十一年(1746)，卒于嘉庆二十二年(1817)，见证了清王朝的兴衰和时代的变迁，他忧念社稷，关注社会现实，文学作品具有深刻的历史烙印。他壮年时曾游历江淮齐鲁等地，广涉山川，关注时物，人生阅历丰富，文学作品内容丰富广博。喻文鏊交友颇多，受到当时较多文人的推崇，时人为他写过十几篇文字，如秦瀛《红蕉山馆诗钞》序、刘凤诰《红蕉山馆诗钞》跋、叶云素《黄梅出山图》、陈诗《黄梅山人喻石农先生墓志铭》等，他的文学作品里涉及多位文人，通过分析其文学作品可以对清朝湖北文坛形成一定的认识。

喻文鏊与汉阳叶云素、蕲春陈诗并称"汉上三杰"。著作有诗集《红蕉山馆诗钞》《红蕉山馆诗续钞》，文集《红蕉山馆文钞》《考田诗话》和《湖北先贤学行略》等。其中诗歌成就颇高，"所为诗纵横变化，不可方物"①。散文《论保甲乡勇》《论社仓利弊》《说吏》《说民》等也较有造诣。

喻文鏊继承家族传统，潜心诗书，考镜源流，汲取元要，且不落窠臼，自成一家。"生平无他嗜，生事一无所问，独于书，嗜若饥渴，寝食寒暑不离，然亦不屑屑焉，从事记问章句，惟摄其元要，洞彻本原而止，为文必求心得，不规规于唐宋。"②他为人通达耿介，德高望重。"当时贤士大夫比比倾慕……尊礼之无近远也。居里党，闻善必扬，有过者；从容含和，待其自化。生平盛德事不一，默默内信不以语人，守道之专如此。"③喻文鏊一生盛德之事不一而足，却不求以此闻达于世，始终坚守己道。"自弱冠负乡曲之誉，三十后声望日隆，名流翕然倾心，大吏之慕其名争延，致者无不钦其矩范，邑大尹之来梅者无不尊礼之，以为国人矜式。"④"晚年益以道义自尊重，足迹不逾

① 王锺翰点校：《清史列传》18—20 册，中华书局 1987 年版，第 5962 页。

② （清）喻元鸿：《修职郎选授竹溪县教谕先考石农府君行述》，《清代诗文集汇编》414 册，上海古籍出版社 2010 年版，第 443 页。

③ （光绪）《黄梅县志》卷二十五《人物志·文苑》。

④ （清）喻元鸿：《修职郎选授竹溪县教谕先考石农府君行述》，《清代诗文集汇编》414 册，上海古籍出版社 2010 年版，第 442 页。

门限,造门请谒者虽长官贵人不报谢,身不出里闬,而名动公卿,四方谈艺秉礼之彦仰盛名者,垂四十余年。"①他一生淡泊绝俗,洒脱超逸,淡于功名,忘怀利禄,渊渟岳峙,含章可贞。《范文正祠》"论古仍须识时务,读书原不为科名"②正是他的心声。陈诗的《口占一绝》:"大戟长枪喻石农,任人题名到寒松。携儿偶向窗前立,笑指匡庐五老峰。"③正是对喻文鏊其人其文的写照。

喻文鏊"少嗜诗,长益力学"④,三十岁时,因诗而著名。眉睫的《喻文鏊诗歌系年与分期》将喻文鏊的诗歌分为四个时期:第一个时期为1771—1776年,初入文坛,对楚地的山河乡野、风景名胜描述较多,楚地人文气息浓厚。这一时期的诗作大多收录在《红蕉山馆诗钞》的卷一、二、三;第二个时期为1777—1786年,此时喻文鏊已与汉阳叶云素、蕲春陈诗齐名,这一时期的诗作多为游历之作,涉及湖北、安徽、江苏、山东等地,多收录在《红蕉山馆诗钞》的卷四、五、六;第三个时期为1787—1803年,这一时期是喻文鏊的创作鼎盛期,诗作成就已颇高,这一时期的诗作收录在《红蕉山馆诗钞》的卷七、八、九、十;第四个时期为1804—1816年,这一时期为喻文鏊的创作晚期。由于受白莲教起义等事件的影响,喻文鏊创作了一些关注社会现实、关心民生的诗歌,这些诗作收录在《红蕉山馆诗续钞》(二卷)。

喻文鏊诗作题材广泛,内容丰富。他自称生平所作的诗"多感怀吊古,即景怡情,与人赠答者甚少,有之亦多自抒胸臆"⑤。喻文鏊强调"作诗以性情为主,各抒胸臆,不必以某为某派"⑥。认为写诗不外乎一个"真"字,写出描写对象的"真面目"。所以其诗作无论写景、抒情,都是他"真性情"的表达,抒发了他在山水之间的洒脱之怀,田园向往的隐逸之情,民生关注的忧生之念,伦理亲友的顾念之思。

① (清)喻元鸿:《修职郎选授竹溪县教谕先考石农府君行述》,《清代诗文集汇编》414册,上海古籍出版社2010年版,第442页。
② 《湖北诗征传略》卷十七黄梅喻文鏊。
③ (清)陈诗:《口占一绝》,《大桴山人偶存集·古今体诗(三)》,光绪四年刻本。
④ 王锺翰点校:《清史列传》18—20册,中华书局1987年版,第5962页。
⑤ (清)喻文鏊:《与犹子士藩书》,《红蕉山馆文钞》卷一,清光绪三年刻本。
⑥ (清)喻文鏊:《南樗野诗序》,《红蕉山馆文钞》卷二,清光绪三年刻本。

一、歌咏山水之美，抒发洒脱之怀

《清史列传》记载："（喻文鏊）既复遍游江、淮、齐、鲁，归而诗愈工。"[1]他少年既喜爱诗，后遍游湖广、安徽、江苏、山东等多地，于各异的风土人情中寻文思之源泉，于秀美的山川湖河中求创作之灵感，于众多的名胜古迹中发思古之幽情，百态的社会现实中积写作之素材，写出了一系列优美的山水写景诗作。壮游经历使喻文鏊眼界更加开阔，真切的体验使其文笔更加自然流畅，诗歌艺术成就愈高。翻阅喻文鏊的诗集有如穿度祖国的万水千山，一处处山水风光跃然纸上，宛然在目。他的山水诗意境丰富，风格多样，他热爱自然山水并对其寄予深情，自称"半生逍遥游，流水托情愫"[2]。从自然山水中获取到无穷的快乐和深奥的人生哲理。

喻文鏊的山水诗多蕴含着其对自然的热爱及对隐居世外、隔绝尘务的向往，也展现出其旷达淡泊、洒脱大度的情怀。自然界不可能尽是丽日和风，也不乏狂风骤雨，在风和日丽的日子里，他能珍惜良辰美景，及时行乐，在烟浓雨重的日子里也能保持乐观旷达。如《登赤壁放歌》："西望武昌东夏口，突兀樊山临大洄。历嵫扪萝踞绝顶，荡胸决眦穷九垓。人生得意乐复乐，讵逢好景空徘徊？"[3]作者攀缘着藤萝，登上一层层的石阶，最终达到顶峰。极目远眺，武昌夏口尽收眼底，回旋的水流绕着突兀的樊山，动人心旌的眼前之景使作者心旷神怡。继而生发出惜时惜景的感慨，流露出作者对楚地山河的赞美和热爱之情，也表现出其洒脱的情怀。

"宜城绿蚁浮春醅，兴罢酒阑手承颊。烂漫一醉玉山颓，归来横索三钱鸡毛笔，含墨愧少瑰玮词。嗟乎！扁舟何时落吾手？笠簷簑袂无是非。"[4]

---

① 王锺翰点校：《清史列传》18—20册，中华书局1987年版，第5962页。
② （清）喻文鏊：《红蕉山馆诗钞》卷一，《清代诗文集汇编》414册，上海古籍出版社2010年版，第454页。
③ （清）喻文鏊：《红蕉山馆诗钞》卷一，《清代诗文集汇编》414册，上海古籍出版社2010年版，第450页。
④ （清）喻文鏊：《红蕉山馆诗钞》卷一，《清代诗文集汇编》414册，上海古籍出版社2010年版，第450页。

喻文鏊一生淡泊绝俗,功名利禄非其所欲,于他而言,笠簷簑袂,遗世独立足矣。"笠簷簑袂"泛指渔家装束,避世隐逸的意象,杜文澜《憩园词话》卷三引清代汤雨生的《明月生南浦》词序曰:"风日佳时,往往吟啸竟夕,笠冠簑袂,固未尝为天械所拘也。"①喻文鏊渴望有朝一日能远离纷杂红尘,避开世事是非,摆脱名利束缚,于俗世之外独钓于烟波。因而喻文鏊的诗作中常借用"垂钓"这一意象来表达对隐居生活的向往。如《晓晴》中的"何时涤凡襟,终当访烟钓"②。如《怀舍弟以载(文鏴)典掖(文銮)》中的"欲向沧浪寻钓叟,笠簷簑袂趁孤篷"③。

又如《雨后看郭外诸山》:"春雨涤山骨,濯濯滋春容。雉堞围暗霭,流眄恣所穷。前山态若留,后岭光纷从。周遭积诸妙,清气吐万重。步移目转眩,……衣袂岚气湿,抗手招远风。余绚难具状,照曜弥苍穹。此心寡物役,振翼辞樊笼。宁言慕元化,允希幽人踪。"④作者面对雨后的众山,被眼前变幻莫测的景色深深吸引,作者内心淡泊,不为外界事物所役使,诗歌表现了喻文鏊远离世俗,归依自然,热爱自然,倾慕向往自由生活的情感。

喻文鏊的《夜过道士洑》:"浩浩西塞山前水,十里滩声聒人耳。黄州东下水渺茫,激濑回波乃一驶。大船峨峨赴奔流,小船掀簸无时休。是时月暗天风遒,神灵咫尺如龙湫。"⑤道士洑位于今湖北黄石西塞山附近,顾祖禹《读史方舆纪要》记载:"西塞山砦,在西塞山北,即道士洑也。"⑥这段诗描述了月暗风遒之时西塞山前水势浩大,激濑回旋,狂澜澎湃,险象环生之景。诗的下半部分又写道:"流行坎之固有定,何事频辍歌与舷。须臾波平月亦

---

① 唐圭璋编:《词话丛编》,中华书局 1986 年版,第 2906 页。

② (清)喻文鏊:《红蕉山馆诗钞》卷一,《清代诗文集汇编》414 册,上海古籍出版社 2010 年版,第 455 页。

③ (清)喻文鏊:《红蕉山馆诗钞》卷一,《清代诗文集汇编》414 册,上海古籍出版社 2010 年版,第 454 页。

④ (清)喻文鏊:《红蕉山馆诗钞》卷二,《清代诗文集汇编》414 册,上海古籍出版社 2010 年版,第 467 页。

⑤ (清)喻文鏊:《红蕉山馆诗钞》卷一,《清代诗文集汇编》414 册,上海古籍出版社 2010 年版,第 450 页。

⑥ (清)顾祖禹:《读史方舆纪要》卷七十六,商务印书馆 1937 年版,第 3232 页。

出,轻舟一叶习风至。世路夷险各有时,倏忽那知天公意? 我方对月独诵
《秋水篇》。吴歌声动估客船,美人素笛横江天。"①流行坎之即顺流而行,
遇险即止,汉代贾谊《鹏鸟赋》:"乘流则逝兮,得坻则止;纵躯委命兮,不私
与已。"②行止进退视境况而定,何必要辍歌停舫坏了兴致? 遁风狂澜终有
逝去的时候,须臾之后,习风至,波浪静,朗月出。天意难测,世路夷险有其
一定的时机,人又岂能干预呢? 正所谓"飘风不终朝,骤雨不终日",喻文鏊
从自然现象和规律中悟出了人生哲理。《庄子》曰:"知天人之行,本乎天,
位乎得,蹢躅而屈伸,反要而语极。"③懂得自然和人类活动的变化,知晓天
时人意,以自然为本,处自得之境,随境而屈伸,识时而行藏,即可返回大道
之关键。皓月朗朗,水波茫茫,幸有一《秋水篇》与文鏊相知相伴,互通心
声。悠扬的吴歌与婉转的素笛和着清朗的书声,萦绕于江天。文鏊潇洒的
风神与纯净的景象融为一体,其精神与自然达到完美的契合。

　　《舟行》:"来往淮西道,萦情兴未赊。柳深何处岸,舟稳欲为家。乱鸟
迎轻棹,新蒿出浅沙。不知江路险,跂脚略堪夸。"④杨柳深深,不知岸在何
处,鸟儿环绕着轻棹,新蒿长出浅沙,作者面对江路之险仍跂脚船头,实属乐
观洒脱。

　　鄂东地处荆扬之间,在长江中游江汉文化区和长江下游江淮文化区的
交汇地带,受到楚文化与吴文化共同的浸染,故鄂东有"吴头楚尾"之称,
"吴头楚尾"是古人对先秦时期位于吴楚之间的代称,后来延伸到对长江中
下游沿江各地的一种泛称,范围包括鄂东、赣北、皖南,甚至苏南。鄂东兼具
"吴风楚韵",是吴楚两地人们往来和文化交流的重地,黄梅地理位置更是
特殊。《黄梅县志·地理志·疆域》曰:"梅居楚尾,为全省门户,地当孔道,
往来络绎,北走京华,南驰百粤,跨吴会,于下游联豫皖以接轸,舟车辐辏,岂

①　(清)喻文鏊:《红蕉山馆诗钞》卷一,《清代诗文集汇编》414 册,上海古籍出版社 2010 年
　　版,第 450 页。
②　吴云校注:《汉魏六朝小赋译注评》,天津古籍出版社 2006 年版,第 6 页。
③　方勇译注:《庄子》,中华书局 2010 年版,第 262 页。
④　(清)喻文鏊:《红蕉山馆诗钞》卷一,《清代诗文集汇编》414 册,上海古籍出版社 2010 年
　　版,第 456 页。

非四通之境八达之衢哉?"①这种地理环境和文化环境,在喻文鏊的山水诗中多有体现。例如《湖上》:"湖上风光淰淰寒,雨后湖光寒浸山。既雨得晴好天气,湖光山色空濛间。春水溶溶春蒲短,暖趁韶华繁丝管。舟子渔人络绎来,楚歌骚切吴歌缓。"②又如《晴川阁听琴》:"片帆吴会去,谁慰别离情。"③又如《江楼》:"红叶点秋江,羁心剧未降。鱼龙通楚塞,风雨送吴艘。听笛凉依水,看鸿远扩窗。渚禽翻素浪,来往自成双。"④

喻文鏊对楚地山河饱含热爱之情,并将楚地山河之美付诸笔端描绘出来,但他并不只对楚地山河情有独钟,江西、安徽、江苏、河南等地的山河风光也被其凝缩于诗篇之中,如《江心寺看月》《舟发九江》《小孤山》《次皖口》《登燕子矶望江》《润州》《登金山》《扬子江》《金山大风》《清江浦渡河》等。

《江心寺看月》:"空濛一片云,化作九江水。清光遥照人,正见江心起。人世浮与沉,千载一弹指。谁曾测沧桑,中心曷能已。倚枕弄素辉,旷代有遐企。"⑤云水空濛,清凉的月光洒向江面亦照向诗人。人世浮沉,沧海桑田,一人乃沧海一粟,一生若白驹过隙,世事难测,光阴难留,素辉皎皎,岂可辜负。

《小孤山》:"柁鼓澎浪矶,江流清泯泯。瞥见水中央,孤峰势嶙嶙。春翠朴船头,睇视极延引。或谓青如螺,或谓矗如筍。峰顶玉女窗,倭髻盘云鬓。飒飒灵旗飘,风峭一帆紧。"⑥小孤山是位于江西彭泽县北长江之中的

---

① (光绪)《黄梅县志》卷三《地理志·疆域》。
② (清)喻文鏊:《红蕉山馆诗钞》卷一,《清代诗文集汇编》414 册,上海古籍出版社 2010 年版,第 448 页。
③ (清)喻文鏊:《红蕉山馆诗钞》卷二,《清代诗文集汇编》414 册,上海古籍出版社 2010 年版,第 463 页。
④ (清)喻文鏊:《红蕉山馆诗钞》卷三,《清代诗文集汇编》414 册,上海古籍出版社 2010 年版,第 482 页。
⑤ (清)喻文鏊:《红蕉山馆诗钞》卷二,《清代诗文集汇编》414 册,上海古籍出版社 2010 年版,第 464 页。
⑥ (清)喻文鏊:《红蕉山馆诗钞》卷六,《清代诗文集汇编》414 册,上海古籍出版社 2010 年版,第 513 页。

独立山峰,澎浪矶位于长江南岸,与小孤山隔江相望。喻文鏊泛舟于彭浪矶与小孤山之间的江流,江水清澈,倒映出高耸突兀的孤峰。船头一片青翠映入眼帘,极目远望,只见孤山青翠如螺,如女子的盘云鬟矗立如笋。本诗短小精悍,只字片语便将小孤山的形貌形象地展现出来,使其如映入读者眼帘般真切。

《登燕子矶望江》:"未上长干塔,危矶兴已遥。长江下巴蜀,一气滚金焦。龙虎盘双关,烟花澹六朝。秦淮呜咽水,到此倍魂销。"①燕子矶位于今南京市栖霞区,长干塔即长干寺宝塔,现仍有遗迹留存。金焦是指今江苏省镇江市的金山和焦山。元代萨都剌的《题喜寿里客厅雪山壁图》云:"大江东去流无声,金焦二山如水晶。"②长江之水由巴蜀而下,流经金陵燕子矶,又流向金焦二山。金陵乃龙踞虎盘之地,六朝金粉之城,秦淮河的纤缓水波流到燕子矶也变成激濑狂澜,震撼人心。

《金山大风》:"万里风声壮,三山海气连。飞流洒绝壁,长啸倚青天。健翮云间鹘,夕阳江上船。自知抛世事,不必问枯禅。"③强风狂吹万里,众山笼罩在江面的蒙蒙雾气之中,飞流洒向绝壁,云间鹘鸟展翅翱翔,夕阳染红了江水长天,船只仿佛行走在画里一样。在这摄人心魄的美景之前,喻文鏊不禁忘却世事烦恼,看破红尘波澜,更加洒脱豁达,无须再静坐参禅,苦苦参悟。

再如其长诗《放舟至蜀冈登平山堂》。

> 好鸟关关鸣,春气淑已盎。襄蒋媚沦涟,丛葩叠澹宕。
>
> 欹岸衍回沙,迎眸秀幽嶂。自非贤达人,逸兴谁高尚。
>
> 凹凸相倚伏,陵缅历奥旷。云转曲径深,烟羃平林广。
>
> 遥见江南山,晴空青一桁。淮南景物佳,及兹拔尘垎。

---

① (清)喻文鏊:《红蕉山馆诗钞》卷六,《清代诗文集汇编》414册,上海古籍出版社2010年版,第514页。

② (元)萨都剌:《雁门集》,上海古籍出版社1982年版,第267页。

③ (清)喻文鏊:《红蕉山馆诗钞》卷六,《清代诗文集汇编》414册,上海古籍出版社2010年版,第518页。

却顾熙攘流，喧寂本殊状。欧公久不作，芳徽讵彤丧。

山水怀新机，堂构念昔创。虽少故柳存，颇喜疏篁放。

……

紫薇作达名，抚今空怅怏。此堂岁月遒，肖然难颉颃。

眉山老门生，意气尤倜傥。翘首四顾宽，高歌何肮脏。

我始振策登，私衷慰窈窱。自觉游衍情，平生屐几两。

脉脉第五泉，杯勺僧离觊。习风美满吹，巡廊听呗唱。①

　　平山堂位于今扬州市西北郊蜀冈中峰大明寺内，宋代叶梦得《避暑录话》记载："欧阳文忠公在扬州作平山堂，壮丽为淮南第一。堂据蜀冈，下临江南数百里，真、润、金陵三州隐隐若可见。"②"江南诸山，拱揖槛前，若可攀跻，名曰平山堂。"③平山堂自欧阳修于宋仁宗庆历八年（1048）建成之后，遂成为士大夫及文人钟爱的吟诗作赋场所，欧阳修、苏轼等都在此留恋盘桓，唱和诗文。欧阳修曾于平山堂的墙壁上刻下词作《朝中措·送刘仲原甫出守维扬》："平山栏槛倚晴空，山色有无中。手种堂前垂柳，别来几度春风。文章太守，挥毫万字，一饮千钟。行乐直须年少，尊前看取衰翁。"④

　　《放舟至蜀冈登平山堂》中的"眉山老门生"即欧阳修的门生苏轼。熙宁七年（1074）苏轼离开杭州知密州任过扬州，曾作《平山堂唱和诗》。元丰三年（1080），苏轼自熙城移守吴兴，过扬州，面对壁上恩师欧阳修的手迹，思绪万千，无限感慨，写下《西江月·平山堂》。几百年后的一个春日，喻文鏊登上平山堂，风景一览无余。春意盎然，和暖的春气催促着鸟儿歌唱，瘦嫩的茭白在水波里摇曳，姿态幽娴美妙，美丽繁盛的花儿恬静淡然。曲折的岸边，泥沙起起落落。近处，秀美幽翠直立得像屏障一样的山峰映入眼眸，

---

① （清）喻文鏊：《红蕉山馆诗钞》卷六，《清代诗文集汇编》414 册，上海古籍出版社 2010 年版，第 518 页。

② （清）叶梦得：《避暑录话》1—2 册，中华书局 1985 年版，第 2 页。

③ （清）李斗：《扬州画舫录》，中国画报出版社 2014 年版，第 272 页。

④ 陈新、杜维沫选注：《中国古典文学名家选集　欧阳修选集》，上海古籍出版社 2016 年版，第 255 页。

山陵凹凸起伏，连绵不绝，幽深开阔，深幽的小径曲曲折折，蒙蒙的烟雾覆盖着广阔澄旷的平林，极目远望，平林尽处是一桁青山，林壑尤美。淮南之地的景物甚是美好，身处其中仿佛远离了尘世一般，回望熙熙攘攘的人流，意识到喧闹和静寂本就不同。平山堂经历岁月变迁和多次圮废修葺，"虽少故柳存，颇喜疏篁放"，"欧公柳"已不复存在，但今日的疏篁甚是茂盛，亦值得欣喜。阎苍舒《赠郡帅郭侯》也在平山堂上抚今追昔："平山堂上一长叹，但有衰草埋荒丘。欧仙苏仙不可唤，江南江北无风流。"①但相较喻文鏊的达观，阎诗就偏于悲观了。清代潘永因《宋稗类钞·俪语》曰："平生能著几纳屐，长日惟消一局棋。"②辛弃疾《满江红》："佳处径须携杖去，能消几两平生屐。"③喻文鏊也不禁感叹"平生几两屐"，身处平山堂，第五泉之水连绵不断，叮咚作响，山野清风巡廊而至，清新怡情，眼前山川原野一览无余，时光飞逝，人生有限，不应任由时光白白流逝，不应只抚今追昔，也应珍惜光阴，及时游衍，怜取眼前之美景。喻文鏊对万物盛衰、人事代谢的辩证理解，表现出其积极的乐观主义精神和洒脱豁达的襟怀。

除上述诗歌之外，《平遥》《沁州》《榆林》《无定河》《登太行山》《终南山》《天津望海楼》都是喻文鏊山水诗的代表作。

二、赞咏田园之美，向往隐逸生活

喻文鏊的田园诗描绘了丰富多彩的田园生活，包括溪流、古寺、田地、渔夫、田父、牧童等，不仅描绘了优美的田园风光，还赞美了田家的淳朴亲切，蕴含着他与田家的深厚友谊以及对田家怀有的真切的关心和同情。语句清丽，笔墨清新，充满淳朴悠然的情趣。

如《雨宿村舍》④。

---

① （清）李斗：《扬州画舫录》，中国画报出版社 2014 年版，第 273 页。
② （清）潘永因：《宋稗类钞》（下），书目文献出版社 1995 年版，第 444 页。
③ （宋）辛弃疾：《辛弃疾全集》，王步高、刘林辑校汇评，珠海出版社 2002 年版，第 44 页。
④ （清）喻文鏊：《红蕉山馆诗钞》卷一，《清代诗文集汇编》414 册，上海古籍出版社 2010 年版，第 448 页。

春风湖上吹,暝雨压幽竹。怪树怖行人,孤灯耿茅屋。

野夫接笑谈,往往尚敦朴。坐久忘险幽,梦寐狎渔牧。

明朝雨气消,相将踏寒绿。

黄昏时分,春风掠过湖面,雨水打在幽竹上,奇怪的树木十分可怕,茅屋里孤灯闪烁,乡野村夫敦厚淳朴,喻文鳌与其谈笑甚欢,其乐融融,以致忘记自己身处雨高夜黑的环境。作者梦寐以求能亲近这些乡村里的渔牧生活,并与村夫相约,待明日雨气消退后一起去踏青。再如《初夏》①。

嫩篁出短篱,好鸟鸣灌木。养此烟雨姿,听彼睨晥族。

惠风招远凉,炊烟生茅屋。农夫欣南讹,良苗茁新绿。

邀余步东皋,列岫陶佳旭。时亦占雨晴,至理寓敦朴。

推验有奇中,民劳神所告。把锄课儿勤,松阴饭黄犊。

世路靡险易,忧乐有翻覆。老农前致词,知足诚不辱。

幽人乐无言,曳杖南山曲。

嫩绿的竹子已高过低矮的篱笆,美丽的鸟儿在灌木丛中鸣叫,烟雨婆娑空蒙,鸟声清和婉转,柔和的春风带来丝丝凉意,茅屋上炊烟袅袅。南讹,指夏时耕作及劝农等事,《尚书·尧典》曰:"申命羲叔,宅南交,平秩南讹,敬致。"②农夫的辛勤耕作终换得丰收的喜悦,良苗茁壮成长。受农夫之邀,喻文鳌步上田园,田园尽处,一列列山峰沐浴在阳光之中。传统农业生产主要依赖天时物候,岁时节令是农事预测与占验的特别时日,人们根据日月星辰、雨雪风霜、云雾雷电等自然现象预测农事。孟浩然《田家元日》曰:"田家占气候,共说此年丰。"③一般情况下,人们主要关注雨水情况,因为晴雨是农事环节中的关键性因素。这些农事预测和占验民俗是人们农业生产经验的总结,最精深的道理往往蕴含在这些敦朴的经验之中,虽

---

① (清)喻文鳌:《红蕉山馆诗钞》卷六,《清代诗文集汇编》414 册,上海古籍出版社 2010 年版,第 449 页。

② 冀昀主编:《尚书》,线装书局 2007 年版,第 4 页。

③ 陶文鹏注评:《王维孟浩然诗选评》,三秦出版社 2004 年版,第 309 页。

是推步验证但大部分都会意想不到地说准或猜中。田园生活虽然简单清贫，但也乐趣颇多，手把斧头教儿耕作，松荫之下给小牛喂食。老农认为，世路险易变化不定，忧伤欢乐反复无常，知道懂得满足就不会受到屈辱，懂得适可而止就不会遇到危险。这也正是喻文鏊的内心追求。再如《秋日田家》①。

秋日照平畴，清风吹我宅。林端生炊烟，馀粒闹鹅鸭。
夏闲虽苦旱，既雨功什伯。天工非有私，猥予叨厚实。
处世不嫌穷，治田不嫌瘠。自有西成功，瞿瞿思其职。
有客城中来，告我县官清。刑清政亦简，恻恻念斯人。
农夫诚何事，只知俭与勤。努力早输租，酬君冈极恩。
谁非率土者，逋积何忍云？境静虑无扰，自谓怀葛民。
老翁揖客至，老妇窥户牖。忽忙治藜藿，呼童担薪檽。
情真见天机，洽比亦非苟。呼客使之前，问客能酒否？
新秫刈已齐，村醪恐不厚。谈谐不知夕，霜风压高柳。

秋阳洒在平畴上，清风吹过房宅，林端炊烟袅袅，鹅与鸭在争抢残剩的米粒。"林端生炊烟，馀粒闹鹅鸭"这句写得尤其生动。田家人亲切淳朴，老翁向客人拱手行礼，老妇在窗内偷偷窥视，急忙叫孩子去担柴木，开始准备饭食。主客之间，感情真挚，亲密无间，融洽和谐，但不随便，不轻率。主人问客人是否能饮酒，新割的高粱酿的浊酒，恐怕味道不够醇厚，说笑间已是傍晚时分，凛冽的寒风呼呼作响，吹动着柳树，宾主仍意犹未尽。全诗风格淳朴自然，生动地描绘了秋日里的乡村景象，散发出淳朴亲切的人情味，弥漫着浓郁的乡土气息，体现了作者对乡村生活及人民的熟悉和喜爱之情。再如《田家泥饮遇雨》②。

---

① （清）喻文鏊：《红蕉山馆诗钞》卷一，《清代诗文集汇编》414 册，上海古籍出版社 2010 年版，第 457 页。
② （清）喻文鏊：《红蕉山馆诗钞》卷三，《清代诗文集汇编》414 册，上海古籍出版社 2010 年版，第 475 页。

清溪抱孤城，秀色合诸岭。我心少障碍，与物同溟涬。
田父招我来，烟袂入林迥。野水下平阪，依山拓数顷。
稻秧翠已齐，翻风叠新影。轻霏罨柴荆，细塍自修整。
坐定进酥酹，令人俗虑屏。语言虽无次，中怀亦有秉。
逡巡尽瓶罂，坦达成酩酊。云气兴东南，遥天混杳冥。
风吹云欲摧，如俯就人顶。飞雨声何酣，雷车势并猛。
檐溜如贯綖，骋望平畦町。田父笑拍手，得天有深幸。
为我酌一升，日暮酲未醒。

泥饮，即指强留饮酒，杜甫有诗作《遭田父泥饮美严中丞》。作者常与田家共饮，如其诗作《田家》其一中写道“更阑呼野叟，逸兴一开尊”①，《晚步》中的“东邻治秫田，岁收颇能熟。嗒焉忘物我，扣门呼醽醁”②。溪绕孤城，水环青山，稻秧齐翠，烟雾弥漫，这首诗所描绘的风景优美纯净，与作者的素心甚是相谐。在优美的乡村里，上演的是作者被一位田父盛情相邀饮酒的情景，作者与田父酒逢知己，开怀畅饮，宾主之间情浓意洽，雨水纷至沓来，似解人意，更增喜悦与情趣。全诗生动地描写出田父的淳朴亲切、热情豪迈，以及作者对他们淳厚天真品质的赞美。

除去以上田园诗，喻文鏊还有许多田园诗都意境优美，人情浓厚。如《夕阳》③。

门掩落花中，寂历古苔色。微风度香林，夕阳乱鸟迹。
静琴协素心，游人倦方息。新篁才出墙，袅袅苍翠滴。
屋角炊烟清，儿童喧晚食。俯仰扪寸衷，焉能奋羽翮？

① (清)喻文鏊:《红蕉山馆诗钞》卷一,《清代诗文集汇编》414 册,上海古籍出版社 2010 年版,第 458 页。

② (清)喻文鏊:《红蕉山馆诗钞》卷三,《清代诗文集汇编》414 册,上海古籍出版社 2010 年版,第 475 页。

③ (清)喻文鏊:《红蕉山馆诗钞》卷二,《清代诗文集汇编》414 册,上海古籍出版社 2010 年版,第 462 页。

再如《武昌绿》①。

> 江郭明如画,樊山落照迟。人家当杏霭,官柳尚参差。
> 乳水宜新酿,鱼羹佐夕炊。漫郎高隐处,何自问茅茨。

《田家》其二②。

> 下岭歇茅屋,晴空蒸绛霞。坞云藏鸟语,春色到田家。
> 袅袅篁烟细,行行帽影斜。颇闻风俗古,岁岁补桑麻。

这些诗皆源于作者的亲身所闻所见,抒发的是作者心底最真实的情感。田园之美是如此醉人,令人流连忘返而生出永驻之意。作者在《月湖》中就表达出此种情感:"荇藻青参差,鹭鹚掠波起。蜿蜒互长堤,绵延互属委。缭以万井烟,暖翠蒸霞绮。盎然春已深,孕此淳涵里。亦有华簪游,得遇青莲否?举此郎官湖,显晦良有以。买宅湖上村,沿洄撷芳茝。"③

喻文鏊的田园诗不仅赞美了田园之静美和村民之淳朴,还将田园视作美好的理想境界来歌颂,流露出对隐逸生活的喜爱和向往之情。在中国古代,"渔樵"形象是隐逸文学的重要象征符号,士人们大多都怀有"渔樵"情结。陆龟蒙《樵人十咏序》曰:"世言樵渔者,必联其命称,且常为隐君子事。"④如高适《自淇涉黄河途中作十三首》曰:"临水狎渔樵,望山怀隐沦"⑤等。喻文鏊也有此类诗作,如《渔父词》⑥。

---

① (清)喻文鏊:《红蕉山馆诗钞》卷二,《清代诗文集汇编》414 册,上海古籍出版社 2010 年版,第 469 页。

② (清)喻文鏊:《红蕉山馆诗钞》卷二,《清代诗文集汇编》414 册,上海古籍出版社 2010 年版,第 466 页。

③ (清)喻文鏊:《红蕉山馆诗钞》卷四,《清代诗文集汇编》414 册,上海古籍出版社 2010 年版,第 486 页。

④ (唐)陆龟蒙:《樵人十咏序》,《全唐诗》卷六百二十,中华书局 1960 年版,第 7138 页。

⑤ (唐)高适著,何怀远、贾歆、孙梦魁主编:《四库精华·高适诗集》第 41 册,中华书局 2006 年版,第 135 页。

⑥ (清)喻文鏊:《红蕉山馆诗钞》卷一,《清代诗文集汇编》414 册,上海古籍出版社 2010 年版,第 455 页。

终年伴水宿，不知水浅深。

空江见澄色，能谐渔者心。

静夜理残棹，皓月悬烟林。

杳然瀍人语，短笛生寒浔。

忘筌亦云乐，结网固所任。

念彼披裘翁，常坐五月阴。

长竿挂笭箵，得意发高吟。

这首诗塑造了一个闲适自得、淡然无机的渔父形象。从"终年伴水宿，不知水浅深""忘筌亦云乐，结网固所任""长竿挂笭箵，得意发高吟"等句可知渔夫的垂钓只是一种表象和姿态，他志不在鱼，而是重在得意，不拘形迹，寻得闲情逸趣，怡情悦心。与王彬之《兰亭诗》"临川欣投钓，得意岂在鱼"[1]，张正元《临川羡鱼》"结网非无力，忘筌自有心"[2]，岑参《渔父》"世人哪得识深意，此翁取适非取鱼"[3]等诗句相似，呈现出一种适性任情的坐忘境界。诗中"披裘"指归隐，披裘翁指汉代隐士严光，《后汉书·逸民传·严光传》曰："（严光）与光武同游学。及光武即位，乃变名姓，隐身不见。"[4]刘秀称帝后，与之曾一同游学的严光隐居富春江，身披羊裘而垂钓，成为不恋名利、睥睨权势的高士。"念彼披裘翁，常坐五月阴"表达了作者对高士严光的赞颂和企羡。这首诗塑造的渔父形象正是喻文鏊自己理想人格和高蹈脱俗情怀的抒写，希望自己能如渔父一样淡泊无欲，怡然惬意，闲适旷达，没有是非得失之忧患，并拥有独立自由的人格和高雅超逸的意趣及清逸超脱的情操。

再如《樵夫词》[5]。

山路长荆棘，安惜斧斤为？

---

① 萧涤非等：《汉魏晋南北朝隋诗鉴赏词典》，山西人民出版社1989年版，第535页。

② 蒋敦雄、舒萱选注：《历代垂钓诗选》，岳麓书社1992年版，第64页。

③ （唐）岑参：《岑参诗选》，刘开扬选注，四川文艺出版社1986年版，第242页。

④ （南朝）范晔：《后汉书》，（唐）李贤等注，中华书局1965年版，第2763页。

⑤ （清）喻文鏊：《红蕉山馆诗钞》卷一，《清代诗文集汇编》414册，上海古籍出版社2010年版，第455页。

> 登山必造险，攀藤趁晴晖。
>
> 相引到深石，拉杂牵人衣。
>
> 不言樵路远，辛苦只自知。
>
> 归云拥春树，好鸟巢高枝。
>
> 枝高莫施斧，常念堕卵危。
>
> 愧彼樵风送，日暮行歌归。

这首诗通篇采用白描手法，描述了樵夫上山打柴以及下山归家的情景，虽劳动艰辛却乐观旷达，寄托了喻文鏊对"樵夫式"无拘无束、无欲无求生活的向往。

"渔樵"又常与"牧童"相伴而出现。樵夫、渔父、牧童常游走于山林川泽，熟悉林泽情形，"入于泽，而问牧童。入于水，而问渔师"①，他们与山水自然相处和谐，最得山水之乐。如韩偓《闲步》曰："樵人相见指惊麕，牧童四散收嘶马。"②杜荀鹤《途中春》曰："牧童向日眠春草，渔父隈岩避晚风"③，喻文鏊也有《牧童词》④。

> 仓庚唤我起，林端宿雨积。门前泥淖深，但见牛行迹。
>
> 前日役田畴，责效亦已剧。幸兹一日闲，掉尾陂陀侧。
>
> 草肥牛亦肥，草瘠牛亦瘠。自谙牛性情，焉用施短策。
>
> 烟树生新晴，仰笠数翔翮。

唐代"牧童"成为具有独特审美意义的文学形象，古代诗人们常在牧童身上寄托对自由的追求和对自然的向往及对理想生活的幻想。在清新的早晨，黄莺叫声婉转清脆，经夜的雨水积在林端，在这充满生机又清净的环境里，居住的是未经俗世熏染的天真牧童。门前深深的泥淖上印着深浅不一

---

① （秦）吕不韦编：《吕氏春秋》卷二，《诸子集成本》，中华书局1954年版，第290页。

② （唐）韩偓：《韩偓诗集笺注》，山东教育出版社2000年版，第214页。

③ （唐）杜荀鹤：《杜荀鹤诗选》，叶森槐注，黄山书社1988年版，第120页。

④ （清）喻文鏊：《红蕉山馆诗钞》卷一，《清代诗文集汇编》414册，上海古籍出版社2010年版，第455页。

的牛行足迹。前日在田间耕作,农事日益繁忙,幸得今日一日闲,牛儿在斜坡上吃草摇尾。牧童与牛相处日久,深谙牛的性情,二者早已产生了深厚的感情,故而无须再对温顺的牛儿施用短策。地上的牛儿在吃草,树林中的烟雾也渐渐散去,天气慢慢放晴,天空中数只鸟儿自在翱翔,牧童、牛、鸟都是那般闲适。这首诗语句生动活泼,把牧童生活的闲适恬淡活灵活现地勾勒了出来,牧童与牛各适其性,各得其乐,不受社会上繁复礼法的束缚,展现出牧童无心无念、无欲无求、不追不逐、纯任自然的性格特征,表达了作者对牧童所拥有的无是无非、自由无累生活的欣羡之情。

渔父、樵夫、牧童隐于山林川泽,以垂钓、砍柴、放牧来怡情悦性或维持生计,作者亦极其热爱自然,常流连于山水田园,见识日增,襟怀日阔,不行走于山林时,则隐于庭院书屋,以诗书良喆为伴,修身养性。如《雨霁》①。

> 仲春日雨霁,淫滞成阴寒。搴帘接素色,澹见青山痕。
>
> 黄鸟啼我屋,花开何处村? 山翁过前巷,筐提兰与荪。
>
> 珍重入磁斗,置之屏几闲。诗书有夙愿,日与良喆亲。
>
> 努力崇令德,嗒然忘高言。

仲春时节,雨过天晴,由于水涨滞留,天气阴寒。掀开窗帘,只见一片素色中青山隐隐,黄鸟在屋顶上啼叫,花儿不知开在了哪个村子? 山翁赠予一筐兰荪,作者十分珍视爱惜,将它们放入磁斗。学习诗书是作者一向怀有的愿望,能够结交贤哲更是受益匪浅。在素净的环境里,习读诗书,又有幸得遇贤哲,让人身心俱遣、物我两忘。再如《新畦》②。

> 春风鸭背翻,宿雨沐庭树。芳草滋新畦,怡然适幽步。
>
> 小扉面丛竹,落花纷交互。不为世网婴,俯仰绝尘务。
>
> 客谈五岳胜,恂悦出奇句。自有山水情,匪云烟霞痼。

---

① (清)喻文鏊:《红蕉山馆诗钞》卷二,《清代诗文集汇编》414 册,上海古籍出版社 2010 年版,第 465 页。

② (清)喻文鏊:《红蕉山馆诗钞》卷二,《清代诗文集汇编》414 册,上海古籍出版社 2010 年版,第 465 页。

寸心得超灵,信美深妙悟。

作者厌恶世俗,对山水抱有真情且爱好山水成癖,只有于山水田园之中,寸心才能得以超脱,达到本心清净、空灵清澈的精神境界。山水田园的澄明恬淡之美与作者的素雅恬静的心境是相适的,如《拟古三章·柳仪曹溪游》①。

清溪漾澄鲜,涧泉响深竹。飞雨溅云根,伏流漱寒玉。
但洗静者心,聊触高人目。曳杖适夷涂,轩冕何鹿鹿。
履荣悟前轨,达命知不辱。守愚息尘机,对境鉴幽独。
坎壈任自然,何由返初服。

诗的开篇描写了澄净清新的景色和空灵幽远的意境,继而抒发作者在此景中所体会到的淡泊寡欲、顺应自然、以山水自适的道家思想,作者视官位爵禄为浮云,任世事纷纷扰扰,世人争名逐利,他只醉心于山川林泽,了身达命,保持愚拙,不事巧伪,没有尘俗的心计,一任自然,始终不忘本心。如《春怀》:"东南山色佳,照我窗前席。倾倒怡素心,使我不能释。雏雉鸣高原,平田长宿麦。征闻叱牛声,桃李远林隔。人生自有乐,何须餐白石? 去者日以远,来者日以迫。松下呼渌醑,聊可脱巾帻。"②都写出了喻文鏊对简朴淡泊、自得其乐理想田园生活的追求。

三、心系民生,忧念社稷

喻文鏊虽然远离世俗,淡看世事,但这并不意味着他不关心民生和社稷,他的许多诗作都流露出对百姓,尤其农夫、农事的深切关心和对社稷的无限担忧,蕴含着厚德爱物、兼济天下的民胞物与的伟大情怀。如《观插莳》《食麦》《刈稻》《民瘼》《喜雪》《纪旱》《流民叹》《秋不雨》等。

自古以来,水患旱灾一直是人们难以抗拒的灾难。乾隆年间,18 直省

---

① (清)喻文鏊:《红蕉山馆诗钞》卷三,《清代诗文集汇编》414 册,上海古籍出版社 2010 年版,第 471 页。
② (清)喻文鏊:《红蕉山馆诗钞》卷四,《清代诗文集汇编》414 册,上海古籍出版社 2010 年版,第 486 页。

都在不同程度上遭受旱灾。

据统计,旱灾发生较多的省份依次为:直隶、甘肃、山东、河南、陕西、江苏、安徽、湖北等省;江西、四川、广西、云南、贵州等省发生的旱灾很少。旱灾时,受灾地区粮价大增,四川、江西等旱灾很少的地方则粮价较低,喻文鏊的首诗中多有体现。如"从来川米贱如土,巨艑峨峨下三楚"①(《食麦》),"闻道川中米价低,商鄍包谷贱如泥"②(《纪旱》),"湖北兵米难兼权,江西米价低可怜。长年三老牵百丈,迢迢力挽米船上"③(《军米行》)等等。在以农为本的古代社会,自然灾害给农民造成的伤害是最直接的,喻文鏊不少诗对此进行了真实记载。如《刈稻》④。

> 今年春夏闲,旱魃偶为虐。田原坼龟兆,坐视川浍涸。
>
> 繁露法渐穷,史巫任纷若。蠕蠕新蝝生,坑堑畀薰灼。
>
> 五月十七雨,居民始欢噚。沛焉肆滂沱,须臾盈川壑。
>
> 昊天有深仁,宁弗恤民瘼。我起谢老农,日暮倚官阁。
>
> 田闲苗叶稀,高低共一视。苗稀实不繁,怅彼荷锄子。
>
> 富者计多寡,但羡去年美。贫者重有无,聊作今年喜。
>
> 知足有远谋,达时勿过恃。人事歉与盈,循环互终始。
>
> 矧伊浩荡胸,厥道安汝止。……

此诗作于乾隆三十六年(1771),当时黄梅大旱,井多涸。诗的前四句写了田地干旱和蝗虫渐生的景况。龟兆原意指古代占卜时龟甲受炙灼所呈现出的坼裂之纹,作者以此描写土地旱裂景象,形象生动又贴切,还道出了人们在面对自然灾害时的无奈与无助。第五句开始转悲为喜,叙述了久旱

---

① (清)喻文鏊:《红蕉山馆诗钞》卷二,《清代诗文集汇编》414 册,上海古籍出版社 2010 年版,第 462 页。

② (清)喻文鏊:《红蕉山馆诗钞》卷十,《清代诗文集汇编》414 册,上海古籍出版社 2010 年版,第 571 页。

③ (清)喻文鏊:《红蕉山馆诗钞》卷十,《清代诗文集汇编》414 册,上海古籍出版社 2010 年版,第 571 页。

④ (清)喻文鏊:《红蕉山馆诗钞》卷二,《清代诗文集汇编》414 册,上海古籍出版社 2010 年版,第 469 页。

逢甘雨的欣喜，农民面对稀少的收获也没有太悲观，表达了人们乐观积极的务农精神。作者认为对待农事应与人事一样，强调应顺天时、量地利，顺应四时规律，知足达时。这首诗虽是农事诗，但与历史上其他农事诗大有不同。它描写了灾害景况，但并没有着重强调灾害带给人们的苦痛，而是表现出人们积极面对灾害的精神，进而提出哲理性、辩证性的观点，这正是作者通达乐观性格的体现。

如《民瘼》①。

> 民瘼深悬朵殿思，灾黎况是待恩时。
>
> 豪牙贵粟论平减，内府输金费度支。
>
> 八口可怜祈有岁，诸公何以奉无私。
>
> 严天风雪归来好，准备春耕慎勿迟。

《民瘼》这首诗收录在《红蕉山馆诗钞》的第六卷，根据眉睫《喻文鏊诗歌系年与分期》分析，卷六诗歌的创作时间约为1785—1786年。1785年即乾隆五十年，这一年黄河中下游、长江中下游及这两个区域之间的广大北方地区发生了一次少见的特大旱灾，灾区范围很广，波及山东、河南、湖北、安徽、江苏等地区，大批灾民流亡，灾情极为严重。湖北不但受灾面积大，而且程度严重，湖北省东半部尤甚。云梦、武昌、大冶、阳新、鄂城、黄冈、麻城、浠水、蕲春、黄梅等地区严重者自春至夏未下雨，田禾尽枯死，平民百姓因饥饿伤亡无数。"旱中二禾，俱多黄萎"②，粮食歉收，米价大增，黄梅"夏大旱，石米六千有奇，人多流亡，道殣相望"③。面对饥荒，湖广只得向四川、江西等旱灾较轻的省购买粮食。根据《清史稿》记载，1785年湖广发生饥荒时曾请求四川卖给粮食，"李世杰……迁四川总督……五十年……湖广饥，告籴

---

① （清）喻文鏊：《红蕉山馆诗钞》卷六，《清代诗文集汇编》414册，上海古籍出版社2010年版，第509页。

② 陈振汉：《清实录经济史资料——农业编》第二分册，北京大学出版社1989年版，第654页。

③ （光绪）《黄梅县志》卷三十七《杂志·祥异》。

于四川。世杰请以近水次诸州县常平仓谷碾米。"①同时楚地亦向江西购买粮食缓解饥荒,江西巡抚何裕城上奏称当地粮食价格日益上涨,是因江、楚商人贩运过多造成的,《清史稿》记载:"五十一年……江西巡抚何裕城奏粮价日昂,由江、楚贩运过多所致。上以意存遏籴,切责之。"②

尽管政府有向外省购买粮食,也有发银谷赈恤,蠲缓钱米,但救济犹如杯水车薪,百姓仍苦不堪言,流亡者甚众。面对无情的自然灾害与苦痛的人民,作者深表同情却无力相助,但无奈之中也怀有希望,祈求瑞雪降临,明年能有个好收成。如《纪旱》③。

> 五月十七断雨脚,一月不雨不为虐。
>
> 迁延几及五旬余,欲雨不雨风扫却。
>
> 始夏日日雨何多,水田水放归江河。
>
> 往者虽旱有小雨,今雨小尚能养禾。
>
> 青草可怜焚亦死,大田叹息苗槁矣。
>
> 贷钱引水水源枯,天公不要人甚忮。
>
> 七月初三雨倾盆,枯荄著雨如返魂。
>
> 田父聚喊助雨势,浓雨已来隔牛背。
>
> 含苞欲吐雨及时,一滴犹抵甘露滋。
>
> 过期得雨真无奈,五日十日雨始齐。
>
> 稻田无穫菽可种,霜气袭人人馁冻。
>
> 六十日菽卅日雨,一日不雨中何用?
>
> 忆前春甲雨濛濛,赤地千里伤我农。
>
> 他乡亲故书相讯,江西淮西宛相同。
>
> 江西秋后雨颇足,扬州又拨义商谷。

---

① (清)赵尔巽等:《清史稿》卷三百二十四,中华书局 1976 版,第 10838 页。

② (清)赵尔巽等:《清史稿》卷十五,中华书局 1976 年版,第 535 页。

③ (清)喻文鏊:《红蕉山馆诗钞》卷十,《清代诗文集汇编》414 册,上海古籍出版社 2010 年版,第 571 页。

蕲黄虽灾勘不成，上游水旱更相仍。

大吏筹荒绥流冗，上游较比蕲黄重。

闻道川中米价低，商郧包谷贱如泥。

楚秦川陇捷书至，疮痍亟拯天公意。

蕲黄闲米价日加，川米多被上游遮。

一雨才能米价跌，万户千村计全活。

燥土布麦待雨生，待雨不来待见雪。

这首诗被收录在《红蕉山馆诗钞》的第十卷，根据眉睫的《喻文鏊诗歌系年与分期》分析，卷十诗歌的创作时间约为1787—1803年，这首诗记录的正是嘉庆七年(1802)的旱灾。嘉庆七年清政府连破四川、陕西等地的白莲教起义。战乱频仍的同时，旱灾泛滥。受灾地区饥荒严重，粮价大增，黄梅"岁大歉，石米五千有奇"[1]。即使"从雍正四年(1726)至嘉庆十一年(1806)，川粮支援了湖北、湖南、江西、江苏、安徽、浙江、福建、直隶、河南、山东、陕西、甘肃、青海、西藏、云南、贵州等16个省区，年输米高达30万石"[2]。但川米有限，受灾地区难皆购得，"一雨才能米价跌，万户千村计全活"，面对灾难，喻文鏊发出切实的希望，体现出现实主义精神，表达出作者对雨水的渴望和对人民的关心。这与清代洪升《喜雨》"半岁伤枯旱，郊原一雨新。……明朝减米价，先慰绝粮人"[3]所表达的情感是相似的。

常年遭遇旱灾，粮食歉收，使人们对雨雪的渴望日益强烈，喜爱更加浓厚，这在喻文鏊诗中多有体现，如："朔风一夜雪压村，陇头陇外无人行。才经一旬三见白，春前春后总宜麦。去年二麦无，十室九空虚。今年连日雪，我喜关心转。呜咽，逃亡几处归未归，路旁恐有冻死骨，檐闲乾鹊唤新晴，为

---

① （光绪）《黄梅县志》卷三十七《杂志·祥异》。

② 王纲：《清代四川史》中"清代四川粮食外运统计表"，成都科技大学出版社1991年版，第575页。

③ （清）滕云编：《元明清诗选讲》，中国少年儿童出版社1987年版，第191页。

语,流民归去趁春耕。"(《雪》)①"出逢村父老,含笑走城中。昨夜三更雨,今知几处同。来携鲑菜美,预祝岁时丰。"(《喜雨》)②"大田多美稼,连畛坼龟丝。不日洗兵雨,银河亦倒流。天公仁爱意,雁户稻粱谋。愁绝荒江渺,无人独倚楼。"(《望雨》)③"瞬息同云兴,簌簌瓦初响。错落小如珠,飘瞥大如掌。积素盈庭阶,使我窗棡朗。三农欣拊髀,二麦遂生长。"(《喜雪·其一》)④

黄梅临江近湖,水灾也未缺席。明代石昆玉《桂公堤碑记》曰:"黄梅背山面湖,民田尽数泽中,江汉直注,彭蠡旁射,水患岁有。"⑤有清一代,见于记载的黄梅大水灾就有数十次之多。乾隆年间水灾尤为频繁,《黄梅县志·祥异》记载,"三十四年夏大水堤尽溃","四十八年秋大水堤尽溃","五十三年秋大水堤尽溃,积雨三阅月,民房多倒塌。"⑥这些水灾在喻文鏊的诗中也有所体现。如喻文鏊的《堤溃书感》⑦。

> 江水下盘塘,无山可阻水。当其暴涨时,那能测涯涘。
> 驱水与水争,杵筑高不庳。其东尽雷池,捍蔽相首尾。
> 始自洪武间,历今四百祀。筑堤事澹灾,堤筑灾未已。
> 一线五邑联,受害吾过彼。吾邑居中枵,大半如釜底。
> 居民傍水居,江表而湖里。山田多瘠薄,湖田多肥美。
> 江堤标界划,湖筑纷纭起。江堤实绵延,湖堤复迤逦。

① (清)喻文鏊:《红蕉山馆诗钞》卷八,《清代诗文集汇编》414 册,上海古籍出版社 2010 年版,第 547 页。
② (清)喻文鏊:《红蕉山馆诗钞》卷九,《清代诗文集汇编》414 册,上海古籍出版社 2010 年版,第 556 页。
③ (清)喻文鏊:《红蕉山馆诗钞》卷九,《清代诗文集汇编》414 册,上海古籍出版社 2010 年版,第 558 页。
④ (清)喻文鏊:《红蕉山馆诗钞》卷十,《清代诗文集汇编》414 册,上海古籍出版社 2010 年版,第 562 页。
⑤ 湖北省人民政府文史研究馆、湖北省博物馆编:《湖北文征》第 3 卷,湖北人民出版社 2000 年版,第 266 页。
⑥ (光绪)《黄梅县志》卷三十七《杂志·祥异》。
⑦ (清)喻文鏊:《红蕉山馆诗钞》卷十,《清代诗文集汇编》414 册,上海古籍出版社 2010 年版,第 573 页。

雨来湖不纳,江溢堤易圮。无虑万村落,在在生疮痏。

江堤付东流,湖堤道披靡。道元注桑经,刊水清且沘。

右对马头岸,何不顺遗轨。刊水既湮塞,南注蔑一匕。

独有青林湖,东流一支耳。所潴亦已多,所泄何由骇。

因循逾旬月,田庐剩有几! 倘得江水低,旦夕犹可俟。

不然肆横流,震荡靡遐迩。万畚狎阳侯,人命轻如纸。

倏忽倒如山,吾民其鱼矣! 十年再三逢,千家频转徙。

……

盘塘、刊水、马头岸、青林湖皆是当时黄梅县南端依傍长江一带的地名。喻文鏊《桂氏修桥记》曰:"(黄梅)河水西南流凡数支,汇于湖,合青林水出大雷。今青林西南入江之口既埋,并为东流。故黄梅太白诸湖之水,每夏秋雨多,所在田庐受害。河水之西南流者又冲之,下流不畅,故上流愈壅滞,竟日弗消,则道途阻塞。驿递有淹滞之虞,行旅有病涉之苦。"①这首诗即是描述了乾隆年间黄梅水灾及堤溃的情形,介绍了黄梅的特殊地理位置和水灾带给黄梅的毁灭性的摧毁。全诗虽长达三十句,却一气呵成,不显滞涩,结构整齐,紧凑连贯,笔力矫健,贯穿着作者对灾难的无奈和痛心、对家乡人民的深切关心和同情以及强烈的社会忧虑感和责任感。

灾祸频生,流民四起,黄梅的百姓因灾害流亡到外地,也有外地的百姓流亡到黄梅。喻文鏊作为《流民叹》②。

携妻挈子一路哭,狗声狺狺鸡升屋。

千村万落遮道来,去者未已来者续。

夜则露栖日乞粮,成群数百逃灾荒。

起自六月至九月,结队渐多渐分张。

---

① 湖北省人民政府文史研究馆、湖北省博物馆编:《湖北文征》第 8 卷,湖北人民出版社 2000 年版,第 436 页。

② (清)喻文鏊:《红蕉山馆诗续钞》卷二,《清代诗文集汇编》414 册,上海古籍出版社 2010 年版,第 588 页。

问渠来自何处所？庐凤一带连淮楚。

前者被旱已二年，今春至夏又不雨。

二麦干枯荒特奇，大田插莳况无时。

青草不生水源竭，渴不得饮安问饥。

出门行行几百里，中途卖女继卖子。

早知儿女生诀别，何如相抱故乡死。

黄梅县尉一何贤，日日来散流民钱。

汝曹得钱一饱罢，慎勿作横遭官骂。

这首诗被收录在《红蕉山馆诗续钞》卷二中，根据眉睫的《喻文鏊诗歌系年与分期》分析，续钞诗歌的创作时间约为 1804—1816 年，这首诗大约创作在 1814 年。1813—1814 年，安徽、江苏、湖北、山东、河南等地又遭遇严重旱灾。1813 年"安徽亳州、凤阳等七州县旱灾，免额赋。湖北江陵、沔阳等十州县及各卫所旱灾，展缓新旧额赋"①。1814 年郧县、竹溪、黄梅等地"大旱，大饥，草木食尽，民多饿死"②，江淮之间"田赤草枯，饥疫，逃亡甚众，人相食"③，全国多地米价大涨，钱泳《履园丛话》记载："嘉庆十九年……自五月至八月，水望西流……然是年仅旱灾，米价每石至五千六七百文，秋收不登而已。"④

《流民叹》写的正是旱灾期间安徽庐州凤阳一带的灾民逃亡到黄梅的现象，深刻地反映了社会现实。诗歌描述了令人目不忍睹的灾荒景象以及流民的凄惨状况，将流民的悲辛淋漓尽致地展现出来，"中途卖女继卖子"，可见人们已被灾害逼到背弃伦理道德来维持生存的程度。喻文鏊曾说："诗能感人。愈浅愈深，愈澹愈腴，愈质愈雅，愈近愈远。脱口自然，不可凑拍。"⑤这首诗用通俗质朴的语言，将流民的悲辛苦痛、社会现实的残酷，反

---

① 李克让主编：《中国干旱灾害研究及减灾对策》，河南科学技术出版社 1999 年版，第 339 页。
② 李克让主编：《中国干旱灾害研究及减灾对策》，河南科学技术出版社 1999 年版，第 340 页。
③ 李克让主编：《中国干旱灾害研究及减灾对策》，河南科学技术出版社 1999 年版，第 340 页。
④ （清）钱泳：《履园丛话》（下），中华书局 1979 年版，第 382 页。
⑤ （清）喻文鏊：《考田诗话》卷一，清道光四年刻本。

映得淋漓尽致,深沉的悲悯和无奈的怅惘在字里行间流露无遗,表达了作者
"解百姓于倒悬"的心愿和对受灾百姓的深切同情。

　　嘉庆年间,不仅自然灾害连绵不断,战乱也频仍。从嘉庆元年(1796)
到嘉庆九年(1804),四川、陕西、河南和湖北边境地区发生了白莲教徒武装
反抗清政府的事件,历时九载,这是清代中期规模最大的一次农民战争。喻
文鋆的诗作《白莲贼》《荡平消息》《闻湖南贵州逆苗平移兵歼白莲教贼》
《贼复由蜀入楚闻东三省兵至》《喜闻川中旬日内三歼贼渠》《喜闻川西连日
奏捷》《望陕楚平贼消息》等详细叙述了战争过程和细节以及残酷和艰辛,
赞扬了平贼将领和士兵们的骁勇善战和爱国主义情操,表达出其对战事的
关心和对社稷的忧虑,以及对战争与贼人的谴责和对战争中受害人民的同
情和体恤,寄托着对国家安宁和平的向往,饱含着深厚的忧国忧民的情感。

四、注重伦理,顾念亲友

　　作为一个地方文化世家,喻文鋆具有深厚的家庭情结,十分重视人伦亲
情,他内睦宗族,孝敬父母,关怀兄弟子侄、女儿女婿,注重后辈教导。喻文
鋆之子喻元鸿在《修职郎选授竹溪县教谕先考石农府君行述》记载曰:"六
门弟侄孙曾辈,府君视之悉如一门,不以疏远稍存形迹,治家严而有法,无日
不进愚兄弟辈而训之以杜门读书,恪守家训。一门百口,尺帛斗粟无私,田
园宅第无别大小,长幼饬然有条,无一人敢越规偭矩,亦无一人不同心一气,
群从之间恂恂如穆穆如焉。乡邻中之稍能束脩自好训其子弟者,无不举府
君为法。而愚从父兄弟辈内而居家,外而居官,俱能稍自树立,不诡随流俗
者,虽皆恪守两季父之训,其得力于府君之教者亦不少也。"①喻文鋆的《怀
舍弟以载(文鏳)典掖(文鋆)》《将归题寓斋壁并示两弟》《秋夜示两弟》《示
诸从弟》《先严忌日》《示诸弟侄》《至黄陂示舍弟以载》《示两生》《之荆州舟
发汉口忆家》《至怀远示舍弟》《侄元泽省亲泾阳》《送女示叶婿》《寄仲弟甘

---

① (清)喻元鸿:《修职郎选授竹溪县教谕先考石农府君行述》,《清代诗文集汇编》414 册,上
　　海古籍出版社 2010 年版,第 444 页。

州》《得季弟保定病耗却寄》《得仲弟量移兰州书》《示两儿子》等诗都蕴含着浓厚的亲情和深沉的关怀。

喻文鏊谨遵儒家传统道德,对父母敬爱孝顺,与父母感情深厚。如《秋日》:"天高霜信早,木叶正翻飞。性癖稀留客,年荒贱典衣。煨芋山月晓,收艇浦云归。幸得双亲健,依依白版扉。"①《先严忌日》:"上巳逢严忌,空庭泪泫然。半生衔恨处,万死远游年。薄酒修家祭,新阡望墓田。慈闱欣健饭,尚觉得天偏。"②写出了对离世父亲的无限思念以及对母亲健在的欣慰,流露出对父母双亲的深深依恋。喻文鏊离家在外时也不忘心怀父母,报以归期,他在《对月与舍弟》中写到"为语南方使,归期报老亲"③。

喻文鏊的亲情诗不仅蕴含着对亲人的深情和关怀,还饱含着高度责任感和使命感,贯穿着他对后世子女的谆谆诫勉和殷切厚望,以及对喻氏家风的继承。如《示诸从弟》④。

委怀事书帙,旦莫谢尘务。六经只糟粕,俗学陋章句。
乃欲涉其途,浩渺多迷误。渐历始忘疲,稍深多领趣。
古之闻达人,高情骋逸步。辟榛导前趋,惜阴怀后惧。
吾先多隐德,坦道惟履素。努力诵清芬,荏苒光难驻。
失学患坠声,展卷有余慕。察理不嫌苛,绳躬毋乃恕。
宛转浚灵源,踔猛瘳积痼。引机如饷新,返真若逢故。
所愿炉火纯,寸顽就冶铸。仰视天宇空,浮云莽回互。

喻氏家族一直以来都有淡泊立身、乐善好施的家风,坚守质朴无华、清白自守的处世态度。这首诗中喻文鏊给予诸从弟真切的诫勉,告诫从弟要

① (清)喻文鏊:《红蕉山馆诗钞》卷三,《清代诗文集汇编》414册,上海古籍出版社2010年版,第470页。
② (清)喻文鏊:《红蕉山馆诗钞》卷九,《清代诗文集汇编》414册,上海古籍出版社2010年版,第549页。
③ (清)喻文鏊:《红蕉山馆诗钞》卷七,《清代诗文集汇编》414册,上海古籍出版社2010年版,第532页。
④ (清)喻文鏊:《红蕉山馆诗钞》卷三,《清代诗文集汇编》414册,上海古籍出版社2010年版,第471页。

继承先祖遗德,努力保持高洁的品德,不可中断尚学传统,要尽己之力绵延祖业,踵事增华,不坠家声。

喻文鏊《示两生》中写道:"人生无贤愚,于学当取资。图书委素儿,静对中心怡。而何古学废,师道亦日隳。遥企昔所云,经师与人师。不然皋比拥,学究徒堪嗤。愧匪朱与蓝,益此素丝姿。但希襜盈日,正其青出时。且读进学解,戒哉荒于嬉。"①这首诗是喻文鏊写给后生的劝学诗,劝诫后生要勤奋戒玩乐,表达了作者对后生真诚的告诫和殷切的期望。

再如《至怀远示舍弟》②。

> 幸际承平日,边陲息战争。弹丸今置县,服组始专城。
>
> 安得鸣琴奏,同兹偃革情。圣心忧瘠壤,诏免凤逋征。
>
> 莫便轻为吏,素心安可移。但期在官日,不忘住家时。
>
> 身事从来浅,功名未可窥。鱼官无长物,白发语如斯。
>
> 地僻逢迎少,时清案牍稀。卷中诗格健,碛裡吏人归。
>
> 韦素家风旧,羊酥塞馔肥。相依惟老仆,白日照冰帷。
>
> 赤子呼庚癸,边民虑阻饥。何由拯困急,那忍施鞭笞。
>
> 花落庭逾静,风高鸟下迟。卖刀佩牛犊,好语朔方儿。

喻文鏊之弟喻文鏴曾任陕西怀远知县,这首诗是喻文鏊游历至怀远时写给文鏴的。喻文鏊劝诫喻文鏴为官勿要改变纯洁的本心,勿要忘记家风家训,要清廉忠正,忘怀己利,淡于功名,要尽为官之责,解百姓于倒悬,保边陲之安定。

喻文鏊一方面对兄弟子侄寄予厚望,对他们的政绩文采颇加赞赏;另一方面也对他们抱以任其自然的态度,灌输给他们知足抱朴、安贫乐道、甘于平淡的生活准则,如《示两儿子》:"望七人如下坂车,汝曹壮盛趁年华。六

---

① (清)喻文鏊:《红蕉山馆诗钞》卷四,《清代诗文集汇编》414册,上海古籍出版社2010年版,第489页。

② (清)喻文鏊:《红蕉山馆诗钞》卷七,《清代诗文集汇编》414册,上海古籍出版社2010年版,第531页。

张五角少成事,喫饭穿衣好做家。书到赏心知有味,福希非分愿毋奢。寻常过日偏多暇,东老虽贫乐不差。"①

喻文鏊性情淳厚,不仅注重亲情,还笃于友情,他不仅创作了许多亲情诗,还创作了许多友情诗,如《怀石秋水》《送陈愚谷(诗)之蒲圻》《别靖氏兄弟》《石榴花塔再同愚谷云素》《寄云素》《同愚谷观南城砖塔》《同云素逊千人五祖山》《怀云素兼寄都中诸友》《寄怀王石华》《怀蕲州刘憩亭兄弟》《同次岳过东禅寺憩鲍墓下》《怀次岳之辰州》等,或抒送别之愁,或表怀念之情,或记游览之事,或互相勉励,或寄予衷心的祝愿,情感真挚,意味深长。如《送友》②。

前为鄂渚客,岁事递相侵。送汝江南路,迢迢烟水心。

缁尘凋两鬓,素月抱孤琴。一去频回首,苍茫云树深。

这首诗以冷清惨淡之景衬孤寂悲凉的离别之情,烟水茫茫,云树深深,渲染了离别的不舍以及别后的惆怅。友人频频回首不忍离去,作者伫立凝望无限惆怅,离愁别绪尽在作者与友人的情态之中显现。世路难行,尘事纷扰,作者对友人饱含着同情关切。"孤琴"有期待知音之意,表达了作者对朋友的珍视和不舍,情真意切又委婉曲折。再如《郡城晤友》③。

落日淮西道,清风旷流衍。切切理素丝,飒如露初泣。

故人得相逢,愁怀始一遣。前年聚首时,吟情自湛沔。

今年复此会,素志互判辨。讵悲世情乖,但虑生计浅。

林羽有时铩,修途弗辞蹇。月华桂树巅,悠悠思何缅?

落日清风,作者与故人相逢,相见甚欢,互相劝勉解慰,温暖失意之心,

①　(清)喻文鏊:《红蕉山馆诗续钞》卷一,《清代诗文集汇编》414册,上海古籍出版社2010年版,第586页。

②　(清)喻文鏊:《红蕉山馆诗钞》卷一,《清代诗文集汇编》414册,上海古籍出版社2010年版,第447页。

③　(清)喻文鏊:《红蕉山馆诗钞》卷一,《清代诗文集汇编》414册,上海古籍出版社2010年版,第455页。

愁怀俱散。世情百态，生计萧疏，人生难免失意，常会遇到坎坷，遭受摧残，作者劝诫友人不要丧失素志，迷失方向，要积极面对。全押"衍"韵，一韵到底，一气呵成，极具感染力量，读完此诗如闻作者深情叮咛，表达出作者与友人同道相知的真挚情感，显示出作者旷达乐观的个性。如《寄云素》①。

> 骨肉同一方，不当常乖离。偶别一须臾，使我深相思。
> 白月照庭树，千里以为期。抚枕不能寐，自念中情思。
> 情私那顾惜，泪下如绠縻。愿言同心草，载言连理枝。
> 搅衣不出户，盎然方寸间。形骸非所亲，四海何弥漫。
> 丹穴五色鸟，安得奋羽翰。俯视燕与雀，枌榆相翩翻。
> 读书思济世，天路修且宽。落日下平坂，兰桂馨空山。
> 携手上崇邱，得朋良独难。起视浮云徂，君亦何所思。
> 汉水东南来，不复西北驰。与我数晨夕，觌缕不成词。
> 郁郁庭前树，秋风摧拉之。朔雁日孤翔，幽蚕鸣且悲。
> 鸣声一何苦，之子寒无衣。寿命非金石，迁转成岁时。
> 令名保无穷，矫首遵前规。

喻文鏊与叶云素既是亲家又是挚友，此诗字字泣血，句句真情，若非知心朋友，恐难以如此直爽陈词。这首诗抒发了喻文鏊对亲人的深深思念，对相聚的期盼，及对朋友难觅的感慨。"秋风""朔雁""孤翔""幽蚕"等意象渲染出孤寂悲凉的气氛。"读书思济世，天路修且宽"表明作者读书是为了施展济世之志，喻文鏊在其另一首诗《咏坡公》中写道"高谈遗世务，必无济世功"，他劝诫好友读书应注重实际，联系现实，不应只关注虚无缥缈又无实用的内容。"令名保无穷，矫首遵前规"，令名指美好的名誉，前规指前人的规矩，保持好的名声，谨遵前任规范，这既是作者自己的人生准则，也是其对好友叶云素的忠告。

---

① （清）喻文鏊：《红蕉山馆诗钞》卷七，《清代诗文集汇编》414 册，上海古籍出版社 2010 年版，第 522 页。

喻文鏊诗歌题材广泛,通观古今,感情真挚,思想内容丰富,艺术成就颇高。他认为:"诗不惬伦理者为不亲,不衷时物者为不切,不经涉山川者为不广,不蕴酿经史者为不根,不通观古今殊俗琐情者为不趣。"①王安石说:"世间好语言,已被老杜道尽。世间俗语言,已被乐天道尽。"②也许喻文鏊的诗并不十分惊人,语言质朴,却都是含情蕴亲、切实广博、有理有据、生动有趣的真诚之作。

喻文鏊的文章创作不如诗歌丰富,但其文章成就亦颇高,《上张观察论乡兵保甲书》《论保甲乡勇》《论社仓利弊》《说吏》《说民》《送仲弟之黄陂训导序》《史逊千被荐入都序》也具有深刻的历史意义和现实意义。

作为文士,喻文鏊对当时的文风有自己独特的认知和见解,并提出合理的批判。他指出"诋古人者多,诋今人者卒鲜"③,"剔已死者之骨,索既朽之瘕"④是当时最严重的文风问题。他强调无论古人今人,"人各有能有不能,……各足于己而已。足于己者,褒众长以自益;不足于己者,排众议以自便。"⑤人们对古人应抱以客观公正的态度,对古人今人皆应看其所长,并撷其所长以提升和完善自己。喻文鏊创作文章时通观古今,立足现实,结合史实,客观公正。李祖陶《红蕉山馆诗文钞序》评论其文章曰:"综核时事,磊落激昂,推原得失。"⑥喻文鏊之文关注的社会现实包括斥保甲、哀校官、说师、说吏、说民等内容。

保甲自宋至清沿袭数百年至今,未能青出于蓝,反而每况愈下。喻文鏊在其《上张观察论乡兵保甲书》中指出:"乡兵保甲,宋之秕政也,保甲则至今用之。"⑦"今或不责以察奸之责,而唯徇门力役奔走供应之不暇矣"⑧,当

---

① (清)喻文鏊:《红蕉山馆诗钞·诗跋》,《清代诗文集汇编》414册,上海古籍出版社2010年版,第438页。
② (宋)陈辅:《陈辅之诗话》,《宋诗话全编》第1册,江苏古籍出版社1998年版,第332页。
③ (清)喻文鏊:《与毛洋溟书》,《红蕉山馆文钞》卷一,光绪三年刻本。
④ (清)喻文鏊:《与毛洋溟书》,《红蕉山馆文钞》卷一,光绪三年刻本。
⑤ (清)喻文鏊:《与毛洋溟书》,《红蕉山馆文钞》卷一,光绪三年刻本。
⑥ (清)李祖陶:《红蕉山馆文钞序》,《红蕉山馆文钞》卷首,光绪三年刻本。
⑦ (清)喻文鏊:《上张观察论乡兵保甲书》,《红蕉山馆文钞》卷一,光绪三年刻本。
⑧ (清)喻文鏊:《上张观察论乡兵保甲书》,《红蕉山馆文钞》卷一,光绪三年刻本。

时保甲制度完全与朝廷防患未萌的初衷相背离,不仅未能尽到维持社会安定、保护百姓安全的义务,反而成了州县政府搜刮和役使百姓的爪牙。且"保甲之权,操之吏胥,肱箧攫金者,吏胥辄匿之,阴取其利矣"①,下层官吏与盗贼勾结,为盗贼隐瞒实情掩盖过错,从中谋取私利。"夫今之保甲,贱役也。"②正直英勇者不肯也不屑为,恶霸无赖却争相为之,为的是仗势欺民,搜刮百姓,故"以为贱役而甘为之,则不惟不可以防患,且可以滋患。必明示以非贱役,而后人可得矣"③。乡兵亦多以不逞之徒充任,平日寻衅滋事,费财妨农。当时基层实已萎痹腐朽,将要病入膏肓。面对此种状况,喻文鏊提出"谨愿者无所耻而乐为之矣。且保甲之设,非徒为狗偷鼠窃设也。句核门牌,使知四民之数。其所以防微杜渐者,意至深远。夫禁过于微,则民乐迁善。防患于小,则患远。患远者,迁善之渐。而兴行者,所以窒祸乱之源也"④。清晰明确地论述了保甲的设立意义和设置原则。

喻文鏊对校官怀有深切的同情和怜悯。所谓"校官",即担任州县学官的人。校官之位虽不易得,却并不受人尊敬,"校官与令同城而体均,因不逮远甚。今多金而倨,校官造候,每不纳,不报谢。"⑤校官虽与守令同级别,但因无权无财,不能受到礼遇,终身难有升迁,境遇悲惨。清代文献有不少部分校官死后因贫穷而无法归葬,家人流离失所的记载。管理教育的官吏地位如此,从事教育者的状况亦十分堪忧。"今童子奉一师习句读,讲求干禄之学,求所谓经师人师者不可得。非但无是师,亦无是受业之弟子。师之道稍杀。"⑥学校教师无人尊敬重视,但会试、乡试主考官等却备受推崇。人们甚至争相拜上级官员为师,"外而州县认郡守为师,郡守认监司为师,监司认督抚为师;内而员司认阁都、院寺、九卿、军机、宰辅为师"⑦,一时成为

---

① (清)喻文鏊:《上张观察论乡兵保甲书》,《红蕉山馆文钞》卷一,光绪三年刻本。

② (清)喻文鏊:《上张观察论乡兵保甲书》,《红蕉山馆文钞》卷一,光绪三年刻本。

③ (清)喻文鏊:《上张观察论乡兵保甲书》,《红蕉山馆文钞》卷一,光绪三年刻本。

④ (清)喻文鏊:《上张观察论乡兵保甲书》,《红蕉山馆文钞》卷一,光绪三年刻本。

⑤ (清)喻文鏊:《送仲弟之黄陂训导序》,《红蕉山馆文钞》卷二,光绪三年刻本。

⑥ (清)喻文鏊:《师说》,《红蕉山馆文钞》卷六,光绪三年刻本。

⑦ (清)喻文鏊:《师说》,《红蕉山馆文钞》卷六,光绪三年刻本。

风气。喻文鏊称之"师生不知始何时""师非其师",实为"不实之称"①;有些人甚至公然行贿,"赂遗拜认",但"师而可赂,则不足师明矣"②。这些徒有虚名的师生,各有所谋,被尊为师者为的是依靠众多门下士获得褒扬尊崇,拜师者则为的是"窃权用事,倚为奥援"③,朋党雏型,已寓其中。而对于真有授业关系的塾师、社学师、书院师、学师等"无为赂遗拜认者"④,无人尊崇和礼遇。这就是当时认官不认师、论地位不论学识的庸俗浅薄风气,喻文鏊对此作了深刻的揭露和批判讽刺。

在择吏任官上喻文鏊也有自己独特的见解。喻文鏊认为无论是"循资格"用人,还是"破资格"用人,都存在一定弊端,"朝廷以资格待中材,不以资格待畸士"⑤,应受处罚的人,"方将劾之,逡巡遇计典,反以及格举"⑥,处罚未受反而升迁;又有不合格者因"大吏以人地相需,请循故事引见,闻保举"⑦升迁。尤其是在镇压苗民和白莲教起义之后,朝廷开首功之门,刽子手和冒功者争相窜名籍中,竟有不少"手不任戈矛、身不与营垒,辄领乡兵格杀数人十数人,任意书填列上,开具合补官资"⑧。此类"破资格"用人,终会造成"躁进者之所为至荣,而恬退者之所深耻也"⑨的结果。

喻文鏊还指出了所谓"能吏"的危害。在权贵高官眼里,能吏是"进退趋跄娴习,应对捷给","谒上官,奉以进珍珠宝石取最重,及各洋奇巧器具,所承值无不当上官意",⑩他们用各种名目巴结上司,对其仆隶也会打点周到,但对平民百姓却凶恶无情,民众稍有违忤即施以重惩严罚。但这种"由

---

① (清)喻文鏊:《师说》,《红蕉山馆文钞》卷六,光绪三年刻本。
② (清)喻文鏊:《师说》,《红蕉山馆文钞》卷六,光绪三年刻本。
③ (清)喻文鏊:《师说》,《红蕉山馆文钞》卷六,光绪三年刻本。
④ (清)喻文鏊:《师说》,《红蕉山馆文钞》卷六,光绪三年刻本。
⑤ (清)喻文鏊:《史逊千被荐入都序》,《红蕉山馆文钞》卷二,光绪三年刻本。
⑥ (清)喻文鏊:《史逊千被荐入都序》,《红蕉山馆文钞》卷二,光绪三年刻本。
⑦ (清)喻文鏊:《史逊千被荐入都序》,《红蕉山馆文钞》卷二,光绪三年刻本。
⑧ (清)喻文鏊:《史逊千被荐入都序》,《红蕉山馆文钞》卷二,光绪三年刻本。
⑨ (清)喻文鏊:《史逊千被荐入都序》,《红蕉山馆文钞》卷二,光绪三年刻本。
⑩ (清)喻文鏊:《吏说》,《红蕉山馆文钞》卷六,光绪三年刻本。

前能在承值、由后能在严酷”的“能吏”在当时却受到普遍赏识,官吏们“尤而效焉,天下之能吏几满”,“而民之得遂其生者亦鲜矣”。① 所以喻文鏊气愤地说:“天下之患在能吏”,“致盗之吏,能吏也”,②但真正到了危乱之时,其能一无足恃。喻文鏊对官吏选择和升迁问题进行了深刻分析,揭露了“能吏”的无耻行径,批判了当时官场的腐朽和溃乱。

当时官吏的公文和谈话,常称百姓为“刁民”,喻文鏊反驳曰“天下未尝有刁民也”③,朝廷一贯标榜“渐仁摩义,人道化成”,而事实上又称自己的子民为刁民,岂非自相矛盾? 而且官吏位高权重,百姓只是“所当袒而受笞、跪而受命者也”④,又何以敢“刁”? 喻文鏊论述说官吏认为民刁不外乎“钱粮火耗加重不得也,漕米浮收折色不得也,常平仓谷勒借于前折收于后不得、短价派买不得也,市物官价不得也,里排加派夫徭不得也,户婚田土词讼展转耽延、藉图讹索不得也”⑤,可这些矛盾大多都是官吏浮收摊派、搜刮勒索造成的,而民“非刁也,不便于官而已”。“民不受官治,至于怨谤丛兴、告讦竞进,风俗败坏”⑥,皆是“官致之”“官导之”的结果。喻文鏊指出,于乡里作横称霸的大猾才可称为刁民,但这些人若无长官胥役的袒护是难以立足的,“官与胥利其赇,且多方护惜之”⑦,他们才得以猖狂。而官吏们所谓的“刁民”,实则都是穷苦无告的百姓。

喻文鏊关注现实,综核时事,站在百姓的立场上为民申辩,表达了对官吏的强烈不满和对人民的深切同情,展现出其忧念民生社稷的伟大济世情怀。这也是喻氏家族家风在喻文鏊身上的体现,其文内容丰富、思想深刻、有节有理,在当时有着一定的影响。

---

① (清)喻文鏊:《吏说》,《红蕉山馆文钞》卷六,光绪三年刻本。
② (清)喻文鏊:《吏说》,《红蕉山馆文钞》卷六,光绪三年刻本。
③ (清)喻文鏊:《民说》,《红蕉山馆文钞》卷六,光绪三年刻本。
④ (清)喻文鏊:《民说》,《红蕉山馆文钞》卷六,光绪三年刻本。
⑤ (清)喻文鏊:《民说》,《红蕉山馆文钞》卷六,光绪三年刻本。
⑥ (清)喻文鏊:《民说》,《红蕉山馆文钞》卷六,光绪三年刻本。
⑦ (清)喻文鏊:《民说》,《红蕉山馆文钞》卷六,光绪三年刻本。

第三节　喻元鸿文学创作研究

喻元鸿的诗歌文从字顺，对仗工整，境界优美，具有较高的艺术性，如《荆竹庵》《鲍参军墓》《登文昌阁》《六祖坠腰石》《元旦入五祖寺》等，但整体诗篇较少，他较为突出的文学成就是其文章写作。

一、喻元鸿文章的思想内容

喻元鸿一生以儒道自律，但他的文章却并不是直接阐释性命义理等哲学思想，而多贴近社会现实。他虽然性格淡泊廉静，却常常伤时感事，忧国忧民，"其虑事也不欲为一己一时计，必综括人已后先之数。鳃鳃然虑之不已，人亦心许其忧之远而虑之深，而常訾其不适于用。"①所以其文章思想宽博，忧虑深远，具有深刻的现实性和丰富的意蕴。

喻元鸿文章题材丰富，主要以议论、传记、铭文等为主。议论文包括《春秋论》《汉文景几于刑措论》《敦风化论》《重修夫子庙记》等，涉及教育、风化等方面的内容，皆见解深刻，分析鞭辟入里，表达出对国家民族强烈的忧患意识和高度的责任感。

在《汉文景几于刑措论》一文中，喻元鸿将西汉文景盛世与西周文武、周公之世两个历史时期进行对比研究，分析了汉代文景时期几乎达到刑措境界的原因。喻元鸿认为这两个历史时期的差别主要在于教育，西周前期所进行的教育是国民教育和素质教育，而自汉朝以后，便逐渐走向精英教育和应试教育之路了。"周自文武以来，累世栽培休养。又得周公制礼作乐、兴学明伦。"②国民教育反映的是教育的普及性，素质教育注重的是对国民人格精神和谋生技能等方面的全面培养。《学记》曰："古之教者，家有塾，

---

① 湖北省人民政府文史研究馆、湖北省博物馆编：《湖北文征》第8卷，湖北人民出版社2000年版，第459页。

② 湖北省人民政府文史研究馆、湖北省博物馆编：《湖北文征》第8卷，湖北人民出版社2000年版，第448页。

党有庠,术有序,国有学。"①西周四学并设,州有序、党有序、家有塾、国有学,自王畿国都以及里巷,处处可见学校,自王世子卿大夫之子以及国之土庶皆是为学之人,自朝廷中的三公三孤、司谏司牧以及掌管井田、负责关市的官员都是广义的教师队伍;从洒扫应对到三物六行都是应学之法,自选造俊秀以及移郊移遂,皆为劝学之典。喻元鸿认为:"教学者不必日坐拥皋比、以传授文字为能。为学者不必被服儒雅,以寻章摘句为务。劝学者不必广设科目,以文字定去取为事。此人才之所以盛,风俗之所以淳,而刑之所以措也。"②西周全民教育无所不在,渗透在各个方面,兼容并包,开放自由,教师队伍庞大广泛,教育形式灵活多样,并不局限于文字、章句、科目等,教师循循善诱,学生依愿而学,国民皆注重自身道德境界的提升和诸多方面的发展与完善,这即是西周天下太平几乎刑措的主要原因。

在此分析基础上,喻元鸿对后世教育进行了批判,他认为相比西周前期的教育,后世的教育过于功利,汉朝是一个重要的历史转折期。在文中他说:

> 自乡学废,而兴学之地缺如矣。自人专一经、家各一学。而为学之人淆矣,自博士之官设。各以家法教授。而教学之官伪矣;自太常择民十八以上仪状端正者补弟子员,间一岁一试,通一艺以上者补文学。而劝学之典肤矣。上之所以设官取士者。不过沾沾文字之末节。下之所以攻苦力学者,不过沾沾记诵之虚文。又何怪学校之不日废、教化之不日衰、而三代之风不可复睹乎。③

喻元鸿的分析是深刻透彻的,他洞悉了选举制度与科举制度的严重弊病。考试的功利化、评价的标准化、推举的不公化使教育日益背离其原本的

---

① 王云五、朱经农主编:《礼记》,商务印书馆 1947 年版,第 73 页。

② 湖北省人民政府文史研究馆、湖北省博物馆编:《湖北文征》第 8 卷,湖北人民出版社 2000 年版,第 448 页。

③ 湖北省人民政府文史研究馆、湖北省博物馆编:《湖北文征》第 8 卷,湖北人民出版社 2000 年版,第 448 页。

宗旨。学校日益减少,为学之人混杂,教学之官虚伪,教学形式与内容每况愈下。教育的本旨是培养人,完善人,塑造健全优秀的人格,发展其蕴藏未露的才智以服务社会。但随着时间的推移和朝代的变迁,本旨在于完善才能品行的教育变质为个人谋取功名利禄荣华富贵的手段,"家无读书子,官从何处来""书中自有千钟粟""书中自有黄金屋"等正是功利主义读书观的反映。国家倡导功利主义的读书观,固然可以对读书人的积极性起到巨大的调动作用,但也弊端重重。社会风气良好的情况下,还可称得上利大于弊。社会风气败坏时,正常的竞争环境陷入紊乱,不公平的竞争出现,甚至形成"上品无寒门,下品无士族"的局面,读书人按以往的程序读书已谋取不到利益,于是就会怨念丛生,产生"读书无用论"的想法。一个朝代若想长治久安,其施行的教育应该是大众教育、国民教育,而不应是应试教育和精英教育,不应是以谋取利益为目的的教育。喻元鸿认为从汉朝至清朝,政府推行的都是远离教育本旨的精英教育,造成了国民素质整体水平较低的局面。他关注教育的背后是他对国家民族命运和前途的担忧,这些教育思想在当时看来无疑是先进的,也是值得后世深思的。

喻元鸿不仅十分关注教育,还常常立足社会,针砭时弊。他在《敦风化论》这篇文章中对当时的社会风化问题进行了批判,表达出对世风日下的忧虑,具有深刻的现实意义和鲜明的时代精神。喻元鸿认为朝廷最初设置官员时,并不仅限于任用得力的助手与亲信。乡里的佣保一日虽只获得数十钱酬劳,尚且竭尽全力尽职尽责地为人执役,不敢怠惰,更何况朝廷给以高官厚禄、荣祖荫后,付以人民和社稷重任的官吏呢?所以,彼时官员们皆竭力尽能,不敢好逸恶劳。"而后世仕宦之途,不但不以洁己奉公为职,而以营私饱橐为贤。亦且不以任事办公为务,而以狎优赌博为能。夫太平盛时,上自公卿,下至里巷,岁时宾客演剧宴集,赛会迎神,歌馆酒楼,笙管杂众……"①喻元鸿对日下的社会风气表现出强烈的愤怒和谴责。他进而论述道,当时风气

① 湖北省人民政府文史研究馆、湖北省博物馆编:《湖北文征》第 8 卷,湖北人民出版社 2000年版,第 449 页。

日下,从封疆大吏到监司府县,一城之中,养了几百个演剧之人。今日宴请上官同僚,明日宴请部属幕友,一连数月,放纵疯狂。官员之间暗通款曲,道路之上优伶的马车相继而起,州县迎合上官的意图,供给其许多财物。这些官员和优伶养尊处优,鲜衣美食,任意而行,无视法规。这不仅是奢侈浪费,更是助长了浮薄的社会风气。市井无赖之徒,没有赖以生活的职业,往往开设宝厂赌局,引诱良家子弟、乡中愚民,骗取其本就为数不多的财物。喻元鸿认为此种事、此类人亟须整治,然而官员的做法却令人寒心。

> 似此浮薄之事、不法之民。属在有司,尚当严禁,加之重惩。而近来风气,达官长吏,竟有敢于公廨开设厂局。自行放头作宝官。内而招集长随幕友,外而约同同寅属员。终日叫呼。尊卑混淆。聚敛钱财,行同市侩。又其甚者,自亡廉耻,波及谨愿。强拉倩代,饱欲方休。执此二端,穷其流弊。其为败坏。曷可救瘳![1]

浮薄之事未得终止,不法之民无人惩治,达官长吏未能以身作则,反而以身试法,尊卑混淆,廉耻尽无。喻元鸿对不法之民是哀其歧途,怒其顽劣,对浮薄之事是痛心疾首,担忧不已。抚今追昔,喻元鸿将当时之风气与古时相比较,做了对比研究,他指出:

> 古者闺门之内,深宫固门。男子无故不处私室,妇人无故不窥中门。外言不入于阃。内言不出于阃,夫中门尚不可窥,况稠人广众中乎? 言尚不可轻出,况暴露其头面乎?[2]

接着,他又引用了一段司马光的《涑水家仪》来进行佐证。

> 男子夜行以烛,妇人有故身出,必拥蔽其面。男仆非有缮修及有大

---

① 湖北省人民政府文史研究馆、湖北省博物馆编:《湖北文征》第8卷,湖北人民出版社2000年版,第450页。
② 湖北省人民政府文史研究馆、湖北省博物馆编:《湖北文征》第8卷,湖北人民出版社2000年版,第450页。

故,不入中门,入中门,妇人必避之,不可避亦必以袖遮其面,女仆无故不出中门,有故出中门,亦必拥蔽其面。①

古时礼教森严,男女有别,皆谨遵封建礼教,不敢有越规逾矩之举。然而近来官宦之家的妻女儿妇,不以操持家务为务,而以放任无拘、不守规矩为能。她们与丈夫同寅上司之母妻交结,拜为假母、姊妹等,常常一起祝寿贺节,拈香拜佛,游山玩水。往来馈赠,所费不赀。更严重的是,有些女性接见丈夫的上司同僚部属,彼此以叔嫂或兄姊相称呼,拉关系、走后门、贿赂等不良风气肆意蔓延。更有某地职官内眷,于会馆中设席观剧,职官于楼下宴客,楼上即是内眷,楼上与楼下互相唱答,笑语连连,猜拳声不断,喧闹杂乱。礼教荡然无存,实在是令人发指痛心。面对社会风化日益败落,喻元鸿无奈发出哀叹:

> 夫从来一朝始兴,人心大多淳厚,因之规矩亦大多整肃,故其俗茂美。太平日久,人心渐肆。礼教亦因之渐弛。诸如此弊,吾不知滥觞何日? 作俑何人? 不有贤士大夫出而振作之。乌知其伊于胡底! ……呜乎! 吾不知风气何日可挽回。挽回风气者当属何人责也。此真可长太息者也。②

字字句句皆渗透着喻元鸿对国家民族深沉的关切和无限的忧虑,对封建礼教被人无视的愤怒,强烈表达出敦世厉俗的必要性和紧迫性。

二、喻元鸿文章的艺术特色

(一)内容质实,情感充沛

喻元鸿的文章内容质实,却蕴含着深厚的情感力量。其政论文或直抒

---

① 湖北省人民政府文史研究馆、湖北省博物馆编:《湖北文征》第 8 卷,湖北人民出版社 2000 年版,第 450 页。
② 湖北省人民政府文史研究馆、湖北省博物馆编:《湖北文征》第 8 卷,湖北人民出版社 2000 年版,第 451 页。

政治主张,或针砭社会现实,在论述分析中渗透忧国恤民之情和伟大的人格力量,洋溢着赤诚之情。如上文分析的《汉文景几于刑措论》《敦风化论》。

喻元鸿的传记文也具有以情纬文、情感丰沛的特点。他的传记大多先叙后议,以秉笔直书之辞,发个人深邃之思,字里行间都渗透着浓厚的情感色彩。如《余节妇传》,先是对余节妇的生平经历进行了叙述,余节妇姓胡,为余玉书之妻,余玉书去世时余氏年仅二十九岁,一子仅四岁,公公和婆婆已至高龄。自古以来,女子不易,命不由己,余氏惨遭不幸,但她没有一蹶不振,逃离苦难,而是强忍悲痛,处理后事,此后从一而终,上侍奉公婆,下抚养幼孤,而且还帮衬矜恤兄弟,尽力将家庭治理得条理井然。余氏深识事机,谙于礼法,赢得乡里一致称颂,在对乡里女子遵守为妇节义上起到了良好的表率作用,"苦节二十五年。年五十有四卒。道光甲午。同里翰林吴文林为代请旌于朝。"①

清代节妇旌格在守节年限上日益宽松,雍正时上谕:"节妇年逾四十而身故者,守节已历十五载以上,亦应予旌。"②道光《礼部则例》指出:"三十岁以前守节,年逾五十岁身故,或者守节满十年即去世,准予请旌。"③余氏已守节二十五年,当受旌表。详细的叙述之后,喻元鸿进而发表了评论。

> 野史氏曰:妇人以柔顺贞静为德。才与识皆非所宜。然吾见世尽有能健妇人,其支持门户或反远胜男子。自非才识曷克至是!氏以只身一婺妇,抱数龄孤儿,处切近危疑之地。不动声色,卒能保全其家。抚其子跻于成立。知其才识必有过人。其处事精详,有非寻常浅丈夫所能为,并非寻常浅丈夫所能测者。固宜其呼号痛切之际一闻礼义之言,即奉之以终身也。懿哉。④

① 湖北省人民政府文史研究馆、湖北省博物馆编:《湖北文征》第8卷,湖北人民出版社2000年版,第454页。
② 《清世祖实录》第14卷,中华书局1985年版,第219页。
③ 《大清礼部则例·仪制清吏司》,道光二十四年刻本。
④ 湖北省人民政府文史研究馆、湖北省博物馆编:《湖北文征》第8卷,湖北人民出版社2000年版,第454页。

作者对余节妇坚贞的节操、过人的才识、精详的处事态度等珍贵特质进行了高度褒扬，余氏之才能不让寻常浅夫，堪称普世妇女之楷模，全文饱含着作者的赞美之情和钦佩之意。

（二）简洁生动，说理透彻

喻元鸿的文章大多短小精悍，将精深的思想凝缩于短小的篇幅中，善于触类旁通，举一反三，说理生动。如《汪若波学圃记》①。

> 若波主人结草舍于其室后圃之隙也，为读书所。竣事之次年。喻子造焉。笑曰："子殆学为圃乎"？曰："然，子盍为我说之"？曰："吾闻之：井蛙不可以语海。夏虫不可以语冰。曲士不可以语道。"道本天全，细大之倪，其后起而杂以人为者也。野马之与尘埃，奚足以累大方之家，富哉孔子之言也！子不见夫为圃者乎？夫为圃者，如农人之治稼也，其种而植之也。向阴阳，度浅深，察顺逆，列纵横，俦疏密。其治之也，水夺之，火攻之，泥粪稿卉沃之，恶夫非种者之朋之施铲锄勤、捣荡以务去之？然其劳心苦骨，术精业勤，而不知有道存。滞于圃也。滞于圃者，见圃不见道。圃之外无余也。知有道存者，意不于圃而或偶托于圃。见圃即见道，可以不圃，亦复可以圃也。主人之性，种也。情，芽也。饮食、言笑，枝叶也。于是乎博辟广见以种植之。讲学论辨以治之。锄其喜怒爱憎之私之摇于内者，芟其声色货利之诱于外者。于是则即道即圃。道固可通于圃，亦即圃即道。圃未尝不可见道。于是乃能不为圃，乃能不妨为圃。使拘于迹而圃于墟，道亦为所缚，欲不为老圃。已不免为曲士。岂圣人主言反足病天下儒生哉？

《论语·子路》曰："樊迟请学稼，子曰：'吾不如老农。'请学为圃，曰：'吾不如老圃。'"②《汪若波学圃记》主要论述了道与圃的关系。喻元鸿认

---

① 湖北省人民政府文史研究馆、湖北省博物馆编：《湖北文征》第8卷，湖北人民出版社2000年版，第450页。
② 杨伯峻译注：《论语译注》，中华书局2006年版，第151页。

为道本天全,是与非的界限不能清楚地划定,细与巨也不可能确定明确的界限。像野马奔腾一样的云雾之气,飘飘扬扬的游尘,都是活动着的生物气息相互吹拂所致,无须深入研究,追根究底。正所谓"野马也,尘埃也,生物之以息相吹也"①。

种植蔬菜,恰似农夫种植庄稼,要顺天时,量地利,要注重植物的习性,要了解其与阳光、土壤、水、温度等的生态关系,还要了解其种植的疏密程度等。例如,光照对植物的生长有着较大的影响,植物具有阳性和阴性的生态习性差异,关于阳性植物,《齐民要术·种榆、白杨》曰:"榆性扇地,其阴下五谷不植。"②五谷需在强光环境中才能正常生长发育。关于阴性植物,《齐民要术·襄、荷、芹、蕙》曰:"襄荷宜在树荫下。"③说明这些植物喜阴的生态习性。不同植物对土壤生态条件的要求不尽相同,土质优劣、土壤深浅等都会影响到植物的生长。农业生产要注意各生物之间的联系,并充分利用生物间的生态关系,使其发挥最大的生态效益。种间关系有多种形式,有些作物彼此存在着相生相养的关系,结合在一起能相辅相成,例如间作、混播等耕作技术。如《齐民要术·种桑柘》曰:"其(桑树)下常劚掘,种绿豆、小豆。二豆良美,润泽益桑。"④介绍了桑豆间作技术,桑豆间作,既可充分利用土地,提高种植密度,增加叶面积,提高光能利用率,又可增加农作物产量。

喻元鸿认为学圃是一个修身养性的过程,长期的学圃过程不仅能使人总结出一些种植经验,还能使人悟出一些哲学思想。身处一方园圃,心却能达到至高境界。蔬菜之生长正如人心中之道的形成。种植蔬菜要顺天时、量地利,辩证地分析植物习性,注重生态系统的整体性和循环性,勤于耕锄。做人与学圃是一样的,要任其自然,顺应天时,但听天命的同时也要尽人事,选择最适合自己的生存环境,勤力完善自身,为人处世要保持中正平和,讲

---

① 方勇译注:《庄子》,中华书局 2010 年版,第 2 页。
② (后魏)贾思勰:《齐民要术》,中华书局 1956 年版,第 65 页。
③ (后魏)贾思勰:《齐民要术》,中华书局 1956 年版,第 42 页。
④ (后魏)贾思勰:《齐民要术》,中华书局 1956 年版,第 61 页。

究因时制宜、因物制宜、因事制宜。这种以圃论道的写法较为奇特,以生活之事,喻为人之道,说理生动透辟。

第四节　喻氏家族文学创作的特色

喻氏家族发展壮大于清代,其家族文学作品带有清代文学共有的时代特色。家族内在的文化传统、荆楚地域文化、家族成员的人生经历等因素又使其家族文学作品具有自身独有的特色。

一、独树一帜,蔚为新风

喻氏家族的文士,如喻化鹄、喻文鏊、喻元鸿都具有相似风格,他们为人清正,淡泊绝俗,不趋骛于时势。清代文坛一盛行考据之学,一盛行骈俪之文,喻氏文士皆不为风气所移。他们标榜风雅,反对时文,诗文多学汉唐,既取其精华,又自成一家。李祖陶说:"匏园(喻化鹄)文和雅似欧(阳修),石农(喻文鏊)文奇崛似韩(愈),铁仙(喻元鸿)文敷畅似苏(轼),祖孙父子一脉相承,而面目各别,文之所以真也。"[1]喻氏诗文与时文相比,多反映社会现实,表达忧勤惕厉之感,给古板的清代文坛送来了缕缕清风,为改正时文之弊做出了贡献。

喻氏文学的兴起以喻化鹄为中心,他的人格和文风奠定了喻氏几代文士的风貌。喻化鹄是一个特立独行的文士,"学而优则仕"的传统取向并不是他的追求,他只"学"未"仕",钟情于文学并终生潜心文学。十三岁入贡时,在世人看来,他的科举之路光明宽广,然而于他而言,这却是一条黑暗狭窄之路,会限制他自由的文笔、禁锢他鲜活的思想,使他的文学情思圃于呆板迂腐的八股文。在其《素业堂杂著·素业堂全稿自序》中喻化鹄写道:"乃已十四五岁学为文,汩于应举之习,浸寻荏苒,几及十年,窃念文之为道,未必始是已也。读先正文,颇自策励。而为文凡数变,始以机局为工,继

---

① (清)李祖陶:《红蕉山馆文钞序》,《红蕉山馆文钞》卷首,清光绪三年刻本。

乃稍就精实,今则思归平淡。"①于是喻化鹄并未因功名势力继续科举之路,而是追随本心,致力于自己喜爱的文学,在文学之路上探索寻求。尤其方苞对喻化鹄的赏识与指教让他在文学上建立了一定成就。

喻化鹄广学博览,有自己的文学主张和追求。清代科举盛行,正所谓"家无读书子,官从何处来","然化鹄初不以自慊,思自进于古作者",②他的这种特立独行在当时是很罕见的。然而这位"独行者"在踽踽独行、不断摸索之后,终找到了志同道合者。当时,桐城派文人方苞等提倡古文,反对八股文,儒学大家王步青评骘时文,别裁伪体,倡导风雅。他们的主张不仅深刻影响了当时的文坛,也引起了喻化鹄强烈的共鸣。喻化鹄开始与他们切磋文章之道,谈论时文,研究经义,同时笔耕不辍,不断揣摩研习。《黄梅县志》记载:"是时,桐城方望溪以古文为天下倡,而金坛王己山评骘时文,别裁伪体,于初学犹为有功,化鹄既私以自属,又与两人往返辨论,遥相应和,所为古文多望溪点定,而经义则己山为之序,且掇其尤者入诸选中。"③以喻化鹄为首的黄梅文派与桐城派携手反对八股文,给清代古板的文坛增添了清新风雅的文风。

喻化鹄并未止步于在书斋中博览群书和与文友切磋交流,二十岁之后,他遍游吴楚大地,受佳山秀水、人文气息的熏陶与激发,写出了一系列优美的诗作。壮游归来,喻化鹄在县城西边修建了匏园,里面设有自知堂、一勺亭、留耕山庄、以俟书屋等,四方文友常汇聚于此。喻化鹄侄孙喻文鳌有诗作《匏园四咏》④。

自知堂

一庭苍翠深,万象纷粲设。

---

① 湖北省人民政府文史研究馆、湖北省博物馆编:《湖北文征》第7卷,湖北人民出版社2000年版,第616页。

② (光绪)《黄梅县志》卷二十五《人物志·文苑》。

③ (光绪)《黄梅县志》卷二十五《人物志·文苑》。

④ (清)喻文鳌:《红蕉山馆诗钞》卷二,《清代诗文集汇编》414册,上海古籍出版社2010年版,第460页。

兀坐生清风,幽人无言说。

一勺亭

积翠泼阑干,客眠秋露冷。

夜深明月来,淡尽薜萝影。

留耕山庄

六月稻花香,农桑已成趣。

居人甘大隐,亦自养其素。

以俟书屋

闻古幽栖者,著书岁月闲。

时与素心人,坐看城头山。

从这四首小诗可知,匏园幽深僻静,满园苍翠,耕读皆宜,匏园之居者甘于隐逸,素心纯洁,潜心著书,匏园陪伴着化鹄走过了漫长的文学之路。

韩愈《答李翊书》云:"将蕲至于古之立言者,则无望其速成,无诱于势利,养其根而俟其实,加其膏而希其光。"①喻化鹄正是如此,怀着对文学的赤诚之心在漫漫文学路上锲而不舍地努力探究,固本浚源,循序渐进,诗歌清癯挺秀,散文精辟厚重,成为"黄梅五子"之一。王步青为喻化鹄的《素业堂杂著》作序,赞其文章"文之古者,高也,朴也,疏也,拙也,典也,重也","思理精微,风骨典重,高疏朴老,绝去妍婀繁缛之习",②与浮浅绮靡的时文大相径庭。桐城周大章在《素业堂杂著序》中赞其文章"随题安放,根极理要,不假旁衬,不烦枝叶"③,语言通畅,疏密有致,风格高古。

喻文鏊亦是当时文坛与众不同的文士,他反对玄谈,批判考据,不喜浮华绮靡,注重实际,关注现实。曾批判宋儒的讲学谈性,曰"宋之亡也。由于茧弱不振,元气耗竭,肢体萎痹。虽日进讲《大学衍义》,诏录道学子孙,表章朱氏,而无救于病之源"④。在《咏坡公》诗中表述了他对务实的认可:"苟有利

① 郭绍虞主编:《中国历代文论选》,上海古籍出版社2001年版,第151页。
② (清)喻化鹄:《素业堂杂著》,孙本钥辑,清同治十二年重刊。
③ (清)喻化鹄:《素业堂杂著》,孙本钥辑,清同治十二年重刊。
④ (清)喻文鏊:《宋蜀帅余公玠祠堂碑记》,《红蕉山馆文钞》卷三,清光绪三年刻本。

物心,不论官卑崇。所职活万民,不唯一己陈","高谈遗世务,必无济世功"。① 喻文鏊反对当时盛行的考据之风,对当时考据家攻驳朱熹的现象提出了批判,并获得张维屏的赞同。张维屏《听松庐诗话》云:"喻石农诗云:'近来考据家,动与紫阳畔。竞似所看书,紫阳未曾看。'此数语先得我心。"②

喻文鏊继承喻化鹄文风,尊崇韩愈,为文颇受韩愈熏陶,主张文章要不事雕琢,浑然天成。其《考田诗话》卷一曰:"放翁诗:琢琱自是文章病,奇险尤伤气骨多。昔人谓杜诗、韩文,全是元气浑沦,信然。"③其文章皆自然天成,源于现实,或即景即情,或感于世事,有感而发,情真意切,不见雕琢堆砌,从不无病呻吟,也不晦涩高深。

在作诗上,喻文鏊有自己独特的诗学思想。喻文鏊论诗主情真语挚,反对清朝当时"遁而考据,性灵愈汨"的作诗之风。喻文鏊《考田诗话》曰:

> 诗真则新,真外无新也。诗中有人在,又有作诗之时与其地,总之,其人也无不真矣,即无不新。人心不同如其面,子肖其父,甥似其舅,审视之,则各有其面目,无一同者,便已出奇无穷。有意求新,吾恐其堕入鬼趣矣。④

因十分重视"性情之真"和"命意卓绝",喻文鏊认为"伪八家"无资格非议"真六朝",曰:"香奁艳体未必尽当弃置,亦顾其命意何如耳。果能寄托遥深,皆诗人兴比之义,义山(李商隐)'无题'不碍为出入老杜,同一忠君爱国之心也。"⑤喻文鏊所尊崇欣赏的诗皆是情真语挚之诗,他说"余于唐人诗,李、杜外,最爱元道州、韦左司、白太傅,谓其情真语挚,不愧古人立言,陶诗之所以独有千古,非三谢之所能及在此"⑥。指出情真语挚是诗歌之所以流芳千古,令后人难以企及的关键原因。

---

① 见《湖北诗征传略》卷十七黄梅喻文鏊条。
② 柴小梵、栾保群:《梵天庐丛录》上,故宫出版社 2013 年版,第 307 页。
③ (清)喻文鏊:《考田诗话》卷一,清道光四年刻本。
④ (清)喻文鏊:《考田诗话》卷一,清道光四年刻本。
⑤ (清)喻文鏊:《考田诗话》卷一,清道光四年刻本。
⑥ (清)喻文鏊:《考田诗话》卷一,清道光四年刻本。

二、中庸和美,温柔敦厚

中国传统思想文化是道中有儒,儒中有道,自为而相因。喻氏家族的文士生长于以儒学为正统官学的中国古代,必然会受儒家思想的陶染,同时他们淡泊绝俗,崇尚自然,知足常乐,也表现出道家精神,具有儒道互补的人生价值取向。文学作品就体现出一种中庸和美、温柔敦厚的特征。

喻文鏊与大多数封建士人一样,深受儒家思想熏陶,讲求仁义,有较强的历史使命感和社会责任心,以天下为己任。其文学作品体现出浓厚的儒家仁爱思想和入世精神,大多蕴含着事亲敬长、孝悌忠信、忧国忧民、兼济天下等思想情感。亲情是儒家仁义思想的根本,喻文鏊之诗十分重视伦理亲情,如《先严忌日》《东皋》《治疏》《怀舍弟以载(文鏕)典掖(文銮)》《秋夜示两弟》《示诸从弟》《示两子》等。喻文鏊的仁爱是"博爱",他不只关爱自己的亲人,还关爱国家和百姓,他作有许多关心民生、忧虑社稷的诗作,如《民瘼》《纪旱》《流民叹》《堤溃书感》《白莲贼》《荡平消息》《望陕楚平贼消息》等。其文章《上张观察论乡兵保甲书》《师说》《吏说》《民说》,关心国事,评论时政,针砭时弊,忧勤惕厉,饱含着对国家民族前途和命运的担忧和高度责任感,以及对革除社会弊端、风气日趋清正的期盼。

喻元鸿与其父喻文鏊一样,坚守道德正义,注重礼义廉耻,维护纲常礼教,其文章儒家思想亦很浓厚。如《汉文景几于刑措论》《敦风化论》等皆对教育、风化等问题提出自己的分析和见解,表达出对国家社会的关心和担忧。喻元鸿还颇在意尊卑等级,如其在文章《敦风化论》中曰:"然而优倡贱役,岂可日与官长为缘?演剧细事,岂可因此废日?""夫仆本下人。主妇见之,犹必避且掩面者。诚以分虽主仆,男女则同。仆人且然,何况其他。女仆贱流,有故而出。亦必使之掩面者。诚以人无贵贱。廉耻则一。女仆且尔,何况其上。"[1]

---

[1] 湖北省人民政府文史研究馆、湖北省博物馆编:《湖北文征》第 8 卷,湖北人民出版社 2000 年版,第 450 页。

不过喻元鸿虽注重尊卑等级,但他绝非媚上欺下之人,而是以仁爱之心对待万民,具有悲天悯人之情怀,如其自传《忍辱先生自传》①曰:

> 有可憎者,虽人不之憎亦憎之。至不欲见其人。见亦不加之词色。虽其人掇巍科,跻显仕,有时名。对之蔑如焉。而于意所喜爱者虽人不之爱亦爱之。无论卑幼孤陋。悉脱去崖岸,与之游处,嬉笑戏谑,一无所忌。朝暮聚晤,犹嫌其疏。家常之酒馔。人所不乐者,必强留之。虽数数不厌也。贫乏疾病,诸凡不关己之事,人所乐闻者。必殷殷然引为己忧。常若有广厦长裘之愿。

喻元鸿还十分肯定儒家思想对人民的道德教化功能,如其文章《重修夫子庙记》曰:"五经四子之书一日不废,则虽贪生求富贵之徒日充满于天下,必有一二志士间出其间,必有一二大贤倡明其后,其为被圣人之泽者自不待言。"②

喻氏家族的文士在受儒家思想熏陶的同时,另一方面又受老庄道家思想的影响,以超然通达的态度为人处世,顺应自然而不刻意强求,安于平淡,知足守拙,淡泊绝俗,洒脱真朴。喻文鏊许多诗作都体现出道家思想,如《古意》中的:"江梅虽苦寒,堪为调燮资。桃李虽好颜,衰谢不移时。消长本恒理,剥复宁愆期。古来多感伤,天地何无私。"③《春怀》中的:"萧艾虽日长,终被秋风伤。"《初夏》中的"老农前致词,知足诚不辱。"④《夜过道士洑》中的"流行坎之固有定,何事频辍歌与觞。……世路夷险各有时,倏忽那知天公意?"⑤《刈稻》中的"知足有远谋,达时勿过恃。人事歉与盈,循环互终始"⑥,《示诸弟

① 湖北省人民政府文史研究馆、湖北省博物馆编:《湖北文征》第 8 卷,湖北人民出版社 2000 年版,第 459 页。

② (光绪)《黄梅县志》卷三十五《艺文·记》。

③ (清)喻文鏊:《红蕉山馆诗钞》卷一,《清代诗文集汇编》414 册,上海古籍出版社 2010 年版,第 446 页。

④ (清)喻文鏊:《红蕉山馆诗钞》卷七,《清代诗文集汇编》414 册,上海古籍出版社 2010 年版,第 467 页。

⑤ (清)喻文鏊:《红蕉山馆诗钞》卷一,《清代诗文集汇编》414 册,上海古籍出版社 2010 年版,第 450 页。

⑥ (清)喻文鏊:《红蕉山馆诗钞》卷二,《清代诗文集汇编》414 册,上海古籍出版社 2010 年版,第 469 页。

侄》中的"植兰培兰根,生香满幽室。坦怀任自然,亦足守吾拙"①等。

相较喻文鏊,喻元鸿文学作品里流露出的道家思想较少,且大多是道家思想中的隐逸思想。《黄梅县志》称喻元鸿:"性廉静,一门昆季取青紫者累累,独绝意进取,敝衣粗食。"②可见喻元鸿性格廉静无为,安于平凡简朴的宁静生活。如其诗《荆竹庵》:"一湾月色一溪通,万斛泉声万壑空。日起日沉深树里,云来云去小窗中。岭海腊尽千村雪,崖柳春归二月风。正好麋鹿为侣伴,不将文字策奇功。"③诗中的月色、溪流、泉声、静空、树林、岭海等,构成一幅隐者逸居的风景画,景物有动有静,而其整体效果却是一种静止性的呈现,于自然中表现出隐居生活的闲适恬静和淳美自然,表达出作者对隐居生活的喜爱之情。

三、情牵荆楚,心系故土

喻氏家族作为一个古代荆楚地域的文化世家,其家族文学作品被刻上深深的荆楚烙印。喻文鏊著有诗歌《荆州杂诗》《之荆州舟发汉口忆家》《将之汉阳有作》《汉口》《沙市》《樊城》《汉川县》《潜江县泽口小泊》《入天门县界》《夜过仙桃镇》《武昌秋望》《黄州江上望武昌县》《夜渡汉江》《黄鹤楼》《晴川楼》《孙叔敖墓》《楚庄王庙》等,这些诗歌都是对荆楚大地地理风貌、历史文化、风土人情的真实描写和记载。

喻文鏊《武昌秋望》:"雨潇风急远鸿鸣,历历云烟一望平。楚水未沉征士恨,秋山还伴酒人行。折戈断镞遗荒土,破帽疲驴傍古城。芳草已埋鹦鹉赋,千秋独吊祢先生。"④《黄州江上望武昌县》:"樊山矻矻蟠苍葱,大回小回相激冲。樊水东下江北逝,当年割据乘虬龙。炎精遗剑当涂起,孙郎三世雄江东……"⑤于楚地山水之间发思古之情,情真意切。《夜渡汉江》:"渺

---

① (清)喻文鏊:《红蕉山馆诗钞》卷三,《清代诗文集汇编》414 册,上海古籍出版社 2010 年版,第 473 页。
② (光绪)《黄梅县志》卷二十五《人物志·文苑》。
③ (光绪)《黄梅县志》卷三十六《艺文·七律》。
④ (清)喻文鏊:《红蕉山馆诗钞》卷一,《清代诗文集汇编》414 册,上海古籍出版社 2010 年版,第 453 页。
⑤ (清)喻文鏊:《红蕉山馆诗钞》卷一,《清代诗文集汇编》414 册,上海古籍出版社 2010 年版,第 449 页。

渺暝烟愁,帆开水国秋。市灯摇两岸,人语识孤舟。州贡菁茅古,江兼汉沔流。笛声何处落,物我共悠悠。"①菁茅为楚地特产,也是楚贡,《穀梁传·僖公四年》曰:"菁茅之贡不至,故周室不祭。"②《笠翁对韵》卷二曰:"扬州输橘柚,荆土贡菁茅。"③岸边的菁茅一如既往的茂盛,汉水流经沔县又流至汉中,浩浩汤汤,从古至今。《食麦》:"楚人惯喫长腰米,不藉麸覅充人饥。良田天南卑且湿,此种播植非其宜。……腰镰正许登囷廪,新面入市和饧饴。价廉固足供取给,苞芦走致烦烟炊……"④楚人的饮食爱好和楚地的粮食耕种都是他们笔下的家乡文化。荆楚历史悠久,文化丰富,地貌独特,喻文鏊身处其地,触景睹物,将所见所感付诸笔端,这些诗都寄托了他对荆楚大地真诚而深厚的情结。

喻氏家族发展兴盛于黄梅,其文学作品与黄梅地域文化有着千丝万缕的关联。黄梅悠久的禅宗文化就对喻氏家族文学作品的创作产生了一定的影响,如喻文鏊的《四祖山寺》《礼五祖真身》《赠五祖寺长老》,喻元鸿的《六祖坠腰石》《元旦入五祖寺》等诗。又如,喻氏家族成员对黄梅的文教发展十分重视,其作品中多有关于黄梅文教的记载。如喻化鹄的《创建藏经阁记》曰:"……乃复取诸佛经典暨历代禅僧语录,搜罗编撰……固能发贤智之聪明……亦足以训愚不肖之气志,故存以助流教化与。"⑤喻文鏊的《重修黄梅庙学记》曰:"嘉庆四年,天子亲政之初。御书'圣集大成'匾额,诏颁天下儒学。榜之先师庙。而吾邑适有重修庙学之役。……前缮城垣诸董事复请于官,以邑学庙建于乾隆十有七年,迄今宜修治。"⑥喻元鸿的《重修夫

---

① （清）喻文鏊:《红蕉山馆诗钞》卷一,《清代诗文集汇编》414 册,上海古籍出版社 2010 年版,第 453 页。

② 顾馨、徐明校点:《春秋穀梁传》,辽宁教育出版社 1997 年版,第 39 页。

③ 刘勇:《〈声律启蒙〉〈笠翁对韵〉解读》,天津古籍出版社 2011 年版,第 146 页。

④ （清）喻文鏊:《红蕉山馆诗钞》卷二,《清代诗文集汇编》414 册,上海古籍出版社 2010 年版,第 462 页。

⑤ 湖北省人民政府文史研究馆、湖北省博物馆编:《湖北文征》第 7 卷,湖北人民出版社 2000 年版,第 617 页。

⑥ 湖北省人民政府文史研究馆、湖北省博物馆编:《湖北文征》第 8 卷,湖北人民出版社 2000 年版,第 434 页。

子庙记》曰:"吾夫子庙岁时不过,学管有司一再奉行故事……五经四子之书至今具在也……吾夫子日陶铸斯人于诗书礼乐之中。"①喻氏家族成员对黄梅历史古迹情结也颇深,黄梅县的古迹俊逸亭、鲍参军墓是与南朝诗人鲍照相关的古迹,喻文鏊与喻元鸿父子二人对这些古迹有留下诗作,喻文鏊有《俊逸亭怀古》,喻元鸿有《鲍参军墓》,父子二人不惜笔墨表达了他们对鲍照的追思怀念,也体现出他们对家乡黄梅古迹的重视。清代诗歌关注现实世俗生活,喻氏的许多创作就来自于他们的日常,因而他们的文学作品蕴含了荆楚之情,融汇了荆楚之灵,凝聚了荆楚之魂,体现出荆楚之韵。

喻氏家族是黄州文学家族的一个典型代表,在清代文坛和荆楚文化中具有典型意义。明清以来,黄州经济发展水平得到提高,文教渐渐兴盛,社会风气日益良好,文化氛围日趋浓厚,这为喻氏家族的发展壮大提供了良好的环境。

喻氏家族人才济济,著作如林,形成了一个卓有影响的黄梅喻氏文人群,为清代湖北文坛增添了浓墨重彩的一笔。其中喻化鹄、喻文鏊、喻元鸿、喻元泽、喻同模等是喻氏的杰出代表,留下了大量优秀的文学作品。

喻氏家族成员中,文学成就最为突出的是喻文鏊,他人生经历丰富,遍游多地,广涉山川,精通经史,通观古今,善于观察,性情真纯,为他的文学创作提供了良好的基础和条件。他的作品题材丰富,内容广博,其山水田园诗描绘了祖国荆楚、齐鲁、江淮等地的美丽风光,抒发了对祖国山河的赞美之情和对田园生活的向往之情;其抒情诗语言隽永,情感真挚,感人肺腑;其怀古诗感叹兴亡,伤古忧今,意蕴深厚;其咏物诗描述细致,真切形象,生动有趣。喻文鏊之子喻元鸿的文学成就亦不可忽视,他的文章内容质实,语言简练,说里透彻,或直抒政见,或针砭现实,渗透着忧国恤民的深厚感情和伟大的人格力量,具有深刻的历史意义和现实意义。

喻氏家族是古代荆楚文化发展、文学繁荣的一个小缩影,喻氏家族成员的创作活动饱含着对荆楚大地尤其是家乡黄梅的深厚情结,其文学作品既

---

① (光绪)《黄梅县志》卷三十五《艺文·记》。

有自身独有的特征,也有荆楚文化的烙印,既受荆楚文化的熏陶影响又深刻地反映着荆楚文化,体现出清代湖北士大夫的生存状态和精神世界,折射出清代荆楚地域文学的基本样貌。

喻氏家族的文人蜚声文坛,文风独特,文学成就斐然。喻氏家族的官员闪耀政坛,清廉忠正,政绩卓著。他们的优良文风和风骨气节与荆楚文化相互成就,绵延不绝,是荆楚文化传承和发展进程中的一道亮丽风景。

第九章　个案研究二：清代汉阳叶氏家族文学与文化研究

"自古奇杰士，多生江汉间"，清代汉阳叶氏家族是江汉平原上较有成就的文学家族之一。叶氏凭医起家，后演变为书香世家，涉猎文学、金石学、书画、天文等诸多领域，且成员多入朝为官，其中叶名琛更是于咸丰年间官至广东巡抚、两广总督，是清朝中后期著名疆臣。曹月堂先生主编的《中国文化世家·荆楚卷》中称汉阳叶氏家族为"三代学行延百载，一门才望抵三苏"①，高度评价其在诸多领域作出的成就与贡献。汉阳叶氏家族还绵延至今，凭借近四个世纪的历史沉淀和文化积累，为湖北武汉健民药业的发展奠定了重要基石，家族延续之长在清朝至近代史上都颇为少见。

叶氏家族以叶继雯、叶志诜、叶名琛、叶名沣四人为代表，我们以这"四叶"为研究中心管窥整个汉阳叶氏家族，以及清代文学家族的特点、演变和发展情况。

第一节　清代汉阳"四叶"世家风范

叶氏家族以商起家，以仕兴家，以文传家。明崇祯十年（1637），叶文机在汉口汉正街鲍家巷创立"叶开泰"号，这个绵延三百载的药店承载着汉阳叶氏家族自清末到民国再到当代一路走来的兴衰荣辱。在汉阳叶氏庞大的

---

① 曹月堂主编：《中国文化世家·荆楚卷》，湖北教育出版社 2004 年版，第 508 页。

家族里，叶继雯、叶志诜、叶名琛、叶名沣四位代表人物的生平经历正是叶氏家族自乾隆后至光绪初的百年缩影，他们的文化素养折射出叶氏家族的世家风范和文化内涵。

一、汉阳"四叶"生平概况

"叶开泰"第五代继承人叶继雯（1755—1824），字桐峰，号云素，世称"云素先生"。乾隆丁酉科（1777）拔贡，历任蕲水、江夏教谕。庚戌科（1790）中进士，任内阁中书，累官至刑科给事中。嘉庆八年（1803）十月以内阁中书任军机章京入职军机处，后任会典馆总纂兼提调事，宗人府主事。嘉庆十六年（1811）正月丁忧期满，复任户部主事，会馆帮办总纂兼提调事务，军机章京。当时朝廷进奉文字，大多出自他手。后以事左迁员外郎，在北京任职时居住于湖广会馆，卒于任上。同时在清代中叶的湖北文坛，他与黄梅人喻文鏊、蕲春人陈诗三人私交甚好，且均诗文出众，被时人称为"汉上三杰"。叶继雯的长子叶志庠，生卒年不详，精星历推步测量，在天文学上颇有造诣，但英年早逝，史书关于其生平记载较为简略。

叶志诜（1779—1863），叶继雯次子，字东卿，晚号遂翁。少年聪慧，"生有殊姿，夙称慧业。侍其父给谏公京师，朝夕承庭训，于书无所不窥，闳览博闻，人罕测其涯涘。"[1]后师从于翁方纲、刘墉等学者。叶志诜科举屡试不中，于嘉庆九年（1804）以贡生身份入翰林院，历任国子监典簿，兼署监丞、博士典籍，充国子监则例馆提调，后充国史馆分校、治河分校，荐升兵部武选司郎中。任职期间颇有政声，"清识秉正，吏不能上下手"[2]。六十岁告老还乡，道光二十八年（1848）赴长子叶名琛任职地广东养老。叶志诜生性嗜古，精通金石之学，是著名的金石学家。在广东期间他潜心研究医术，致力于整理"叶开泰"家族医案，编辑《神农本草经赞》《观身集》《五种经验方》等医书。他在诗文、书法、天文学等方面也颇有研究。叶志诜是翁方纲的弟

---

[1] 侯祖畲等：《民国夏口县志》卷十四，中国地方志集成影印本，江苏古籍出版社2010年版，第197页。

[2] 陈新谦：《清代四大药店》，《中国中药杂志》1996年第1期。

子,与朝鲜学者金正喜、金山泉等交游较为密切,常有书信往来。后因广东战乱返回汉阳,同治二年(1863)卒于家,享年85岁。因子富贵,卒后晋封光禄大夫、建威将军、体仁阁大学士和两广总督。

叶志诜有两子,长子叶名琛(1807—1859),字昆臣,清代中后期著名疆臣。道光十五年(1835)考取进士,历任陕西兴安府知府,山西雁平道,江西盐法道,云南按察使,湖南、甘肃布政使,广东巡抚,两广总督等官职。二十几年间在官场青云直上,"所到之处,皆有政声"。叶名琛勤勉好学,年幼时就与其弟叶名沣"以诗文鸣一时"。道光二十八年(1848)任广东巡抚期间与两广总督徐广缙合力抗英,成功阻止英军进入广州城,为此被清宣宗授予世袭一等男爵封号。咸丰二年(1852)叶名琛指挥镇压了以凌十八为首的起义军,升任两广总督兼通商大臣。广东任职期间镇压起义军得当,与洋人周旋得体,向其他省输送钱物得力,深受皇帝器重,显赫一时。咸丰六年(1856)英军借口"亚罗号"事件挑起第二次鸦片战争,咸丰七年(1857)广州失守,咸丰八年(1858)叶名琛被俘,在香港停留四十余天后被押往印度加尔各答囚禁。囚禁期间接见社会各界来访者,并题写字画,自称"海上苏武"。后因自备粮食吃完,拒绝手下添买,绝食殉国。

叶名沣(1811—1859),叶志诜次子,字润臣,号瀚源,道光十七年(1837)举人。历任内阁中书、方略馆校对、文渊阁检阅、迁侍读,改浙江候补道。生活简朴,博学好古,致力于经学,通《易》《尔雅》,尤工诗。平日闭门读书,苦吟不辍。叶名沣寄情山水,向往恬淡生活,常与好友结伴出游,游览各处,见闻发之以诗。汤鹏、王柏心、陈文述、姚燮、张际亮等名士纷纷与之结交唱和。后来结识潘德舆①,便向其请教写诗的技巧与要领,两人在不间断的书信往来中探讨诗文。最后叶名沣专门拜在潘德舆门下,学作诗数年乃返。他与潘德舆交游十年,作诗主旨及风格方面颇受其影响。咸丰九

---

① 潘德舆(1785年8月2日—1839年9月4日),清代诗文家、文学评论家。字彦辅,号四农,别号艮庭居士、三录居士、念重学人、念石人,江苏山阳(今淮安)人。道光八年(1828),年四十余始举乡榜第一。大挑以知县分安徽,未到官卒。诗文精深,为嘉、道间一作手。有《养一斋集》。

年(1859),叶名沣以道员分发浙江,途中听闻兄长叶名琛去世的消息备受打击,加上又患上疟疾,不久病逝于杭州。著有《敦夙好斋诗全集》《平安馆金石文字》《读易丛记》《周易异文疏证》等书。

叶氏家族的发展,也与其联姻息息相关。"汉上三杰"之间均有姻亲,叶志诜娶喻文鏊之女,陈沆之女嫁与叶名沣为妻。这种门当户对的大族联合,也为汉阳叶氏家族成为文化世家奠定了一定的基础。

二、汉阳叶氏家族涉猎领域

汉阳叶氏家族在中国文化史上的贡献涉及文学、金石学、医学、经学、语言学、书画、天文学等领域,范围甚广,又以文学与金石学领域的成就最高。在文学领域,"四叶"均有所成,叶继雯著有《岐林馆诗文集》,叶志诜有《平安馆诗文集》《简学斋文集》,叶名沣著有《敦夙好斋诗全集》,文学成就最高。金石学方面叶志诜与叶名沣父子颇有心得,收藏甚丰。朝鲜学者刘喜海在《刘喜海为文恭公师长子幼爰金石所居书室叹识》中说:"石刻纵横满几近,更寻碑碣之未为萃编。所收者意欲续之搜罗渐广,必有成书也,又叶志诜同居京师与燕亭嗜金石,亦同所藏叹识及汉印甚富。"[1]医学是汉阳叶氏立身之本,是叶氏家族最重要的资产来源,产业一直从明末延续至今,随着叶家考取功名转向仕途,家族医药产业更像是叶氏家族的坚实后盾。"四叶"较少留在汉口参与"叶开泰"经营,但叶志诜晚年编撰诸本医书,为中医发展作出一定贡献。

（一）医学

汉阳叶氏靠医起家,"叶开泰"药店始终是贯穿整个家族的核心与支柱。《武汉市志·卫生志》记载,药店坐堂行医最早者是明崇祯十年(1637)在汉口大码头鲍家巷开设"叶开泰"号的叶文机。清朝初年,叶文机曾因治愈岳州(今湖南岳阳)的军民瘟疫而得到简亲王的赏识,1675—1683年崇明海隅暴发瘟疫,崇明提督刘兆麟将叶文机聘至军门诊治,军民得救,皆以

---

① （清)李遇孙编:《金石学录》卷四,清道光二年丹徒刻本。

"神医"称之。"叶开泰"开创医药合一,前堂坐诊,后堂制药的经营模式,自此之后叶氏家族成员中涌现出不少名医。

"叶开泰"第四代传人叶廷芳是乾隆年间名医,他集《痢疾诸方》《疟疾诸方》《金创花蕊石散方》《疔疮诸方》《喉科诸方》等方书中防止常见病的处方与危重症的救急方汇编合成《五种经验方》,于乾隆四十三年(1778)刊刻于汉镇嘉会堂。道光二十八年(1848),其孙叶志诜将其重刻于广东巡抚署。

叶志诜在医药方面造诣也很深,他编著的《神农本草经赞》三卷是继李时珍《本草纲目》之后的又一代表性本草著作。《神农本草经》为本草之始,但原作已佚,后续许多学者整理集成《本草》复辑本,其中以孙星衍、孙冯翼合辑本(简称"二孙本")较有影响力。叶志诜的《神农本草经赞》取二孙本原文,每药撰写赞诗一首,每首四言四韵,三十二字。在赞诗之后,又引用诗文词赋之佳句及各医家之见解加以简要的注释,内容丰富,可读性强。使"读本草者流览讽诵,不能释手。而其药之本性治用,了然于目,自有会心"①。全书完成于清道光三十年(1850),载药358种。

叶志诜率先提出了"修合虽无人见,存心自有天知"的信条,这如今已成为所有中医药人的共同信念。他广集医术,择其精要,从明清时期陈会《全体百穴歌》、沈绂《十二经脉络》、沈金鳌《脉象统类》和沈彤《释骨》四本书中选录有关生理解剖方面的内容,汇集成《观身集》②;从金元明清时期邱处机《摄生消息论》、冷谦《修龄要旨》、汪昂《勿药元诠》、汪政《寿人经》和方开《延年九转法》五种医学文献中选录有关气功养生的内容,汇集为《颐身集》③。叶志诜先后重刊了四种验方书,包括当时异僧所书《咽喉脉证通论》,云川道人所著《绛囊撮要》,卢萌长所辑《信验方录》,以及其祖父叶廷芳汇集的《五种经验方》,这些药方均经过多年临床验证,药效显著。正如他在《绛囊撮要·小记》和《咽喉脉证通论·序言》中自述:"诸方皆经前人试验有效","余试其方屡效"。

---

① (清)叶志诜:《神农本草经赞·序》,清道光三十年刻本。
② 余瀛鳌、傅景华:《中医古籍珍本提要》,中医古籍出版社1992年版,第470页。
③ 吴大真、余传隆:《中医辞海》,中国医药科技出版社1999年版,第1381页。

后人将上述六种医书,加上《神农本草经赞》,汇集为《汉阳叶氏丛刻医类七种》,并刊行于世。该书集医学基础、验方重刊、本草研究于一体,是一部颇具特色的医药著作,为传承中医药学术,保存医籍文献资料作出了积极贡献,更体现出叶志诜深厚的医学与文学功底。

在制药方面,"叶开泰"研制出一批很有名气的中成药,如"参桂鹿茸丸""八宝光明散""虎骨追风酒"等。"叶开泰"制药很有讲究,严格遵古炮制。其膏方具有"稠、厚、亮"的特点,制作工艺叫做"九秘膏方法",包含"选""炙""洗""泡""煎""滤""秘""炼""收"九道工序,做出保质保量有疗效的上好膏药。许多药品因配方严谨,质量考究,疗效独到而享誉全国。

(二)藏书

藏书自古就是中国古代士人常见的一项文化活动,文人之间经常通过书籍交流学问、增进感情。汉阳叶氏为当时有名的藏书大家,叶继雯收藏有古籍数万卷,据孙星衍《古文考·序》记载:"章孝廉名宗源,好辑佚书,欲依《隋书·经籍志》目为之考证。所辑满十余箧,始欲售之毕督部,会楚中有兵事而止。予时官山东兖沂曹济道,欲购之未果。卒后,遗书遂为中书叶君继雯所得,其波及予者,十之一二。"①由此可见,章宗源的遗书最后就由叶继雯收藏。蕲水陈沆曾作《叶云素师移居虎方桥长歌志贺》诗称其"人言先生一无钱,谁知其富兼京都。不见移家先移书,琳琅压倒双轮车,……八万卷过秀水朱,甲乙丙丁无差殊,屋三十间堂台橱,人与书各分区区。"②可知叶继雯的藏书规模不在秀水朱彝尊之下。凌一鸣在《晚清文化家族的构建——以瑞安孙氏为中心》曰:"在建立藏书之后,获得藏书家身份认同的士绅们往往采取制定藏书约的形式规定子孙乃至家族后辈的获取、储藏、流通、鉴定、分类及阅读方法。他们不仅希望把藏书以实体资本的形式传诸后世,还希望通过书面规约的方式授子孙以渔,把'好书善读'内化为家族传统。"③

---

①　孙星衍:《古史考·序》,平津馆丛书,清光绪十一年刻本。

②　李玉安、黄正雨:《中国藏书家通典》,中国国际文化出版社 2005 年版,第 530 页。

③　凌一鸣:《晚清文化家族的构建——以瑞安孙氏为中心》,博士学位论文,浙江大学,2017年,第 178 页。

受父亲的影响,叶志诜也酷爱藏书,搜罗古今图书甚富。他将藏书楼命名为"平安馆",并撰有《平安馆书目》。藏书印有"叶志诜及见记""居汉之阳""东卿校读""师竹斋图书""淡翁印""叶印志诜""淡翁""东卿过眼"等。"圣朝文治昌明,宏开四库。于是天下书之藏佚者,无不毕发其光华,儒肆艺林蔚然兴起……儒雅校雠,或就善本缀拾,绝无前代类书之弊,彬彬乎宏编正轨也。"①叶志诜认为,由于当朝主持编撰《四库全书》,清代藏书风气盛行,对于书籍应当加以仔细校勘,将善本收集起来,避免前代藏书之弊端,确保书籍发扬流传。因此,叶志诜提出"博""专""精"的观点:"余因思丛书无限制,而其大要有三义焉:曰博、曰专、曰严……谰言琐语类聚而录之,又何难于充箱照轸也。"②叶名琛与叶名沣也深受家族影响,博学勤问,苦读不辍,遍观群书。

(三)书画

清代乾隆、嘉庆、道光、咸丰时期的湖广,随着长期地交流与探讨,书法逐渐具备地域特色,杨守敬、叶志诜、何绍基、张裕钊等人都是湖广书法家的典型代表。在叶志诜的书法作品中,隶书作品流传下来的最多,这与他爱好收藏汉代隶书碑拓是分不开的,其书法思想、观念方面也受到了其师翁方纲的影响。叶志诜的隶书有秀丽纤细、端方严谨和洒脱豪放不同风格,例如"十长物斋"就是奔放类隶书的作品,写字变化丰富,"物"字的两个撇线条的处理方法不同,且左半部分"牛"笔法圆润,右边的"勿"则使用方笔。不拘于对汉碑的模仿,奔放洒脱。

《同治汉阳县志》记载:"诜善书法,湖北黄州东坡赤壁有其85岁时所书'一笔寿'字石刻嵌于左壁。""一笔寿"是草书,临摹苏轼书法写成,气势磅礴,一挥而就。而且与众不同的是,一般的"寿"字多摆放于中堂之上,显得颇有气势,但叶志诜这幅"寿"字刻碑摆放的位置比一般人肩膀都低,讨得个"人比寿高"的好彩头。

---

① (宋)尤袤撰,(清)潘祖荫辑:《遂初堂书目》,海山仙馆丛书本。
② (宋)尤袤撰,(清)潘祖荫辑:《遂初堂书目》,海山仙馆丛书本。

叶志诜的行书作品大多以手札的形式留存下来，取法于苏轼手札行书。"他的书法和清代中晚期的学者一样严谨、雄强，打破了帖学点画细致、线条妩媚的面貌，形成了一种粗犷而又朴拙的面貌。这种学者的书风，有种庄严的艺术气质。"①

另外叶名琛被因禁于印度加尔各答期间，创作了不少书画作品，并落款署名为"海上苏武"，以示气节。

（四）其他

汉阳叶氏家族在经学、语言学、天文学等领域也有一定涉猎，叶继雯闲居在家时，终日致力于学经，尤其精于《三礼》，著有《朱子外纪》《读礼杂记》等经学研究著作。叶名沣也著有《读易丛记》《周易异文疏证》《礼记郑读疏证》等书。叶志诜的《高丽碑全文》与叶名沣的《平安馆金石文字》不仅是金石学著作，也对研究古代语言文字有一定价值。另外，叶名沣专门撰写了《四声叠韵谱》，王箓友《说文系传校异》一书中多处引用叶名沣的文字学研究成果。叶志庠精星历推步测量，穷及秒忽，为钦天监算学第一。《月令七十二候赞》是叶志诜撰写，叶名琛、叶名沣校对的天时节令气候著作。这些成果都足见叶氏家族兴趣的广泛。

三、汉阳叶氏家族文化特点

"叶开泰"寓意"叶氏悬壶开号，唯求国泰民安"。自创立之日起，"叶开泰"就立下"心济天下，忧国忧民"的家国情怀。积德行善，济世救人，就成为清代汉阳叶氏世代相传的主要家风。

（一）积善成德

"叶开泰"药店经营有方，家境殷实，叶氏族人也乐于尽己所能伸出援手，并逐渐形成一种习惯。"叶开泰"第四代传人叶廷芳"以义济闻于乡"，"每岁冬，念贫民无以卒岁，怀碎金百数十封，遍行闾巷，俵散之，不告姓名，

---

① 闻博：《叶志诜金石鉴藏及其书法研究》，硕士学位论文，湖北美术学院书法与篆刻艺术研究，2018年，第29页。

尽一月乃止,岁以为常。"①第五代传人叶继雯,在乾隆五十年(1785)蕲水大旱之时"变产三千金易米以赈,并施药樜,蕲人绘像杞之。"②此外还自立学堂,供贫苦孩子免费读书且提供食物,百姓赞之"视天下犹为一家"。叶志诜在汉阳遭遇水患之时积极赈灾,捐资重修城西石榴花塔。"如济贫孤,救饥困,博施殆不胜计","探访节孝,凡僻壤无不遍,得千余人,为之请题旌表、建坊"。③

到了叶名琛更是如此,他在任职翰林院期间,曾捐俸银一万两修汉阳拦水堤,以绝水患。并与同僚沔阳人陆建瀛一道发起鄂籍京官,捐资修复黄州城外青云塔,百姓们还借此附会出一个故事,称湖北一省风水全系于青云塔之上,叶、陆二人出资最多,该塔修复好后数年,陆建瀛被封两江总督,叶名琛为两广总督,说法果然应验。当然这只是一个带有神异色彩的民间故事不足为信,但叶名琛作为在京为官的湖北人,确实着力体恤关照家乡父老。他还捐俸银两万两,增加湖北乡试文武举人学额各两名,并自此成为惯例。在经营"叶开泰"上,汉阳叶氏也争做仁医,逢灾年便施粥、发药品,免费医治贫苦人家且提供吃食,天气暑热时为过路行人提供凉茶等。

步入近现代,叶氏家族也始终保持这一优良传统,出资捐赠了武汉市第一辆消防车,并将原"叶开泰"大堂摆设的红木家具赠与黄鹤楼,如今仍在楼内陈列。

(二)忠义爱国

作为礼义之家,汉阳叶氏一直秉持着忠君爱国的信念,兢兢业业做官,本本分分经商。在民族危亡之时,叶氏家族义无反顾挺身而出,担负起更多的社会责任,为百姓、为民族、为国家传统文化四处奔走。

---

① 李振昂等:《"叶开泰"传说故事》,"叶开泰"中医药文化博物馆内部读本,2018年,第28页。
② 李振昂等:《"叶开泰"传说故事》,"叶开泰"中医药文化博物馆内部读本,2018年,第28页。
③ 李振昂等:《"叶开泰"传说故事》,"叶开泰"中医药文化博物馆内部读本,2018年,第58页。

　　第一次鸦片战争后，清政府被迫签订《南京条约》，开放广州等五处为通商口岸。1849 年，时任广东巡抚的叶名琛坐镇巡抚署，带领城内士兵与乡勇百姓不费一兵一卒成功震慑住英军，阻止其强行入城。此次"不战而屈人之兵"令广州上下欢欣鼓舞，咸丰皇帝授予广东巡抚叶名琛男爵的一等世袭爵位。叶名琛也多次亲自挂帅冲锋陷阵，他的软硬兼施令英军有些无措，将其称为"大清第二号人物"。

　　后英军借口"亚罗号"事件挑起第二次鸦片战争，把炮火对准广州。叶名琛作为战争主要指挥官浴血奋战，但终因势单力薄，1858 年 1 月 5 日，被英军生擒俘虏，囚禁于"无畏号"军舰。在香港停留 48 天后，被送至印度加尔各答继续关押。在这期间，叶名琛始终举止庄重、不卑不亢，维护了一个清廷重臣的尊严。叶名琛之所以没有选择投海殉国反而被俘上船，并非由于贪生怕死，而是自有考量："我之所以不死者，当时闻夷人欲送我去英国。闻其国王素称明理，意欲得见该国王，当面理论，既经和好，何以无端起衅，究竟孰是孰非，及冀这服其心，而存国家体制。"①这种看起来十分天真的想法，出发点却是为国为民。在得知去英无望后，他表示"淹留此处，要生何为，我所带粮食既完，何颜食外国之物。"②最终绝食而死，以明气节。

　　叶名琛八年奋战，使其在广州树立了崇高的抗英形象，广东民众始终认为无论时局如何艰难，叶总督最终总会胜出。在叶名琛被俘后的第一时间让他离开广东，就是以免激起民众大范围反抗。英国全权公使额尔金在给法国大使葛罗的信中写道："将叶留在广东会使民众不安分，也会对重建社会秩序和统治信心不利。"③英军的这种忌惮也从侧面体现出叶名琛抗英之功。叶氏成员遵其遗训，在汉口提出自家子弟不买洋货、不点洋油灯、不用洋火等口号，力所能及地抵制外国资本入侵。

　　1929 年 2 月 23 日南京政府卫生部召开第一届卫生会议，会上通过了

①　齐思和等编：《第二次鸦片战争》第四册，上海人民出版社 1978 年版，第 68 页。
②　齐思和等编：《第二次鸦片战争》第四册，上海人民出版社 1978 年版，第 68 页。
③　"Earl of Elginto Gros".British Documentson Foreign Affairs，Part Ⅰ，Series EAsia，Volume17，Kenneth Bourne and D.Cameron Watt，University Publications of America，1994，p.21.

《废止就医以扫除医事卫生之障碍案》，力主禁中医而引进西医。消息传出，举国上下中医药同行联手反抗，发起了抵制废除中医的运动，而运动的发起者与领导者正是"叶开泰"。"叶开泰"药店委派时任管事的陈让泉前往南京，舌战官员，组织游行，迫使卫生部长薛笃弼当面表态："本部长对于行政方针，以中国国情为左右，对于中西医并无歧视，并深信中医之限制，非政治势力所能收效，当本良心主张，对于中西医学，断不有所偏袒。"①3月，"叶开泰"联络业界同仁在上海召开全国医药代表大会，会场上悬挂了巨幅对联："提倡中医以防文化侵略，提倡中药以防经济侵略"，各行各业也都纷纷支持，最终国民党中央委员会于1930年正式确立了中医药的合法地位。叶氏家族在保护中国国粹上尽到了自己的责任，如今那副对联悬挂于湖北武汉"叶开泰"中医药文化博物馆之中，作为纪念。

抗日战争爆发后，"叶开泰"于汉口火车站对面开设分店，打出"祖传灵药济世活人三百年，今日高风献药抗战八千里"的口号，积极救治伤员，声援抗战。

（三）诚信守规

叶文机开设"叶开泰"号后，立下了两条祖训：第一，只售成药，不售饮片。第二，不许开分号。饮片指的是中药根据需要，经过炮制处理而形成的供配方用的中药，或可直接用于中医临床的中药。有些药店的成药使用加工饮片后剩下来的头尾做原料，而"叶开泰"的所有成药，全都是用上好的全药材投料，不售饮片这种做法确保了"叶开泰"所制成药的质量和疗效。不开分店一是可以防止别家随意冒充，二是担心子孙后代乱开分店影响主店声誉。这两条看起来不太符合现代商业模式的规定，其实反映了叶家朴素的诚信观和创业观，看似眼下"有钱不赚"，实则为了长远打算，希望"叶开泰"能凭借用心经营，长存不衰。

"叶开泰"在每一个制药环节都十分严谨，精修配方，精选药材，精心炮制，坊间甚至流传着"'叶开泰'的药，闹死人都是好的"，"不是药不好，而是

---

① 《全国医药请愿团报告结束》，《申报》1929年3月26日。

命不好，是得错了病"的说法，从侧面反映"叶开泰"在民众中的认可程度。

"叶开泰"药店在员工待遇与福利方面十分优厚。清朝时期，员工每年有固定假期 60 天，民国时期调整为 72 天。婚假 28 天，给未休假员工发放"余月钱"。伙食上，早晚四餐，早晚米粥，菜四盘，中午下午米饭，菜三荤二素。每月平均每人伙食费逾 20 元，超过最低工资 2 倍；每人每月有 2 元月规钱，用于职工洗衣、剃头等。另外还有送情钱、压岁钱、丧葬费、医疗费以及其他夏季消暑钱、丸药加工钱等。

（四）亦官亦商

晚清时期，"红顶商人"是中国突出的社会现象，"以商养官""以官互商"情况比比皆是，这种经营模式容易出现钱权勾结，滋生贪腐，但另一方面也是良心经营的老字号们得以不断发展壮大的助推力。汉阳叶氏家族正是其中的典型代表。

自叶宏良科举入仕开始，汉阳叶氏世代为官，英才辈出，叶志诜曾手书："民业安平泰，官方清慎勤"，可谓叶氏家族亦官亦商的真实写照。下面入仕表能够更加清晰地看出叶氏"亦官亦商"这一文化特点。

表 9-1　汉阳叶氏成员仕宦一览

叶氏成员	谱系	仕途
叶宏良	"叶开泰"第三代叶氏 55 世	附贡生议叙监运判 吏部诠注即选知州
叶廷芳	第四代叶氏 56 世	叙州候选巡道
叶继雯	第五代叶氏 57 世	乾隆年间进士内阁中书 刑科给事中
叶志庠	第六代叶氏 58 世	试钦天监算学第一 补肄业生太学士
叶志诜	第六代叶氏 58 世	贡生嘉庆年间入翰林 国子监典簿兵部武选司郎中
叶名琛	第七代叶氏 59 世	道光年间进士翰林院庶吉士 官至两广总督钦差大臣体仁阁大学士兵部尚书 坐衔世袭一等男爵

叶氏成员	谱系	仕途
叶名沣	第七代叶氏 59 世	道光年间举人太学士
		内阁中书浙江道员
叶凤池	第九代叶氏 61 世	陕西候补道台
叶孟纪	第九代叶氏 61 世	南京候补道台长沙船运局局长
叶蓉斋	第十代叶氏 62 世	湖北省议会议员长江埠盐局分局长
叶蛰斋	第十代叶氏 62 世	河南省确山县县长

第二节　叶名沣文学研究

纵观汉阳叶氏家族涉猎的诸多领域,除却作为立身之本的医学,尤以文学与金石最为突出,而这两方面中又以叶名沣之文学研究和叶志诜之金石研究为代表。"四叶"均有文名,但叶名沣所作诗集保存最完整,诗歌种类与内容最丰富,最能代表清代中后期叶氏家族的文学水平,故在概述"四叶"文学创作情况的基础上,下文主要着眼于叶名沣的诗歌研究,以此窥见汉阳叶氏在文学领域的成果。

一、"四叶"文学创作情况

叶继雯在文学方面素养深厚,家中陈列颇多图经文史。他文采斐然,在任内阁中书时得到武英殿大学士、军机大臣阿桂的赏识,也被大学士王杰、刘墉所倚重。曾因拟《毓庆宫联诗序》《进敕越南国王文》,受到嘉庆皇帝的赏识,将其与大学士彭元瑞相提并论。叶继雯是编年类《清仁宗睿皇帝实录》以及纪事本末《钦定平定教匪纪略》等官修史书的纂修官之一。除进奉文字外,还著有《朱子外纪》《读礼杂记》《筱林馆诗文集》《韦苏州元遗山集校注》等作,在经学与文学方面均有造诣。叶继雯交游广泛,常有诗文唱和,打开了叶氏家族由湖北迈向京城的重要一步。

叶志诜作为金石学者,诗文唱和往往围绕鉴赏金石器物展开,代表作品为《道光甲辰夏五月,得遂启諆大鼎,周宣王时物也。置之金山,作歌纪事。用王西樵焦山古鼎歌韵》①。

> 我生嗜古勤搜索,左右罗陈殊卓荦。岐山有客携鼎来,神物乍见缘耕作。其文百有卅四字,载纪元戌刊蛮洛。命汝帅师遂启諆,嘉绩用张达陞阁。经维四方实乃功,猃狁博伐边陲愕。折首六百执五十,先生威震军声乐。十有三年正月吉,史减册命赖贝博。作庙作器荐馨香,乘饰服饰褒鹰鹗。想像宣王中兴年,桓桓拨乱如摧荐。石鼓著辨徒滋凝,铜盘取证足相酢。方今偃武际升平,宝鼎一出光岩壑。求珠何幸值因缘,怀璧从来戒贪攫。吉卜合付名山藏,浮玉嵯峨江流错。摩挲传诵诩游人,典守呵护凭海若。焦山之鼎阅四年,伯仲相望慰落寞。见闻诧兹希有珍,注经校史群攻错。烟云过眼如是观,万古光芒烛高廓。

全诗详细记述得鼎全过程,并回溯铭文故事,抒发内心感受,语言平实,其金石学价值大于文学价值。叶志诜的文学著作有《平安馆诗文集》《简学斋文集》《清远文木记》等。

叶名琛少时便与叶名沣一道随侍叶志诜左右,兄弟二人皆有文名。科举中进士后叶名琛在官场一路平步青云,颇有政声,因公务繁忙,自娱性质的诗文作品并不多,现存较多的为上疏奏折。任职广东期间,叶名琛身为百姓父母官,曾专门创作一首72句长诗《丰年歌》,劝勉农人耕作,安居乐业,并张贴出去,以作宣传。

叶名沣的著作主要包括《敦夙好斋诗全集》《桥西杂记》《周易异文疏证》《礼记郑读疏证》《四声叠韵谱》《战国策地名考》等,涉及诗歌、经学、语言学与考据学。因晚年国家战乱有些已佚,唯光绪年间刊刻的二十三卷《敦夙好斋诗全集》较为完备。

---

① 徐世昌:《晚晴簃诗汇》第134卷,闻石点校,中华书局1990年版,第5962页。

二、叶名沣诗歌思想内容

叶名沣的诗歌作品主要集中于《敦夙好斋诗全集》之中,初编十二卷,收集自道光乙酉年(1825)至咸丰癸丑年(1853)历时 28 年创作的 898 首诗,经叶名沣自行汇总结集成册。后从咸丰甲寅年(1854)开始,又写成 924首,尚未修订,叶名沣突然离世。经叶名沣之子叶恩颐校对、博士胡心耘修订整理成为《敦夙好斋诗续编》十一卷,于咸丰己未年(1859)完成。

叶名沣所创作的一千八百多首诗,体裁多样,题材广泛,从内容上主要可分为交际唱和诗、山水游记诗、思亲念家诗、有感抒怀诗等。有些诗歌表达他对家乡、对亲人的思念之情,有的抒发送别亲友、晚辈、同僚的情感。或反映与亲友的深厚感情,或写对晚辈、同僚的鼓励和劝勉。有的是因某事抒发个人感慨,有的是对自然景物的描写,表达对自然的热爱和赞美之情。叶名沣曾拜师于潘德舆,他说:"(潘四农)先生于诗根柢深厚,质疑问难受益良多。别后邮筒商榷,终岁靡闲。修书执弟子礼师事之,数年而还。"①《敦夙好斋诗全集》杨守敬②所作序言中写道:"然二十年走京华,颇闻词人绪论谓道咸之间吾楚诗人以先生(叶名沣)为称首。"③作序虽恐有夸大成分,但也不难看出叶名沣在湖北籍京官中颇有诗名。

(一)酬赠唱和诗

因家族传承以及在朝为官的原因,叶名沣社交范围极其广泛,遍布京师、湖北乃至日朝等国,与前辈、友人、同僚们的交际酬唱诗是他诗歌作品中最多的部分。其中,叶名沣与潘德舆、翁方纲、张际亮、孔绣山、何绍基等人交情匪浅,相互之间时有往来。

如《冬夜对雪怀潘四农丈》④。

---

① (清)叶名沣:《敦夙好斋诗全集》,上海古籍出版社 2010 年版,第 111 页。
② 杨守敬(1839 年 6 月 2 日—1915 年 1 月 9 日),湖北省宜都市陆城镇人,谱名开科,榜名恺,更名守敬,晚年自号邻苏老人。清末民初杰出的历史地理学家、金石文字学家、目录版本学家、书法艺术家、泉币学家、藏书家。
③ (清)叶名沣:《敦夙好斋诗全集》,上海古籍出版社 2010 年版,第 103 页。
④ (清)叶名沣:《敦夙好斋诗全集》,上海古籍出版社 2010 年版,第 113 页。

　　　　遥天覆冻云,门巷车尘绝。忆君淮上庐,寒灯照深雪。

　　　　千山复万山,不辨雪中路。云外暮鸿鸣,应向淮东去。

与《春夜对月怀张亨甫》①。

　　　　之子不相共,其如深夜何。雁鸿春尽少,风露月中多。

　　　　寒影迟残漏,清光澹曙河。遥遥沧海畔,谁与慰蹉跎。

　　二诗皆为借景怀人诗。叶名沣看云看雪,看灯看月,总能想到远方的友人,回首过去,诉说衷肠,寄托思念。

　　文人集会写诗分韵常常在诗题中展现出来,如叶名沣作《七月二十九日宋王伯厚先生生辰招同晁星门汪仲穆何子贞朱伯伟李子衡杨汀鹭王霞举设计新摹画象于齐中即席以先生困学纪闻自识语开卷有得述为纪闻分韵得有字》;何绍基作《林颖叔招同宗涤楼朱伯韩叶润臣孔绣山王少鹤刘炯甫拜黄文节公生日以日问月学旅人念乡分韵得旅字》,《王霞举将有山东之行消寒第三集李子衡刑部席上分得年字》,如此一来与会者一目了然,“酒半君无语,低徊今夜筵。关山又征旅,风雪入新年。眼底故人远,囊中诗句传。”②且内容清楚,格律工整。

　　叶氏家族与朝鲜文人多有诗词往来,据相关文献统计,与叶氏家族关系密切的朝鲜士人有李肇源、金鲁敬、申纬、赵秀三③、申在植、金善臣、姜时永、金正喜、金山泉、李祖默、李尚迪、洪敬谟、洪奭周、洪显周、李裕元、郑元容、赵秉铉、丁若镛、李尚健、吴亦梅、安载舆、金有渊、李著人、金永爵、李正懋、金品山等几十人,可谓结交广泛。

　　如朝鲜诗人赵秀三和叶志诜往来频繁,诗中屡屡称赞叶志诜的两个儿

① (清)叶名沣:《敦夙好斋诗全集》,上海古籍出版社2010年版,第114页。

② (清)叶名沣:《敦夙好斋诗全集》,上海古籍出版社2010年版,第337页。

③ 赵秀三(1762—1849),朝鲜王朝宪宗(1834—1849)时期的著名诗人。初名景濂,字芝园,号秋斋、经畹。先后去过中国六次,接触不少国内外士大夫、学者。他对风度、诗文、功令、医学、奕碁、字墨、强记、谈论、福泽、寿考等颇有研究。他擅长诗文,作品涉及面广,有针对性。文集有《秋斋集》,另有长诗《高丽宫词》《秋斋纪异》。

子,其《叶东卿主事志诜》有云:"覃翁衣钵传高弟,汉隶弓裘有宁儿。"①称许叶志诜的两个儿子得以承继家学,使其印象深刻。位于虎坊桥西的叶氏居所平安馆,就是中朝文士往来的一个重要集会处所。

叶名沣在致李尚迪的信中谈道:"藕船仁兄阁下,相交三十年,甫及一聚,辄复云别,能不黯然魂销者乎?海内存知己,天涯若比邻,愿与足下共勉之。"②叶名沣和李尚迪相交三十年,情真意切,互为知己,面对短暂相聚后的长久分别,乃至永无再见的遗憾,只能借王勃的名句抒写慰藉之情。李尚迪为了铭记他和中国朋友的友谊,特意取意于王勃诗"海内存知己,天涯若比邻"之意,自号"海邻居士",还将与清朝文人的酬唱之作编为《海邻论世集》,又将和友朋往来书信编为《海邻尺牍》。甚至在叶名沣去世后,朝鲜诗人许宗衡填词《望海潮》:"东风杨柳,关门未隔,随春寄到瑶华。檐月正明,廊灯忽暗,良宵旧梦都遮。踪迹感搏沙。去年好时节,杯酒谁家。鸭绿江头,别来帆影忆欹斜。当时胜侣堪嗟。问桥西老屋,空有啼鸦。残腊闭门,填词自遣,关心人况天涯。应叹鬓霜加。风雨漫相念,沧海枯槎。但愿年年驿使,芳讯卜梅花。"③词中回忆了往昔众人雅集酬唱的情形,以文会友,令人怀念和向往。

文人唱和中也包含书画交流,叶名沣创作了不少题画诗,将画中所绘之景,心中所想之情写成诗,题于中国画的空白处,使诗、书、画三者之美极为巧妙地结合起来,内容丰满,相映成趣。

如《题阮瑞臣江洲泛月图》④。

> 长芦诗句忆坡仙,依旧江澄璧月圆。
>
> 今夕也应歌水调,广寒宫阙是何年。

看着眼前的月夜泛舟图,一片水清月圆之景,进而联想到苏轼所作《水

---

① [朝鲜]赵秀三:《秋斋先生集》,载《韩国历代文集丛书》769册,景仁文化社1999年版,第376页。

② [朝鲜]李尚迪编:《海邻尺素》,清光绪抄本。

③ 董文涣编:《韩客诗存》,李豫、[韩]崔永禧辑校,书目文献出版社1996年版,第134页。

④ (清)叶名沣:《敦夙好斋诗全集》,上海古籍出版社2010年版,第311页。

调歌头》："不知天上宫阙,今夕是何年",颇有几分祥和宁静不知今夕何夕之感。

如《题春山晓行画帧》①。

> 晓日在高峰,遥见峰头寺。烟际不逢人,鸟语出空翠。

金色朝阳出于碧山之侧,远远望见峰顶的古刹,周围寂静无人,唯有云烟缭绕,鸟鸣啾啾。读此诗仿佛置身画中,置身山中,色彩明快,动静结合,读来朗朗上口。

还有些诗将情感寄托于画上,如叶名沣《海秋杨汀芦蒋叔起程稚蘅集饮衍圣公邸》诗中所写"扬鞭归讯关门路,回首离情付画中。"②此诗为中朝文人在平安馆聚会之时程祖庆根据朝鲜文人、燕行使吴庆锡对他庭院的描述作画,叶名沣为其写诗留念。此聚不知何时再见,故而将离愁别绪投注在诗画之上。

(二)山水游记诗

叶名沣喜游名山胜水,世载其"好作山水游,见闻发之以诗。"诗歌中有相当一部分描写了自然风光,《雁门集》《溯漅集》《南征集》《北来集》收录了叶名沣的游历全程,《雁门集》记述了庚子(1840)五月至辛丑(1841)闰三月期间叶名沣的第一次出门远行,从京城经清河、居庸关、榆林、宣化、大同、雁门关,终至山西代州探望母亲,再从代州返京。《南征集》108 首,《溯漅集》108 首和《北来集》45 首均从诗作标题上表明经过地,在沿途纵览名山胜景并抒怀。如《夜行赵北口》《扁鹊祠》《车中望鱼山》《扬州柳》《嘉兴道中雨望》《雷峰塔》《西湖晚归》《石港别伯兄》《留题常山旅舍》《广信城外对月》《姊妹山》《镇远府》《长州城外对月》等。在整理上述三集中出现的地名发现,叶名沣在辛丑(1841)至戊申年(1849)八年间足迹遍布河北、河南、山东、江苏、浙江、江西、湖南、贵州八个省份。《敦夙好斋诗初编》中山水游

---

① (清)叶名沣:《敦夙好斋诗全集》,上海古籍出版社 2010 年版,第 113 页。
② (清)叶名沣:《敦夙好斋诗全集》,上海古籍出版社 2010 年版,第 286 页。

记类约 430 余首,数量将近占据全诗的二分之一。

叶名沣在《忆旧游五首》(之三)①中这样概括他的游历生活。

> 少时曾为汗漫游,短衣匹马倚吴钩。
>
> 西风吹上居庸岭,横揽燕云十六州。
>
> 仿佛雷声杂雨声,朗州西上万滩行。
>
> 停桡偶访仙人屋,愿于村农化太平。
>
> 君山山下不能泊,一叶狂风渡洞庭。
>
> 坐失千年名胜地,竟无诗句报湘灵。

年少时遍历山水,北至居庸岭,南到洞庭湖,览千古名胜,听窗外雷雨,一路走一路作诗,潇洒恣意,好不快活。

《夜宿》曰②:

> 夜宿长城下,凉风月满天。城头峰四五,绕屋气苍然。
>
> 车马饶行旅,边亭接市尘。时清无鼓角,戍卒且安眠。

叶名沣夜宿于长城脚下,见周边有青山又有车马,虽为边关,却无战事,戍边将士夜可安眠,又不乏市井气息,实为和平之时,安居佳处。

《召伯湖》曰③:

> 长湖静无风,一白界寥廓。迅流不可西,片艇千丈落。
>
> 逍遥沙际禽,微茫烟中郭。草树浮鬖影,旷观无崖垮。
>
> 搔首怀谢公,馀情怅冥漠。

叶名沣在行程中或顺路或刻意地游览名胜古迹,欣赏湖光山色。召伯湖平静辽阔,沙禽遨游,烟波迷蒙,郁郁葱葱,由景怀人,此湖乃是谢安出镇扬州时用来灌溉农田,"随时蓄泄,岁用丰稔"。后人为追思功绩,把他比作

---

① (清)叶名沣:《敦夙好斋诗全集》,上海古籍出版社 2010 年版,第 204 页。
② (清)叶名沣:《敦夙好斋诗全集》,上海古籍出版社 2010 年版,第 137 页。
③ (清)叶名沣:《敦夙好斋诗全集》,上海古籍出版社 2010 年版,第 150 页。

协助周公辅佐周王室的召公,将此湖称为召(邵)伯湖。叶名沣立于湖边借此诗表达了对谢公的深深怀念。

《广武旅夜》曰①:

> 小店临山驿,泉声入夜闲。然灯清客梦,得句慰慈颜。
>
> 月落残笳响,林空倦鸟还。喜闻役夫语,明到雁门关。

诗人入住一个依山傍水的幽静驿馆,入夜房间里点着灯,诗人躺在床上静听周围,远处传来一点笳声,偶尔有鸟儿扇动翅膀,近处役夫说明日便可抵达雁门关。诗歌勾勒出恬静平和的驿馆之夜,残笳、林鸟、人语之动烘托出周遭之静。叶名沣将夜宿驿站入诗,可见其已形成一种习惯,所见所闻哪怕是细枝末节皆可作为写诗的素材,这也正是清诗特点之一。

除了远游,叶名沣也有一些京郊游览、漫步偶得之作,如《独游丰台小憩古寺》曰②:

> 尺五天南地,春残鸟不飞。丰台陈迹在,荒寺梵钟稀。
>
> 风色开晴陌,花光恋晓辉。十年盘马客,只觉旧游非。

暮春时节诗人独游丰台,见陈迹荒景,晴日映花,想来自己十年骑马逍遥,故地重游,却生今时不同往日之感。

又如《游西直门外诸寺》《九月晦前一日游万柳堂》《右安门外偶眺》《城东某氏园林》等诗,无论"沉寥天气正残秋,一角寒城策马游。地僻昔曾垂柳偏,霜高时听去鸿愁"③还是"近郊蔚名胜,佳日客来稀。寺冷无黄菊,天空展翠微"④,皆抒写了叶名沣在山水游览中的情感,语言平实,言之有物。

---

① (清)叶名沣:《敦夙好斋诗全集》,上海古籍出版社2010年版,第141页。
② (清)叶名沣:《敦夙好斋诗全集》,上海古籍出版社2010年版,第192页。
③ (清)叶名沣:《敦夙好斋诗全集》,上海古籍出版社2010年版,第242页。
④ (清)叶名沣:《敦夙好斋诗全集》,上海古籍出版社2010年版,第240页。

（三）思亲念家诗

汉阳叶氏作为一个文化家族，家族成员之间常有诗作往来，叶名沣有一些诗歌传递和表达了他的思亲之情。这类诗在其诗集中虽所占篇幅不多，但能体现出叶名沣身为兄弟、丈夫、儿子等不同角色的情感与形象。如《雨夜独酌怀伯兄》曰①：

> 入冬尘事少，展卷小窗幽。坐听燕关雨，浑如泽国秋。
> 独吟非寄傲，浅酌亦忘忧。欲忆南征客，今宵何处舟。

诗人冬夜独酌，听着燕关之雨，思念在南方为官的兄长。全诗平铺直叙，娓娓道来，感情流露自然而真实。再如《六月九日抵南昌赋呈伯兄》曰②：

> 雁塞相思秋复春，南州重与话风尘。
> 中年兄弟多离别，歧路诗歌杂苦辛。
> 江渚白蘋随客棹，燕山明月待归人。
> 他乡能不增惆怅，同是庭闱梦里身。

叶名琛、叶名沣两兄弟宦海沉浮多年，一个在南，一个在北，聚少离多，如今在异乡南昌相聚，互诉艰辛与惆怅。直抒胸臆中，兄弟的真挚感情自然流露于文字中。

叶名沣在《雁门集》开篇作《将之代州省母留别同人二章》曰："跪乳乃有羜反哺亦有乌。万族互荣灭，骨肉真欢娱。"③以"羊羔跪乳""乌鸦反哺"常用意象诉说母子亲情。并在最终抵达时作《到代州》④。

> 我生已三十，未尝远行游。北望念阿母，书夜如旋辀。

---

① （清）叶名沣：《敦夙好斋诗全集》，上海古籍出版社 2010 年版，第 145 页。
② （清）叶名沣：《敦夙好斋诗全集》，上海古籍出版社 2010 年版，第 154 页。
③ （清）叶名沣：《敦夙好斋诗全集》，上海古籍出版社 2010 年版，第 136 页。
④ （清）叶名沣：《敦夙好斋诗全集》，上海古籍出版社 2010 年版，第 142 页。

> 上堂语我父，我父未肯留。病妻默无言，料检衣与裘。
>
> 弱女送我出，未解双泪流。饮马古长城，行行登代州。
>
> 山川倦行旅，霖雨增阻修。我行母未知，知我梦来不。
>
> 回瞻蓟北门，浮云莽悠悠。

叶名沣自述三十年来不曾出过远门，这次决定去山西代州探望母亲。妻子默默帮他打点行装，幼女还不理解父亲即将远行的悲伤，送他出门，婉有杜甫"遥怜小儿女，未解忆长安"之感。经过一番风雨颠簸，终于到达代州，母亲不知他来，见面恍然如梦。平实的语言勾勒出自己远行一家人的状态，古代交通不便，探亲是一项大工程，来回往往需要一年半载，一路风尘仆仆，惹得几人思念。叶名沣一家人的亲密感情在此诗中体现得比较突出。

叶名沣还有一首悼女诗《悼昭》①。

> 汝已兼旬死，回思涕泪频。缠绵来入梦，嬉笑尚为人。
>
> 症果膏肓结，医难药性真。凄凉萧寺路，题碣墨痕新。

叶昭是叶名沣的侄女，生母早逝，叶昭便由叶名沣抚养，名沣视其为己出，可惜叶昭早殇。叶名沣午夜梦见叶昭，梦里叶昭还是鲜活而生动的模样，醒来却是空梦一场，涕泪俱下的惋惜怀念之情溢于言表。

还有写给妻子的诗作，如《青阳篇赠内》曰②：

> 青阳布和德，树木繁且妍。有鸟来中庭，将巢筑其间。
>
> 喈喈朝与暮，绕林飞且还。林月照我室，瘦妻镜中叹。
>
> 从君十载余，齐身奉袆翚。一索未及卜，何以承亲欢。
>
> 葛藟附樛木，终始相缠绵。宝瑟方在御，开怀为君弹。

诗歌由景及人，先说繁茂树木，筑巢之鸟，从鸟儿绕林还家联想到自己之家，鸟儿尚能朝朝暮暮，自己却与妻子分隔两地。接下来幻想妻子那边场

---

① （清）叶名沣：《敦夙好斋诗全集》，上海古籍出版社 2010 年版，第 119 页。

② （清）叶名沣：《敦夙好斋诗全集》，上海古籍出版社 2010 年版，第 136 页。

景,明月映照下,消瘦的妻子对镜叹息。夫妻两人就如葛藟附在樛木之上,始终缠绵不离。诗歌表达了叶名琛对妻子浓浓的想念与眷恋。叶名沣之妻乃是清代湖北三状元之一的陈沆之女,二人联姻传为佳话。

（四）即事感怀诗

即事感怀诗是指针对某事引发诗人的某些感慨,叶名沣在这类诗作中或抒发惆怅与愁思,或表达喜悦与怀念,以及对时政的看法和对人生的感悟。如《沙河感作》《九日独坐有感》《代州杂感三首》《寒食书感》等。

处在晚清社会大背景下,叶名沣不论以诗人还是清朝官员的身份自居,都创作出不少关心民众、反映时政的诗篇。面对太平天国运动,叶名沣的态度十分鲜明:坚决抵制,称其为"贼"。如《哀天津令》曰①:

> 津门驻军六十日,贼据深壕不敢出。
> 天寒地冻人烟稀,我兵枯守饥无食。
> 黄云莽莽腥风寒,战场日落飞鸟鸢。
> 十万义旅同声哭,可惜天朝好县官。

诗歌附有一小段文字:谢君名子澄,知天津县事,素有声。率带义勇甚众,人皆悦服。十一月下旬独流镇之战君死焉,事闻于朝,赠布政使衔并骑都尉世袭。

此诗记述了战争过程,天津义勇们饥寒交迫,战况惨烈,谢子澄奉命镇守独流镇,战死沙场。叶名沣对谢知县的政绩给予赞许与肯定,对其离世深表哀痛与惋惜。

再如《闻官军收复武昌汉阳寄曾涤生侍郎（国藩）》曰②:

> 使军转战频年苦,一夕船楼下武昌。
> 群丑闻声褫胆魄,至尊含笑览封章。
> 可怜汉诸风烟尽,极目江天壁垒长。

---

① （清）叶名沣:《敦夙好斋诗全集》,上海古籍出版社 2010 年版,第 216 页。
② （清）叶名沣:《敦夙好斋诗全集》,上海古籍出版社 2010 年版,第 239 页。

筹策更为司牧告,抚绥何以莫流亡。

此诗背景是太平天国运动期间的咸丰四年(1854)正月二十八日,曾国藩统率湘军从衡州出发,水陆并进北上同太平天国军队作战,于10月14日收复武昌。叶名沣听闻此事,欣喜之余赋诗一首赠与好友。首联交代征战不易,水路到达武昌,叛军闻风丧胆,皇帝龙颜大悦。颔联写景,风烟散尽极目楚天舒。尾联却讲圣谕更改,当时咸丰帝解去曾国藩只做了七日的湖北巡抚官职,似隐含为友人鸣不平之意。

还有反映第二次鸦片战争短暂胜利的《津门行》①。

津门居民数十万,跃马鸣弦思一战。
夷艘闻之远遁逃,海波顷刻登清晏。
旌旂猎猎军门开,大府传檄声如雷。
朝堂有策能持胜,衢巷欢呼天子圣。

诗中写到夷人被我军威武气焰吓退,登时战争结束,河清海晏,还借此歌颂了一番朝廷英策与帝王圣明,诗中洋溢着一股和平与喜悦。然而据史料记载,本次事件并非如此祥和。1859年6月,英、法、美以进京换约被拒为由,率舰队炮击大沽台。提督史荣椿率守军还击,击沉击伤敌舰10艘,毙伤敌军近500人,重伤英舰队司令何伯,史荣椿也死于战场。事实上第二次鸦片战争期间,积贫积弱的清政府根本无力抵抗洋枪洋炮的欧洲列强,偶然一次小胜还是用主帅的殉国换来的,叶名沣的盲目乐观不甚可取,同时也从侧面反映出清朝仍未认清局势,沉浸于天朝上国的幻象之中。

整体来看,叶名沣诗中提及朝廷总带有明显的颂盛意识。如"特达逢明主,欢愉慰老亲"(《送伯兄提刑云南入觐》)②;"上言二百年,厚泽媲尧禹"(《哀陈母》)③等。叶名沣的诗歌能体现出其兼济天下的责任感和忧国

---

① (清)叶名沣:《敦夙好斋诗全集》,上海古籍出版社2010年版,第207页。
② (清)叶名沣:《敦夙好斋诗全集》,上海古籍出版社2010年版,第163页。
③ (清)叶名沣:《敦夙好斋诗全集》,上海古籍出版社2010年版,第259页。

忧民的仁者情怀,如关心农民春耕的"不知诸父老,何日拢头耕"(《民事》)①;久旱逢雨的"美酒不在多,适意无停斝。安得此杯酒,化作中天霖"(《久旱得微雨小酌偶咏》)②;期盼和平的"何时服领销兵甲,极目南云忽怅然"(《桥西寓邸》)③;表述忠心的"但凭心捧日,休叹鬓多霜"(《得伯兄书欲寄二首》)④。但因限于一定的政治地位和文化氛围,叶名沣直接抨击与揭露社会现实的诗作几乎没有,这是他诗歌的局限性所在。

三、叶名沣诗歌艺术特色

叶名沣诗歌内容较为丰富,题材较为广泛,整体来说,具有平实质朴、清新自然、感情热烈等特点,较好地融入清朝中后期的诗歌创作大背景中。

（一）平实质朴

叶名沣的诗歌语言,不雕饰,不华丽,如平常语,这也正是清诗整体特点的体现。

如《蕃庭行》⑤。

张家口外天雨雪,千里百里鸟飞绝。

貂帽羊裘蒙古王,岁十一月来京阙。

元玉紫玉珍珠浆,鹿尾鹅炙流芬芳。

部落队队尘沙扬,玉河桥畔宾馆张。

囊驼背上风吹语,环珮琮琤载妻女。

天上笙歌几曲闻,春光飞到穹庐侣。

穹庐归去舞且嬉,手捧珍赉生光辉。

---

① （清)叶名沣:《敦夙好斋诗全集》,上海古籍出版社 2010 年版,第 166 页。
② （清)叶名沣:《敦夙好斋诗全集》,上海古籍出版社 2010 年版,第 114 页。
③ （清)叶名沣:《敦夙好斋诗全集》,上海古籍出版社 2010 年版,第 211 页。
④ （清)叶名沣:《敦夙好斋诗全集》,上海古籍出版社 2010 年版,第 282 页。
⑤ （清)叶名沣:《敦夙好斋诗全集》,上海古籍出版社 2010 年版,第 244 页。

年年盛夏青芜满,长使藩庭牧马肥。

本诗讲述咸丰四年(1854)十一月蒙古王来京的盛况,貂帽羊裘的蒙古王带着亲眷和手下浩浩荡荡从塞外前往京城,吃的是珍馐美味,身边有佳人在侧。返回自己的毡帐后载歌载舞,手捧奇珍,草茂马肥,塞北安定,一片华贵祥和之景。全诗基本实写,无生僻字词或着意用典,描写之物虽华丽,而语言本身平实。

再如《书潘四农丈友说后》①。

茂林多幽鸟,浅流无巨鳞。旷然宇宙宽,物各思其群。

结交尚肝胆,挚谊侔天伦。圣言重三益,直谅兼多闻。

"物以类聚,人与群分,我有挚友,直谅多闻。"全诗语言朴素,浅显易懂,仿佛是随手作成,不加雕饰。《宣府道中书所见二首》中"问尔来何方,言自张家口。五月过阴山,雪花大如手"。② 更如民间童谣,简单上口。

叶名沣是一位很有仪式感的诗人,无论见过什么人,看过何种景,经历什么事,或者过哪个节日,都会作诗以记之。在他这里写诗似乎成为叶名沣生活中与衣食住行同等寻常之事,任何事物均可入诗,所以才会有游历途中几乎一处一诗的情况出现,他的作诗过程并无"吟安一个字,捻断数茎须"的苦吟,也并非"鸟宿池边树,僧敲月下门"的深思,通常是开门见山,平铺直叙,通俗易懂,一目了然。这种方式无疑拉近了诗与生活的距离,但同时也在一定程度上降低了部分艺术品位。

(二)清新自然

前文提及叶名沣乐山好水,创作了不少写景状物之诗,因为笔墨轻浅,这类诗歌往往给人以天然清丽之感,尤其叶名沣喜用"月""雪""雨"等意象,更添清新。

① (清)叶名沣:《敦夙好斋诗全集》,上海古籍出版社2010年版,第116页。
② (清)叶名沣:《敦夙好斋诗全集》,上海古籍出版社2010年版,第139页。

如《雨后过壶园》①。

> 屋外青山色,相看似翠微。登高雨初霁,举酒客将归。
> 林密忘花落,泥轻亚燕飞。他乡怜候景,祇益鬓毛非。

青山、细雨、落花、燕子几种意象勾勒出一幅春景,壶园位于江苏扬州,原本由大小三个园子组成,南北纵深长达百米,园中有红肥绿瘦轩、绿池、曲廊等景致。诗人流连美景,最后却因身在异乡及年华逝去而心生惆怅。运用白描手法,不加渲染而跃然纸上。

春郊放牧②

春郊遇微雨,晓望皆新绿。依依杨柳深,烟际驱黄犊。

即目③

微风吹芳草,晓日媚遥浦。

箬笠两三人,濛濛隔烟雨。

初夏作二首(其一)

玉河微涨水粼粼,出水芙蓉叶未匀。

独向桥边成小立,瀛台高处雨如尘。

杨柳、芳草与芙蓉,诗人置身乡野美景,下笔自然清新恬淡,叶名沣将四时佳景一一于眼中扫描至笔端,读者读时亦能身临其境。

还有"二十四桥风雪夜,携壶梦我扣柴扉"(《送人之扬州》)④;"月帐星房望寂寥,碧空无鹊路迢迢"(《闰七夕》);"松风鸣虚籁,明月流寒影。美人来不来,孤琴当夜永"(《停琴迟友》)等诗句都写得清新动人。据统计,《敦夙好斋诗全集》中"雨"字出现了327次,"雪"173次,足见其钟爱程度,体现出一位士大夫的多情和对雅致闲适生活的追求。

---

① (清)叶名沣:《敦夙好斋诗全集》,上海古籍出版社2010年版,第112页。
② (清)叶名沣:《敦夙好斋诗全集》,上海古籍出版社2010年版,第112页。
③ (清)叶名沣:《敦夙好斋诗全集》,上海古籍出版社2010年版,第146页。
④ (清)叶名沣:《敦夙好斋诗全集》,上海古籍出版社2010年版,第236页。

(三)感情热烈

叶名沣的诗歌不仅充满了与亲友的深情厚谊,也抒发了他的豪情壮志。他的诗歌感情浓郁,与传统追求含蓄美不同,他主张将心中所想真挚且直接地宣之于口、付诸笔端,在送别诗、往来书信中对亲人与友人表露真情。黄永武先生在《中国诗学·鉴赏篇》中认为中国诗歌有以同性友谊为义的传统,"中国重伦理,朋友是五伦中的一伦,相互规过劝善,将信守义,一经承诺,力承其事,即使十年不见,亲密的情谊仍不为浮言所动,信任对方。……男性给男性的诗,可以把对方写成'美人'、写成'情人'。"①如《寄答晁星门》曰②:

> 与君相见时,不知有离别。愿作玉连环,不作天边月。
>
> 天边月易亏,连环终不缺。缠绵复缠绵,安能中道绝。

诗人不愿做时圆时缺的月亮,希望成为完满无缺的玉连环,时时守护在友人身边,永不终止。

如《十二月十二日抵都喜晤陈颂南苏赓堂戴云帆汤海秋诸君》曰③:

> 燕市大风雪,征人千里归。相思在梦寐,谁分减腰围。
>
> 行役久云迈,看云愿不违。眷言事温情,为乐及春辉。

诗人自南方乘雪归来,与一众好友欢聚一堂,诉说同心之言、交膝之谊。

还有"欲呼天上月,照我眼中人"(《符南樵招同人饮至夜》)④,"聊共煨寒酬夜永,不辞风雪话情深"(《次韵答何青士》)⑤,"鸿雁不可及,鲤鱼无消息。愿随七条弦,夜夜寄相忆"(《题李梦湘富春夜泊图》)⑥,"他日松寥阁上望,江风海月慰相思"(《亨父柩将发酹酒奠之再成一绝》)⑦,无一不是用

---

① 黄永武:《中国诗学·鉴赏篇》,新世界出版社 2012 年版,第 105—106 页。
② (清)叶名沣:《敦夙好斋诗全集》,上海古籍出版社 2010 年版,第 114 页。
③ (清)叶名沣:《敦夙好斋诗全集》,上海古籍出版社 2010 年版,第 187 页。
④ (清)叶名沣:《敦夙好斋诗全集》,上海古籍出版社 2010 年版,第 267 页。
⑤ (清)叶名沣:《敦夙好斋诗全集》,上海古籍出版社 2010 年版,第 245 页。
⑥ (清)叶名沣:《敦夙好斋诗全集》,上海古籍出版社 2010 年版,第 155 页。
⑦ (清)叶名沣:《敦夙好斋诗全集》,上海古籍出版社 2010 年版,第 189 页。

直接的言语表达深深的眷恋。

叶名沣喜游山水，怀一腔侠客梦，意欲顶天立地快意人生。在京时可能因困于书斋与朝堂难以展现性格中较为自由不羁的一面，所以当有机会外出游历时，这一特性便得以体现。如《登代州城楼放歌》曰①：

> 我持一剑幽州来，少年意气何辽哉。
>
> 北渡居庸达雁塞，眼中战迹纷尘埃。
>
> 长城突兀陵谷改，西极玉门东辽海。
>
> 万里空怜举筑劳，秦皇汉帝今谁在。
>
> 北平久无飞将才，英雄竖子悲千载。
>
> 苍茫日落雄州城，滹沱浩浩洪流横。
>
> 东望紫荆关，赵王遗冢何峥嵘。
>
> 北登广武道，杨家片石馀威名。
>
> 四郊寥落居人少，沙砾无边蔽村堡。
>
> 黄羊逐队游荒原，白雁哀鸣散枯草。
>
> 朔风六月重裘寒，边城入夜飞霜早。
>
> 边城岌嶪高入云，墩堠卧戟忘冬春。
>
> 征夫休唱从军乐，暮角先惊远道人。

代州一直是兵备道署所在地，拥有"五千年中华军事陪都""三晋之肩背，神京之屏障"之称，诗人由京城来到代州，登城楼远眺，北望雁门，南俯滹沱，全县山川景物一览无余。见天地辽阔，忆往昔峥嵘，过往战事烟消云散，秦皇汉武已然作古。叶名沣流连眼前光景，一时兴起陈子昂"念天地之悠悠，独怆然而涕下"之感。方回有言："怀古者，见古迹，思古人，其事无他，兴亡贤愚而已。可以为法而不之法，可以为戒而不之戒，则又以悲夫后之人也。"②居庸关、玉门关、日落、滹沱河勾勒出苍茫壮阔，沙砾、黄羊、荒原、

---

① （清）叶名沣：《敦夙好斋诗全集》，上海古籍出版社2010年版，第142页。

② 黄永武：《中国诗学·鉴赏篇》，新世界出版社2012年版，第114页。

白雁、枯草又展现了肃杀荒寒。战士们在如此艰苦的环境里戍边，还要面对更为残酷的战事，实在不易。此诗描写边城风光，追忆古代英雄，心系戍关将士，尽显豪迈之气。还有"呼嗟乎，大丈夫生平不快意，九州历遍真游戏。世事反复难具论，祗合名山藏姓字"（《铁耕楼诗为黄香铁作》），"何时来酒市，为尔解金貂"（《寄陈秋毂同年》）[①]等诗句，也是直抒豪情之作。

叶名沣的诗歌题材广泛，涉及内容较为丰富，有思亲怀人，有交际酬唱，有咏物抒怀的诗作，具有本诸性情、自然平实，善于锤炼、形象生动等特点。虽然从思想内涵的深度和艺术特色的丰富上，他的诗作无法与名家相比，其诗歌多体现出一名仕宦通达士大夫的闲适之情，虽偶尔稍显刻意，但其中的艺术价值也是不容忽视的。

第三节　叶志诜金石研究

金石学，旧亦称古器物学，囊括铜器、玉器、陶器、石刻、砖瓦、封泥、甲骨、简牍等门类，研究中国历代金石之名义、形式、制度、沿革及其所刻文字图像之体例，上自经史考定，下至艺术鉴赏之学，是介于史学与文字学之间的学科。金石学始于宋，元明式微，至清代开始复兴。乾嘉以后，随着古器物的不断出土，文人达官争相购藏，并多有研究鉴赏者，故金石之学蔚然成风。

汉阳"四叶"的金石研究以叶志诜为主，其他三人叶继雯、叶名沣、叶名琛为辅。金石搜藏需具备学问与财力两方面条件，叶继雯大力支持叶志诜的鉴古爱好，他将湖广会馆购为私宅，留给其子叶志诜做收藏用，并命名为"平安馆"，这也成为叶志诜一系列金石著作的题名。叶名琛与叶名沣两兄弟自幼受父亲熏陶，对金石也有一定心得。《清稗类钞》中记载："后阅钱警石暴书杂记引郑康成戒子书：'吾家旧贫不为父母昆弟所容'康成大儒不应出此语，考元刻后汉书康成本传无'不'字，与唐史承节所撰郑公碑合今本

乃传刻之误。此校书之有功于先贤者始悔前言之陋也。其家藏印曰叶志诜及见记,又叶名沣名琛兄弟同鉴定二印。"①叶名沣阁读斋藏有宋建炎六印、明人画东方生像、子产庙碑拓本等,并著有《平安馆金石文字》,对研究金石器物之上的文字有一定价值。

叶志诜嗜古,喜好金石收藏与研究,在道咸时期的两湖地区乃至全国都有一定影响力。"叶东卿,嗜古博学,考订金石尤为擅长。"②他在京为官时期,与来自全国各地的金石学者交流探讨,作为翁方纲的门人弟子,又接触到许多金石大家,这为他在金石收藏与典籍文物考证方面打下了坚实的基础。

一、叶志诜金石搜藏与整理

清代乾嘉年间的金石学大多以大规模的考证为主,代表著作如《西清四鉴》《金石萃编》。随着金石学逐渐发展,访碑著录、考据研究等活动日益增加,新的金石器物不断被发掘。道咸年间一大批金石书家将自己所藏金石、碑帖分类编著成藏碑目、藏器目、藏书目。据不分卷本《平安馆藏器目》、抄本《平安馆藏碑目》、八册《平安馆金石文字四种》及其他资料,叶志诜藏品情况大致如下:

第一,缪荃孙藏书《平安馆藏碑目》八册为手抄本,版心上方写有"汉南叶生订稿",版心下方写有"怡怡草堂",是记录平安馆收藏最准确的文献。该碑目共 256 页,显见叶志诜藏碑种类与数量都十分可观。所藏碑文画像包括秦至西汉刻石、新莽石阙铭、东汉买地卷与汉碑、三国碑刻、两晋及南北朝尺牍与造像、隋唐碑刻、宋元书画和题记、明代书画与文房把玩物类等诸多藏品。

第二,《灵鹣阁丛书十五种》中收录了《平安馆藏器目》,该目共收录有160 余件各类器物。钟有 2 种:叔氏宝琴钟、无疆编钟(后标明伪刻);鼎 14 种:禾鼎、辛毛鼎、对鼎、叔我鼎等;尊和尊盖 14 种:叔尊、吴尊盖、辟车尊、高父

---

① (清)徐珂:《清稗类钞·鉴赏类》,中华书局 2010 年版,第 72 页。
② 王振忠:《叶名琛的家世与交游》,《读书》2015 年第 7 期。

辛尊等；卣 10 种：辛卣、庙形卣、仲卣、枝兵母卣等；壶 3 种：王仲壶、史仆壶、番壶；珽 2 种：父癸珽、母珽；爵 11 种：主庚爵、癸爵父丁立爵、父丁爵等；举 3 种：父癸举、若癸举、丁父举；觯 8 种：戕觯、感觯、仲觯、父乙觯等；角 4 种：南亚角、丁未伐商角、子孙角、□子孙父戊角；瓡 6 种：册二旅瓡、父□瓡、孙乙父瓡、奚瓡、册瓡、癸瓡；散 20 种：短父散、守散、鄂侯散、叔姬散等；簋 5 种：伯太师簋、郑义□簋、项□簋、史燕簋、陈曼子簋；鬲 9 种：瞽姬鬲、王伯姜鬲、工鬲等；匜 4 种：竝匜、奉册匜、郑伯匜、相作父匜；盘 1 种：女穌盘；彝 10 种：妇女彝、伯彝、单子彝、豚彝等；豆 1 种：东父子豆；剑 1 种：无戕剑；节 1 种：王命道赁节；戈 8 种：良山戈、高阳左戈、刺戈等；其余还有削、权、壶、锭、铎等器物各一二。①

对于叶志诜拥有的数目庞大、种类丰富的金石藏品，时人评价褒贬不一，甚至产生两种完全相悖的观点。金石书家张廷济认为："平安馆中周鼎获……汉阳嗜古成癖，集录直过欧阳剧。不私所有藏之山，此意尤于人超越"。②对于叶志诜的收藏给予了很高的评价。而林钧所编《石庐金石书志》则谈道："平安馆藏器目一卷，灵鹣阁刻本是目，系就汉阳叶志诜东卿平安馆藏器录。目百六十又一种，此本曾经郑叔问先批校，首有郑公手跋一则，郑氏手跋曰廉生云'平安馆赝鼎泰半造象无一真者'。"③认为其所藏器物"无一真者"。综合分析，上述评价都含有一定的个人动机，不够客观。张廷济作为叶志诜的晚辈与朋友，其"不私所藏"和"于人超越"难免有些言过其实。而"无一真者"的评断，也的确有些过于夸张。

但同时也存在一些较为客观的评述。叶志诜曾藏有《季苞开阁题名》拓本，原石以佚，此本有"臣志诜"小印。又有赵扬叔藏本，后有"赵之谦印"。赵之谦在《行书题画诗》中说："南海吴荷屋中丞、诸城刘燕庭方伯、歙程丽仲郎中、汉阳叶东卿封翁收藏，嘉道间海内所屈指，余皆见三四。"④可见赵之谦认为叶志诜的收藏数量十分可观。吴大澂认为："平安馆鉴赏，近

---

① 闻博：《叶志诜金石鉴藏及其书法研究》，硕士学位论文，湖北美术学院书法与篆刻艺术研究，2018 年，第 17 页。

② 徐世昌辑：《晚晴簃诗汇》第一百三十四卷，民国十八年退耕堂刻本。

③ 林钧编：《石庐金石书志》第七卷，民国十二年宝岱阁刻本。

④ 陈振濂主编：《日本藏赵之谦金石书画精选》，西泠印社出版社 2008 年版，第 88 页。

时最不可恃。"①林钧《石庐金石书志》中收录了周之桢②对叶志诜《平安馆金石文字六册》的评注曰:"此书无总名、无目录,当时随刻随印,传本至希。"③但之后还是对《平安馆金石文字六册》,叶志诜的收藏丰富和"精拓考释""考释极精"有非常肯定的评价。

但叶志诜的收藏也存在一个较大的问题,《平安馆藏器目》《平安馆藏碑目》《平安馆金石文字》等著作均为"未经编次""错杂分列"且"不知所据辑录""无总名、无目录、随刻随印",这给后世学者研究叶志诜的收藏带来了一定难度。但抛开这点,叶志诜收藏之丰富、精拓考释仍然不可否认。

二、叶志诜金石考证与辨伪

清代金石学大体分为几个阶段,清前期以考证经史为主,代表人物为顾炎武;乾嘉时期自上而下兴起金石考据之风,至道咸之后发展至最盛。道咸时期的文人学者不仅仅局限于研究器物本身,而是将其延伸到考证典籍、书画、天文、地理等其他领域,更力所能及地私藏古物,互相交流,形成一个个金石研究团体,在常年切磋研讨之下,学者们的鉴古能力与水平逐步累积,愈来愈强。叶志诜在这样的学术背景下,逐渐形成金石考证的能力和见解。随着金石鉴藏之风日盛,时人纷纷用书、画、拓片、书籍来记录自己或他人对各种藏品的见解,常以题跋的形式品评鉴赏。叶志诜题跋数目较多,常有一些独到评论。

叶志诜擅长搜罗古代碑帖,并常与翁方纲一道鉴别。"嘉庆甲午夏四月四日,汉阳叶志诜同看于苏斋。是日并借对江秋史先生昔藏许文穆公家藏本拓乎,墨色洵称双美。"④叶志诜通过对比此前见过的许文穆藏本《怀集字圣教序》,认为翁方纲苏斋所藏《怀仁集王羲之圣教序》"墨色洵称双美"。翁方纲曾获丰润潘侯寄过来的欧阳询《九歌》残石碑拓片,与黄秋盦鉴赏。

---

① 吴大澂:《吴大澂书札》,上海书画出版社 2007 年版,第 36 页。
② 周之桢(1861—1933),清末学者、藏书家。字贞亮,晚年以字行,又字子干,别号退舟。
③ 林钧编:《石庐金石书志》第九卷,民国十二年宝岱阁刻本。
④ 见叶志诜跋圣教序。

四十年后叶志诜再次购得一块《九歌》残石，翁方纲作《率更〈九歌〉残石，为东卿所得》诗歌，诗歌中翁方纲用叶志诜所购得《九歌》残石和之前获得的残石拓片，对比城西淤泥寺的欧阳询书石刻。认为可以通过叶志诜的"读书城南坊"来鉴别淤泥寺的欧体书法石刻是否为真。翁方纲对叶志诜的"精摹"能力大为赞赏，这一点在题跋中多次体现。叶志诜曾为翁方纲摹刻建初铜尺，在《题集古器铭册》中评叶志诜"以洋铜精摹毫发不差。予斋亦获藏其一。虽曲阜有摹本，亦不能及，然此则真本也。"①可见，翁方纲对叶志诜摹刻的建初铜尺非常赞扬，他认为曲阜的摹本不如叶志诜摹刻的，而且没有器物"可与俪"。这里的曲阜摹本指清代曲阜金石书家桂馥的摹本。

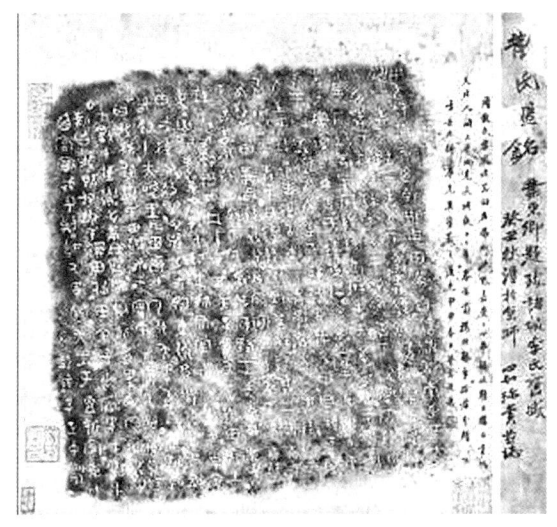

图9-1 叶志诜拓赠李璋煜《散氏盘》 清嘉庆十三年（1808）拓本

跋文：周散氏盘文。此器向在扬州洪氏，嘉庆十四年盐政额公购得，贡入天府，人间不可得见矣。此纸十三年春侨寓扬州时手拓者，分赠方赤比部尊兄其宝藏之。道光甲申春日叶志诜识。

金石学研究的重心随时代发展有所变动，乾嘉时期注重"经世致用""金石以证经史"，至道咸时期，金石学的外延扩展开来，辐射与带动了校勘

---

① （清）翁方纲：《苏斋题跋》，中华书局1985年版，第7页。

学、目录学、文字学、天文学、地理学等学科的发展。同时更加注重文字训诂,《说文解字》被拿来作为入门教材反复研读,这也与当时先秦鼎彝等器物的大量出土发现分不开。先秦铭文不易辨认,而识别文字则是收藏研究之始,因此当时对金石文字考释极其看重。叶志诜对古文字和古器物的考释,主要在他晚年在广东养老之时。虽没留下专门考释之作,但从他一些题跋与作序中能看到他对于遗存文字和古器物的见解和研究。叶志诜曾为吴云刊行书记作前言:"余酷嗜金石久,欲将生平收藏汇刻一书,以垂久远,因循未果……今之三锋矛凡可订证经史者指不胜数。"①

清代产生了段玉裁、桂馥、王钧等成就显著的说文解字专家,叶志诜未留下专门考释著作,但他也曾通过许州本重说文来释读《罴卣铭》中的"秝历"二字,又通过《博古图》来考释吴云两百兰亭斋所藏器物。另外其释读古文字的内容在王筠编《说文解字句读》中大量出现。

叶志诜的鉴古大多依靠对比、解读经验,对古籍和名物进行考释。然而叶志诜并非"火眼金睛",平安馆中也出现过伪物。遂启祺鼎于道光二十四年出于陕西岐山,叶志诜得之,置于金山作歌纪事,以诗和之。叶志诜考释数百言,作《周遂启祺鼎考》和《遂鼎图题款识》,序言为:"道光甲辰夏五月,得遂启祺大鼎,周宣王时物也,因置之金山,一垂永远,作歌纪事,用新城王西樵焦山古鼎歌元韵。"②一时间,陈庆镛、许瀚、王筠、张穆等四十余人均和诗,作《考》《记》。后经证实,遂启祺鼎原铭只有九字,作伪者增刻一百二十余字,吴式芬记云:"陈寿卿说,是鼎原铭止此九字,陕中人增刻伪字成三百鬶之。汉阳叶氏考释数百言,且云将留之焦山,永俾不朽,如'无惠鼎'故事。及见刘燕庭拓本,乃知余皆伪刻"③。叶志诜对金石的辨伪出现舛误在所难免。究其原因有二:一是客观原因,由于朝廷的推崇和文人们的兴趣,金石器物尤其是秦汉以前的器物成为界内重点关注对象。这类器物往往价格颇高且稀少,暴利遂引得古董商贩与手艺人钻研出各种手段制假作伪,鱼

① (清)吴云:《二百兰亭斋收藏金石记》不分卷,清代刻本。
② (清)叶志诜:《御揽集》,清道光元年刻本。
③ (清)吴式芬:《捃古录金文》卷二之一《遂启祺鼎》。

目混珠。甚至半真半假,令人难以捉摸,譬如"张凤眼"和"苏氏兄弟"在上文述及的遂启谋鼎上大做文章。二是主观原因,金石考证与收藏者的经学知识、文化常识、文字功底等息息相关,叶志诜的眼力和学识不够,其鉴古方面的方法单一且局限,往往只凭版本、印鉴、图符的比较便得出结论,极少采用较为全面的史料结合、推究于理等方法。

三、叶志诜的金石交游

叶志诜在京城为官之时常与金石书家交流探讨,陈介祺为吴大澂所作《说文古籀补叙》中提到:"时汉阳叶东卿驾部、海丰吴子苾阁学、道州何子贞同年皆以文字及先公门。诸城李方赤外舅、刘燕庭世丈、安邱王景友姻丈、日照许印林同年皆在京师。嘉兴张叔未解元、徐籀庄明经皆南中未见忘年交,共以古文相赏析。"①叶志诜与湖广、山东、北京的金石书家团体互相传拓并题跋唱和,同翁方纲、刘喜海、何绍基、陈介祺及日韩学者多有往来。金石交流也促进了当时文坛的文学创作。

(一)与翁方纲交游

翁方纲不仅是诗人,也是北京金石书家群体的推动者和带头人,在他的引领下,京城形成了一个大规模金石研究群体。这个群体大致可以被分成两类:第一类是与翁方纲年龄相仿家世相当的同僚好友,在朝共同编修乾嘉时期的文史项目资料,闲暇在野之余交流金石互相唱和,代表人物有钱载、桂馥、梁同书、罗聘、姚鼐等;第二类则是翁方纲的晚辈,经常向翁方纲讨教,且热衷于与其共同鉴赏金石书画。叶志诜属于第二类成员,也是以翁方纲为中心的金石研究群体中最年轻的一位。翁方纲年长叶志诜三十七岁,二人为师生关系,经常进行金石交流。据《翁方纲年谱》,叶志诜和翁方纲之间产生金石往来的最早记录是嘉庆十五年(1810),翁方纲为叶志诜"司马文正公与兄子手牍"残石砚题诗二首:"晚钟声处磨厓影,飞向君家作研屏。莫笑欹侧杂庄楷,重翻果有损兰亭","家训传家比六经,书灯夜夜耿窗棂,

---

① 孙才顺、韩荣钧:《清代海丰吴氏家族文化研究》,中华书局 2013 年版,第 113 页。

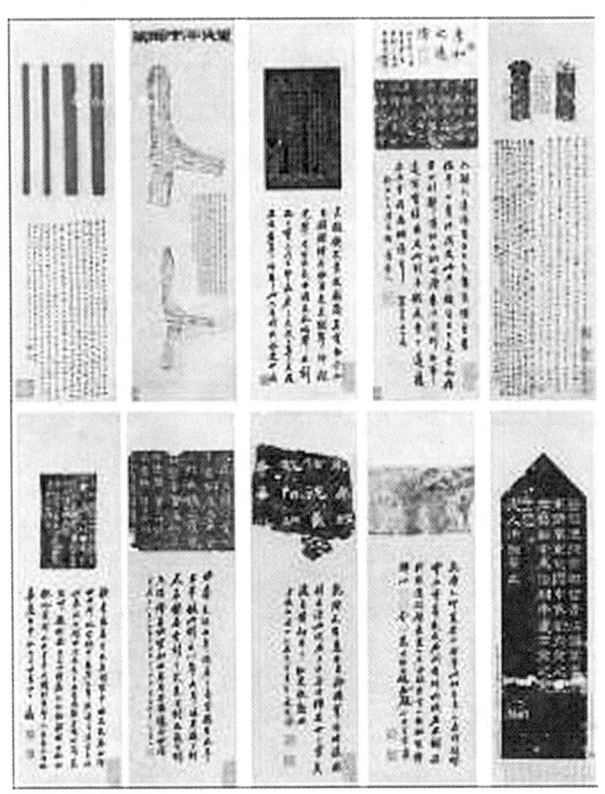

图 9-2 叶志诜旧藏翁方纲、阮元、黄钺等六家题周秦铜戈等金文石刻十条屏

傲他醉竹摹苏竹,误点江山半壁青"①。自此二人开始频繁交流,共话金石。同年翁方纲还与其他几位金石学者一道在叶志诜所藏周秦兵戈拓片之上题跋。除了金石器物鉴藏,翁叶二人也时常针对金石上的书法问题进行探讨。叶志诜曾收藏《汝帖》前八卷,由图牧山赠予顾万峰,帖末有顾万峰所绘之图,翁方纲为其作诗。嘉庆十七年(1812),翁方纲将自己收藏的牧山题墨池堂《化度寺碑》残拓本送给叶志诜,同年叶志诜以宋代《林和靖像》换得了《汝帖》后四卷,翁方纲用前四韵作诗。叶志诜方正严谨类的隶书作品也深受翁方纲之影响。

翁方纲所处时代正是清代金石兴盛之时,由他牵头的京城金石圈是当

---

① (清)翁方纲:《复初斋诗集》第六十三卷,清刻本。

时著名的金石研究群体，他也是将金石融入书法的积极尝试者与推动者。叶志诜作为翁方纲的弟子与晚辈，十分敬重这位老师，经常向其请教，翁方纲也愿意与叶志诜共同鉴赏唱和。翁方纲去世(1818 年)后，叶志诜悲痛之际也通过手札告知共同好友韩国学者金正喜，可见金石群体辐射之广。

（二）与何绍基交游

何绍基①和叶志诜皆为道咸时期两湖一带的金石书家。何绍基交游广泛，金石圈友包括叶志诜、刘喜海、许瀚、吴式芬、赵之谦、翁同龢等人。其《种竹日记》中记录道："晚请吴子苾廉访，叶东翁、苗仙露、刘宽夫、吕尧仙、张石舟、杨海琴作陪，皆谈金石友也。"②何绍基与叶志诜相识于京师任职期间，他对比自己年长二十岁的叶志诜以"东卿丈"和"叶东翁"尊称之。他们之间交情甚笃，经常一道游山玩水，共行雅集之事。何绍基《东洲草堂诗钞》载曰："岁癸卯，子贞匄同人集资，创建亭林顾先生祠于城西慈仁寺西隅隙地，每岁春秋及先生日，皆举祀。"③道光二十三年(1843)，根据《顾亭林先生年谱》记载，在顾炎武祠建立之时，叶志诜、何绍基均为其出资，其中叶志诜五十两，何绍基二十两。④ 而叶志诜的出资是受到何绍基请托的缘故，在何绍基与友人的书信中，亦提到过此事。每当每年春分、秋分、顾炎武祭日等时节，他们与其他文人学者一道前往顾祠进行祭拜。

叶志诜与何绍基的交流以金石书画为主，如吴荣光所藏黄道周山水画裱边上有他的题款："道光丁酉二月十四日，小集筠清馆题此数字以志墨缘。同观者汉阳叶志诜、道州何绍基。南海吴荣光题。"何绍基旧藏本《天发神谶碑》拓片，后面分别附有叶志诜、严可均、朱善旂、启功的题跋。依据朱善旂于咸丰辛亥年(1851)十月在该拓本上题跋，该拓本为何绍基旧藏，后由何文华丈赠予朱善旂，之后叶东卿季丈借观。从严可均题跋中可知，严

---

① 何绍基(1799—1873)，字子贞，号东洲，晚年号蝯叟，湖南道县人。道光十一年贡生，道光十六年进士，咸丰初简四川学政，曾典福建等乡试。历主山东泺源、长沙城南书院。

② 陈松长、刘刚编：《何绍基书种竹日记》，上海书店出版社 1998 年版。

③ （清）何绍基：《东洲草堂诗钞》，清同治六年无园刻本。

④ 张穆：《顾亭林先生年谱》附《顾祠捐赀姓名》，道光二十四年刊本。转引自段志强：《顾祠、顾炎武与晚清士人政治人格的重塑》，复旦大学出版社 2015 年版，第 75 页。

可均于嘉庆十年(1805)在都门叶志诜平安馆中见到该拓本,同年朱堂依照这个拓本双勾一本。同年叶志诜在何绍基旧藏拓本卷后题跋说:"'上天帝言'起,至'示于山川□'止,二段四行,是《天玺纪功碑》,山下乃《天发神谶碑》文也。第二段第一行'丙日'字下作'土形'半字。第三段第三行'□'下'文'字,上是'解'字。第二段第十二行'络'字上,曾读旧本是'阙'字,此本已不可辨。第二段第十五行'朖'字下是'而'字。嘉庆十五年二月二日叶志诜补释。"①

叶志诜与何绍基交情甚笃,《东洲草堂诗钞》中何绍基诗歌中,还收录了大量与叶志诜游山玩水雅集之事。两人交流以金石书画为主,何绍基作为晚辈与叶志诜以及叶志诜同辈金石家广泛交游,也具备一定的金石鉴赏能力。

(三)与东亚学者交游

前文已提到,自道咸起京城金石研究群体便与朝、日文人多有往来。朝鲜从明太祖朱元璋时期正式成为中国的藩属国,清朝入关后,朝鲜循例每年专派使节朝贡四次,此外还有很多机会访华。朝鲜使者对中国充满好奇,他们热衷于记录自己的来访经历,留下了《燕行录》等宝贵资料。日本与中国自古有所交流,随着19世纪中后期明治维新运动的开展,两国交流更为频繁。

叶氏家族在朝鲜有一定名望,叶继雯、叶志诜、叶名琛、叶名沣三代人都曾与朝鲜使臣有过友好交流。金永爵(1802—1868)称叶名沣"君尚古道,交遍天下,爰暨海东,多结识者。"②叶氏凭借其虎坊桥平安馆居所内的子午泉吸引中朝各文人雅士来此参观,平安馆逐渐成为金石唱和的固定处所。赵秀三《叶东卿主事》诗写道:"宝剑曾酬天下士,名泉岁集海东诗。"③燕行

---

① 叶志诜跋何绍基旧藏《天发神谶碑》,嘉庆十五年拓本。
② [朝鲜]金永爵:《邵亭先生文集》,载《韩国历代文集丛书》2993册,景仁文化社1999年版,第127—128页。
③ [朝鲜]赵秀三:《秋斋先生集》,载《韩国历代文集丛书》769册,景仁文化社1999年版,第376页。

使李肇源(1758—1832)作有《赠别云素御史叶继雯》诗，其中有"金兰托契吾何幸，石磬遗音孰有知"①二句，并加注释"壁上悬磬甚古"，可以想象当时众人齐聚平安馆共赏共乐的情景。叶志诜曾为朝鲜收藏家李祖默的《乌云稿略》作序，书中提及李祖默与翁方纲、翁星垣、叶志诜等人的交游过程。

叶志诜父子与金敬鲁、金正喜父子之间关系匪浅，友谊延续三代人长达几十年。叶志诜曾将祝允明草书长卷赠予朝鲜书法家权敦仁，该作品之后又递传给金正喜，卷首有"彝斋仁兄清赏丁酉秋七月七日叶志诜记"题跋，卷上有叶志诜、金正喜等人的印鉴。叶名琛曾致手札给金山泉："再启者，寄上《墨法集要》一册，制造之法，此为大备……家大人所造用墨，皆托友人赴歙制造……"②"家大人"即是叶志诜。叶志诜在与朝鲜学者交流的过程中引进了朝鲜的碑刻，于平安馆中将朝鲜碑文编撰成了《高丽碑全文》八卷，还曾赠书给朝鲜友人，其中包括《周鼎拓本诗考》《启諆鼎铭》《顾祠石刻》等。

叶志诜与日本学者也有来往。西岛慎一在《日本的中国书法受容史》提到："这期间主要有叶志诜（1779—1863）——多胡碑、潘祖荫（1830—1890）——日本金石年表、付云龙——日本金石志（光绪十五年）和杨守敬（1839—1915）——邻苏园帖。"③《多胡碑》立于日本同和四年（711），碑文记载当时日本从中国引进书法一事。在叶志诜的《平安馆金石文字》中收录有"日本双钩残碑一卷"，杨守敬后来将其重刻。叶志诜在《平安馆金石文字》题款识有"……书势雄伟，类上皇山瘗鹤铭字，相传日本人平鳞得于中土拓本，流入朝鲜为成氏所藏……"④的记载。

叶志诜是清代中国与朝鲜、日本交流书法的最早一批金石书家之一。他与外国学者之间传递诗词、金石碑帖，共同鉴赏，齐聚一堂，促进了中国与东亚等国的文化交流。

---

① ［朝鲜］李肇源：《黄粱吟》，《燕行录全集》第三辑第八册，广西师范大学出版社 2012 年版，第 178 页。
② 王振中：《叶名琛的家世与交游》，《读书》2015 年第 7 期。
③ 来源于日本学者西岛慎一的口述，现场翻译：邹涛，录音整理：潘爱君、时胜勋。
④ （清）叶志诜编：《双钩日本残碑》，《平安馆金石文字四种》平安馆刻本，国家图书馆藏本。

四、叶志诜的金石学成就

(一)促进书画创新

中国书法史上有一种独特的类别,即金石学和金石学家书法,尤以清代最为突出。金石学与金石学家书法相互依存,相互促进,金石书家从金石碑版中吸取了新的书法审美,进而推动整个清代书法史的演进。乾嘉时期引金石入书的新观念在道咸时期逐渐产生成效。金石入书从乾嘉时期取法篆隶,到道咸时期把金石融入到楷书、行书的创作,一方面是书法创作的更新,另一方面也体现出金石书法家对古代文化的审美取向,可以说是中国书法史上的一次"文艺复兴"。

叶志诜历经乾、嘉、道、咸四朝,他既是两湖地区的金石收藏大家,又是翁方纲金石团体中最年轻的成员。叶志诜收藏之富,不仅促进了金石文化及清代中晚期的碑学发展,在湖北乃至全国都产生一定影响效果,而且其严谨稳重的书法风格在一定程度上推动了隶篆书体的复兴。

绘画上,由京城金石圈引领下的"金石入画"艺术思想成为指引晚清书画艺术创作与发展的一个新趋势,这既是此间文人士子们对金石考据研究逐步深化的体现,同时也是这些有艺术雅致的文人在书画艺术创作道路上所进行的时代拓新。这一时期,热衷鉴藏金石的文人如叶志诜、刘喜海、何绍基、陈介祺、潘祖荫、翁同龢等,他们对金文、碑拓的喜好与推崇,以其自身的文化学养和艺术造诣,直接对晚清书画创作中"金石入画"的全面起兴起到促进作用,诸如任熊、任薰、任颐、吴昌硕等"海派绘画"代表人物就深受其影响。某种程度上,文人群体的鉴藏活动是一种尚古、好古的表现,而他们在鉴、藏、赏、玩古董文玩过程中,将"金石气"融入艺术创作的行为,成为晚清书画发展的一种潮流。

(二)推动保存流传

"天下可实者莫如书。与其韫而藏之,孰若使之灿着焉?不致湮没而不彰也。与其分而置之,孰若为之荟萃焉?不致散脱而浸失也。"①叶志诜

---

① (宋)尤袤撰,(清)潘祖荫辑:《遂初堂书目》,海山仙馆丛书本。

对于书籍的看法是藏书不如发扬之,分置不如聚集之,他对于自己收藏的金石器物也是一心传古,尤其着重关注碑刻文字。《平安馆金石文字》中文字都为叶氏摹刻碑刻和器物,具体方法是用线条沿着金石碑版上的字符形状勾勒出来。诸多金石书家都对叶志诜的钩摹技艺和传古思想表达赞赏,如"叶子精思苦证取","汉阳叶氏平安馆本,并传于世,以公同好云"等。可见叶志诜在钩摹秦篆残石,不仅非常的细致,并且精思苦证考释其碑刻版本来源,期望达到"以公同好云"的传古目的。

除了翻摹古代金石碑版、金石书友的作品与藏品之外,叶志诜还翻刻、刊行了医学、天文学方面的典籍,甚至出资刊刻过当时欧洲人的《全体新论》①。这种全面的传古,在同时期的金石书家中十分少见,为后世留下了研究金石学的珍贵文字与实物资料。

第四节　汉阳叶氏家族文化的历史价值和意义

自明崇祯十年(1637)叶文机一脉举家迁至汉阳府汉口镇开设"叶开泰"药店起,这个家族历经几代发展壮大成为湖北地区有名的文化世家。不论是叶继雯被称为"汉上三杰",还是叶名琛与陆建瀛作为鄂籍京官双双封拜两广两江总督而附会出的神玄故事,都能说明叶氏家族起初虽为迁客,但逐渐对汉阳乃至湖北产生认同感与归属感。叶氏家族在此处扎根生长、开枝散叶,兼之商优则学,学优则仕,成就不仅限于文学,而且在文学、金石学、医学、经学、书画等诸方面均有造诣,"汉阳叶氏文化家族"可谓名副其实。其家族文化在古代荆楚及近代社会转型中具有一定的历史价值与意义。

---

① 参见咸丰四年正月第一号版《遐迩贯珍》,记录了叶志诜出资刊刻欧洲合信著《全体新论》的事件,其中叶志诜作题跋"万灵具备,细验全身。中边分析,表里详陈。由形识性,似妄实真。图称创建,术逊仁人。"

一、汉阳叶氏诗学创作与清朝诗坛

郭绍虞在《中国文学批评史》中指出："没有一种比较特殊的足以称为清代的文学,却也没有一种不成为清代的文学。盖由清代文学而言,也是包罗兼有以前各代的特点的。"①文学发展到清朝,已然各种文体齐备,积累了丰富经验,这给清人在追求文学独创性方面造成困难,但并不意味着清代文学思想深度与艺术水平的缺乏。清朝在戏曲、小说、文学批评方面成就卓越,诗、词、散文等传统文学也得到一定复兴。

文学样式的不同步性决定了文学史的分期要顺应文学生态的变异而变通,文学史的叙述只能是多线式的,不同文体要分别对待。学术界对清诗的分期看法各异,但一般来说分为四期。清人杨希闵《诗榷》中认为诗歌断限为清初至康熙三十年(1691)、康熙中至乾隆四十年(1775)、乾隆中至道光末(1850),及咸丰以后。朱则杰《清诗史》将其分为顺康、雍乾、嘉道和近代,将龚自珍之后的诗人划归为近代。蒋寅在《清代文学论稿》中认为顺治及康熙前期、康熙中期、乾隆中期、咸丰时期是清代诗歌发生转变的关节点,雍正、道光属于过渡时期。整体来看,汉阳"四叶"横跨乾隆中期至光绪初期,三代人经历了几次诗坛转变,乾隆中期性灵派正盛,提倡最大限度发挥诗歌的自我表现能力,直抒情感;嘉道时期学术盛而诗不济,诗风趋向折中与融合,总体较为平庸;咸丰太平天国事起,清诗中加入了沉重的现实内容,逐渐完成由古代诗歌向现代诗歌的转变。叶氏家族依附在清朝中后期文坛的一叶扁舟之上,于整个社会的大海中浮沉。

叶继雯是清代汉阳叶家第一位进士,乾嘉时期入朝为官,诗歌风格与同为湖北籍诗人的陈沆、喻文鏊较为相近,又受到与性灵派代表诗人袁枚交际往来的影响,语言自然简练,追求真情实感。文章方面朝廷进奉文字多出自他手,为大学士刘墉、王杰所倚重。叶志诜横跨乾隆至光绪六朝,年轻时拜于翁方纲门下,长于金石考据,与当时学术风气相契合,诗歌创作也受到翁

---

① 郭绍虞:《中国文学批评史》,上海古籍出版社1979年版,第6页。

方纲"肌理说"的影响,常以学问考据入诗。嘉道之间的诗话整体氛围"开始重视记录性而淡化了理论与评论色彩"①,以记录性为主的地域诗话和同人诗话成为主流。具体创作方面较为平庸,虽有舒位、孙原湘、龚自珍等一批诗人试图破旧立新,但总体上不能改变清诗创作低迷的状态。

梁启超曾言:"文化史的年代,照例要比政治史先走一步。"②但具体到文学中往往得出相反的结论,"文学史的年代似乎总比政治史后走一步"③。1840年鸦片战争爆发是中国近代史的开端,但对当时的文坛并非造成重大的震动效果,吴文祺曾指出,在鸦片战争促发的诸多变革中,文学的变动最晚。但是作为鸦片战争一系列后续的当事人,叶名琛感触颇深,从他与其弟叶名沣之间的诗作往来中也有所体现,更为直观的是被俘印度时留下的两首诗④。

其一:

> 镇海楼头月色寒,将星翻作客星单。
>
> 纵云一范军中有,怎奈诸君壁上看。
>
> 向戌何必求免死,苏卿无恙劝加餐。
>
> 任他日把丹青绘,恨态愁容下笔难。

其二:

> 零丁洋泊叹无家,雁札犹传节度衙。
>
> 海外难寻高士粟,斗边远泛使臣槎。
>
> 心惊跃虎茄声急,望断慈乌日影斜。
>
> 惟有春光依旧返,隔墙红遍木棉花。

---

① 蒋寅:《清代文学论稿》,凤凰出版社2009年版,第95页。

② 梁启超:《明清之交中国思想界及其代表人物》,《饮冰室合集·文集》第十四册,中华书局排印本。

③ 蒋寅:《清代文学论稿》,凤凰出版社2009年版,第92页。

④ 齐思和等编:《第二次鸦片战争》(一),上海人民出版社1979年版,第233页。

叶名琛引范仲淹、向戎、文天祥、苏武、伯夷叔齐等具有民族气节之人入诗以明志。事实上他也确为忠义之辈,被俘于印度自知无望见英国女王便毅然绝食自尽,宁死不食英粟,并非世传的"不战、不和、不守、不死、不降、不走"的懦弱自大之臣。

但对当时文坛来说,这仅仅是来自遥远边境的警示,未能激起广泛的反响。鸦片战争所引发的文学量变经过不断积累最终在太平天国运动乃至戊戌变法时完成质变。蒋寅认为太平天国战争之于清朝就如同安史之乱之于唐朝,彻底打破了太平盛世,前者更甚直接冲击了两千多年的传统礼乐社会与思想基础。曾国藩有言:"举中国数千年礼义人伦诗书典则,一旦扫地荡尽。此岂独我大清之变,乃开辟以来名教之奇变,我孔子、孟子之所痛哭于九原!"①自此清代文学的创作风貌发生转变,由萎靡变得激烈。与叶名琛同一时期的叶名沣把诗歌重心放在了自身所见所闻之上,作为人臣忠君爱国,作为贵胄怡然自乐,创作的主要是文人诗,虽也有少量体现战事的诗作,但总体离普通民众生活稍远,关注社会现实的力度不够。从他的诗歌可见世界格局风云变幻下清朝士大夫的自守与封闭,这也正是当时社会状况的真实反映。

总的来说,汉阳叶氏家族的诗歌创作与清代中后期的诗坛走向基本一致,这个文化家族是清代比较典型的上流士大夫之家,成员们在朝为官,闲暇时与同僚好友或写诗自娱,或交流学术,而交游的往往也是在京城诗歌圈比较活跃之人,长此以往,相互影响。汉阳叶氏家族既是清代诗坛的积极参与者,也起到一定的推动与倡导作用。举一个简单的例子:清代出现大量游览诗别集,一地风景游览如陈文述《岱游集》、叶封《嵩游诗》、蔡铎《观光堂游草》;一次游历过程如王士禛《蜀道集》《南海集》、徐兰《出塞诗》、乔莱《使粤集》。袁嘉谷《卧雪诗画》卷二所载其师棻门先生自云南入京《纪程诗草》百二十首,"每驿必做一绝句,每诗必提明驿名"②。叶名沣在《敦夙好

---

① (清)曾国藩:《讨粤匪檄》,《曾国藩全集·诗文卷》,岳麓书社1986年版,第232页。
② (清)袁嘉谷:《袁嘉谷文集》第2册,云南大学出版社2001年版,第525页。

斋诗全集》中专门有《雁门集》《南征集》《溯漻集》《北来集》等来记游，并常引地名和驿站名为题，且创作时间早于《纪程诗草》。这种诗歌形式后来成为清人别集中常见的形式，乃至成为一个特色，叶名沣在其中或多或少起到引领作用。

二、汉阳叶氏金石与清末考据之风

由北宋欧阳修开创的金石之学在清代得以复兴与开拓，由于自上而下地倡导金石鉴藏，诞生了一批具有代表性的著作，如《西清古鉴》《考工创物小记》《积古斋钟鼎彝器款识》《捃古录金文》《斋集古录》《缀遗斋彝器款识考识》《寰宇访碑录》等。学者们改变了固有"玩物丧志"的观念，将金石与经史考证、舆地方志之学相结合，认为鉴古、赏古也是文史考据的一种途径，进而进一步推动金石学发展。

晚清的金石学家、收藏家端方曾言："考据之学至国朝而益精，而三代文字不尽传于后世，惟金文仅有存者，其有功于经义至钜。非兼文字、形式而目治之，则考证为无据，世或疑为玩物丧志，是未窥昔贤朴学之门径也。"[1]也有人以"朱子亦爱金石碑版，此《论语》所谓游于艺，非玩物丧志"[2]之言等，为"玩古"正名。也正因如此，接触并研究金石的文人队伍不断壮大，研究范围不断扩大，研究方法也日趋多样且趋于系统化。许多晚清经学研究大师，随着考据不断深入，逐渐演变为古董文玩鉴藏大家，如陈介祺、王懿荣、叶志诜、潘祖荫、吴大澂、端方、李葆恂等。作为集汉学家、鉴赏家、收藏家为一身的文人，将自己多年鉴赏经验与思考加以记录，集成一步步金石著作，给社会金石古玩鉴藏指引了发展方向，并提供了学术支持。

乾嘉而后，士人金石之风极盛。据粗略统计，现存的传统金石学著作中，乾隆之前写成的不足 70 种，而之后近两百年间则多达 900 余种[3]。从

---

[1]　（清）端方：《陶斋吉金录·自序》，光绪三十四年石印本。

[2]　（清）徐珂：《清稗类钞·鉴赏类》第 9 册，中华书局 2010 年版，第 4327 页。

[3]　清人的金石学著述，容媛先后做过著录和补录，但实际数量显然还要大于她的统计，参见容媛辑：《金石书录目》，国立中央研究院历史语言研究所 1930 年；《金石书录目补编》，《考古通讯》1955 年第 3 期。

人数上看,陆和九《中国金石学》著录清代金石学家 384 位,宣哲《金石学人录》则有 1058 位①;从著作上看,林钧《石庐金石书志》收录清代金石著作 567 种,容媛《金石书录目》则收清人著作 560 种②。借金石(或拓片)研究文字考据、图文考释的著述,有陈介祺、吴式芬合撰的《封泥考略》《簠斋金文考释》,吴式芬的《捃古录金文》,潘祖荫的《攀古楼彝器款识》,吴大澂的《愙斋集古录》《古玉图考》,孙诒让的《故籀拾遗》等。

道咸时期先秦鼎彝等器物大量出土,若欲收藏,首要工作是辨认铭文。因此清代的金石学家极重视文字学,清代说文四大家之一的王筠在北京时因治《说文》而与刘喜海、叶志诜、陈介祺等学者交流甚密。叶志诜虽未留下专门的说文著作,但其释读古文字的内容在王筠编写的《说文解字句读》中有一定体现。如叶志诜通过许州本重说文来解读《罢卣铭》中的"秭历"二字,又通过《博古图》来考释吴云两百兰亭斋所藏器物。叶志诜之子叶名沣在诗集《敦夙好斋诗》开篇序中谈道:"……又读王筠友说文传校异序称与先生约筠友任文字异同,先生任典故,厥后筠友书成。而先生之稿未闻筠友书中,亦往往引先生说。……亦时时得其所藏金石文字而桥西札记一册,为潘伯寅尚书刻于喜斋支先生留心小学又博览掌故,伯寅谓当世以诗人称先生犹未尽其底蕴也。"③

叶志诜对古文字和古器物的考释,从一些题跋和作序中,也能看出他对遗存文字与器物的独到见解。叶志诜曾为吴云刊行书记作前言:"余酷嗜金石久,欲将生平收藏汇刻一书,以垂久远,因循未果……今之三锋矛凡可订证经史者指不胜数。"④

总的来说,叶志诜在金石考据工作中,重视带有普遍意义的学术问题,虽然考释能力稍逊于其他大家,但毋庸置疑,汉阳叶氏家族所处的金石社交

---

① 宣哲:《金石学人录》(稿本),载卫聚贤:《中国考古学史》,团结出版社 2005 年版,第 80 页。
② 林钧:《石庐金石书志》,《石刻史料新编》第一辑第 29 册,新文丰出版股份有限公司 1982 年版,第 22001 页;容媛纂辑:《金石书录目及补编》,大通书局 1974 年版。
③ (清)叶名沣:《敦夙好斋诗全集》,上海古籍出版社 2010 年版,第 103 页。
④ (清)吴云:《二百兰亭斋收藏金石记》不分卷,清代刻本。

圈对其后两个世纪以来金石考据学的传承、发展、改造、转型以及创新,都产生了积极而深远的影响。

三、汉阳"叶开泰"及其文化的发展与传承

(一)"叶开泰"的产业发展

叶氏家族在"四叶"入朝为官的同时,其他成员在汉阳一直经营着"叶开泰"药铺,在武汉三镇乃至全国都有良好口碑,颇负盛名。1858 年至 1930 年"叶开泰"发展进入鼎盛时期,这期间由叶笙林(第八代)、叶孟纪、叶星仲、叶凤池(第九代)经营,在时局动荡的民国时期"叶开泰"仍能审时度势、快速发展,1927 年年终结算药店累计资金比 1912 年账面资本增加了 74 倍。1929 年"叶开泰"与医药同行联手,发起抵制南京政府废除中医活动并取得成功。20 世纪 30 年代汉口叶开泰与北京同仁堂、杭州胡庆余堂、广州陈李济齐名,号称"中国四大中药房"。

20 世纪 50 年代前后,"叶开泰"生产车间、经营场所遍布武汉三镇,占地面积近万平方米,有"三区九处十八门"之说。解放后,"叶开泰"第十代传人叶蓉斋联合两家私营药店共同出资,于汉口原址建立"健民制药厂"。叶蓉斋任董事长兼经理,堂弟叶隆侯为副厂长。后来"叶开泰"顺应浪潮做出转变,从私营"健民制药厂"到公私合营"武汉市公私合营健民制药厂"再到国营"武汉市健民制药厂"。1950 年,健民制药厂产值首次突破 2000 万元。1987 年 12 月,健民开发研制出防治小儿佝偻病的新药——"龙牡壮骨冲剂",在北京通过了专家论证。

1988 年 5 月,健民药厂恢复启用"叶开泰"老字号招牌,称为"武汉市‘叶开泰’制药厂"。后实施现代企业制改造,成立"武汉健民药业(集团)股份有限公司",2018 年建设"‘叶开泰’中医药文化街区",修建了"叶开泰"中医药文化博物馆,致力于中医药文化的传承与复兴。健民集团以发展中医药为核心,以儿科产品为特色,已成为全国重点中药企业和小儿用药生产基地。

拥有"健民""龙牡""叶开泰"三大品牌,且成功获评中华老字号企业。

健民集团("叶开泰")发展至今,始终秉持"叶家药号开业,只图国泰民安"的初衷,努力践行优良文化传统,积极响应时代号召,正是依靠清代汉阳叶氏家族文化内核的维系作用,健民集团才得以历久弥新,代代传承。

（二）"叶开泰"的文化传承

380 多年前,岳州遭逢瘟疫侵袭,汉阳名医叶文机千里迢迢赶赴灾区义诊,救治官兵及百姓,用家传秘方施治,功效显著;2020 年,新冠疫情暴发,位于重灾区武汉的健民集团,也第一时间恢复药品生产与供应,投身到战斗之中。不论何时,"叶开泰"都一直坚定履行责任,践行义务,济世救民。

不仅"叶开泰"国医馆药局和健民大药房照常营业,还给顾客与患者递送防疫饮片、抗病毒药品、日常防护用品等物品。他们还推出线上问诊活动,多科医生在线解疑,让患者们足不出户即可寻医问药,有效避免占用医疗资源与交叉感染。作为中医老字号,健民"叶开泰"应新型肺炎防控指挥部要求,委托生产湖北中医院肺炎 1 号方,用于疑似和确诊病例的治疗;及时为民众熬制官方公布的 2 号中药预防方及制作防感香囊,用于提高自身免疫力,更有效地抵御病毒侵袭。济世爱国一直是叶氏家族秉持的家族立世原则。

"叶开泰"自开药铺以来始终秉持损己无欺,诚实守信的理念,严格遵古炮制,保证药品质量,不放过制药售药的每个环节。在原材料的选择上十分讲究,不仅要求真材实料,还要精益求精。例如,选用鹿茸只挑东北梅花鹿的关茸;虎骨追风酒的虎骨一定要选购前有凤眼后有帮骨的腿骨熬制虎骨胶,并配以上等汾酒;十全大补丸使用功效更大的红参;八宝光明散所用麝香必须选购"杜盛兴"家,冰片则选"百草堂"……制药过程也有严格按照配方和规范,须得一丝不苟。如制"老虎丸""避瘟丹""挤蟾酥"等药,需在五月初五端午节谓之"辟邪";制"六神曲"必在六月初六,取"六合"之意;配置"紫雪丹"则要使用金锅。到了售药环节,前面两个柜台,抓饮片、卖药、收钱。店员要做到把药品背熟,方子一来立刻配药;后面两个柜台,一边是膏丹丸散,一边是参燕鹿茸。顾客在前柜谈妥收款,再前往后柜取货,此种方式避免中间环节失误出错。

"叶开泰"对于药材质量，"只要货好，不惜重金"。如今"叶开泰"设立公益性质的叶开泰中医发展研究院，汇集中医学科权威专家，钻研医理药理。服务项目全部遵循古法——中药古法炮制、抓方古法代煎、丸散膏丹古法纯手工制作……拒绝一切现代机械化操作。这种运营模式符合"修合虽无人见，存心自有天知"的一贯宗旨。其中"叶开泰"手工丸药制作技艺已被列为湖北省非物质文化遗产保护目录，与清代的参桂鹿茸丸、十全大补丸等一脉相承。如今的健民集团，以"健天下、民为贵"为使命，传承"叶开泰"380多年中医药文化精髓，践行"情义健民、精诚健民、福祉健民"的价值观，整合产业资源，构建中医药生态系统，以期最终实现"让中医药回归为生活方式"的愿景。通过几十上百年如一日遵古守规的诚心经营，"叶开泰"在民众乃至同行中赢得高度赞誉。

"叶开泰"深知保证产业"青春永驻"离不开一次次的创新，叶家的历代传人在经营方面都各有手段与技巧。1859年，"叶开泰"第八代传人叶笙林正式确立职业经理人制度，从社会聘请有经验者担任管事，自此叶氏只当东家；1912年，第九代传人叶凤池对"叶开泰"实行了股份制改革，创立了现代企业经营体制和分配制度。管理人员、技术员、普通员工皆可以工龄和工资、资金入股，使员工从雇佣者变为股东。"叶开泰"是我国近代最早实行股份制的企业之一。改革开放以来，健民集团适应社会主义市场经济的要求，不断深化内部改革创新，建立现代企业制度。

在用人制度方面，清代"叶开泰"对学徒管理极其严格有条理，曾作十三条店规刻于大木板上，涉及诚信、礼貌、道德等行业规范及个人品质，叶家员工需严格遵守，不可违逆。如今的健民集团"叶开泰"国药也十分注重员工管理，做到知人善任"陈力就列，不能则止"，不唯学历重能力，不唯年龄重业绩，不唯智力重素质。注重员工实际的工作能力，为每一位员工提供均等的发展机会，能者上、平者让、庸者下。另外员工进公司后也会接受各类培训，力争搞好企业内部人力资源的挖掘和培养，制定了一系列培训制度，真正做到爱才、重才。

（三）医学成就

中原地区流传一首儿歌："叶开泰,卖得快,金字招牌传九州。论药店,它为首,卖的人参燕窝头,质既真,价又实,不欺童叟。富不骄,济苦贫,心地仁厚爱同仁;培良材,亲员工,宽雅有度;善必报,福泽长,芳名永留。""叶开泰"不仅得到广大民众的认可,更成为湖北制药业的奠基者。

叶氏家族非常重视中医药学术的传承,致力于医学古籍选编、刊刻及本草学研究,代表人物为叶志诜。他编选多种医书,合辑成《汉阳叶氏丛刻医类七种》,将以前散落不全的古籍加以集中整合校对,为传承中医药学术,保存医籍文献资料作出了积极贡献。其中《神农本草经赞》是湖北继李时珍《本草纲目》之后又一代表性本草著作,对学习和研究《本经》具有重要的参考价值。由于《汉阳叶氏医学丛刻》具有较高文献价值,被屡屡收录于后世各类丛书中。如《绛囊撮要》(叶志诜刊刻本)被收于《珍本医书集成》第3册,2000年海南出版社《故宫珍本丛刊》中也将《汉阳叶氏医学丛刻》本《绛囊撮要》《五种经验方》《咽喉脉证通论》3种收录影印出版。①

弹指一挥间,过眼如云烟,曾经辉煌的汉阳叶氏这个文化家族历经近代风雨洗礼与新中国成立重焕生机,亦官亦商的传统文人世家已悄然隐退,其在文学、医学、金石等方面的成就也以文字的形式留存下来,成为一种无形的财富。叶氏家族蕴藏的家族精神无形融入到健民"叶开泰"之中,绵延380多年的清代汉阳叶氏家族文化也终将以另一种方式与千年中医药一道继续传承下去。在历史风云和社会变革中,叶氏家族的兴衰转变具有典型的时代意义,兴、衰,及其转型,代表着封建文化世家在中华文化传承中所作的努力。

每个家族的兴衰存亡都与当时社会大环境密不可分,这一点在汉阳叶氏家族中体现得更为明显。纵观叶氏家族的发展传承史,"叶开泰"创始人叶文机因医治简亲王军队疫病得力而名声大噪,打响了"叶开泰"的名号,自此逐渐壮大;叶宏良通过科举入仕,叶家走上亦官亦商之路;仕宦发展至

---

① 章原:《清代学者叶志诜及〈汉阳叶氏医学丛刻〉绍述》,《中医文献杂志》2014年第4期。

叶名琛达到鼎盛,他担任两广总督,世袭一等男爵,一时风光无两,同时也正因任职广州,成为第二次鸦片战争的直接参与者,最终落得悲剧下场;再到民国时期既有力挺中医、抗战献药的功绩,又曾遭遇挫折,几经流离;新中国成立后公私合营,成立健民药厂,到如今又开办"叶开泰"国医馆,恢复老品牌,遵古炮制传承文化。一路走来风风雨雨三百载,汉阳叶氏家族是历史的见证者,更是参与者,岁月变迁,但文化内核不变,诚信、爱国、担当等品质始终凝聚于叶氏家族精神之中,不同时代赋予汉阳叶氏以更为丰厚的文化特征,"四叶"之成就是反映时代的一面镜子,叶名沣的诗歌创作与叶志诜的金石考据既是个人兴趣所在,也是当时文人群体的共同属性。

本个案是以"四叶"为中心对清代汉阳叶氏家族文化做整体分析,选择了叶家最为突出的叶名沣的文学与叶志诜的金石学进行例证,又根据叶氏家族在经营"叶开泰"及为人处世方面的举动中解读出蕴含的家族文化特点。总之,本个案将清代汉阳叶氏家族文化中有形与无形的部分加以结合,试图窥探其内在文化价值,因材料的限制,所做研究远不足以完整地反映汉阳叶氏家族的全貌,期待日后发掘更多原始文献,加以补充完善。

研究清代汉阳叶氏家族文化,正如《"叶开泰"传说故事》中的篇尾语结语所说:追根溯源,抚今追昔,是追思,是传承,更是眺望。

下 编 小 结

黄梅喻氏和汉阳叶氏从家族延续代数、文学创作规模、家族特点和影响力等各个方面来看,都算是古代荆楚文学家族的典型代表,这两个家族有着共同特点,也有着各自特色。喻氏家族是在明清以来黄州经济发展、文教渐兴、社会风气日益良好、文化氛围日趋浓厚的环境中发展壮大而来。汉阳叶氏的发家则与汉阳在清中叶之后武汉的崛起息息相关。两个家族文学研究的选择也恰好代表了荆楚文化中心的历史变迁。

黄梅喻氏和汉阳叶氏都是荆楚文化发展、文学繁荣的缩影。家族的兴起发展,文学创作的内容和风格,家风家学的养成传续,既有自身独有的特征,也有荆楚文化的烙印,既受荆楚文化的熏陶影响,又深刻反映着荆楚文化,体现出古代荆楚文学家族和士人的生存状态。

但黄梅喻氏和汉阳叶氏显然又无法完全代表古代荆楚 270 多个家族,他们只是从某个角度向我们展示了这些家族的形态和特征,起一个窥一斑而见全豹的作用。个案研究有它的必要性和优势,但往往也不够全面和深入。这就要求我们做更多的个案,既能提供更多的视角去把握古代荆楚文学家族的共性,也能显现出各个古代荆楚文学家族的个性。这是今后研究将继续努力的一个方向。

结　语

　　古代荆楚文学家族研究,既是文学研究,也是文化研究,是从家族和文学两个角度对荆楚文化、荆楚文学更深层次的拓展。学者罗时进在论述家族文学研究意义时认为:"长期以来中国文学史研究的一般现象是,首确定每一个历史时期最有代表性的文化,以之为典范;再确定每个时期代表性文体写作的最有成就的作家,以之作示范。这样整个文学史基本成为各个朝代文学核心知识的展示,而这些核心知识的判断和获得,主要依据于前人的接受和传播。这是一条研究文学史的快捷通道,且不失稳妥允当。然而,这种简单的线、点结合的思路和方法,在使得历代'大家'永远享有文学史著作和阅读选本中的绝对优先地位和典范意义的同时,大量生动的基层写作的现场被遮蔽了,其丰富的创作成果也被湮没。"①正如罗先生所言,一般文学史研究往往被重要的作家、作品、典型的文学现象和流派所占据,更多是时间维度的关注,而古代荆楚文学家族的文学创作更接地气,也更丰富,是时间和空间双重维度的拓展,它让以往被文学史忽略的作家作品以新的姿态呈现出新的价值与意义,体现了文学史研究的多样性和多层次性,是对中国文学,尤其荆楚文学和荆楚文化的丰富呈现。

　　本着这样的研究目的,上编我们通过历代史书、地方方志、作品总集、谱牒碑铭、笔记文集、专题汇编等各种资料,对古代荆楚文学家族作了一个尽可能全面的搜索和梳理,统计出 277 个文学家族,并对家族主要成员、人物

---

① 　罗时进:《关于文学家族学建构的思考》,《江海学刊》2009 年第 3 期。

关系、生平经历、文学创作等情况作了简要介绍和罗列。对古代荆楚文学家族资料的全面梳理，无疑为今后荆楚文化研究、湖北文化研究、荆楚州府地域文化研究、家族文学研究提供了许多宝贵资料，并提供了一些今后可能开展的研究选题和方向，具有一定的学术价值和意义。

在荆楚文学家族基本资料的梳理基础上，中编探讨了荆楚文学家族的地理分布及特点，文学家族成员的代际构成、仕宦构成、性别构成，作品创作等基本特征，文学家族兴盛原因，与其他文化地域文学家族的对比等，研究过程中对引申出的一些问题进行了分析，使古代荆楚文学家族较为全面、深入地展现在人们面前。通过对荆楚家族的历时考察和横向比较，去把握古代荆楚文学家族的特点和价值，以此去审视古代荆楚文学、荆楚文化的历史发展及在整个中国文学史上的意义。

277个文学家族我们暂且不可能一一细致研究，这时个案研究便成为一个很好的解决方法，并且成为一种可能。从东汉至元的文学家族，因为有资料留存下来的大多在历史上较为有名，且多为正史载录，所以得到了学界的更多关注，研究成果较为丰富。但至明清两朝，这些家族的资料大多保存于地方方志和作品总集中，不仅家族数量庞大，而且很多家族从整个文学史上的角度，或者从分段文学史角度来看并不十分显著，因而被学界关注和探讨的并不多。因此下编我们从明清文学家族中选出两个较有代表性的文学家族，黄梅喻氏和汉阳叶氏进行了个案分析。从家族延续代数、文学创作规模、家族特点和影响力等各个方面来看，这两个家族都算是古代荆楚文学家族的典型代表。

本书既有宏观概览，又有个案研究，希望运用点面结合、多视角的方法能尽可能地揭示荆楚文学家族和荆楚文化的特点，在选题、研究内容和研究方法上都有一定的创新。

但是由于个人能力所限，本课题也有一些遗憾和难以突破的局限。第一，资料的难以全尽和把握。本书研究对象从汉朝到清朝晚期，时间跨度长，地域范围广，家族成员的经历、创作、时代背景都有所不同，这就决定了资料的庞杂和难以处理。明清之前的家族，作品留存下来的不多，而明清家族的资料又大多存于地方志,或散见于其他典籍中,琐碎散乱,且不少资料相互矛盾和舛误,因此本书对古代荆楚文学家族的整理难免有疏漏,甚至错误。我们尽可能地对资料进行辩证,做到精准详尽,但不可避免仍然存在缺失,希望得到专家学者的批评指正。

第二,我们试图通过将荆楚文学家族进行横向和纵向的比较,去概括和总结荆楚文学家族的一些基本特点。但是文学家族众多,成员群体身份多样,所处朝代不同,他们擅长的文体、聚焦的题材、推崇的风格、主张的文论都因人而异,要想对他们的文学创作进行整体把握有相当大的难度。因此本书只是对一些基本问题进行了分析,研究还不够深入。

第三,现在学界在文学家族研究上已经形成了一种模式化,尤其个案研究。一般将之称为三大模块式研究,即资料梳理模块、家族和文学分析模块和评价模块。这种研究模式已经成为当今学界文学家族和家族文学研究的一种范式,优点在于结构清晰,线索明了。但不足也显而易见,即很容易抹杀家族的个性特色。有学者提出家族文学和文学家族的研究,应该在研究手段上积极进行研究新方法的探索,突破现在模式的局限,而进行更多模式的尝试构建。已有许多学者积极尝试,如张剑在《家族文学研究的分层与守界原则》中所说,他的家族文学研究“想要追求一种层次井然、细节清晰同时又指向整体阐释的专题式研究,并希望有具体操作方式上可以为家族和家族文学研究提供一点借鉴。”①本研究希望能在研究方法进行一些积极的探索和尝试,比如中编希望以某些问题为中心来探讨荆楚文学家族的特点,但是由于本人理论浅薄,学力所限,整体研究依然没有跳出三大模块式的套路。

第四,地域文化与文学家族之间的关联研究较为薄弱。陈寅恪先生曾说“家族复限于地域”,即指家族乃是特定地域的一个存在,因此文学家族和所有的家族一样,具有两个突出特点:血缘性和地域性。因此文学家族无论其形成,还是作品创作,都具有鲜明的地域特征。我们在对荆楚家族进行

① 张剑:《家族文学研究的分层与守界原则》,《华南师范大学学报》2011 年第 3 期。

历时考察和横向比较时,应避免只是孤立地对某个家族就事论事,而应该更加注重家族文学创作背后文化内涵和交互关系的深入阐发。此外,还应该将荆楚文学家族与其他地域文化中的文学家族进行比较,以更好地把握荆楚家族文学的特质。但在实际操作过程中,却遇到了诸多困难。荆楚文学家族与荆楚文化的交互影响到底有多大多深,如何交互影响,因为资料太过于庞大,很难去进行全部的辨析。地域之间文学家族的比较也因为家族数量的庞大,而很难通过家族创作的细致分析,得出更加科学、严谨的结论,本书的一些结论仍只是停留在表面。

不过"一个好问题往往比正确的答案更加重要",古代荆楚文学家族研究一定意义上算是一个"好问题"。在研究荆楚文学家族过程中,虽然有上述不足,但我们尽力将影响或决定家族及其文学活动的各种因素综合起来,试图建构起一个周密的体系,并在这个体系里,尽可能地对所有问题有个基本深层的分析和把握,希望对学界的家族文学研究作些有益的思考或突破,现有研究也为选题的后续研究、其他研究者提供了一些可以选择、思考或努力的方向。希望专家学者对我们的研究进行批评指正,也期待更多的学者关注荆楚文学和荆楚文化研究。

参 考 文 献

一、史籍或古代学人专著

(汉)司马迁:《史记》,中华书局 1959 年版。

(汉)班固:《汉书》,中华书局 1962 年版。

(南朝)范晔:《后汉书》,中华书局 1965 年版。

(晋)陈寿:《三国志》,中华书局 1959 年版。

(唐)房玄龄等:《晋书》,中华书局 1974 年版。

(南朝)沈约:《宋书》,中华书局 1974 年版。

(南朝)萧子显:《南齐书》,中华书局 1972 年版。

(唐)姚思廉:《梁书》,中华书局 1973 年版。

(唐)姚思廉:《陈书》,中华书局 1972 年版。

(唐)李百药:《北齐书》,中华书局 1972 年版。

(唐)令狐德棻:《周书》,中华书局 1971 年版。

(唐)李延寿:《南史》,中华书局 1975 年版。

(唐)李延寿:《北史》,中华书局 1974 年版。

(唐)魏征:《隋书》,中华书局 1973 年版。

(后晋)刘昫:《旧唐书》,中华书局 1975 年版。

(宋)欧阳修、宋祁:《新唐书》,中华书局 1975 年版。

(元)脱脱等:《宋史》,中华书局 1977 年版。

(明)宋濂、赵埙、王祎:《元史》,中华书局 1976 年版。

(清)张廷玉等:《明史》,中华书局 1974 年版。

(清)赵尔巽等:《清史稿》,中华书局 1976 年版。

江苏古籍出版社编:《中国地方志集成·湖北府县志辑(全 67 册)》,江苏古籍出版社 2001 年版。

（清）徐国相、王新命等著：《湖广通志》，康熙间刻本 1684 年版。

吕调元、刘承恩修，张仲炘、杨承禧纂：《湖北通志（民国十年版影印本）》，湖北人民出版社 2014 年版。

（战国）吕不韦：《吕氏春秋》，中华书局 1954 年版。

（战国）荀况：《荀子新注》，中华书局 1979 年版。

（西汉）刘安编，陈广忠译：《淮南子》，中华书局 2012 年版。

（晋）陶渊明著，唐满先选注：《陶渊明诗文选注》，上海古籍出版社 1981 年版。

（晋）葛洪撰：《西京杂记》，中华书局 1985 年版。

（南朝）庾信著，（清）倪璠批注，许逸民校点：《庾子山集注》，中华书局 1980 年版。

（南朝）刘义庆：《世说新语》，中华书局 2007 年版。

（南朝梁）宗懔，（晋）习凿齿：《荆楚岁时记译注·襄阳耆旧记校注》，湖北人民出版社 1999 年版。

（唐）岑参著，刘开扬选注：《岑参诗选》，四川文艺出版社 1986 年版。

（唐）杜荀鹤著，叶森槐注：《杜荀鹤诗选》，黄山书社 1988 年版。

（唐）储光羲撰，（唐）元结撰：《储光羲诗集》，上海古籍出版社 1992 年版。

（唐）韩偓：《韩偓诗集笺注》，山东教育出版社 2000 年版。

（唐）岑参撰，廖立笺注：《岑嘉州诗笺注》，中华书局 2004 年版。

（唐）高适原著，何怀远、贾歆、孙梦魁主编：《高适诗集》，中华书局 2006 年版。

（唐）张怀瓘著，石连坤评注：《书断》，浙江人民美术出版社 2012 年版。

（后魏）贾思勰：《齐民要术》，中华书局 1956 年版。

（宋）尤袤撰，（清）潘祖荫辑：《遂初堂书目》，中华书局 1935 年版。

（宋）庄绰：《鸡肋编》，中华书局 1983 年版。

（宋）谢薖：《谢幼槃文集》，中华书局 1985 年版。

（宋）叶梦得：《避暑录话》，中华书局 1985 年版。

（宋）黎靖德编：《朱子语类》，中华书局 1986 年版。

（宋）陈辅：《宋诗话全编本·陈辅之诗话》，江苏古籍出版社 1998 年版。

（宋）魏泰：《临汉隐居诗话》，巴蜀书社 2001 年版。

（宋）辛弃疾著，王步高、刘林辑校汇评：《辛弃疾全集》，珠海出版社 2002 年版。

（宋）晁公武著，孙猛校：《郡斋读书志》，上海古籍出版社 2005 年版。

（宋）苏轼著，李之亮笺注：《苏轼文集编年笺注》，巴蜀书社 2011 年版。

（宋）欧阳修：《欧阳修传》，人民文学出版社 2019 年版。

（元）王结：《文忠集》，中国书店出版社 2018 年版。

（元）萨都剌：《雁门集》，上海古籍出版社 1982 年版。

（元）辛文房著，关鹏飞注：《唐才子传》，中华书局 2020 年版。

（明）李承箕撰：《大厓李先生文集》，《四库全书存目丛书》集部 43 册，吴廷举刻本。

（明）陈柏：《苏山选集》，《四库全书存目丛书》集部 124 册，万历十五年陈文柏刊本。

（明）钟惺：《名媛诗归》，上海有正书局民国七年初版。

（明）袁中道著，钱伯诚点校：《珂雪斋集》，上海古籍出版社 1989 年版。

（明）李先耕著，崔重庆标校：《隐秀轩集》，上海古籍出版社 1992 年版。

（明）王世贞：《弇州山人四部稿·弇州续稿》，上海古籍出版社 1993 年版。

（明）谭元春著，陈杏珍标注：《谭元春集》，上海古籍出版社 1998 年版。

（明）袁宗道著，孟祥荣笺校：《袁宗道集笺校》，湖北人民出版社 2003 年版。

（明）袁宏道著，钱伯诚笺校：《袁宏道集笺校》，上海古籍出版社 2007 年版。

（明）袁宗道：《白苏斋类集》，上海古籍出版社 2007 年版。

（明）袁中道著，钱伯诚点校：《珂雪斋文集》，上海古籍出版社 2019 年版。

（清）季娴：《闺秀集选例》，《四库全书存目丛书》集部第 414 册，齐鲁书社 1999 年版。

（清）（乾隆）《蓬溪县志》，乾隆五十一年（1786）刻本。

（清）陶澍：《蜀輶日记》卷 4，道光四年（1824）刊本。

（清）何绍基：《东洲草堂诗钞》，清同治六年（1867）无园刻本。

（清）越芬：《滤月轩集》，同治十二年（1873）乌程汪氏刻本。

（清）喻文鏊：《考田诗话》，道光四年（1824）刻本。

（清）喻文鏊：《红蕉山馆文钞》，光绪三年（1877）刻本。

（清）喻化鹄：《素业堂杂著》，乾隆刻本。

（清）陈诗：《大桴山人偶存集》，光绪四年（1878）刻本。

（清）丁宿章辑：《湖北诗征传略》，光绪七年（1881）刻本。

（清）丁宿章：《湖北诗征传略》，华中科技大学出版社 2021 年版。

（清）孙星衍：《古史考》，《平津馆丛书》，清光绪十一年（1885）刻本。

（清）王会厘等纂修：《问津院志·讲学》，光绪三十一年（1905）刊。

（清）王贞仪：《德风亭初集·自序》，民国初年（1912）排印本。

（清）顾祖禹：《读史方舆纪要》，商务印书馆1937年版。

（清）严可均辑：《全上古三代秦汉三国六朝文》，中华书局1958年版。

（清）丁福保编：《清诗话》，上海古籍出版社1963年版。

（清）魏源：《魏源集》，中华书局1976年版。

（清）叶燮：《原诗》，《清诗话》，上海古籍出版社1978年版。

（清）钱泳撰：《履园丛话》，中华书局1979年版。

（清）沈德潜、周准：《明诗别裁集》，上海古籍出版社1979年版。

（清）周亮工：《书影》，上海古籍出版社1981年版。

（清）袁枚：《随园诗话》，人民文学出版社1982年版。

（清）章学诚著，叶瑛校注：《文史通义》，中华书局1983年版。

（清）赵翼著，王树民校证：《廿二史札记》，中华书局1984年版。

（清）翁方纲：《苏斋题跋》，中华书局1985年版。

（清）曾国藩：《曾国藩全集·诗文卷》，岳麓书社1986年版。

（清）梁启超：《饮冰室合集》，中华书局1989年版。

（清）梁启超：《清代学术概论》，人民出版社2008年版。

（清）顾景星：《白茅堂集（清康熙刻本）》，齐鲁书社1997年版。

（清）纪昀等著，四库全书研究所整理：《钦定四库全书总目》，中华书局1997年版。

（清）廖元度：《楚风补》，湖北人民出版社1998年版。

（清）陈诗：《湖北旧闻录》，武汉出版社1989年版。

（清）潘永因：《宋稗类钞》，书目文献出版社1995年版。

（清）顾祖禹：《读史方舆纪要》，上海书店1998年版。

（清）彭定求等：《全唐诗》，中华书局1999年版。

（清）王葆心著，温显贵点校：《续汉口丛谈·在续汉口丛谈》，湖北教育出版社2002年版。

（清）张维屏编撰：《国朝诗人征略》，中山大学出版社2004年版。

（清）彭元瑞：《孚惠全书》，北京图书馆出版社2005年版。

（清）邓显鹤著，欧阳楠点校：《沅湘耆旧集》，岳麓书社2007年版。

（清）吴楚材、吴调侯、葛兆光校注：《古文观止》，中华书局2008年版。

（清）钱谦益：《列朝诗集小传》，上海古籍出版社 2008 年版。

（清）叶名沣：《敦夙好斋诗全集》，上海古籍出版社 2010 年版。

（清）徐珂：《清稗类钞·鉴赏类》，中华书局 2010 年版。

（清）陈梦蕾编纂：《方舆汇编职方典》，中华书局 2011 年版。

（清）李斗：《扬州画舫录》，中国画报出版社 2014 年版。

（清）叶继雯：《欲林馆诗集》，上海图书馆藏稿本。

（清）叶志诜：《平安馆藏器目》，民国灵鹣阁丛书本。

（清）叶志诜：《御揽集》，清道光元年（1821）刻本。

（清）叶志诜编：《平安馆金石文字四种》，国家图书馆藏本 1821—1850 年。

（清）叶志诜：《平安馆藏碑目》，清抄本。

（清）吴云：《二百兰亭斋收藏金石记》，清代刻本。

（清）翁方纲：《复初斋诗集》，清刻本。

（清）董文涣编，李豫、（韩）崔永禧辑校：《韩客诗存》，书目文献出版社 1996 年版。

王云五、朱经农主编：《礼记》，商务印书馆 1947 年版。

《清世祖实录》，中华书局 1985 年版。

林钧编：《石庐金石书志》，民国十二年（1923）宝岱阁刻本。

柴小梵、栾保群：《梵天庐丛录》，故宫出版社 2013 年版。

顾馨、徐明校点：《春秋谷梁传》，辽宁教育出版社 1997 年版。

湖北省博物馆编著：《湖北文征》，湖北人民出版社 2000 年版。

黄勇主编：《唐诗宋词全集》，北京燕山出版社 2007 年版。

蒋敦雄、舒萱选注：《历代垂钓诗选》，岳麓书社 1992 年版。

李灵、杨忠：《清人别集总目》，安徽教育出版社 2008 年版。

李修生主编：《全元文》，江苏古籍出版社 1999 年版。

凌礼潮笺校：《梅国桢集》，湖北人民出版社 2006 年版。

《清代诗文集汇编》编纂委员会编：《清代诗文集汇编》，上海古籍出版社 2010 年版。

施淑仪：《清代闺阁诗人征略》，《清代传记丛刊》第 34 册，明文书局 1985 年版。

徐中玉主编：《元明清诗词文》，广东人民出版社 2019 年版。

杨根乔、沈跃春评注：《增广贤文》，安徽文艺出版社 2010 年版。

余瀛鳌、傅景华：《中医古籍珍本提要》，中医古籍出版社 1992 年版。

《喻氏宗谱》，民国七年（1918）邾城高区文华堂集印。

中国古籍总目编纂委员会：《中国古籍总目》，中华书局、上海古籍出版社2009—2013年版。

二、现代学人专著

白新良：《明清书院研究》，故宫出版社2012年版。

北京大学哲学系美学室编：《中国美学史资料选编（下）》，中华书局1981年版。

曹道衡：《兰陵萧氏与南朝文学》，中华书局2004年版。

曹月堂主编：《中国文化世家》，湖北教育出版社2003—2008年版。

曾大兴：《中国历代文学家之地理分布》，商务印书馆2013年版。

常建华：《宗族志》，上海人民出版社1998年版。

陈鼓应注译：《庄子今注今译》中册，中华书局1983年版。

陈其南：《家族与社会》，联经出版事业股份有限公司1990年版。

陈松长、刘刚编：《何绍基书种竹日记》，上海书店出版社1998年版。

陈新、杜维沫选注：《欧阳修选集》，上海古籍出版社2016年版。

陈寅恪：《隋唐制度渊源略论稿·唐代政治史述论稿》，生活·读书·新知三联书店2015年版。

程德祺：《原始社会习俗与宗教信仰》，江苏教育出版社1993年版。

程民生：《宋代地域文化》，河南大学出版社1997年版。

程章灿：《世族与六朝文学》，黑龙江教育出版社1998年版。

［日］池泽滋子：《吴越钱氏文人群体研究》，上海人民出版社2006年版。

崔建英辑订：《明别集版本志》，中华书局2006年版。

戴伟华：《地域文化与唐代诗歌》，中华书局2006年版。

丁福林：《东晋南朝的谢氏文学集团》，黑龙江教育出版社1998年版。

杜正胜：《中国文化新论》，生活·读书·新知三联书店1992年版。

断续红：《清及民国长三角地区文化家族中之女性文学研究》，上海社会科学出版社2015年版。

费孝通：《乡土中国》，生活·读书·新知三联书店1986年版。

冯尔康：《18世纪以来中国家族的现代转向》，上海人民出版社2005年版。

冯尔康：《中国古代的宗族与祠堂》，商务印书馆2013年版。

冯尔康：《中国宗族社会》，浙江人民出版社1994年版。

傅占魁：《梦泽集》，中国作家协会湖北分会青年诗歌学会 1987 年版。

高田：《锡山秦氏家族文学文献整理与研究》，现代出版社 2018 年版。

葛剑雄、曹树基、吴松弟：《简明中国移民史》，福建人民出版社 1993 年版。

葛剑雄等：《中国移民史》，福建人民出版社 1997 年版。

葛培岭注译评：《诗经》，中州古籍出版社 2005 年版。

［日］宫崎市定：《科举史》，马云超译，大象出版社 2020 年版。

顾文若：《山西地区金代文学家族研究》，三晋出版社 2020 年版。

顾延龙：《续修四库全书》，上海古籍出版社 2002 年版。

郭绍虞：《明代的文人集团》，载郭绍虞：《照隅室古典文学论集》，上海古籍出版社 1983 年版。

郭绍虞：《中国文学批评史》，上海古籍出版社 1979 年版。

郭绍虞主编：《中国历代文论选》，上海古籍出版社 2001 年版。

郭英德：《中国古代文人集团与文学风貌》，中国人民大学出版社 2012 年版。

［美］何炳棣著，徐泓译注：《明清社会史论》，联经出版事业股份有限公司 2013 年版。

何宗美：《公安派结社考论》，重庆出版社 2005 年版。

侯祖佘主修、吕寅东主纂，武汉地方志办公室编：《民国夏口县志校注》，武汉出版社 2010 年版。

胡大雷：《中古文学集团》，广西师范大学出版社 1996 年版。

胡文楷：《历代妇女著作考》，上海古籍出版社 2008 年版。

胡晓明：《江南家族文学丛编》，安徽教育出版社 2012 年版。

胡晓明：《江南文化诗学》，上海书店出版社 2018 年版。

胡志佳：《门阀士族时代下的司马氏家族》，文史哲出版社 2005 年版。

黄宇和：《两广总督叶名琛》，中华书局 1984 年版。

江庆柏：《明清苏南望族文化研究》，南京师范大学出版社 1999 年版。

蒋寅：《清代文学论稿》，凤凰出版社 2009 年版。

荆州市委宣传部编著：《楚韵之魂》，湖北美术出版社 2019 年版。

柯愈春：《清人诗文集总目提要》，北京古籍出版社 2001 年版。

黎清：《宋代江西文学家族研究》，中山大学出版社 2013 年版。

李朝军：《家族文学史的建构——宋代晁氏家族文学研究》，人民出版社 2013 年版。

李锋：《容美土司家族文学交往史考论》，中国社会科学出版社 2018 年版。

李浩：《唐代关中士族与文学》，中国社会科学出版社 2003 年版。

李浩：《唐代三大地域文学士族研究》，中华书局 2002 年版。

李俊标：《曾氏文学家族研究》，江西高校出版社 2019 年版。

李最欣主编：《吴越钱氏家族文化研究》，齐鲁书社 2010 年版。

梁尔涛：《唐代家族与文学研究》，中国社会科学出版社 2014 年版。

林钧：《石刻史料新编（石庐金石书志）》，新文丰出版社 1982 年版。

刘焕阳：《晁补之与宋代晁氏家族》，山东文艺出版社 2004 年版。

刘焕阳：《宋代晁氏家族及其文献研究》，齐鲁书社 2004 年版。

刘师培：《刘申叔先生遗书》，江苏古籍出版社 1997 年版。

刘师培：《中国中古文学史讲义》，人民文学出版社 1957 年版。

刘向斌：《汉代关中文学家族研究》，中国社会科学出版社 2019 年版。

刘勇：《声律启蒙·笠翁对韵解读》，天津古籍出版社 2011 年版。

刘跃进：《门阀士族与永明文学》，生活·读书·新知三联书店 1994 年版。

刘跃进：《秦汉文学地理与文人分布》，中国社会科学出版社 2012 年版。

刘跃进：《中古文学研究：门阀士族与文学总集》，世界图书出版公司 2014 年版。

罗福惠：《湖北近三百学术文化》，武汉出版社 1994 年版。

罗竹风主编：《汉语大词典》，汉语大词典出版社 1997 年版。

吕贤平：《明清时期全椒吴敬梓家族及其文学风貌——以科举与文学为研究中心》，中国社会科学出版社 2019 年版。

马镛：《中国教育通史·清代卷》，北京师范大学出版社 2013 年版。

眉睫：《现代文学史料探微》，上海远东出版社 2009 年版。

牟发松：《唐代长江中游经济与社会》，武汉大学出版社 1989 年版。

母进炎主编：《百年家学　数世风骚：大屯余氏彝族诗人家族研究》，贵州人民出版社 2012 年版。

潘光旦：《明清两代嘉兴的望族》，上海书店 1991 年版。

皮明麻等编著：《湖北历史人物辞典》，湖北人民出版社 1984 年版。

齐思和等编：《第二次鸦片战争》，上海人民出版社 1978 年版。

钱茂伟：《国家、科举与社会：明代科举的录取率》，北京图书馆出版社 2004 年版。

钱穆：《略论魏晋南北朝学术与当时门第之关系》，载《中国学术思想史论丛

(二)》,台湾东大图书公司 1977 年版。

钱穆:《中国文化史导论(修订本)》,商务印书馆 1994 年版。

[日]清水凯夫:《六朝文学论文集》,重庆出版社 2010 年版。

容媛:《金石书录目》,国立中央研究院历史语言研究所 1930 年版。

阮娟:《三山叶氏家族及其文学研究——以叶观国、叶申芗为核心》,上海古籍出版社 2011 年版。

四库全书研究所整理:《钦定四库全书总目》,中华书局 1997 年版。

孙海洋:《湖南近代文学家族研究》,湖南大学出版社 2011 年版。

谭其镶:《湖南人由来考》,载谭其镶:《长水集》,人民出版社 1987 年版。

谭正璧:《中国文学家大辞典》,中华书局 1996 年版。

汤江浩:《北宋临川王氏家族及文学考论——以王安石为中心》,人民文学出版社 2005 年版。

唐圭璋编:《词话丛编》,中华书局 1986 年版。

陶东风:《社会转型与当代知识分子》,上海三联书店 1999 年版。

陶文鹏注评:《王维孟浩然诗选评》,三秦出版社 2004 年版。

田晓菲:《烽火与流星——萧梁王朝的文学与文化》,中华书局 2010 年版。

田余庆:《东晋门阀政治》,北京大学出版社 2005 年版。

万丽华、蓝旭译注:《孟子译注》,中华书局 2006 年版。

王德明:《清代粤西文学家族研究》,广西师范大学出版社 2013 年版。

王华山:《清河崔氏与北朝儒学》,山东文艺出版社 2004 年版。

王唤柳主编:《黄梅名人大辞典》,黄梅名人大辞典编撰办公室 1999 年版。

王建军、王炳照等主编:《中国教育通史·魏晋南北朝卷》,北京师范大学出版社 2013 年版。

王齐洲、王泽龙:《湖北文学史》,华中理工大学出版社 1995 年版。

王生铁主编:《楚文化概要》,湖北人民出版社 2013 年版。

王伟:《唐代京兆韦氏家族与文学研究》,北京大学出版社 2015 年版。

王向东:《明清昭阳李氏家族文化文学研究》,上海三联书店 2014 年版。

王雨、王子霖:《古籍版本学文集》,上海古籍出版社 2006 年版。

王玉波:《中国家庭的起源与演变》,河北科学技术出版社 1992 年版。

王志民主编:《山东文化世家研究书系》,中华书局 2013 年版。

王锺翰点校:《清史列传》,中华书局 1987 年版。

吴桂美:《豪族社会的文学折光——东汉家族文学生态透视》,黑龙江人民出版社 2009 年版。

吴晗撰:《江浙藏书家史略》,中华书局 1981 年版。

吴怀东:《曹氏家族与汉晋社会变迁》,安徽大学出版社 2013 年版。

吴仁安:《明清时期的江南望族》,上海书店出版社 2019 年版。

吴云校注:《汉魏六朝小赋译注评》,天津古籍出版社 2006 年版。

武汉市政协文化文史和学习委员会编:《武汉文化简史》,湖北人民出版社 2019 年版。

萧涤非等:《汉魏晋南北朝隋诗鉴赏词典》,山西人民出版社 1989 年版。

邢蕊杰:《清代阳羡联姻家族文学活动研究》,中国社会科学出版社 2015 年版。

徐斌:《明清鄂东宗族与地方社会》,武汉大学出版社 2010 年版。

徐雁平编著:《清代家集叙录》,安徽教育出版社 2017 年版。

徐扬杰:《中国家族制度史》,武汉大学出版社 2012 年版。

阎爱民:《汉晋家族研究》,上海人民出版社 2005 年版。

杨忠谦:《金代家族与金代文学关系研究》,中国社会科学出版社 2019 年版。

姚金笛:《清代曲阜孔氏家族诗文研究》,山东人民出版社 2015 年版。

余彦文编撰:《鄂东著作人物荟萃》,湖北科学技术出版社 1990 年版。

喻几凡:《喻姓史话》,江西人民出版社 2006 年版。

喻学才:《三元草堂随笔》,中国文联出版社 2016 年版。

袁行霈、陈进玉主编,刘玉堂、赵毓清本卷主编:《中国地域文化通览·湖北卷》,中华书局 2013 年版。

袁行云:《清人诗集叙录》,人民文学出版社 2016 年版。

张建伟:《元代北方文学家族研究》,商务印书馆 2019 年版。

张剑、吕肖奂、周扬波:《宋代家族与文学研究》,中国社会科学出版社 2009 年版。

张剑:《宋代家族与文学——以澶州晁氏为中心》,北京出版社 2006 年版。

张丽:《北齐隋唐河东家族文化与文学研究》,中国社会科学出版社 2016 年版。

张沛之:《元代色目人家族及其文化倾向研究》,天津古籍出版社 2009 年版。

张伟然:《湖北历史地理研究》,湖北教育出版社 2000 年版。

张祥稳:《清代乾隆时期自然灾害与荒政研究》,中国三峡出版社 2010 年版。

张行简:《汉阳县志》,成文出版社 1975 年版。

[韩国]赵秀三:《韩国历代文集丛书》,景仁文化社1999年版。

郑珊珊:《明清福建家族文学研究——以侯官许氏为中心》,社会科学文献出版社2016年版。

中共鹤峰县委统战部等编辑:《容美土司史料汇编》,中国文史出版社1984年版。

《中国气象灾害大典》编委会编:《中国气象灾害大典(湖北卷)》,气象出版社2007年版。

中国人民政治协商会议湖北省黄梅县委员会文史资料研究委员会编:《黄梅文史资料(第1辑)》,政协黄梅县委员会1985年版。

周征松:《魏晋隋唐间的河东裴氏》,山西教育出版社2000年版。

诸荣会:《原来如此——叶名琛传》,百花文艺出版社2010年版。

左宏涛、张恒:《两宋浙东高氏家族研究》,海洋出版社2010年版。

三、期刊论文

安立志:《帝国的"替罪羊"——"六不总督"叶名琛》,《同舟共进》2018年第6期。

柏俊才:《明代湖北书院考》,《荆楚学刊》2014年第6期。

陈书录:《"德、才、色"主体意识的复苏与女性群体文学的兴盛——明代吴江叶氏家族女性文学研究》,《南京师大学报》2001年第5期。

陈水云:《文学女性从闺内到闺外——以山阴祁氏家族女性文学群体为例》,《湖南文理学院学报》2008年第4期。

陈寅恪:《崔浩与寇谦之》,《岭南学报》1950年第1期。

楚人:《入山采铜者的收获——〈湖北近三百年学术文化〉》,《华中师大学报》1995年第3期。

董娜:《一件清光绪时的乡饮执照兼——浅谈乡饮酒礼制度》,《文物鉴定与鉴赏》2014年第2期。

多洛肯、朱明霞:《文学地理学视域下的清代酉阳土家族文学家族研究》,《兰州文理学院学报》2017年第2期。

高至喜:《西周土父钟的再发现》,《文物》1991年第5期。

龚玉伟:《解析第二次鸦片战争中的叶名琛》,《牡丹江大学学报》2017年第11期。

关白:《老字号药店的前世今生》,《中国经济快讯》2001 年第 44 期。

郭延礼:《明清女性文学的繁荣及其主要特征》,《文学遗产》2002 年第 6 期。

郝丽霞:《明清吴江沈氏家族的女性文学意识》,《西北师大学报》2005 年第 6 期。

胡晓文、吴建:《明清时期锡山秦氏家族文化发展脉络研究》,《无锡商业职业技术学院学报》2018 年第 5 期。

《湖南教育史》编委会:《屈原是伟大的人民教育家(一)——屈原的教育实践》,《第一师范学报》2000 年第 1 期。

黄乃奎:《汉口叶开泰药店店史》,《中成药》1995 年第 9 期。

蒋寅:《清代诗学与地域文学传统的建构》,《中国社会科学》2003 年第 5 期。

柯丽玉:《清代黄州府义学的时空分析》,《黄冈师范学院学报》2018 年第 4 期。

赖玉芹:《倾心佛教与坚守礼教——以明清黄州士绅为例》,《武汉大学学报》2012 年第 3 期。

李朝军:《家族文学史建构与文学世家研究》,《学术研究》2018 年第 10 期。

李贵连:《试论明清女性文学创作主体的家族化及其根本原因》,《内蒙古大学学报》2011 年第 4 期。

李姝雯、徐毅:《论明清时期中韩文人往来尺牍帖的学术意义》,《井冈山大学学报》2014 年第 2 期。

李小凤:《古代回族文学家族的兴起及创作特征初探》,《民族文学研究》2010 年第 1 期。

李小凤:《回族文学家族的文化特征及内涵——以陈埭丁氏家族为例》,《伊斯兰文化》2011 年第 1 期。

李小凤:《回族文学家族述略》,《北方民族大学学报》2009 年第 4 期。

李越、程芸:《天涯知己与知识迁移——清代中后期汉阳叶氏家族结交朝鲜文人考述》,《人文论丛》2018 年第 2 期。

李真瑜:《明清文学世家的基本特征》,《中州学刊》2006 年第 1 期。

梁启超:《近代学风之地理的分布》,《清华大学学报》1924 年第 1 期。

刘毅:《从金石学到考古学——清代学术管窥之一》,《华夏考古》1998 年第 4 期。

娄欣星:《从明清江南家族女性看女性文学创作的价值》,《常州大学学报》2016 年第 3 期。

娄欣星：《明清时期女性文学的传播——以太湖流域家族女性为例》，《浙江师范大学学报》2015 年第 4 期。

陆明君：《崇古尚理　探赜灵明——清代金石学家陈介祺的鉴藏与学术》，《中国书画》2013 年第 9 期。

罗时进、陈燕妮：《清代江南文化家族的特征及其对文学的影响》，《南京社会科学》2009 年第 2 期。

罗时进：《地域社群——明清诗文研究的一个重要维度》，《文学遗产》2011 年第 3 期。

罗时进：《关于文学家族学建构的思考》，《江海学刊》2009 年第 3 期。

罗时进：《家族文学研究的逻辑起点与问题视阈》，《中国社会科学》2012 年第 1 期。

罗时进：《家族文学研究的问题视阈和学术路向》，《学术界》2012 年第 2 期。

罗时进：《江南文学家族学研究·栏目特邀主持人语》，《苏州教育学院学报》2010 年第 9 期。

罗新：《湖北历代书院考》，《江汉论坛》1988 年第 10 期。

吕肖奂、张剑：《两宋地域文化与家族文学》，《江海学刊》2007 年第 5 期。

马铁汉：《湖广会馆纪闻》，《北京政协》1995 年第 10 期。

梅新林、娄欣星：《论清代常熟屈氏家族女性的文学活动与传播》，《苏州大学学报》2016 年第 2 期。

梅新林：《江南文化世家的发展历程与研究趋势》，《华南师范大学学报》2011 年第 3 期。

梅新林：《文学世家的历史还原》，《中国社会科学》2011 年第 1 期。

欧阳跃峰、魏占东：《叶名琛"遗诗"考辨》，《安徽史学》2013 年第 3 期。

潘静如：《被压抑的艺术话语：考据学背景下的清金石学》，《文艺研究》2016 年第 10 期。

钱超峰、杜德斌：《北宋官僚家族网络的空间结构及其演化：基于 CBDB 和 CHGIS 的考察》，《历史地理研究》2019 年第 2 期。

邱丙亮：《晚清士人复杂的人格特性——以叶名琛为例》，《铜仁学院学报》2016 年第 6 期。

石树芳：《江夏李氏考索——以李善家族为检讨中心》，《河南师范大学学报》2013 年第 1 期。

苏滨:《清末民初的中国书画雅集及其变异》,《中国书画》2005 年第 2 期。

孙虎:《清代江南家族文学环境与文学创造力生成》,《求索》2012 年第 12 期。

孙书磊:《清代公文制度考略》,《青海师范大学学报》2007 年第 1 期。

涂德深:《叶开泰药店的发展历史》,《湖北文史》2005 年第 1 期。

王德明、何宇虹:《家风与清代粤西文学家族》,《广西师范大学学报》2014 年第 1 期。

王德明:《论清代广西临桂况氏家族的文学创作》,《东方丛刊》2008 年第 4 期。

王美英:《简论清代黄州府的进士》,《江汉论坛》2002 年第 6 期。

王育济:《宋代王安石家族及其姻亲》,《东岳论丛》2011 年第 3 期。

王振忠:《叶名琛的家世与交游》,《读书》2015 年第 7 期。

王志明:《嘉庆朝引见文官分析——兼与乾隆朝引见文官比较》,《北大史学》2014 年辑刊。

温兆海:《朝鲜诗人李尚迪与晚清学者刘喜海》,《延边大学学报》2008 年第 2 期。

吴桂美:《汉代文学家族的地域及家族文化研究》,《长江大学学报》2015 年第 11 期。

吴桂美:《汉末三国时期的荆州经学》,《阴山学刊》2013 年第 5 期。

吴建华、殷伟仁:《叶姓藏书文化简论》,《苏州大学学报》2005 年第 6 期。

邢蕊杰:《论清代两浙文化家族地理分布的形成》,《绍兴文理学院学报》2018 年第 4 期。

徐雁平:《清代文学世家的家族信念与发展内动力》,《苏州大学学报》2012 年第 4 期。

徐雁平:《清代文学世家联姻与地域文化传统的形成》,《华南师范大学学报》2011 年第 3 期。

许菁频:《近三十年中国古代家族文学研究综述与展望》,《中州学刊》2010 年第 2 期。

许菁频:《明代江南文学世家的地理分布与文学贡献》,《南京师范大学文学院学报》2019 年第 1 期。

许菁频:《明代江南文学世家文学活动的家族化特性》,《江苏社会科学》2017 年第 1 期。

许秋雪:《古代家族教育对家族文学的影响》,《教育界》2013 年第 11 期。

杨珂:《清代家集与家族文学传承》,《古典文学知识》2018 年第 3 期。

杨义:《方兴未艾的家族和家族文学研究》,《华南师范大学学报》2011 年第 3 期。

俞汉民:《从叶开泰药室到健民集团风风雨雨数百年》,《武汉文史资料》1999 年第 1 期。

张笃勤:《明清黄州文化科举兴盛及其社会根源》,《学习与实践》2009 年第 3 期。

张剑:《家族文学研究的分层与守界原则》,《华南师范大学学报》2011 年第 3 期。

张剑:《宋代的文学家族与家族》,《文学评论》2006 年第 4 期。

张剑:《宋代以降家族文学研究的理论、方法及文献问题》,《文学评论》2010 年第 4 期。

张敏:《略谈叶开泰对湖北中医药的贡献》,《湖北中医杂志》2016 年第 3 期。

张涛、叶君远:《文学史视野下的中国古代文人社团》,《河北学刊》2006 年第 1 期。

章原:《清代学者叶志诜及〈汉阳叶氏医学丛刻〉绍述》,《中医文献杂志》2014 年第 4 期。

赵佳楹:《论叶名琛的外交思想及其失败原因》,《外交学院学报》1989 年第 4 期。

四、硕博论文

陈晓峰:《通州范氏家族文学与文化研究》,博士学位论文,扬州大学中国古代文学,2015 年。

方正:《人文重镇形成的文化生态——以明代黄州府为考察中心》,博士学位论文,武汉大学中国古典文献学,2013 年。

冯明:《清代湖北义学研究》,硕士学位论文,华中师范大学中国古代史,2007 年。

顾世宝:《元代江南文学家族研究》,博士学位论文,中国社会科学院中国古典文献学,2011 年。

郝先中:《近代中医废存之争研究》,博士学位论文,华东师范大学中国近代史,2005 年。

何湘:《清代湖湘文人社群研究》,博士学位论文,苏州大学中国古代文学,2015 年。

黄金元:《明清之际济南府望族与诗歌研究》,博士学位论文,山东师范大学中国古代文学,2010 年。

吉定:《庾信及其文学作品研究》,博士学位论文,上海师范大学中国古代文学,2006 年。

李姝雯:《十九世纪中朝文人来往尺牍研究》,硕士学位论文,南通大学中国古代文学,2017 年。

梁尔涛:《唐代家族与文学研究》,博士学位论文,苏州大学中国古代文学,2011 年。

刘墨:《乾嘉学术的知识谱系》,博士学位论文,南京师范大学文艺学,2003 年。

刘再华:《晚清时期的文学与经学》,博士学位论文,复旦大学中国古代文学,2003 年。

梅松松:《晚清(1840—1911)文人鉴藏活动研究》,硕士学位论文,首都师范大学美术学,2012 年。

欧阳昇:《明末清初山阴祁氏家族才女群文学及交往研究》,硕士学位论文,中南民族大学中国古代史,2016 年。

商量:《明代黄州的教育与科举人才论析》,硕士学位论文,华中师范大学区域文化史,2016 年。

施懿真:《清代苏州潘氏家族诗歌研究》,硕士学位论文,浙江大学中国古代文学,2017 年。

王成:《晚清诗学的演变研究——以"今文学"与诗学之关联为中心》,博士学位论文,山东师范大学文艺学,2011 年。

闻博:《叶志诜金石鉴藏及其书法研究》,硕士学位论文,湖北美术学院书法与篆刻艺术研究,2018 年。

肖卫华:《清代前期湖北籍高层文官研究》,硕士学位论文,武汉大学中国古代史,2004 年。

薛勤:《清代湖北进士研究——基于〈清代朱卷集成〉的量化研究》,硕士学位论文,华中师范大学中国史,2018 年。

袁慧:《张九钺及其文学家族》,硕士学位论文,湖南大学中国古代文学,2008 年。

张晶晶:《明代湖广作家作品研究》,博士学位论文,上海师范大学中国古代文学,2017年。

赵静:《魏晋南北朝琅邪王氏家族文化与文学研究》,博士学位论文,山东师范大学中国古代文学,2011年。

郑金标:《明清黄州府文教兴盛的历史地理分析》,硕士学位论文,武汉大学历史地理,2003年。

周翔飞:《公安三袁散文研究》,博士学位论文,安徽师范大学中国古代文学,2017年。

五、报纸

梁启超:《论女学》,《时务报》1897年。

梁启超:《湖北在文化史上之地位及其将来之责任》,《申报》1922年。

李朝军:《作者与主题:家族文学研究范式》,《中国社会科学报》2015年。

眉睫:《喻文鏊对袁枚的纠偏》,《安徽商报》2016年。

眉睫:《性灵诗人喻文鏊》,《今晚报》2016年。

眉睫:《喻文鏊诗歌系年与分期》,《鄂东晚报》2016年。

商宏志:《文名卓著的性灵派诗人喻文鏊》,《黄冈日报》2015年。

责任编辑：詹　夺
封面设计：姚　菲

图书在版编目（CIP）数据

中国古代荆楚文学家族研究 ／ 吴桂美著. -- 北京 ：
人民出版社，2024. 9. -- ISBN 978－7－01－026840－8

Ⅰ. I209. 963

中国国家版本馆 CIP 数据核字第 2024S2A067 号

中国古代荆楚文学家族研究
ZHONGGUO GUDAI JINGCHU WENXUE JIAZU YANJIU

吴桂美　著

人 民 出 版 社 出版发行
（100706　北京市东城区隆福寺街 99 号）

中煤（北京）印务有限公司印刷　新华书店经销

2024 年 9 月第 1 版　2024 年 9 月北京第 1 次印刷
开本：710 毫米×1000 毫米 1/16　印张：32.75
字数：482 千字

ISBN 978－7－01－026840－8　定价：159.00 元

邮购地址 100706　北京市东城区隆福寺街 99 号
人民东方图书销售中心　电话（010）65250042　65289539